명암

明暗(1916)
夏目漱石

나쓰메 소세키 소설 전집 14
명암

초판 1쇄 발행 2016년 6월 25일
초판 5쇄 발행 2024년 6월 10일

지은이 | 나쓰메 소세키
옮긴이 | 송태욱
펴낸이 | 조미현

편집주간 | 김현림
교정교열 | 장미향
디자인 | 나윤영

펴낸곳 | (주)현암사
등록 | 1951년 12월 24일 · 제10-126호
주소 | 04029 서울시 마포구 동교로12안길 35
전화 | 365-5051 · 팩스 | 313-2729
전자우편 | editor@hyeonamsa.com
홈페이지 | www.hyeonamsa.com

ISBN 978-89-323-1798-4 04830
ISBN 978-89-323-1674-1 04830(세트)

이 도서의 국립중앙도서관 출판예정도서목록(CIP)은 서지정보유통지원시스템(http://seoji.nl.go.kr)과
국가자료종합목록시스템(http://www.nl.go.kr/kolisnet)에서 이용하실 수 있습니다.
(CIP제어번호 CIP2016014079)

나쓰메 소세키 소설 전집 ⑭

명암

송태욱 옮김

현암사

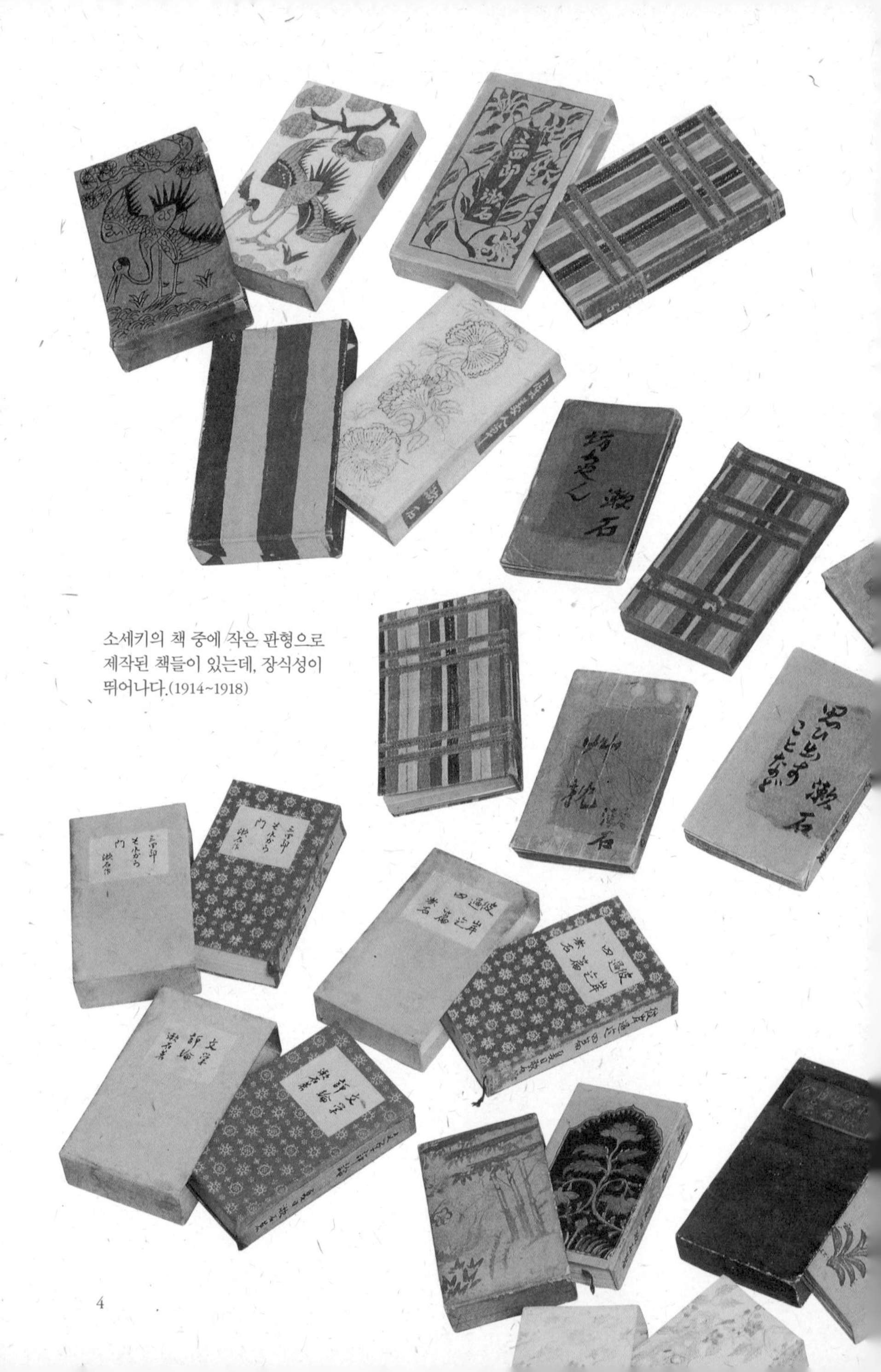

소세키의 책 중에 작은 판형으로 제작된 책들이 있는데, 장식성이 뛰어나다.(1914~1918)

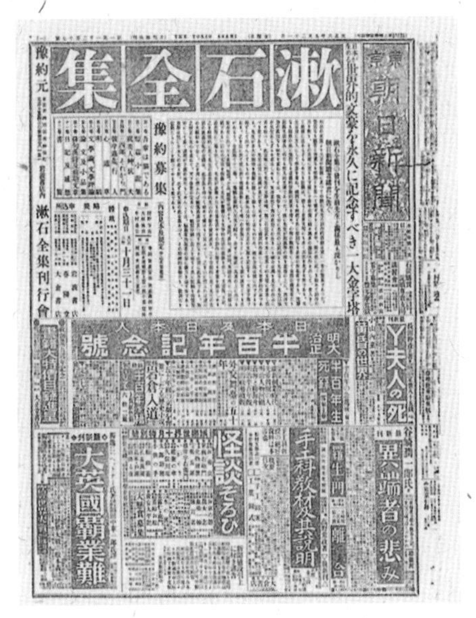

東京朝日新聞

漱石全集

世界的文豪を永久に記念すべき一大金字塔

豫約募集

豫約元

漱石全集刊行會

十月三十一日

日本人 明治大正半百年記念號

Y夫人の死

異端者の悲み

手工科教材及其説明

怪談そろひ

大英國覇業難

소세키 전집 발간 기사(《아사히 신문》)

소세키 사후 1주년 기념으로 출간된
최초의 소세키 전집(이와나미쇼텐, 1917)

소세키 산방 서재에서(1907). 소세키는 이곳에서 『우미인초』, 『산시로』, 『마음』 등을 집필했다.

도쿄제국대학 강사 시절. 졸업생과 함께(1906)

다섯 살 무렵의 소세키(1872)

도쿄제국대학 재학
시절의 소세키(1892)

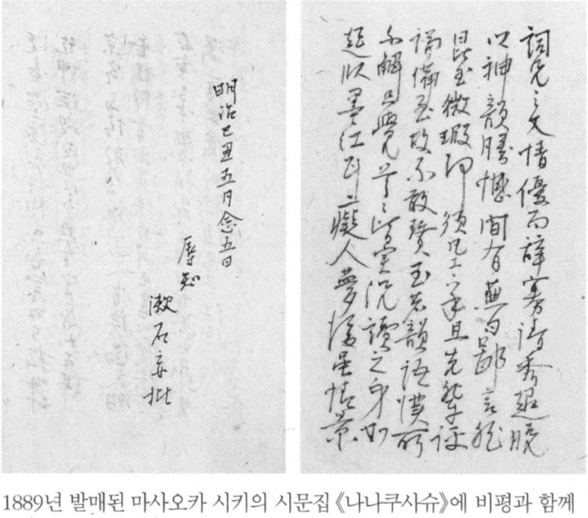

1889년 발매된 마사오카 시키의 시문집《나나쿠사슈》에 비평과 함께
9편의 칠언절구 시를 덧붙이면서 처음으로 '소세키'라는 호를 사용한다.

소세키가 『나는 고양이로소이다』와 『도련님』을 집필한 집(1903~1906년 거주)

소세키는 슬하에 2남 5녀를
두었다.(1915)

두 아들과 소세키(1914)

소세키 산방의 서재 모습(1917)

소세키 산방에서(1912)

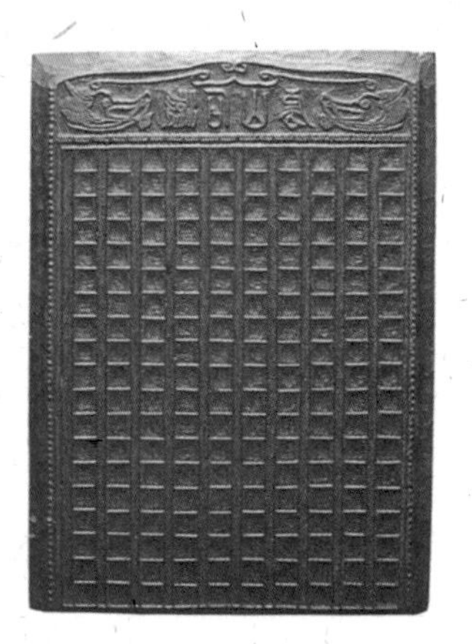

소세키가 애용한 문방구와 특별히
디자인한 원고용지 판목

『명암』(이와나미쇼텐, 1917)

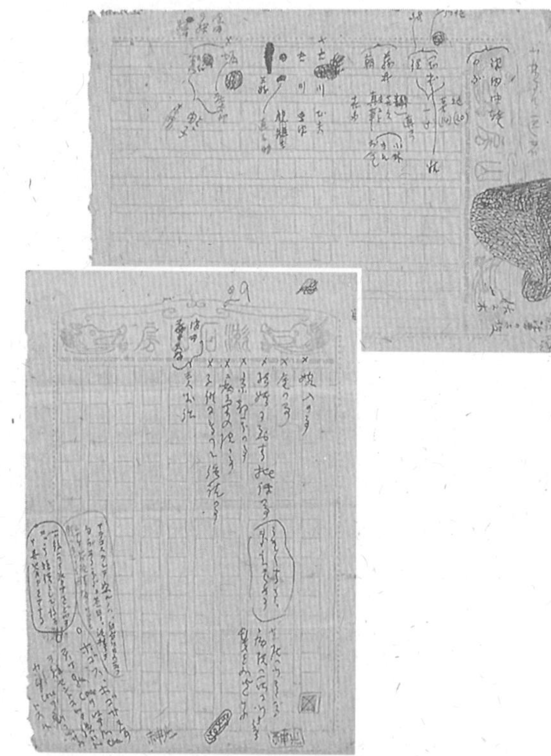

『명암』 구상 메모

'대환(大患)의 방'이라 불리는, 소세키가 위궤양으로 요양할 때 머물던 슈젠지 온천의 기쿠야 료칸

소세키의 부인 교코가 맞선 전에 보고 호감을 느꼈다는 소세키(27세) 사진

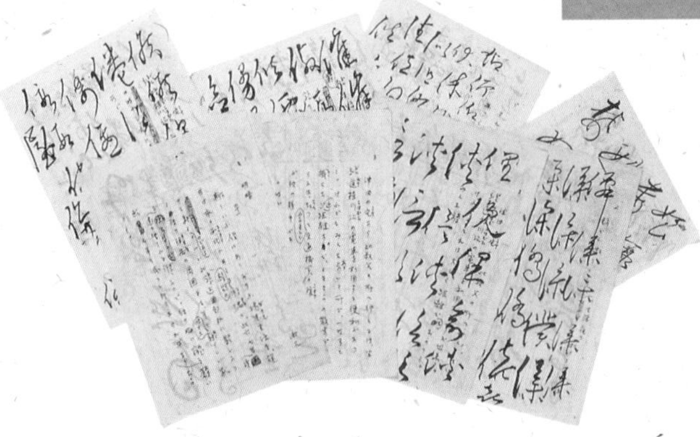

소세키는 요양 후에도 상태가 안정되지 않아 매일 오전에는 집필하고, 오후에는 한시를 쓰거나 그림을 그리며 스트레스를 해소하고자 했다. 『명암』의 파기 원고 뒷면에 쓴 한시

42세 무렵의 소세키

차례

1

의사는 진찰 기구를 넣어 살펴본 후 쓰다를 수술대 위에서 내려오게 했다.

"역시 구멍이 장까지 이어져 있습니다.[1] 저번에 봤을 때는 도중에 흉터의 돌기가 있어서 그만 거기가 막힌 곳이라고만 생각하고 그렇게 말했는데, 오늘 소통이 잘되게 하려고 그걸 박박 긁어내고 보니 그 안쪽도 있네요."

"그게 그렇게 장까지 이어져 있는 겁니까?"

"그렇습니다. 1.5센티미터쯤이라고 생각했는데 3센티미터쯤 되네요."

쓰다의 얼굴에서는 쓴웃음 속에 희미하게 실망의 빛이 엿보였다. 의사는 헐렁한 흰 윗도리 앞으로 두 손을 깍지 낀 채 살짝 고개를 갸

1 쓰다의 치질 진찰과 수술 장면은 소세키 자신의 체험을 소재로 하고 있다. 소세키는 치질 치료를 위해 1911년 9월부터 병원을 다녔다. 다시 1912년 9월 26일에 절개 수술을 받았으며 10월 2일까지 입원했다.

웃했다. 그 모습은 '안됐지만 사실이니 어쩔 수 없습니다. 의사는 직업상 거짓말을 할 수 없으니까요' 하는 의미로 보였다.

쓰다는 말없이 허리띠를 고쳐 매고 의자 등받이에 걸쳐진 하카마[2]를 집어 들면서 다시 의사 쪽을 향했다.

"장까지 이어져 있다면 고칠 수 없는 겁니까?"

"그렇지는 않습니다."

의사는 기세 좋게, 그리고 대수롭지 않다는 듯 쓰다의 말을 부정했다. 아울러 그의 기분도 부정하는 것처럼 말을 이었다.

"다만 지금까지처럼 구멍 청소만 해서는 안 됩니다. 그러면 아무리 시간이 지나도 살이 올라오지 않으니까 이번에는 치료법을 바꿔 큰맘 먹고 근본적인 치료를 할 수밖에 없겠네요."

"근본적인 치료라면?"

"절개하는 거지요. 절개해서 구멍과 장을 합쳐버리는 겁니다. 그러면 자연스럽게 찢어진 양면이 유착되기 때문에 근본적으로 낫게 되거든요."

쓰다는 잠자코 고개를 끄덕였다. 쓰다 옆으로 남쪽 창문 아래에 놓인 테이블 위에는 현미경 한 대가 놓여 있었다. 의사와 친한 쓰다는 조금 전 진찰실로 들어올 때 신기해서 그것을 들여다보았다. 그때 850 배율의 렌즈 밑에 비친 것은 마치 그림으로 그린 듯이 선명하게 보이는 착색된 포도상 구균이었다.

하카마를 입고 테이블 위에 놓인 가죽 지갑을 집어 들면서 쓰다는 문득 그 세균을 떠올렸다. 그러자 그 연상이 불현듯 그를 불안하게 했

2 기모노 위에 덧입는 주름 폭이 넓은 하의로 허리에서 발목까지 덮으며 끈으로 묶는다.

다. 진찰실을 나가려고 지갑을 품에 넣은 쓰다는 곧장 나가려다가 다시 망설였다.

"만약 결핵성이라면, 설령 지금 말한 근본적인 치료를 해서 가느다란 틈을 장 쪽으로 전부 절개한다고 해도 낫지 않겠지요?"

"결핵성이라면 소용없습니다. 차례로 구멍을 내며 안쪽으로 나아가게 되니까 입구만 치료해봤자 도움이 안 되지요."

쓰다는 무심코 눈살을 찌푸렸다.

"저는 결핵성이 아닙니까?"

"예, 결핵성이 아닙니다."

쓰다는 상대의 말에 얼마만큼의 진실성이 있는지 확인하려고 잠깐 의사를 응시했다. 의사는 꿈쩍도 하지 않았다.

"그걸 어떻게 아는 거지요? 그냥 진찰만 해도 알 수 있는 겁니까?"

"예. 진찰로 알 수 있습니다."

그때 간호사가 진찰실 입구에 서서 쓰다 다음 환자의 이름을 불렀다. 대기하고 있던 환자가 바로 쓰다의 등 뒤로 나타났다. 쓰다는 빨리 물러나야만 했다.

"그럼 그 근본적인 치료는 언제쯤 할 수 있습니까?"

"편하실 때, 언제든지요."

쓰다는 자신의 사정을 잘 생각해서 날짜를 정하기로 하고 진찰실을 나왔다.

2

전차를 탄 쓰다는 침울한 기분이었다. 꼼짝달싹 못 할 만큼 승객이 붐비는 전차에서 그는 손잡이에 매달린 채 오로지 자신의 일만 생각했다. 작년의 격심했던 고통이 생생하게 기억의 무대 위로 올라왔다. 하얀 시트 위에 눕혀진 비참한 자신의 모습이 선명하게 보였다. 쇠사슬을 끊고 달아날 수 없는 개가 내는 듯한 자신의 신음 소리가 또렷이 들렸다. 그리고 차가운 날붙이의 빛과 그것들이 서로 스치는 소리, 마지막으로 돌연 양쪽 폐에서 한꺼번에 공기를 짜내는 듯한 엄청난 힘의 압박, 그리고 압박을 받은 공기가 눌리지만 수축할 수 없기에 일어난다고밖에 생각할 수 없는 격심한 고통이 그의 기억을 덮쳤다.

쓰다는 불쾌해졌다. 갑자기 마음을 돌려 주위를 둘러보았다. 주위 사람들은 그의 존재조차 의식하지 못하고 다들 점잔을 빼고 있었다. 그는 다시 생각을 이어갔다.

'왜 그런 고통스러운 일을 당했을까?'

아라카와 제방[3]으로 꽃구경을 갔다가 돌아오는 길에 아무런 예고도 없이 돌발적으로 발생한 당시의 격심한 고통에 대해 그는 완전히 눈뜬장님이나 마찬가지였다. 그 원인은 모든 상상 밖에 있었다. 이상하다기보다는 오히려 두려웠다.

'이 육체는 언제 어떤 변을 당할지 모른다. 아니, 지금 바로 이 육체 안에 어떤 변고가 일어나고 있을지도 모른다. 그런데 나는 전혀 모르고 있다. 무시무시한 일이다.'

3 벚꽃의 명소로 알려진 도쿄 아라카와(荒川)나 스미다 강가의 제방. 꽃놀이 철에는 사람들로 붐볐다.

여기까지 생각해온 그의 머리는 거기서 멈출 수가 없었다. 뒤에서 와하고 밀어 떨어뜨릴 기세로 그를 앞쪽으로 밀어붙였다. 돌연 그는 마음속으로 외쳤다.

'정신세계도 마찬가지다. 정신세계도 전적으로 마찬가지다. 언제 어떻게 변할지 모른다. 그리고 나는 그렇게 변하는 것을 본 것이다.'

쓰다는 무심코 입술을 굳게 다물고 마치 자존심에 상처를 입은 사람처럼 눈을 주위로 돌렸다. 하지만 그의 마음속에 무슨 일이 일어나고 있는지 전혀 모르는 전차 안의 승객들은 그의 눈길에 조금도 주의를 기울이지 않았다.

쓰다의 생각은 그가 타고 있는 전차처럼 자기 자신의 레일 위를 달려 앞으로 나아갔다. 그는 이삼일 전 한 친구에게서 들은 푸앵카레[4] 이야기를 떠올렸다. 쓰다를 위해 '우연'의 의미를 설명해준 친구는 이렇게 말했다.

"그러니까 푸앵카레의 주장에 따르면 보통 사람들이 우연, 우연, 하는 이른바 우연한 사건이라는 건 원인이 너무 복잡해서 도무지 짐작이 안 될 때 쓰는 말이네. 나폴레옹이 태어나기 위해서는 어떤 특별한 난자와 어떤 특별한 정자가 만날 필요가 있었고, 그렇게 필요한 만남이 이루어지기 위해서는 또 어떤 조건이 필요했는지 생각해보면 거의 상상이 안 갈 거네."

쓰다는 친구의 말을, 단지 새롭게 주어진 지식의 단편으로 흘려들을 수가 없었다. 그는 그 이야기를 자신의 신상에 적용해 생각했다.

4 쥘 앙리 푸앵카레(Jules Henri Poincaré, 1854~1912). 프랑스의 수학자이자 물리학자. '우연'의 장(제1편 「학자와 과학」 제4장 「우연」) 등이 포함되어 있는 『과학과 방법(Science et méthode)』(1908)은 일본에서 많이 읽혔다.

그러자 어둡고 불가사의한 힘이 오른쪽으로 가야 할 그를 왼쪽으로 밀어붙이기도 하고, 앞으로 나아가야 할 그를 뒤로 끌어당기기도 하는 것처럼 여겨졌다. 게다가 그는 여태까지 한 번도 자신의 행동에 대해 남의 견제를 받아본 기억이 없었다. 무슨 일이건 자신의 힘으로 했고 무슨 말이건 자신의 힘으로 했음에 틀림없었다.

'왜 그 여자는 그곳으로 시집을 갔을까? 그건 자신이 가려고 마음먹어서 간 것임에 틀림없다. 하지만 아무리 봐도 그곳으로 시집갈 리가 없었는데. 그리고 나는 또 왜 이 여자와 결혼했을까? 그것도 내가 원했기에 결혼이 성립했음에 틀림없다. 하지만 나는 그때껏 이 여자와 결혼할 생각을 안 했는데. 우연일까? 푸앵카레가 말한 이른바 지극히 복잡한 원인일까? 뭐가 뭔지 모르겠다.'

전차에서 내린 쓰다는 생각에 잠긴 채 집을 향해 걸었다.

3

모퉁이를 돌아 좁은 골목으로 들어섰을 때 쓰다는 자기 집 문 앞에서 있는 아내의 모습을 보았다. 아내는 이쪽을 보고 있었다. 그러나 쓰다가 모퉁이를 돌아 나오자마자 이내 다시 정면을 향했다. 그리고 희고 가느다란 손을 이마 위에 대고 뭔가를 올려다보았다. 그녀는 쓰다가 바로 자기 옆으로 다가올 때까지 그런 자세를 바꾸지 않았다.

"이봐, 뭘 보고 있는 거야?"

아내는 쓰다의 목소리를 듣고 자못 놀란 듯이 갑자기 이쪽으로 돌아섰다.

"어머, 깜짝이야! ……오셨어요?"

동시에 아내는 자신이 갖고 있는 모든 눈빛을 모아 한꺼번에 남편에게 쏟았다. 그러고는 허리를 살짝 굽히고 고개를 숙여 가볍게 인사했다.

아내의 교태에 거의 응할 뻔했던 쓰다는 살짝 머뭇거리다 멈춰 섰다.

"그런 데 서서 뭘 하는 거야?"

"기다리고 있었어요, 돌아오시기를."

"하지만 뭔가 열심히 보고 있던데?"

"네. 저기 참새요. 참새가 저쪽 집 2층 차양에 둥지를 튼 거 보이세요?"

쓰다는 잠깐 건너편 집 지붕을 올려다보았다. 하지만 참새는커녕 참새 그림자도 보이지 않았다. 아내는 바로 손을 남편 앞으로 내밀었다.

"뭐?"

"지팡이요."

쓰다는 비로소 알아차린 듯 자신이 들고 있는 지팡이를 아내에게 건넸다. 지팡이를 받아 든 아내는 다시 현관 격자문을 열고 남편을 먼저 안으로 들였다. 그러고는 자신도 남편 뒤를 따라 신발 벗는 곳을 지나 안으로 들어왔다.

남편의 옷을 갈아입힌 그녀는 쓰다가 화로 앞에 앉자마자 다시 부엌 쪽에서 수건으로 비누통을 싸서 들고 나왔다.

"지금 얼른 목욕탕에 다녀오세요. 또 거기에 눌러앉아 있다가는 귀찮아질 테니까요."

쓰다는 어쩔 수 없이 손을 내밀어 수건을 받았다. 하지만 바로 일어나려고 하지는 않았다.

"오늘 목욕탕에 가는 건 그만두지 뭐."

"왜요? ……개운해질 테니 다녀오세요. 돌아오시면 바로 저녁 드릴 테니까요."

쓰다는 하는 수 없이 일어났다. 방을 나설 때 그는 잠깐 아내를 돌아보았다.

"오늘 돌아오는 길에 고바야시 씨한테 들러서 진찰받고 왔어."

"그래요? 어때요, 진찰 결과는? 이제 대충 나았죠?"

"안 나았어. 더 성가시게 돼버렸어."

쓰다는 이렇게 말하고는 그 뒷말을 듣고 싶어 하는 아내의 물음을 흘려들으며 밖으로 나왔다. 부부 사이에 다시 똑같은 문제가 화제에 오른 것은 저녁 식사를 마치고 쓰다가 아직 자기 방으로 물러가지 않은 초저녁이었다.

"싫겠네요, 자르는 건 무섭잖아요. 지금까지처럼 가만히 두면 안 되나요?"

"역시 의사가 보기엔 이대로 두는 게 위험해서겠지."

"하지만 싫어요. 만약 잘못 다루기라도 하면요?"

아내는 모양 좋고 짙은 눈썹을 약간 찡그리며 남편을 보았다. 쓰다는 상대해주지 않고 웃었다. 그러자 아내가 돌연 생각난 듯이 물었다.

"만약 수술을 한다면 또 일요일이어야 하겠죠?"

아내는 다음 일요일에 남편과 함께 친척이 초대한 가부키를 보러 가기로 약속이 돼 있었다.

"아직 좌석을 예약하지는 않았으니까 상관없잖아, 거절해도."

"하지만 그러면 실례예요. 모처럼 친절하게 그렇게 말해줬는데 거절하면요."

"실례는 아니야. 그럴 만한 사정이 있어서 거절하는 거니까."

"하지만 전 가고 싶은걸요."

"가고 싶으면 당신은 갔다 와."

"그러니까 당신도 같이 가요, 네? 싫어요?"

쓰다는 아내의 얼굴을 보며 쓴웃음을 흘렸다.

4

아내는 살결이 흰 여자였다. 그래서 모양 좋은 눈썹이 유달리 돋보였다. 그녀는 또 버릇처럼 자주 눈썹을 움직였다. 아쉽게도 그녀의 눈은 너무 가늘었다. 게다가 귀염성이 없는 외까풀이었다. 하지만 외까풀 눈 속에서 빛나는 눈동자는 칠흑 같았다. 그래서 무척 잘 기능했다. 어떤 때는 제멋대로라고 해도 좋을 정도로 자유자재로 표정을 지었다. 쓰다는 자기도 모르게 작은 눈에서 나오는 빛에 매혹당하는 일이 있었다. 그리고 또 아무 이유 없이 돌연 그 빛에 튕겨지는 일도 없지 않았다.

문득 눈을 들어 아내를 보았을 때 그는 순간적으로 그녀의 눈에 깃든 일종의 괴이한 힘을 느꼈다. 그것은 지금까지 그녀가 늘 입에 담았던 달콤한 말과는 전혀 어울리지 않는 묘한 빛이었다. 상대의 말에 대답하려고 한 그의 심적 작용이 그 눈빛 때문에 잠깐 차단당했다. 그러면 그녀는 바로 아름다운 이를 드러내며 웃었다. 동시에 눈의 표정은 흔적도 없이 사라졌다.

"거짓말이에요. 가부키 같은 건 보러 가지 않아도 돼요. 방금은 그냥 응석을 부려본 거예요."

잠자코 있던 쓰다는 여전히 아내에게서 눈을 떼지 않았다.

"왜 그렇게 못마땅한 얼굴로 저를 쳐다보는 거예요? ……가부키는 그만둘 테니까 다음 일요일에는 고바야시 씨한테 가서 수술을 받으세요. 그러면 됐죠? 오카모토 고모한테는 이삼일 안에 엽서를 보내든가 아니면 제가 잠깐 가서 거절하고 올 테니까요."

"당신은 가도 된다니까. 모처럼 초대해준 거잖아."

"아뇨, 저도 관둘래요. 가부키보다는 당신 건강이 더 중요하잖아요."

쓰다는 아내에게 자신이 받아야 할 수술에 대해 더 자세한 이야기를 해야 했다.

"수술도 종기 고름을 짜는 것처럼 그리 간단한 게 아니야. 먼저 설사약을 먹고 장을 깨끗하게 청소한 다음에야 절개를 하는데, 출혈의 위험이 있을지도 모르니까 상처에 거즈를 붙이고 대엿새 동안 가만히 누워 있어야 하거든. 그래서 설령 다음 일요일에 간다고 해도 어차피 일요일 하루에 끝나지는 않아. 그 대신 일요일이 늦춰져 월요일이 되건 화요일이 되건 크게 다를 건 없고, 또 일요일을 앞당겨 내일로 하건 모레로 하건 역시 같은 일이야. 그런 점에서 보면 뭐 편한 병이지."

"별로 편하지도 않아요. 일주일이나 꼼짝없이 누워 있어야 한다면 말이에요."

아내는 또 실룩실룩 눈썹을 움직였다. 쓰다는 그것에 전혀 무관심하다는 듯이 무슨 생각에 잠긴 채 두 사람 사이에 놓인 직사각형 목제 화로[5] 가장자리에 오른손 팔꿈치를 괴고 화로에 올려져 있는 무쇠 주전자의 뚜껑을 바라보았다. 붉은색 얼룩무늬가 있는 구리 뚜껑 밑에서 부글부글 물 끓는 소리가 크게 났다.

"그럼 아무래도 일주일쯤 일을 쉬어야겠네요?"

"그래서 요시카와 씨를 만나 사정을 이야기한 뒤에 날짜를 정할까 하고 생각하고 있는 참이야. 말없이 쉬어도 상관없겠지만 그럴 수는 없는 일이니까."

"그야 당신이 이야기하는 게 좋겠지요. 평소에 그렇게 신세를 지고 있으니까요."

"요시카와 씨한테 이야기하면 내일이라도 당장 입원하라고 할지도 몰라."

입원이라는 말을 들은 아내는 가느다란 눈을 갑자기 크게 떴다.

"입원이요? 입원하지는 않겠죠?"

"뭐, 입원하겠지."

"하지만 고바야시 씨네는 병원이 아니라고 언젠가 말하지 않았나요? 다들 외래 환자뿐이라고요."

"병원이라고 할 만한 곳은 아니지만 진찰실 2층이 비어 있어서 거기에 들어갈 수 있게 되어 있어."

"깨끗해요?"

쓰다는 쓴웃음을 지었다.

"우리 집보다는 더 깨끗할지도 몰라."

이번에는 아내가 쓴웃음을 지었다.

5 거실 등에서 사용하는 직사각형 상자 모양의 화로인데 가장자리는 목제로 되어 있으며 서랍 따위도 달려 있다.

5

잠들기 전 한두 시간을 책상 앞에 앉아 시간을 보내는 습관이 있는 쓰다는 이윽고 일어섰다. 아내는 지금까지와 같은 편한 자세로 화로에 기댄 채 남편을 올려다보았다.

"또 공부하려고요?"

아내는 일어서는 남편에게 간혹 이렇게 말했다. 그녀가 이렇게 말할 때는 언제나 그 어조에 어떤 아쉬움 같은 것이 묻어 있었다. 어떤 때 그는 기꺼이 거기에 들러붙으려고 했다. 또 어떤 때 그는 오히려 반감을 느껴 거기에서 도망치고 싶었다. 어떤 경우든 그의 마음속 깊은 곳에서는 '그렇게 당신 같은 여자하고 놀고 있을 수만은 없어. 나한테는 할 일이 있으니까' 하는 상대를 얕보는 자각이 어렴풋이 작동하고 있었다.

그가 잠자코 장지문을 열고 방을 나가려고 했을 때 아내는 다시 등 뒤에서 말을 걸었다.

"그럼 가부키 구경은 이제 그만두는 거네요. 오카모토 고모한테는 제가 미리 말해둘게요."

쓰다는 잠깐 돌아보았다.

"아니, 당신은 다녀오라니까, 가고 싶으면. 나는 그런 사정이라 어떻게 될지 모르니까."

아내는 고개를 숙인 채 남편을 돌아보지 않았다. 대답도 하지 않았다. 쓰다는 그대로 경사가 급한 계단을 삐걱삐걱 소리를 내며 2층으로 올라갔다.

그의 책상 위에는 비교적 큼직한 서양 책 한 권이 놓여 있었다. 앉자마자 책을 펼치고 서표가 끼워져 있는 페이지부터 읽기 시작했다. 하지만 사나흘 독서를 등한히 해온 탓에 앞뒤 맥락이 잘 이해되지 않았다. 그걸 생각해내려면 자연히 앞부분을 다시 한번 읽어야 하는 것이 마음에 걸린 그는 읽는 대신 그냥 페이지를 훌훌 넘기고 책의 두께만 괴로운 듯이 바라보았다. 그러자 갈 길이 아득히 멀다는 생각이 절로 일었다.

그는 결혼한 지 서너 달쯤 되어 이 책을 처음 들었을 무렵의 일을 떠올렸다. 정신을 차리고 보니 벌써 두 달이 넘었는데도 그가 읽은 페이지는 아직 전체의 3분의 2도 안 되었다. 그는 평소부터 사회에 진출하는 사람들 대부분이 사회에 나오자마자 책에서 멀어지는 것을 참으로 하찮고 어리석은 짓이라고 아내 앞에서 매도했다. 그걸 남편의 입버릇처럼 들어온 아내 역시 그를 진정한 면학가로 인정해야 할 만큼 비교적 많은 시간을 2층에서 보냈다. 갈 길이 아득히 멀다는 생각과 함께 면목이 없다는 심정이 어디선가 일어나 심술궂게 그의 자존심을 건드렸다.

하지만 지금 그가 자기 앞에 펼쳐놓고 있는 책에서 흡수하려고 애쓰는 지식은 평소 그의 업무에 필요한 것은 아니었다. 그 책은 너무 전문적이고 또 지나치게 고상했다. 학교 강의에서 얻은 지식조차 실제로 도움이 된 예가 좀처럼 없는 지금의 일과는 거의 무관하다고 해도 좋을 만한 것이었다. 그는 그것을 그저 일종의 자신감으로 비축해두고 싶었다. 남의 주의를 끄는 장식으로서도 습득해두고 싶었다. 지금의 그에게 그 어려움이 어렴풋하게나마 보였을 때 그는 자신의 자부심에 물어보았다.

'그리 쉽게 되지는 않는 건가?'

그는 말없이 담배를 피웠다. 그러고는 갑자기 정신을 차린 듯이 책을 덮고 일어섰다. 그리고 다시 잰걸음으로 삐걱삐걱 소리를 내며 계단을 내려갔다.

6

"어이, 여보."

그는 장지 너머로 아내를 부르면서 곧장 장지문을 열고 거실 입구에 섰다. 그러자 화로 옆에 앉아 있는 그녀 앞에 어느 틈엔가 펼쳐진 아름다운 오비[6]와 기모노 색깔이 순식간에 그의 눈에 비쳤다. 어둑한 현관에서 갑자기 환한 전등이 켜진 방을 들여다본 그의 눈에는 그것이 평소보다 눈에 띄게 화려하게 보여 그는 멈춰 서서 아내의 얼굴과 화려한 무늬를 번갈아 쳐다보았다.

"지금 그런 걸 꺼내서 어떡하려고?"

오노부는 범부채 무늬가 들어간 폭이 넓은 오비 끝을 무릎 위에 올려놓고 멀리서 쓰다를 쳐다보았다.

"그냥 꺼내봤어요. 이 오비는 아직 한 번도 맨 적이 없거든요."

"그래서 이번에 그걸 입고 가부키를 보러 가겠다는 거야?"

쓰다의 말에는 빈정거림에 수반되는 쌀쌀함이 묻어 있었다. 오노부는 아무 대답도 하지 않고 고개를 숙였다. 그리고 여느 때처럼 까만 눈썹을 움찔 움직였다. 그녀의 특이한 이 행동이 때로는 이상하게 쓰

6 기모노를 입을 때 허리 부분을 감고 조여 묶는 좁고 긴 천.

다의 마음을 부추겼고 때로는 묘하게 그의 기분을 상하게 했다. 그는 잠자코 툇마루로 나가 변소 문을 열었다. 그러고 나서 다시 2층으로 올라가려고 했다. 그러자 이번에는 아내가 그를 불러 세웠다.

"여보, 여보."

동시에 그녀는 일어나서 다가왔다. 그리고 앞을 막듯이 하며 물었다.

"무슨 볼일이라도 있어요?"

그의 볼일은 지금의 그에게 아내의 오비보다, 긴 속옷보다 더 중요했다.

"아버지한테서 아직 편지 안 왔어?"

"네, 오면 평소처럼 책상 위에 놓아둘게요."

쓰다는 기대했던 편지가 책상 위에 없어서 일부러 내려온 것이었다.

"우편함을 보고 올까요?"

"오면 등기일 테니까 우편함에 던져두고 갈 리는 없을 거야."

"그러네요, 그래도 혹시 모르니까 잠깐 보고 올게요."

오노부는 현관 장지문을 열고 섬돌로 내려섰다.

"소용없어. 등기가 그런 데 들어 있을 리 없잖아."

"하지만 등기가 아니라 그냥 편지가 들어 있을지도 모르니까, 잠깐 기다려보세요."

쓰다는 이내 거실로 돌아가 조금 전 밥을 먹을 때 앉았던 방석이 아직 화로 앞에 그대로 놓여 있어 책상다리를 하고 그 위에 앉았다. 그리고 거기에 눈부실 정도로 화려하게 흩어져 있는 짙은 유젠[7] 무늬의 색깔을 살펴보았다.

7 모슬린 천에 값싼 유젠 염색을 한 것, 즉 화려한 채색으로 인물, 꽃, 새, 산수 등의 무늬를 선명하게 염색한 것인데 오래가지 못하고 색도 바래기 쉽다.

이내 현관에서 돌아온 오노부의 손에는 과연 편지 한 통이 들려 있었다.

"있어요, 한 통. 어쩌면 아버님께서 보낸 건지도 몰라요."

이렇게 말한 그녀는 환한 전등 빛에 하얀 봉투를 비췄다.

"아아, 역시 제 생각대로 아버님께서 보낸 거예요."

"뭐야, 등기가 아닌 거야?"

쓰다는 편지를 받아 들자마자 봉투를 뜯고 읽어 내려갔다. 하지만 다 읽고 다시 봉투에 넣으려고 접을 때 그의 손은 그저 기계적으로 움직일 뿐이었다. 그는 자신의 손도 보지 않았을 뿐 아니라 오노부의 얼굴도 보지 않았다. 멍하니 아내의 나들이옷의 거친 줄무늬를 바라보면서 혼잣말처럼 말했다.

"난감하군."

"무슨 일인데요?"

"아냐, 별것 아니야."

허세가 심한 쓰다는 편지에 쓰인 것을 결혼한 지 얼마 안 된 아내에게 말하고 싶지 않았다. 하지만 그것은 또 아내에게 말해야 하는 일이기도 했다.

7

"이번 달은 돈을 보내줄 수 없으니까 우리더러 어떻게든 해보라는군. 늙은이는 이래서 탈이라니까. 그렇다면 그렇다고 좀 더 빨리 말해주지 않고, 돈이 필요한 시점에 임박해서 이런 말을 하니 원……."

"대체 뭐 때문일까요?"

쓰다는 일단 접어 넣은 편지를 다시 봉투에서 꺼내 무릎 위에 펼쳤다.

"세 놓은 집 두 곳이 지난달에 나갔다나 봐. 그리고 세 들어 있는 집에서도 집세가 안 들어왔고. 게다가 정원 손질이다 울타리 수리다 해서 임시비용이 꽤 나가는 바람에 이번 달은 보내줄 수 없다고 하는군."

그는 펼친 편지를 그대로 화로 건너편에 있는 오노부의 손에 건넸다. 오노부는 다시 아무 말도 하지 않고 편지를 받아 들기만 하고 특별히 읽으려고도 하지 않았다. 쓰다는 아내의 냉랭한 태도를 처음부터 두려워하고 있었다.

"뭐 그런 집세 같은 걸 기대하지 않아도 보내주려고만 하면 어떻게든 변통을 하겠지. 울타리를 고치는 데 얼마나 들겠어? 벽돌 담장을 백 미터쯤 쌓는 것도 아니고."

쓰다의 말에 거짓은 없었다. 그의 아버지는 비록 부유하지는 않아도 매달 아들 부부의 살림살이에 부족한 부분을 채워줄 정도의 지출에 궁할 처지는 아니었다. 다만 그는 검소한 사람이었다. 쓰다가 보기에 지나치게 절약한다고 할 정도로 검소했다. 쓰다보다 훨씬 화려한 것을 좋아하는 아내가 보기에는 거의 무가치하다고 할 정도의 절약가였다.

"아버님은 필시 우리가 불필요한 사치를 부리고 쓸데없는 데다 돈을 펑펑 쓴다고 생각하실 거예요. 틀림없이 그럴 거예요."

"응, 저번에 교토에 갔을 때도 어쩐 일인지 그런 말을 했잖아. 늙은이는 뭐든지 자기 젊었을 때 생활만 기억하고 있어서 지금 그 나이 때의 젊은 사람들도 무슨 일이든 자신이 해온 대로 해야 한다고 생각하거든. 아버지가 서른 살이었을 때하고 내가 서른 살일 때는 나이는 같을지 몰라도 세상은 완전히 달라졌으니까 그렇게는 안 되는데 말이지. 한번은 모임에 나갈 때 회비가 얼마냐고 묻기에 5엔이라고 했더니 깜짝 놀라는 표정을 짓더라고."

쓰다는 평소부터 오노부가 자기 아버지를 경멸하지나 않을까 두려웠다. 그런데도 그는 그녀 앞에서 아버지를 비난하는 듯한 말을 늘어놓아야 했다. 그것은 그가 실제로 느낀 그대로의 말이었다. 동시에 오노부가 비판하기 전에 선수를 친다는 점에서 자신과 아버지에 대한 변명도 되었다.

"그럼 이번 달은 어떻게 하죠? 그렇지 않아도 부족한데, 당신이 수술 때문에 일주일이나 입원하면 거기도 또 얼마쯤 들어갈 거 아니에요?"

남편 앞에서 시아버지에 대한 비난을 꺼린 아내의 화두는 곧 실제 문제로 옮아갔다. 쓰다는 대답이 준비되어 있지 않았다. 잠시 후 그는 조그마한 목소리로 혼잣말처럼 말했다.

"작은아버지한테 돈이 있으면 그쪽으로 가볼 텐데……."

오노부는 남편의 얼굴을 응시했다.

"다시 한번 아버님께 말씀드릴 수는 없어요? 편지를 쓰는 김에 병에 대해서도 쓰고요."

"못 쓸 것도 없지만 또 뭐라고 하면 성가시니까. 아버지한테 잡히면 좀처럼 결말이 나지 않거든."

"하지만 달리 대책이 없으니 어쩔 수 없잖아요."

"그래서 쓰지 않겠다고는 하지 않았어. 우리 사정을 그쪽에 잘 알리기는 할 생각이지만, 아무튼 당장 도움은 안 될 테니까 그러는 거지."

"그러네요."

그때 쓰다는 오노부를 정면으로 쳐다보았다. 그리고 각오한 듯한 어조로 말했다.

"어때, 당신이 오카모토 고모님한테 가서 융통을 좀 해보는 게?"

8

"싫어요, 전."

오노부는 바로 거절했다. 그녀의 말에는 아무런 주저함도 없었다. 조심성이나 거리낌을 넘어서버린 어투가 쓰다에게는 너무도 갑작스러웠다. 그는 상당한 속력으로 달리던 자동차가 느닷없이 멈췄을 때와 같은 충격을 받았다. 그는 자신에게 동정이 없는 아내에게 기분이 상하기 전에 먼저 놀라기부터 했다. 그리고 아내의 얼굴을 쳐다보았다.

"전 싫어요. 오카모토 고모한테 가서 그런 얘기를 하는 건."

남편 앞에서 오노부는 같은 말을 되풀이했다.

"그래? 그럼 억지로 부탁하지 않아도 돼. 하지만……."

쓰다가 이렇게 말을 꺼냈을 때 오노부는 냉랭한(하지만 차분한) 남편의 말을 뚝 떠서 내다 버리듯이 차단했다.

"하지만 전 창피하단 말이에요. 갈 때마다 늘 오노부는 좋은 데로 시집가서 행복할 거야, 성가신 일도 없고 생활이 곤란하지도 않을 거야, 라고 말하는데 별안간 그런 돈 이야기를 꺼내면 틀림없이 이상한 표정을 지을 거예요."

오노부가 단칼에 자신의 부탁을 물리친 것은 남편에게 동정이 없어서라기보다는 오히려 오카모토 고모에 대한 허세에 지배당하고 있기 때문이라는 사실을 쓰다는 그제야 이해할 수 있었다. 그의 눈 속에 깃든 차가운 빛이 사라졌다.

"그렇게 편한 신세인 것처럼 떠벌려서는 곤란해. 과대평가받는 것도 좋지만 상황에 따라서는 오히려 그것 때문에 곤란해지지 말란 법도 없으니까."

"제가 떠벌린 적은 없어요. 그냥 그쪽에서 일방적으로 그렇게 단정하고 있을 뿐이에요."

쓰다는 추궁하지 않았다. 오노부도 더 이상 설명해야 하는 번거로움을 피할 수 있었다. 두 사람은 잠시 대화를 멈추었다가 다시 실제 문제에 대한 이야기로 돌아갔다. 하지만 지금까지 자신의 경제적인 상황으로 인해 별로 마음 아파 해본 적이 없는 쓰다는 특별히 어떻게 하겠다는 생각이 떠오르지 않았다. "아버지도 참 곤란하게 하는군." 쓰다는 이렇게 말할 뿐이었다.

오노부는 우연히 생각난 것처럼 지금까지 제쳐두고 있던 자신의 나들이옷과 오비로 시선을 옮겼다.

"이걸 어떻게 해볼까요?"

그녀는 손으로 금박이 들어간 두툼한 오비 끝을 잡고 남편의 눈에 비치도록 전등 불빛에 쳐들었다. 쓰다는 그것이 무슨 뜻인지 제대로 이해할 수가 없었다.

"어떻게 해보다니, 어떻게 하려고?"

"전당포에 가져가면 돈을 빌려줄 거예요."

쓰다는 깜짝 놀랐다. 자신이 일찍이 경험해본 적이 없는 돈을 변통하는 일을 막 시집온 젊은 아내가 예전부터 알고 있었다면, 그것은 그에게 놀랄 만한 가치가 있는 발견임에 틀림없었다.

"당신은 기모노 같은 걸 전당포에 맡겨본 적이 있어?"

"없어요, 그런 일은."

오노부는 웃으면서 경멸하는 듯한 어조로 쓰다의 물음을 부정했다.

"그럼 전당포에 가져가려고 해도 사정을 모를 거 아냐?"

"네. 하지만 그런 건 아무것도 아니에요. 맡기기로 하기만 한다면요."

쓰다는 극단적인 경우 말고는 아내에게 그런 상스러운 일을 시키고 싶지 않았다. 오노부는 변명했다.

"도키코가 알고 있어요. 그 애는 집에 있을 때 자주 보자기에 싼 꾸러미를 들고 전당포에 심부름을 간 적이 있대요. 그리고 요즘은 엽서만 보내면 그쪽에서 물건을 받으러 와준다고 하던데요."

아내가 소중한 기모노와 오비를 자신을 위해 내놓는 것은 쓰다에게 기쁜 일이었다. 하지만 굳이 그렇게까지 하게 하는 것은 또 그에게 고통일 수밖에 없었다. 아내에게 미안하다기보다는 오히려 남편으로서의 자존심에 상처를 입는다는 의미에서 그는 망설였다.

"생각 좀 해보지 뭐."

그는 돈을 마련하는 일에 아무런 해결책도 제시하지 않고 다시 2층으로 올라갔다.

9

이튿날 쓰다는 평소처럼 출근했다. 그는 오전에 한 번 계단 중간에서 우연히 요시카와를 만났다. 하지만 그는 내려가는 길이었고 요시카와는 올라오는 길이어서 지나칠 때 정중히 인사만 나누었을 뿐 아무 말도 하지 않았다. 점심시간이 얼마 남지 않았을 때 그는 슬쩍 요시카와의 방문을 노크하고 조심스럽게 얼굴을 반쯤 안으로 들이밀었다. 그때 요시카와는 담배를 피우며 손님과 이야기를 나누고 있었다. 그 손님은 물론 그가 모르는 사람이었다. 그가 문을 반쯤 열었을 때 지금까지 활기를 띤 것 같던 손님과의 대화가 뚝 끊겼다. 그리고 두 사람 다 이쪽을 쳐다보았다.

"무슨 일인가?"

요시카와가 먼저 말을 걸어서 쓰다는 방 입구에 멈춰 섰다.

"잠깐……."

"자네 개인 일인가?"

쓰다는 물론 공적인 일로 이 방에 자주 출입할 만한 사람이 아니었다. 겸연쩍은 듯한 표정을 지으며 그가 대답했다.

"그렇습니다. 잠시……."

"그럼 나중에 하세. 지금은 좀 사정이 있으니까."

"예. 눈치 없이 실례했습니다."

소리가 나지 않도록 문을 닫은 쓰다는 다시 자신의 책상으로 돌아왔다.

오후가 되어 쓰다는 두 번쯤 그 문 앞에 섰다. 하지만 두 번 다 요시카와는 자리에 없었다.

"어디 가셨나?"

쓰다는 아래로 내려간 김에 현관에 있는 사환에게 물었다. 이목구비가 반듯한 소년은 돌계단 아래에 드러누워 있는 털이 긴 갈색 개 쪽으로 자신의 손을 길게 뻗어 개를 계단 위로 오게 하는 마술이라도 부리는 양 휘파람을 불고 있었다.

"네, 조금 전에 손님과 함께 나가셨습니다. 어쩌면 오늘은 이쪽으로 돌아오시지 않을지도 모릅니다."

매일 사람의 출입을 지켜보고 있는 이 사환은 적어도 이 점에서는 쓰다보다 확실한 예언자였다. 쓰다는 누가 데려왔는지 모르는 갈색 개와 그 개를 친구로 삼으려고 무척 애쓰고 있는 사환을 내버려두고 다시 자기 책상으로 돌아왔다. 그리고 거기서 정해진 시간까지 평소와 다름없이 사무를 보았다.

시간이 되었을 때 쓰다는 다른 사람보다 한발 늦게 큰 건물을 빠져나왔다. 그는 평소대로 역 쪽으로 걸으면서 문득 생각난 듯이 다시 호주머니에서 시계를 꺼내 보았다. 정확한 시간을 알려고 하기보다는 오히려 자신이 걸어갈 방향을 결정하기 위해서였다. 돌아가는 길에 요시카와의 집에 들를 것인지 그만둘 것인지를 고민하며 무의미하게 시계와 의논한 것이나 다름없는 일이었다.

쓰다는 결국 자신의 집과는 반대 방향으로 달리는 전차에 뛰어올랐다. 요시카와가 집에 없을 가능성이 많다는 것을 뻔히 알고 있는 그는 집까지 찾아가본들 꼭 만날 수 있을 거라고는 생각하지 않았다. 뜻밖에 집에 있다고 해도 사정이 안 좋으면 만나지 못하고 돌아올 수밖에 없다는 것도 알고 있었다. 하지만 그로서는 가끔 요시카와의 집을 찾아갈 필요가 있었다. 그것은 예의 때문이기도 했다. 도리 때문이기도 했다. 그리고 이해관계 때문이기도 했다. 마지막으로 단순한 허영심 때문이기도 했다.

'쓰다는 요시카와와 특별한 사이이다.'

쓰다는 때때로 이런 사실을 짊어져보고 싶었다. 그리고 그 짐을 짊어진 채 사람들 앞에 서보고 싶었다. 게다가 스스로 중시하는 그의 평소 태도를 조금도 무너뜨리지 않은 채 그 사실을 짊어지고 싶었다. 물건을 되도록 안쪽 깊숙한 곳에 애써 감추면서도 그렇게 애써 감추고 있는 것을 오히려 사람들에게 보여주고 싶어 하는 것과 같은 심리 상태로 그는 지금 요시카와의 집 현관 앞에 섰다. 그리고 그는 어디까지나 볼일 때문에 일부러 이곳에 찾아온 것이라고 자신의 행동을 해석하고 있었다.

10

위압감을 주는 집 정면의 현관문은 여느 때처럼 굳게 닫혀 있었다. 쓰다는 현관문 윗부분에 투조(透彫)처럼 끼워 넣어진 두꺼운 격자 안을 무심코 들여다보았다. 안에는 큼직한 화강암 디딤돌이 조용히 가로놓여 있었다. 그리고 천장 한가운데에 검푸른 주물로 된 전등갓이 드리워져 있었다. 여태껏 한 번도 이곳에 발을 들여놓은 적이 없는 그는 일부러 그곳을 지나쳐 옆쪽으로 돌아갔다. 그리고 서생 방 바로 옆에 있는 다른 출입문에서 안내를 청했다.

"아직 돌아오지 않았습니다."

고쿠라산(産) 무명 직물로 지은 하카마를 입고 쓰다 앞에 무릎을 꿇은 서생의 대답은 간단했다. 그리고 상대가 곧 돌아갈 것이라고 이해하는 듯한 서생의 모습이 다소 쓰다를 난처하게 했다. 쓰다는 결국 거듭 물었다.

"사모님은 계십니까?"

"사모님은 계십니다."

사실 쓰다는 요시카와보다 오히려 부인과 친했다. 여기까지 오는 길에 그는 처음부터 부인을 만나자는 생각을 어느 정도 하고 있었다.

"그럼 사모님께 좀."

그는 아직 자신의 얼굴을 모르는 새로운 서생에게 다시 한번 손님이 왔음을 전해달라고 부탁했다. 서생은 싫은 내색도 하지 않고 안으로 들어갔다. 그러고 나서 다시 나왔을 때는 다소 격식을 차린 어조로 "사모님께서 만나시겠다고 하십니다. 들어오세요"라고 말하며 그를 서양식 응접실로 안내했다.

쓰다가 거기에 있는 의자에 앉자, 아직 차도 담배합도 내오기 전에 부인이 곧바로 얼굴을 내밀었다.

"지금 퇴근하는 길이에요?"

앉아 있던 쓰다는 다시 일어나야 했다.

"부인은 잘 지내요?"

쓰다의 인사에 가볍게 고개를 숙이고는 곧 자리에 앉은 부인은 이내 이렇게 물었다. 쓰다는 살짝 쓴웃음을 지었다. 뭐라 대답해야 좋을지 몰랐다.

"부인이 생겨서 그런지 요즘은 우리 집에 발길이 좀 뜸해진 것 같네요."

요시카와 부인의 말에는 아무런 거리낌도 없었다. 그녀는 자기 앞에 있는 연하의 남자를 볼 뿐이었다. 그리고 그 연하의 남자는 전부터 손아랫사람이었다.

"아직도 좋죠?"

쓰다는 가볍게 모래를 실어오는 바람을 가만히 지나치게 할 때처럼 얌전히 있었다.

"하지만 이제 꽤 되었죠, 결혼한 지도?"

"예, 벌써 반년이 좀 넘었습니다."

"빠르네요. 바로 얼마 전이라고 생각했는데. 그래, 요즘은 어때요?"

"뭐가요?"

"부부 사이요."

"특별히 어떻다고 할 만한 건 없습니다."

"그럼 좋을 때가 지난 건가요? 거짓말 마세요."

"좋을 때는 처음부터 없었으니까 어쩔 수 없습니다."

"그럼 지금부터겠네요. 만약 처음부터 없었다면 앞으로 좋을 때가 올 거예요."

"고맙습니다. 그럼 기대하고 있어야겠네요."

"그런데 몇 살이죠?"

"많이 먹었습니다."

"많은 게 아니에요. 잠깐 물어보고 싶어서 묻는 거니까 어디 솔직하게 말해보세요."

"그럼 말씀드리지요. 실은 서른입니다."

"그럼 내년에는 벌써 서른하나겠네요."

"순서대로 계산하면 뭐 그렇게 되겠지요."

"오노부 씨는요?"

"그 사람은 스물셋입니다."

"내년에요?"

"아니요, 올해요."

11

요시카와 부인은 이런 식으로 자주 쓰다를 놀렸다. 기분이 좋을 때는 더욱 그랬다. 쓰다도 간혹 요시카와 부인을 놀렸다. 하지만 그가 본 부인의 태도에는 농담인지 진담인지 알 수 없는 어떤 것이 번뜩이곤 했다. 그런 경우에 맞닥뜨리면 꿋꿋한 성격인 그도 대화 중에 사소한 것에 신경을 쓰고는 했다. 그리고 만약 사정이 허락하면 이야기의 뿌리를 끝까지 파서 상대의 진의를 알아내려고 했다. 조심스러운 나머지 그렇게까지 할 수 없을 때는 잠자코 상대의 안색만 살폈다. 그럴 때 그의 눈에는 필연적으로 늘 가벼운 의심의 구름이 끼어 있었다. 겁먹은 듯이 보이기도 했다. 주의 깊게 보이기도 했다. 또는 자의적으로 신경이 곤두서는 기색을 띠는 것처럼 보이기도 했다. 마지막으로 '사려에 가득 찬 불안'으로 형용할 만한 분위기를 띠기도 했다. 요시카와 부인은 쓰다를 만날 때마다 한두 번은 반드시 그를 거기까지 몰아붙였다. 쓰다 또한 그걸 알면서도 어느새 거기로 끌려들어갔다.

"사모님은 굉장히 짓궂으시네요."

"왜요? 당신들 나이를 물어본 게 짓궂은 건가요?"

"그런 건 아니지만 어쩐지 의미가 있는 듯, 없는 듯한 걸 물어놓고 일부러 다음 말을 하지 않으니까요."

"다음 말 같은 건 없어요. 정말 당신은 너무 연구만 해서 못쓴다니까요. 학문을 하려면 연구가 필요할지도 모르지만, 교제에 연구는 금물이에요. 당신이 그런 버릇을 그만두기만 하면 남한테 호감을 주는 좋은 남자가 될 수 있을 텐데 말이에요."

쓰다는 좀 뜨끔했다. 하지만 그것은 가슴에서 느끼는 뜨끔함이지 머리로 느끼는 뜨끔함이 아니었다. 그의 머리는 노골적인 타격 앞에서 냉정하게 상대를 내려다보았다. 부인은 미소를 지었다.

"거짓말 같으면 돌아가서 부인한테 한번 물어보세요. 오노부 씨도 틀림없이 저와 같은 의견일 테니까. 오노부 씨만이 아니에요. 그 밖에도 또 한 사람이 있을 거예요, 틀림없이."

쓰다의 얼굴이 갑자기 굳어졌다. 입술의 근육이 살짝 움직였다. 그는 시선을 무릎 위로 떨어뜨린 채 아무 대답도 하지 않았다.

"알겠죠, 누군지?"

부인은 그의 얼굴을 들여다보듯이 물었다. 그는 물론 누구인지 잘 알고 있었다. 하지만 부인의 말을 긍정할 생각은 눈곱만큼도 없었다. 다시 얼굴을 들었을 때 그는 침묵의 눈을 부인에게 향했다. 그의 눈이 무언중에 무슨 말을 하는지 부인은 도무지 알 수가 없었다.

"기분 상했다면 용서하세요. 그런 말을 할 생각으로 말한 건 아니니까요."

"아니요, 아무렇지도 않습니다."

"정말요?"

"정말 아무렇지도 않습니다."

"그럼 좀 안심이 되네요."

부인은 이내 원래의 가벼운 어조를 회복했다.

"당신은 아직 어딘가 어린애 같은 구석이 있네요, 이렇게 얘기를 해보면요. 그래서 남자는 손해인 것 같지만 역시 이득이라니까요. 당신은 방금 말한 대로 딱 서른이죠? 그리고 오노부 씨가 올해 스물셋이니까 상당히 차이가 나는데도 겉모습만 보면 오히려 부인이 더 나이 들어 보일 정도예요. 나이 들어 보인다고 하면 실례가 될지도 모르지만, 뭐라고 하면 좋을까요, 으음…….”

부인은 쓰다를 앞에 두고 오노부의 겉모습을 형용할 말을 생각하는 듯했다. 쓰다는 다소 호기심을 갖고 기다렸다.

“좀 원숙해요. 정말 영리한 사람이죠. 그렇게 영리한 사람은 좀처럼 본 적이 없어요. 잘해드리세요.”

부인의 어조로 보면 ‘잘하라’는 오히려 ‘정신 바짝 차려라’는 말에 가까웠다.

12

그때 두 사람의 머리 위에 매달려 드리워져 있는 전등에 불이 들어왔다. 조금 전에 안내하러 나왔던 서생이 가만히 방으로 들어와 소리 나지 않도록 창문의 발을 내리고 아무 말 없이 그대로 나갔다. 가스난로의 색깔이 점점 진해지는 것을 조금 전부터 주의 깊게 보고 있던 쓰다는 잠자코 서생의 뒷모습을 바라보았다. 이제 슬슬 이야기를 일단락 짓고 돌아가야 한다는 생각이 들었다. 그는 앞에 놓인 홍차 찻잔 바닥에 차갑게 떠 있는 레몬 조각 하나를 비키며 나머지를 남김없이 마셨다. 그리고 그것을 신호로 자신이 찾아온 용건을 부인에게 털어놓았다. 용건은 원래 간단한 것이었다. 하지만 부인의 승낙 여부만으로 금방 결정될 일은 아니었다. 그가 자유롭게 쓰고 싶다는 일주일 내외의 시일을 이달의 언제로 해야 좋을지는 그녀도 전혀 알 수 없었다.

“언제든 상관없겠지요. 조정만 한다면.”

그녀는 아주 대수롭지 않은 말투로 쓰다에게 호의를 표했다.

"물론 조정은 해두었습니다만……."

"그럼 된 거 아니에요? 내일부터 쉬어도."

"그래도 좀 여쭤보지 않으면……."

"그럼 돌아오면 제가 잘 말씀드려둘게요. 걱정할 건 하나도 없어요."

부인은 흔쾌히 허락했다. 마치 자신이 남을 위해 힘써줄 일이 하나 생겨서 기뻐하는 것처럼 보이기도 했다. 쓰다는 기분 좋고 동정심 있는 부인을 바로 앞에서 보는 것이 기뻤다. 자신의 태도나 행동이 원동력이 되어 상대를 그렇게 만들었다는 자각이 그를 더욱 기쁘게 했다.

쓰다는 어떤 의미에서 부인에게 어린애 취급을 받는 것이 좋았다. 어린애 취급을 받기에 두 사람 사이에 생기는 일종의 친밀감을 얻을 수 있었기 때문이다. 그 친밀감을 잘 들여다보면 역시 남녀 사이에서만 일어날 수 있는 특수한 친밀감이었다. 예를 들어 말하자면 술집 접대부가 갑자기 등을 토닥거려준 순간 느끼는 쾌감 비슷한 것이었다.

동시에 그는 요시카와 부인이 도저히 어린애 취급을 할 수 없는 면을 충분히 갖추고 있었다. 그는 그런 면을 애써 감추고 부인 앞에 설 준비를 잊지 않았다. 그리하여 그는 부인이 격의 없이 희롱할 때의 가벼운 느낌을 앞으로 받으면서도, 뒤로는 언제든 자신이 쌓은 두텁고 무거운 벽에 기댔다.

쓰다가 용건을 마치고 의자에서 일어나려고 할 때 부인이 돌연 말문을 열었다.

"또 어린애처럼 울거나 앓는 소리를 내거나 하면 안 돼요. 몸집만 커가지고."

쓰다는 불현듯 작년의 고통을 떠올렸다.

"그때는 정말 난감했습니다. 장지문을 여닫을 때마다 국부가 따끔따끔한 것이 몸 전체가 이부자리 위에서 펄쩍펄쩍 뛰어오를 정도였으니까요. 하지만 이번에는 괜찮습니다."

"그래요? 누가 보증해주었나요? 무슨 소린지 모르겠군요. 너무 큰 소리치면 확인하러 가는 수가 있어요."

"사모님이 병문안을 오실 만한 데가 아닙니다. 비좁고 지저분하고 이상한 방이거든요."

"전혀 상관없어요."

부인의 태도가 진심인지 장난인지 쓰다는 도무지 요령부득이었다. 의사의 전문 분야가 자신의 병 이외의 다른 분야[8]에 속하기 때문에 부인 같은 사람은 그쪽에 가까이하지 않는 편이 좋다고 말하려던 쓰다는 약간 머뭇거리며 주저했다. 부인은 방심을 틈타 바짝 다가왔다.

"갈 거예요, 당신한테 할 이야기도 있으니까요. 오노부 씨 앞에서는 하기 어려운 이야기거든요."

"그럼 조만간 제가 찾아뵙겠습니다."

부인은 도망치듯이 일어난 쓰다를 응접실에서 웃는 얼굴로 배웅했다.

13

거리로 나온 쓰다의 발길은 점차 요시카와의 집에서 멀어졌다. 하

8 성병을 말한다.

지만 그의 머리는 발만큼 빨리 지금까지 있던 응접실에서 벗어날 수 없었다. 그는 비교적 인적이 드문 저녁 어스름이 깔린 거리를 걸으면서 여전히 환한 실내의 광경을 깜박깜박 떠올렸다.

차갑게 번쩍이는 칠보 도자기 화병, 그 화병의 매끄러운 표면에 흐르는 화려한 색 무늬, 테이블 위로 옮겨온 은도금을 한 둥근 쟁반, 같은 색의 각설탕 통과 우유 통, 검푸른 바탕에 갈색 당초무늬가 들어간 묵직해 보이는 커튼, 세 귀퉁이에 금박을 입힌 장식용 앨범. 이런 것의 강한 자극이 이미 환한 전등 밑을 떠나 어두운 바깥으로 나온 그의 눈 속을 어지러이 오갔다.

쓰다는 물론 소용돌이치는 이런 색 안에 앉아 있는 여주인공의 환영을 잊을 수 없었다. 그는 걸으면서 조금 전 그녀와 나눈 대화를 드문드문 떠올렸다. 그리고 어떤 부분에 이르면 마치 볶은 콩을 입에 넣은 사람처럼 천천히 씹으며 음미했다.

'사모님은 어쩌면 아직 그 사건에 대해 나한테 무슨 이야기를 할 생각인지도 모른다. 사실 나는 그 이야기를 듣고 싶지 않다. 하지만 또 몹시 듣고 싶기도 하다.'

마음속에서 모순된 양면을 자신에게 공언했을 때 그는 순식간에 자신의 약점을 폭로당한 사람처럼 어두운 길에서 얼굴을 붉혔다. 그는 붉어진 얼굴에서 벗어나기 위해 일부러 곧장 앞으로 걸어갔다.

'혹시 사모님이 그 사건에 대해 나한테 무슨 말을 꺼낼 생각이라면 대체 그 의도는 뭘까?'

지금의 쓰다는 결코 이 문제를 해결할 수 없었다.

'나를 놀리려고?'

딱히 뭐라고 할 수는 없었다. 그녀는 원래 남을 놀리기 좋아하는 여자였다. 그리고 두 사람 사이는 그녀에게 그런 자유를 주기에 충분했다. 게다가 그녀의 지위는 자기도 모르는 사이에 지금의 그녀를 방만하게 했다. 그를 애태우는 일에서 얻을 수 있는 단순한 쾌감을 위해 조심성이라는 울타리를 아무렇지 않게 넘을지도 몰랐다.

'만약 그렇지 않다면……, 나에 대한 동정 때문에? 나를 지나치게 편애하기 때문에?'

이 또한 뭐라고 할 수 없었다. 지금까지 그녀는 사실 그에게 친절하기도 했고 또 편을 들어주기도 했다.

쓰다는 큰길로 나가 전차를 탔다. 도랑 옆을 따라 달리는 전차의 차창 밖으로 까만 물과 까만 제방과 그 제방 위에 구부러진 까만 소나무가 보였다.

전차의 한쪽 구석에 자리를 잡은 쓰다는 차창 너머로 으스스해 보이는 가을밤 경치에 잠깐 눈을 주었다. 곧바로 다른 일을 생각해야 했다. 그는 성가셔서 어젯밤에 그대로 내버려둔 돈 마련을 어떻게든 해야 하는 처지였다. 그는 곧 다시 요시카와 부인을 떠올렸다.

'아까 사정을 털어놓고 먼저 말을 꺼내기만 했다면 간단했을 텐데.'

이렇게 생각하자 자신이 눈치 빠르게 상황을 판단했다고 생각하고 일찍 자리를 뜬 것이 아쉬웠다. 그렇다고 이제 와서 그 용건만으로 다시 그녀를 만나러 갈 용기는 전혀 없었다.

전차에서 내려 다리를 건널 때 쓰다는 어두운 난간 밑에 웅크리고 있는 거지를 보았다. 거지는 움직이는 검은 그림자처럼 쓰다 앞에 고개를 숙였다. 그는 몸에 얇은 외투를 걸치고 있었다. 계절로 보면 너무 이른 가스난로의 따뜻한 불꽃을 이미 보고 왔다. 하지만 거지와 그의 현격한 차이는 지금 그의 안중에 들어올 여지가 거의 없었다. 그는 자신을 궁한 사람처럼 느꼈다. 아버지가 여느 달처럼 돈을 보내주지 않는 것이 고약스럽게 여겨졌다.

14

쓰다는 이런 기분으로 자기 집 문 앞까지 걸었다. 그가 현관 격자문에 손을 대려고 하자 격자문이 아직 열리기도 전에 안쪽 장지문이 먼저 쓰윽 열렸다. 그리고 오노부의 모습이 어느새 격자 너머의 쓰다 앞에 나타났다. 그는 엷게 화장을 한 그녀의 옆얼굴을 깜짝 놀란 듯이 바라보았다.

쓰다는 결혼 후 이런 일로 자주 아내에게 놀랐다. 그녀의 행위는 때로 남편의 선수를 친다는 나쁜 결과를 낳는 대신에 때로는 굉장히 상황 판단이 빠르다는 증거가 되기도 했다. 일상의 사소한 사건에서 자주 그런 특색을 발휘하는 그녀의 행동을 쓰다는 간혹 자신의 눈앞에 번뜩이는 나이프의 빛처럼 바라보는 일이 있었다. 사소하지만 뛰어나다는 느낌과 함께 어딘가 불쾌한 기분도 들었다.

순간적으로 쓰다는 오노부가 어떤 힘으로 자신의 귀가를 예감했다고 생각했다. 하지만 그 이유를 묻고 싶지는 않았다. 이유를 물었다가 웃으면서 얼버무리기라도 하면 자신의 패배처럼 보이기 때문이다.

쓰다는 시치미를 떼고 현관에서 안으로 들어갔다. 그리고 곧 옷을 갈아입었다. 거실 화로 앞에는 검정 칠을 한 발이 달린 밥상이 상보가 씌워진 채 그의 귀가를 기다리고 있었다는 듯이 차려져 있었다.

"오늘은 어디 들렀다 왔어요?"

쓰다가 일정한 시각에 돌아오지 않으면 오노부는 꼭 이렇게 물었다. 자연히 쓰다는 꼭 뭐라고 대답을 해야 했다. 하지만 그런 용건만으로 늦어진 것이 아니어서 때로 그의 대답은 아주 애매해졌다. 그런 경우 그는 자신을 위해 엷게 화장을 한 오노부의 얼굴을 애써 외면하려고 했다.

"맞혀볼까요?"

"응."

오늘 쓰다는 무척 태연했다.

"요시카와 씨죠?"

"잘 맞히는군."

"대충 눈치로 알 수 있어요."

"그런가? 하긴 어젯밤에 요시카와 씨한테 말하고 나서 수술 날짜를 잡을 거라고 했으니까 맞힐 만도 하군."

"그런 일이 없었어도 전 맞힐 수 있어요."

"그래? 대단하군."

쓰다는 요시카와 부인에게 부탁하고 온 요점만을 오노부에게 전했다.

"그럼 언제부터 치료를 시작해요?"

"그런 사정이니까 뭐 언제부터 해도 상관없을 것 같긴 한데……."

쓰다의 마음속에는 치료를 시작하기 전에 반드시 돈을 마련해야 한다는 걱정이 있었다. 물론 액수가 큰 것은 아니었다. 하지만 대단한 액수가 아닌 만큼 그는 이렇다 할 간편한 조달 방법이 떠오르지 않아 초조했다.

간다에 있는 누이를 잠깐 떠올려봤지만, 그곳으로 찾아갈 마음은 도저히 생기지 않았다. 그가 결혼 후 살림이 늘어났다는 명분으로 매달 부족한 돈을 교토에 있는 아버지에게서 보전받게 된 일의 일면에는 추석과 연말 보너스로 얼마간 갚겠다는 조건이 붙어 있었다. 그가 여러 가지 사정으로 올여름 그 조건을 이행하지 않았기 때문에 아버지는 이미 감정이 상해 있었다. 그걸 알고 있는 누이는 또 대체로 아버지를 동정했다. 매제 앞에서 누이에게 돈 문제를 꺼내는 것이 처음부터 떳떳하지 못하다고 생각한 그는 이런 사정 때문에 더욱 답답했다. 그는 어쩔 도리가 없다면 오노부의 충고대로 다시 한번 아버지에게 편지를 써서 사정을 말해보는 수밖에 없다고 생각했다. 그러기 위해서는 지금의 병을 다소 심각하게 쓰는 것이 상책일 것 같았다. 부모에게 걱정을 끼치지 않을 정도로 실제 사실에 약간의 과장을 보태는 정도의 일은 양심의 가책을 받지 않고 누구라도 할 수 있는 요령이었다.

"여보, 어젯밤 당신이 말한 대로 다시 한번 아버지한테 편지를 보내야겠어."

"그래요? 하지만……."

오노부는 '하지만'이라고만 말하고 쓰다를 쳐다보았다. 쓰다는 개의치 않고 2층으로 올라가 책상 앞에 앉았다.

15

서양식 편지지를 늘 써온 쓰다는 책상 서랍에서 라벤더색 종이와 봉투를 꺼냈다. 종이에 만년필로 아무 생각 없이 두세 줄 썼을 때 문득 생각이 미쳤다. 아버지는 아들이 보내는, 펜이나 만년필로 난잡하게 쓴 언문일치 편지를 평소 그다지 달가워하지 않았다. 그는 멀리 있는 아버지의 얼굴을 눈앞에 그려보며 쓴웃음을 짓고는 펜을 놓았다. 이어서 편지를 써 보내봤자 도저히 효과가 없을 거라는 생각이 들었다. 그는 목탄지 비슷한 까칠까칠하고 두툼한 종이 여백에 염소수염을 기른 아버지의 갸름한 얼굴을 장난삼아 스케치하며 어떻게 할지를 궁리했다.

잠시 후 그는 결심하고 일어섰다. 장지문을 열고 2층 계단 입구로 가서 아래층에 있는 아내를 불렀다.

"여보, 일본 두루마리 종이하고 봉투 좀 있어? 있으면 좀 갖다 줘."

"일본요?"

아내의 귀에는 일본이라는 말이 아주 묘하고 우스꽝스럽게 들렸다.

"여자 거라면 있어요."

쓰다는 다시 자기 앞에 세련된 무늬가 들어간 두루마리 편지지를 펼쳤다.

"이거라면 마음에 들어 하실까?"

"내용만 잘 알 수 있도록 쓰면 종이 따윈 아무래도 좋은 거 아니에요?"

"그렇지가 않아. 아버지는 그래 봬도 꽤 까다롭거든."

쓰다는 진지한 얼굴로 여전히 두루마리 편지지를 응시했다. 오노부의 입가에 엷은 웃음이 스쳤다.

"도키코한테 잠깐 가서 사오라고 할까요?"

"응."

쓰다는 건성으로 대답했다. 흰색 두루마리 편지지와 무늬 없는 봉투만 있다고 반드시 자신의 희망이 이루어진다고 할 수도 없었다.

"기다리세요. 금방이니까요."

오노부는 곧바로 아래층으로 내려갔다. 잠시 후 쪽문이 열리고 하녀가 밖으로 나가는 발소리가 들렸다. 쓰다는 필요한 물건이 자기 손에 들어올 때까지 아무것도 하지 않고 그냥 책상 앞에 앉아 담배를 피웠다.

당연히 그의 머리에서는 아버지가 떠나지 않았다. 도쿄에서 태어나고 자란 그의 아버지는 걸핏하면 가미카타[9]에 대한 험담을 하고 싶어 하는 주제에 어느 사이에 영주할 목적으로 교토에 정착하고 말았다. 쓰다가 그 지방을 그다지 좋아하지 않는 어머니를 동정하여 살짝 반대의 뜻을 흘렸을 때 아버지는 자신이 산 토지와 자신이 지은 집을 그에게 보여주며 "이걸 어떻게 할 생각이냐?"라고 물었다. 지금보다 어렸던 그는 아버지의 말뜻을 제대로 이해하지 못했다. 처분은 어떻게든 될 거라고 생각했다. 아버지는 이따금 그에게 "누구를 위해서도 아니야. 다 너를 위해서지"라고 말했다. "지금은 그 고마움을 모를지 모르지만 내가 죽어봐라, 꼭 알게 되는 날이 올 테니까"라고도 했다. 그는 머릿속에서 아버지의 말과 그 말을 입에 담을 때의 아버지를 떠올렸다. 자식의 장래 행복을 혼자 도맡은 듯한 자신감에 차 있던 그 모습이 그에게는 다가갈 수 없는 예언자처럼 보였다. 그는 상상의 눈으로 보는 아버지에게 말하고 싶었다.

'아버지가 돌아가신 뒤에 한꺼번에 아버지의 고마움을 알게 되는 것보다는 살아 계시는 동안 매달 정확하게 아버지의 고마움을 조금씩 아는 것이 얼마나 더 편할지 모르겠습니다.'

그가 아버지의 기분을 상하게 하지 않는 두루마리 편지지에, 가능

9 上方. 옛날 황거가 있던 교토 및 그 주변 지방을 말한다.

한 한 돈을 보내주게 할 것 같은 문구를 딱딱한 문어체로 쓰기 시작한 것은 그로부터 10분쯤 후였다. 어색한 마음으로 편지를 다 쓰고 나서 다시 한번 읽어보니 글씨가 서툴러 아주 정나미가 떨어졌다. 문구는 차치하고 이런 글씨로는 도저히 성공할 자격이 없는 것 같았다. 마지막으로, 설사 성공하더라도 자신이 필요한 기일까지 돈은 아무래도 올 것 같지 않았다. 하녀에게 우편함에 넣고 오게 한 후 그는 잠자코 이부자리 속으로 기어들면서 마음속으로 말했다.

'그때 일은 또 그때 생각하면 되지, 뭐.'

16

이튿날 오후 쓰다는 호출을 받고 요시카와 앞에 섰다.

"어제 집에 찾아왔다면서?"

"예, 잠깐 안 계실 때 찾아가서 사모님을 뵙고 왔습니다."

"또 병이라고 하더군."

"예, 좀……."

"곤란한데. 그렇게 자주 병에 걸려서 말이야."

"실은 전에 앓던 병이 지속된 겁니다."

요시카와는 조금 의외라는 듯한 얼굴로 지금까지 썼던 식후의 이쑤시개를 입에서 뱉어냈다. 그리고 양복의 안쪽 호주머니를 뒤져 담뱃갑을 꺼내려고 했다. 쓰다는 곧바로 재떨이 위에 있는 성냥을 집어 그었다. 너무 마음을 쓰려고 서두른 탓에 첫 번째는 도움이 안 되고 금세 꺼져버렸다. 서둘러 두 번째를 그어 조심스럽게 요시카와의 코앞으로 가져갔다.

"어쨌든 병이라면 어쩔 수 없지. 쉬면서 잘 치료하면 될 거야."

쓰다는 고맙다고 말하고 방에서 나가려고 했다. 요시카와는 담배 연기 사이로 물었다.

"사사키한테는 말해두었겠지?"

"예, 사사키 씨에게도, 다른 사람들한테도 말해서 조정을 해두었습니다."

사사키는 그의 상사였다.

"어차피 쉴 거면 빠른 게 좋아. 빨리 치료하고 빨리 좋아져서 열심히 일하지 않으면 안 되니까."

요시카와의 말은 그의 성격을 잘 드러내주었다.

"사정만 맞으면 내일부터 쉬게."

"예?"

이런 말을 들은 쓰다는 좋든 싫든 내일 당장 입원해야 할 것 같은 기분이 들었다.

쓰다의 몸이 반쯤 문 밖으로 나갔을 때 요시카와는 뒤에서 다시 그를 불러 세웠다.

"이봐, 자네, 아버님은 요즘 어떠신가? 여전히 건강하신가?"

돌아본 쓰다의 코를 갑자기 여송연의 좋은 냄새가 덮쳐왔다.

"예. 감사합니다. 덕분에 건강합니다."

"아마 시라도 지으면서 소일하시겠지? 마음 편해서 좋으시겠어. 어젯밤에도 오카모토하고 어디서 만나 자네 아버님 이야기를 했다네. 오카모토도 부러워하더군. 그 친구도 요즘은 좀 한가해지긴 했지만, 아무리 그래도 자네 아버님처럼은 안 되니까 말이야."

쓰다는 아버지가 결코 이 사람들로부터 부러움을 사고 있다고는 생각하지 않았다. 만약 그들을 아버지의 처지에 두겠다는 사람이 있다면, 그들은 쓴웃음을 지으며 적어도 앞으로 10년간은 이대로 내버려두라고 부탁할 거라고 생각했다. 물론 이는 자신의 성격으로 추단한 관찰에 지나지 않았다. 동시에 그들의 성격으로 추단한 쓰다의 관찰이기도 했다.

"아버지는 이제 시대에 뒤떨어져 그렇게라도 해서 살 수밖에 다른 도리가 없습니다."

쓰다는 어느새 다시 방 안으로 돌아와 원래의 위치에 서 있었다.

"시대에 뒤떨어진 게 아니야. 오히려 시대에 앞섰으니까 그런 생활을 할 수 있는 거네."

쓰다는 대답이 궁했다. 상대는 입으로 무슨 말이라도 할 수 있는 것에 비해 자신은 그렇게 할 수 없는 것이 부담스러웠다. 그는 따분한 마음으로 느릿느릿 사라지는 여송연 연기를 바라보았다.

"아버님께 걱정을 끼쳐드려서는 안 되네. 자네 일은 뭐든지 알고 있으니까 만약 안 좋은 일이 있으면 내가 아버님께 알려드릴 거네, 알았나?"

쓰다는 어린애를 대하는 듯한, 농담인지 훈계인지 분간할 수 없는 말을 쓴웃음을 지으며 들은 후에야 간신히 방을 빠져나올 수 있었다.

17

그날 돌아가는 길 도중에 전차에서 내린 쓰다는 역에서 번화한 길을 조금 지난 곳에서 옆으로 꺾어 들어갔다. 전당포 포렴이며 기원 간판이며 소방대장이 있을 법한 격자문을 단 집을 좌우로 보면서 그는 활 모양으로 구부러진 골목 중간쯤에 있는, 간유리를 끼운 문을 밖에서 안으로 밀고 들어갔다. 문 위쪽에 붙은 벨이 날카로운 소리를 냈을 때 그는 현관 막다른 곳의 좁은 방에서 네댓 사람이 쏘는 눈빛을 한꺼번에 받았다. 창이 없는 방은 비좁을 뿐 아니라 실제로 어두웠다. 바깥에서 갑자기 들어온 그는 마치 움막 같다는 느낌을 받았다. 그는 추운 듯이 긴 의자 한쪽 구석에 앉아 방금 어둠 속에서 눈을 빛내며 자신을 쳐다본 사람들을 되받아 보았다. 그들은 대부분 방 한가운데에 있는 큼직한 도자기 화로 주위를 에워싸듯이 앉아 있었다. 그중 두 사람은 팔짱을 끼고 있고, 두 사람은 화로 가장자리에 한 손을 쬐고 있고, 멀리 떨어져 있는 한 사람은 거기에 어질러진 신문지를 핥듯이 얼굴을 들이밀고 있고, 마지막 한 사람은 쓰다가 지금 앉아 있는 긴 의자의 반대쪽 구석에 몸을 약간 옆으로 하고 발을 꼬고 앉아 있었다.

벨이 울렸을 때 약속이나 한 듯이 출입구를 돌아봤던 그들은 힐끗 한 번 쳐다보고는 약속이나 한 듯이 다시 조용해졌다. 다들 잠자코 무슨 생각에 잠겨 있는 듯한 태도로 앉아 있었다. 그 모습은 쓰다의 존재에 주의를 기울이지 않는다기보다는 오히려 쓰다의 주의를 받지 않으려고 피하는 것으로 보였다. 단지 쓰다만이 아니라 서로 주의를 받는 고통을 꺼려 일부러 딴 데로 눈을 돌리는 것처럼 보이기도 했다.

이 음침한 한 무리의 사람들은 거의 예외 없이 아주 비슷비슷한 과거를 가진 이들뿐이었다. 그들은 이렇게 어둑한 대기실에서 조용히 자기 차례가 오기를 기다리는 동안 오히려 화려하게 채색된 과거의 단편 때문에 갑자기 검은 그림자를 드리우게 되는 것이다. 그리고 환한 곳으로 눈을 돌릴 용기가 없어 가만히 검은 그림자 속에 못 박힌 듯 꼼짝없이 틀어박혀 있는 것이다.

쓰다는 긴 의자 팔걸이에 팔을 올리고 이마에 손을 댔다. 그는 신에게 묵도를 하는 듯한 자세로, 작년 말 이래 뜻밖에 이 의사의 병원에서 만난 두 사내를 생각했다.

한 사람은 사실 그의 매제였다. 이 어둑한 방 안에서 갑자기 그를 봤을 때 쓰다는 깜짝 놀랐다. 그런 일에 비교적 무심한 상대도 쓰다의 놀라는 모습에 반응한 탓인지 잠깐 할 말이 궁한 듯했다.

다른 사람은 친구였다. 이 친구는 쓰다가 자신과 같은 성질의 병에 걸린 것이라 믿고 아무렇지 않게 말을 걸어왔다. 그들은 그때 함께 병원을 나와 저녁을 먹으면서 섹스와 러브라는 문제를 놓고 까다로운 이야기를 나누었다.

매제를 만난 일은 일시적으로 놀랐을 뿐이고 별다른 영향도 없이 끝났다. 하지만 그걸로 끝이라고 생각했던 친구와의 사이에서는 그 후 이상한 일이 생겼다.

그때의 친구 말과 지금의 친구 처지를 연결하여 생각해야 했던 쓰다는 느닷없이 충격을 받은 사람처럼 눈을 뜨고 이마에서 손을 뗐다.

그때 진찰실에서 감색 서지 양복을 입은 서른 줄의 남자가 나와 바로 약국 창 쪽으로 갔다. 그가 호주머니에서 지갑을 꺼내 돈을 지불하려는 순간, 간호사가 문턱 위에 섰다. 그녀와 면식이 있는 쓰다는 다음 환자의 이름을 부르고 다시 진찰실로 들어가려는 그녀를 불러 세웠다.

"차례를 기다리는 게 귀찮아서 그러는데, 잠깐 선생님께 물어봐주겠소? 내일이나 모레 수술을 받으러 와도 되는지."

안으로 들어간 간호사는 금세 어둑한 방 출입구에 하얀 모습을 나타냈다.

"지금 마침 2층이 비어 있으니까 언제든지 편하실 때 오세요."

쓰다는 도망치듯이 어둑한 방을 나왔다. 그가 서둘러 신발을 신고 간유리가 끼워진 큼직한 문을 안쪽으로 당겼을 때 지금까지 깜깜하게 보였던 대기실에 전등불이 확 켜졌다.

18

쓰다는 어제보다 조금 이른 시각에 집에 돌아왔다. 요즘 갑자기 짧아진 가을 해는 벌써 기울었고 조금 전까지 거리에만 남아 있던 으스스한 잔광이 한꺼번에 지상에서 치워지듯 사라질 무렵이었다.

그의 집 2층에는 물론 불이 켜져 있지 않았다. 현관도 깜깜했다. 조금 전 모퉁이의 인력거 집 헌등을 분명히 보고 온 그의 눈은 다소 실망스러운 빛을 띠었다. 그는 현관 격자문을 드르륵 열었다. 그래도 오노부는 나오지 않았다. 어제 이맘때 숨어서 기다리고 있었던 듯한 그녀에게 질려 아연했을 때는 그다지 기분이 좋지 않았다. 하지만 이렇게 맞아주는 사람도 없는 깜깜한 현관에 서고 보니 역시 어제와 같은 일이 더 유쾌했다는 생각이 마음 한구석에 들었다. 그는 들어서면서 "여보, 여보" 하고 불렀다. 그러자 생각지도 못한 2층 쪽에서 "네" 하는 대답이 들려왔다. 그러고는 계단을 내려오는 발소리가 들렸다. 동시에 하녀가 부엌 쪽에서 뛰어나왔다.

"뭘 하는 거야?"

쓰다의 말에는 다소 불만스러운 느낌이 섞여 있었다. 오노부는 아무 말도 하지 않았다. 하지만 얼굴을 들었을 때 그는 평소처럼 무언 속에 자신을 끌어당기려는 그녀의 미소를 보지 않을 수 없었다. 하얀 이가 무엇보다 먼저 그의 시선을 빼앗았다.

"2층은 깜깜하잖아."

"네. 멍하니 생각에 빠져 있다가 그만 돌아오신 줄도 몰랐어요."

"자고 있었군."

"설마요."

하녀가 큰 소리로 웃었기 때문에 두 사람의 대화는 그것으로 끊기고 말았다.

목욕탕에 갈 때 평소처럼 비누와 수건을 받아 들고 화로 옆을 떠나려는 남편을 오노부가 "잠깐만요" 하며 붙잡았다. 그녀는 등을 돌려 서랍장의 맨 아래 서랍에서 플란넬을 댄 비단으로 만든 솜옷을 꺼내 남편 앞에 내놓았다.

"어디 좀 입어보세요. 아직은 좀 뻣뻣할지도 모르지만요."

쓰다는 어리둥절한 얼굴로 검정색의 무늬 없는 두꺼운 명주 옷깃이 달린 거친 세로 줄무늬 솜옷을 바라보았다. 그 옷은 자기가 산 것도 아니고, 만들어달라고 주문한 것도 아니었다.

"어떻게 된 거야, 이건?"

"만들었어요. 당신이 병원에 입원할 때 입을 준비물로요. 그런 데서 이상한 옷을 입고 있으면 보기 흉하잖아요."

"어느 틈에 만든 거야?"

그가 오노부에게 수술 때문에 일주일쯤 집을 비워야 한다며 그 이유를 말한 것은 바로 이삼일 전이었다. 게다가 그는 그날부터 오늘에 이르기까지 한 번도 아내가 바늘을 들고 마름질 판 앞에 앉아 있는 것을 본 적이 없었다. 그는 이상한 느낌에 사로잡히지 않을 수 없었다. 오노부는 또 남편이 놀라는 모습을 마치 자신의 노고에 대한 보수나 된다는 듯이 바라보았다. 그리고 일부러 아무런 설명도 덧붙이지 않았다.

"옷감은 산 거야?"

"아뇨, 이건 제 헌옷이에요. 올겨울에 입으려고 옷을 뜯어 빨고는 다시 만들지 않고 보관해둔 거예요."

아니나 다를까 젊은 여자가 입는 옷의 무늬인 만큼 줄무늬가 거칠 뿐만 아니라 색상도 지나치게 화려했다. 그 옷을 입은 쓰다는, 에도 시대 무가의 하인이 팔을 벌린 모습을 본떠 만든 연 같은 포즈를 취한 자신의 모습을 약간 겸연쩍은 듯 바라보고 나서 오노부에게 말했다.

"내일이나 모레 수술을 받기로 하고 왔어."

"그래요? 그럼 저는 어떻게 하죠?"

"당신은 아무것도 안 해도 돼."

"저도 따라가면 안 되나요, 병원에?"

오노부는 돈 문제는 전혀 걱정하고 있지 않은 것처럼 보였다.

19

이튿날 아침 쓰다는 평소보다 훨씬 늦은 시각에 눈을 떴다. 집 안은 이미 한바탕 청소가 끝난 뒤인 듯 아주 조용했다. 객실에서 현관을 지나 거실 장지문을 연 그는 화로 옆에 단정하게 앉아 신문을 들고 있는 아내를 보았다. 온화한 가정을 대표하는 듯한 소리를 내며 무쇠 주전자의 물이 끓고 있었다.

"마음을 푹 놓고 잤더니 늦잠을 잘 생각이 없었는데도 그만 늦게까지 자고 말았군."

그는 변명 같은 말을 하며 달력 위에 걸려 있는 시계를 바라보았다. 시곗바늘은 이미 10시 가까운 곳을 가리키고 있었다.

세수를 하고 다시 거실로 돌아온 그는 아무렇지 않게 검은 칠을 한 밥상 앞에 앉았다. 밥상은 그가 앉기를 기다렸다기보다는 오히려 기다리다 지쳤다고 하는 편이 적절할 것 같았다. 그는 밥상 위에 덮여 있는 상보를 걷어내려다 문득 깨달았다.

"아차, 안 되지."

그는 일찍이 의사로부터 들었던 수술을 받기 전날 지켜야 할 주의사항을 떠올렸다. 하지만 지금 그는 그것을 분명히 기억하고 있지 않았다. 그는 갑자기 아내에게 말했다.

"잠깐 물어보고 올게."

"지금요?"

오노부는 깜짝 놀라 남편의 얼굴을 쳐다보았다.

"아니, 전화로. 간단해."

쓰다는 조용한 거실 공기를 스스로 쫓아버리는 사람처럼 일어나더니 곧장 현관을 통해 밖으로 나갔다. 그리고 전찻길을 50미터쯤 오른쪽으로 간 곳에 있는 공중전화[10]로 달려갔다. 그러고는 다시 잰걸음으

10 전화교환국의 교환수를 통하지 않고 다이얼을 돌려 직접 상대와 통화하는 방식의 전화라서 자동전화라고도 했다. 도쿄에 공중전화가 처음 가설된 것은 1900년 9월인데 모두 자동식이었다.

로 돌아온 그는 현관에 서서 아내를 불렀다.

"잠깐 2층에 있는 지갑 좀 가져다 줘. 당신 지갑이라도 괜찮아."

"뭐 하시게요?"

오노부는 남편이 하는 말의 의미를 전혀 이해할 수 없었다.

"뭐든 괜찮으니까 얼른 가져오기나 해."

쓰다는 오노부에게서 받은 지갑을 품에 찔러 넣은 채 곧장 큰길 쪽으로 다시 나갔다. 그리고 전차를 탔다.

그가 상당히 큰 종이 꾸러미를 안고 돌아온 것은 그로부터 삼사십 분 뒤로 거의 정오에 가까운 시각이었다.

"지갑에는 조금밖에 안 들어 있더군. 좀 더 있을 줄 알았는데."

쓰다는 이렇게 말하며 옆구리에 안은 꾸러미를 거실 다다미 위에 내던졌다.

"부족했어요?"

오노부는 세세한 일까지 신경을 쓰지 않을 수 없다는 눈빛으로 남편을 쳐다보았다.

"아니, 부족할 정도는 아니야."

"하지만 뭘 사려는지 저는 전혀 몰랐는걸요. 혹시 이발소에 가나, 하고 생각했는데."

쓰다는 두 달 이상 손대지 않은 자신의 머리에 생각이 미쳤다. 오랫동안 머리를 자르지 않으면 약간 작은 그의 모자가 쓸 때마다 조금씩 마찰하는 소리가 나는 것 같다는, 바로 어제 아침에 받은 새로운 느낌까지 떠올렸다.

"게다가 너무 서두르는 바람에 그만 2층까지 가지러 갈 수가 없었어요."

"실은 내 지갑에도 그렇게 많이 들어 있지는 않았으니까 어떻게 했든 별로 달라지지도 않았을 거야."

그는 지갑 타령만 하고 있을 처지도 아니었다.

오노부는 재빨리 종이 꾸러미를 풀고 안에서 홍차 캔과 빵, 버터를 꺼냈다.

"어머, 이거 드실 거예요? 그럼 도키코를 보내면 됐을 텐데."

"아니, 그 애는 모를 거야. 뭘 사올지 모르니까."

잠시 후 오노부는 좋은 냄새가 나는 토스트와 진한 김이 모락모락 피어오르는 우롱차를 준비했다.

아침인지 점심인지 알 수 없는 아주 간단한 서양식 식사를 마친 쓰다는 혼잣말처럼 말했다.

"오늘은 병도 알리고 인사도 할 겸 아침에 잠깐 작은집에 다녀올까 했는데 결국 늦어버렸군."

그의 말은 어쩔 수 없으니 오후에라도 찾아뵙겠다는 뜻이었다.

20

후지이는 쓰다 아버지의 아우다. 히로시마에 3년, 나가사키에 2년 하는 식으로 어쩔 수 없이 이곳저곳을 옮겨 다니며 관리 생활을 해야 했던 쓰다의 아버지는 교육상 쓰다를 데리고 임지를 순례하듯이 두루두루 돌아다니는 불편과 불이익에 골치를 앓던 끝에 일찌감치 그를 아우에게 맡기고 모든 것을 보살펴달라고 했다. 그러므로 쓰다는 아무 불편함 없이 숙부에게 양육된 것이나 마찬가지였다. 따라서 두 사람의 관계는 일반적인 숙부와 조카 사이를 넘어선 것이었다. 성격이나 직업의 차이를 차치하고 평하자면, 그들은 숙부와 조카라기보다는 오히려 부자지간에 가까웠다. 만약 '제2의 부자'라는 말을 쓸 수 있다면, 이는 두 사람 사이를 가장 적절하게 설명해주는 말일 것이다.

쓰다의 아버지와 달리 숙부는 여태껏 한 번도 도쿄를 떠난 적이 없었다. 반평생을 돌아다닌 아버지에 비하면 이 점만으로도 굉장한 차이가 있었다. 적어도 쓰다에게는 그렇게 보였다.

'느긋한 인생의 여행자.'

숙부가 예전에 쓰다의 아버지를 평한 말 중에 이런 구절이 있었다. 별 뜻 없이 그 말을 들은 쓰다는 곧 자기 아버지를 그런 사람이라고 믿어버렸다. 그리고 지금까지도 그 말을 잊지 않았다. 하지만 숙부가 쓴 말의 의미는, 머리가 발달하지 않은 당시에 제대로 이해하지 못한 것과 마찬가지로 지금도 확실하지 않았다. 다만 그는 아버지의 얼굴을 볼 때마다 그 말이 떠올랐다. 앙상하고 갸름한 얼굴의 턱 밑에 점쟁이 같은 성긴 수염을 늘어뜨린 모습과 숙부의 이 말은 그에게 거의 같은 것을 의미했다.

그의 아버지는 지금으로부터 10년 전쯤 돌연 순례에 지친 사람처럼 관계(官界)를 떠났다. 그리고 사업을 시작했다. 아버지는 마지막 8년을 고베에서 보낸 뒤 그사이에 사둔 교토의 토지에 새로운 공사를 시작하여 2년 전에 드디어 그곳으로 이사했다. 쓰다가 모르는 사이에 이 한적한 고도(古都)가 아버지의 은거 장소로 정해진 것과 동시에 여생을 보낼 땅으로도 변한 것이다. 그때 숙부는 콧등에 주름을 새기며 쓰다에게 말했다.

"형님은 그래도 돈을 좀 모은 모양이야. 역마살이 낀 사람처럼 여기저기 돌아다니던 사람이 꼼짝 않고 정착하게 된 것은 전적으로 돈의 무게 때문일 거야."

하지만 아무리 세월이 흘러도 돈의 무게가 느껴지지 않는 숙부는 처음부터 움직이지 않았다. 숙부는 줄곧 도쿄에 있었고, 내내 가난했다. 그는 일찍이 월급이라는 것을 받아본 기억이 없었다. 월급이 싫다기보다는 오히려 그에게 월급을 줄 사람이 없었을 만큼 제멋대로였다고 하는 편이 맞을지도 몰랐다. 규칙투성이인 일이면 무엇이든 반대하고 싶었던 그는 나이를 먹어 그런 생각이 약간 변한 뒤에도 여전히 예전의 고집을 꺾지 않았다. 이제 와서 새삼 생각을 바꿔봤자 그저 사람들의 경멸을 받을 뿐이고 전혀 이득이 안 된다는 사실을 잘 알고 있었기 때문이기도 했다.

실제 세상에 나가 명백한 사실과 맞붙어 싸우며 일한 경험이 없는 숙부는 한편으로 당연히 세상 물정에 어두운 인생 비평가일 수밖에 없는 동시에 다른 한편으로는 아주 예리한 관찰자였다. 그리고 그 예리한 면은 모조리 그가 세상 물정에 어둡다는 데서 나온 것이었다. 바꿔 말하면 그는 세상 물정에 어두운 덕분에 기발한 말이나 행동을 했다.

숙부는 지식이 풍부한 대신에 잡다했다. 따라서 그는 많은 문제에 참견하고 싶어 했다. 하지만 어디까지나 방관자의 태도를 벗어날 수 없었다. 자신의 위치로 인해 그렇게 할 수밖에 없었을 뿐 아니라 그의 성격이 그를 그런 태도에 억눌러둔 탓이기도 했다. 그는 어느 정도의 두뇌를 갖고 있었다. 하지만 그에게는 수단이 없었다. 또는 수단이 있어도 그것을 사용하려고 하지 않았다. 그는 시종일관 팔짱만 끼고 있고 싶어 했다. 일종의 노력가인 동시에 게으름뱅이로 태어난 그는 결국 활자로 밥을 먹어야 하는 운명의 소유자에 지나지 않았다.

21

이런 사람에게 흔히 있을 법한 변두리 생활을, 후지이는 시의 서북쪽에 해당하는 고지대의 한쪽 구석에서 지난 6, 7년을 계속해왔다. 바로 얼마 전까지 교외나 마찬가지였던 고지대 여기저기에 해마다 들어서는 크고 작은 집들이 그의 눈에서 푸른빛을 앗아가고 있다고 느껴질 때 그는 펜을 놀리던 손을 멈추고 형을 떠올리곤 했다. 때로는 형에게 돈이라도 빌려 자신도 집을 마련해볼까 하는 생각도 했다. 형은 도저히 돈을 빌려줄 것 같지 않았다. 자신도 막상 그럴 때가 되면 돈을 빌릴 성격이 아니었다. '느긋한 인생의 여행자'라고 형을 평한 그는 사실 물질적으로 불안한 인생의 여행자였다. 그리고 많은 사람들에게서 늘 발견되는 것처럼 그의 물질적인 불안은 어느 정도 정신적인 불안에 지나지 않았다.

쓰다의 집에서 숙부 집에 가려면 길의 절반을 강을 끼고 가는 전차를 이용해 편리했다. 하지만 걸어간다고 해도 채 한 시간도 걸리지 않은 가까운 거리여서 어쩌다 산보를 겸해 걸어가는 것이 오히려 교통수단의 도움을 받는 것보다 더 편했다.

1시가 되기 전에 집을 나선 쓰다는 강가를 따라 종점을 향해 어슬렁어슬렁 걸어갔다. 하늘은 높았다. 가는 곳마다 햇빛이 가득 차 있었다. 건너편 높은 곳을 뒤덮고 있는 나무숲의 짙은 색깔이 도드라진 듯이 또렷이 보였다.

그는 길을 가면서 오늘 아침에 깜빡 잊고 사지 못한 피마자유[11]를 떠올렸다. 의사가 그걸 오늘 오후 4시경에 먹으라고 했기 때문에 그는 잠깐 약국에 들러 그 설사약을 구입해둘 필요가 있었다. 그는 평소대로 종점에서 오른쪽으로 꺾어 다리를 건너지 않고, 반대로 번화한 거리 쪽으로 걸어가려고 했다. 그런데 새로 선로를 연장할 계획이라도 있는 모양인지 그가 가야 할 길의 일부가 아주 거리낌 없는 방식으로 비스듬히 절단되어 있었다. 그는 잔혹하게 기존 가옥을 쥐어뜯어 무리하게 철거한 듯 온통 울퉁불퉁하게 새로 난 길의 모퉁이에 서서 그 한쪽 구석에 모여 있는 한 무리의 사람들을 보았다. 드문드문하기는 했지만 한가운데에 있는 그와 거의 동년배로 보이는 사내 주위를 세 열 또는 다섯 열 정도로 사람들이 겹겹이 모여 반원형을 이루고 있었다.

약간 통통한 사내는 쌍올실로 짠 무명 하오리[12]에 겹으로 된 딱딱하고 폭이 좁은 허리띠를 매고 큼직한 게다를 신고, 머리에는 삿갓도 모자도 쓰고 있지 않았다. 사내는 뒤에 남겨진 버드나무 한 그루를 방패 삼아 면플란넬 안감이 붙은 큼직한 자루를 두 손으로 들고 구경꾼을 둘러보았다.

"여러분, 제가 이 자루 안에서 계란을 꺼내 보이겠소. 텅 빈 이 자루 안에서 반드시 꺼내 보일 거요. 놀라지 마시오, 술수는 호주머니에 있으니까."

사내는 이런 부류의 인간에게는 어울리지 않을 만큼 아주 건방진 태도로 이렇게 말했다. 그러고는 한 손을 가슴께에서 쥐어 보이고 그

11 설사를 하게 하는 약으로도 쓰였다.

12 기모노 위에 걸치는 짧은 겉옷.

주먹을 다시 자루에 부딪치듯이 하며 확 펼쳤다. "자, 계란을 안에 집어넣었소" 하며 마치 속이지 않았다는 듯이 말했다. 실제로 그는 속인 것이 아니었다. 그가 손을 자루 속에 넣었을 때는 이미 계란이 그 안에 들어 있었다. 그는 계란을 엄지와 검지 사이에 끼우고 일단 반원형을 이루고 있는 구경꾼들에게 충분히 보이고 나서 땅바닥에 놓았다.

쓰다는 경멸과 감탄이 섞인 얼굴로 잠깐 고개를 갸웃했다. 그때 갑자기 누가 뒤에서 그의 허리 언저리를 찌르는 것이 느껴졌다. 가벼운 충격을 받은 그는 거의 반사적으로 뒤를 돌아보았다. 사촌동생이 자못 장난꾸러기처럼 웃으며 서 있었다. 휘장이 붙은 교모와 반바지, 등에 짊어진 책보가 그 아이가 온 곳을 충분히 설명해주었다.

"지금 학교에서 오는 길이냐?"

"응."

아이는 "예"라고도 "네"라고도 하지 않았다.

22

"아버지는 어떠시니?"

"몰라."

"여전하시냐?"

"어떤지 몰라."

자신이 열 살쯤이었을 때의 심리 상태를 완전히 잊어버린 쓰다는 이 대답이 약간 의외인 것 같았다. 쓴웃음을 지은 그는 그걸 깨닫자 입을 다물었다. 아이는 다시 열심히 마술사 쪽만 쳐다보기 시작했다.

하룻밤 사이에 만든 것으로도 보이는 복장을 입은 사내는 이때 힘껏 큰 소리를 질렀다.

"여러분, 또 하나를 꺼낼 테니 잘 보시오."

그는 자루를 한 손으로 바싹 당기고 다시 뭔가 집어넣는 흉내를 솜씨 있게 해낸 다음 요란하게 두 번째 계란을 자루 속에서 꺼냈다. 그래도 성에 차지 않은 듯 이번에는 자루를 뒤집어 추레한 면플란넬의 줄무늬를 거리낌 없이 구경꾼들 앞에 내보였다. 세 번째 계란은 같은 손동작과 함께 거뜬히 꺼내졌다. 마지막으로 그는 마치 귀중품이라도 다루는 듯이 계란을 조심스럽게 땅바닥에 놓았다.

"어떻소, 여러분? 이렇게 꺼내려고만 하면 얼마든지 꺼낼 수 있소. 하지만 이렇게 계란만 꺼내서는 재미없으니 이번에는 살아 있는 닭을 꺼내보겠소."

쓰다는 사촌동생을 돌아보았다.

"야, 마코토, 이제 가자. 형은 지금 네 집으로 갈 거야."

마코토에게는 쓰다보다 살아 있는 닭이 더 중요했다.

"형 먼저 가. 나는 좀 더 보고 갈 테니까."

"저건 속임수야. 아무리 기다려도 살아 있는 닭 같은 건 안 나와."

"어째서? 하지만 계란은 저렇게 나왔잖아."

"계란은 나왔어도 닭은 안 나와. 저렇게 거짓말을 해서 언제까지고 사람들을 흩어지지 않게 하려는 거야."

"그러고는 어떻게 하는데?"

그러고 나서 어떻게 할지 그 후의 일은 쓰다도 알 수 없었다. 귀찮아진 그는 마코토를 내버려두고 먼저 가려고 했다. 그러자 마코토가 그의 옷자락을 잡았다.

"형, 뭐 좀 사줘."

집에서 떼를 쓸 때마다 다음에, 다음에, 하며 피했지만 다음에 갈 때는 사주는 것을 그만 잊어버리는 것이 보통이었던 그는 여느 때처럼 "그래, 사줄게" 하고 말했다.

"그럼 자동차 사줘."

"자동차는 너무 큰데."

"아니, 작은 거. 7엔 50전짜리."

7엔 50전이라도 쓰다에게는 분명히 너무 큰돈이었다. 그는 아무 말도 하지 않고 걷기 시작했다.

"하지만 얼마 전에도, 그 전에도 사준다고 했잖아. 형이 계란을 꺼내는 저 사람보다 더 거짓말쟁이잖아."

"저 사람은 계란은 꺼내지만 닭은 못 꺼낸다니까."

"어째서?"

"어째서라니, 그냥 못 꺼내지."

"그래서 형도 자동차를 못 사주는 거야?"

"응. 뭐 그렇지. 그러니까 뭔가 다른 걸 사줄게."

"그럼 염소가죽 구두."

아연실색한 쓰다는 대답을 하기 전에 다시 입을 다물고 4, 5미터를 걸었다. 그는 시선을 떨어뜨려 마코토의 발을 보았다. 그다지 흉하지 않은 신발은 갈색인지 검정색인지 알 수 없는 이상한 색이었다.

"빨간 거였는데 집에서 아버지가 염색했어."

쓰다는 웃음을 터뜨렸다. 후지이가 어린아이의 빨간 구두를 검게 물들였다는 사실이 어쩐지 우스웠던 것이다. 학교 규칙을 모르고 마련한 빨간 구두를 규칙에 맞게 검게 물들였다는 설명을 들었을 때 그는 또 숙부의 궁여지책을 우스꽝스럽게 비판하고 싶어졌다. 그리고 궁여지책에서 나온 현재의 솜씨를 겸연쩍은 얼굴로 유심히 바라보았다.

23

"마코토, 그건 좋은 구두야."

"하지만 이런 색깔 구두는 아무도 신지 않는걸."

"색깔이야 어떻든 아버지가 직접 물들여준 구두를 아무나 신을 수 있는 건 아니야. 고맙게 생각하고 소중하게 신어야지."

"하지만 다들 털북숭이 개 가죽이라며 놀리는걸."

후지이 숙부와 털북숭이 개 가죽, 이 두 말을 연결하면 결과는 또 새로운 우스갯거리가 되었다. 하지만 그 우스갯거리는 희미한 애상을 자아내며 쓰다의 가슴을 스쳐갔다.

"털북숭이 개 가죽이 아니야. 형이 보증할게. 괜찮아, 털북숭이 개 가죽이 아니라 멋진……."

쓰다는 멋진 뭐라고 해야 좋을지 잠깐 말문이 막혔다. 그걸 적당히 넘어가줄 마코토가 아니었다.

"멋진 뭔데?"

"멋진…… 구두지."

쓰다는 만약 주머니 사정이 허락한다면 마코토가 바라는 대로 염소 가죽 편상화를 사주고 싶었다. 그게 숙부의 은혜에 대한 보답의 일단이라는 생각이 들었다. 그는 속으로 자신의 호주머니에 들어 있는 지갑 안을 헤아려보았다. 하지만 지금 그에게 그만큼 변통할 여유는 거의 없었다. 만약 교토에서 우편환이 온다면, 이라고도 생각했지만 아직 올지 안 올지도 모르는데 어려움을 겪으면서 그만한 성의를 보일 필요까지는 없다는 세속적인 생각도 들었다.

"마코토, 그렇게 염소가죽 구두가 갖고 싶으면 다음에 형 집에 올 때 형수한테 사달라고 해. 형은 가난하니까 오늘은 좀 싼 걸로 봐주고."

그는 어르는 듯 달래는 듯 마코토의 손을 끌고 널찍한 길을 어슬렁 어슬렁 걸었다. 종점에 가까운 그 길은 전차를 타고 내리는 무수한 사람들이 끊임없이 오간 결과, 지난 4, 5년간 거리는 몰라볼 정도로 근사하게 정비되었다. 군데군데 쇼윈도에는 무조건 변두리 물건이라고 무시할 수 없을 것 같은 물건이 깔끔하게 진열되어 있었다. 마코토는 그 사이를 지나 맞은편으로 달려가 조선인 엿집 앞에 서는가 싶더니 다시 이쪽으로 달려와 금붕어 집 처마 밑에 서 있었다. 그가 내달릴 때는 어김없이 호주머니 안에서 짤랑짤랑 유리구슬 소리가 났다.

"오늘 학교에서 이만큼이나 땄어."

그는 호주머니에 손을 쑥 집어넣었다가 손바닥 가득한 유리구슬을 보여주었다. 물빛이며 보랏빛의 둥근 유리구슬이 솟구치듯이 길 한가운데로 굴러가기 시작하자 그는 서둘러 쫓아갔다. 그리고 뒤를 돌아보며 쓰다에게 말했다.

"형도 주워."

마지막으로 이 정신없는 사촌동생 때문에 한 장난감 가게로 끌려들어간 쓰다는 결국 1엔 50전짜리 공기총을 사줄 수밖에 없었다.

"참새는 괜찮지만 함부로 사람을 겨누면 안 돼."

"이런 싸구려 총으로는 참새를 못 잡아."

"그야 네가 서투르니까 그렇지. 서투르면 아무리 총이 좋아도 못 잡는 거야."

"그럼 형이 이걸로 참새 한번 잡아볼래? 집에 가서."

적당히 말했다가는 곧바로 한번 해보라고 할 것 같아 쓰다는 건성으로 대답하고 이야기를 딴 데로 돌렸다. 마코토는 도다, 시부야, 사카구치 등 쓰다가 모르는 친구들 이름을 멋대로 늘어놓으며 닥치는 대로 비난하기 시작했다.

"오카모토라는 녀석은 아주 간사해. 구두를 세 켤레나 받았거든."

다시 구두 이야기로 돌아왔다. 쓰다는 오노부와 관계가 깊은 오카모토라는 아이와 지금 자기 앞에서 그 아이를 비난하고 있는 마코토를 속으로 비교했다.

24

"너 요즘 오카모토 집에 놀러 가니?"

"아니, 안 가."

"또 싸웠구나?"

"아니, 싸움 같은 건 안 해."

"그럼 왜 안 가는데?"

"그냥……."

마코토의 말에는 뒷이야기가 있을 것 같았다. 쓰다는 그게 알고 싶었다.

"거기 가면 이것저것 주지?"

"아니, 그렇게 주지는 않아."

"그럼 맛있는 건 주지?"

"얼마 전에 오카모토 집에서 카레라이스를 먹었는데 매웠어."

카레라이스가 맵다는 것 정도로 오카모토 집에 안 가지는 않을 것 같았다.

"그래서 가는 게 싫어진 건 아니겠지?"

"응. 하지만 아버지가 가지 말라고 하니까. 오카모토 집에 가서 그네를 타고 싶은데."

쓰다는 살짝 고개를 갸웃했다. 숙부가 아이를 오카모토 집에 보내지 않는 이유는 뭘까 하고 생각했다. 기질의 차이, 가풍의 차이, 생활의 차이. 곧바로 이런 것들이 떠올랐다. 늘 책상 앞에 앉아 침묵 속에서 천하에 활자로 기염을 토하는 숙부는 실제 세상에서는 결코 붓만큼의 유력자가 아니었다. 그는 암암리에 그 거리를 자각하고 있었다. 그 자각은 또 그를 다소 완고하게 만들었다. 얼마간 배타적으로도 만들었다. 금력, 권력 본위의 사회에 나가 남에게 무시당하는 것을 두려워하는 그에게는 한편으로 금력과 권력 때문에 자신의 본령이 일부분이라도 침범당해서는 큰일이라는 경계심이 끊임없이 어딘가에서 꿈틀거리고 있는 듯이 보였다.

"너는 왜 아버지한테 물어보지 않았지? 오카모토 집에 가면 왜 안 되느냐고 말이야."

"물어봤어."

"물어봤더니 아버지는 뭐라시던? 아무 말도 안 했지?"

"아니, 했어."

"뭐라고 했는데?"

마코토는 다소 수줍어했다. 잠시 후 그는 띄엄띄엄 단락을 짓는 듯한 무거운 어조로 대답했다.

"저기 말이야, 오카모토 집에 가면, 하지메가 갖고 있는 건 뭐든지 집에 와서 자꾸 나도 사달라고 하니까, 그래서 안 된대."

쓰다는 드디어 알아차렸다. 부의 정도에 차이가 있는 두 집의 살림살이는 그들의 아이들이 가진 장난감에 이르기까지 다소 격차를 만들지 않을 수 없었던 것이다.

"그래서 자동차나 염소가죽 구두같이 비싼 것만 무턱대고 사달라고 조르는구나. 전부 하지메가 갖고 있는 걸 보고 온 거지?"

쓰다는 반쯤 놀리듯이 손을 들어 마코토의 등을 때리려고 했다. 마코토는 난처한 진상을 폭로당한 어른 같은 표정을 지었다. 하지만 어른처럼 변명 같은 말은 전혀 하지 않았다.

"거짓말인데, 거짓말."

마코토는 조금 전 쓰다가 사준 1엔 50전짜리 공기총을 메고 자기 집 쪽으로 재빨리 도망쳤다. 그의 호주머니에서 유리구슬이 염주를 세차게 비비는 듯한 소리를 냈다. 등에 맨 책보에서는 도시락 통이나 교과서가 서로 부딪쳐 달그락달그락 울렸다.

그는 모퉁이의 검은 판장이 있는 데서 잠깐 멈춰 서서 족제비처럼 쓰다를 돌아보고는 바로 조그만 몸을 골목 안으로 감추었다. 쓰다가 골목을 들어가 막다른 곳에 있는 후지이의 집 문으로 들어섰을 때 느닷없이 탕 하는 총성이 2미터 앞에서 울렸다. 쓰다는 좌우의 산울타리 사이에서 신중하게 그를 노리고 있는 마코토의 검은 모습을 보고 쓴웃음을 지었다.

25

객실에서 누군가와 이야기를 나누고 있는 숙부의 목소리를 들은 쓰다는 격자문 사이로 손님의 구두 한 켤레를 보고는 일부러 현관문을 열지 않고 거실 툇마루 쪽으로 돌아갔다. 예전에 식목원이기라도 했던 듯한 툇마루 쪽에는 일각 대문의 문단속도 대울타리도 없이 같은 땅에 최근에 증축한 새로운 샛집의 부엌문을 돌면 바로 툇마루 끝까지 걸어갈 수 있었다. 가림막치고는 너무 낮은 키 큰 차나무 두세 그루를 지나 그의 기억에 언제까지고 남아 있는 감나무 밑을 빠져나간 쓰다는 여느 때처럼 거기서 숙모를 발견했다. 장지문에 끼워진 유리에 비친 옆얼굴이 그의 눈에 들어왔을 때 쓰다는 밖에서 말을 걸었다.

"작은어머니!"

숙모는 곧바로 장지문을 열었다.

"오늘은 어쩐 일이야?"

그녀는 아이가 사온 공기총에 대해 고맙다는 인사말도 없이 이상한 눈으로 쓰다를 보았다. 3, 4년 전에 이미 마흔을 넘긴 이 숙모의 태도에는 붙임성이라곤 거의 없었다. 그 대신 때와 장소에 따라 보통 사람들의 조심스러움을 넘어선 자연스러움이 묻어났다. 거기에는 거의 성적인 느낌을 벗어난 자연스러움마저 있었다. 쓰다는 늘 이 숙모와 요시카와 부인을 속으로 비교했다. 그리고 늘 그 차이에 놀랐다. 같은 여자, 게다가 나이도 별로 다르지 않은 두 여자가 어떻게 이렇게 다른 느낌을 줄 수 있는가 하는 것이 첫 번째 의문이었다.

"작은어머니는 여전히 성적 매력이 없네요."

"이 나이에 성적 매력이 있으면 미친년이지."

쓰다는 툇마루에 걸터앉았다. 숙모는 들어오라고도 하지 않고 무릎 위에 올린 홍견 옷감에 가볍게 다리미질을 하고 있었다. 그때 옆방에서 솔기를 뜯은 옷과 이불을 들고 나온 오킨이라는 여자가 쓰다에게 인사를 했기 때문에 그는 바로 말을 걸었다.

"오킨 씨, 아직 혼처가 정해지지 않았지요? 아직 정해지지 않았으면 좋은 데가 있는데 주선해줄까요?"

오킨은 에헤헤 하고 사람 좋게 웃으면서 살짝 얼굴을 붉히며 그를 위해 방석을 툇마루로 가져오려고 했다. 쓰다는 그걸 손으로 제지하고 자신이 객실 안으로 들어갔다.

"저기, 작은어머니."

"으응."

관심이 없는 듯 건성으로 대답한 숙모는 오킨이 미지근한 엽차를 따라 형식적으로 쓰다 앞으로 내밀었을 때 살짝 고개를 들었다.

"오킨 씨, 요시오한테 잘 부탁해둬요. 이 사람은 친절하고 거짓말하지 않는 사람이니까."

오킨은 아직 도망가지 않고 머뭇거리고 있었다. 쓰다는 뭐라고 말하지 않을 수 없었다.

"겉치레 말이 아니에요, 진짭니다."

숙모는 별로 상관하려는 기색도 없었다. 그때 뒤편에서 마코토가 쏘는 공기총 소리가 탕탕 울려서 숙모는 곧바로 귀를 기울였다.

"오킨 씨, 좀 보고 와요. 산탄을 넣고 쏘면 위험하니까."

숙모는 쓸데없는 걸 사줬다고 말하려는 듯한 얼굴이었다.

"괜찮아요. 잘 타일러두었으니까요."

"아니, 안 돼. 틀림없이 저걸로 재미삼아 옆집 닭을 쏠 거야. 오킨 씨, 괜찮으니까 총알만 빼앗아 와요."

오킨은 그걸 구실로 거실에서 모습을 감췄다. 숙모는 잠자코 화로에 찔러 넣은 인두를 다시 끄집어냈다. 주름투성이의 얇은 비단이 그녀의 무릎 위에서 곱고 반듯하게 펴지는 것을 무심히 바라보던 쓰다의 귀에 객실의 이야기 소리가 띄엄띄엄 들려왔다.

"그런데 누구죠, 손님은?"

숙모는 깜짝 놀란 듯이 다시 고개를 들었다.

"지금까지 몰랐어? 네 귀도 참 이상하구나. 여기서 들어도 금세 알 수 있잖아."

26

쓰다는 앉은 채 객실에서 들려오는 목소리의 주인공을 알아내려고 애를 써보았다. 얼마 후 그는 가볍게 무릎을 쳤다.

"아, 알았다. 고바야시지요?"

"응."

숙모는 조금도 웃지 않고 차분하게 간단히 대답했다.

"뭐야, 고바야시였구나. 빨간 새 구두 같은 걸 신고 묘하게 손님인 척해서 누군가 했더니. 그럼 나도 꺼리지 않고 저쪽으로 갈 걸 그랬네."

상상의 눈으로 보기에는 너무나도 진부한 그의 모습이 쓰다의 머릿속에 떠올랐다. 지난여름에 만났을 때의 이상한 복장도 저절로 떠올랐다. 바탕이 오글쪼글한 흰색 비단 옷깃이 달린 속옷 위에 감색 바탕의 비백 무늬가 있는 무명옷을 입고 가느다란 세로줄 무늬의 갈색 하카마에 무척 얇은 비단 하오리를 입은 복장은, 마치 우산 가게 주인이 동네 장례식에 참석하고 돌아오는 길에 지에밥 도시락이라도 품에 넣고 있는 모습으로밖에 보이지 않았다. 그때 그는 쓰다에게 옷을 도둑맞았다는 변명을 했다. 그러고는 7엔쯤 빌려달라고 했다. 그가 도둑맞은 것을 동정한 한 친구가 만약 전당포에 자신이 맡긴 여름옷을 찾을 여유가 있다면 그걸 찾아가도 좋다고 말했기 때문이었다.

쓰다는 웃으면서 숙모에게 물었다.

"저 친구는 또 왜 오늘따라 객실로 가서 당당하게 손님 행세를 하고 있대요?"

"작은아버지한테 할 얘기가 좀 있거든. 여기서는 얘기하기 어려운 일이라서."

"흐음, 고바야시한테도 그렇게 진지하게 할 이야기가 있나? 돈 문젠가, 아니면……."

이렇게 말하기 시작한 쓰다는 문득 숙모의 진지한 얼굴을 보자 뒷말을 삼키고 말았다. 숙모는 목소리를 조금 낮추었다. 그 목소리는 오히려 그녀의 차분한 분위기에 어울렸다.

"오킨 씨 혼담 문제도 있으니까. 여기서 너무 뭐라고 하면 저 애가 쑥스러워할 거고."

평소의 큰 목소리와 달라서 거실에서 듣고 있으면 누군지 잘 모를 정도로 고바야시가 신사풍의 목소리를 내고 있는 것은 전적으로 그 때문이었다.

"벌써 정해진 건가요?"

"음, 잘될 것 같더라."

숙모의 눈은 다소 기대로 빛났다. 약간 신바람이 난 쓰다는 바로 덧붙였다.

"그럼 내가 고생해서 주선하지 않아도 이제 괜찮은 거네요?"

숙모는 잠자코 쓰다를 쳐다보았다. 비록 경박하게까지 보이지는 않더라도 이렇게 생각 없이 까부는 그의 태도는 숙모의 생활 태도와 완전히 동떨어진 것으로 보였다.

"요시오, 장가갈 때 너도 그런 생각으로 아내를 맞은 거야?"

쓰다는 숙모의 질문이 갑작스러운 데다 무슨 뜻으로 묻는지조차 짐작할 수 없었다.

"그런 생각이라니요, 작은어머니만 알고 있을 뿐이고 당사자인 저도 모르는 일이라 대답할 수가 없네요."

"뭐 구태여 대답을 듣지 않아도 나야 곤란하진 않지만, 여자를 시집보내는 쪽의 입장이 되어보라고. 보통 일이 아니니까."

후지이는 4년 전 장녀를 시집보낼 때 준비할 여유가 없어 이미 상당한 돈을 빌렸다. 그 빚이 간신히 해결되었다 싶을 때 둘째딸을 시집보내야 했다. 그러므로 지금 오킨의 혼담이 성사되면 바로 세 번째 돈이 들어가는 일임에 틀림없었다. 딸과는 격이 다르다는 의미에서 가능한 한 절약한다고 해도 현재의 살림살이에 다소 힘겨운 부담이라는 어두운 그림자가 드리우게 되리라는 것은 분명했다.

27

이런 때에 적어도 비용의 절반이라도 쓰다가 기꺼이 떠안아줄 수 있다면, 여러 해 동안 그를 보살폈던 후지이 부부에게는 필시 만족할 만한 보답이 될 것이다. 하지만 지금의 재력으로는 숙부와 숙모에게 해줄 수 있는 그의 동정은 기껏해야 마코토가 신고 싶어 하는 염소가죽 구두를 사주는 것 정도였다. 그것조차 그는 주머니 사정상 미뤄야 했다. 말할 것도 없이 교토에 다소의 돈을 청하여 그들의 경제 사정에 얼마간 보탬을 주려는 친절한 마음은 전혀 일지 않았다. 자신이 사정을 알려봤자 마음이 움직일 아버지도 아니고, 설사 아버지의 마음이 움직인다고 해도 빌릴 숙부가 아니라고 처음부터 믿고 있었던 탓이기도 했다. 그래서 그는 오직 자신에게 우편환만 빨리 오면 된다는 기대에 사로잡혀 숙모의 말에는 그다지 감격한 모습도 보이지 않았다. 그러자 숙모가 "요시오" 하고 부르며 말을 꺼냈다.

"그럼 넌 어떤 생각으로 아내를 맞이한 거지?"

"설마 장난으로 맞이했겠어요? 아무리 저라도 그렇게 경박하기만 한 사람으로 생각하면 제가 가엾잖아요."

"그야 물론 진심이겠지. 진심임에는 틀림없겠지만, 진심에도 여러 단계가 있을 테니까."

상대에 따라서는 모욕이라고도 받아들여지는 숙모의 이 말을 쓰다는 오히려 호기심을 갖고 들었다.

"그럼 작은어머니 눈에는 제가 어떻게 보여요? 꺼리지 말고 얘기해 보세요."

숙모는 고개를 숙이고 솔기를 뜯은 옷을 매만지며 엷은 웃음을 지었다. 쓰다의 얼굴을 보지 않은 탓인지, 어쩐지 갑자기 기분 나쁜 느낌을 주었다. 하지만 그는 숙모에게 조금도 물러설 생각이 없었다.

"이래 봬도 막상 그때가 되면 꽤 진지한 면도 있거든요."

"그야 남자니까. 어딘가 정확한 구석이 없으면 매일 회사에 나가도 일을 제대로 하지 못하겠지. 하지만……."

이렇게 말하기 시작한 숙모는 여기서 갑자기 마음을 바꾼 것처럼 덧붙였다.

"아니, 그만두자. 이제 와서 말해봤자 소용도 없는 일이고."

숙모는 조금 전에 다리미질을 한 홍견 옷감을 정성껏 개켜서 짙은 감물을 칠한 옷상자에 넣었다. 그러고는 어쩐지 맥 빠진, 게다가 어딘가 아쉬운 듯한 불안의 그림자를 드리우고 있는 쓰다의 얼굴을 보더니 문득 생각난 듯이 말했다.

"요시오는 원래부터 너무 사치스러워."

학교를 졸업한 이래 쓰다는 숙모에게 늘 이런 말을 들어왔다. 자신 또한 그렇게 믿어 의심치 않았다. 그리고 그것을 그리 나쁜 일로도 생각지 않았다.

"예, 좀 사치스럽지요."

"옷이나 음식만이 아니야. 마음이 헤프고 사치스럽게 생겨먹어서 곤란하다는 거야. 늘 어디 맛있는 거 없을까 하고 두리번두리번 근방을 돌아다니는 사람처럼 말이지."

"그럼 사치는 고사하고 거지 아닌가요?"

"거지는 아니지만 자연스럽게 성실성이 부족한 사람처럼 보이는 거지. 사람은 적당한 데에 자리를 잡으면 무척 보기도 좋은데 말이야."

이때 사촌누이에 해당하는 숙모 딸의 모습이 갑자기 쓰다의 뇌리를 스치고 지나갔다. 두 딸은 이미 결혼했다. 4년 전에 시집간 큰딸은 그 후 남편을 따라 타이완으로 건너가 지금껏 거기에 살고 있다. 바로 얼마 전 그의 결혼을 전후하여 시집간 둘째딸은 식이 끝나자 곧 후쿠오카로 떠났다. 후쿠오카는 장남인 마유미(真弓)가 올해부터 적을 둔 대학[13]이 있는 곳이기도 했다.

이 두 사촌누이 중 어느 쪽이든 맞이하려고만 했다면 쉽게 할 수 있는 위치에 있었던 쓰다의 눈으로 보면 결코 자신의 아내로 적당한 후보자들이 아니었다. 그러므로 그는 모른 척하고 넘어갔다. 당시 그가 취한 태도를 숙모의 지금 말과 관련지어 생각한 쓰다는 특별히 이렇다 할 꺼림칙한 점도 찾을 수 없었기 때문에 아무렇지 않게 숙모의 행동을 지켜보고 있었다. 숙모는 훌쩍 일어나 옷장 안에 있는 중국가방[14]의 뚜껑을 열고 손에 든 옷상자를 안에 넣었다.

28

안쪽의 다다미 넉 장 반짜리 방에서 조금 전부터 오킨에게 학교 수업의 복습을 지도받고 있던 마코토가 갑자기 오킨이 전혀 모르는 프랑스어 독본을 복습하기 시작했다. "주, 수이, 폴리"[15]라거나 "투, 에, 말라드"[16]라며 한 자 한 자 일부러 길게 끊어 읽는 초등학교 2학년생의 괴상한 목소리를 여느 때처럼 재미있게 듣고 있는 쓰다의 머리 위에서 이번에는 괘종시계가 댕댕 울렸다. 그는 곧 소매에 넣어둔 피마자유를 꺼내 마시기 힘들다는 듯 걸쭉한 기름을 바라보았다. 그때 객

13 1910년 후쿠오카에 설립된 규슈제국대학을 가리킨다.

14 고리짝 대용으로 쓰는 중국풍의 가방. 나무로 만들었으며 겉에 가죽이나 종이를 붙이고 자물쇠를 단 궤 모양이다.

15 Je suis poli(나는 예의가 바르다).

16 Tu es malade(너는 병에 걸렸다).

실에서도 시계 소리에 재촉당한 듯한 숙부의 목소리가 들렸다.

"그럼 저쪽으로 가지."

숙부와 고바야시는 툇마루를 따라 거실로 들어왔다. 쓰다는 잠깐 앉음새를 고치고 숙부에게 인사를 한 뒤 곧 고바야시 쪽으로 고개를 돌렸다.

"고바야시, 경기가 꽤 좋은 모양이군그래. 근사한 옷까지 장만하고 말이야."

고바야시는 홈스펀 같은 까칠까칠한 옷감의 양복을 입고 있었다. 평소와 달리 바지의 주름이 아직 조금도 구겨지지 않아 누구의 눈에도 새로 맞춘 옷으로 보였다. 그는 색다른 색깔의 양말을 뒤로 감추듯이 하며 쓰다 앞에 앉았다.

"허허, 농담하면 쓰나. 경기가 좋은 건 자네 아닌가?"

그가 새로 맞춘 옷은 어느 백화점 쇼윈도에 장식된 양복 상하의에 조끼 한 벌 세트에 붙어 있는 가격표를 보고 그 가격대로 주문하여 맞춘 것이었다.

"이게 다 해서 26엔이니까 꽤 싼 거지. 자네 같은 사치스러운 사람이 보면 어떨지 모르지만 나 같은 사람한테는 이걸로 충분하니까 말이야."

쓰다는 숙모 앞에서 거듭 악담을 할 용기는 없었다. 잠자코 찻잔을 달라고 하고는 잔뜩 찌푸리며 피마자유를 마셨다. 그 자리에 있는 사람들이 모두 신기한 듯이 그의 행동을 바라보았다.

"그게 뭐냐? 이상한 걸 마시는구나. 약이냐?"

지금까지 병에 걸린 적이 없는 숙부의 의약에 대한 무지는 또 특별한 것이었다. 그는 피마자유라는 말을 듣고도 무엇 때문에 그걸 먹는지 몰랐다. 모든 질병과 거의 인연이 없는 숙부 앞에서 쓰다가 수술이니 입원이니 하는 말을 써가며 자신의 현재 상태를 설명해도 숙부는 전혀 감동하지 않았다.

"그래서 그걸 알리려고 일부러 찾아온 거냐?"

숙부는 고생한다는 말을 하려는 듯한 얼굴로 희끗희끗한 수염을 매만졌다. 기르고 있다기보다는 오히려 자랐다고 하는 편이 맞을 것 같은 수염은 정원사를 들이지 않은 정원처럼 그의 얼굴을 군데군데 늙은이처럼 보이게 했다.

"도대체 요즘 젊은것들은 아주 못쓰겠어. 하찮은 병에만 걸리고 말이지."

숙모는 쓰다의 얼굴을 보며 히죽 웃었다. 요즘 부쩍 '요즘 젊은것들은'이라는 말을 버릇처럼 사용하기 시작한 숙부의 역사를 알고 있는 쓰다도 웃어 보였다. 꽤 오래전에 숙부가 '마음의 미혹과 육체의 질병은 같은 원인에서 나온다'거나 '질병은 죄악'이라고 자못 잘난 척하며 말했던 일이 떠올랐다. 그 말이 병에 걸리지 않은 숙부의 자랑으로 받아들여져 더욱 우스꽝스럽게 느껴졌다. 그는 엷게 웃으며 다시 고바야시 쪽을 보았다. 고바야시는 바로 참견하고 나섰다. 하지만 쓰다의 예상과는 완전히 다른 말을 했다.

"뭐 지금의 젊은 사람도 병을 앓지 않은 사람도 있어요. 실제로 저 같은 경우는 최근에 한 번도 앓아누운 적이 없거든요. 제가 생각하기에 사람은 돈이 없으면 병에도 걸리지 않는 게 아닐까 싶습니다."

쓰다는 어이가 없었다.

"쓸데없는 소리 말게."

"아니, 정말 그러네. 실제로 자네 같은 사람이 자주 병에 걸리는 건 그럴 만한 여유가 있어서라네."

논리에 맞지 않은 이런 단정을 내리는 사람이 진지한 만큼 쓰다는 더욱더 실소를 금할 수 없었다. 그러자 이번에는 숙부가 찬성하고 나섰다.

"그래. 게다가 병이라도 걸리는 날에는 도저히 어떻게 해볼 도리가 없으니까 말이야."

어둑해진 방에서 숙부의 얼굴이 가장 어둑하게 보였다. 쓰다는 일어나 전등 스위치를 돌렸다.

29

어느새 부엌으로 통하는 문으로 나가 오킨과 하녀를 상대로 그릇을 달그락거리고 있던 숙모가 다시 거실에 얼굴을 내밀었다.

"요시오, 오랜만이니 밥이나 먹고 가."

쓰다는 내일 치료를 앞두고 있어 거절하고 돌아가려고 했다.

"오늘은 고바야시하고 밥을 먹기로 했는데 네가 온 것이라 어쩌면 음식이 부족할지도 모르겠지만, 아무튼 같이 먹고 가거라."

숙부에게 좀처럼 이런 말을 들어본 적이 없는 쓰다는 묘한 기분이 들어 다시 자리에 앉았다.

"오늘 무슨 일 있습니까?"

"뭐, 고바야시가 이번에……."

숙부는 이렇게만 말하고 잠깐 고바야시 쪽을 보았다. 고바야시는 약간 득의양양하게 히죽거리고 있었다.

"고바야시, 무슨 일인가?"

"뭐, 아무것도 아니네. 일간 정해지면 자세한 이야기는 자네 집에 가서 하지."

"하지만 나는 내일부터 입원한다네."

"뭐, 상관없네. 병원으로 가지, 병문안을 겸해서."

고바야시는 뒤미처 병원이 있는 장소며 의사의 이름을 정말 자신에게 필요한 지식이라도 되는 양 물었다. 의사의 이름이 자신과 같은 고바야시라서 "아아, 그럼 그 호리 씨의"라고 말했다가 갑자기 입을 다물었다. 호리는 쓰다의 매제 성이었다. 그가 어떤 특수한 병 때문에 바로 근처에 있는 그 의사의 병원에 다녔다는 사실을 고바야시는 잘 알고 있었던 것이다.

쓰다는 그가 꺼낸 이야기를 자세히 들어보고 싶었다. 조금 전에 숙모가 말한 오킨의 결혼 문제인 것 같기도 했다. 또 그렇지 않은 것 같기도 했다. 변죽만 울린 고바야시의 태도에서 다소 호기심을 느낀 쓰다는 그래도 그에게 병원으로 놀러 오라고는 분명히 말하지 않았다.

쓰다가 수술 준비라며, 숙모가 모처럼 만들어준 고기에도 생선에도, 평소 좋아하던 버섯 밥에도 손을 대지 않자 숙모도 미안해하며 오킨에게 그가 먹을 수 있는 빵과 우유를 사다달라고 부탁했다. 끈적끈적해서 치아 사이에 마구 끼이는 이 근방의 빵에 내심 질렸지만 또 사치스럽다는 말을 들을까 무서워 쓰다는 그저 얌전히 거실을 나가는 오킨의 뒷모습을 지켜볼 뿐이었다.

오킨이 나간 후 숙모는 사람들 앞에서 숙부에게 말했다.

"아무쪼록 저 애도 이번 혼담이 성사되면 좋을 텐데요."

"성사되겠지."

숙부는 걱정할 것 없다는 듯이 대답했다.

"아주 좋을 것 같습니다."

고바야시의 대답도 선선했다. 잠자코 있는 사람은 쓰다와 마코토뿐이었다.

상대의 이름을 들었을 때 쓰다는 그 사람을 숙부의 집에서 한두 번 본 것 같기는 했지만 거의 아무런 기억도 남아 있지 않았다.

"오킨 씨는 그 사람을 알고 있나요?"

"얼굴은 알고 있지. 말을 해본 적은 없지만."

"그럼 그쪽도 말을 한 적이 없겠네요?"

"당연하지."

"그런데도 용케 결혼이 성립하네요?"

쓰다는 이렇게 말할 만한 이유가 충분이 있다고 생각했다. 모두에게 그걸 보여주기 위해 그는 어이가 없다기보다는 오히려 신기하다는 표정을 지었다.

"그럼 어떻게 해야 좋겠냐? 누구나 네가 결혼할 때처럼 해야 한다는 거냐?"

숙부는 다소 기분이 상한 듯한 어투로 쓰다 쪽을 보며 말했다. 쓰다는 오히려 숙모를 상대한다고 생각하고 있었기 때문에 약간 미안했다.

"그런 게 아닙니다. 그런 사정으로 오킨 씨의 결혼이 성사되면 좋지 못하다고 말할 생각은 전혀 없었습니다. 설사 어떤 사정이 있든 결혼이 성사되기만 하면 물론 잘된 일이니까요."

30

그래도 자리의 분위기는 깨지고 말았다. 지금까지 기분 좋게 흐르던 대화가 갑자기 막힌 것처럼 쓰다의 말을 받아준 사람은 아무도 없었다.

고바야시는 자기 앞에 놓인 맥주잔을 가리키며 비밀스럽게 작은 목소리로 옆에 있는 마코토에게 물었다.

"마코토, 술 한 잔 줄까? 조금만 마셔봐."

"써서 싫어."

마코토는 곧바로 딱 잘라 거절했다. 처음부터 먹일 생각이 없었던 고바야시는 그걸 기회로 하하하 하고 웃었다. 좋은 상대가 생겼다고 생각했는지 마코토도 갑자기 고바야시에게 말했다.

"나 1엔 50전짜리 공기총을 갖고 있어. 가져와서 보여줄까?"

바로 일어나 안쪽의 다다미 넉 장 반짜리 방으로 뛰어간 마코토가 새로운 장난감을 거실로 가져왔을 때 고바야시는 내친걸음이라 반짝거리는 공기총을 보고 감탄하는 사람이 되어야 했다. 숙부도 숙모도 기뻐하는 듯한 자식을 위해 의무적으로 겉치레 말이라도 한마디 해야 할 필요가 있었다.

"시계를 사달라, 만년필을 사달라, 하면서 가난한 아비를 못살게 구는 통에 정말이지 곤란해 죽겠어. 그래도 요즘은 말[馬]은 겨우 포기한 것 같아서 그나마 다행이야."

"말도 의외로 싸던데요. 홋카이도에 가면 5, 6엔이면 근사한 놈으로 한 필 살 수 있습니다."

"보고 온 것처럼 말하지 말게."

공기총 덕분에 모두가 다시 두루 말을 하게 되었다. 다시 결혼이 화제가 되었다. 중단된 이야기의 연속임에 틀림없었다. 하지만 그것을 입에 올리는 사람들은 조금씩 전과 다른 기분이 그들의 표현을 지배하고 있다는 사실을 깨달았다.

"이것만은 묘한 거라서, 일면식도 없는 사람들이 결혼한다고 해서 반드시 이혼한다고 할 수도 없고 또 아무리 이 사람이라고 믿고 결혼한 부부라고 해도 끝까지 화합하며 잘 산다고 할 수도 없으니 말이야."

숙모가 봐온 세상을 솔직하게 정리하면 이렇게 될 수밖에 없었다. 이 중대한 사실 한구석에 오킨의 결혼을 안전한 곳에 두려는 그녀의 태도는, 변호하는 느낌이라기보다는 설명하는 느낌이었다. 그리고 쓰다가 보기에 그 설명은 가장 불완전하고 불안전했다. 결혼에 대해 쓰다의 성실함을 의심하는 듯한 말투를 보인 숙모야말로 이 점에서 근본적으로 진실성을 결여하고 있다고 여겨졌다.

"그거야 편한 처지에 있는 사람이나 하는 말이지." 숙모는 정색하며 쓰다에게 말했다. "어디 교제다, 약혼이다, 그런 사치스러운 일을 우리 같은 사람이 할 수 있겠어? 받아주는 사람, 와주는 사람이 있으면 그것만으로 고맙게 생각해야 하는 거지."

쓰다는 사람들 앞에서 지금의 오킨의 경우에 대해 이러쿵저러쿵 말하고 싶지 않았다. 그런 말을 할 만큼 깊은 관계도 아니고 또 흥미도 없는 그는 그저 숙모가 자신에게 가진 불성실하다는 의심을 불식시키기 위해 상대의 불성실함을 계발해두어야 한다는 마음에 사로잡혀 잠자코 있을 수가 없었다. 그는 고개를 갸우뚱하며 생각에 잠기는 듯한 모습으로 말했다.

"뭐 오킨 씨의 경우를 이러니저러니 평할 생각은 없지만, 대체 결혼을 그렇게 쉽게 생각해도 되는 걸까요? 저는 어쩐지 성실하지 못한 것 같은 생각이 들어 딱하거든요."

"하지만 가는 쪽에서 진심으로 갈 생각이 있고 받는 쪽에서도 진심으로 맞이할 생각만 있다면 어느 쪽이든 진실하지 못한 구석이 있을 리가 없잖아. 안 그래?"

"그런 식으로 간단히 진실해질지가 문제겠지요."

"될 수 있으니까 나 같은 사람도 이 후지이 집안에 시집와서 이렇게 착실히 살고 있잖아."

"작은어머니야 그렇지만 요즘 젊은 사람은……."

"요즘이든 옛날이든 사람이 그렇게 달라질까? 다들 자기 마음먹기에 달린 거지."

"그렇게 말하면 전혀 대화가 안 되잖아요."

"대화가 안 돼도 사실상 내가 요시오 너를 이기니까 어쩔 수 없어. 아무리 까다롭게 고르고 골라서 아내를 맞은 후에도, 그래도 아직 이것저것 가리면서 마음이 가라앉지 않는 사람보다 이쪽이 얼마나 더 진실한지 모를 거야."

조금 전부터 고기를 들쑤시고 있던 숙부는 자신이 입을 열어야 할 때가 온 사람처럼 접시에서 눈을 뗐다.

31

"꽤나 시끄러워졌군. 잠자코 듣고 있자니 작은어머니하고 조카의 대화 같지가 않아."

이렇게 말하며 두 사람 사이에 끼어든 숙부는 사실 판정관도 심판관도 아니었다.

"어쩐지 두 사람 다 적개심을 갖고 말다툼을 하고 있는 것 같은데, 싸우기라도 한 거야?"

그의 질문은 단지 질문의 형식을 갖춘 주의에 지나지 않았다. 마코토를 상대로 유리구슬을 굴리고 있던 고바야시가 훔쳐보듯이 이쪽을 보았다. 숙모도 쓰다도 한꺼번에 입을 다물고 말았다. 숙부는 결국 조정자의 태도로 입을 열 수밖에 없었다.

"요시오, 너 같은 요즘 젊은이들은 이해하기 어려울지도 모르지만 작은어머니가 거짓말을 하는 건 아니야. 알지도 못하는 우리 집으로 시집올 때 이미 단단히 각오를 했으니까. 작은어머니는 정말 시집오기 전에도, 온 후에도 똑같이 진심이었던 거지."

"저도 그건 듣지 않아도 알고 있어요."

"그런데 말이야 작은어머니가 무슨 이유로 그렇게 큰 결심을 했느냐면 말이지."

슬슬 취기가 오른 숙부는 달아오른 얼굴에 수분을 공급할 의무감을 지닌 사람처럼 다시 잔을 들고 맥주를 쭉 들이켰다.

"실은 그 이유를 오늘까지 아직 아무한테도 발설한 적이 없는데 말이지, 어디 한번 말해줄까?"

"예."

쓰다도 반쯤은 진심이었다.

"실은 말이야, 작은어머니는 이래 봬도 나한테 마음이 있었던 거지. 그러니까 처음부터 나한테 시집오고 싶었던 거야. 그래서 시집오기 전부터 맹렬하게 각오를 하고 있었던 거지."

"말도 안 되는 소리 좀 하지 마세요. 누가 당신 같은 추남한테 마음이 있겠어요?"

쓰다도 고바야시도 웃음을 터뜨렸다. 혼자 멍하니 있던 마코토가 숙모 쪽을 쳐다보았다.

"엄마, 마음이 있다는 게 뭐야?"

"나는 모르니까 아버지한테 물어봐."

숙부는 히죽거리면서 벗어진 머리 한가운데를 소중한 듯 쓰다듬었다. 그렇게 생각해서인지 쓰다의 눈에는 벗어진 머리가 평소보다 조금 더 붉게 비쳤다.

"마코토, 마음이 있다는 건 말이야, ……그러니까 말이지, ……그래, 좋아하는 거란다."

"으음, 그럼 좋은 거잖아."

"그러니까 아무도 나쁘다고 말한 건 아니야."

"하지만 다들 웃었잖아."

이 문답 도중에 마침 오킨이 돌아와서 숙모는 곧바로 마코토의 잠자리를 펴게 하고 그를 침실로 쫓아 보냈다. 흥에 겨운 숙부의 이야기는 점점 더 열을 띠었다.

"그야 옛날에도 연애 사건이 있었지. 아무리 오아사[17]가 무서운 얼굴을 해도 있었던 건 틀림없어. 거기에 또 요즘 젊은이들은 도저히 알 수 없는 점도 있었으니까 묘한 거지. 옛날에는 여자가 남자한테 반했지 남자는 결코 여자한테 반하지 않았어. 안 그래, 오아사?"

"어땠는지 몰라요."

17 숙모의 이름.

숙모는 마코토가 일어난 자리에 앉아 재빨리 버섯 밥을 손수 담아 먹기 시작했다.

"그렇게 화를 내봐야 소용없어. 거기에 사실이 존재함과 동시에 일종의 철학이 있는 거니까. 지금 내가 그 철학을 설명해주지."

"이제 그렇게 어려운 건 듣지 않아도 돼요."

"그럼 젊은 사람한테만 가르쳐주지. 요시오도 고바야시도 참고삼아 잘 들어두는 게 좋을 거야. 대체 너희들은 남의 딸을 뭐라고 생각하지?"

"여자라고 생각합니다."

쓰다는 반은 농담으로 돌리기 위해 일부러 이렇게 대답했다.

"그렇겠지. 그냥 여자라고만 생각하고 딸이라고는 생각하지 않을 거야. 그게 우리하고 크게 다른 점이지. 우리는 남의 딸을 부모로부터 독립한 그냥 여자로 바라본 적이 한 번도 없어. 그러니까 어떤 아가씨를 봐도 그 아가씨한테는 부모라는 소유자가 어김없이 뒤에 붙어 있다고 처음부터 각오하고 있었지. 그러니까 아무리 반하고 싶어도 반할 수 없는 처지 아니었겠어? 왜냐하면 반한다거나 서로 사랑한다는 것은 곧 상대를 이쪽이 소유해버린다는 의미이기 때문이지. 이미 소유권이 있는 것에 손을 대는 것은 도둑질이니까.[18] 이런 까닭에 의리가 있는 옛날 남자는 결코 반하지 않았지. 하지만 여자는 분명히 반했어. 실제로 저기서 버섯 밥을 먹고 있는 오아사도 나한테 반했지. 하

18 1916년의 「일기 및 단편」에 "'저는 아무리 여자를 사랑해도 일직선으로 나아갈 수가 없습니다.' / '왜요?' / '여자가 스스로 자신을 소유하고 있지 않다고 생각하기 때문입니다.' / '그럼 여자를 누가 소유하고 있죠?' / '기혼 여성은 물론 남편의 소유겠지요. 적어도 남편은 그렇게 알고 있을 겁니다.' / '그렇지요.' / '미혼인 처녀는 부모의 소유겠지요. 적어도 부모는 그렇게 알고 있을 겁니다. 부모의 허락 없이 시집가는 여자는 없기 때문입니다.'"라는 내용이 있다.

지만 일찍이 내가 오아사를 사랑한 기억은 없어."

"아무래도 좋으니까 이제 적당히 해두고 식사나 하세요."

마코토를 재우러 간 오킨을 다시 부른 숙모는 그녀에게 모두의 그릇에 밥을 담도록 일렀다. 쓰다는 어쩔 수 없이 혼자 맛없는 식빵을 잘강잘강 씹었다.

32

식후의 이야기는 이제 활기를 띠지 않았다. 그렇다고 특별히 차분하게 가라앉은 것도 아니었다. 사람들의 흥미를 공통으로 지배하는 화제의 기둥이 무너졌을 때처럼 그들은 각자 제멋대로 말한 후 누구도 그것을 대화의 중심으로 모으려고 노력하는 사람이 없다는 걸 깨달았다.

앉은뱅이 밥상 위에 양쪽 팔꿈치를 괸 숙부가 취해서 하품을 연달아 두 번 했다. 숙모가 하녀를 불러 남은 것을 부엌으로 치우게 했다. 조금 전부터 답답한 분위기의 영향을 조금씩 느끼고 있던 쓰다의 가슴에 오늘 밤 들었던 숙부의 말이 달의 표면을 지나는 뜬구름처럼 이따금 어두운 그림자를 드리웠다. 그때마다 남이 보기에 맥주 거품과 함께 사라져야 할 말을 쓰다는 오히려 의미 있는 듯이 쫓아가기도 하고 또 돌아오기도 했다. 그걸 알아차렸을 때 그는 스스로도 불쾌해졌다.

동시에 그는 자신과 숙모 사이에 오간 말도 떠올려보지 않을 수 없었다. 그 대화 중에 그는 내내 자신을 억누르며 가능한 한 마음을 겉으로 드러내지 않으려고 노력했다. 거기에 그의 긍지가 있고 동시에 일종의 불쾌함도 숨어 있었다는 것은 그의 기분이 그에게 가르쳐준 사실이었다.

한나절 이상 시간을 허비한 오랜만의 방문을 단지 이런 쾌, 불쾌라는 관점에서만 바라본 쓰다는 곧바로 그 대조로서 활달한 요시카와 부인과 깨끗한 응접실을 기억의 무대에서 뛰놀게 했다. 이어서 요즘에 들어서야 부인들이 하는 동그랗게 틀어 올린 머리를 한 오노부의 얼굴이 눈앞에 어른거렸다.

쓰다는 자리에서 일어서려고 하면서 고바야시를 돌아보았다.

"자넨 더 있겠나?"

"아니, 나도 이제 가야지."

고바야시는 곧 시키시마(敷島)[19] 갑을 바지 주머니에 쑤셔 넣었다. 그러자 그들이 일어서기 직전에 숙부가 우연인 듯이 다시 입을 열었다.

"오노부는 잘 있냐? 간다, 간다, 하면서도 먹고살기 바빠서 그만 가보지도 못했다. 안부나 전해주렴. 네가 집을 비우면 심심해서 힘들겠구나, 오노부도. 대체 뭘 하며 지낸다니?"

"뭐 특별히 할 일도 없을 거예요."

이렇게 대충 대답한 쓰다는 무슨 생각을 했는지 나중에 갑자기 덧붙였다.

"병원에 같이 가고 싶다고 속 편한 말을 하는가 하면, 머리를 자르라는 둥 목욕탕에 가라는 둥 작은어머니보다 훨씬 더 잔소리가 많습니다."

"기특하지 않으냐? 너 같은 멋쟁이한테 그런 주의를 해주는 사람은

19 두꺼운 종이로 만든 원통형의 텅 빈 필터가 달려 있는 담배. 피울 때는 필터를 납작하게 해서 피웠다. 1904년부터 1943년까지 생산되고 판매되었으며 발매 당시에는 고급 담배였다.

달리 없겠지."

"고마운 일이네요."

"극장은 어떠냐? 요즘도 보러 다니냐?"

"예, 가끔 갑니다. 얼마 전에도 오카모토네에서 가자고 했는데 하필 이면 병을 치료해야 해서요."

쓰다는 그때 잠깐 숙모 쪽을 보았다.

"어떠세요, 작은어머니, 조만간 데이코쿠 극장[20]에 한번 모실까요? 가끔 그런 데 가보는 것도 좋아요, 기분도 상쾌해지고요."

"응, 고마워. 하지만 요시오 네가 안내한다고 하면……."

"싫으세요?"

"싫다기보다 언제가 될지 모르니까."

가부키 따위를 그다지 좋아하지 않는 숙모의 이 대답을 일부러 정면으로 받은 쓰다는 머리를 긁적여 보였다.

"그렇게 신용이 떨어진 날에는 저도 어쩔 수 없죠."

숙모는 호호호 웃었다.

"가부키는 아무래도 좋은데, 요시오, 교토 쪽은 어떻지, 그 뒤로?"

"교토에서 여기로 무슨 말이라도 해왔나요?"

쓰다는 다소 진지한 표정으로 숙부와 숙모의 얼굴을 번갈아 쳐다보

20 국립극장에 준하는 문화 시설로 만들겠다는 의도로 1911년 도쿄 마루노우치에 파리의 오페라 극장을 본떠서 세운 5층 건물에 1,700석 규모의 일본 최초의 서양식 대극장. 가부키, 근대 연극의 공연, 대작 영화의 상영, 일본을 방문한 음악가나 무용가의 공연이 열렸는데 입장료도 비쌌으므로 '오늘은 데이코쿠 극장, 내일은 미쓰코시 백화점'이라는 구호가 생겨날 만큼 부유층이나 지식인이 모이는 고급 극장이었다. 한편 소세키는 1911년 5월에 열린 개장식에 초청되어 참석했다. 주로 가부키를 공연했지만 쓰보우치 쇼요의 문예협회 등에도 무대를 제공하고 또 부속 양성소에서 신인 여배우를 육성하기도 했다. 1964년에 해체되었고 지금의 '데이코쿠 극장'은 1965년에 재건된 것이다.

았다. 하지만 두 사람은 아무 대답도 하지 않았다.

“실은 아버지가 이번 달은 돈을 보낼 수 없으니까 어떻게든 우리끼리 알아서 하라고 했거든요, 너무하시는 거 아닌가요?”

숙부는 웃을 뿐이었다.

“아주버님은 화가 나 있으실 거야.”

“도대체 오히데가 또 쓸데없는 말을 해서 못쓴다니까요.”

쓰다는 다소 분하다는 듯이 누이의 이름을 입에 담았다.

“오히데한테는 잘못이 없어. 처음부터 요시오 네가 나쁜 거야.”

“그야 그럴지도 모르지만 세상 어디에 자기 아버지가 보내준 돈을 꼬박꼬박 갚는 놈이 있답니까?”

“그럼 처음부터 꼬박꼬박 갚는다는 약속을 하지 말았어야지. 게다가…….”

“잘 알았어요, 작은어머니.”

쓰다는 도저히 당해낼 수 없다는 마음을 겉으로 드러내며 일어섰다. 하지만 패배해서 서둘러 퇴각하는 자신에게 위세를 더하기 위해 재촉하듯이 고바야시를 끌고 함께 밖으로 나오는 일은 잊지 않았다.

33

밖은 바람도 없었다. 조용한 공기가 빠르게 걷는 두 사람의 볼에 차갑게 닿았다. 별이 높게 빛나는 하늘에서 눈에 보이지 않는 투명한 이슬이 촉촉이 내리고 있는 듯했다. 쓰다는 외투의 어깨를 어루만졌다. 외투 안쪽으로 스며드는 쌀랑한 느낌을 손가락으로 확실히 느낀 그는 고바야시를 돌아보았다.

"낮에는 따뜻했는데 밤이 되니까 역시 춥군."

"응. 아무튼 이젠 가을이니까. 정말 외투가 필요할 정도야."

고바야시는 새로 맞춘 양복 상하의에 조끼 한 벌 세트 외에 아무것도 걸치지 않았다. 일부러 발끝을 두껍게 사각으로 만든 딱딱한 미국식 구두를 딱딱 울리며 굵은 지팡이를 부자연스럽게 휘두르는 그의 태도는 마치 쌀랑한 공기에 저항하는 시위자 같았다.

"학교 다닐 때 그렇게 뽐내던 외투는 어떻게 했나?"

그는 돌연 쓰다에게 뜻밖의 질문을 했다. 쓰다는 그에게 그 외투를 자랑하던 당시를 떠올리지 않을 수 없었다.

"음, 아직 있네."

"지금도 입나?"

"아무리 내가 가난해도 학창 시절에 입던 외투를 그렇게 소중히 하면서 계속 입겠는가?"

"그런가? 그럼 마침 잘됐네. 그거 나한테 주게."

"필요하면 가져가도 좋네."

쓰다는 오히려 쌀쌀하게 대답했다. 새 양말까지 신은 사람이 남이 입던 낡은 외투를 갖고 싶어 하는 것은 다소 앞뒤가 맞지 않았다. 적어도 그 사람의 생활에 가로놓인 불규칙한 물질적 굴곡을 증명해주는 것이었다. 잠시 후 쓰다는 고바야시에게 물었다.

"왜 그 양복을 맞출 때 외투까지 장만하지 않았나?"

"나를 자네처럼 생각하면 곤란하네."

"그럼 어떻게 그 양복이며 구두를 마련한 건가?"

"너무 가차 없는 질문이군. 아무리 나라도 아직 도둑질은 하지 않았으니 안심하게."

쓰다는 이내 입을 다물었다.

두 사람은 높직한 비탈길 위로 나왔다. 넓은 골짜기를 사이에 두고 건너편에 보이는 약간 높은 언덕이 괴수의 등처럼 검고 길게 누워 있었다. 가을밤의 등불이 군데군데에 소량의 따뜻함을 점점이 떨어뜨렸다.

"이보게, 돌아가는 길에 어디서 한잔하지 않겠나?"

쓰다는 대답하기 전에 우선 고바야시의 모습을 살폈다. 그들의 오른쪽에는 높다란 제방이 있고 제방 위에는 울창한 대숲이 온통 뒤덮여 있었다. 바람이 불지 않아 대나무 소리는 나지 않았지만 잠든 것처럼 보이는 조릿대 잎 끝은 계절에 어울리는 쓸쓸한 느낌을 주기에 충분했다.

"여기는 무척 음침한 곳이로군. 어느 다이묘 화족(華族)[21]의 저택 뒤쪽이라서 언제까지고 이렇게 방치되었겠지. 빨리 길을 내면 좋을 텐데 말이야."

쓰다는 이렇게 말하며 직면한 대답을 얼버무리려고 했다. 하지만 고바야시의 눈에 대숲 따위가 들어올 리 없었다.

"이보게, 가지 않겠나, 오랜만에?"

"방금 마시고 왔는데 또 마시고 싶은 건가?"

"방금 마셨다고? 그쯤 마신 거야 마신 축에도 못 끼네."

"하지만 아까는 충분하다며 거절하지 않았나?"

"선생님이랑 사모님 앞에서는 조심스러워서 취하지도 않으니까 어

21 에도 시대에는 다이묘(大名)였다가 메이지유신 이후 귀족(공후백자남)이 된 사람.

쩔 수 없이 그렇게 말한 거네. 전혀 마시지 않으면 모를까, 그 정도만 마시면 오히려 독이네. 나중에 적당히 취하고 나서 그만두지 않으면 몸에 안 좋으니까."

자기 형편에 맞는 논리를 멋대로 만들어 어떻게든 쓰다를 끌어들이려는 고바야시는 그에게 다소 성가신 동행이었다. 쓰다는 반은 놀림조로 물었다.

"자네가 살 건가?"

"응, 내가 사도 좋네."

"그런데 어디로 갈 생각인가?"

"어디든 상관없네. 꼬치집이라도 좋지 않겠나?"

두 사람은 잠자코 고개 아래까지 내려갔다.

34

가는 길로 보면 쓰다는 그곳에서 오른쪽으로 돌고 고바야시는 똑바로 가야만 했다. 하지만 고바야시는 보기 좋게 헤어지려고 모자에 손을 댄 쓰다의 얼굴을 들여다보듯이 하며 말했다.

"나도 그쪽으로 가겠네."

그들이 가는 방향에는 먹고 마시기에 좋은 거리가 두세 구역 이어져 있었다. 그 중간쯤에 있는 술집 같은 가게 유리문이 따뜻하게 안쪽에서 비치고 있는 것을 발견하자 고바야시는 바로 발길을 멈췄다.

"여기가 좋겠네. 들어가지."

"난 싫네."

"자네 마음에 들 만한 고급 술집은 이 근방에 없으니까 이 가게로 좀 봐주게."

"난 몸이 안 좋네."

"상관없어. 병은 내가 보증할 테니 걱정하지 말게."

"농담하지 말게. 난 싫네."

"자네 처한테는 내가 변명해줄 테니 괜찮지 않은가?"

귀찮아진 쓰다는 고바야시를 그대로 내버려둔 채 재빨리 가려고 했다. 그러자 그와 스칠 정도로 가까이 걸음을 옮겨온 고바야시가 다소 정색을 하고 추궁했다.

"그렇게 싫은가, 나하고 술 마시는 게?"

실제로 그렇게 싫었던 쓰다는 이 말을 듣자 곧바로 걸음을 멈췄다. 그리고 자신의 경향과 완전히 반대되는 결단을 겉으로 드러냈다.

"그럼 마시세."

두 사람은 곧 환한 유리문을 열고 안으로 들어갔다. 손님은 그들 외에 대여섯이 있을 뿐이었지만 가게가 그리 넓지 않아서인지 꽤나 북적이는 것처럼 보였다. 비교적 편한 자리를 잡을 수 있는 한쪽 구석을 택해 마주 보고 앉은 두 사람은 주문한 것이 나오기 전에 약간 신기해하는 눈으로 주위를 둘러보았다.

복장에서 보았을 때 손님들 중에 사회적 지위가 있을 법한 이는 한 사람도 없었다. 목욕탕에 들렀다 온 것인지 줄무늬 한텐[22]의 어깨에 젖은 수건을 걸치고 있는 사람, 무명옷에 딱딱하고 폭이 좁은 허리띠를 매고 일부러 납작하게 엮어서 만든 하오리의 끈 한가운데에 가짜

22 직인의 작업복으로 하오리 비슷한, 짧은 겉옷이다.

비취를 끼운 사람은 오히려 나은 편이었다. 훨씬 심한 사람은 꼭 넝마주이로밖에 보이지 않았다. 복부에 연장을 넣는 큰 주머니가 달려 있는 작업복 윗도리에 통이 좁은 바지를 입은 사람도 한 명 끼어 있었다.

"어떤가, 서민적이어서 좋지 않나?"

고바야시는 쓰다의 작은 사기잔에 술을 따르며 이렇게 말했다. 이 말을 부정하는 듯한 새로 맞춘 화려한 양복이 곧장 특별한 것처럼 쓰다의 눈에 비쳤지만, 고바야시는 전혀 그걸 알아차리지 못하는 것 같았다.

"난 자네와 달리 아무래도 하류 사회 쪽에 동정이 가니까 말이야."

고바야시는 마치 거기에 자신의 의형제라도 있는 듯한 얼굴로 일동을 둘러보았다.

"보게. 저 사람들은 모두 상류 사회 사람들보다 좋은 인상을 갖고 있으니까."

대답할 용기도 없었던 쓰다는 일동을 둘러보는 대신 오히려 고바야시를 주시했다. 고바야시는 곧 한발 물러섰다.

"적어도 거나하게 취해 있지."

"상류 사회 사람들도 거나하게 취한다네."

"하지만 취하는 방법이 다르네."

쓰다는 의기양양하게 양자의 차이를 묻지 않았다. 그래도 고바야시는 조금도 기가 죽지 않고 술을 쭉쭉 들이켰다.

"자네는 저런 사람들을 경멸하고 있군그래. 동정할 가치가 없는 사람이라고 처음부터 업신여기고 있어."

이렇게 말하자마자 고바야시는 쓰다의 대답도 기다리지 않고 맞은편에 있는 우유배달부 같은 젊은이에게 말을 걸었다.

"이보게, 자네, 그렇지 않나?"

느닷없이 질문을 받은 젊은이는 억센 목덜미를 돌려 잠깐 이쪽을 보았다. 그러자 고바야시는 곧바로 잔을 그쪽으로 내밀었다.

"자, 자네, 한잔하게."

젊은이는 히죽히죽 웃었다. 불행히도 그와 고바야시 사이에는 2미터쯤의 거리가 있었다. 일어나 잔을 받을 정도의 필요를 느끼지 않았던 그는 그저 웃기만 할 뿐 움직이지 않았다. 하지만 그래도 고바야시는 만족하는 듯했다. 내민 술잔을 거둬들이면서 자신의 입으로 가져갔을 때 고바야시는 다시 쓰다에게 말했다.

"자, 저렇다네. 상류 사회처럼 시건방진 놈은 한 사람도 없지."

35

인버네스[23]를 입은 몸집이 작은 사내가 한텐에 상고머리를 한 남자와 엇갈리며 들어오더니 두 사람과 약간 떨어진 자리에 앉았다. 그는 차양을 길게 내린 헌팅캡을 쓴 채 일단 사방을 빙 둘러본 후 품에 손을 넣었다. 그리고 품에서 꺼낸 작고 얄팍한 수첩을 펼치고, 읽는지 생각하는지 가만히 들여다보았다. 그는 아무리 시간이 지나도 낡아빠진 인버네스를 벗으려고 하지 않았다. 모자도 쓴 채였다. 하지만 수첩은 그렇게 오래 펼치고 있지 않았다. 소중한 듯이 수첩을 다시 품에 넣고, 이번에는 술을 마시면서 다른 손님들을 안 보는 척 힐끗힐끗 보

23 메이지, 다이쇼 시대에 흔히 입던 남자용 외투.

기 시작했다. 틈틈이 짤막한 외투의 망토 밑으로 손을 빼내 코밑의 엷은 수염을 어루만졌다.

조금 전부터 신경을 쓴다는 생각도 없이 그 모습을 주의하고 있던 두 사람은 자신들의 시선이 그의 시선과 마주쳤을 때 정면으로 고개를 딱 돌려 서로의 얼굴을 마주 보았다. 고바야시는 약간 앞으로 몸을 내밀었다.

"누군지 알겠나?"

쓰다는 원래의 자세를 무너뜨리지 않았다. 거의 대답할 가치가 없다는 듯한 어조로 되물었다.

"누군지 어떻게 알겠나?"

고바야시는 목소리를 더욱 낮췄다.

"저놈은 탐정이네."

쓰다는 대답하지 않았다. 상대보다 주량이 센 그는 오히려 상대만큼 평소의 모습을 잃지 않았다. 잠자코 자기 앞에 있는 술잔을 비웠다. 고바야시는 곧 술잔을 가득 채웠다.

"저 눈빛을 보게."

엷은 웃음을 띤 쓰다가 드디어 입을 열었다.

"자네처럼 상류 사회를 함부로 욕하면 즉시 사회주의자로 오해받을 거네. 조심 좀 하게."

"사회주의자?"

고바야시는 일부러 큰 소리를 내며 인버네스를 입은 사내를 보았다.

"웃기지 말게. 이래 봬도 난 선량한 빈민의 동정자네. 나에 비하면 별스레 고상한 척 겉만 그럴듯하게 꾸미는 자네들이 훨씬 더 나쁜 놈들이지. 누가 경찰한테 끌려가야 할지 잘 생각해보게."

헌팅캡을 쓴 사내가 잠자코 고개를 숙이고 있어서 고바야시는 쓰다에게 대들 수밖에 다른 도리가 없었다.

"자네는 이런 막일꾼이나 인부를 아예 인간으로도 취급하지 않을 생각인지 모르지만 말이네."

고바야시는 다시 이렇게 말하고는 주위를 둘러보았으나 공교롭게도 막일꾼이나 인부는 어디에도 없었다. 그래도 고바야시는 전혀 상관하지 않고 계속 지껄였다.

"그들이 자네나 탐정보다 얼마나 더 인간답고 숭고한 본성을 타고난 그대로 가지고 있는지 모를 거네. 다만 그 인간다운 아름다움이 빈곤이라는 먼지로 더렵혀져 있을 뿐이지. 다시 말해 목욕탕에 갈 수 없으니까 더러운 거네. 무시하지 말게."

고바야시의 말투는 빈민을 변호한다기보다는 오히려 자신을 변호하는 것처럼 들렸다. 하지만 함부로 상대했다가 이쪽의 체면에 손상을 입기라도 해서는 곤란하다는 경계심이 작동하여 쓰다는 일부러 논쟁을 피하고 있었다. 그러자 고바야시가 더욱 몰아붙였다.

"자네는 입을 다물고 있지만 내가 하는 말을 믿지 않는군. 확실히 믿지 않는 표정이야. 그럼 내가 설명해주겠네. 자네는 러시아 소설을 읽어봤겠지?"

러시아 소설을 한 권도 읽은 적이 없는 쓰다는 여전히 아무 말도 하지 않았다.

"러시아 소설, 특히 도스토옙스키의 소설을 읽은 사람이라면 반드시 알고 있을 거네. 사람이 아무리 미천해도, 또 아무리 교육을 받지 못했다고 해도 때로는 그 사람의 입에서 눈물이 흘러내릴 만큼 고마운, 그리고 조금도 겉으로 꾸미지 않은 지고지순한 감정이 샘물처럼 흘러넘친다는 사실을 누구나 알고 있을 거네. 자네는 그걸 허위라고 생각하나?"

"나는 도스토옙스키의 소설을 읽은 적이 없어서 모르겠네."

"선생님께 물으면 그건 거짓이라고 한다네. 그런 고상한 정조를 일부러 천박한 그릇에 담아 감상적으로 독자를 지나치게 자극하는 책략에 지나지 않는다고 말이지. 다시 말해 도스토옙스키가 있었기에 많은 모방자가 속출하여 마구 싸구려로 만들어버린 일종의 예술적 기교에 지나지 않는다고 한다네. 하지만 나는 그렇게 생각하지 않아. 선생님한테 그런 말을 들으면 화가 나네. 선생님은 도스토옙스키를 몰라. 아무리 나이가 들어도 선생님은 책 위에서만 나이를 먹었을 뿐이지. 아무리 젊어도 나는……."

고바야시의 말은 점점 더 감정에 복받쳤다. 나중에는 감개무량함을 견디지 못하겠다는 표정으로 테이블보에 눈물을 뚝뚝 떨어뜨리기까지 했다.

36

불행히도 쓰다의 심장에는 상대에게 끌려들어갈 만큼 취기가 돌지 않았다. 동화(同化)의 울타리 밖에서 이 흥분 상태를 바라보는 그의 눈은 끝끝내 비판적이었다. 쓰다는 고바야시를 울린 것이 술인지 숙부인지 의심했다. 도스토옙스키인지 일본의 하층 사회인지 의심했다. 어느 쪽이든 자신과 그다지 관계없는 일이라는 사실도 잘 알고 있었다. 그는 재미없었다. 또 불안했다. 감격하기 좋아하는 사람이 자신 앞에 떨어뜨린 눈물 자국을 그저 성가신 듯이 바라보았다.

탐정으로 지목된 사내는 품에서 다시 얄팍한 수첩을 꺼내 연필로 뭔가를 열심히 적기 시작했다. 고양이처럼 조용하면서, 또 고양이처럼 모든 것에 주의하는 듯한 그의 거동은 쓰다에게 이상한 느낌을 주었다. 하지만 고바야시의 취기는 이제 그런 것을 지나쳐버리고 있었다. 탐정 따위는 전혀 안중에 없었다. 그는 새로 맞춘 양복을 입은 팔을 불쑥 쓰다의 코앞에 들이댔다.

"자네는 내가 지저분한 옷을 입으면 더럽다며 경멸할 거야. 또 어쩌다 깨끗한 옷을 입으면 이번에는 깨끗하다며 경멸하겠지. 그럼 나는 어떻게 해야 좋단 말인가? 어떻게 하면 자네의 존경을 받을 수 있겠나? 제발 가르쳐주게. 이래 봬도 나는 자네한테 존경받고 싶네."

쓰다는 쓴웃음을 지으며 그의 팔을 물리쳤다. 신기하게도 팔에는 저항력이 없었다. 처음의 기세가 갑자기 어딘가로 빠져버린 것처럼 얌전히 원래 자리로 돌아갔다. 하지만 그의 입은 팔만큼 고분고분하지 않았다. 팔을 되돌린 그는 바로 입을 열었다.

"난 자네 마음속을 훤히 꿰뚫고 있네. 자네는 내가 이렇게 하층 사회를 동정하면서도 가난한 주제에 새 양복을 맞춰 입은 것을 모순이라며 비웃을 생각이겠지?"

"아무리 가난해도 양복 한 벌쯤 맞추는 것은 당연하네. 맞추지 않으면 벌거벗은 채로 거리를 걸어 다녀야 할 테니까. 장만해도 좋지 않은가. 아무도 이상하게 생각하지 않네."

"하지만 그렇지도 않네. 자네는 나를 그저 모양을 부린다고 생각하겠지. 멋을 낸다고 해석할 거야. 그게 나쁜 거네."

"그런가? 그렇다면 미안하네."

이제 견딜 재간이 없다고 체념한 쓰다는 결국 항복하는 게 편하다는 걸 깨달았기 때문에 적당히 기분을 맞춰주기 시작했다. 그러자 고바야시의 분위기도 자연스럽게 바뀌었다.

"아니, 나도 잘못했지. 미안하네. 나한테도 멋을 부리고 싶은 마음은 있다네. 그거야 나도 충분히 인정해. 인정은 하지만 내가 왜 이번에 이 양복을 맞췄는지 그 이유를 자네는 모를 걸세."

물론 쓰다는 그런 특별한 이유를 알 리 없었다. 또 알고 싶지도 않았다. 하지만 내친걸음이라 묻지 않을 수도 없었다. 두 팔을 좌우로 펼친 고바야시는 스스로 자신의 복장을 둘러보며 오히려 허전한 듯이 대답했다.

"실은 이 옷을 입고 머지않아 도쿄를 떠난다네. 조선으로 가는 거지."

쓰다는 비로소 의외의 얼굴로 상대를 쳐다보았다. 그러는 김에 조금 전부터 마음에 걸렸던, 넥타이가 삐딱해진 것을 알려줘 고쳐 매게 한 후 다시 그의 이야기를 들었다.

고바야시는 오랫동안 숙부의 잡지를 편집하기도 하고 교정을 보기도 했다. 그사이에는 자신의 원고를 써서 돈을 줄 것 같은 데로 이리저리 가지고 돌아다니며 늘 바쁜 듯이 보이기도 했다. 그러던 그는 더는 도쿄에 있을 수 없게 되었고, 결국 조선으로 건너가 그곳의 어떤 신문사에 고용되는 것으로 거의 이야기가 되어 있었던 것이다.

"이렇게 힘들다면 아무리 도쿄에서 참고 있어봤자 어쩔 도리가 없으니 말일세. 미래가 없는 곳에서 사는 것은 정말 싫네."

조선으로 가면 미래가 모든 준비를 갖추고 자신을 기다리고 있다는 듯이 말하는 그는 곧 앞에서 한 말을 취소하는 듯한 말도 했다.

"요컨대 나 같은 사람은 평생 떠돌아다닐 운명을 갖고 태어난 사람일지도 모르지. 어떻게 해도 자리를 잡을 수가 없거든. 설사 자신이 정착할 마음이 있어도 세상이 정착하게 해주지 않으니까 잔혹한 거네. 도망자가 되는 것 외에 달리 방법이 없지 않은가?"

"자리를 잡을 수 없는 사람은 자네만이 아닐세. 나도 전혀 자리를 잡고 있는 게 아니네."

"불경스러운 말 하지 말게. 자네가 자리를 잡을 수 없는 건 사치스럽기 때문이지. 나는 죽을 때까지 빵을 좇아가야 하니까 괴로운 거네."

"하지만 정착할 수 없는 것은 현대인의 일반적인 특징이니까. 괴로운 것은 자네만이 아니라네."

고바야시는 쓰다의 말에서 위로를 받은 기색이 전혀 없었다.

37

조금 전부터 두 사람의 모습을 바라보고 있던 여종업원이 느닷없이 다가오더니 야단스럽게 테이블을 치우기 시작했다. 그것을 신호로 삼은 듯이 인버네스를 입은 사내가 벌떡 일어섰다. 진작 술을 그만두고 그냥 이야기만 하고 있던 두 사람도 시치미를 떼고 있을 수만은 없었다. 쓰다는 기회를 포착하여 곧바로 일어났다. 고바야시는 의자에서 일어나기 전에 우선 그들 사이에 놓인 M·C·C[24] 갑을 집었다. 그리고 그 안에서 입에 닿는 부분을 금종이로 만 담배 한 개비를 새로 꺼내 물고 불을 붙였다. 어떤 일을 하는 김에 하는 이 행동이 담배 갑을 받아 들어 소매에 넣는 쓰다의 눈에 얄궂은 웃음을 띠게 만들었다.

그리 늦은 시간은 아니었지만 가을밤의 거리는 의외로 빨리 깊어졌다. 낮에는 귀에 거슬리지 않던 소리를 내며 전차가 멀리서 달려갔다. 각자 다른 기분에 사로잡혀 있는 두 사람의 검은 그림자가 아직 떨어지지 않고 강가를 따라 움직였다.

"조선에는 언제쯤 가는 건가?"

"어쩌면 자네가 병원에 입원해 있는 동안일지도 모르겠네."

"그렇게 급하게 떠나는 건가?"

"아니, 꼭 그런 것도 아니네. 다시 한번 선생님이 그쪽 주필을 만나지 않으면 확실한 건 알 수 없네."

"떠날 날이 말인가, 아니면 가는 것이 말인가."

"음, 뭐……."

그의 대답은 다소 모호했다. 쓰다가 그걸 추궁하지도 않고 재빨리 걷기 시작했을 때 그는 다시 고쳐 말했다.

"솔직히 말하면 나는 가고 싶지 않네."

"작은아버지가 꼭 가라고 하는 건가?"

"아니, 그렇지도 않네."

"그럼 관두면 되는 거 아닌가?"

쓰다의 말은 누구에게나 자명한 이치인 만큼 동정에 주려 있는 상대의 기분을 잔혹하게 꿰뚫은 것이나 마찬가지였다. 몇 걸음 걷던 고바야시가 갑자기 쓰다 쪽으로 얼굴을 돌렸다.

"쓰다, 난 외롭네."

24 Manila Cigarette Company의 약칭. 마닐라 담배회사에서 제조한 필터 없는 담배.

쓰다는 대답하지 않았다. 두 사람은 다시 말없이 걸었다. 얕은 강바닥 한가운데를 조금씩 흐르는 물이 어슴푸레 보이는 교각 밑으로 검게 사라질 때는 전차가 지나는 사이사이 희미하게 졸졸졸 소리를 냈다.

"그래도 난 갈 거네. 아무래도 가는 게 나을 것 같으니까."

"그럼 가야겠지."

"응, 가고말고. 이런 데서 사람들한테 무시당하느니 조선이나 타이완[25]으로 가는 것이 훨씬 낫지."

고바야시의 말은 날카롭게 울렸다. 쓰다는 갑자기 온화한 태도를 드러낼 필요를 느꼈다.

"너무 그렇게 비관해선 안 되네. 젊고 몸만 건강하다면 어디를 가든 훌륭하게 성공할 수 있겠지. 떠나기 전에 한번 송별회를 여세, 자네를 유쾌하게 하기 위해."

이번에는 고바야시가 좋다는 대답을 하지 않았다. 쓰다는 거듭 분위기를 맞추는 태도로 나왔다.

"자네가 가면 오킨 씨가 결혼할 때 곤란할 거야."

고바야시는 지금까지 머릿속에 없었던 누이를 문득 떠올린 사람처럼 쓰다를 쳐다보았다.

"응, 그 애도 가엾지만 어쩔 수 없지. 결국 이렇게 쓸모없는 오라버니를 둔 게 불행이라 생각하고 포기해야겠지."

"자네가 없어도 작은아버지나 작은어머니가 어떻게든 해줄 거네."

"어쨌든 그렇게 되는 것 외에 다른 도리가 없으니까. 그렇게 하지 않으면 이번 결혼을 거절하고, 언제까지고 선생님 댁에서 하녀 대신

25 청일전쟁으로 일본은 타이완을 식민지화했고 러일전쟁으로 사할린 남부를 얻었으며 그 기세를 몰아 1910년에는 '한일합병'이라는 이름으로 조선을 식민지화했다.

일하겠지만, ……어느 쪽이든 그 애한테는 마찬가지일 걸세. 그보다 나는 또 선생님께 죄송한 일이 있네. 만약 가게 되면 선생님께 여비를 빌릴 수밖에 없으니 말이야."

"그쪽에서는 안 주나?"

"줄 것 같지 않네."

"어떻게든 내도록 하면 되지 않겠나?"

"글쎄."

1분쯤 침묵이 이어졌을 때 고바야시는 다시 혼잣말처럼 말했다.

"여비는 선생님께 빌리고 외투는 자네한테 빌리고 하나뿐인 누이는 혼자 남겨두고, 간단한 일이지."

이것이 그날 밤 고바야시의 입에서 나온 마지막 말이었다. 두 사람은 드디어 헤어졌다. 쓰다는 뒤도 돌아보지 않고 서둘러 집으로 돌아갔다.

38

쓰다의 집 문은 여느 때처럼 닫혀 있었다. 그는 쪽문에 손을 댔다. 그런데 오늘 밤에는 쪽문도 열리지 않았다. 문이 잘 안 맞아서 그런가 하고 두세 번 다시 열어보고 나서 힘껏 문을 당겼을 때야 안쪽에서 딱 하는 묵직한 빗장의 저항력을 느끼고는 비로소 단념했다.

그는 예상 밖의 이 사건에 고개를 갸웃하며 잠시 문 앞에 우두커니 서 있었다. 새로 살림을 차리고 나서 오늘에 이르기까지 한 번도 외박한 적이 없는 그는 어쩌다 밤늦게 돌아오는 일이 있었어도 아직 이런 적은 없었던 것이다.

오늘 그는 땅거미가 질 무렵부터 일찍 집으로 돌아오고 싶었다. 숙부 집에서 명색뿐인 저녁을 먹은 것도 어쩔 수 없어서였다. 내키지도 않은 술을 조금 마신 것도 고바야시에 대한 의리에 지나지 않았다. 저녁때 이후의 그는 오히려 오노부를 마음속에 두고 밖에서 시간을 보냈다. 쌀랑한 바깥에서 돌아온 그는 마치 따뜻한 가정의 등불을 그리며 그것을 목표로 발길을 옮겨온 것이나 마찬가지였다. 그의 몸이 토담에 맞닥뜨린 말처럼 멈춤과 동시에 그의 기대도 갑자기 문 앞에서 막히지 않을 수 없었다. 그리고 그것을 막아선 것이 오노부인지 우연인지 지금의 그에게는 그것이 결코 작은 문제가 아니었다.

그는 손을 들어 열리지 않는 쪽문을 통통 두 번 두드렸다. '문 열어!'라기보다는 "여기를 왜 잠갔어?" 하고 힐문하는 소리가 이슥한 밤거리의 어둠 속에 울렸다. 그러자 안쪽에서 이내 "네" 하고 대답하는 소리가 들려왔다. 거의 메아리에 가까울 정도로 빨리 그의 고막을 때린 소리의 주인공은 하녀가 아니라 오노부였다. 갑자기 조용해진 그는 문 바깥에서 귀를 기울였다. 볼일이 있을 때만 켜기로 되어 있는 현관 앞의 전등 스위치를 켜는 소리가 또렷이 들렸다. 격자문이 곧 드르륵하고 열렸다. 입구의 여닫이문이 아직 닫히지 않은 게 분명했다.

"누구세요?"

쪽문 바로 건너편까지 온 발소리가 멈추자 오노부는 일단 이렇게 말하며 누구냐고 물었다. 그는 더욱 조급히 굴었다.

"빨리 열어, 나야."

오노부는 "어머!" 하고 외쳤다.

"당신이었어요? 미안해요."

덜그럭거리며 빗장을 풀고 남편을 안으로 들인 오노부는 평소보다 더 창백한 얼굴을 하고 있었다. 그는 곧 현관을 통해 거실로 들어갔다.

거실은 여느 때처럼 깔끔하게 정리되어 있었다. 무쇠 주전자가 약속이나 한 듯이 소리를 내며 끓고 있었다. 화로 앞에는 여느 때처럼 두툼한 모슬린 방석이 그의 귀가를 기다리고 있는 것처럼 깔려 있었다. 오노부가 앉았던 그 맞은편에는 그녀의 방석 외에 여성용 벼룻집이 나와 있었다. 자개 세공으로 매화꽃을 흩어놓은 나전 뚜껑은 옆으로 치워져 있고 배 껍질처럼 오톨도톨하게 짠 피륙 안에 집어넣은 작은 벼루가 젖어 반들반들 빛나고 있었다. 벼루의 주인이 서둘러 자리를 뜬 증거처럼 가는 붓끝이 두루마리 종이 위에 먹을 번지게 하며 20센티미터 넘게 쓰다 만 편지 끝을 더럽히고 있었다.

문단속을 하고 남편 뒤를 따라 들어온 오노부는 잠옷 위에 평상복으로 입는 하오리를 걸친 채 그 자리에 털썩 주저앉았다.

"정말 미안해요."

쓰다는 눈을 들어 괘종시계를 쳐다보았다. 시계는 지금 막 11시를 친 참이었다. 결혼 후 그가 이런 시각에 돌아온 것은 흔한 일이 아니었지만 결코 처음은 아니었다.

"왜 문을 닫아 못 들어오게 하고 그래? 안 돌아올 거라고 생각한 거야?"

"아뇨, 아까부터 이제 오나 저제 오나 하고 눈이 빠지게 기다리고 있었어요. 그러다가 너무 적적하고 견딜 수가 없어서 결국 집에 편지를 쓰기 시작했어요."

오노부의 부모는 쓰다의 부모와 마찬가지로 교토에 있었다. 쓰다는 멀리서 쓰다 만 편지를 바라보았다. 하지만 아직 납득할 수는 없었다.

"기다렸다는 사람이 왜 문을 걸어 잠그고 그래? 뒤숭숭해서 그런 거야?"

"아뇨. ……전 문을 잠그지 않았어요."

"하지만 실제로 잠겨 있었잖아?"

"도키코가 어젯밤에 잠근 채 그대로 놔둔 걸 거예요, 분명히. 지겨운 애 같으니라고."

이렇게 말한 오노부는 늘 하는 버릇대로 눈썹을 씰룩씰룩 움직였다. 낮에는 쓸 일이 없는 쪽문 빗장을 아침에 푸는 걸 잊어버렸다는 변명은 결코 불합리한 것이 아니었다.

"도키코는 뭐 하고 있어?"

"아까 자게 했어요."

하녀를 깨워 책임자를 가려낼 필요까지는 없었던 쓰다는 쪽문 문제는 그대로 놔두고 잠자리에 들었다.

39

이튿날 아침 쓰다는 세수도 하기 전에 어젯밤 자기 전까지 전혀 예상하지 못했던 뜻밖의 볼거리에 깜짝 놀랐다.

잠자리에서 일어난 것은 9시경이었다. 평소처럼 현관을 지나 거실에서 부엌으로 나가려고 했다. 그런데 곱게 차려입은 오노부가 시치미를 떼고 거기에 앉아 있었다. 쓰다는 흠칫했다. 잠에서 깨어난 얼굴에 물이라도 끼얹은 것 같은 남편의 모습에 만족한 듯한 그녀는 미소를 흘리고 있었다.

"지금 일어난 거예요?"

쓰다는 눈을 깜박거리며 빨간 댕기를 매고 크게 틀어 올린 머리와 화려한 자수가 들어간 장식용 깃의 무늬, 그리고 그 한가운데에 있는 화장한 흰 얼굴을 자못 진기한 물건이라도 보는 듯 신기해하는 눈빛으로 바라보았다.

"대체 무슨 일이야? 아침 댓바람부터."

오노부는 아주 태연했다.

"아무 일도 아니에요. ……하지만 오늘은 당신이 병원에 가는 날이잖아요."

어젯밤 늦게 거기에 벗어던지고 잤던 그의 하카마와 하오리도 개어진 채 반듯이 정리되어 감물 먹인 종이 위에 놓여 있었다.

"당신도 같이 갈 생각인 거야?"

"네, 물론 갈 생각이에요. 같이 가면 곤란한가요?"

"곤란한 건 아니지만……."

쓰다는 다시 아내의 복장을 살피듯이 쳐다봤다.

"화장이 너무 요란해서 말이야."

그는 곧 마음속으로 얼마 전에 본 어둑한 대기실 광경을 떠올렸다. 거기에 앉아 있는 한 무리의 환자와 이렇게 치장한 젊은 부인은 도저히 어울릴 만한 성질의 것이 아니었다.

"하지만 오늘은 일요일이에요."

"일요일이라도 가부키나 꽃 구경 가는 것하고는 좀 다르지."

"그래도 전……."

쓰다가 보기에 일요일에는 아침부터 환자가 더욱 북적일 뿐이었다.

"아무래도 그렇게 요란한 복장으로 부부가 함께 그 의사한테 가는 건 좀…….”

“난감해요?”

오노부의 한자어가 갑자기 쓰다를 웃겼다. 그는 웃어댔다. 살짝 눈썹을 움직인 오노부는 곧 응석을 부리는 듯한 어조로 말했다.

“그래도 지금 옷을 갈아입는 건 시간도 걸리고 힘들어요. 모처럼 입었으니까 오늘만 좀 봐주세요, 네?”

쓰다는 결국 졌다. 그가 세수를 할 때, 하녀에게 인력거 두 대를 부르라는 오노부의 목소리가 마치 자신을 재촉하는 듯이 급하게 들렸다.

일반적인 식사를 하지 못하는 그의 아침 식사는 채 5분도 걸리지 않았다. 이쑤시개도 쓰지 않고 일어난 그는 곧 2층으로 가려고 했다.

“병원에 가져갈 것을 챙겨야 해.”

쓰다의 말과 함께 오노부는 곧장 자기 뒤에 있는 옷장을 열었다.

“여기 준비해놨으니까 좀 보세요.”

나들이옷을 입은 아내를 배려해야 했던 쓰다는 옷장에서 약간 무거운 손가방과 작은 보자기 꾸러미를 자기 손으로 꺼냈다. 꾸러미 안에는 시험 삼아 입어봤던 솜옷과 심지를 넣지 않고 공글러서 만든 폭이 좁은 잠옷 띠가 들어 있을 뿐이었지만 가방 안에서는 이쑤시개며 치약이며 늘 쓰던 라벤더색 편지지며 같은 색의 봉투며 만년필이며 작은 가위며 족집게가 어수선하게 모습을 드러냈다. 그중에서 가장 무겁고 부피가 큰 서양 책을 꺼내며 그는 오노부에게 말했다.

“이건 놓고 가지.”

“그래요? 하지만 늘 책상 위에 놓여 있고 서표가 끼워져 있어 읽을 것 같아서 넣어두었어요.”

쓰다는 아무 말도 하지 않고 두 달 이상이나 걸려도 아직 다 읽지 못한 경제학 관련 독일 서적[26]을 무거운 듯 다다미 바닥에 놓았다.

"누워서 읽기에는 무거워서 안 돼."

이렇게 말한 쓰다는 그것이 두툼한 책을 놓고 가는 정당한 이유임을 알면서도 그다지 기분이 좋지 않았다.

"그래요? 책은 어느 게 필요할지 모르겠으니까 당신이 직접 좋은 걸 고르세요."

쓰다는 2층에서 가벼운 소설책 두세 권을 가져와 경제학 서적 대신 가방에 넣었다.

40

날씨가 좋아 인력거 덮개를 접은 두 사람은 가방과 보자기 꾸러미를 각자의 인력거 위에 하나씩 싣고 집을 나섰다. 골목 모퉁이를 돌아 전찻길을 1, 2백 미터쯤 가자 오노부의 인력거꾼이 갑자기 쓰다의 인력거꾼에게 말을 걸었다. 앞뒤 인력거가 모두 멈췄다.

"큰일이에요. 잊고 온 것이 있어요."

인력거 위에서 돌아본 쓰다는 아무 말도 하지 않고 아내의 얼굴을 쳐다보았다. 정성껏 몸치장을 한 젊은 여자의 입에서 나오는 자극성이 풍부한 말에 마음이 끌린 사람은 남편만이 아니었다. 인력거꾼도 끌채를 쥔 채 똑같이 호기심 어린 시선으로 오노부 쪽을 쳐다보았다. 옆을 지나는 길거리의 사람들조차 부부에게 힐끗 시선을 보내지 않을

26 마르크스주의 관련 독일 책으로 여겨진다.

수 없었다.

"뭐야? 뭘 잊고 온 거야?"

오노부는 생각에 잠긴 듯한 모습이었다.

"잠깐 기다려주세요. 금방이니까."

그녀는 자신이 탄 인력거만 뒤로 돌렸다. 이도 저도 아닌 심적 상태에서 그 자리에 남겨진 쓰다는 잠자코 뒷모습을 지켜봤다. 일단 골목 안으로 사라진 인력거가 잠시 후 다시 나타나더니 거센 속도로 그가 기다리고 있는 곳까지 달려왔다. 인력거가 그의 눈앞에서 멈췄을 때 오노부는 오비 사이에서 30센티미터쯤 되는 쇠사슬을 꺼내 길게 내려뜨려 보여주었다. 쇠사슬 끝에는 고리가 있고 그 안에는 크고 작은 열쇠 대여섯 개가 끼워져 있어 오노부가 쇠사슬을 보여주려고 높이 들자 짤랑짤랑하는 소리가 쓰다의 귀에 울렸다.

"이걸 잊었어요. 옷장 위에 놔둔 채요."

부부 외에 하녀밖에 없는 집에서는 두 사람 다 외출할 때를 대비하여 중요한 것에 자물쇠를 채워두고 한 사람이 열쇠만 가지고 나올 필요가 있었다.

"당신이 갖고 있어."

짤랑짤랑하는 것을 다시 오비 사이에 쑤셔 넣은 오노부는 손바닥으로 그 위를 톡톡 두드리면서 쓰다를 보고 웃었다.

"됐어요."

인력거는 다시 달리기 시작했다.

그들은 예정된 시각보다 조금 늦게 병원에 도착했다. 하지만 오전 진료 시간에 맞추지 못할 정도는 아니었다. 부부가 대기실에 나란히 앉아 있는 것이 마음에 걸려 쓰다는 현관으로 들어가자마자 약국 입구로 갔다.

"바로 2층으로 가도 되죠?"

약국에 있던 서생은 안에서 수습 간호사를 불러주었다. 아직 열예닐곱밖에 안 된 간호사는 스스럼없이 웃으며 쓰다에게 고개를 숙여 인사했지만 옆에 서 있는 오노부의 모습을 보더니 요란스러움에 약간 놀란 듯 대체 이 공작은 어디로 들어왔을까 하는 표정을 지었다. 오노부가 선수를 쳐서 "신세 좀 지겠습니다" 하고 먼저 인사를 했기 때문에 비로소 알아차린 듯 간호사도 고개를 숙였다.

"자네, 이것 좀 하나 들어주게."

쓰다는 인력거꾼에게서 받은 가방을 간호사에게 건네고 2층 입구 쪽으로 돌았다.

"오노부, 이쪽이야."

대기실 입구에 서서 환자가 있는 방 안을 들여다보고 있던 오노부는 곧 쓰다의 뒤를 따라 계단을 올라갔다.

"굉장히 음침한 방이네요, 저곳은."

남동쪽이 열린 2층은 다행히 환했다. 장지문을 열고 툇마루로 나간 그녀는 바로 코앞에 있는 서양 세탁소[27]에 널려 있는 세탁물을 보고는 쓰다를 돌아보았다.

"아래와 달리 여기는 환하네요. 그리고 꽤 괜찮은 방이에요. 다다미는 좀 지저분하지만요."

전직 청부업자인가 하는 사람의 첩이 살던 집을 손질하여 개원한 병원 2층에는 어딘지 모르게 운치 있는 옛날 모습이 남아 있었다.

27 일본에서 서양 세탁소가 영업을 시작한 것은 1868년이다. 한편 소세키가 입원한 동양 항문 병원 옆이 세탁소였다는 기술이 그의 일기에 보인다.

"낡았지만 우리 집 2층보다 나을지도 모르겠군."

햇빛을 받아 반짝반짝 빛나는 하얀 세탁물을 가을다운 기분으로 바라보던 쓰다는 이렇게 말하며 세월의 흔적에 그을린 천장이며 장식 기둥을 둘러보았다.

41

조금 전의 간호사가 차 주전자에 차를 끓여 그곳으로 가져왔다.

"지금 준비하고 있으니 잠깐 기다려주세요."

두 사람은 어쩔 수 없이 예의 바르게 마주 앉아 차를 마셨다.

"어쩐지 마음이 들떠서 안정이 안 되네요."

"꼭 손님으로 온 것 같지?"

"네."

오노부는 오비 사이에서 여성용 시계를 꺼내 보았다. 쓰다는 시간보다 앞으로 받게 될 수술이 더 걱정되었다.

"대체 몇 분쯤이면 끝날까? 눈으로 보지 않고 칼 소리만 듣고 있으면 상당히 기분이 이상해지거든."

"전 무서워요, 그런 걸 보는 건."

오노부는 실제로 무서운 듯 눈썹을 움직였다.

"그러니까 당신은 여기서 기다리고 있어. 일부러 수술대 옆까지 가서 더러운 걸 볼 필요는 없으니까."

"하지만 이런 경우에는 가족 누군가가 입회하지 않으면 안 되는 거잖아요."

쓰다는 오노부의 진지한 얼굴을 보며 웃음을 터뜨렸다.

"그거야 죽을까 살까 하는 중병일 때 얘기지. 이까짓 치료에 입회인을 부르는 사람이 어디 있어?"

쓰다는 여자에게 더러운 것을 보여주는 게 싫었다. 특히 자신의 더러운 곳을 보여주는 것이 싫었다. 좀 더 간단히 말하면 스스로 자신의 더러운 곳을 보는 것조차 보통 사람 이상으로 고통을 느꼈다.

"그럼 관둘게요." 이렇게 말한 오노부는 다시 시계를 꺼냈다.

"점심때까지는 끝날까요?"

"그럴 것 같은데. 어차피 이렇게 된 바에는 언제든 마찬가지 아니겠어?"

"그야 그렇지만……."

오노부는 다음 말을 하지 않았다. 쓰다도 묻지 않았다.

간호사가 다시 계단 위로 얼굴을 내밀었다.

"준비가 되었으니 오세요."

쓰다는 곧바로 일어섰다. 오노부도 동시에 일어서려고 했다.

"당신은 여기서 기다리라고 했잖아."

"진찰실에 가는 게 아니에요. 잠깐 이곳 전화 좀 빌려 쓰려고요."

"어디 볼일이라도 있는 거야?"

"볼일은 아니지만, ……잠깐 오히데 아가씨한테 당신 일을 알릴까 싶어서요."

같은 구(區)에 있는 쓰다의 누이 집은 병원에서 그다지 멀지 않았다. 이번 병과 관련하여 누이를 그다지 염두에 두고 있지 않던 쓰다는 일어서려는 오노부를 말렸다.

"괜찮아, 알리지 않아도. 오히데한테 알리는 건 너무 호들갑스러워.

게다가 그 애가 오면 시끄러워서 안 되고."

나이는 아래여도 성격이 다른 누이가 쓰다에게는 어떤 의미에서 거북한 상대였다.

오노부는 엉거주춤한 자세에서 대답했다.

"그랬다가 나중에 또 무슨 말이라도 하면 제가 곤란해요."

굳이 말릴 이유를 찾을 수 없었던 쓰다는 어쩔 수 없이 말했다.

"전화를 해도 상관없지만 꼭 지금 해야 하는 건 아니잖아. 그 녀석은 가까우니까 아마 금방 올 거야. 막 수술해서 신경이 너무 예민해져 있을 때 와서 오라버니가 어떻다느니 아버지가 어떻다느니 하는 말을 듣는 건 정말 편하지 않을 테니까 말이지."

오노부는 희미한 목소리로 아래층을 의식하며 웃었다. 하지만 그녀가 드러낸 하얀 이는 딱하다는 동정보다는 단순히 우스꽝스럽다는 느낌을 남편에게 분명히 전해주었다.

"그럼 아가씨한테는 걸지 않을게요."

이렇게 말한 오노부는 드디어 쓰다와 함께 일어섰다.

"또 걸 데가 있는 거야?"

"네, 오카모토 고모한테 걸 거예요. 점심때까지는 건다고 약속했으니까 걸어도 괜찮죠?"

앞뒤로 계단을 내려간 두 사람은 거기서 따로 갈라졌다. 한 사람이 전화기 앞에 섰을 때 다른 사람은 진찰실 의자에 앉았다.

42

“피마자유는 마셨겠지요?”

금방 빨아 풀을 먹인 빳빳한 흰 수술복을 입은 의사가 쓰다에게 물었다.

“마시긴 했습니다만 생각만큼 잘 듣지는 않은 것 같습니다.”

쓰다는 어제 피마자유의 효과를 신경 쓸 만한 여유가 없었다. 잇달아 마음이 바빴던 그가 이 설사약에서 받은 영향은 정신적으로 거의 제로에 가까웠을 뿐 아니라 생리적으로도 의외로 미약했다.

“그럼 다시 한번 관장을 합시다.”

관장 결과도 충분하지 않았다. 쓰다는 그대로 수술대로 올라가 천장을 보고 똑바로 누웠다. 차가운 방수포가 직접 피부에 닿았을 때 그는 엉겁결에 섬뜩했다. 딱딱한 베개에 댄 그의 머리와는 반대 방향에서만 광선이 들어와 그의 눈은 환한 빛을 향해 누운 사람처럼 조금도 마음을 가라앉힐 수 없었다. 그는 몇 번이나 눈을 깜빡거리고 몇 번이나 천장을 다시 보았다. 그때 간호사가 수술 기구를 넣은 니켈로 만든 네모난 얇은 쟁반 같은 것을 들고 옆을 지나갔기 때문에 하얀 금속성 빛이 어른어른 움직였다. 천장을 보고 누워 있는 그에게는 그것이 자신의 눈을 스치고 지나간다고밖에 생각되지 않았다. 봐서는 안 되는 불쾌한 것을 일부러 훔쳐봤다는 느낌이 더욱 심해졌다. 그때 앞쪽에서 전화벨 소리가 갑자기 그의 귀를 울렸다. 그는 지금까지 잊고 있던 오노부를 불현듯 떠올렸다. 그녀가 오카모토 고모에게 전화를 건 용건이 끝났을 때 드디어 그의 치료가 시작된 것이다.

“코카인[28]만으로 하겠습니다. 뭐, 그다지 아프지는 않을 겁니다. 만약 주사가 안 되면 안쪽으로 약을 불어 넣으면서 진행할 생각입니다. 그걸로도 될 것 같으니까요."

국부를 소독하면서 이런 말을 하는 의사의 이야기를 쓰다는 두려운 듯한, 아무것도 아닌 듯한 기분으로 들었다.

국부 마취는 탈 없이 잘되었다. 말똥말똥 천장을 바라보고 있는 그는 자신의 허리 아래에서 어떤 대사건이 일어나고 있는지 거의 알지 못했다. 그저 이따금 자신의 육체 일부에 먼 데서 누군가가 압박을 가하고 있는 듯한 기분이 들 뿐이었다. 거기서 둔한 저항감이 느껴졌다.

"어떤가요? 아프지는 않지요?"

의사의 질문에는 충분한 자신감이 묻어 있었다. 쓰다는 천장을 보면서 대답했다.

"아프지 않습니다. 묵직한 느낌만 있습니다."

그 묵직한 느낌을 어떻게 표현해야 좋을지 그는 적당한 말을 찾을 수 없었다. 무신경한 지면이 인간의 손에 의해 파헤쳐질 때 어쩌면 이런 느낌이 들지 않을까 하는 공상이 불쑥 그의 머릿속에 떠올랐다.

"설명할 수 없는, 정말 묘한 느낌입니다."

"그렇습니까? 참을 수 있겠지요?"

도중에 뇌빈혈이라도 일어나면 곤란하다고 생각한 듯한 의사의 말투가 아무렇지 않은 그를 오히려 불안하게 했다. 이런 경우 예방을 위해 포도주 같은 걸 마셔야 하는지 어떤지 그는 전혀 몰랐지만 아무튼 특별한 치료를 받는 것은 싫었다.

"괜찮습니다."

28 cocaine. 수술 때 국부 마취용으로 쓰는 마약.

"그렇습니까? 이제 곧 끝납니다."

환자와 이런 대화를 하면서 끊임없이 손을 움직이고 있는 의사의 태도에는 숙련에서만 나오는 솜씨가 번뜩이고 있는 것으로 여겨졌다. 하지만 수술은 그의 말대로 그렇게 빨리 끝나지는 않았다.

날붙이가 접시에 닿아 울리는 소리가 이따금 들렸다. 가위로 살을 싹둑싹둑 자르는 듯한 울림이 크고 과장되게 고막을 위협했다. 쓰다는 그때마다 거즈로 닦아내야만 하는 붉은 피를, 비린내가 난다는 듯이 상상의 눈으로 바라보았다. 가만히 누워 있는 그의 신경은 꼼짝 않고 있는 것이 고통스러울 정도로 긴장되었다. 근질거리는 벌레 같은 것이 그의 몸을 불안하게 하기 위해 불쾌하게 혈관 속을 기어 다녔다.

그는 눈을 크게 뜨고 천장을 쳐다보았다. 천장 위에는 곱게 차려입은 오노부가 있었다. 오노부가 지금 무슨 생각을 하고 있는지, 뭘 하고 있는지, 그는 전혀 알 수 없었다. 그는 아래에서 큰 소리로 그녀를 불러보고 싶었다. 그때 발쪽에서 의사의 목소리가 들렸다.

"드디어 끝났습니다."

거즈가 마구 채워 넣어지는 근질근질한 느낌이 든 후 의사는 다시 말했다.

"흉터가 의외로 딱딱해서 출혈의 염려가 있으니까 당분간 가만히 있어야 합니다."

마지막 주의 사항과 함께 쓰다는 드디어 수술대에서 내려왔다.

43

진찰실을 나올 때 뒤따라온 간호사가 그에게 물었다.

"어떠세요? 기분 나쁜 일은 없었습니까?"

"응. ……얼굴이 창백하기라도 하나?"

자기 자신을 약간 걱정했던 쓰다는 이렇게 되물어야 했다.

상처 부위에 되도록 많은 거즈가 채워 넣어진 그는 남이 상상하는 것보다 배 이상은 답답했다. 그는 어쩔 수 없이 느릿느릿 걸었다. 그래도 계단을 올라갈 때는 찢어진 살과 거즈가 스쳐 껄끔껄끔한 느낌이 들었다.

오노부는 계단 위에 서 있었다. 쓰다의 얼굴을 보자마자 위에서 말을 걸었다.

"끝났어요? 어때요?"

쓰다는 확실한 대답도 하지 않고 방으로 들어갔다. 거기에는 그가 예상한 대로 하얀 시트로 감싼 이불이 그가 편안한 자세로 누울 수 있도록 길게 펼쳐져 있었다. 하오리를 벗자마자 그는 곧 이불 위에 누웠다. 쥐색 바탕의 플란넬을 댄 비단 솜옷을 뒤에서 입힐 생각으로 두 손으로 옷깃 부분을 들어 올린 오노부는 맥 빠진 쓴웃음과 함께 다시 양 소매를 포개어 접어서는 잠자리 아래쪽에 놓았다.

"약은 먹지 않아도 되나요?"

그녀는 옆에 있는 간호사에게 물었다.

"특별히 내복약은 드시지 않아도 지장이 없습니다. 식사는 바로 준비해서 가져오겠습니다."

간호사가 일어서려고 했다. 잠자코 누워 있던 쓰다가 갑자기 입을 열었다.

"여보, 당신도 뭔가 먹으려면 간호사한테 부탁해두는 게 좋을 거야."

"그러네요."

오노부는 망설였다.

"어떡하지?"

"하지만 벌써 정오가 지났잖아."

"네. 12시 20분이에요. 당신 수술은 정확히 28분 걸렸네요."

덮개를 열고 시계를 보면서 오노부는 정확한 시간을 말했다. 쓰다가 수술대 위에서 도마 위에 올려진 생선처럼 얌전히 견디고 있는 동안 오노부는 또 그가 바라보고 있어야 했던 천장 위에서 시계와 눈싸움이라도 하는 듯이 수술 시간을 재고 있었던 것이다.

쓰다가 다시 물었다.

"지금 집에 가도 어쩔 수 없잖아."

"네."

"그럼 여기서 양식이라도 먹고 가면 되겠네."

"네."

오노부의 대답은 언제까지고 시원치가 않았다. 간호사는 결국 아래로 내려갔다. 쓰다는 지친 사람이 광선의 자극을 피하는 듯한 기분으로 눈을 감았다. 그러자 오노부가 머리 위에서 "여보, 여보" 하고 불러 다시 눈을 떠야 했다.

"기분이 안 좋아요?"

"아니."

거듭 확인한 오노부는 곧바로 말했다.

“오카모토 고모 댁에서 안부 전해달래요. 조만간 문병하러 온다면서요.”

“그래?”

쓰다는 가볍게 대답하고는 다시 눈을 감으려고 했다. 그러자 오노부가 내버려두지 않았다.

“저기, 오카모토 고모가 오늘 꼭 가부키 보러 같이 오라고 하는데, 가면 안 될까요?”

눈치가 빠른 쓰다의 머리에 오늘 아침부터의 오노부의 거동이 한꺼번에 떠올랐다. 병원에 따라온다고 한 것치고는 너무 화려한 그녀의 의상, 출발하기 전에 일요일이라고 미리 양해를 구한 그녀의 주의, 여기에 온 후에도 들떠서 오카모토 고모에게 전화를 건 그녀의 태도가 모두 가부키라는 세 글자를 향해 모아졌다. 그런 눈으로 보자 수술 시간을 정확히 잰 그녀의 동기조차 의혹의 대상이 되지 않을 수 없었다. 쓰다는 잠자코 옆을 보았다. 도코노마[29] 위에 골고루 갖춰진 채 쌓여 있는 봉투며 편지지며 가위며 책이 눈에 들어왔다. 그것은 그가 조금 전 가방에 넣어 들고 온 것이었다.

“간호사한테 조그만 책상을 빌려 그 위에 올려놓을까 했는데 아직 가져오지 않아서 당분간 저렇게 두었어요. 책이라도 보실래요?”

오노부는 바로 일어나 도코노마에서 책을 꺼냈다.

29 일본식 다다미방 한쪽 바닥을 한 층 높게 만들어 벽에는 족자를 걸고 바닥에는 꽃이나 장식물을 꾸며놓은 곳.

44

쓰다는 책에 손을 대지 않았다.

"오카모토 댁에는 거절하지 않은 거야?"

미심쩍다기보다는 못마땅한 얼굴을 한 그가 방향을 바꿔 돌아누웠을 때 견고하게 지어지지 않은 2층 마루가 그의 뜻에 영합하듯이 쿵하고 울렸다.

"거절했어요."

"거절했는데도 꼭 오라는 거야?"

이때 쓰다는 비로소 오노부의 얼굴을 봤다. 하지만 그녀의 얼굴에는 그가 예상한 어떤 것도 드러나지 않았다. 그녀는 오히려 미소를 지었다.

"거절했는데도 꼭 오라는 거예요."

"하지만……."

그는 잠깐 말문이 막혔다. 그의 가슴에는 아직 할 말이 남아 있는데도 그의 머리는 자신의 생각대로 신속하게 움직여주지 않았다.

"하지만 거절했는데도 꼭 오라고 할 리는 없잖아."

"그렇게 말했어요. 오카모토 고모부도 어지간히 벽창호라니까요."

쓰다는 입을 다물고 말았다. 뭐라고 그녀를 추궁해야 좋을지 알 수 없었다.

"당신은 아직도 뭔가 저를 의심하고 있죠? 전 싫어요, 당신한테 그렇게 의심받는 건."

그녀의 눈썹이 아주 불쾌한 듯이 움직였다.

"의심하지는 않지만 어쩐지 이상해서 말이야."

"그래요? 그럼 그 이상한 점을 말해보세요. 얼마든지 설명할 테니까요."

불행히도 쓰다는 그 이상한 점을 명확히 말할 수 없었다.

"역시 의심하는군요?"

쓰다는 확실히 의심하지 않는다고 말하지 않으면 어쩐지 남편으로서 자신의 품격에 영향을 미칠 것 같은 기분이 들었다. 그렇다고 여자에게 싱겁게 보이는 것도 그에게는 적잖은 고통이었다. 마음속에서 두 자아가 겨루는 동안 남의 눈에 비친 그는 비교적 냉정했다.

"아아!"

오노부는 희미한 한숨을 내쉬며 슬쩍 일어섰다. 일단 닫힌 장지문을 열고 다시 남향 툇마루로 나간 그녀는 난간 위에 손을 얹고 높고 맑은 가을 하늘을 멍하니 바라보았다. 옆의 세탁소 건조대에 빈틈없이 널린 와이셔츠와 시트가 조금 전에 봤을 때와 마찬가지로 강렬한 햇볕을 받으며 건조한 바람에 흔들리고 있었다.

"날씨가 참 좋네요."

오노부가 조그만 목소리로 혼잣말처럼 이렇게 말했을 때 그 말을 들은 쓰다는 갑자기 새장 속에 갇힌 작은 새의 호소를 들은 것 같은 기분이 들었다. 약한 여자를 자기 옆에 묶어두는 것이 조금은 가엾게 느껴졌다. 그는 오노부에게 말을 걸려고 했으나 말을 이을 계기가 없어 난감했다. 오노부도 난간에 몸을 기댄 채 좀처럼 방으로 들어오지 않았다.

그때 간호사가 두 사람의 밥을 가지고 올라왔다.

"오래 기다리셨습니다."

쓰다의 밥상에는 계란 두 개, 수프와 빵이 있을 뿐이었다. 빵도 어느새 300그램짜리의 절반으로 정해져 있었다.

쓰다는 잠자리 위에 엎드린 채 우적우적 입을 움직이며 기회를 노려 오노부에게 말했다.

“갈 거야, 말 거야?”

오노부는 곧 포크를 든 손을 멈췄다.

“당신이 하라는 대로요. 당신이 가라고 하면 가고 관두라고 하면 관둘게요.”

“왜 이렇게 유순하지?”

“늘 유순해요. ……오카모토 고모부도 당신한테 물어보고 괜찮다고 하면 데려갈 테니까 병이 심각하지 않으면 갈 수 있는지 물어보라고 한걸요.”

“하지만 당신이 오카모토 댁에 전화를 건 거잖아?”

“네, 그거야 그렇죠. 약속했으니까요. 일단 거절은 했지만 상황에 따라 갈 수 있을지 모르니까 다시 한번 오늘 정오까지는 전화로 상황을 알려달라고 했거든요.”

“오카모토 댁에서 그런 답장이 온 거야?”

“네.”

하지만 오노부는 그 편지를 쓰다에게 보여주지 않았다.

“요컨대 당신은 어때? 가고 싶은 거야, 싫은 거야?”

쓰다의 안색을 살핀 오노부는 바로 대답했다.

“그야 가고 싶죠.”

“결국 고백을 하는군. 그럼 갔다 와.”

두 사람은 이런 대화를 나누며 점심 식사를 마쳤다.

45

수술을 한 남편을 가까스로 안정 상태로 눕혀두고 오노부 혼자 아래층으로 내려왔을 때는 이미 약속 시간이 꽤 지나 있었다. 그녀는 인력거꾼에게 행선지로 극장 이름만 한마디로 말하고 곧바로 인력거에 올라탔다. 문 앞에 대기시켜둔 인력거는 모퉁이의 인력거 집에 있는 네다섯 대 중에서 가장 새것이었다.

골목을 빠져나온 고무바퀴 인력거[30]는 전찻길로만 달렸다. 아무런 의미 없이 그저 번화한 방향으로만 속력을 내며 기세당당하게 달리는 인력거꾼의 방식에 오노부도 감화되었다. 폭신하고 두툼한 자리 위에서 그녀의 몸이 들썩거리며 빠르게 흔들림과 동시에 그녀의 마음에도 부드럽고 경쾌한 동요가 일었다. 그것은 자신의 전후좌우로 이리저리 뒤섞여 활약하는 인생을, 가차 없이 가로질러 목적지로 갈 때의 쾌감이었다.

인력거 위의 그녀는 집안일을 생각할 틈이 없었다. 기분 좋게 병원 2층에 눕혀놓고 온 쓰다의 이미지가 오늘 하루 정도는 안심하고 그를 잊어도 별 지장이 없다는 보증을 해주었으므로 전혀 마음에 걸리지 않았다. 다만 눈앞의 미래가 인력거와 함께 움직였다. 애초에 가부키 자체에 그다지 취미를 갖고 있지 않은 그녀는 시간이 늦어진 것을 걱정하기보다는 오로지 빨리 그곳에 도착하는 것에만 신경 썼다. 그리고 새 인력거로 달리고 있는 도중이 실제로 자극인 것과 같은 의미에서 거기에 도착하는 것은 한층 더한 자극이었다.

30 쇠 바퀴에 고무를 감싼 고급 인력거로 1903년경에 나왔고 1907년경부터 점차 보급되기 시작했다.

인력거는 찻집[31] 앞에서 멈췄다. 인사를 하는 여종업원에게 곧바로 '오카모토'라고 대답한 오노부의 머리에는 초롱이며 포렴이며 홍백의 조화(造化)가 어른거렸다. 그녀는 인력거에서 내릴 때 한꺼번에 눈에 들어온 이들의 색과 형태를 채 정리할 겨를도 없이 곧장 복도를 따라 안내되어 그것보다 몇 배나 얽히고설킨, 또한 몇 배나 농후한 무늬를 종횡으로 엮어 펼쳐놓은 바다 같은 장내에 불쑥 얼굴을 내밀었다. 그것은 찻집 남자[32]가 복도 문을 열어 "이쪽으로"라고 말했을 때 그 틈으로 멀리 앞쪽을 바라본 오노부의 느낌이었다. 기꺼이 이런 곳에 출입하고 싶어 하는 그녀에게 특별히 이상할 것도 없는 이 느낌은 그녀에게 영원히 새로운 느낌이었다. 그러므로 또한 영원히 진기한 느낌이라고도 할 수 있었다. 그녀는 어둠 속을 빠져나가 갑자기 환한 곳으로 나온 사람처럼 눈을 떴다. 그리고 이 분위기의 한구석에 몸을 둔 자신은 눈앞에 움직이는 커다란 무늬의 일부가 되어 앞으로 모든 행동거지가 그 안에 짜 넣어질 것이라는 자각이 긴장된 그녀의 가슴에 확실히 떠올랐다.

자리에 오카모토의 모습은 보이지 않았다. 부인과 딸 둘을 합해 세 명밖에 안 되어 오노부가 앉을 자리는 충분했다. 그래도 두 딸 중 언니인 쓰기코는 오노부의 자리를 하필이면 자신이 가리게 되는 것을 염려하듯이 뒤로 돌아 비스듬히 몸을 뻗으면서 오노부에게 물었다.

"보여요? 자리 바꿔줄까요?"

31 시바이차야(芝居茶屋)를 말한다. 극장에 딸려 있으며 공연을 보러 오는 손님의 관람석 확보, 안내, 식사 등을 제공하는 것을 업으로 하는 찻집이다. 당시 일류 극장의 가부키 구경은 찻집을 통해 이루어지는 것이 보통이었다.

32 찻집에서 일하는 남자 하인으로, 관객을 자리까지 안내하거나 음식물을 나른다.

"고마워. 여기도 충분해."

오노부는 고개를 가로저었다.

오노부 바로 앞에 앉아 있던 열네 살인 둘째 딸 유리코는 왼손잡이여서 왼손에 가볍고 작은 상아 쌍안경을 든 채 빨간 천으로 감싼 팔걸이에 팔꿈치를 올리고 뒤를 돌아보았다.

"늦었네요. 전 집으로 올 거라고 생각했어요."

나이가 어린 그녀는 아직 쓰다의 병에 대한 인사를 겸해 오노부에게 뭔가 말할 만큼의 지혜를 갖고 있지 않았다.

"볼일이 있었어요?"

"응."

오노부는 그저 간단한 대답만 하고 무대 쪽을 보았다. 조금 전부터 자매의 어머니가 한눈팔지 않고 열심히 보고 있는 방향이었다. 그녀와 오노부는 처음에 얼굴을 마주했을 때 살짝 목례를 주고받았을 뿐 딱따기가 울릴 때까지 결국 한마디도 나누지 않았다.

46

"왔구나? 아까 쓰기코하고 어쩌면 오늘은 어려운 게 아닐까 하는 얘기를 하기도 했는데."

막이 내리고 나서야 비로소 편안해진 모습을 보인 부인은 오노부에게 말을 하기 시작했다.

"거봐요, 내 말대로잖아요."

자랑스러운 얼굴로 어머니를 보고 이렇게 말한 쓰기코는 이내 오노부를 향해 뒷말을 덧붙였다.

"엄마하고 내기를 했어요. 오늘 언니가 올지 안 올지. 엄마는 어쩌면 안 올지도 모른다고 하고 나는 반드시 올 거라고 장담했어요."

"그래? 또 제비를 뽑은 거야?"

쓰기코는 길이 7.5센티미터에 폭 1.8센티미터쯤 되는 작은 제비 상자를 갖고 있었다. 검게 칠한 것 위에 전서(篆書) 금문자로 제비라고 쓴 상자에는 상아를 납작하게 깎은 정교한 번호표 백 개가 숫자대로 담겨 있었다. 그녀는 곧잘 "잠깐 봐드릴까요?" 하며 작은 이쑤시개 통을 다루는 듯한 손놀림으로 직사각형의 얇은 상아 표를 흔들고 나서 상자 크기와 어울리게 만든, 문구가 적힌 접책을 펼쳤다. 그리고 거기에 쓰여 있는 파리 대가리만큼 자잘한 글씨를 읽기 위해, 이 또한 부속품으로 처음부터 딸려 있는 작은 돋보기를, 순백색 비단으로 안감을 댄 사라사[33] 주머니에서 꺼내 과장되게 그 위에 대보기도 했다. 오노부가 쓰다와 아사쿠사(浅草)로 놀러 갔을 때 센소지(浅草寺) 경내의 상점가에서 장난감으로는 너무 비싼 4엔 가까운 돈을 지불하고 사온 정교한 이 선물은 내년에 스물한 살이 되는 쓰기코에게 처녀의 공상에 신비한 색을 유희적으로 입혀주는 순수한 장식품이었다. 그녀는 때로 책상에서 상자째 꺼내 오비 사이에 넣고 외출하는 일조차 있었다.

"오늘도 가져왔어?"

오노부는 장난삼아 물어보았다. 쓰기코는 쓴웃음을 지으며 고개를 가로저었다. 어머니가 옆에서 그녀 대신 대답하듯이 말했다.

"오늘 예언은 제비뽑기가 아니야. 제비뽑기보다 훨씬 대단한 예언

33 다섯 가지 빛깔을 이용하여 인물, 화조, 기하학적 무늬를 물들인 옷감.

이지."

"그래요?"

오노부는 뒷말을 듣고 싶어 하는 듯이 모녀를 번갈아 쳐다봤다.

"쓰기코는 말이야……." 어머니가 이렇게 말하자 딸이 곧바로 그 말이 끝나기가 무섭게 저지했다.

"그만해요, 엄마. 여기서 그런 말을 하면 어떡해요."

지금까지 잠자코 세 사람의 이야기를 듣고 있던 유리코가 키득키득 웃었다.

"제가 말해줄까요?"

"그만둬, 유리코. 그런 심술궂은 짓은. 좋아, 그럼 피아노 연습을 시켜주지 않을 테니까."

어머니는 옆자리에 있는 사람의 주의를 끌지 않도록 조그만 소리로 웃었다. 오노부도 우스웠다. 동시에 그 이유를 묻고 싶었다.

"말해봐, 언니가 화내도 상관없잖아. 내가 옆에 있으니까 괜찮아."

유리코는 일부러 턱을 앞으로 내밀듯이 하며 언니를 쳐다보았다. 약간 불만스러워하는 태도는 이야기를 하고 안 하고의 자유를 자기 손에 쥔 자의 승리감을 상대에게 야단스럽게 보여주고 있었다.

"좋아, 유리코. 네 마음대로 해."

이렇게 말하며 일어선 쓰기코는 뒷문을 열고 바로 복도로 나갔다.

"언니 화난 거죠?"

"화난 게 아니야. 쑥스러워서 그래."

"하지만 쑥스러워할 일이 아니잖아요. 그런 말을 한다고."

"그러니까 말해봐."

여섯 살쯤 어린 유리코의 어린애 같은 심리 상태를 들여다본 오노부는 그걸 잘 이용하려고 했다. 하지만 뜻밖에 자리를 떠난 언니의 행동이 이미 그런 상태를 무너뜨렸기 때문에 오노부의 종용은 아무런 효과가 없었다. 어머니는 결국 모든 것에 대한 책임을 혼자 짊어져야 했다.

"뭐 아무것도 아니야. 쓰기코가 말이야, 요시오 형부는 그렇게 자상하고 좋은 사람이라 뭐든지 오노부 언니 말대로 하니까 오늘은 반드시 올 거라고 했거든."

"그래요? 요시오 씨가 쓰기코한테는 그렇게 믿음직스럽게 보였군요. 고맙네요. 고맙다고 해야겠어요."

"그래서 유리코가 그럼 언니도 요시오 형부 같은 사람한테 시집가면 좋겠다고 말했는데, 그 말을 네 앞에서 듣는 게 부끄러워서 저렇게 나가버린 거야."

"어머!"

오노부는 가벼운 감탄사를 오히려 쓸쓸하게 던졌다.

47

제멋대로 된 남자인 쓰다가 별안간 오노부의 마음속에 떠올랐다. 아침저녁으로 힘껏 친절을 베풀고 있다고 생각하는데도 남편이 요구하는 희생에는 한계가 없는 걸까 하는 평소의 의심이 짙은 색으로 머리에 확 떠올랐다. 그녀는 그 의심을 풀어줄 유일한 책임자가 지금 자기 앞에 있다는 자각과 함께 오카모토 부인을 쳐다보았다. 부인은 멀리 떨어져 있는 부모를 가진 그녀의 처지에서 보면 도쿄에서 유일하게 기댈 수 있는 단 한 사람의 고모였다.

'남편이라는 존재는 그저 아내의 애정을 빨아들이기 위해서만 생존하는 해면동물에 지나지 않는 걸까?'

이는 오노부가 진작부터 고모에게 캐묻고 싶은 물음이었다. 불행히도 오노부에게는 일종의 타고난 자존심이 있었다. 보기에 따라서는 오기나 허영심으로 해석할 수도 있는 그 자존심이 고모를 대하는 그녀를 그 한 점에서 강력하게 견제했다. 어떤 의미에서 보면 매일 씨름판 위에서 얼굴을 맞대고 씨름을 하는 듯한 부부 관계를 안쪽의 두 사람이 보았을 때 아내는 언제든 남편의 상대이고 또 가끔은 남편의 적이라고 해도, 일단 세상을 향해서는 어디까지나 남편 편을 들지 않으면 보기 좋게 부부로서 맺어진 두 사람의 약점을 겉으로 드러내는 것 같아 부끄러워서 견딜 수 없다는 것이 오노부의 고집이었다. 그러므로 마음을 터놓고 이야기를 나누고 뭔가 호소하고 싶어서 견딜 수 없을 때에도 부부의 입장에서 보면 역시 '세상 사람들'이라는 타인의 부류에 속할 만한 고모 앞에서 민감한 성격의 오노부는, 소문이 나면 난처해질 게 두려워서 어떤 말도 할 마음이 들지 않았다.

게다가 오노부는 자신의 예상대로 남편이 친절을 친절로 돌려주지 않는 것을 자신의 주의가 부족해서라고 남들이 해석해서는 안 된다며 평소 걱정하고 있었다. 모든 소문 중에서 우둔하다는 비난을 그녀는 불처럼 두려워했다.

'세상에는 쓰다보다 몇 배나 까다로운 남자를 금방 손 안에 넣을 수 있는 젊은 여자도 있는데, 스물세 살이나 되어 자신의 생각대로 남편을 제대로 다룰 수 없는 것은 필경 지혜가 없기 때문이야.'

지혜와 덕을 거의 같은 것으로 생각하고 있던 오노부는 고모에게서 이런 말을 듣는 것이 무엇보다 큰 고통이었다. 여자로서 남자를 대하는 수완을 지니고 있지 않다고 자백하는 것은, 사람이면서 사람 구실을 못한다고 자백하는 것만큼의 굴욕으로서 오노부의 자존심을 손상시키는 일이었다. 때와 장소가 이런 깊은 이야기를 허락하지 않는 극장이 아니라고 해도 오노부는 잠자코 있을 수밖에 다른 도리가 없었다. 의미심장하게 고모의 얼굴을 본 그녀는 이내 눈을 돌렸다.

무대 가득 드리워진 막이 들썩들썩 움직이더니 살짝 벌어진 이음매 틈으로 누군가 객석 쪽을 내다보았다. 그렇게 생각해서인지 오노부 쪽을 보는 것 같아서 그녀는 방금 돌린 눈길을 다시 다른 데로 옮겼다. 아래는 자리를 떠나는 사람, 자리로 돌아오는 사람, 통로를 지나는 사람으로 한꺼번에 술렁거리기 시작했다. 앉아 있는 대다수의 사람들도 전후좌우로 각자 자세를 취하기도 하고 무너뜨리기도 하며 한시도 가만있지 않았다. 무수한 검은 머리가 소용돌이치는 것처럼 보였다. 그들 중 어떤 이의 화려한 몸단장이 색채의 운동에서 오는 들뜬 쾌감을 난잡하게 어른거리게 했다.

아래층 관람석에서 눈을 뗀 오노부는 결국 골을 사이에 둔 건너편을 살펴보기 시작했다. 그때 마침 뒤를 돌아본 유리코가 불쑥 말했다.

"저기 요시카와 사모님이 와 있어요. 보이죠?"

조금 놀란 오노부는 유리코가 가리킨 방향을 어림잡아 보고는 요시카와 부인 같은 사람을 쉽게 찾아냈다.

"유리코, 눈이 좋네, 언제 찾아낸 거야?"

"찾아낸 게 아니에요. 아까부터 알고 있었어요."

"고모하고 쓰기코도 알고 있어?"

"네, 다들 알고 있어요."

모르는 사람은 자신뿐이었다는 것을 겨우 알아차린 오노부가 유리코 뒤에서 여전히 그쪽을 지켜보고 있자니 고의인지 우연인지 요시카와 부인의 손에 들려 있던 쌍안경이 갑자기 오노부의 자리로 향해졌다.

"난 싫어. 저렇게 보는 건."

오노부는 숨듯이 몸을 움츠렸다. 그래도 그쪽 쌍안경은 오노부의 방향에서 좀처럼 벗어나지 않았다.

"그럼 좋아. 도망가면 되니까."

오노부는 바로 쓰기코 뒤를 따라 복도로 나갔다.

48

거기서 바라본 바깥 풍경도 장소가 장소인 만큼 활기찼다. 기둥과 기둥 사이에 가로로 판자를 대서 끼었다 뗐다 할 수 있도록 만든 성긴 마룻바닥을 낯선 사람들이 끊임없이 오가고 있었다. 복도 끝에 서서 기둥에 반쯤 몸을 기댄 오노부가 쓰기코의 모습을 찾아내기까지는 다소 시간이 걸렸다. 맞은편에 줄지어 있는 매점 앞에 있는 쓰기코를 찾아냈을 때 오노부는 곧바로 아래로 내려갔다. 그리고 가볍고 빠른 걸음으로 마룻바닥을 밟고 쓰기코가 있는 곳으로 갔다.

"뭘 산 거야?"

뒤에서 들여다보듯이 물은 오노부의 얼굴과 놀라 돌아본 쓰기코의 얼굴이 거의 스칠 듯이 가까워져 서로 미소를 지었다.

"지금 고민하고 있는 중이에요. 하지메가 선물을 사달라고 해서 찾아보고 있는데 공교롭게도 아무것도 없네요. 그 애가 좋아할 만한 것이요."

엉뚱하게 남자아이 장난감을 사려고 한 쓰기코는 여러 가지 물건들을 차례로 늘어놓고 사지도 못하고 관두지도 못하고 난처해하고 있는 참이었다. 배우와 관련된 무늬 따위가 붙은 꽃 비녀며 지갑이며 손수건 앞에 서서 망설이고 있던 쓰기코는 어떻게 해야 좋을까 하는 호소가 담긴 눈으로 오노부를 보았다. 오노부는 바로 말해주었다.

"안 돼, 그 애는 권총이나 목검 같은, 사람을 죽일 수 있을 것 같은 게 아니면 마음에 안 들어 하니까. 그런 물건이 이렇게 세련된 곳에 있을 리가 없잖아."

매점 남자가 웃음을 터뜨렸다. 오노부는 그걸 기회로 손아래 여자의 손을 잡았다.

"아무튼 고모한테 물어보고 나서 사. ……정말 미안해요. 그럼 나중에 다시 올게요."

이렇게 말하고 재빨리 걷기 시작한 오노부는 미안해하고 있는 쓰기코를 복도 끝까지 끌듯이 데려갔다. 거기서 멈춘 두 사람은 다시 처마 기둥을 방패로 삼고 서서 이야기를 나누었다.

"고모부는 어떻게 된 거야? 오늘은 왜 오시지 않았어?"

"올 거예요, 곧."

오노부는 의외라고 생각했다. 네 명도 답답한 곳에 그 큰 남자가 끼어드는 것은 분명히 하나의 사건이다.

"그 자리에 고모부가 오시면 나처럼 얄팍한 사람은 짜부라지고 말 거야."

"유리코하고 자리를 바꾸세요."

"왜?"

"왜라뇨, 그게 더 편하잖아요. 유리코는 있어도 없어도 상관없거든요."

"그래? 그럼 만약에 요시오 씨가 아프지 않아서 나하고 같이 왔다면 어떻게 할 생각이었지?"

"그때는 또 그때대로 어떻게 할 생각이었을 거예요. 한 칸[34] 더 잡든가, 그렇지 않으면 요시카와 씨 쪽하고 같이 앉든가요."

"요시카와 씨하고는 전부터 약속이 되어 있었던 거야?"

"네."

쓰기코는 다음 말을 하지 않았다. 오카모토와 요시카와 가족이 그만큼 가까울 거라고 생각하지 않았던 오노부는 거기에 무슨 의미가 있는 게 아닐까 하고 잠깐 의심해봤다. 하지만 시간에 여유가 있는 사람들 사이에 있을 법한 오락을 위한 약속에 지나지 않은 것으로 볼 여지도 충분히 있었기 때문에 그녀는 결국 아무것도 묻지 않았다. 두 사람은 단지 요시카와 부인의 쌍안경을 잠깐 언급했을 뿐이다. 오노부는 일부러 손짓까지 해가며 보여주었다.

"이렇게 대놓고 보니까 당해낼 수가 있어야지."

"꽤나 제멋대로죠? 하지만 그게 서양식이래요. 집에서 아버지가 그렇게 말했어요."

"어머, 서양식이면 상관없는 거야? 그럼 나도 사모님 얼굴을 그렇게 거침없이 봐도 되겠네. 그렇게 봐줄까?"

"봐보세요, 아마 기뻐할걸요. 오노부 씨는 하이칼라[35]라고 말이에

34 여러 명이 함께 앉을 수 있도록 네모지게 칸을 막은 관람석.

요."

두 사람이 소리 내어 웃고 있는 옆으로 어디선가 다가온 젊은 남자가 멈춰 섰다. 무늬 없는 단색 하오리에 같은 색으로 꿰맨 문장을 달고 가랑이가 없는 치마 모양의 서지 하카마를 입은 청년 신사는 그들과 얼굴을 마주하자마자 '실례합니다'라고 인사라도 하며 지나치듯이 무언중에 정중한 태도를 보이며 마룻바닥으로 내려가 건너편으로 가버렸다. 쓰기코의 얼굴이 빨개졌다.

"이제 들어가요."

쓰기코는 곧 오노부를 재촉하듯이 안으로 들어갔다.

49

장내의 모습은 조금 전에 봤을 때와 전혀 달라지지 않았다. 아래층 관람석을 걷는 남녀의 모습이 마치 사람의 머리 위를 건너가는 듯이 번잡해 보였다. 되도록 많은 주의를 끌려는 화려하고 과장된 움직임도 여기저기서 보였다. 그리고 다음 색채에 자리를 양보하듯 금세 사라졌다. 안중의 작은 세계는 그저 동요였다. 난잡함이었다. 그리고 언제나 겉치레였다.

35 문명개화의 시대인 메이지 시대에 유행한 말이다. 서양에서 귀국한 사람 또는 서양풍의 문화를 좋아하는 사람이 주로 옷깃을 높이 세운(high collar) 셔츠를 입은 데서 유래한 말이다. 서양물이 들었다는 의미의 속어로 탄생했다가 나중에는 일반적으로 널리 사용되는 말이 되었다. 서양물이 들거나 유행을 좇으며 새로운 것을 좋아하는 것 또는 그런 사람이나 모습, 요컨대 서양식의 머리 모양이나 복장, 사고방식을 의미했다가 나중에는 새롭고 세련된 것이라는 일반적인 의미로도 쓰였다.

비교적 조용한 무대 뒤쪽에서는 무대장치 담당자가 사용하는 쇠망치 소리가 사람들의 기대를 자아낼 만큼 이따금 장내에 울려 퍼졌다. 막 뒤에서 틈틈이 딱따기를 치는 소리가 어지럽혀진 주의를 한 점에 모으려는 것처럼 들려왔다.

신기한 것은 관객이었다. 아무런 할 일이 없는 이 긴 막간을 조금도 불평하지 않고 전혀 지루한 기색도 보이지 않은 채 자못 태평하게, 공허한 마음에 산만한 자극을 담아 실없이 시간을 흘려보내고 있었다. 그들은 평온했다. 그들은 즐거운 듯이 보였다. 서로 내뱉는 숨에 취한 그들은 약간 깨어나면 곧바로 눈을 돌려 누군가의 얼굴을 바라보았다. 그리고 곧 거기에서 거나하게 취한 어떤 것을 찾아냈다. 곧바로 상대의 기분에 동화할 수 있었다.

자리로 돌아온 두 사람은 유쾌하게 주위를 둘러보았다. 그러고는 약속이나 한 듯이 문제의 요시카와 부인 쪽을 보았다. 부인의 쌍안경은 이미 그들을 노리고 있지 않았다. 그 대신 쌍안경의 주인도 어딘가로 가버렸다.

"어머, 안 계시네요."

"그러네."

"제가 찾아내볼까요?"

유리코는 곧 손에 든 오페라글라스를 눈에 댔다.

"없어요, 없어. 어디로 가버렸어요. 그 사모님은 두 사람분 정도로 뚱뚱하니까 금방 눈에 들어올 텐데 역시 없네요."

이렇게 말하며 유리코는 상아 쌍안경을 내려놓았다. 고운 유젠 무늬의 등이 가릴 만큼 오비를 높게 두른 아가씨치고는 전혀 격식을 차리지 않은 말이라서 언니는 우스움을 참는 듯한 입가에 언니다운 위엄을 보이며 여동생을 나무랐다.

"유리코!"

여동생은 전혀 반응을 보이지 않았다. 여느 때처럼 살짝 불만스러운 태도로 그게 어때서 그러느냐는 식의 표정을 지으며 일부러 쓰기코를 보았다.

"이제 돌아가고 싶어졌어. 아버지가 빨리 오면 좋을 텐데."

"돌아가고 싶으면 가. 아버지가 오시지 않아도 상관없으니까."

"하지만 있을 거야."

유리코는 여전히 꼼짝하지 않았다. 어린애가 아니면 하기 어려운 개구쟁이 같은 태도를 보이는 한편에서 오노부는 나이에 어울리는 분별력을 드러내며 고모에게 말했다.

"잠깐 가서 요시카와 부인한테 인사라도 하고 올까요? 모른 척하고 있어서는 안 될 것 같아서요."

솔직히 말하면 오노부는 요시카와 부인을 그다지 좋아하지 않았다. 부인도 오노부를 싫어하는 것처럼 보였다. 게다가 처음에 그쪽에서 자신을 싫어하기 시작했기 때문에 두 사람 사이에 이런 불쾌한 일이 일어났다는 어렴풋한 근거도 있었다. 자신이 미움을 받을 만한 아무런 계기도 주지 않았는데 그쪽에서 싫어하기 시작했다는 확신도 갖고 있었다. 조금 전 쌍안경이 자신을 향했을 때 이미 인사하러 가야 한다고 생각했던 그녀는 곧바로 그렇게 할 용기가 없었다. 그러므로 내심 불안한 마음을 질문이라는 형태로 고쳐 고모에게 의논하면서도 마음속으로는 그 의무를 쉽게 수행하기 위해 고모가 자신과 같이 부인에게 가주지 않을까 하고 은근히 기대하고 있었다.

고모가 곧바로 대답했다.

"그래, 가는 게 좋을 거야. 갔다 와."
"하지만 지금은 안 보여요."
"아마 복도에라도 나갔겠지. 가보면 알 거야."
"그래도……, 그럼 갈 테니까 고모도 같이 가요."
"나는……."
"안 갈 거예요?"
"가도 되는데, 어차피 이제 곧 같이 식사를 하기로 되어 있어서 실례를 무릅쓰고 그때 하려고 하거든."
"어머, 그런 약속을 했어요? 전 전혀 몰랐어요. 누구랑 누가 같이 식사를 하는 건데요?"
"다 같이."
"저도요?"
"그럼."
의외의 느낌에 사로잡힌 오노부는 한참 있다가 대답했다.
"그럼 저도 그때 할래요."

50

오카모토가 온 것은 그로부터 머지않아서였다. 찻집 남자가 열어준 문틈으로 안을 들여다본 오카모토는 복도에서 손짓하여 유리코를 불러냈다. 두 사람이 복도에 서서 모두의 방해가 되지 않도록 작은 목소리로 두세 마디를 나눈 후 유리코는 약속대로 남자의 안내를 받아 장외로 나갔다. 그리고 그 후 교대로 들어온 그가 갑갑하다는 듯이 자리에 앉았다. 이런 장소에서는 살짝 몸의 위치를 바꾸는 것조차 귀찮은 듯이 보일 만큼 뚱뚱한 그는 앉고 나서야 문득 알아차린 것처럼 몸을 반쯤 뒤로 돌렸다.

"오노부, 자리 바꿔줄까? 너무 큰 사람이 앞을 막아서 방해가 될 거야."

하룻밤 사이에 갑자기 산이 생긴 듯한 기분이 들었던 오노부는 무대에 마음을 빼앗기고 있는 주변 사람들을 의식해 움직이지 않았다. 모직물을 몸에 걸친 적이 없는 오카모토는 털투성이 팔로 팔짱을 끼고, 이것도 교제라는 식으로 모두가 보고 있는 방향으로 시선을 돌렸다. 무대에서는 새하얗고 이상한 남자가 버드나무 아래를 어슬렁거리고 있었다. 성긴 줄무늬 옷을 길게 늘어뜨려 아무렇게나 걸쳐 입고 하카타에서 나는 두꺼운 견직물로 만든 허리띠를 일부러 아래쪽에 맨 그 미남은 맨발에 셋타[36]를 신고 있어 걸을 때마다 따각따각하는 불쾌한 소리가 오카모토의 귀를 울렸다. 그는 버드나무 옆에 있는 다리와 다리 건너편에 늘어선 회반죽을 바른 곳간의 흰 벽을 둘러보고 나서 관객 쪽으로 시선을 옮겼다. 그런데도 관객의 얼굴은 모두 긴장하고 있었다. 셋타를 따각따각 울리며 무대 위를 왔다 갔다 하는 젊은 남자의 움직임에 아주 중대한 의미라도 있는 듯이 객석을 가득 메운 관객은 기침 한 번 하는 사람 없이 숨을 죽인 듯이 조용했다. 밖에서 갑자기 들어온 오카모토는 금방 이 특수한 분위기에 섞여 들기 힘들었는지 아니면 어이가 없었는지 잠시 후에 또 갑갑하다는 듯이 반쯤 뒤로 돌아 조그만 소리로 오노부에게 말을 걸었다.

36 대나무 껍질로 만든 조리 바닥에 쇠가죽을 붙인 것. 센노 리큐(千利休)가 창안한 것이라고 한다. 나중에는 뒤꿈치 바닥에 철판을 붙였다.

"어때, 재미있어? ……요시오는 어때?"

간단한 질문 서너 개를 연달아 하고는 한마디씩 답변을 들은 그는 마지막으로 의미심장한 눈빛으로 다시 물었다.

"오늘은 어땠어? 요시오가 뭐라고 안 하던? 아마 투덜거렸을 거야. 아파서 누워 있는데 혼자 가부키나 보러 간다고 괘씸하기 짝이 없다느니 어떻다느니 하고 말이야. 어? 분명히 그랬을 거야."

"괘씸하기 짝이 없다느니 하는 말은 안 해요."

"하지만 무슨 말을 했겠지. 오카모토는 무례한 놈이라는 정도의 말은 했을 게 틀림없어. 전화를 하는 네 태도가 아주 이상했거든."

주위에 조그만 소리로도 이야기하는 사람이 한 사람도 없는 데서 자기만 길게 대답하는 것이 거북해서 오노부는 그저 웃기만 했다.

"상관없어. 내가 나중에 얘기해줄 테니까 그런 건 걱정하지 않아도 돼."

"걱정 같은 건 안 해요."

"그래? 그래도 좀 마음에 걸리지? 결혼하자마자 남편 기분을 상하게 했으니까."

"괜찮아요. 기분 상하게 하지 않았어요."

오노부는 귀찮다는 듯이 눈썹을 움직였다. 재미 삼아 놀려본 오카모토는 다소 진지해졌다.

"실은 오늘 널 부른 것은 그냥 가부키나 보여주려는 게 아니야. 부를 필요가 있었거든. 그래서 요시오가 병원에 있는데도 굳이 와달라고 한 건데, 나중에 요시오한테 그 사정만 말하면 아무 문제 없을 거야. 내가 잘 얘기해둘게."

오노부의 눈이 갑자기 무대를 떠났다.

"그 사정이라는 게 대체 뭔데요?"

"지금 여기서 말하기는 힘들고, 아무튼 나중에 말해줄게."

오노부는 입을 다물 수밖에 없었다. 오카모토는 덧붙이듯이 말했다.

"오늘은 요시카와 씨하고 같이 식당에서 저녁을 먹기로 했어. 알고 있어? 봐라, 요시카와 씨도 저기 와 있지?"

조금 전까지 눈에 띄지 않았던 요시카와가 금세 오노부의 시선에 들어왔다.

"나하고 같이 온 거야. 클럽에서."

두 사람의 대화는 거기서 끊겼다. 오노부는 다시 진지하게 무대를 보기 시작했다. 하지만 채 10분도 지나지 않아 그녀의 주의가 다시 뒷문을 살짝 여는 찻집 남자에 의해 흩뜨려졌다. 남자는 고모에게 뭐라고 속삭였다. 고모는 곧 고모부 쪽으로 얼굴을 가까이 가져갔다.

"저기, 요시카와 씨가 식사 준비가 다 되었으니까 다음 막간에 식당으로 오라고 했다네요."

고모부는 곧 답변을 전하게 했다.

"알겠습니다."

남자는 다시 살짝 문을 열고 나갔다. 앞으로 무슨 일이 벌어질까 하고 생각한 오노부는 잠자코 식사 시간을 기다렸다.

51

오노부가 쓰기코와 함께 고모부와 고모 뒤를 따라 2층 한쪽 구석에 있는, 안쪽으로 긴 식당으로 가기 위해 자리에서 일어선 것은 그로부터 약 한 시간 뒤였다. 그녀는 자신과 어깨를 스칠 듯 나란히 하고 복도를 걸어가는 사촌동생에게 조그만 소리로 물었다.

"대체 앞으로 뭐가 시작되는 거야?"

"몰라요."

쓰기코는 고개를 숙이고 대답했다.

"그냥 밥만 먹는 거야?"

"그럴 거예요."

물으려고 하면 할수록 쓰기코의 대답이 모호해지는 것 같아서 오노부는 그만 입을 다물었다. 쓰기코는 앞서 가는 부모를 의식하는지도 몰랐다. 또는 아무것도 모르고 있는지도 몰랐다. 아니면 알고 있어도 오노부에게 말하고 싶지 않아서 일부러 작은 목소리로 짧게 대답하는 것인지도 몰랐다.

복도에서 마주치는 많은 사람들이 그들을 힐끗 날카롭게 쳐다보곤 했는데, 모두 오노부보다는 쓰기코 쪽으로 여분의 시선을 향했다. 오노부의 머리에 홀연히 떠오른 것은 그녀와 자신의 비교였다. 몸매는 쓰기코보다 나아도 복장이나 얼굴형에서 분명히 뒤떨어졌던 그녀는 언제까지고 어린애답게 수줍어하는 듯한, 또한 언제까지고 잔걱정이 없는 듯한 어리고 숫된 처녀로서는 물방울이 뚝뚝 떨어질 것만 같은 이 사촌동생을 가벼운 질투의 시선으로 쳐다보았다. 거기에는 딱하다는 모멸의 마음이 완전히 사라진 건 아니라고 해도 잠깐 서로의 위치를 바꿔보고 싶을 만큼 선망하는 마음이 뚜렷하게 작동하고 있었다. 오노부는 생각했다.

'처녀였을 때 일찍이 나한테도 이런 아가씨다운 시기가 있었을까?'

행인지 불행인지 그녀는 그 시기를 떠올릴 수 없었다. 평소 쓰기코를 목표로 삼지 않았으며 아무것도 생각하지 않고 지냈던 그녀는 지금 사촌동생과 어깨를 나란히 하고 요란한 전등이 환하게 비치는 복도에 서서 또 일찍이 느껴본 적이 없는 일종의 애수에 젖었다. 그것은 가벼운 것이었다. 그러나 눈물로 변하기 쉬운 성질의 것이었다. 그리고 방금 막 질투의 시선으로 바라본 상대의 손을 꽉 쥐고 싶어지는 종류의 것이었다. 그녀는 속으로 쓰기코에게 말했다.

'너는 나보다 순결해. 부러울 정도로 순결해. 하지만 너의 순결은 미래의 네 남편에게 아무런 도움도 되지 않는 무기에 지나지 않아. 나처럼 실수 없이 대하는데도 남편은 결코 생각대로 고맙게 생각해주는 사람이 아니야. 너는 머지않아 남편의 사랑을 받기 위해 소중하고 순결한 본성을 잃어야만 해. 그만한 희생을 치르고 남편을 위해 애를 써도 남편은 어쩌면 너를 모질게 대할지도 몰라. 나는 네가 부러운 동시에 가엾어. 머지않아 파괴해야 할 귀한 보물을 너는 깨닫지도 못하고 순진하게 지니고 있기 때문이야. 행인지 불행인지 처음부터 나는 네가 갖고 있는 자연 그대로의 기량을 완전히 갖추고 있지 않았으니까 그만큼 손실도 없다고 할 수 있겠지만 너는 나와 달라. 너는 부모님 슬하를 떠남과 동시에 곧 천진한 모습에 상처를 입을 거야. 너는 나보다 가엾어.'

두 사람의 걸음은 느렸다. 먼저 간 오카모토 부부가 사람들에 가려 보이지 않게 되었을 때 고모는 일부러 되돌아왔다.

"빨리 와. 뭘 그렇게 꾸물대는 거야? 요시카와 씨 쪽은 먼저 가서 기다리고 있단 말이야."

고모의 시선은 쓰기코에게만 집중되었다. 말도 특별히 그녀에게 향했다. 하지만 요시카와라는 이름을 들은 오노부의 귀에는 그것이 지금까지의 기분을 한꺼번에 흩뜨리는 바람처럼 울렸다. 오노부는 자신이 그다지 좋아하지 않는, 또 그쪽에서도 자신을 그다지 좋아하지 않는 듯한 요시카와 부인을 금방 떠올렸다. 오노부는 남편이 평소 적잖은 은혜를 입고 있는 세력가의 아내인 그 사람 앞에서 가능한 한 애교와 예의를 보여야 했다. 평정 속에 일종의 긴장을 품은 오노부는 아무렇지 않은 얼굴로 모두의 뒤를 따라 식당으로 들어갔다.

52

고모가 말한 대로 요시카와 부부는 자신들보다 한발 앞서 약속 장소에 도착한 모양인지 오노부가 표적으로 삼았던 부인은 입구 쪽을 향하고 서서 고모부와 이야기를 나누고 있었다. 커다란 고모부의 뒷모습보다도 맞은편으로 비어져 나온 거대한 부인의 풍채가 먼저 오노부의 시선에 들어왔다. 그와 동시에 살집이 많은 볼에 웃음을 흘리고 있던 부인도 금세 눈동자를 오노부에게 옮겼다. 그러나 눈 깜짝할 사이에 번갯불이 일었다가 금세 사라졌기에 두 사람은 정식으로 인사를 나눌 때까지 결국 서로 알은체를 하지 않았다.

오노부는 부인에게 힐끗 시선을 던진 김에 옆에 서 있는 젊은 신사를 보지 않을 수 없었다. 그 사람은 틀림없이 조금 전에 복도에서 쓰기코와 함께 농담 삼아 부인의 쌍안경을 상스럽게 비난하고 있을 때 자신들을 놀라게 했던 말 없는 남자여서 그녀는 엉겁결에 오싹했다.

각자 간단한 인사를 나누는 동안 조심스럽게 모두의 뒤에 서 있던 오노부는 이윽고 자신의 차례가 왔을 때 단지 미요시 씨라는 미지의 사람을 소개받았다. 소개한 사람은 요시카와 부인이었는데 부인이 쓰는 말이 고모부에게도, 고모에게도 또 쓰기코에게도 모두 자신에게 하는 것과 같았고 그사이에 조금도 변함이 없어서 오노부는 끝내 미요시가 어떤 사람인지 알 수 없었다.

자리에 앉을 때 요시카와 부인은 고모부 옆에 앉았다. 다른 쪽 옆에는 미요시를 앉혔다. 고모의 자리는 식탁 모서리였다. 쓰기코 자리는 미요시 앞이었다. 어쩔 수 없이 남은 자리에 앉을 수밖에 없었던 오노부는 약간 망설였다. 옆에는 요시카와가 앉았다. 그리고 앞은 요시카와 부인이었다.

"어때요? 앉으시지요."

요시카와가 재촉하듯이 오노부를 옆에서 올려다보았다.

"자, 앉으세요." 가볍게 이렇게 말한 요시카와 부인은 정면에서 그녀를 쳐다보았다.

"사양하지 말고 앉으세요. 다들 앉았으니까요."

오노부는 어쩔 수 없이 부인 앞에 앉았다. 선수를 칠 생각이었는데 오히려 선수를 빼앗긴 듯한 난처한 느낌이 가슴속 어딘가에 있었다. 자신의 태도를 예의에서 나온 진정한 조심스러움으로 해석할 수 있도록 앞으로도 그렇게 대해야 한다는 의지가 금세 작동했다. 그 의지는 자신과 정반대인 쓰기코의 순진한 듯한 모습을 테이블 너머로 바라보았을 때 더욱 강고해졌다.

쓰기코는 평소보다 훨씬 더 얌전했다. 제대로 말도 하지 않고 고개만 숙이고 있는 그녀의 태도에서는 거의 고통에 가까운 어떤 것이 들여다보였다. 가엾다는 듯이 그녀를 힐끗 쳐다본 오노부는 금세 앞에 있는 부인 쪽으로 그녀 특유의 애교 있는 눈을 옮겼다. 사교에 능숙한 요시카와 부인도 잠자코 있을 사람이 아니었다.

순조로운 대화의 단편이 두세 번 두 사람 사이를 오갔다. 하지만 더는 발전할 여지가 없었던 주제는 거기서 뚝 그치고 말았다. 두 사람 사이에 공통된 쓰다를 이야기의 화제로 삼을까 하고 생각했던 오노부는 그 주제를 자신이 끄집어냈는지 어떤지를 생각하며 머뭇거리고 있는 사이에 부인은 이미 자신을 내버려두고 멀리에 있는 미요시를 향했다.

"미요시 씨, 가만히 있지만 말고 쓰기코한테 그쪽의 재미있는 이야기라도 들려주세요."

마침 고모와 나누던 대화가 끊긴 미요시는 부인 쪽을 보며 조용히 말했다.

"예, 뭐든지 하지요."

"네, 뭐든지 하세요. 가만히 있어서는 안 돼요."

명령적인 이 말이 모두를 웃겼다.

"또 독일에서 도망쳐 나온 이야기라도 해봐."

요시카와는 곧 아내의 명령을 구체화했다.

"독일에서 도망쳐 나온 이야기는 하도 여러 번 되풀이해선지 요즘은 남보다 제 쪽에서 진부해지고 말았습니다."

"당신처럼 차분한 사람도 조금은 당황했겠네요."

"조금이라면 괜찮지만 거의 정신이 없었겠지. 나야 잘 모르지만."

"하지만 죽임을 당할 거라고는 생각하지 않았겠죠?"

"그렇겠지."

미요시가 잠깐 생각하는 사이에 요시카와가 곧 옆에서 끼어들었다.

"설마 죽임을 당할 거라고는 생각 안 했겠지. 특히 이 사람은."

"어째서죠? 사람이 뻔뻔해서인가요?"

"그런 건 아니지만 아무튼 굉장히 목숨을 아까워하는 사람이니까."

쓰기코가 고개를 숙인 채 키득키득 웃었다. 오노부는 미요시가 전쟁 전후에 독일에서 돌아온 사람이라는 것만은 알 수 있었다.

53

미요시를 중심으로 한 양행(洋行) 이야기가 한바탕 활기를 띠었다. 그 틈틈이 교묘한 실마리를 제공하여 다음 이야기를 끌어내는 요시카와 부인의 솜씨를 잠자코 관찰하고 있던 오노부는 부인이 어떤 이유에서 그들 네 사람 앞에 미지의 청년 신사를 내세우려고 하는지를 간파했다. 온화하다기보다 오히려 과묵한 청년은 자신이 알아차리지도 못하는 사이에 그에게 호감을 가진 부인의 감언이설에 감쪽같이 넘어가 가장 유리한 방면에서 모두에게 자신을 설명했다.

대화가 진행되는 동안 오노부는 한마디도 끼어들 여지가 없었다. 자연스럽게 침묵의 경청자여야만 하는 위치에 선 그녀에게는 비판의 힘만이 크게 작용했다. 솔직함과 거리낌 없음을 다량으로 포함한 부인의 기교가 손톱만큼도 기교의 역겨움 없이 착착 성공해가는 과정을 한 단계씩 지켜본 그녀는 자신과 부인의 천성 사이에 엄청난 거리가 있다는 사실을 인정하지 않을 수 없었다. 하지만 그것은 상하의 거리가 아니라 평면의 거리라는 생각이 들었다. 그렇다고 겁낼 필요가 없느냐 하면 결코 그렇지 않았다. 부인의 기교에서는 부분적으로 자신만만한 현재의 위치에서도 나오는 듯한 명령적인 태도 외에 때로 놀랄 만한 파괴력이 수반되어 나오지 않을까 하는 위험한 느낌이 오노부의 마음 한구석에 있었다.

'내 기분 탓일까?'

오노부가 이렇게 생각하고 있자니 문제의 부인이 돌연 그녀 쪽으로 주의를 옮겼다.

"오노부 씨가 질려 하고 있네요. 제가 너무 떠드니까."

오노부는 허를 찔려 쩔쩔맸다. 쓰다 앞에서 일찍이 대답에 궁한 적이 없었던 오노부는 자신의 지혜를 어떻게 작동해야 좋을지 알 수 없었다. 그저 공소한 엷은 웃음이 순간의 허를 채웠다. 그러나 그것은 제 역할을 하지 못하는 거짓 애교에 지나지 않았다.

"아뇨, 무척 재미있게 듣고 있습니다." 나중에 이렇게 덧붙였을 때는 오노부 자신도 이미 때가 늦었다는 사실을 알고 있었다. 또한 그르쳤다는 쓰라린 느낌이 입 끝까지 솟아났다. 오늘이야말로 부인의 비위를 맞춰주려는 마음이 한꺼번에 시들었다. 부인은 잔혹하게 보일 정도로 빨리 태도를 바꿔 이내 오카모토를 향했다.

"오카모토 씨, 당신이 외국에서 돌아온 지도 이제 꽤 되었네요."

"예. 아무튼 옛날 일이니까요."

"옛날이라고 하면 대체 몇 년쯤인가요?"

"글쎄요, 서기로 하면……."

자연스러운 일인지 우연인지 고모부는 거드름을 피우며 생각했다.

"보불전쟁[37] 때쯤인가요?"

37 프로이센·프랑스 전쟁을 말한다. 1870년부터 1871년에 걸쳐 프로이센을 중심으로 한 독일 연방과 나폴레옹 3세의 프랑스군 사이에 벌어진 전쟁이다. 이 전쟁 중에 독일제국의 통일이 완성되고 프랑스에서는 제3공화정이 성립했다.

"놀리시면 안 됩니다. 이래 봬도 당신 남편을 안내해서 런던 거리를 걸었던 기억이 있으니까요."

"그럼 파리에서 농성했던 패거리는 아니죠?"

"농담하지 마세요."

미요시의 양행 이야기를 일단락한 부인은 곧바로 화제를 그것과 관계 깊은 다른 방면으로 가져갔다. 자연히 요시카와는 오카모토의 상대가 될 수밖에 없었다.

"아무튼 자동차가 막 생긴 때였는데 그게 지나가면 다들 돌아보던 때였으니까."

"음, 그 느려터진 버스가 아직 활개 치던 시대였지."

느려터진 버스라는 교통 기관을 이용해본 기억이 없는 다른 사람에게는 아무런 추억이 되지 않았음에도 당시를 회고하는 두 사람의 가슴에는 역시 버스가 아련한 감개를 불러일으키는 것처럼 보였다. 쓰기코와 미요시를 번갈아 쳐다본 오카모토는 쓴웃음을 지으며 요시카와에게 말했다.

"둘 다 나이를 먹었군그래. 평소에는 전혀 깨닫지도 못하고 아직 젊다고만 생각해서인지 열심히 떠들고 다니지만 이렇게 딸 옆에 앉고 보니 좀 생각하게 되네."

"그럼 항상 아이 옆에 앉아 있으면 되잖아요."

고모는 곧바로 고모부에게 말했다. 고모부도 바로 대답했다.

"정말 그래. 외국에서 돌아왔을 때는 이 아이가 아직"이라고 말하고 나서 잠깐 생각한 그는 "몇 살이었더라?" 하고 물었다. 고모가 그런 한가한 사람에게 대답할 의무는 없다는 듯한 얼굴로 잠자코 있어서 요시카와가 옆에서 끼어들었다.

"이제 할아버지, 할아버지, 하는 소리를 들을 때가 벌써 코앞에 다가왔네. 방심할 수 없어."

쓰기코가 얼굴을 붉히며 고개를 숙였다. 요시카와 부인은 곧 남편을 보았다.

"하지만 오카모토 씨한테는 자신의 나이를 헤아릴 살아 있는 시계가 붙어 있으니까 그래도 괜찮아요. 당신은 반성 기계를 아무것도 가지고 있지 않으니까 정말 감당하기 힘들 뿐이지요."

"그 대신 당신도 언제까지고 젊게 있는 거잖소?"

모두가 소리를 내어 웃었다.

54

그들만큼 일행이 많지 않아 비교적 조용한 다른 손님들이, 무대를 뒷전에 두고 태평한 이야기만 늘어놓고 있는 오노부 일행을 이따금 쳐다보았다. 시간을 절약하기 위해 일부러 가벼운 식사를 마친 사람들이 커피도 마시지 않고 슬슬 일어설 때가 되어도 오노부 앞에는 차례로 새로운 접시가 날라져 왔다. 그들은 도중에 냅킨을 내팽개칠 수 없었다. 또한 그렇게 조급한 짓을 할 생각도 없는 듯했다. 가부키를 보러 왔다기보다는 극장에 놀러 왔다는 태도로 언제까지고 느긋한 자세로 있었다.

"벌써 시작했나?"

갑자기 조용해진 식당을 둘러본 고모부는 이렇게 말하며 흰옷을 입은 보이에게 물었다. 보이는 고모부 앞에 따뜻한 접시를 놓으면서 정중하게 대답했다.

"방금 막이 올랐습니다."

"아니, 막이 올랐다네. 지금은 눈보다 입이 더 중요하지."

고모부는 바로 껍질이 붙은 닭다리를 공격하기 시작했다. 맞은편에 있는 요시카와도 무대에서 무슨 일이 일어나든 전혀 신경 쓰지 않는 것 같았다. 그는 곧 고모부 뒤를 따라 극과는 전혀 무관한 음식 이야기를 했다.

"자네는 여전히 맛있게 먹는군. ……부인, 오카모토가 지금보다 더 먹고 더 살쪘을 때 서양인의 목말을 탄 이야기 들었습니까?"

고모는 알지 못했다. 요시카와는 또 쓰기코에게 같은 질문을 했다. 쓰기코도 모른다고 했다.

"그렇겠지요. 알려져서 그다지 좋을 이야기는 아니니까 아마 숨겼을 겁니다."

"뭘 말인가?"

고모부는 이윽고 접시에서 얼굴을 들고 이상하다는 듯이 상대를 쳐다보았다. 그러자 요시카와 부인이 옆에서 끼어들었다.

"너무 무거워서 외국인을 깔아뭉갠 거 아니에요?"

"그런 거라면 자랑이라도 되겠지만, 모두가 이상한 표정으로 유심히 지켜보는데도 런던의 군중 속에서 몸집이 큰 남자의 어깨 위에 달라붙어 있었지. 행렬을 보기 위해서 말이야."

고모부는 아직 웃지도 않았다.

"뭘 그렇게 날조하고 그러나? 대체 그건 언제 적 얘기야?"

"에드워드 7세[38] 대관식 때네. 행렬을 보려고 맨션하우스(Mansion House)[39] 앞에 서 있었는데, 일본과 달리 그쪽 사람들이 자네보다 키가 너무 커서 난처한 나머지 함께 간 하숙집 주인한테 부탁해서 목말을 태워달라고 하지 않았나?"

"바보 같은 소리 작작 하게. 그건 사람을 착각한 거네. 목말을 탄 녀석은 분명히 알고 있는데 내가 아니네, 그 원숭이지."

고모부의 변명은 오히려 진지했다. 진지한 입에서 원숭이라는 말이 불쑥 튀어나왔을 때 모두가 일제히 웃었다.

"그래, 그 원숭이라면 잘 어울리는군. 아무리 영국인이 크다고 해도 어쩐지 자네라면 너무 앞뒤가 안 맞는다고 생각했네. ……그 원숭이라면 또 굉장히 왜소하니까 말이야."

알고 있으면서 일부러 착각한 척한 건지, 아니면 처음부터 사실을 모르고 있었던 건지, 아무튼 요시카와는 드디어 납득이 간다는 듯한 말투로 여전히 원숭이라는 사람의 별명을, 좌중을 떠들썩하게 하는 우스꽝스러운 여운처럼 되풀이해서 말했다. 부인은 반은 호기심 어린, 반은 훈계적인 태도를 취했다.

"원숭이라니, 대체 누구를 말하는 거죠?"

"아니, 당신은 모르는 사람이야."

"부인, 걱정하지 않아도 됩니다. 설사 원숭이가 이 자리에 있다고 해도 우리는 솔직하게 그를 원숭이, 원숭이, 하고 부를 수 있는 사람들이니까요. 그 대신 그 사람은 나를 돼지, 돼지, 하고 불렀으니까 피차일반입니다."

이런 실없는 대화가 오가는 가운데 오노부는 끝내 사교상의 일원으

38 빅토리아 여왕의 장남. 여왕이 사망한 후 1901년 1월 23일에 즉위했고 대관식은 8월 9일 웨스트민스터 사원에서 거행되었다. 소세키는 여왕의 장례식을 하이드파크에서 봤다.

39 구(舊)시가 중심부에 있는 런던 시장의 관저.

로서 그에 상응하는 역할을 할 수가 없었다. 자신을 요시카와 부인에게 어필할 기회는 좀처럼 오지 않았다. 어쩌면 오히려 그녀를 피하고 있었다. 그리고 특히 자신의 한 칸 건너 자리에 앉아 있는 쓰기코에게만 말을 걸었다. 설사 1분이라도 사촌동생을 주의의 중심으로서 좌중 앞에 끌어내려는 노력의 흔적마저 생생하게 보였다. 그것을 이용할 수 없는 쓰기코가 감사하는 마음과는 반대로 오히려 귀찮아하는 표정을 거침없이 드러낼 때마다 곧 그녀와 자신을 비교하고 싶어지는 오노부의 마음에는 선망의 잔물결이 일었다.

'내가 만약 저 사촌동생의 위치에 있다면.'

식사를 하면서 오노부는 자주 이런 생각을 했다. 그러고 나서 은근히 교제에 익숙지 않은 쓰기코를 가엾게 여겼다. 마지막으로는 여느 때처럼 이 얼마나 딱한 여자인가 하고 경멸하는 마음이 일었다.

55

그들이 자리에서 일어난 것은 남자들이 피우기 시작한 식후 여송연의 하얀 재가 3센티미터쯤 쌓였을 무렵이었다. 그때 누군가의 입에서 나온 "이제 몇 시쯤 됐지?" 하는 말이 계기가 되어 우연히 오노부의 위치에 변화를 주었다. 일어서기 전 한순간을 포착한 요시카와 부인은 느닷없이 오노부에게 말을 걸었다.

"오노부 씨, 쓰다 씨는 어떻게 됐어요?"

불쑥 이런 말을 던져두고는 오노부의 대답도 기다리지 않고 부인은 곧 다음 이야기를 덧붙였다.

"아까부터 물어본다, 물어본다, 하면서도 그만 멋대로 된 이야기만 하고……."

오노부는 속으로 이 변명이 거짓말 같다고 생각했다. 그것은 상대가 사용하는 그 자리에서의 말투나 태도에서 나온 의심이 아니라 오노부의 입장에서 보면 좀 더 깊은 근거가 있는 추정이었다. 그녀는 식당으로 들어와 부인에게 인사를 했을 때 자신이 했던 말을 정확히 기억하고 있었다. 그것은 자신을 위해서라기보다는 오히려 자기 남편을 위해 한 말이었다. 오노부는 부인을 보자마자 공손하게 머리를 숙이고 "남편이 늘 신세만 지고 있습니다"라고 말했다. 하지만 부인은 그때 쓰다에 대해서는 한마디도 하지 않았다. 자신이 인사를 교환한 마지막 동석자인 이상 이야기를 나눌 여유가 충분히 있었는데도 부인은 금세 딴 데를 향하고 말았다. 그리고 이삼일 전에 쓰다가 찾아간 일 따위는 완전히 잊어버린 듯이 굴었다.

오노부는 요시카와 부인의 그런 행동을, 자신을 싫어하기 때문이라고만 해석하지는 않았다. 싫어하는 데다 또 다른 이유가 틀림없이 있을 거라고 생각했다. 그렇지 않다면 아무리 부인이라도 특별히 쓰다의 이름을 피하는 기색을 그의 아내인 사람에게 보일 리는 없다고 생각했다. 오노부는 이 부인이 자신의 남편을 마음에 들어 한다는 사실을 잘 알고 있었다. 하지만 단지 남편을 특별히 돌봐준다는 사실이 왜 그 사람의 아내 앞에서 그를 화제로 삼는 걸 꺼리게 하는 것일까? 오노부는 이해할 수가 없었다. 그녀가 식사 중에 당연히 남에게 호감을 살 여성으로서의 천성을 부인 앞에서 발휘하기 위해 두 사람 사이에 존재하는 유일한 공통점으로 보이는 쓰다 이야기에서 시작하려다 끝내 할 수 없었던 것도 일단 이것이 마음에 걸렸기 때문이었다. 이윽고 자리에서 일어서기 직전에야 부인이 남편 이야기를 꺼냈을 때 오노부는 오로지 부인의 변명에 대해서만 거짓말 같다는 의심을 품은 게 아니었다. 이제 와서 남편의 병문안 이야기를 하는 부인의 속마음에는 어쩔 수 없는 사교상의 입발림 외에 또 뭔가 있는 게 아닐까 하고 생각했다.

"감사합니다. 덕분에요."

"벌써 수술을 했어요?"

"네, 오늘요."

"오늘요? 그런데도 당신은 용케 이런 곳에 나왔네요."

"대단한 병도 아니어서요."

"하지만 누워 있죠?"

"네, 누워 있습니다."

부인은 그래도 괜찮은 거냐는 표정을 지었다. 적어도 그녀가 잠자코 있는 모습이 오노부에게는 그렇게 보였다. 남에게는 남자처럼 무람없이 행동하는 부인이 자신에게만 마치 딴사람처럼 구는 게 아닐까 하고 여겨졌다.

"병원에 입원했어요?"

"병원이라고 할 만한 데는 아니지만 마침 의사 선생님이 쓰던 2층이 비어 있어서 대엿새쯤 그곳에 있기로 했어요."

부인은 의사의 이름과 주소를 물었다. 병문안을 갈 생각이라고도 뭐라고도 하지 않았지만 실은 그 때문에 일부러 쓰다 이야기를 꺼낸 것이 아닐까 하는 느낌을 받았던 오노부는 비로소 부인의 의도를 조금은 이해할 수 있을 것 같았다.

부인과 달리 처음부터 쓰다를 별로 염두에 두지 않았던 듯한 요시카와는 그제야 말을 꺼냈다.

"쓰다한테 들으니 작년부터 치료를 미뤄왔다고 하더군요. 그렇게 젊은 나이에 병치레만 해서는 안 좋아요. 쉬는 게 대엿새로 정해진 것도 아니니까 다 나을 때까지 치료를 잘하라고 전해주세요."

오노부는 고맙다는 인사를 했다.

식당을 나온 일곱 명은 복도에서 다시 두 패로 나뉘었다.

56

남은 시간을 고모 가족과 보낸 오노부에게는 그 후 아무 일도 일어나지 않았다. 그저 솜옷을 입고 누운 잠옷 차림의 쓰다가, 열심히 무대를 보고 있는 그녀의 머릿속에 문득 떠오르는 일이 있었다. 지금까지 읽고 있던 책을 덮고 여기에 앉아 있는 그녀를 멀리서 바라보고 있는 것 같은 모습이었다. 하지만 그것은 그녀가 기꺼이 그를 되받아 보려는 순간 '아니, 착각하지 마. 뭘 하고 있는지 잠깐 들여다봤을 뿐이니까. 당신한테 볼일이 있는 건 아냐' 하는 뜻을 눈빛으로 알리는 것이었다. 속아 넘어간 오노부는 '뭐야, 어처구니없게' 하는 기분이 들었다. 그와 동시에 쓰다의 모습도 유령처럼 금세 사라졌다. 두 번째는 오노부가 '이제 당신 같은 사람은 생각하지 않을 거예요'라는 말을 건넸다. 세 번째로 쓰다의 모습이 떠올랐을 때 그녀는 혀를 차고 싶었다.

식당에 들어가기 전 그녀는 그때까지 남편을 염두에 두고 있지 않았기 때문에 오노부의 입장에서 보면 이런 불가항력적인 마음의 작용은 모두 저녁 식사 후에 일어난 새로운 경험일 수밖에 없었다. 그녀는 잠자코 앞뒤의 자신을 비교해보았다. 그리고 그 급격한 변화의 책임자로서 마음속으로 요시카와 부인의 이름을 거듭 되뇌지 않을 수 없었다. 오늘 밤에 만약 부인과 같은 테이블에서 저녁을 먹지 않았다면 이렇게 이상한 현상은 결코 일어나지 않았을 거라는 생각이 그녀의 머릿속 어딘가에 있었다. 하지만 부인의 어떤 점이 이 쓰디쓴 술을 빚어내는 발효분자가 되어 어떻게 그녀의 머릿속으로 들어간 것이냐는 질문을 받는다면 그녀는 도저히 확실한 답을 할 수 없을 것 같았다. 그녀는 그저 명료하지 않은 재료를 갖고 있었다. 그리고 비교적 명료한 단안에 도달했다. 재료가 부족하다는 걱정을 하지 않는 그녀가 그 단안을 미비한 것으로 의심할 리는 없었다. 그녀는 모든 원인이 요시카와 부인에게 있다고 굳게 믿었다.

극이 끝나고 일단 찻집으로 물러갈 때 오노부는 거기서 다시 부인을 만날까 봐 두려웠다. 하지만 만나서 좀 더 추궁해보고 싶은 마음도 들었다. 귀가를 서두르는 사람들로 혼잡해지려고 할 때 그런 기회가 올 리 없다고 처음부터 포기하고 있었는데도 그런 호기심이 만나고 싶지 않다는 마음 뒤에서 이따금 고개를 들었다.

다행히 찻집은 달라져 있었다. 요시카와 부부의 모습은 어디에도 보이지 않았다. 옷깃에 모피를 단 묵직한 외투를 걸치면서 오카모토가 코트를 입고 있는 오노부를 돌아보았다.

"오늘은 우리 집에서 자고 가지 않을래?"

"네, 고마워요."

자고 간다는 건지 아니라는 건지 알 수 없는 대답을 한 오노부는 웃으면서 고모를 쳐다보았다. 고모는 또 '속 편한 당신한테는 정말 질렸다'는 표정으로 고모부를 쳐다보았다. 그걸 알아차리지 못한 건지 아니면 알아차리고도 개의치 않는 것인지 고모부는 같은 말을 조금 전보다 더 진지한 어조로 되풀이했다.

"자고 가려면 그렇게 해. 사양할 필요는 없으니까."

"자고 가라니요, 여보, 집에서 하녀 혼자 이 애가 돌아오기를 기다리고 있어요. 그건 무리예요."

"아, 그런가? 그렇군. 하녀 혼자라면 위험하지."

그렇다면 관두는 게 좋겠다는 모습을 보인 고모부는 물론 처음부터 어느 쪽이든 상관없는 것을 그냥 말해봤을 뿐이었다.

"이래 봬도 저는 시집가고 나서 아직 하룻밤도 남의 집에서 신세 진 적이 없어요."

"허어, 그랬어? 기특하게 품행이 아주 방정했구나."

"아니, ……요시오 씨도 아직 외박한 적은 없어요."

"이야, 좋구나. 부부가 같이 건실해서 말이야."

"무엇보다 지극히 기뻐할 일이로고."

조금 전에 들었던 배우의 말을 조그만 목소리로 뒤에 덧붙인 쓰기코는 이렇게 말하고는 자기 스스로도 그 대담함에 놀랐는지 얼굴을 붉혔다. 고모부는 일부러 큰 소리로 물었다.

"뭐라고?"

쓰기코는 쑥스러워서 못 들은 척하며 지체 없이 출입구 쪽으로 걸어갔다. 모두 그 뒤를 따라 밖으로 나왔다.

인력거에 탈 때 고모부가 오노부에게 말했다.

"집에서 자고 갈 수 없으면 그래도 되니까 그 대신 언제 한번 와라, 이삼일 안에. 물어볼 것도 좀 있으니까."

"저도 고모부한테 물어볼 게 있으니까, 오늘 일도 사례할 겸 꼭 찾아뵐게요. 혹시 사정이 허락하면 내일이라도 찾아뵐게요, 괜찮죠?"

"올라잇(all right)."

네 사람의 인력거는 이 영어를 신호로 달리기 시작했다.

57

쓰다의 집과 거의 같은 방향에 있는 오카모토의 집은 좀 더 멀어서 세 사람의 뒤를 따라간 오노부의 고무바퀴 인력거는 골목길로 들어가는 예의 모퉁이까지 함께 올 수 있었다. 거기서 헤어질 때 오노부는 덮개 안에서 앞에 가는 사람들에게 말을 걸었다. 하지만 그 말이 들렸는지 채 알아차리기도 전에 그녀의 인력거는 이미 전찻길을 가로질렀다. 괴괴한 골목길 안에서 갑자기 쓸쓸함이 그녀의 가슴에 밀려왔다. 지금까지 단체로 선회하다가 자기도 모르게 궤도에서 벗어나 혼자 권외로 떨어져나갔을 때처럼 아련하면서도 의지할 것을 잃어버린 마음으로 자기 집 현관으로 들어갔다.

하녀는 격자문 소리가 나도 나오지 않았다. 거실에는 전등이 환하게 켜져 있을 뿐 무쇠 주전자조차 여느 때처럼 기분 좋은 소리를 내지 않았다. 오늘 아침에 본 것과 아무것도 달라지지 않은 방 안을 그녀는 아침과는 다른 눈으로 둘러보았다. 으스스 추운 느낌이 불안한 기분을 감싸 안기 시작했다. 그 순간이 지나고 단순한 쓸쓸함이 불안감으로 변했을 때 환락에 지친 몸을 화로 앞에 내던지려던 그녀는 갑자기 부엌문 쪽을 향해 "도키코, 도키코" 하고 하녀의 이름을 불렀다. 동시에 부엌 옆에 붙어 있는 하녀의 방문을 열었다.

다다미 두 장짜리 방 한가운데에 바느질감을 펼쳐놓고 그 위에 실없이 엎드려 있던 도키코는 급하게 얼굴을 들었다. 그리고 오노부를 보자마자 별안간 "네" 하는 대답을 분명히 하고 일어났다. 그와 동시에 바느질을 위해 일부러 낮게 해둔 전등갓에 흐트러지기 시작한 속발 머리를 부딪쳐 엉뚱한 방향으로 출렁거린 전구가 그녀를 더욱 당황하게 했다.

오노부는 웃지 않았다. 나무랄 마음도 들지 않았다. 이런 경우 자신이라면, 하고 상대와 비교해보려는 마음조차 들지 않았다. 지금 그녀에게는 잠이 덜 깬 도키코조차 거기에 있어주는 것이 미더웠다.

"얼른 현관문 잠그고 자. 쪽문 빗장은 내가 걸고 왔으니까."

하녀를 먼저 자게 한 오노부는 옷도 갈아입지 않고 다시 화로 앞에 앉았다. 그녀는 기계적으로 재를 쑤셔 꺼져가던 불씨에 새로운 숯을 보탰다. 그리고 가정에 빼놓을 수 없는 요건인 듯 목욕물을 데웠다. 그러나 이슥한 밤에 울리는 무쇠 주전자의 물 끓는 소리에 혼자 귀를 기울이고 있는 그녀의 가슴에 어디에선가 밀려드는 고독감이 조금 전 돌아왔을 때보다 더욱 심해졌다. 평소 남편의 늦은 귀가를 애타게 기다릴 때 느끼는 쓸쓸함과는 비교할 수 없을 정도여서 오노부는 무심코 병원에 누워 있는 남편의 모습을 마음의 눈으로 그리운 듯이 바라보았다.

'역시 당신이 안 계시니까 이러는 거예요.'

그녀는 머릿속에 그려낸 남편을 향해 이렇게 말했다. 그리고 내일은 만사 제쳐두고 우선 병문안을 가야겠다고 생각했다. 하지만 다음 순간에는 오노부의 가슴이 남편의 가슴에 딱 달라붙지 않았다. 두 사람 사이에 뭔가가 끼고 말았다. 이쪽에서 바싹 달라붙으려고 하면 할 수록 중간에 있는 방해물이 그녀의 가슴을 쿡쿡 찔렀다. 그런데도 남편은 아무렇지 않게 시치미를 떼고 있었다. 반쯤 오기가 난 그녀도 '그럼 좋아요' 하며 남편에게 등을 돌리고 싶었다.

이렇게 되자 그녀의 공상은 거침없이 요시카와 부인에게 옮겨가지 않을 수 없었다. 극장에서 생각했던 대로, 만약 오늘 밤 그 부인을 만나지 않았다면 가장 사랑하는 남편에게 이토록 심한 불쾌감을 품지 않을 수 있었을 거라는 심정만 강해졌다.

마지막으로 그녀는 어딘가에 있는 누군가에게 자신의 마음을 호소하고 싶었다. 어젯밤 쓰다 만 고향에 보낼 편지를 이어서 쓰려고 붓을 집어 든 그녀는 아무리 시간이 지나도 부부가 사이좋게 지내고 있으니 안심하라는 말 외에 자신의 생각을 두루마리 편지지에 적을 수가 없었다. 그것은 그녀가 늘 부모에게 꼭 하고 싶은 말이었다. 하지만 오늘 밤에는 아무래도 그것만으로는 어딘가 부족한 것 같았다. 자신의 생각을 정리하는 데 지친 그녀는 결국 붓을 내던졌다. 옷도 거기에 벗어던진 채 그녀는 결국 잠자리에 들었다. 오랫동안 눈에 비친 극장의 광경이 단편적으로 여러 가지의 강렬한 색이 되어 흥분한 그녀의 머리를 어른어른 자극해서 그녀는 초조한 사람처럼 언제까지고 잠을 이룰 수 없었다.

58

오노부는 베개를 베고 1시를 치는 소리를 들었다. 3시를 치는 소리도 들었다. 그러고 나서 몇 시인지 알 수 없는 아침 햇살에 눈을 떴다.

덧문 틈으로 쏟아져 들어오는 햇살은 여느 때보다 늦잠을 잤다는 사실을 분명하게 말해주었다.

그녀는 그 빛으로 머리맡에 흐트러져 있는 어젯밤의 옷을 보았다. 상의와 하의와 긴 속옷이 벗어 던져진 채 포개져 다다미 위에 흐트러져 있었다. 거기에는 위와 아래, 겉과 속이 단정치 못하게 한꺼번에 뒤섞인 색의 덩어리가 있을 뿐이었다. 그 색의 덩어리 밑에서 가늘고 길게 접힌 끝을 드러낸 금실이 들어간 범부채 무늬의 오비는 그녀의 손이 닿을 만한 거리까지 뻗어 있었다.

그녀는 이 난잡한 모습을 약간 질린 눈으로 바라보았다. 이것이 전부터 꼼꼼하고 빈틈없는 점을 여자의 덕목의 하나로서 늘 유의해온 자신의 소행인가 하고 생각하니 조금 한심하기도 했다. 쓰다에게 시집온 이래 일찍이 이렇게 단정하지 못한 모습을 보인 기억이 없는 그녀는 남편이 지금 자신과 같은 방에서 자고 있지 않은 것에 안도의 한숨을 내쉬었다.

단정치 못한 것은 옷만이 아니었다. 만약 남편이 입원하지 않고 평소처럼 집에 있었다면 설사 아무리 밤늦게까지 자지 않았다고 해도 이렇게 늦게까지 방심하고 잘 리는 없었을 거라고 생각한 그녀는 눈을 뜨자마자 벌떡 일어나지 않은 자신을 싫든 좋든 게으름뱅이로서 경멸하지 않을 수 없었다.

그래도 그녀는 쉽사리 일어나지 않았다. 어젯밤의 밉보임을 보상하기 위해선지 자신도 모르는 사이에 일어난 도키코의 발소리가 조금 전부터 부엌에서 들려오는 것을 좋은 구실로 삼아 그녀는 언제까지고 따뜻한 이불의 감촉에 싸여 있었다.

머지않아 눈을 뜬 순간 느꼈던 미안한 마음이 점차 누그러졌다. 그녀는 아무리 여자라도 1년에 한두 번쯤 이런 일을 해도 지장이 없을 거라고 생각을 고쳐먹었다. 그녀의 관절 마디마디가 편안해지기 시작했다. 그녀는 여느 때와 다른 느긋한 기분으로 결혼 후 처음 경험하는 자유를 고맙게 맛보았다. 이것도 필경 남편이 집에 없는 덕분이라는 걸 알아차렸을 때 그녀는 당분간 혼자가 된 지금의 자신을 오히려 축복하고 싶은 정도라고 생각했다. 그리고 매일 남편과 침식을 같이하면서 그만 마음에도 두지 않고 오늘까지 그냥 지나쳐온 답답함이라는 것이 그녀에게 의외로 무거운 부담이었다는 사실에 깜짝 놀랐다. 그러나 우발적으로 일어난 이 순간의 각성은 물론 오래 이어지지 않았다. 일단 해방된 자유의 눈으로 안달복달하던 어젯밤의 자신을 비웃듯이 바라본 그녀가 잠자리를 떠났을 때는 이미 다른 기분에 지배당하고 있었다.

그녀는 주부로서 늘 하던 의무를, 늦었지만 깔끔하게 해치웠다. 쓰다가 없어서 상당히 덜 수 있는 수고를 이용하여 하녀도 성가시게 하지 않고 직접 자신의 옷을 갰다. 그러고는 가볍게 몸치장을 하고 곧 밖으로 나가 아무 데도 들르지 않고 큰길에서 50미터쯤 걸어간 곳에 있는 새 공중전화 박스로 들어갔다.

그녀는 거기서 세 사람에게 따로따로 전화를 걸었다. 세 사람 중 맨 먼저 선택된 사람은 역시 쓰다였다. 하지만 누워 있어 직접 전화를 받을 수 없는 그의 소식은 간접적으로 전해 들을 수밖에 없었다. 다만 특별한 이상이 있을 리 없다고 생각했던 그녀의 예상은 빗나가지 않았다. 그녀는 간호사인 듯한 사람에게 "순조롭습니다. 이상은 없습니다"라는 보증의 말을 들은 후 쓰다가 자신을 얼마나 기다렸는지를 알기 위해 오늘은 병문안을 가지 않아도 되느냐고 물어보게 하였다. 그러자 쓰다가 간호사를 통해 왜냐고 되물었다. 남편의 목소리를 들을 수 없고 얼굴도 볼 수 없는 오노부는 판단하기 힘들어 전화기 앞에서 고개를 갸웃했다. 이런 경우 그는 꼭 오라고 부탁하는 성격이 아니었다. 하지만 가지 않으면 기분 나빠 하는 성격이었다. 그렇다고 가면 기뻐하느냐 하면 그렇지도 않았다. 오노부에게 쓸데없는 친절을 베풀게 해놓고 그게 여자의 의무가 아니냐는 식으로 시치미를 떼지 말란 법도 없었다. 문득 이런 생각을 한 그녀는 어젯밤 요시카와 부인으로부터 영향을 받은 것 같은 남편에 대한 감정을 그만 전화기에 대고 흘리고 말았다.

"오늘은 오카모토 고모님 댁에 가야 해서 병원에는 가지 못한다고 전해주세요."

이렇게 전화를 끊은 그녀는 곧바로 오카모토 고모 집에 다시 전화를 걸어 지금 가도 되느냐고 물었다. 그리고 마지막으로 쓰다의 여동생에게 전화를 걸어 지금의 상태를 한마디로 알리기만 하고 집으로 돌아왔다.

59

오노부가 도키코의 시중을 받으며 아침 겸 점심 밥상 앞에 앉은 것은 결혼한 이래 처음 있는 일이었다. 쓰다가 집에 없어서 일어난 이 변화가 새로이 그녀에게 여왕 같은 기분을 안겨줌과 동시에 매일의 습관에 반해 탐하듯이 얻은 이 자유가 평소보다 오히려 그녀를 붙잡았다. 몸이 느긋한 것에 비해 마음이 안정되지 않았던 그녀는 도키코에게 말했다.

"남편이 없으니까 왠지 이상하네."

"네, 좀 쓸쓸한 것 같아요."

오노부는 아직 할 말이 남아 있었다.

"이렇게 늦잠을 잔 것은 처음이야."

"네, 그 대신 항상 빨리 일어나시니까 가끔은 이렇게 아침 겸 점심을 드셔도 될 거예요."

"남편이 없으면 금세 이런 식이 된다고는 생각하지 않아?"

"누가요?"

"네가 말이야."

"말도 안 돼요."

도키코의 꾸민 듯한 큰 소리는 서툰 이야기 상대보다 훨씬 더 오노부의 취향에 영향을 미쳤다. 그녀는 곧 입을 다물고 말았다.

30분쯤 지나 도키코가 섬돌에 가지런히 놓은 외출용 게다를 신고 다시 밖으로 나온 오노부는 현관까지 배웅 나온 도키코를 돌아보며 말했다.

"정신 바짝 차리고 있어. 어젯밤처럼 자버리면 위험하니까."

"오늘 밤에도 늦게 돌아오세요?"

오노부는 언제 돌아올지 전혀 생각해보지 않았다.

"그렇게 늦어지지는 않을 거야."

모처럼 남편이 집을 비웠는데 오카모토 고모 집에서 천천히 놀다 오고 싶은 생각이 오노부의 마음 한구석에 있었다.

"되도록 빨리 돌아올게."

이렇게 말하고 거리로 나온 그녀의 발길은 곧 약속한 방향으로 향했다.

오카모토 고모 집은 후지이 숙부 집과 거의 같은 방향에 있어서 도중까지는 강을 끼고 달리는 전차를 이용할 수 있었다. 종점에서 한두 역 앞에서 내린 오노부는 거기에 걸쳐진 작은 나무다리를 가로질러 건너편 길을 조금 걸었다. 그 길은 이삼일 전 밤에 술집을 나온 쓰다와 고바야시가 두 사람의 처지나 성격의 차이에 기인한 서로 뒤엉킨 감정을 안고 조선행이나 오킨을 화제로 삼으며 걸었던 곳이다. 쓰다에게 그 이야기를 듣지 못한 오노부는 두 사람의 모습을 상상할 것까지도 없이 그들과는 반대 방향으로 무심히 발길을 옮긴 후 고모부 집으로 가려면 반드시 올라가야 하는 좁고 긴 고갯길로 접어들었다. 그때 우연히 맞은편에서 오던 쓰기코가 그녀에게 말을 걸었다.

"어제는……."

"어디 가는 거야?"

"교습받으러요."

작년에 여학교를 졸업한 사촌 여동생은 짬이 나는 대로 여러 가지 것들을 배우고 있었다. 피아노며 다도며 꽃꽂이며 수채화며 요리며 뭐든지 손을 대고 싶어 하는 그녀의 버릇을 알고 있어서 교습이라는 말을 들었을 때 오노부는 그만 웃음이 나오려고 했다.

"무슨 교습? 토댄스[40]?"

두 사람은 자신들끼리만 통하는 농담을 할 정도로 친한 사이였다. 그러나 오노부의 입장에서 보면 자기보다 여유 있는 상대의 처지에

40 발레의 토댄스를 말한다. 일본에 발레를 처음 소개한 사람은 이탈리아인 조반니 비토리오 로시(Giovanni Vittorio Rosi)로, 1912년 11월 10일 데이코쿠 극장에서 자작 〈희생〉을 공연했다.

대해 다소의 빈정거림을 담았다고도 할 수 있는 이 농담이 정작 중요한 당사자에게는 전혀 그 뜻을 전하지 못한 것 같았다.

"설마요."

쓰기코는 단지 이렇게 말하며 기분 좋게 웃었다. 그리고 그녀의 웃음은 아무리 예민한 오노부라도 순진함 그 자체로 인정하지 않을 수 없었다. 하지만 그녀는 결국 어디로 무슨 교습을 받으러 가는지는 알려주지 않았다.

"놀리니까 싫어요."

"또 뭘 시작한 거야?"

"어차피 욕심쟁이라 또 뭘 시작할지 몰라요."

교습과 관련하여 쓰기코가 욕심쟁이라는 별명을 갖고 있는 것도 그녀의 집에서는 숨길 수 없는 사실이었다. 처음에는 여동생이 붙였지만 순식간에 가족들에게 전파된 이 별명은 요즘 그녀 자신에 의해 아무렇지 않게 사용되었다.

"기다리고 있어요. 곧 돌아올 테니까요."

가벼운 발걸음으로 재빨리 고개를 내려가는 쓰기코의 뒷모습을 한 번 돌아본 오노부의 가슴에 다시 존경과 경멸을 뒤섞은 그녀에 대한 평소의 감정이 일었다.

60

오카모토 고모 집에 도착한 오노부는 현관 앞에서 우연히 고모부를 봤다. 하오리도 걸치지 않은 채 허리띠를 축 늘어뜨리고 매듭 있는 데서 양손을 뒤로 돌려 뒷짐을 진 그는 옆에서 괭이질을 하고 있는 정원사와 뭔가 열심히 이야기를 나누고 있었는데 오노부를 보자마자 곧 말을 걸어왔다.

"왔구나. 지금 정원 손질을 하고 있는 참이다."

정원사 옆에는 커다란 으름덩굴이 감긴 채 바닥에 내던져져 있었다.

"저걸 지금 정원 입구의 문 위로 기어오르게 하려는 거야. 괜찮을 것 같지?"

오노부는 얇게 자른 대나무를 종횡으로 엮어 만든 대울타리 중간쯤에 있는, 억새로 이은 문을 지탱하고 있는 큰 자귀로 거칠게 깎아 만든 기둥과 통나무 횡목을 비교해보았다.

"네. 대문 옆의 저 울타리에 있던 걸 뽑아왔어요?"

"응, 그 대신 저기는 예쁜 테두리를 붙인 메세키가키(目關垣)[41]를 만들어놓았지."

요즘 한가해서 자신의 생각대로 집을 신축한 고모부는 건축에 관한 단어가 어느새 갑자기 늘어나 있었다. 듣는 것만으로는 도저히 알아들을 수 없는 메세키가키라는 말에 오노부는 그저 "네에" 하고 대답할 수밖에 없었다.

"식후 운동에는 좋겠어요. 소화도 잘되고요."

"농담이라도 그런 말 마라. 난 아직 점심 전이야."

오노부를 끌고 일부러 툇마루 쪽에서 객실로 들어간 고모부는 "여보, 여보" 하고 큰 소리로 고모를 불렀다.

"배고파 죽겠어. 빨리 밥 줘."

41 잎이 달린 어린 대나무를 빽빽이 엮어서 만든 울타리.

"그러니까 아까 다 같이 먹을 때 드셨으면 좋았을걸."

"그런데 그렇게 부엌 사정에만 맞춰서 되는 건 아니지, 세상일이라는 건 말이야. 무엇보다 사물에는 매듭이라는 게 있다는 걸 당신은 아나?"

자업자득이다 싶은, 남편을 대하는 고모의 태도는 시치미를 떼는 것이었고 고모부의 대답도 여전했다. 오랜만에 고향의 공기를 마신 듯한 느낌이 든 오노부는 마음속으로 자신의 눈앞에 있는 한 쌍의 노부부와 결혼한 지 아직 1년도 안 된, 이른바 새로운 생활의 출발점에서 있는 자기들 부부를 비교해봐야 했다. 자신들도 긴 세월을 살아가면 이렇게 되는 것이 당연한 결과인지, 아니면 아무리 함께 살아도 성격이 다르면 서로의 입장도 내내 달라야만 하는 것인지, 나이 어린 오노부에게는 그것이 지혜와 상상으로 풀 수 없는 일종의 의문이었다. 오노부는 지금의 쓰다에게 만족하고 있지 않았다. 하지만 미래의 자신도 고모처럼 기름기가 빠질 것이라고는 생각하지 않았다. 만약 그것이 자신의 미래에 가로놓인 필연적인 운명이라면 언제까지고 현재의 광택을 유지하고픈 오노부는 언젠가 한번 슬픈 타격을 입어야 했다. 여자다움이 사라져버렸는데도 여전히 여자로서 이 세상에 존재하는 것이 젊은 그녀에게는 참으로 끔찍한 생존으로만 여겨졌다.

거리가 먼 그런 감상이 젊은 그녀의 가슴에 솟아나고 있다고는 꿈에도 알 리 없는 고모부는 자기 앞에 차려진 밥상 앞에 책상다리를 하고 앉으면서 그녀를 보았다.

"아니, 뭘 그렇게 멍하게 있는 거야? 줄곧 골똘히 생각에 빠져 있잖아."

오노부는 곧바로 대답했다.

"오랜만에 식사 시중이라도 들어드릴까요?"

마침 밥통이 거기에 없어서 그녀가 자리에서 일어나자 고모가 불러 세웠다.

"식사 시중을 들고 싶어도 빵이라 할 수 없어."

하녀가 접시 위에 노릇노릇 구운 토스트를 가져왔다.

"오노부, 나는 이렇게 비참한 사람이 되어버렸다. 일본에서 태어났는데 쌀밥을 먹을 수 없다니 정말 불쌍하지?"

당뇨병이라 정해진 분량 이외의 전분질 섭취를 주치의가 엄금해버린 것이다.

"이렇게 두부만 먹고 있다니까."

고모부의 밥상에는 혼자서는 도저히 먹을 수 없을 만큼의 하얀 두부가 날것 그대로 올려져 있었다.

통통하게 살찐 고모부가 일부러 짓는 비참한 표정을 보고도 오노부는 딱하다고 여기기는커녕 오히려 웃음이 나왔다.

"단식이라도 좀 하는 편이 좋을 거예요. 고모부처럼 살찐 상태로 살면 누구라도 고통스러울 테니까요."

고모부는 고모를 돌아보았다.

"오노부는 안 그래도 욕쟁이였는데 시집가더니 한층 능숙해진 것 같구나."

61

어려서부터 고모부의 신세를 지고 성장한 오노부는 여러 가지 각도에서 출몰하는 그의 특징을 남보다 잘 알고 있었다.

살찐 몸에 어울리지 않게 신경질적인 그에게는 때로 자기 방에 틀어박혀 한나절쯤 누구와도 말을 하지 않는 버릇이 있는 반면 남의 얼굴만 보면 또 뭔가 지껄이지 않고는 한시도 견디지 못하는 싹싹한 데도 있었다. 그것은 기운을 쏟을 곳이 없어서라기보다는 가능한 한 상대를 불쾌하게 만들고 싶지 않다는 배려, 또는 손님을 앞에 두고 몸만 비비 꼬고 있는 자신의 무료함을 피하려는 마음에서 일어나는 경우가 많았다. 그래서 용건 이외의 대화에는 평소 그의 마음가짐에서 나오는 일종의 흥미로운 점이 있었다. 그의 성공에 적잖은 공헌을 한 것으로 보이는 사교에 아주 유리한 그의 화술은 천부적인 해학 취미 때문에 한층 화려한 광채를 띠는 일이 종종 있었다. 그리고 그것이 어렸을 때부터 그의 곁에 있던 오노부의 입에 어느새 들러붙고 말았다. 기분이 좋을 때 그를 상대하여 재담을 겨루는 정도는 지금의 그녀에게 아무런 노력도 필요하지 않은 제2의 천성 같은 것이었다. 하지만 쓰다에게 시집가고 나서 그녀는 곧 그런 태도를 고쳤다. 그런데 처음에 조심하기 위해 삼갔던 악담은 두 달이 지나도, 석 달이 지나도 좀처럼 나오지 않았다. 이런 점에서 그녀는 오카모토 고모 집에 있던 때의 자신과는 딴판인 사람이 되어 그녀의 남편을 대하지 않을 수 없게 되었다. 그녀는 어딘가 부족한 느낌이었다. 동시에 남편을 속이고 있는 듯한 기분이 들어 견딜 수가 없었다. 가끔 와서 전과 변함없는 고모부의 모습을 보면 거기에는 예전의 자유를 떠올리게 하는 뭔가가 있었다. 그녀는 날두부를 앞에 두고 책상다리로 앉아 있는 소탈하고 익살스러운 그의 얼굴을 과거의 기념처럼 반가운 마음으로 바라보았다.

"하지만 제 악담은 고모부가 가르쳐준 거잖아요. 남편한테 배운 기억은 전혀 없어요."

"흠, 그렇지도 않을걸."

일부러 에도 토박이 말투를 쓴 고모부는 이런 말을 일절 가정에 들여서는 안 되는 것인 양 몹시 싫어하는 고모를 쳐다보았다. 옆에서 주의를 주면 더욱 재미있어하며 사용하고 싶어 하는 버릇을 잘 알고 있는 고모는 모르는 체하는 얼굴로 상대하지 않았다. 그러자 기대가 어긋난 사람처럼 고모부는 다시 오노부를 향했다.

"요시오는 원래 그렇게 엄격한 사람이냐?"

오노부는 대답하지 않고 그저 히죽히죽 웃기만 했다.

"하하하, 웃는 걸 보니 역시 좋은가 보구나."

"뭐가요?"

"뭐라니, 그렇게 시치미를 떼지 않아도 알고 있어. ……그런데 요시오는 정말 그렇게 엄격한 사람이야?"

"글쎄요, 어떤지 저는 잘 모르겠어요. 왜 또 그런 걸 진지하게 묻는 거예요?"

"나한테도 생각이 좀 있어서, 대답에 따라서는."

"어머, 무서워라. 그럼 말할게요. 짐작하신 대로 남편은 엄격한 사람이에요. 그게 어떻다는 거죠?"

"정말이냐?"

"네. 고모부도 꽤나 집요하시네요."

"그럼 나도 간결하게 결론만 말하마. 정말 요시오가 네 말대로 엄격한 사람이라면 말이야, 악담이 능숙한 너한테는 도저히 어울리지 않아."

이렇게 말하면서 고모부는 거기에 잠자코 앉아 있는 고모 쪽으로 턱을 치켜들어 보였다.

"고모라면 아주 안성맞춤일지도 모르지만 말이지."

쓸쓸한 기운이 멀리서 불어온 바람처럼 별안간 오노부의 가슴을 어루만졌다. 그녀는 갑자기 슬픈 기분에 사로잡힌 자신을 깨닫고 깜짝 놀랐다.

"고모부는 늘 속이 편한 것 같아서 좋네요."

쓰다와 자신을 사이가 아주 좋은 부부로 가정하고 장난삼아 한 고모부의 농담을 단순히 즉흥적으로 나온 엉터리로 치부하고 웃어버리기에는 오노부의 마음에 너무 빈틈이 많았다. 그렇다고 그 틈을 끝까지 감추고 타인 앞에서 무엇 하나 부족함이 없는 남편을 가진 아내로서 자신을 보여주어야 한다고만 생각하는 그녀는 마음으로 느낀 그대로를 고모부 앞에 드러낼 자유가 없었다. 하마터면 눈에 눈물이 고일 뻔하자 그녀는 눈을 깜박거려 얼버무렸다.

"아무리 안성맞춤이라도 이렇게 나이를 먹으면 어쩔 수가 없어. 안 그래, 오노부?"

어디를 가도 나이에 비해 젊게 보이는 고모가 이렇게 말하며 촉촉하고 윤기 나는 눈을 오노부 쪽으로 돌리자 오노부는 아무 말도 하지 않았다. 하지만 자신의 감정을 감추기 위해 가장 중요한 기회를 이용하는 일은 잊지 않았다. 오노부는 그저 재미있다는 듯이 소리 내어 웃을 뿐이었다.

62

육친인 고모보다도 오히려 고모부를 마음속으로 더 좋아하는 오노부는 그 보수로서 자신도 고모부로부터 특별히 귀여움을 받고 있다는 믿음을 갖고 있었다. 시원하고 솔직하면서도 신경질적인 성격을 갖고 태어난 그의 기질을 잘 이해하여 그 양면에 고루 미치는 자신의 행동을 조금도 어긋나지 않게 고모부의 생각대로 손쉽게 해나가는 오노부에게는 항상 젊은 나이에서 오는 유연성이 수반되었기 때문에 거의 고통스럽지 않게 고모부를 기쁘게 하고 또 자신을 만족시킬 수 있었다. 고모부가 감상안으로 늘 그녀의 행동을 바라봐주고 있다고 생각한 그녀는 가끔 변화가 없는 고모의 기개가 왜 그렇게 단단할까 하고 의아해하는 일조차 있었다.

이성을 어떻게 다루어야 하는지의 수양을 이렇게 고모부에게서만 배운 오노부는 어디로 시집가도 그걸 그대로 남편에게 적용하면 성공할 것임에 틀림없다고 믿었다. 쓰다와 결혼했을 때 처음으로 자신이 생각하던 것과는 조금 다르다는 느낌이 들었던 그녀는 태어나서 처음으로 겪는 경험을 역시 그렇구나 하는 눈빛으로 바라보았다. 그녀의 노력은 남편을 고모부와 같은 사람으로 다룰지, 아니면 이미 완성된 자신을 남편에게 맞춰 개조할지 어느 쪽으로든 결정해야 하는 경우와 자주 맞닥뜨렸다. 그녀의 사랑은 쓰다에게 있었다. 하지만 그녀의 동정은 오히려 고모부 같은 유형의 사람을 향했다. 이럴 때 고모부라면 기뻐해주었을 텐데, 하고 생각하는 일이 종종 있었다. 그러면 자연스러운 추세가 그걸 일일이 고모부에게 이야기하라고 명령했다. 그 명령을 거역할 만큼 고집이 강한 그녀는 지금까지 그럭저럭 견뎌온 것을 이제 와서 고백할 마음은 도저히 들지 않았다.

이렇게 고모 부부를 속여온 오노부는 또 그 부부가 아무런 불안도 없이 그녀에게 속고 있다는 자신감이 있었다. 동시에 민감한 그녀는 고모부 쪽에서도 그녀에게 털어놓고 싶어도 털어놓을 수 없는, 쓰다에 대한 자신과 같은 정도의 어떤 비밀을 갖고 있다는 사실을 잘 알고 있었다. 고모부의 속마음을 사실 그대로 꿰뚫어 보고 있는 오노부의 입장에서 보자면 그는 결코 그녀에게 소중한 남편 쓰다를 좋아하지 않았다. 그것이 두 사람 사이에 가로놓인 기질의 차이에서 나온다는 사실은 설령 두 사람을 비교해보지 않아도 그리 상상하기 어렵지 않은 가정이었다. 적어도 결혼 후의 오노부는 곧 그걸 알아차렸다. 게다가 오노부는 그 근거도 갖고 있었다. 엉성한 것 같지만 한편으로는 아주 치밀한, 무관심한 것 같으면서도 동시에 아주 예민한, 말은 냉담해도 마음속으로는 친절한 고모부는 쓰다를 처음 만났을 때부터 이미 직관적으로 싫어한 것 같았다. "넌 저런 사람이 좋은 거냐?"라는 물음 이면에서 '그럼 나 같은 사람은 싫어했겠구나' 하는 말을 동시에 들은 것 같았을 때 오노부는 무심코 깜짝 놀랐다. 하지만 "고모부의 의견은요?" 하고 되물었을 때 그는 벌써 그 어색한 관문을 지나쳤다.

"너만 갈 마음이 있다면 가, 아무것도 신경 쓸 거 없으니까" 하고 친절하게 말해주었다.

오노부가 근거로 삼는 것은 또 하나 있었다. 자신에게 아무 말도 하지 않았던 고모부가 쓰다에 관해 했던 노골적인 평을 고모의 입을 통해 들었던 것이다.

"저 사람은 일본 여자가 다 자신한테 반해야 한다는 얼굴을 하고 있잖아."

신기하게도 이 말은 오노부에게 전혀 뜻밖이 아니었다. 그녀는 자신이 쓰다를 힘껏 사랑할 수 있다는 신념이 있었다. 동시에 쓰다로부터 최대한 사랑받을 수 있다는 기대감과 안심감을 갖고 있었다. 또한 무엇보다 고모부의 그 악담이 시작되었다는 느낌이 들어 그녀는 소리 내어 웃었다. 그리고 그 악담은 곧 질투에서 나온 거라고 혼자 속으로 해석하고 우쭐했다. "자기가 젊었을 때의 그 자만심을 다 잊어버렸으니까" 하며 고모도 오노부에게 맞장구를 쳐주었다.

고모부 앞에 앉은 오노부는 자신의 배후에 있는 이런 과거를 떠올리지 않을 수 없었다. 그러자 '엄격'한 쓰다의 아내로서 자신이 어울린다거나 어울리지 않는다거나 하는 쓸데없는 그의 농담 속에 뭔가 진실한 의미가 있지 않을까 하는 의심마저 들었다.

'내가 말한 대로가 아니야? 그렇다면 다행이고. 하지만 만약 뭔가 있다면, 또 지금은 없더라도 어쩌다 앞으로 생긴다면 꺼리지 말고 다 말해야 한다.'

오노부는 고모부의 눈에서 이런 자애로운 말까지 읽어냈다.

63

감상적인 기분을 웃음으로 얼버무린 오노부는 그 고통에서 벗어나기 위해 곧 자신이 가져온 화제를 고모 부부 앞에 꺼내놓았다.

"어제 일은 대체 어떤 의미예요?"

그녀는 약속대로 고모부에게 설명을 요구할 수밖에 없었다. 그러자 대답을 해야 할 고모부가 오히려 그녀에게 반문했다.

"너는 어떻게 생각하지?"

특별히 '너'라는 말에 힘을 준 고모부는 오노부의 속마음을 읽으려는 듯한 눈빛으로 그녀를 지그시 바라보았다.

"모르겠어요. 아닌 밤중에 홍두깨 격으로 그런 걸 물어봐도요. 안 그래요, 고모?"

고모는 히죽 웃었다.

"고모부는 말이야, 나 같은 멍청이는 모르지만 너라면 반드시 알 거다, 너는 나보다 영리하니까, 라고 말하더라."

오노부는 쓴웃음을 지을 수밖에 없었다. 그녀의 머리에는 물론 어렴풋하게나마 어떤 짐작은 있었다. 하지만 강요당하지도 않았는데 영리한 척하며 그걸 입 밖에 꺼낼 만큼 그녀가 받은 교육은 경박하지 않았다.

"저라고 어떻게 알겠어요?"

"그럼 맞혀봐. 대충 짐작은 갈 거 아냐?"

무슨 일이 있어도 오노부가 먼저 어떤 말이라도 하게 하려는 고모부의 태도를 알아차린 그녀는 두세 번 승강이를 한 끝에 결국 추측한 것을 말했다.

"맞선 아니에요?"

"어째서지? ……너한테는 그렇게 보였어?"

오노부의 추측을 긍정하기 전에 고모부로부터 차례로 반문이 이어졌다. 마지막에 고모부는 큰 소리로 웃었다.

"맞았어, 맞아. 역시 네가 고모보다 영리하다니까."

이런 일로 두 사람 사이에 우열을 짓는 속 편한 고모부를 오스미와 오노부가 무시하며 놀렸다.

"고모도 그 정도는 대충 짐작했죠?"

"너도 칭찬을 받는다고 그렇게 기쁘지는 않지?"

"네, 전혀 달갑지 않아요."

오노부의 머리에 좌중을 휘어잡고 주선하던 요시카와 부인의 모습이 떠올랐다.

"아무래도 그런 걸 거라고 생각했어요. 그 부인이 내내 쓰기코하고 미요시라는 분을 돋보이게 하려고 애를 썼으니까요."

"그런데 쓰기코는 또 엄청나게 돋보이지가 않는다니까. 돋보이게 하려고 하면 오히려 물러서기만 하고. 마치 종이봉지를 뒤집어쓴 고양이 같단 말이지. 그런 점에서 보면 아무래도 너 같은 사람이 득이야. 적어도 요즘 취향에 맞거든."

"아주 유들유들해서죠? 어쩐지 칭찬을 받는 건지 욕을 먹는 건지 모르겠네요. 전 쓰기코처럼 얌전한 사람을 보면 어떻게든 그렇게 되고 싶어요."

이렇게 대답한 오노부는 고모부가 말하는 요즘 취향을 발휘할 여지가 자신에게 주어지지 않았고, 따라서 자신의 입장에서 보면 오히려 실패로 끝났던 어젯밤의 모임을 불쾌하고 만족스럽지 못한 눈으로 바라보았다.

"왜 제가 그 자리에 필요했던 거죠?"

"너는 쓰기코의 사촌 언니잖아."

단지 친척이라는 것이 이유라면 오노부 외에도 참석할 만한 사람은 얼마든지 있었다. 게다가 상대 쪽에서는 중개자인 요시카와 부부를 제외하면 당사자 혼자 나왔을 뿐 그쪽을 대표하는 사람은 아무도 없었다.

"어쩐지 이상하지 않아요? 그럼 만약 남편이 병원에 있지 않았다면 역시 친척으로서 꼭 참석해야 했던 건가요?"

"그거야 또 다른 얘기지. 다른 의미가 있었던 거야."

고모부의 목적 중에는 어젯밤의 기회를 이용하여 쓰다와 오노부에게 요시카와 부부를 한 번이라도 더 만나게 해주려는 호의도 포함되어 있었다. 그것을 고모부의 입을 통해 확실히 들었을 때 오노부는 평소 자신이 생각하던 숙부의 기질이 드러난 것으로 생각하고 은근히 그의 친절에 감사함과 동시에 그렇다면 왜 요시카와 부인과 좀 더 친해지도록 해주지 않았느냐고 원망했다. 두 사람을 가깝게 해주기 위해 같은 테이블에 앉히기는 했지만 결과는 오히려 가깝게 앉기 전보다 더 나빠질지도 모른다는 특수한 심리를 고모부는 전혀 모르는 것 같았다. 오노부는 아무리 모든 면에 빈틈이 없더라도 남자는 역시 남자라고 비난하고 싶었다. 그러나 그 후에는 요시카와 부인과 자신 사이에 가로놓인 일종의 미묘한 관계를 모르는 이상 누가 됐더라도 필경 어떻게도 할 수 없었을 테니까 어쩔 수 없다는 탄식 섞인 관용의 마음도 일었다.

64

오노부는 그 문제는 내버려두고 아직 납득하지 못한 요점을 정리하려고 했다.

"아니나 다를까 그런 의미가 있었군요. 전 고모부한테 감사해야겠네요. 하지만 그것 말고 또 뭔가 있죠?"

"있을지도 모르지만, 설사 없다고 해도 그것만으로 너를 부른 가치는 충분히 있지, 안 그래?"

"네, 있기는 하네요."

오노부는 이렇게 대답할 수밖에 없었다. 하지만 그런 것치고는 권유하는 방식이 지나치게 맹렬하다고 마음속으로 생각했다. 고모부는 과연 최후의 속셈을 마음속에 품고 있었다.

"실은 너한테 사위 후보에 대한 평을 좀 들어보고 싶어서 말이야. 너한테는 사람을 꿰뚫어 보는 능력이 있으니까 물어보는 건데, 어떤 것 같던, 그 사람? 쓰기코의 미래 남편으로 괜찮을까 아닐까?"

고모부의 평소 모습으로 추측해봐도 어디까지가 진지한 의논인지 오노부는 잠시 판단하기가 힘들었다.

"어머, 엄청난 임무를 맡은 거네요. 영광스럽기 그지없는 일이에요."

이렇게 말하고 웃으며 옆에 있는 고모를 보았지만 고모의 모습이 의외로 차분해서 오노부는 바로 어조를 눌렀다.

"저 같은 사람이 평을 하다니, 그건 좀 주제넘은 일이에요. 게다가 딱 한 시간쯤 그렇게 같이 앉아 있는 것만으로는 누구든 알지 못해요. 천리안이라도 있지 않는 한 말이에요."

"아니, 너한테는 천리안 같은 구석이 있어. 그러니까 모두 듣고 싶은 거야."

"놀리는 건 싫어요."

오노부는 일부러 고모부를 상대하지 않는 척했다. 하지만 마음속으로는 자신에게 알랑거리는 모습에서 일종의 쾌감을 맛보았다. 그것은 자신이 실제로 남에게 그렇게 비치고 있다는 판단에서 나오는 득의양양이었다. 하지만 그것은 동시에 그녀를 실의에 빠뜨리는 즉각적인 효과가 있는 사실로, 파괴되어야 할 성질의 것이었다. 그녀는 반대로 가까운 예로서 그 이면에서 자신의 남편을 떠올려야 했다. 결혼 전에는 천리안 이상으로 그의 성격을 꿰뚫어 볼 수 있다고만 생각했던 그녀의 자신감은 결혼 후 오늘에 이르기까지 환한 태양에 검은 반점이 생기는 것처럼 잘못 판단한 착각의 흔적으로서 이미 여기저기 더럽혀졌다. 필경 남편에 대한 자신의 직관은 오랜 세월의 경험에 의해 정정되고 보수되어야 할 것인지도 모른다는 불안한 진리에 드디어 고개를 숙였던 그녀는 고모부에게 선동되어 금세 우쭐거릴 만큼 어리지도 않았다.

"사람은 잘 사귀어보지 않으면 사실 잘 모르는 거예요, 고모부."

"그 정도야 네가 말해주지 않아도 누구든 알고 있어."

"그러니까요. 한 번 만난 걸로는 아무 말도 할 수 없다고 한 거잖아요."

"그거야 남자가 입버릇처럼 하는 말이겠지. 여자는 한 번 보고도 금방 뭐라고 하잖아. 또 아주 적절한 말을 하고. 그런 걸 말해보라는 거야. 그냥 내가 참고하게 말이지. 뭐, 너한테 책임을 묻지는 않을 테니까 괜찮아."

"그래도 힘들어요. 그런 예언자 같은 말은요. 안 그래요, 고모?"

고모는 여느 때처럼 오노부에게 가세하지 않았다. 그렇다고 고모부 편도 들지 않았다. 오노부의 예언을 강요하는 기색을 보이지 않는 대신 고모부가 억지로 권하는 것도 말리지 않았다. 처음으로 시집보낼 귀여운 맏딸의 미래 남편에 관한 평가의 재료라면 그것이 아무리 가벼운 말이라도 귀를 기울일 가치는 충분히 있다는 식으로도 보였다. 오노부는 어련무던한 말을 한두 마디 할 수밖에 다른 도리가 없었다.

"훌륭한 사람 아니에요? 그리고 젊은데도 무척 차분하고요."

다음 말을 기다리고 있던 고모부는 오노부가 더 이상 말을 하지 않자 다시 재촉하듯 물었다.

"그것뿐이야?"

"그야 저는 그 사람하고 한 사람 건너에 앉아 있어서 얼굴도 제대로 보지 못한걸요."

"예언자를 그런 자리에 앉힌 게 잘못된 일이었는지도 모르겠군. ……그래도 뭔가 있을 것 같지 않아? 그런 평범한 관찰 말고 좀 더 네 특징을 발휘할 만한 게 말이야. 단 한마디로 상대의 급소를 정통으로 찌를 만한……."

"어려워요. ……아무튼 한 번 정도로는 안 돼요."

"하지만 한 번만으로 뭔가 말해야 할 필요가 있다면 어떻겠니? 뭔가 말할 수 있겠지?"

"말할 수 없어요."

"말할 수 없다고? 그럼 네 직감은 이제 쓸모없게 된 거네."

"네, 시집가고 나서 직감이 점점 닳아버렸어요. 요즘은 직감이 아니라 둔감일 뿐이에요."

65

이런 입씨름을 길게 되풀이한 오노부의 머릿속에는 또 다른 생각이 끊임없이 병행하여 흐르고 있었다.

그녀는 부부 화합의 적절한 예로서 고모부에게 인정받고 있는 쓰다와 자신을 의심하지 않았다. 하지만 첫 대면 때부터 쓰다를 좋아하지 않았던 고모부가 그 후 호오의 감정을 바꿀 리가 없다는 사실도 잘 알고 있었다. 그러므로 의가 좋아 보이는 쓰다와 자신을 내내 신기한 눈으로 바라보고 있었음에 틀림없다고 생각했다. 그것을 다른 말로 표현하면 오노부 같은 여자가 어떻게 쓰다를 사랑할 수 있을까 하는 의문의 이면에서 고모부는 늘 자신의 예감에 자신감을 갖고 있었다. 사람을 잘못 본 것은 자신이 아니라 오히려 오노부라는 단정이 적당한 기회를 기다리며 외부에 흔적을 남기기 위해 그의 마음 밑바닥에 늘 침전해 있는 듯했다.

'그런데도 고모부는 왜 미요시에 대한 내 평을 그렇게 집요하게 들으려고 하는 것일까?'

오노부는 이해할 수 없었다. 이미 자신의 남편을 잘못 본 사람으로서 암암리에 고모부의 표적이 되고 있는 듯한 그녀는, 그런 자각을 제쳐두고 간단히 그의 요구에 응할 용기가 없었다. 하는 수 없이 그녀는 끝내 입을 다물고 말았다. 하지만 몇 해 전부터 너무 거리낌이 없는 그녀를 늘 봐와서 익숙한 고모부의 입장에서 보면 이때 그녀의 침묵은 신기함에 가까운 현상일 수밖에 없었다. 그는 오노부를 제쳐두고 고모 쪽을 보았다.

"이 애는 시집가고 나서 사람이 좀 변한 것 같군그래. 꽤나 겁쟁이가 되었어. 그것 역시 남편의 영향인가? 신기한 일이야."

"당신이 너무 괴롭혀서 그래요. 자, 말해, 자, 말해보라고, 이렇게 다그치면 난처하지 않을 사람이 어딨어요."

고모의 태도는 고모부를 나무라기보다는 오히려 오노부를 두둔하는 쪽으로 기울어 있었다. 하지만 그것을 기뻐하기에는 그녀의 마음이 너무 자신의 감상으로 가득 차 있었다.

"하지만 이런 문제에서 가장 중요한 건 쓰기코 아니에요? 쓰기코의 생각에 따라 정할 문제라고 저는 생각해요. 저 같은 사람이 쓸데없이 참견하지 않고요."

오노부는 스스로 자신의 남편을 고른 당시의 일을 떠올리지 않을 수 없었다. 쓰다를 발견한 그녀는 이내 그를 사랑하게 되었다. 그를 사랑한 그녀는 곧 그에게 시집가고 싶다는 희망을 보호자에게 털어놓았다. 그리고 그 허락과 함께 바로 그에게 시집갔다. 시작부터 결말에 이르기까지 그녀는 늘 자신이 주인공이었다. 또한 책임자였다. 자신의 생각을 버리고 타인의 생각 따위에 의존하고 싶었던 기억은 지금껏 없었다.

"대체 쓰기코는 뭐라고 해요?"

"아무 말도 안 해. 그 애는 너보다 훨씬 겁쟁이니까."

"정작 중요한 당사자가 그렇다면 어쩔 수 없는 것 아니에요?"

"그래, 그렇게 겁쟁이여서야 사실 어쩔 수 없지."

"겁쟁이가 아니라 얌전한 거예요."

"어느 쪽이든 어쩔 수 없어, 아무 말도 안 하니까. 어쩌면 아무 말도 할 수 없을지도 모르지, 말거리가 없어서."

그런 두 사람이 막연히 맺어졌을 때 두 사람 사이에 과연 부부다운 관계가 성립할 수 있을지가 오노부의 가슴에 가로놓인 깊은 의문이었다. '내 결혼조차 이런데' 하는 논리가 곧바로 그녀의 머리에 번뜩였다. '내 결혼도 결국 비슷비슷하니까' 하는 식으로 이 문제를 바라볼 수 없었던 그녀는 일직선으로 자신이 주시한 것만 보았다. 어리석다기보다는 두려운 마음이 들었다. 어쩌면 이렇게 속 편한 사람일까 하는 생각마저 들었다.

"고모부" 하고 부른 오노부는 질렸다는 듯이 가는 눈을 부릅뜨고 그를 쳐다보았다.

"틀렸어. 그 애는 처음부터 아무 말도 할 생각이 없었으니까. 원래는 그래서 너를 참석하게 한 건데, 솔직히 말하면 말이야."

"하지만 내가 참석하면 어떻게 되는데요?"

"아무튼 쓰기코가 꼭 그렇게 해달라고 우리한테 부탁했어. 그러니까 그 애는 자신보다 네가 훨씬 더 영리하다고 생각하는 거지. 그래서 설사 자신은 모르더라도 너라면 뒤에 틀림없이 이런저런 말을 해줄 거라고 믿고 있는 거야."

"그럼 처음부터 그렇게 말해주었으면 저도 그런 마음으로 갔을 텐데요."

"그런데 또 그건 싫다는 거야. 꼭 비밀로 해달라고 하더라고."

"그건 왜요?"

오노부는 잠깐 고모 쪽을 보았다. "쑥스러워서지" 하고 대답하는 고모를 고모부는 가로막았다.

"아니, 꼭 쑥스러워서 그런 게 아니야. 선입관이 있으면 좋은 평가를 내릴 수 없다는 것이 그 애의 생각이야. 그러니까 오노부가 공평하게 얻은 첫인상을 듣고 싶었던 거겠지."

오노부는 비로소 고모부가 강권한 이유를 이해할 수 있었다.

66

오노부가 본 쓰기코는 특수한 위치를 차지하고 있었다. 자신의 이해관계를 걱정해준다는 점에서 쓰기코는 고모에게 미치지 못했다. 자신과 마음이 맞는다는 의미에서는 고모부보다 훨씬 인연이 멀었다. 그 대신 혈통상의 친화력이나 이성에 근거한 견인성 이외에 나이가 비슷하다는 데서 오는 유리한 접촉면을 갖고 있었다.

젊은 여자의 마음을 공통으로 움직이는 여러 가지 문제를 앞에 두고 호기심으로 가득 찬 눈을 크게 떴을 때 자연의 추세로서 오노부는 고모부와 고모보다 쓰기코에게 다가가지 않을 수 없었다. 그리고 그 경우 오노부는 천성적으로 언제나 쓰기코보다 우수한 사람이었다. 경험에서 보면 물론 쓰기코의 선배임에 틀림없었다. 그런 사람으로서 적어도 쓰기코가 한 단계 위로 보고 있다는 사실을 그녀는 잘 알고 있었다.

이 작은 찬미자에게는 오노부가 말하는 모든 것을 곧이곧대로 받아들이는 버릇이 있었다. 오노부가 자각한 것을 말하자면, 한집에서 오래 침식을 같이하는 동안 자신의 우월성을 보여준 자만심이 유연성이 풍부한 사촌 여동생을 어느새 그렇게 성장시키고 만 것이다.

"여자는 한눈에 남자를 꿰뚫어 봐야 해."

오노부는 일찍이 이런 말을 하여 순진한 쓰기코를 놀라게 했다. 그녀는 또 자신이 그것을 해낼 만한 분별력을 충분히 갖추고 있는 사람으로서 쓰기코를 대했다. 그리고 상대의 놀람이 부러움에서 찬탄으로 바뀌고 마지막에는 숭배 직전까지 갔을 때 우연히 그녀의 자신감을 실현할, 쓰다와 그녀 사이에 일어난 서로 사랑하는 연애사건이 마치 신비한 불꽃처럼 쓰기코 앞에서 타올랐다. 결국 그녀의 말은 쓰기코에게 영원한 진리 그 자체가 되었다. 세상 사람들에게 득의양양했던 그녀는 특히 쓰기코에게 득의양양하지 않을 수 없었다.

오노부가 본 그대로의 쓰다가 곧 쓰기코에게 전해졌다. 평소 직접 접촉할 기회를 갖지 못한 쓰기코는 자신의 눈과 귀의 범위 밖으로 벗어난 미지의 부분을 모두 그녀로부터 받은 간접적인 지식으로 채우고, 쉽게 쓰다라는 이상적인 전체상을 만들어냈다.

결혼해서 반년 넘게 살고 있는 지금, 쓰다에 대한 오노부의 생각은 변했다. 하지만 쓰다에 대한 쓰기코의 생각은 손톱만큼도 변하지 않았다. 쓰기코는 어디까지나 오노부를 믿었다. 오노부도 이제 와서 전에 했던 말을 취소할 여자가 아니었다. 어디까지나 선견지명으로 하늘의 축복을 받을 수 있었던 소수의 행운아로서 쓰기코 앞에 자신을 내세우고 있었다.

과거로부터 넘겨받은 이런 두 사람의 관계를 어쩔 수 없이 기억의 무대에 등장시키고 이 사건 앞에 설 수밖에 없게 된 오노부는 괴롭다기보다는 오히려 불쾌했다. 모두가 몰려들어 지금까지 호도해온 자신의 약점을 어서 자백하라고 간접적으로 다그치는 것처럼 여겨졌기 때문이다. 자신의 '자아' 이상으로 상대가 심술궂은 짓을 하는 것처럼 보였기 때문이다.

'내 과실에 대해서는 내가 괴로워하기만 하면 그걸로 충분하다.'

그녀의 마음속에는 평소부터 저장된 이런 변명이 있었다. 하지만 아무것도 모르는 고모나 고모부, 쓰기코에게는 보여줄 수 없는 것이었다. 만약 보여준다면 그들 세 사람을 무심히 부추겨 자신을 넌지시 빈정대게 하는 하늘을 향해 하는 것 외에 다른 도리가 없었다.

밥상을 물리고 고모가 새로 끓여온 차를 벌컥벌컥 마시기 시작한 고모부는 오노부의 마음에 이렇게 복잡하게 얽힌 감정의 응어리가 꿈틀대고 있으리라고는 생각지 못했을 터였다. 최근에 석가산 따위를 만들지 않고 꾸민 정원을 내다보면서 개운한 표정으로 자신이 고안한 나무나 돌의 배치를 두고 고모와 두세 마디 평을 주고받았다.

"내년에는 저 소나무 옆에 단풍나무를 한 그루 심으려고 해. 여기서 보면 어쩐지 저기만 구멍이 뚫린 것 같아서 이상해 보이거든."

오노부는 아무 생각 없이 고모부가 가리키는 방향을 보았다. 옆집과 잇닿아 있는 울타리 바로 앞의 흙을 일부러 높게 쌓아 올려 그곳에 작은 맹종죽을 심어 우거지게 한 밑동 언저리가 고모부의 말대로 드문드문 틈새가 벌어져 있었다. 조금 전부터 화제를 바꿔보려고 은근히 기회를 엿보고 있던 오노부는 곧 기지를 발휘했다.

"정말 그러네요. 저곳을 막지 않으면 정말 대숲을 꾸민 것 같아서 이상해 보이네요."

대화는 그녀가 예상한 대로 다른 도랑으로 흘러들었다. 하지만 다시 원래의 길로 돌아왔을 때는 전보다 급한 경사면을 지나야 했다.

67

고모부가 조금 전 현관 앞에서 괭이질을 하고 있던 단골 정원사에게 불려가 잠시 자리를 떴다 다시 뜰의 입구에서 객실로 들어왔을 때의 일이었다.

아직 학교에서 돌아오지 않은 유리코나 하지메 이야기에서 시작된 고모와 오노부의 대화는 그때 다시 우연히 쓰기코 쪽으로 미끄러져 들어갔다.

"욕심쟁이 아가씨, 이제 적당히 돌아올 때가 되었는데 뭘 하고 있는지."

고모는 일부러 유리코가 붙인 별명으로 쓰기코를 불렀다. 오노부는 곧 욕심쟁이 아가씨의 모습을 떠올렸다. 자신에게 허락된 작은 세계에서는 아주 제멋대로인 주제에 거기서 한 발짝만 나가면 갑자기 근신의 모범처럼 움츠러들고 마는 쓰기코는 마치 부모의 감독에 의해 구획된 가정이라는 새장 안에서 자못 유쾌한 듯 지저귀는 작은 새 같은 존재로, 일단 문을 열고 밖으로 나가면 어떻게 날아야 할지, 어떻게 울어야 할지도 몰랐다.

"오늘은 뭘 배우러 갔어요?"

고모는 "맞혀봐" 하고 말한 뒤 곧바로 고갯길 중턱에서부터 가져온 오노부의 호기심을 만족시켜주었다. 하지만 요즘 열심히 시작한 교습이 어학이라는 이야기를 들었을 때는 새삼 사촌 여동생의 과욕에 놀랄 수밖에 없었다. 그렇게 여러 가지 것들에 손을 대서 대체 어떻게 할 생각인 걸까 하는 생각도 들었다.

"그래도 어학인 만큼 좀 특별한 의미가 있어."

고모는 이렇게 말하며 변호 겸 쓰기코의 의도를 오노부에게 설명했다. 간접적이기는 해도 그것이 역시 이번 결혼 문제와 관계되기 때문에 오노부는 고모 앞에서 기특해하는 얼굴로 과연, 하며 고개를 끄덕이지 않을 수 없었다.

남편이 좋아하는 것, 그렇지 않더라도 남편의 직업상 아내가 알고 있으면 유리한 것, 그것들을 예상하고 결혼 전에 배워두려는 여자의 마음가짐은 미래의 남편에 대한 친절한 마음임에 틀림없었다. 어쩌면 단순히 남자의 마음에 들기 위한 것이라고 해도 유리한 수단임에는 틀림없었다. 하지만 쓰기코에게는 아직 그것 이상으로, 인간으로서 또 아내로서 중요한 수업이 얼마든지 남아 있었다. 오노부의 머리에 떠오른 그 수업은 불행히도 여자를 이롭게 하는 게 아니었다. 여자를 예민하게 하는 것이었다. 나쁘게 마찰을 일으킬 것임이 틀림없었다. 하지만 영리하게 연마하는 것이었다. 오노부는 그 첫걸음을 고모에게서 배웠다. 고모부 덕분에 그걸 오늘날까지 발달시켜왔다. 두 사람은 그런 뜻으로 키워진 오노부를 만족스러운 눈빛으로 바라보는 듯했다.

'그와 같은 눈이 어떻게 쓰기코에게 만족할 수 있을까?'

사촌 여동생의 어디에도 불만스러운 태도조차 보인 적이 없는 고모와 고모부를 이런 점에서 오노부는 이해할 수 없었다. 굳이 해석하자면 그들은 조카와 딸을 보는 눈을 구별하고 있다고 볼 수밖에 없었다. 이런 생각에 휩싸이면 오노부는 돌연 분한 마음이 들었다. 또 그런 생각이 때때로 발작처럼 오노부의 마음을 사로잡았다. 하지만 사람에게 차별을 두지 않고 자상한 고모부의 태도나 공평하게 대하지 않은 적이 없는 고모의 친절로 그것은 늘 타오르기 전에 꺼져버렸다. 오노부는 남에게 보이지 않는 소매로 내면의 부끄러운 얼굴을 가리면서 여전히 신기한 눈으로 평소부터 두 사람의 마음을 풀 수 없는 수수께끼처럼 바라보고 있었다.

"하지만 쓰기코는 다행이네요. 저처럼 사소한 일까지 걱정하는 성격이 아니니까요."

"그 애는 너보다 훨씬 더 걱정하는 성격이야. 그냥 집에 있으면 아무리 걱정하고 싶어도 걱정거리가 없으니까 그렇게 태평한 것뿐이지."

"하지만 전 고모네에 신세를 지고부터 좀 더 걱정하는 성격이 된 것 같아요."

"그야 너하고 쓰기코는……."

중간에 말을 그친 고모가 무슨 말을 할 생각이었는지는 알 수 없었다. 성격이 다르다는 의미로도, 신분이 다르다는 의미로도, 또 처지가 다르다는 의미로도 해석할 수 있는 고모의 말을 추궁하기 전에 오노부는 흠칫했다. 지금까지 알아차리지 못한 어떤 것에 갑자기 부딪친 것처럼 가슴이 두근거렸기 때문이다.

'어제 맞선에 끌려 나간 것은 용모가 떨어진 사람으로서 암암리에 사촌 여동생의 용모를 돋보이게 하기 위해서가 아니었을까?'

오노부의 머리에 이런 암시가 전광석화같이 번뜩였을 때 그녀의 의지도 평소의 배 이상의 힘으로 그녀를 재촉했다. 그녀는 끝내 자신을 억눌렀다. 얼굴에 어떤 기색도 드러내지 않았다.

"쓰기코는 유리하겠어요. 누구나 좋아하니까요."

"그렇지도 않아. 하지만 이건 사람의 취향 문제니까. 그런 바보라도……."

고모부가 툇마루로 들어온 것과 고모가 이렇게 말한 것은 거의 동시였다. 그는 큰 소리로 "쓰기코가 어쨌다고?" 하면서 다시 객실로 들어왔다.

68

그러자 지금까지 억누르고 있던 어떤 감정이 오노부의 가슴에 되살아났다. 한없이 기분 좋은, 한없이 활기로 넘친, 그리고 한없이 낙천적이고 살찐 그 얼굴이 순간적으로 오노부를 자극했다.

"고모부도 참 사람이 나빠요."

오노부는 아닌 밤중에 홍두깨 격으로 이렇게 말하지 않을 수 없었다. 오늘까지 두 사람 사이에 수백 번이나 주고받은 이 상투적인 말을 사용한 오노부의 목소리는 여느 때와 달랐다. 표정에도 특별한 구석이 있었다. 하지만 조금 전부터 오노부의 마음속에 어떤 조수의 간만이 있었는지, 그걸 전혀 알아차리지 못한 고모부는 세심하던 평소의 모습과 달리 참으로 순진했다.

"그렇게 사람이 나쁜가?"

여느 때의 어조로 일부러 시치미를 뗀 그는 점잔을 빼며 살담배를 담배통에 채웠다.

"내가 없을 때 또 고모한테 무슨 말을 들었나 보구나?"

오노부는 아직 입을 다물고 있었다. 고모는 곧장 대답했다.

"당신이 고약한 사람이라는 것 정도는 굳이 저한테 듣지 않아도 잘 알고 있었대요."

"역시 그렇군. 오노부는 직관파니까. 그럴지도 모르지. 아무튼 한 번 보고 이 남자의 품속에는 돈이 얼마 있고, 그걸 훈도시[42]의 매듭에 끼워놓았는지 아니면 허리에 감는 전대에 넣고 배꼽 위에 두르고 있는

42 일본의 남성이 입는 전통 속옷으로, 조붓하고 긴 천으로 겨우 음부만 가린다.

지까지 정확히 알아내는 여자니까 그리 간단히 방심할 수는 없지."

고모부의 농담은 결코 그가 기대한 결과를 낳지 못했다. 오노부는 고개를 숙이고 눈썹과 속눈썹을 함께 움직였다. 속눈썹 끝에는 저도 모르는 사이에 눈물이 가득 맺혔다. 사정이 달라지자 고모부의 악담도 뚝 그쳤다. 이상한 압박이 한꺼번에 세 사람을 억눌렀다.

"오노부, 왜 그래?"

이렇게 말한 고모부는 무언의 공허를 채우기 위해 담뱃대로 재떨이를 두드렸다. 고모도 어떻게든 그 자리를 수습해야만 했다.

"뭐야, 어린애같이. 이 정도 일로 우는 사람이 어디 있어? 늘 하던 농담이잖아."

고모의 잔소리는, 핏줄은 이어지지 않았지만 혈족과도 같은 관계인 고모부의 체면을 생각한 대답으로만 들리지는 않았다. 두 사람의 관계를 속속들이 알고 있는 고모의 입장을 인정하는 한 어떻게 봐도 공평한 것이었다. 오노부는 그걸 잘 알고 있었다. 하지만 고모의 잔소리를 지당하다고 생각하면 할수록 그녀는 더욱 울고 싶어졌다. 그녀의 입술이 떨렸다. 참을 수 없는 눈물이 계속 흘러나왔다. 그에 따라 지금까지 막고 있던 말문도 터졌다. 그녀는 결국 울면서 말했다.

"굳이 그렇게까지 해서 저를 괴롭히지 않아도……."

고모부는 당혹스러운 표정을 지었다.

"괴롭힌 게 아니야. 칭찬한 거지. 네가 요시오한테 시집가기 전에 그 사람을 평한 말이 있지? 다들 그 말을 뒤에서 감탄하고 있어. 그러니까……."

"그런 말 듣지 않아도 이제 충분해요. 결국 제가 극장에 간 것이 잘못이니까요."

잠깐 침묵이 이어졌다.
"어쩐지 일이 엉뚱하게 되어버렸구나. 내가 놀린 게 기분 나빴어?"
"아뇨, 다 제 잘못이에요."
"그렇게 빈정거리면 안 돼. 뭘 잘못했는지 모르니까 묻는 거야."
"그러니까 다 제 잘못이라고 하잖아요."
"하지만 이유를 말하지 않으니까 그렇지."
"이유 같은 건 없어요."
"이유는 없고 그냥 슬픈 거야?"
오노부는 다시 울기 시작했다. 고모는 씁쓸한 표정을 지었다.
"뭐야, 얘는 정말. 응석받이도 아니고. 집에 있을 때는 고모부가 아무리 놀려도 이렇게 운 적이 없었는데. 시집가서 남편한테 귀여움 좀 받는다고 금방 이렇게 되니까 곤란한 거야, 젊은 사람은."
오노부는 입술을 깨물고 잠자코 있었다. 모든 원인이 자신한테 있다고만 믿었던 고모부는 오히려 미안해하는 듯한 모습을 보였다.
"그렇게 꾸짖어봤자 소용없어. 내가 너무 놀린 게 잘못이니까. ……오노부, 그렇지? 분명히 그럴 거야. 그래, 내가 울렸으니까 그 대신 조만간 너한테 좋은 걸 줄게."
이윽고 발작이 지나가자 오노부는 고모부에게 이런 식으로 어린애 취급을 받는 자신을 어떻게 처리해야 이 난처한 상황에서 평정한 상태로 일변시킬 수 있을까 하고 생각했다.

69

그때 아무것도 모르는 쓰기코가 어학 교습을 받고 돌아와 불쑥 얼굴을 내밀었다.

"다녀왔습니다."

화해의 중심축을 잃고 난감해하던 세 사람은 돌연 그것을 찾아낸 사람들처럼 기뻐했다. 그리고 거의 동시에 대답했다.

"어서 와라."

"늦었구나. 아까부터 기다리고 있었어."

"아니, 목이 빠지게 기다리고 있었어. 쓰기코는 어떻게 된 거지, 어떻게 된 거지, 하고 말이야."

신경질적인 고모부의 태도는 조금 전의 실수를 만회하려는 의미를 띠고 있어 평소보다 한층 쾌활했다.

"잘은 모르겠지만 너한테 꼭 할 이야기가 있다는구나."

이런 쓸데없는 말까지 하며 자신의 목적과는 반대되는 모습을 오노부에게 보이면서 그는 오히려 우쭐해하는 것 같았다.

하지만 하녀가 장지문 너머에 손을 짚고 목욕물이 데워졌다고 알렸을 때 그는 갑자기 무슨 생각이 떠오른 것처럼 일어났다.

"아직은 목욕할 수가 없어. 정원에 할 일이 좀 남아 있으니까. …… 너희들 먼저 하려면 해."

그는 마음에 드는 정원사를 상대로 남은 가을날을 흙 위에서 보내기 위해 다시 정원으로 내려섰다.

하지만 일단 등을 객실 쪽으로 돌린 뒤 다시 돌아보았다.

"오노부, 목욕하고 저녁이라도 먹고 가."

이렇게 말하며 4, 5미터쯤 걸어가나 싶더니 다시 돌아왔다. 오노부는 머리가 잘 돌아가는 다망한 모습이 자못 그의 특징인 듯 감탄하며 바라보았다.

"오노부가 왔으니까 저녁에 후지이라도 부를까?"

직업이 달라도 같은 학교를 나온 만큼 옛날부터 알고 있는 후지이는 쓰다와의 관계로 인해 지금은 전보다 고모부와 인연이 깊은 사람이었다. 이것도 자신에 대한 호의에서 나온 거라고 해석하면서도 오노부는 특별히 기쁘다는 생각은 들지 않았다. 후지이 일가와 쓰다, 이 둘 사이가 떨어져 있는 것보다 그녀는 그들로부터 훨씬 더 떨어져 있었다.

"그런데 올까?" 이렇게 말한 고모부의 얼굴은 바로 오노부의 마음속을 말해준 것이었다.

"요즘 다들 나를 두고 은거(隱居), 은거, 하는 말을 하는데, 그 사람의 은거주의는 아주 옛날부터라서 나 같은 사람은 도저히 미치지 못하지. 얘, 오노부, 후지이한테 저녁 먹으러 오라고 하면 올까?"

"그야 어떨지 전 모르죠."

"아마 안 오실 거예요."

고모는 완곡하게 자기를 표현했다.

"음, 쉽게 올 것 같지는 않아. 그럼 그만둘까? ……하지만 시험 삼아 걸어보지 뭐."

오노부는 웃음을 터뜨렸다.

"걸어보다니, 그 집에 전화 같은 건 없어요."

"그럼 어쩔 수 없군. 심부름꾼이라도 보내야지."

편지를 쓰는 게 귀찮았는지, 시간이 아까웠는지 고모부는 이렇게 말하고 재빨리 정원 입구로 걸어갔다. 고모도 "그럼 나는 실례를 무릅쓰고 먼저 목욕할게" 하면서 일어섰다.

고모부의 결벽증을 알고 다들 사양하는데도 이런 경우 자기만 아무렇지 않게 고모부의 말대로 단행하기를 주저하지 않는 고모의 태도는 오노부에게 참으로 부러운 것이었다. 또한 흉한 것이었다. 여자답지 못한 불쾌한 일인 동시에 남자다운 훌륭한 일이었다. 저렇게 할 수 있다면 오죽이나 좋을까 하는 느낌과 아무리 나이를 먹어도 저렇게는 하고 싶지 않다는 느낌이 그녀의 마음에 늘 교차했다.

일어나서 나가는 고모의 뒷모습을 오노부가 멍하니 바라보고 있자니 혼자 남은 쓰기코가 불쑥 말했다.

"제 방으로 안 갈래요?"

두 사람은 화로나 다기로 어질러진 객실을 그대로 두고 밖으로 나갔다.

70

쓰기코의 방은 곧 쓰다에게 시집가기 전에 오노부가 함께 쓰던 방이었다. 그 방에 책상을 나란히 하고 둘이 지냈던 예전의 마음이 벽에도 천장에도 아직 남아 있었다. 유리문을 끼운 조그만 선반 위에 똑바로 놓인 목조 인형도 그대로였다. 장미꽃을 수놓은 바구니에 든 핀쿠션[43]도 그대로였다. 둘이서 미쓰코시[44]에서 사온 당초무늬의 작은 화

43 핀을 찔러두는, 바늘겨레 같은 모양의 물건.

44 이 당시는 아직 '미쓰코시 고후쿠텐(포목점)'이었다.

병도 그대로였다.

사방을 둘러본 오노부는 곳곳에서 사촌 여동생과 함께 지내던 처녀 시절의 냄새를 맡았다. 달콤한 공상으로 가득한 그 냄새가 쓰다라는 대상을 얻어 끝내 현실이 되었을 때 홀연 선명한 불꽃으로 변화한 자신의 감정 앞에서 기뻐 박수를 쳤던 사람은 그녀였다. 눈에 보이지 않아도 가스가 있으니 불이 확 붙었다고 생각한 사람은 그녀였다. 공상과 현실 사이에 아무런 차이를 둘 필요가 없다고 논단한 사람은 그녀였다. 돌이켜보면 그때로부터 이미 반년 이상이나 지났다. 언젠가 공상은 끝내 공상으로 그칠 듯이 보이기 시작했다. 아무리 시간이 지나도 실현되지 않을 것처럼 여겨졌다. 어쩌면 극히 실현되기 어려운 것처럼 보였다. 오노부의 가슴속에는 희미한 한숨마저 깃들었다.

'옛날은 아련한 꿈처럼 확실한 자신에게서 점점 멀어져가는 게 아닐까?'

그녀는 이런 관념의 눈으로 자기 앞에 앉아 있는 사촌 여동생을 보았다. 아마 자신과 같은 경로를 거쳐 가야 할, 어쩌면 자신보다 더 기대와 다른 미래에 부딪쳐야 할 이 처녀의 손에 있는 승낙 여부의 주사위가 다다미 위로 굴러가는 것에 따라 오늘내일 중에 영원히 결말이 날 것이다.

오노부는 미소를 지었다.

"쓰기코, 오늘은 내가 제비를 뽑아줄까?"

"왜요?"

"아무것도 아니야. 그냥."

"하지만 그냥이면 재미없어요. 뭔가 정해야죠."

"그래. 그럼 정하자. 뭐가 좋을까?"

"뭐가 좋을지 저는 모르죠. 언니가 정해야지."

쓰기코는 쉽사리 결혼 문제를 입 밖에 내지 않았다. 오노부가 함부로 말을 꺼내는 것도 고통스러웠다. 하지만 간접적으로 어딘가에서 그걸 언급해주었으면 하는 모습이 생생하게 보였다. 오노부는 사촌 여동생을 기쁘게 해주고 싶었다. 그렇다고 나중에 자신이 난처해질 것 같은 책임을 지는 건 싫었다.

"그럼 내가 뽑을 테니까 네가 직접 정해, 알았지? 아무튼 네가 속으로 가장 알고 싶은 게 있을 거 아냐. 그걸로 해, 네 마음대로. 괜찮지?"

오노부는 평소대로 쓰기코의 책상 위에 놓여 있는 그들 부부가 준 선물을 집으려고 했다. 그러자 쓰기코가 갑자기 그 손을 막았다.

"싫어요."

오노부는 손을 거둬들이지 않았다.

"뭐가 싫다는 거야? 괜찮으니까 잠깐 빌려줘. 네가 기뻐할 만한 걸 뽑아줄 테니까."

제비뽑기에 아무런 집착도 없었던 오노부는 갑자기 이렇게 쓰기코와 장난치고 싶어졌다. 그것은 결혼 이전의 처녀다운 자신을 상기시키는 좋은 매개체였다. 약한 자의 허를 찌르기 위해 이용되는 완력이 그녀를 남자답고 활발하게 만들었다. 눌린 손을 뿌리친 그녀는 이미 최초의 목적을 잊고 있었다. 그저 제비뽑기 상자를 쓰기코의 책상에서 빼앗고 싶었다. 어쩌면 그걸 핑계로 그냥 쓰기코와 다투고 싶었는지도 모른다. 두 사람은 다퉜다. 동시에 여성의 본능에서 나오는 꾸민 듯한 목소리를 거침없이 내며 유희적인 싸움에 흥을 돋우었다. 두 사람은 결국 벼룻집 앞에 장식된 소중한 작은 화병을 쓰러뜨렸다. 자단 받침대에서 데굴데굴 구르기 시작한 화병은 안에 든 물을 아무 데나 쏟아내며 다다미 위에 떨어졌다. 두 사람은 드디어 손을 뺐다. 그리고 원래 자리에서 갑자기 내팽개쳐진 예쁜 화병을 잠자코 바라보았다. 그러고는 다시 얼굴을 마주하자마자 갑자기 저항할 수 없는 충동을 받은 것처럼 한꺼번에 웃음을 터뜨렸다.

71

우연한 사건이 오노부를 어린애로 만들었다. 쓰다 앞에서 일찍이 느껴본 적이 없는 자유가 순간적으로 부활했다. 그녀는 현재의 자신을 완전히 잊었다.

"쓰기코, 빨리 걸레 좀 가져와."

"싫어요. 언니가 흘렸으니까 언니가 가져와요."

두 사람은 일부러 서로 떠넘겼다. 일부러 입씨름을 했다.

"그럼 가위바위보로 정하자." 이렇게 말한 오노부는 가녀린 손을 쥐고 기세 좋게 쓰기코 앞으로 내밀었다. 쓰기코는 곧바로 응했다. 보석이 빛나는 손가락이 두 사람 사이에서 반짝거렸다. 두 사람은 그때마다 웃었다.

"아주 약았어."

"언니야말로 약았어요."

결국 오노부가 졌을 때는 엎어진 물이 이미 책상보와 다다미 사이로 말끔히 흡수된 뒤였다. 오노부는 차분히 소매에서 손수건을 꺼내 젖은 곳 위를 꼬옥 눌렀다.

"걸레는 필요 없겠어. 이렇게 해두는 걸로 충분해. 물은 벌써 스며

들어버렸으니까."

오노부는 넘어진 화병을 원래 자리에 놓고 꺾인 꽃을 정성껏 그 안에 꽂았다. 그리고 지금까지의 얼빠진 행동을 완전히 잊어버린 사람처럼 시치미를 뗐다. 그게 또 참을 수 없이 우스워 보여 쓰기코는 계속해서 혼자 웃었다.

흥분이 가라앉았을 때 쓰기코는 오비 사이에 숨겨둔 책갑 속의 제비를 꺼내서 옆에 있는 책장 서랍에 다시 넣었다. 게다가 그 위에 자물쇠를 단단히 채워두고 일부러 오노부를 보았다.

하지만 쓰기코에게는 언제까지나 계속될 수 있을 듯한 이 무의미한 유희적 감흥은 오노부를 그리 오래 지배할 수는 없었다. 한동안 자기를 잊었던 오노부는 사촌 여동생보다 빨리 정신을 차렸다.

"쓰기코, 너는 언제까지고 속 편해서 좋겠다."

오노부는 이렇게 말하며 쓰기코를 돌아보았다. 어련무던한 그녀의 말은 쓰기코에게는 도무지 통하지 않았다.

"그럼 언니는 속이 편하지 않아요?"

자기도 속 편한 주제에, 라고 말하는 듯한 어조 속에는 누구에게나 세상 물정 모르는 아가씨 취급을 받는다는, 전부터 갖고 있던 불만도 섞여 있었다.

"너하고 나는 대체 어디가 다를까?"

두 사람은 나이가 달랐다. 성격도 달랐다. 하지만 마음고생이라는 점에서 두 사람의 어디에 어떤 차이가 있는지는 쓰기코가 아직 생각한 적이 없는 문제였다.

"그럼 언니는 무슨 걱정이 있어요? 얘기 좀 해줘요."

"걱정 같은 건 없어."

"거봐요, 언니도 역시 속 편하잖아요."

"그야 속 편하기는 하지. 하지만 네가 속 편한 것하고는 의미가 좀 달라."

"어떻게요?"

오노부는 설명할 수가 없었다. 또한 설명할 마음도 들지 않았다.

"곧 알게 될 거야."

"하지만 언니하고 저는 세 살 차이밖에 안 나요."

쓰기코는 결혼 전후의 차이를 전혀 계산에 넣지 않았다.

"단지 나이만이 아니야. 처지의 변화지. 아가씨가 남의 부인이 된다든가 부인이 또 남편을 잃는다거나 하는 것 말이야."

쓰기코는 약간 의아한 얼굴로 오노부를 보았다.

"언니는 집에 있었을 때하고 형부한테 시집가고 나서하고 언제가 더 속 편해요?"

"그야……."

오노부는 우물거렸다. 쓰기코는 그녀에게 대답을 준비할 여유를 주지 않았다.

"지금이 더 편하죠? 거봐요."

오노부는 어쩔 수 없이 대답했다.

"꼭 그렇지도 않아."

"하지만 언니 스스로 원한 분이잖아요, 형부는."

"응, 그래서 난 행복해."

"행복해도 속은 편하지 않은 거예요?"

"속도 편하긴 해."

"그럼 속은 편하지만 걱정이 있는 거예요?"

"그래, 너처럼 밀어붙이면 당할 수가 없다니까."
"밀어붙일 생각은 없는데, 모르니까 그만 그렇게 되는 거예요."

72

점점 경사가 급해진 대화는 어느새 쓰기코의 결혼 문제로 미끄러져 들어갔다. 가능한 한 그것을 피하고 싶었던 오노부는 지금까지 이야기해온 마당이라 그걸 피할 수도 없는 처지였다. 경험이 부족한 처녀가 기대하는 예언은 차치하고 남녀 관계에 경험이 조금 많은 연상의 여자로서 적절한 주의를 주고 싶은 친절한 마음이 없는 것도 아니었다. 그녀는 별 지장이 없는 아슬아슬한 선 위를 완곡하게 건너갔다.
"그건 할 수 없어. 쓰다 씨 때는 내 일이니까 잘 알 수 있었지만 남의 일이면 사정이 전혀 달라서 하나도 모르게 되거든."
"그렇게 꺼리지 않아도 되잖아요."
"꺼리는 게 아니야."
"그럼 냉담한 거예요?"
오노부는 대답하기 전에 잠깐 사이를 두었다.
"쓰기코, 잘 알아둬. 여자의 눈은 자신하고 가장 인연이 깊은 사람을 만났을 때 비로소 잘 움직일 수 있다는 걸 말이야. 눈이 1초로 10년 이상의 공을 세우는 건 그때뿐이야. 게다가 누구든 그런 경우는 평생 그리 많지 않아. 어쩌면 평생 한 번도 오지 않고 끝나버릴지도 몰라. 그러니까 나 같은 사람의 눈은 맹인이나 마찬가지야, 적어도 평소에는."

"하지만 언니는 그런 밝은 눈을 제대로 갖고 있잖아요. 그럼 그걸 왜 나를 위해서는 써주지 않았어요?"

"쓰지 않은 게 아니라 쓸 수 없는 거야."

"그래도 강목팔목(岡目八目)[45]이라고 하잖아요. 옆에 있는 언니는 나보다 더 공평하게 알 수 있을 거예요."

"그럼 너는 강목팔목으로 인생의 운명을 정할 생각이야?"

"그렇지는 않지만 참고는 되겠지요. 특히 언니를 믿고 있는 나한테는."

오노부는 또 잠시 입을 다물었다. 그러고는 조금 전보다 격식을 차린 태도로 입을 열었다.

"쓰기코, 내가 방금 너한테 얘기했지? 난 행복하다고."

"네."

"내가 왜 행복한지 알아?"

오노부는 거기서 단락을 지었다. 그리고 쓰기코가 무슨 말을 하기 전에 곧바로 덧붙였다.

"내가 행복한 것은 달리 아무 의미가 없어. 단지 내 눈으로 남편을 고를 수 있었기 때문인 거야. 강목팔목으로 시집가지 않았기 때문이지. 알겠어?"

쓰기코는 불안한 듯한 표정을 지었다.

"그럼 나 같은 사람은 도저히 행복해질 희망이 없는 거네요."

오노부는 뭐라고 하지 않을 수 없었다. 하지만 당장은 아무 말도 할 수 없었다. 결국에는 갑자기 흥분한 듯한 말이 무심코 그녀의 입에서

45 당사자보다 제3자가 사물을 냉정하고 공평하게 볼 수 있다는 뜻이다. 타인이 두는 바둑을 옆에서 보고 있으면 여덟 수 앞까지 볼 수 있다는 뜻에서 나온 말이다.

급하게 쏟아져 나왔다.

"있어, 있지. 그냥 사랑하는 거야. 그리고 사랑하도록 하는 거지. 그렇게만 하면 행복해질 희망은 얼마든지 있어."

이렇게 말한 오노부의 머릿속에서는 자신의 상대인 쓰다만 선명하게 움직였다. 그녀는 쓰기코에게 말하면서 거의 미요시의 그림자조차 떠올릴 수 없었다. 다행히 그것을 자신을 위한 말로만 해석한 쓰기코는 오노부의 방식을 착실하게 받아들일 만큼 감격하지는 않았다.

"누구를?" 이렇게 말한 쓰기코는 다소 질린 듯이 오노부의 얼굴을 쳐다보았다. "엊저녁에 만난 그 사람?"

"누구라도 상관없어. 그저 자기가 이 사람이다 싶은 사람을 사랑하는 거야. 그리고 꼭 그 사람이 자기를 사랑하도록 하는 거지."

평소 숨기고 있던 오노부의 고집스러운 천성이 점차 날카로운 기질을 드러냈다. 얌전한 쓰기코는 그때마다 조금씩 뒤로 물러났다. 결국 다가가기 힘든 두 사람 사이의 거리를 깨달았을 때 쓰기코는 희미한 한숨을 내쉬었다. 그러자 오노부가 갑자기 어조를 높였다.

"쓰기코, 내가 하는 말을 의심하는구나. 정말이야. 난 거짓말하는 게 아냐. 정말이야. 정말 난 행복해. 알았지?"

이렇게 말하며 무조건 쓰기코를 수긍하게 한 오노부는 뒤에 다시 혼잣말처럼 덧붙였다.

"누구나 그래. 설사 지금 그 사람이 행복하지 않다고 해도 어떻게 생각하느냐에 따라 미래는 얼마든지 행복해질 수 있는 거야. 반드시 행복해질 수 있어. 반드시 행복하게 되어 보이는 거지. 응, 쓰기코, 안 그래?"

오노부의 마음속을 모르는 쓰기코는 이 예언을 그저 막연하게 자신에게 적용해서 생각해볼 수밖에 없었다. 하지만 아무리 생각해도 그 의미를 이해할 수 없었다.

73

그때 복도를 따라 들려온 바쁜 발소리의 주인이 드르륵 방문을 열었다. 그리고 학교에서 돌아온 유리코가 거리낌 없이 성큼성큼 들어왔다. 유리코는 묵직하게 어깨에 매단 주머니를 자신의 책상 위에 놓으면서 단 한마디로 "다녀왔어"라고 언니에게 말했다.

유리코의 책상을 놓은 장소는 바로 시집가기 전에 오노부가 책상을 놓고 앉았던 오른쪽 구석진 자리였다. 오노부가 쓰다에게 시집가자마자 곧바로 그 자리에 들어올 수 있었던 유리코는 사촌 언니가 시집간 것을 자신에게 아주 잘된 일이라며 기뻐했다. 오노부는 그것을 알았기에 일부러 말을 걸었다.

"유리코, 나 또 왔어. 괜찮지?"

유리코는 '잘 왔어요'라는 말도 하지 않았다. 책상 모서리에 오른발을 올리고 살짝 구멍이 날 것 같은 검정색 양말의 엄지발가락 끝을 손으로 만져본 뒤 발을 다다미 바닥으로 내린 것과 동시에 대답했다.

"괜찮아요, 와도. 쫓겨나지 않았다면."

"어머, 너무하네" 하며 웃은 오노부는 잠깐 뜸을 들이고 나서 다시 그녀를 상대했다.

"유리코, 만약 내가 쫓겨나면 조금은 가엾게 여겨줄 거지?"

"네, 그러면 가엾게 여겨줄게요."

"그럼 그때는 다시 이 방에 있게 해줄래?"

"글쎄요."

유리코는 잠깐 생각하는 모습을 보였다.

"좋아요, 있어도. 쓰기코 언니가 시집간 뒤라면."

"아니, 쓰기코가 시집가기 전이야."

"그 전에 쫓겨나요? 그건 좀, ……참고 되도록 쫓겨나지 않도록 하면 되잖아요, 이쪽 사정도 있으니까."

이렇게 말한 유리코는 연상의 두 사람과 함께 소리 내어 웃었다. 그리고 하카마도 벗지 않고 화로 옆으로 와서 그들 사이에 앉은 유리코는 하녀가 가져온 나무접시를 받아 들고 곧바로 거기에 담긴 모치가시[46]를 먹기 시작했다.

"지금 이 시간에 간식이야? 접시를 보니까 생각난다."

오노부는 자신이 유리코 나이였을 때를 회상했다. 학교에서 돌아오면 기다리다 못해 각자 앞에 놓인 나무접시에 손을 뻗었던 그 무렵의 모습이 생생하게 떠올랐다. 맛있게 먹는 여동생의 얼굴을 웃는 얼굴로 보고 있던 쓰기코도 그런 옛날 일을 떠올리는 모양이었다.

"오노부 언니, 지금도 간식 먹어요?"

"먹기도 하고 안 먹기도 하고 그래. 일부러 사는 건 귀찮고, 그렇다고 집에 뭐가 있어도 옛날처럼 맛있지가 않아, 지금은."

"운동이 부족해서예요."

두 사람이 이야기를 나누는 동안 유리코는 나무접시를 깨끗이 비웠다. 그러고는 아주 엉뚱한 방식으로 두 사람 사이에 끼어들었다.

46 찹쌀을 원료로 하는 떡이나 과자류의 총칭.

"정말이에요, 언니는 이제 곧 시집가요."

"그래? 어디로 가는데?"

"어딘지는 모르지만 가는 건 맞아요."

"그럼 어떤 사람한테 가는 건데?"

"이름이 뭔지는 모르지만 가기는 해요."

오노부는 끈기 있게 세 번째 질문을 던졌다.

"어떤 분인데?"

유리코는 아무렇지 않게 대답했다.

"대체로 요시오 형부 같은 분이겠죠. 언니는 요시오 형부를 아주 좋아하니까요. 하여튼 오노부 언니가 말하는 대로 되었고 무척 좋은 사람이라고 했어요."

얼굴이 발그레해진 쓰기코는 느닷없이 여동생에게 덤벼들었다. 유리코는 갑자기 괴상한 소리를 지르며 곧바로 그 자리에서 물러났다.

"아아, 큰일 날 뻔했네."

입구에서 잠깐 멈춰 서서 이렇게 말한 유리코는 오노부와 쓰기코를 남겨둔 채 혼자 방에서 도망쳤다.

74

식사를 하라는 하녀의 재촉을 받은 오노부가 두 번째로 쓰기코와 함께 자리에서 일어난 것은 그로부터 얼마 안 되어서였다.

식구들이 모두 환한 방에 상쾌한 얼굴로 모였다. 조금 전 뭔가에 토라져서 툇마루 밑으로 들어가서는 좀처럼 나오지 않았다[47]는 하지메까지 기분 좋게 고모부와 이야기를 나누고 있었다.

"하지메는 개 같아." 유리코가 일부러 알려주러 왔을 때 오노부는 이 작은 사촌 여동생으로부터, 하지메가 자기 코앞으로 내민 모치가시를 입을 떡 벌리고 덥석 물었다는 이야기를 들었다.

오노부는 웃으면서 이른바 개 같았다는 남자아이의 이야기에 귀를 기울였다.

"아버지, 혜성이 나타나면 나쁜 일이 일어나죠?"

"응. 옛날 사람들은 그렇게 생각했지. 하지만 학문이 발달해서 지금 그런 생각을 하는 사람은 아무도 없어."

"서양에서는?"

서양에도 고대에 그런 미신이 있었는지 어떤지 고모부는 모르는 것 같았다.

"서양? 서양에서는 옛날부터 없었어."

"하지만 카이사르가 죽기 전에 혜성이 나타났다고 하잖아요."

"음, 카이사르가 살해되기 전에 말이야?" 하고 말한 그는 어떻게든 얼버무릴 수밖에 없었다.

"그거야 로마 시대니까 그렇지. 그냥 서양하고는 사정이 달라."

하지메는 그것으로 납득하고 입을 다물었다. 하지만 곧 두 번째 질문을 던졌다. 앞의 것보다 한층 더 기발한 질문은 충분히 삼단논법의 형식을 갖추고 있었다. 우물을 파서 물이 나오는 한 지면 밑은 물이

47 1915년의 「단편(斷片)」에 "신로쿠(伸六, 소세키의 차남)가 85전짜리 나팔을 사달라고 했다가 사주지 않자 화가 나서 툇마루 밑으로 들어가버렸다. 아무리 해도 나오지 않았다. 아이코가 김초밥을 툇마루 밑으로 내밀자 화가 나 있는 신로쿠도 먹고 싶었는지 덥석 먹었다고 한다. 그 대신 절대 말은 하지 않았다"라는 이야기가 나온다.

어야 하고, 지면 밑이 물이라면 지면은 아래로 떨어져야 한다. 그런데 왜 지면은 아래로 떨어지지 않는가. 이것이 하지메가 한 질문의 요지였다. 이에 대한 고모부의 답변이 또 굉장히 횡설수설해서 옆에 있는 사람들은 모두 재미있어했다.

"그래도 떨어지지 않지."

"하지만 밑이 물이라면 떨어져야 하는 거 아니에요?"

"간단히 그렇게 되지는 않아."

여자들이 한꺼번에 웃음을 터뜨리자 하지메는 순식간에 세 번째 문제로 옮아갔다.

"아버지, 전 우리 집이 군함이었으면 좋겠어요. 아버지는요?"

"아버지는 군함보다는 그냥 집이었으면 좋겠는데."

"하지만 지진이 나면 집은 무너지잖아요."

"하하하, 군함이라면 아무리 지진이 나도 무너지지 않는다는 말이지? 과연, 그건 생각하지 못했네. 흐음, 그렇군."[48]

정식으로 감탄하고 있는 고모부의 얼굴을 오노부는 미소를 지으면서 바라보았다. 조금 전 후지이를 저녁 식사에 초대한다고 했던 그는 이미 그 일은 염두에 두고 있지 않은 듯했다. 고모도 잊은 것처럼 모른 체하고 있었다. 결국 오노부는 한번 물어보고 싶었다.

"하지메, 후지이 마코토하고 같은 반이지?"

"응" 하고 대답한 하지메는 곧바로 마코토에 대한 오노부의 호기심을 만족시켜주었다. 그의 이야기는 도저히 어린애가 아니면 할 수 없는 풍부한 관찰, 비평, 사실에 기반을 둔 것이었다. 식탁은 한동안 그

48 이 부분의 혜성, 지면 밑의 물, 군함 집 이야기는 모두 소세키의 「일기 및 단편」(1916)에 본문 그대로의 대화로 기록되어 있다.

의 힘으로 활기에 넘쳤다.

모두를 웃게 한 마코토의 일화 중에는 아래와 같은 것이 있었다.

어느 날 학교에서 돌아오는 길에 하지메는 마코토와 함께 크고 깊은 구멍을 들여다보았다. 토목공사를 하기 위해 깊이 파헤쳐져 길 한가운데에 생긴 그 구멍 위에는 삼나무 통나무가 하나 걸쳐져 있었다. 하지메는 마코토에게 그 통나무를 건너면 백 엔을 주겠다고 말했다. 그러자 무모한 마코토는 배낭을 메고 털북숭이 개 가죽으로 만들었다는 예의 구두를 신고 "분명히 줄 거지?" 하고 말하며 거의 평평한 데가 없고 미끈미끈해서 미끄러질 것 같은 통나무를 건너기 시작했다. 처음에는 곧 떨어질 거라고 생각하며 보고 있던 하지메는 마코토가 한 발 한 발 위태롭지만 천천히 자기에게 다가오는 것을 보고 갑자기 두려워졌다. 하지메는 깊은 구멍 바로 위에 있는 친구를 내버려두고 재빨리 도망치기 시작했다. 하지만 마코토는 내내 발밑에 신경을 집중해야 해서 통나무를 다 건널 때까지 하지메가 어디로 갔는지 전혀 몰랐다. 간신히 모험을 끝내고 약속대로 백 엔을 받으려고 비로소 눈을 들자 하지메는 어느새 도망쳐버리고 온데간데없었다는 것이다.

"하지메, 네가 좀 약아빠졌던 것 같구나." 고모부가 평했다.

"후지이 씨는 요즘 별로 놀러 오지 않은 것 같네요." 고모가 말했다.

75

오노부가 보기에 요즘 오카모토와 후지이 사이의 교제에는 아이가 같은 학교 같은 반이라는 사실 외에 다소 특징이 있었다. 싫어도 얼굴을 마주쳐야 하는 미래의 경사나 흉사의 자리를 앞두고 있는 그들은 사정이 허락하는 한 쌍방이 서로 가까이해야 한다는 것을 평소부터 인정하지 않을 수 없었다. 특히 여자의 이해관계를 대표하는 오카모토 쪽은 후지이보다 더욱 그 필요를 인정해야 하는 위치에 있었다. 게다가 오카모토 고모부에게는 보통의 성공한 사람에게 수반되는 일종의 붙임성이 있었다. 낙천적으로 타고난 넓은 횡단면도 있었다. 신경질적인 그는 또 오해를 두려워했다. 특히 살림살이에 부자유함이 없는 사람이 비교적 가난한 계층의 사람들에게 받기 쉬운 거만하고 불손하다는 오해를 두려워했다. 여러 해에 걸친 다망함과 공부 때문에 해친 건강을 회복하기 위해 당분간 한직에 있는 요즘의 그에게는 시간의 여유도 충분히 있었다. 그 시간의 공허한 부분을 자신의 취미에 맞는 모자이크로 매일 채워가는 그는 지금까지 자신과 전혀 연고가 없는 사람으로서 아무렇지 않게 지나친 사람이나 사물에 점점 다가가려는 의지도 갖고 있었다.

이런 원인들이 뒤얽혀서 고모부는 때때로 후지이의 집을 찾아가는 일이 있었다. 배타적으로 보이는 후지이는 의리를 중시 여겨 고모부의 집으로 찾아와주는 일은 없었지만 그렇다고 고모부를 싫어하는 태도도 보이지 않았다. 그들은 오히려 기분 좋게 이야기를 나누었다. 속까지 터놓는 이야기는 할 수 없다고 해도 단지 서로의 세계를 교환하는 것만으로도 다소의 흥미는 있었다. 그 세계는 또 묘하게 어긋났다. 한쪽에서 보면 참으로 세상 물정에 어두운 것이 다른 쪽에서 보면 아주 고상해 보이기도 하고, 한쪽에서 비루하다고 해석하는 것을 상대는 반드시 실제적으로 생각하고 싶어 하는 데서 생각지도 못한 발견을 하기도 했다.

"그러니까 비평가라고 하는 거겠지, 그런 사람을. 하지만 그래서는 일을 못해."

오노부는 비평가라는 말의 의미를 제대로 이해할 수 없었다. 실제 일에 도움이 안 되니까 입으로만 잘난 척하며 남을 속이는 거라고 생각했다. '일을 못하니까 그저 이론을 가지고 노는 사람, 그런 사람은 세상에 어떤 쓸모가 있을까? 그런 사람이 물질적으로 상응하는 보수를 받지 못하여 어려운 것은 당연한 게 아닐까?' 이 이상 나아갈 수 없었던 그녀는 웃으면서 물었다.

"요즘 후지이 씨 댁에는 가세요?"

"응, 얼마 전에도 산보하러 나갔다가 돌아오는 길에 잠깐 들렀어. 지쳤을 때 쉬기에 마침맞은 자리에 있는 집이니까 말이야."

"또 무슨 재미있는 이야기라도 있었나요?"

"여전히 묘한 생각을 하고 있지, 그 사람은. 얼마 전에는 남자가 여자를 끌어당기고 여자가 또 남자를 끌어당긴다는 이야기를 열띠게 하고 왔다."

"어머, 징그러."

"시답잖기는, 나잇살이나 먹어가지고."

오노부와 고모가 번갈아가며 어처구니없다는 듯한 말을 하는 동안 쓰기코만은 딴 데를 보고 있었다.

"아니, 묘한 일이 있었어. 그 친구가 꽤 조사를 해서 감탄했지. 그 친구 말에 따르면 이런 거야. 어느 집이나 남자아이는 어머니를 그리워하고 또 여자아이는 반대로 아버지를 그리워하는 것이 당연하다는 건데, 그러고 보니 정말 그렇더라고."

육친인 고모보다는 핏줄이 이어지지 않은 고모부를 좋아하는 오노부는 약간 진지해졌다.

"그래서 어떻다는 건데요?"

"그래서 이렇다는 거지. 남자하고 여자는 항상 서로 끌어당기지 않으면 완전한 인간이 될 수 없다는 거야. 요컨대 자신한테 부족한 부분이 어딘가에 있어서 혼자서는 그걸 어떻게 해도 채울 수 없다는 거지."

오노부의 흥미는 갑자기 식어버렸다. 고모부가 하는 말은 자신도 진작 알고 있는 사실에 지나지 않았다.

"옛날부터 음양화합이라고 하잖아요."

"그런데 음양화합이 필연적이면서도 그 반대인 음양불화가 또 필연적이니까 재미있는 거잖아."

"왜요?"

"들어봐. 남자하고 여자가 서로 끌어당기는 것은 서로 다른 데가 있으니까 그런 거잖아. 지금 말한 대로 말이야."

"네."

"그럼 그 다른 데는 곧 자신이 아닌 거잖아. 자신하고는 별개일 거야."

"네."

"거봐. 자신하고 별개라면 아무리 해도 같게 될 수는 없는 거잖아. 아무리 시간이 지나도 떨어져 있는 수밖에 다른 도리가 없지 않겠어?"

고모부는 오노부를 정복한 사람처럼 껄껄껄 웃었다. 오노부도 지지 않았다.

"하지만 그건 이론이에요."

"물론 이론이지. 어디에 내놔도 훌륭하게 통하는 이론이야."

"쓸모없어요, 그런 이론은. 어쩐지 이상해요. 딱 후지이 숙부가 펼치는 억지 이론이에요."

오노부는 고모부를 꼼짝 못하게 할 수가 없었다. 하지만 고모부가 하는 말대로 믿을 마음은 들지 않았다. 또한 무슨 일이 있어도 믿기 싫었다.

76

고모부는 재미삼아 이런저런 이야기를 했다.

남자가 여자를 얻어 성불하듯이 여자도 남자를 얻어 성불한다. 하지만 그것은 결혼 전의 선남선녀에 한에서의 진리다. 일단 부부 관계가 성립하자마자 진리는 갑자기 몸을 뒤쳐 지금까지와는 정반대의 사실을 눈앞에 들이댄다. 즉 남자는 여자로부터 떨어지지 않으면 성불할 수 없게 된다. 여자도 남자로부터 떨어지지 않으면 성불하기 힘들어진다. 지금까지의 견인력이 순식간에 반발성으로 변한다. 그리고 옛날부터 말해온 대로 '남자는 역시 남자끼리, 여자는 아무래도 여자끼리'라는 속담을 영원히 인정하고 싶어진다. 즉 인간이 음양화합의 성과를 올리는 일은 머지않아 다가올 음양불화의 이치를 깨닫기 위한 것에 지나지 않는다.

고모부 말의 어디까지가 후지이의 주장을 그대로 옮긴 것이고 어디서부터가 그의 생각인지 또 그 생각의 어디까지가 진지한 것이고 어디서부터가 농담인지 오노부는 도통 알 수가 없었다. 글을 쓰는 방법을 알지 못하는 고모부는 놀랄 만큼 달변가였다. 조그만 막대만 있으면 그 위에 몇 벌이라도 직접 만든 옷을 입힐 수 있는 사람이었다. 흔히 말하는 경구 같은 말이 그의 입에서 얼마든지 튀어나왔다. 오노부가 반대하면 할수록 열기를 띠며 한없이 흘러나왔다. 오노부는 결국 적당한 선에서 끝맺을 수밖에 없었다.

"정말 끝이 없네요, 고모부도."

"입으로는 도저히 당해낼 수 없으니까 그만두자. 우리가 뭐라고 하면 더 오기를 부리니까."

"네, 일부러 음양불화를 자아내도록 하는군요."

오노부가 고모와 이런 평을 주고받는 동안 고모부는 싱글벙글 웃으며 두 사람을 바라보고 있었는데, 곧 대화가 끊기기를 기다렸다가 서서히 선고를 내렸다.

"결국 항복한 거야? 항복한 거면 그걸로 좋아. 진 사람을 추궁하지는 않으니까. ……그런 점에서 보면 남자한테는 또 약한 자를 동정하는 장점이 있으니까 말이지, 이래 봬도."

그는 자못 승리자다운 얼굴을 꾸미고 일어섰다. 장지문을 열고 방 밖으로 나가더니 젠 체하는 발소리가 서재 쪽으로 점점 멀어졌다. 잠시 후 돌아왔을 때 그는 한 손에 조그맣고 얄팍한 책 네댓 권을 들고 있었다.

"이봐, 오노부, 좋을 걸 가져왔다. 내일이라도 병원에 가거든 남편한테 이걸 좀 갖다 줘."

"뭐예요?"

오노부는 곧 책을 받아 들고 표지를 보았다. 영어 제목이 외국어에 익숙지 않은 그녀의 눈을 약간 괴롭혔다. 그녀는 띄엄띄엄 소리 내어

읽었다. 북 오브 조크스. 잉글리시 위트 앤드 유머.[49]

"으흠."

"다 우스운 거야. 신소리라든가 수수께끼 같은 것이거든. 누워서 읽기에 딱 맞은 크기라 좋을 거야, 어깨도 결리지 않고."

"역시 고모부 취향의 책이네요."

"고모부 취향이라도 이 정도면 괜찮을 거야. 아무리 네 남편이 엄격하다고 설마 화를 내기야 하려고."

"화를 내기는요……."

"그럼 됐어, 이것도 다 음양화합을 위해서지. 시험 삼아 가져가봐."

오노부가 고맙다고 말하고 책을 무릎 위에 놓자 고모부는 다시 한쪽 손에 든 조그만 종잇조각을 그녀 앞으로 내밀었다.

"이건 아까 너를 울린 배상금이야. 약속이니까 온 김에 같이 가져가."

오노부는 고모부의 손에서 종잇조각을 받아 들기 전에 그것이 뭔지를 알았다. 고모부는 일부러 그것을 자랑해 보였다.

"오노부, 이건 음양불화일 때 가장 잘 듣는 약이야. 대개의 경우 한 봉지만 먹으면 금방 낫는 묘약이거든."

오노부는 서 있는 고모부를 올려다보면서 약한 어조로 저항했다.

"음양불화가 아니에요. 우린 정말 음양화합이라니까요."

"음양화합이라면 더욱 좋지. 음양화합 때 먹으면 정신이 더욱 건전해지거든. 그리고 몸이 더욱 강건해져. 어떤 경우에도 틀림없는 묘약이지."

49 『Everybody's Book of Jokes』, 『Everybody's Book of English Wit and Humour』. 소세키의 장서 중에 이런 책들이 있었다.

고모부의 손에서 수표를 받아 들고 가만히 그걸 바라보고 있던 오노부의 눈에 눈물이 가득 고였다.

77

오노부는 고모부가 불러준다는 인력거를 거절했다. 하지만 역까지 직접 바래다준다는 고모부의 호의까지 거절하기는 힘들었다. 두 사람은 결국 같이 긴 고갯길을 강가 쪽으로 내려갔다.

"내 병에는 운동이 제일이니까. ……뭐, 걷는 건 내 마음이지."

뚱뚱해서 호흡이 가쁜지 고개를 오를 때 우스울 정도로 힘들어하는 그는 마치 돌아가는 것을 잊은 듯한 말을 했다.

두 사람은 길을 걸으면서 어젯밤 늦은 시간에 있었던 일을 이야기했다. 엎드려 선잠을 자던 도키코의 모습 등이 오노부의 입에 올랐다. 전에 고모부 집에 있었다는 연고로 신혼부부만 있는 집으로 들어오게 된 이 하녀에 대해 고모부는 얼마간 주선자로서의 책임을 느끼지 않을 수 없었다.

"고모가 잘 아는데 정직하고 좋은 애라더라. 집을 보게 할 때는 안성맞춤인 애라고 보증했을 정도니까. 하지만 혼자 자버리면 곤란하지, 위험하니까. 하지만 아직 나이가 어리니까, 졸리기도 하겠지."

아무리 어려도 자신이라면 그런 경우 푹 잠들 리가 없다는 것을 잘 알고 있는 오노부는 고모부의 이런 이해심 많은 말을 그저 웃으며 들었다. 그녀가 이렇게 빨리 돌아가는 것도 그렇게 늦어졌던 어젯밤의 일을 되풀이하고 싶지 않다는 조심성에서였다.

그녀는 그때 온 전차에 서둘러 올라탔다. 그리고 전차 안에서 고모부를 향해 "안녕히 계세요" 하고 인사했다. 고모부는 "잘 가, 남편한테도 안부 전하고" 하고 말했다. 두 사람이 간신히 작별 인사를 나누자마자 일종의 소리와 동요가 곧바로 그녀를 지배하기 시작했다.

전차 안에서 오노부는 딱히 정리된 생각을 하지 못했다. 연달아 그녀의 눈앞에 떠오르는, 어제부터 관계한 사람들의 얼굴이나 모습은 자신이 타고 있는 전차처럼 빠르게 회전할 뿐이었다. 하지만 그녀는 그렇게 어지럽게 돌아가는 이미지를 꿰뚫고 있는 어떤 것을 마음속에서 확인했다. 어쩌면 그 어떤 것이 기조를 이루는 것이고, 그런 단편적인 이미지가 눈앞에 이리저리 날아다닌다고도 할 수 있었다. 그녀는 그 어떤 것을 특정하여 매듭지어야 했다. 하지만 그녀의 노력은 쉽게 성공하지 못했다. 경단을 본 그녀는 결국 그 각각을 꿰뚫고 있는 꼬치를 확정하기도 전에 전차에서 내리고 말았다.

현관의 격자문을 여는 소리와 함께 부엌 쪽에서 뛰어나온 도키코는 오노부가 기대한 대로 "어서 오세요" 하며 공손하게 머리를 다다미 위에 조아렸다. 오노부는 어제와 다른 하녀의 확실한 태도를 자못 자신의 공적이라도 되는 듯이 느꼈다.

"오늘은 빨리 왔지?"

하녀는 그다지 빠르다고 생각하지 않은 모양이었다. 의기양양한 오노부의 얼굴을 보며 어쩔 수 없이 "네에" 하고 대답해서 오노부는 다시 양보했다.

"좀 더 빨리 오려고 했는데 어느덧 해가 짧아져서."

자신이 벗어던진 옷을 도키코가 개고 있을 때 그녀에게 물었다.

"내가 없을 때 무슨 일 없었지?"

도키코는 "네" 하고 대답했다. 오노부는 확인하기 위해 한 번 더 물었다.

"아무도 안 온 거지?"

그러자 도키코가 갑자기 잊어버린 것을 생각해낸 듯이 높은 어조로 대답했다.

"아, 왔어요. 고바야시라는 분이요."

고바야시는 남편의 지인으로 오노부가 처음 듣는 이름이 아니었다. 그녀는 그 사람과 두세 번 말을 나눈 기억이 있었다. 하지만 그녀는 그를 그다지 좋아하지 않았다. 남편이 그를 무척 가볍게 보고 있다는 것도 잘 알고 있었다.

"뭐 하러 온 거래?"

이런 난폭한 말투까지 그만 입 밖에 내게 된 그녀는, 그래도 평범한 어조로 도키코에게 되물었다.

"무슨 볼일이라도 있었던 거야?"

"네. 외투를 받으러 오셨어요."

남편에게 아무 말도 듣지 않았던 오노부는 무슨 말인지 도통 알 수가 없었다.

"외투? 누구 외투?"

주도면밀한 오노부는 도키코에게 여러 가지를 물어 고바야시가 한 말의 의미를 알아내려고 했다. 하지만 완전히 헛고생이었다. 오노부가 물으면 물을수록, 도키코가 대답하면 할수록 두 사람은 미궁에 빠질 뿐이었다. 결국 자신들보다 고바야시가 더 이상하다는 사실을 깨달은 두 사람은 소리 내어 웃었다. 쓰다가 간혹 사용하는 난센스라는 영어가 오노부의 기억에서 되살아났다. '고바야시와 난센스.' 이렇게 연결하여 생각하자 오노부는 우스워서 참을 수가 없었다. 발작처럼 일어나는 우스꽝스러움에 거리낌 없이 자기를 맡긴 오노부는 전차 안에서부터 미뤄온, 마음에 걸린 숙제를 잠시 잊었다.

78

오노부는 그날 밤 교토에 있는 부모님에게 편지를 썼다. 그제도, 어제도 쓰다가 만 편지를 오늘은 꼭 마무리해야 한다고 생각한 그녀의 머릿속에는 결코 부모 일만 꿈틀거린 것이 아니었다.

그녀는 마음이 가라앉지 않았다. 불안에서 벗어나려는 그녀는 주의를 한곳에 집중할 필요가 있었다. 조금 전부터 들었던 의문을 해결하고 싶은 간절한 바람도 있었다. 요컨대 교토에 편지를 쓰면 어수선해지기 쉬운 자신의 마음을 정리할 수 있을 것 같았던 것이다.

붓을 들고 여느 때처럼 계절 인사부터 시작하여 오랫동안 찾아뵙지 못해 죄송하다는 것까지 기계적으로 쓰고 나서 그녀는 잠시 생각에 잠겼다. 교토에 뭔가 써서 보내는 이상, 반드시 자신과 남편의 소식을 주로 써야만 했다. 그것은 어느 부모나 시집간 딸에게 듣고 싶어하는 말이었다. 또 어느 딸이나 친정 부모에게 알려야 하는 일이었다. 그것을 제쳐놓으면 고향에 편지를 보낼 필요는 거의 없을 거라고까지 믿고 있던 오노부는 붓을 든 채 지금 자신과 쓰다가 과연 어떤 상황에서 어떤 식으로 관계하고 있는지를 생각해야 했다. 그녀는 부모에게 사실 그대로 알릴 필요에 쫓기고 있지 않았다. 하지만 한 남자에게 시집 간 일개 아내로서 그것을 확인해볼 필요를 통절하게 느꼈다. 그녀는 가만히 생각에 잠겼다. 붓은 거기서 멈춘 채 움직이지 않았다. 움직이지 않게 된 붓조차 잊고 그녀는 생각해야 했다. 게다가 알려고 하면 할수록 확실한 것은 손에 잡히지 않았다.

편지를 쓰려고 맘먹기까지 그녀는 어수선하고 산만한 불안감에 시달려야 했다. 편지를 쓰기 시작한 지금의 그녀는 차차 한곳에 자리를 잡았다. 그리고 다시 한곳에 자리를 잡은 불안감에 시달리기 시작했다. 조금 전 전차 안에서 눈앞에 어른어른 나타난 여러 가지 이미지는 모두 이 한 점을 향해 모인다는 사실을 앞뒤의 모습을 비교함으로써 발견한 그녀는 간신히 자신을 괴롭히는 불안의 근원에 다다랐다. 하지만 그 근원의 정체는 도저히 알 수 없었다. 자연히 그녀는 문제를 미래로 넘기지 않을 수 없었다.

'오늘 해결할 수 없으면 내일 해결할 수밖에 없지. 내일 해결할 수 없으면 모레 해결할 수밖에 없고. 모레 해결할 수 없으면…….'

이것이 그녀의 논리였다. 또한 바람이자 최후의 결심이었다. 그리고 그녀는 그 결심을 쓰기코 앞에서 공언했던 것이다.

'누구라도 상관없어. 그저 자기가 이 사람이다 싶은 사람을 사랑하는 거야. 그리고 꼭 그 사람이 자기를 사랑하도록 하는 거지.'

오노부는 거기까지 갈 것을 새삼 맹세했다. 거기까지 가서 자리를 잡으라고 자신의 의지에 명령했다.

오노부의 마음은 조금 가벼워졌다. 그녀는 다시 붓을 움직였다. 가능한 한 부모가 기뻐할 만한 쓰다와 자신의 현 상황을 거리낌 없이 써 내려갔다. 행복한 듯 생활하는 두 사람의 모습이 차례로 그려졌다. 감격으로 가득 찬 붓끝이 거침없이 기분 좋게 종이 위를 달리는 것이 그녀에게는 재미있었다. 긴 편지가 단숨에 다 쓰였다. '단숨에'가 어느 정도의 시간을 말하는지 그녀는 전혀 알지 못했다.

드디어 붓을 놓은 그녀는 다시 한번 자신이 쓴 편지를 처음부터 읽어보았다. 그녀의 손을 지배한 것과 똑같은 기분이 그녀의 눈을 지배하고 있어서 그녀는 정정이나 첨삭을 할 필요를 어디에서도 발견할 수 없었다. 평소에는 어렴풋이 기억하는 글자도 걱정된 나머지 겐카이(言海)[50]를 찾아보는데, 그대로 두고도 전혀 마음에 걸리지 않았다. 중요한 조사가 틀려서 의미가 통하지 않게 된 부분 두세 곳만 간단히 고치고 편지를 접었다. 그리고 마음속으로 편지를 받을 부모에게 양해를 구했다.

'이 편지에 쓰인 것은 모두 사실입니다. 거짓말이나 안심시키기 위한 위안의 말이나 과장은 한 글자도 없습니다. 만약 그것을 의심하는 사람이 있다면 저는 그를 미워하고 경멸하며 그에게 침을 뱉을 것입니다. 그 사람보다는 제가 진상을 정확히 알고 있기 때문입니다. 저는 여기에 표면적인 사실 이상의 진상을 썼습니다. 그것은 지금 저만 알고 있는 진상입니다. 하지만 미래에는 누구나 알아야 하는 진상입니다. 저는 결코 아버님, 어머님을 속이고 있지 않습니다. 제가 아버님, 어머님을 안심시키기 위해 일부러 기만하는 편지를 썼다고 하는 사람이 있다면 그 사람은 눈뜬장님일 것입니다. 그 사람이야말로 거짓말쟁이입니다. 부디 이 편지를 올리는 저를 믿어주세요. 신은 이미 믿어주고 있으니까요.'

오노부는 봉투를 머리맡에 두고 잤다.

50 일본 국어학자 오쓰기 후미히코(大槻文彦, 1847~1928)가 편집한 일본 최초의 근대적 국어사전. 1889년에서 1891년에 걸쳐 간행되었고 약 3만 9천 단어에 이르는 풍부한 수록 어휘와 간명하고 적확한 뜻풀이로 인기를 얻어 일반에 널리 보급되었다.

79

교토에서 처음 쓰다를 만났을 때의 일이 떠올랐다. 오랜만에 부모 얼굴을 보러 교토에 돌아온 오노부는 도착하고 이삼일 지나 아버지에게 심부름을 부탁받았다. 편지 한 통과 한서(漢書) 한 권을 5, 6백 미터쯤 떨어진 쓰다의 집으로 가져가야 했던 것이다. 가벼운 신경통에 시달리며 누웠다 일어났다 하며 빈둥거리고 있던 그녀의 아버지가 병중의 따분함을 달래려고 이따금 쓰다의 아버지로부터 책을 빌린다는 사실을 오노부는 그때 처음 아버지로부터 들었다. 빌린 책을 돌려주고 새 책을 빌려 오는 것이 그녀의 용건이었다. 그녀는 쓰다의 집 현관 앞에 서서 안내를 청했다. 현관에는 커다란 칸막이가 세워져 있었다. 하얀 종이 위에서 춤을 추고 있는 듯이 보이는 이상한 글자를 바라보며 놀라고 있자니 칸막이 뒤에서 손님을 맞으러 나온 사람은 하녀도 서생도 아니라 마침 그때 그녀와 마찬가지로 교토의 집으로 돌아와 있던 요시오였다.

물론 두 사람은 그때까지 얼굴을 마주한 적이 없었다. 오노부는 그저 소문을 통해 요시오를 알고 있었을 뿐이다. 최근에 집으로 돌아왔다는 이야기는 그날 아침에 처음으로 아버지에게 들었을 정도였다. 그것도 아버지가 새 책을 빌리려는 마음이 들어 편지를 썼고, 그런 김에 해준 이야기에 지나지 않았다.

요시오는 그때 오노부에게서 책갑에 든 한서를 받아 들고 어쩐 일인지 '명시별재(明詩別裁)'[51]라는 위압감을 주는 글자로 쓰인 표제를

51 청나라의 심덕잠(沈德潛)과 주준(朱準)이 편찬한 『명시별재집』을 말한다. 3백 명 이상의 명나라 때 시인의 시를 모아놓은 것.

오랫동안 응시했다. 그렇게 응시하는 그를 오노부는 또 언제까지고 바라보고 있어야 했다. 그런데 그가 별안간 고개를 들었기 때문에 오노부가 지금까지 열심히 그를 보고 있었다는 사실을 금세 들켜버리고 말았다. 하지만 요시오의 대답을 기다리는 위치에 있었던 오노부의 입장에서 보면 그것은 어쩔 수 없는 행동이었다. 얼굴을 든 요시오는 "아버지는 지금 하필이면 집에 안 계시는데요"라고 말했다. 오노부는 바로 돌아가려고 했다. 그러자 요시오가 다시 불러 세우고 자기 아버지에게 보낸 편지를, 오노부가 보는 데서 양해도 구하지 않고 뜯었다. 이 태연한 행동이 또 오노부의 주의를 끌었다. 그의 행동은 무례했다. 하지만 과단성이 있는 건 틀림없었다. 그래도 그녀는 그를 덜렁댄다거나 난폭하다는 말로 평할 마음이 들지 않았다.

편지를 잠깐 훑어본 요시오는 오노부를 현관 앞에서 기다리게 해놓고 필요한 책을 찾으러 안으로 들어갔다. 하지만 불행히도 아버지가 빌리려는 한서는 그의 눈에 띄지 않았다. 10분쯤 지나 나온 그는 오노부를 쓸데없이 잡아둔 것에 대해 사과했다. 지정한 책을 찾을 수 없으니 그의 아버지가 돌아오는 대로 가져다 드리겠다고 했다. 오노부는 그것은 실례라며 거절했다. 자신이 내일이라도 다시 가지러 오겠다고 약속하고 집으로 돌아왔다.

그런데 그날 오후 요시오가 지정한 책을 들고 일부러 찾아왔다. 우연히도 오노부가 손님을 맞이하러 나갔다. 두 사람은 다시 얼굴을 마주했다. 그리고 이번에는 금세 서로를 알아보았다. 요시오의 손에 들린 책은, 오늘 아침에 오노부가 돌려주러 간 책에 비하면 세 배쯤 되는 양이었다. 그는 그것을 사라사 보자기에 싸서 들고 있었는데, 꼭 새장이라도 들고 있는 듯이 보였다.

안으로 들어오라고 하자 요시오는 객실로 들어와 오노부의 아버지와 이야기를 나누었다. 오노부의 입장에서 보면 젊은 사람이 도저히 감당할 수 없을 것 같은 노인 취향의 잡담을, 엉뚱한 아버지와 그다지 난처한 기색도 없이 나누었다. 그는 자신이 가져온 책에 대해서는 아무것도 몰랐다. 오노부가 돌려주러 간 책에 대해서는 더더욱 몰랐다. 획이 많은 네모난 글자가 늘어선 책은 전혀 읽을 수 없다고 미리 양해를 구했다. 그래도 이쪽에서 빌리러 간 오매촌시(吳梅村詩)[52]라는 네 글자를 찾아 책장을 이리저리 뒤졌던 것이다. 아버지는 그의 호의에 깊이 감사했다.

오노부의 눈에는 그때의 그가 어른거렸다. 그때의 그는 지금의 그와 다른 사람이 아니었다. 그렇다고 지금의 그와 같은 사람도 아니었다. 쉽게 말하면 같은 사람이 변한 것이다. 처음에 무관심하게 보였던 그는 점점 자신 쪽으로 빠져들듯이 변했다. 일단 빠져든 그는 또 차츰 자신에게서 멀어지는 쪽으로 변해가는 게 아닐까? 그녀의 의혹은 그녀에게 거의 사실이나 다름없었다. 그녀는 그 의혹을 지워버리기 위해 그 사실을 뒤집지 않을 수 없었다.

80

오노부의 몸 전체에 강한 의지가 가득 찼다. 아침이 되어 눈을 떴을 때의 그녀에게는 겁 많고 나약한 것만큼 자신과 인연이 먼 것은 없었

52 명나라 말기, 청나라 초기 오위업(吳偉業)의 시집. 에도 시대 이후 일본의 한시인에게 큰 영향을 끼쳤다고 한다.

다. 잠투정이 너무 심했던 전날의 자신을 잊은 듯이 그녀는 벌떡 일어났다. 이부자리를 밀어젖히고 잠자리를 벗어나자마자 그녀는 자신의 팔 힘을 느꼈다. 아침 추위의 자극과 함께 팽팽한 근육이 단번에 그녀를 단단히 죄었다.

그녀는 자기 손으로 덧문을 열었다. 문 밖은 평소보다 상당히 이른 시각의 모습이었다. 어제와는 반대로 오늘은 쓰다가 있을 때보다 오히려 빨리 일어났다는 사실이 왠지 기뻤다. 게으름을 피우며 늦잠을 잔 어제를 속죄한 것도 만족스러웠다.

그녀는 스스로 이부자리를 개고 방을 쓸고 나서 경대 앞에 앉았다. 그리고 틀어 올린 지 나흘째가 되는 머리를 풀었다. 기름으로 더러워진 부분을 두세 번 빗질을 하고 뻗쳐서 말을 듣지 않는 머리를 억지로 히사시가미[53]로 틀어 올렸다. 그러고 나서 비로소 하녀를 깨웠다.

식사 준비가 될 때까지의 시간을 하녀와 함께 일한 그녀가 밥상 앞에 앉았을 때 하녀는 "오늘은 아주 빨리 일어나셨네요"라고 말했다. 아무래도 도키코는 그녀가 빨리 일어난 것에 놀란 모양이었다. 또 자신이 안주인보다 늦게 일어난 것을 죄송한 일이라도 되는 것처럼 생각하는 듯했다.

"오늘은 남편 병문안을 가야 하니까."

"그렇게 빨리 가시는 건가요?"

"응. 어제 못 갔으니까 오늘은 좀 빨리 가려고."

53 앞머리를 모자 차양처럼 내밀게 한 머리 모양으로, 메이지 후기에서 다이쇼 초기에 젊은 여성들 사이에 유행했다. 러일전쟁 무렵 여배우 가와카미 사다얏코(川上貞奴)가 이렇게 틀어 올리고 나온 데서 유행하기 시작했는데, 특히 여학생들 사이에 크게 유행하여 여학생의 별칭이 되기도 했다.

오노부의 말씨는 평소보다 친절하고 정돈되어 있었다. 일종의 차분함이 있었다. 그리고 그 차분함을 배신하는 기개가 있었다. 기개에 수반되는 과단성도 희미하게 보였다. 그녀 안에 있는 마음의 상태가 저절로 태도로 드러났다.

그래도 그녀는 곧바로 나가려고 하지 않았다. 소매를 걷어 올리기 위해 어깨에서 겨드랑이에 걸쳐 십자형으로 엇갈리게 묶은 끈을 풀고 쟁반을 든 도키코를 상대로 잠시 오카모토네 이야기를 했다. 전에 신세를 진 기억이 있는 그 가족은 도키코에게도 아주 흥미 있는 화제라서 두 사람은 같은 이야기를 되풀이하면서까지 자주 그들에 대한 이야기를 나눴다. 특히 쓰다가 없을 때는 더욱 그랬다. 만약 쓰다가 있을 때면 어떤 경우에는 그 사람 혼자 따돌림을 받는 것 같은 이상한 결과를 빚을 수도 있기 때문이었다. 우연한 일로 그런 어색한 상황을 한두 번 경험한 뒤로는 그것을 조심하기 시작했다. 그 외에도 오노부는 부유한 자신의 친척을 자랑스럽게 떠벌리고 싶어 하는 여자라고 남편에게 오해를 사는 불쾌함을 피해야 하는 이유도 있었다. 그래서 도키코에게도 진작 그런 취지의 말을 알아듣게 해두었던 것이다.

"아가씨는 아직 어디로도 정해지지 않았어요?"

"어쩐지 그런 이야기도 있는 것 같기는 한데, 아직 어떻게 될지 모르는 모양이야."

"어서 좋은 데로 시집가게 되면 좋겠네요."

"아마 곧 그렇게 되겠지. 고모부가 그렇게 성급한 사람이니까. 게다가 쓰기코는 나하고 달리 인물도 좋으니까."

도키코는 무슨 말인가 하려고 했다. 오노부는 하녀의 입발림 소리를 듣는 것이 고역이어서 이내 자신이 뒷말을 덧붙였다.

"여자는 아무래도 인물이 좋지 못하면 손해야. 아무리 영리해도, 재치가 있어도 얼굴이 못나면 남자한테 미움을 받을 뿐이거든."

"그렇지 않아요."

도키코가 변호하듯이 강력하게 이렇게 말해서 오노부는 더욱 자신의 생각을 주장하고 싶었다.

"정말이야. 남자는 원래 그래."

"하지만 그건 한때 일이에요. 나이가 들면 그렇지 않을 거예요."

오노부는 대답하지 않았다. 하지만 그녀의 자신감은 그렇게 약한 것이 아니었다.

"정말이지 나처럼 못생긴 사람은 다시 태어나기라도 하지 않는 한 어쩔 도리가 없어."

도키코는 기가 막힌다는 얼굴로 오노부를 쳐다보았다.

"사모님이 못생겼다면 저 같은 사람은 뭐라고 해야 할까요?"

도키코의 말은 입발림 소리기도 하고 사실이기도 했다. 양쪽의 정도를 대충 알고 있는 오노부는 그것으로 만족하고 자리에서 일어섰다.

오노부가 외출하려고 옷을 갈아입고 있을 때 문 밖에서 누가 온 듯한 발소리가 들리더니 현관 벨이 울렸다. 응대하러 나간 도키코에게 "이걸 사모님께" 하는 목소리가 들렸다. 오노부는 목소리의 주인이 누굴까 하고 고개를 갸웃했다.

81

소매를 입에 대고 킥킥거리며 거실로 뛰어 들어온 도키코는 쉽게 손님 이름을 말하지 않았다. 그녀는 그저 웃음을 눌러 참으며 오노부 앞에서 몸을 뒤틀었다. 겨우 '고바야시'라는 말을 내뱉는 데도 상당한 시간이 걸렸다.

이 불시의 방문자를 어떻게 다뤄야 좋을지 오노부는 알 수 없었다. 두툼한 오비를 매다 만 상태라 자신이 곧바로 현관으로 나갈 수도 없었다. 그렇다고 외상값 수금원이라도 세워놓은 것처럼 언제까지고 거기서 기다리게 하는 것도 예의가 아니었다. 전신거울 앞에 서서 꼼짝 않던 그녀는 당혹스러워서 눈살을 찌푸렸다. 어쩔 수 없이 지금 나가는 길이라 차분하게 만날 수 없다고 특별히 양해를 구하게 한 후 그를 객실로 안내하게 했다. 하지만 만나보니 전혀 모르는 사람도 아니어서 용건만 듣고 곧장 돌아가게 할 수도 없었다. 게다가 고바야시는 천성적으로 사정을 참작하거나 사양하는 법을 모르는 점에서 웬만한 사람에게 뒤지지 않는 인물이었다. 오노부가 시간이 촉박한 줄을 알면서도 그는 상대만 언짢은 얼굴을 하지 않으면 언제까지고 앉아 있어도 괜찮다고 자기 멋대로 판단하고 있는 듯했다.

그는 쓰다의 병을 잘 알고 있었다. 자신이 이번에 일자리를 얻어 조선으로 가게 되었다는 이야기도 했다. 그의 말에 따르면 그 일자리는 전망이 좋은 아주 중요한 자리였다. 그는 또 탐정에게 미행당한 이야기를 했다. 쓰다와 함께 후지이 씨 집에서 돌아오던 날 밤의 일이었다고 말하고는 놀란 오노부의 얼굴을 재미있다는 듯이 쳐다보았다. 그는 탐정에게 미행당한 것이 자랑스러운 듯했다. 아마 사회주의자로 지목되었을 거라는 설명까지 덧붙였다.

그의 이야기에는 마음 약한 여자에게 충격을 줄 만한 부분이 있었다. 쓰다로부터 아무 이야기도 듣지 못한 오노부는 주뼛주뼛하면서 그만 거기에 끌려들어 소중한 시간을 허비했다. 하지만 그가 하는 말을 솔직하게 네, 네, 하며 듣고 있자니 아무리 시간이 지나도 끝이 없었다. 결국에는 빨리 용건을 꺼내도록 재촉하는 수밖에 다른 도리가 없었다. 고바야시는 살짝 멋쩍은 듯한 태도를 보이며 드디어 용건을 꺼냈다. 그것은 바로 어젯밤 오노부와 도키코를 웃게 만들었던 외투 건이었다.

"쓰다한테서 받기로 약속한 터라서요."

그의 생각은 조선으로 떠나기 전에 그 외투를 입어보고 만약 몸에 잘 맞지 않으면 당장 수선하고 싶다는 것이었다.

오노부는 곧바로 필요한 물건을 옷장 바닥에서 꺼내 줄까 하고 생각했다. 하지만 그녀는 아직 쓰다로부터 아무 말도 듣지 못했다.

"어차피 이제 입을 일은 없을 거라고 생각합니다만" 하며 주저하던 그녀는 이런 일에 의외로 까다로운 남편의 성격을 잘 알고 있었다. 오래 입어 낡은 외투 하나가 원인이 되어 나중에 아내의 잘못이라는 말을 듣는 날에는 참을 수 없을 거라고 생각했다.

"괜찮습니다. 틀림없이 준다고 말했으니까요. 거짓말이 아닙니다."

내주지 않으면 고바야시를 거짓말쟁이로 만들어버리는 것이나 다름없는 형편이었다.

"아무리 취해 있었다고 해도 정신은 멀쩡했으니까요. 무슨 일이 있어도 받아야 할 것을 잊어먹을 제가 아닙니다."

오노부는 결국 결심했다.

"잠깐 기다려주세요. 병원에 전화해서 잠깐 물어볼 테니까요."

"부인은 정말 꼼꼼하시네요." 이렇게 말하며 고바야시는 웃었다. 하지만 오노부가 은근히 두려워했던 불쾌해하는 표정은 그의 얼굴 어디에서도 보이지 않았다.

"그냥 만약을 위해서예요. 나중에 제가 또 무슨 말을 듣기라도 하면 곤란하니까요."

오노부는 그래도 고바야시의 마음이 상하지 않도록 이런 변명 같은 말을 덧붙이지 않을 수 없었다.

도키코가 공중전화로 달려가 쓰다의 대답을 듣고 올 동안 두 사람은 여전히 마주 앉아 있었다. 그리고 도키코가 돌아오기를 기다리는 시간을 대화로 이어갔다. 그런데 대화는 갑작스러운 번뜩임으로 인해 전혀 예상하지 못한 오노부의 심장을 뛰게 했다.

82

"쓰다는 요즘 상당히 얌전해진 것 같더군요. 다 부인의 영향이겠지요?"

도키코가 나가자마자 고바야시는 아닌 밤중에 홍두깨 격으로 이런 말을 했다. 오노부는 상대가 상대인 만큼 어련무던한 대답을 해두는 것이 제일이라고 생각했다.

"그런가요? 저는 제 영향 같은 건 전혀 없을 거라고 생각하는데요."

"천만의 말씀입니다. 마치 사람이 다시 태어난 것이나 마찬가지던데요."

고바야시의 말이 너무 과장되어 오노부는 오히려 상대를 놀려주고 싶어졌다. 하지만 자존심이 허락하지 않아서 그녀는 일부러 입을 다물었다. 고바야시는 또 그런 것을 고려할 사람이 아니었다. 순서도 단락도 개의치 않는 그의 화제는 엉뚱하게 이리저리 돌아다니는 대신 때로는 무례할 정도로 일직선으로 나아갔다.

"역시 아내의 힘에는 당할 수 없지요, 어떤 남자든. ……저 같은 독신자는 거의 상상할 수도 없지만 뭔가 있겠지요, 거기에."

오노부는 결국 자신을 억누를 수 없었다. 그녀는 웃었다.

"네, 있어요. 고바야시 씨 같은 분은 도저히 짐작할 수 없는 신비한 것이 아주 많아요, 부부 사이에는."

"있다면 하나 가르쳐주시면 좋겠군요."

"혼자인 분이 듣는다고 무슨 소용이 있겠어요?"

"참고가 될 겁니다."

오노부는 가느다란 눈 속에 영리해 보이는 빛을 보여주었다.

"그보다는 직접 부인을 얻는 것이 가장 빠른 길 아닐까요?"

고바야시는 머리를 긁적이는 시늉을 했다.

"얻고 싶어도 얻을 수가 없습니다."

"왜요?"

"와줄 사람이 없으면 자연히 얻을 수 없는 거 아니겠습니까?"

"일본은 여자가 남아도는 나라예요. 신붓감은 여기저기 얼마든지 널려 있지 않나요?"

오노부는 이렇게 말하고는 이건 좀 지나쳤다고 생각했다. 하지만 상대는 태연했다. 평소에 좀 더 강하고 격한 말에 익숙해진 그의 신경은 완전히 무감각했다.

"아무리 여자가 남아돌아도 이제 곧 딴 데로 도피하려는 참이니까 올 리가 없겠지요."

오노부는 도피라는 말에 문득 두 남녀가 눈이 맞아 도망가는 가부키의 한 장면을 떠올렸다. 그런 농후한 연애를 나타내는 요염한 가부키의 한 장면을 언뜻 마음에 그린 그녀는 그것과는 참으로 인연이 먼, 남의 낡은 외투를 받기 위해 지금 자신 앞에 앉아 있는 고바야시를 보며 웃음을 지었다.

"도피를 하신다면 차라리 두 사람이 하면 좋을 텐데요."

"누구하고 말입니까?"

"그거야 뻔한 거 아닌가요? 부인 외에 데려갈 사람이 누가 있겠어요?"

"아아."

고바야시는 이렇게 말하고는 송구해했다. 그 태도가 오노부의 예상을 완전히 벗어난 것이어서 그녀는 살짝 놀랐다. 그리고 오히려 예상한 것 이상으로 우스워졌다. 하지만 고바야시는 진지했다. 잠시 뜸을 들이고 나서 그는 혼잣말처럼 묘한 말을 했다.

"저도 멀리 조선까지 같이 가줄 만한 성실한 여자가 있다면 이렇게 이상한 사람이 되지 않아도 되었을지 모릅니다. 사실 저한테는 아내만 없는 게 아닙니다. 아무것도 없습니다. 부모도 친구도 없지요. 요컨대 세상이 없는 겁니다. 좀 더 넓게 말하자면 사람이 없다고도 할 수 있겠지요."

오노부는 태어나서 이런 사람을 처음 만난 것 같았다. 아직 누구의 입에서도 이런 말을 들어본 적이 없는 그녀는 그 표면상의 의미를 이해하는 것만도 어려웠다. 상대를 어떻게 다루어야 좋을지 전혀 방향이 서지 않았다. 그러자 고바야시의 태도는 더욱 감개무량함을 띠었다.

"부인, 저한테는 한 명뿐인 누이가 있습니다. 달리 아무도 없는 저한테는 그 누이가 굉장히 소중해 보입니다. 보통 사람의 경우보다 얼마나 소중한지 모르지요. 그래도 저는 그 누이를 내버려두고 가야 합니다. 누이는 어디라도 제 뒤를 따라가고 싶어 합니다. 하지만 저는 또 아무래도 누이를 데려갈 수가 없습니다. 둘이 함께 있는 것보다 떨어져 있는 것이 더 안전하기 때문이지요. 남한테 죽임을 당할 위험이 더 적기 때문입니다."

오노부는 살짝 기분이 나빠졌다. 빨리 돌아오면 좋으련만 도키코는 아직도 돌아오지 않았다. 하는 수 없이 그녀는 화제를 바꿔 이 압박감에서 벗어나려고 했다. 그녀는 곧 성공했다. 하지만 그것 때문에 그녀는 또 어처구니없는 결과에 빠지고 말았다.

83

특별하게 진행된 그때의 문답은 우선 오노부의 말로 시작되었다.

"그런데 당신이 말씀하신 것은 사실인가요?"

고바야시는 과연 침통한 듯한 지금까지의 태도를 곧바로 바꿨다. 그리고 오노부의 생각대로 그쪽에서 되물었다.

"뭐가 말입니까? 지금 제가 한 이야기 말인가요?"

"아니요, 그게 아니에요."

오노부는 교묘하게 상대를 샛길로 유도했다.

"당신이 아까 말씀하셨잖아요. 요즘 제 남편이 상당히 변했다고 말이에요."

고바야시는 처음 이야기로 돌아가지 않을 수 없었다.

"예, 말했지요. 그게 틀림없으니까 그렇게 말한 겁니다."

"정말 남편이 그렇게 변했을까요?"

"예, 변했습니다."

오노부는 납득할 수 없다는 듯한 얼굴로 고바야시를 보았다. 고바야시는 또 뭔가 증거라도 쥐고 있는 듯한 모습으로 오노부를 보았다. 두 사람이 잠시 얼굴을 마주 보고 있는 동안 고바야시의 입가에는 내내 엷은 웃음이 비쳤다. 하지만 그것은 끝내 정식 웃음이 될 기회를 얻지 못하고 사라져야만 했다. 오노부는 고바야시 따위에게 놀림을 당할 자신이 아니라는 태도를 보여주었다.

"부인, 당신도 대충 알아차릴 만한 것이지 않습니까?"

이번에는 고바야시가 이렇게 말하며 오노부를 압박해왔다. 오노부는 분명히 그것을 알아채고 있었다. 하지만 그녀가 알아챈 남편의 변화는 전적으로 다른 것이었다. 고바야시가 생각하는, 적어도 그가 말하는 변화와는 정반대되는 경향을 띠고 있었다. 쓰다와 결혼하고 나서 어렴풋하게나마 차츰 분명해지고 있는 것처럼 느껴지는 그 변화는 굉장히 구분하기 힘든 색조의 단계를 천천히 움직여가는 미묘한 것이었다. 아무리 예민한 관찰자가 외부에서 들여다봐도 도저히 알 수 없는 성질의 것이었다. 그리고 그것이 그녀의 비밀이었다. 사랑하는 사람이 자신에게서 멀어지려는 아주 작은 변화, 또는 전부터 멀어졌다는 슬픈 사실을 지금에야 슬슬 인정하기 시작했다는 마음의 변화. 그것을 고바야시 같은 사람이 어떻게 알겠는가.

"전혀 알아차리지 못했어요. 어디 변한 점이라도 있나요?"

고바야시는 큰 소리로 웃었다.

"부인은 시치미를 떼시는 게 꽤나 능숙해서 저 같은 사람은 도저히 당해낼 수가 없군요."

"시치미를 떼는 것은 당신 아닌가요?"

"예, 뭐, 그렇다면 그렇다고 해두죠. ……하지만 부인은 그런 훌륭한 솜씨를 가지셨네요. 드디어 알았습니다. 그래서 쓰다가 그렇게 변한 거로군요. 정말 신기하다고 생각했더니."

오노부는 일부러 상대하지 않았다. 그렇다고 딱히 귀찮다는 표정도 짓지 않았다. 애교를 보이며 아무렇지도 않은 듯한 태도를 취했다. 고바야시는 다시 한 발짝 앞으로 나아갔다.

"후지이 씨 댁에서도 모두 놀라고 있습니다."

"뭘요?"

후지이라는 이름을 들었을 때 오노부의 가느다란 눈이 순간적으로 상대방에게 움직였다. 유인당하는 것을 알면서도 그녀는 그만 이렇게 되묻지 않을 수 없었다.

"당신의 솜씨에요. 쓰다를 손 안에 넣고 자유롭게 놀리는 당신의 영묘한 솜씨에 말입니다."

고바야시의 말은 너무나 노골적이었다. 하지만 노골적인 그는 일부러 애교를 섞어 오노부 앞에서 그걸 보여주는 것 같았다. 오노부는 새치름하게 대답했다.

"그런가요? 저한테 그럴 만한 힘이 있을까요? 저는 잘 모르겠습니다만, 후지이 숙부님이나 숙모님이 그렇게 말씀하셨다면 대체로 사실이겠지요."

"사실이고말고요. 저 아니라 누가 봐도 사실이니까 어쩔 수 없는 거 아닐까요?"

"고맙네요."

오노부는 자못 경멸하는 어조로 이렇게 말했다. 그 말 속에 담겨 있는 씁쓸한 울림이 고바야시에게는 전혀 예상 밖의 일인 듯했다. 그는 곧 그녀를 달래는 듯한 어조로 말했다.

"부인은 결혼하기 전의 쓰다를 모르니까 쓰다에게 자신이 끼친 영향을 자각하지 못하는 것이겠지만……."

"저는 결혼하기 전부터 남편을 알고 있었어요."

"하지만 그 전은 알지 못하시죠?"

"그거야 당연하죠."

"그런데 저는 그 전을 잘 알고 있거든요."

이야기는 이런 식으로 결국 쓰다의 과거로 거슬러 올라갔다.

84

자신이 아직 모르는 남편의 영역에 들어가는 것은 오노부에게 무척 흥미로운 일임에 틀림없었다. 그녀는 기꺼이 고바야시의 이야기에 귀를 기울이려고 했다. 그런데 막상 들으려고 하자 고바야시는 결코 분명한 이야기를 하지 않았다. 말을 해도 중요한 부분은 일부러 생략해 버렸다. 예컨대 두 사람이 심야 통행금지 구역에 들어갔을 때의 모습에 대해서는 한마디 했지만, 그런 사건에 직면하기까지 그들이 밤늦게까지 어디서 시간을 보냈는가에 대해서는 고의로 얼버무리며 전혀 말하지 않는 식이었다. 그것을 물으면 의미심장하게 히죽히죽 웃을 뿐이었다. 오노부는 그가 일부러 이렇게 해서 자신을 초조하게 하는 게 아닐까 하는 느낌마저 들었다.

오노부는 평소부터 고바야시를 대수롭지 않게 여겼다. 반은 남편의 평가를 기준에 두고, 나머지 반은 자신의 직감을 믿어서 성립한 이 모멸 뒤에는 아직 남에게 대놓고 말하지 않은 중요한 요인이 있었다. 그것은 바로 고바야시가 가난뱅이라는 사실이었다. 바로 그에게 일자리가 없다는 점이었다. 팔리지도 않는 잡지의 편집, 그런 것은 그녀의 눈에 제대로 된 직업으로 비칠 리 없었다. 그녀가 본 고바야시는 늘 무적자 같은 얼굴로 세상을 어슬렁거리고 있었다. 부랑인 같은 불평을 늘어놓으며 일부러 짓궂은 짓을 하면서 근방을 어슬렁어슬렁 돌아다닐 뿐이었다.

그러나 이런 유의 경멸에 어느 정도의 으스스함은 언제든지 따르는 것이었다. 특히 그런 계급에 길들여지지 않은 여자, 게다가 경험이 부족한 젊은 여성은 더욱 그럴 수밖에 없었다. 적어도 고바야시 앞에 앉은 오노부는 그렇게 느꼈다. 그녀가 지금까지 그 사람만큼 가난한 사람을 만나지 못했다고는 할 수 없다. 그러나 오카모토의 집에 출입하는 그런 사람들은 모두 자신의 분수를 잘 알고 있었다. 신분에는 등급이 있는 것임을 알고 있었으며 다들 자신에게 허락된 범위 안에서만 행동했다. 그녀는 아직까지 고바야시처럼 뻔뻔한 사람을 접해본 적이 없었다. 그처럼 무례하게 자신에게 다가오는 사람, 재산도 지위도 없는 주제에 그처럼 거창하게 말하는 사람, 그처럼 함부로 상류 사회에 욕설을 퍼붓는 사람은 결코 만난 적이 없었다.

오노부는 돌연 알아차렸다.

'내가 지금 상대하는 사람은 평소 생각했던 그런 바보가 아니라 어쩌면 감당할 수 없이 닳고 닳은 사람이 아닐까?'

경멸의 이면에 숨어 있는 으스스함이 강하게 고개를 쳐들자 오노부의 태도가 갑자기 바뀌었다. 그러자 고바야시는 그것을 지켜본 경험이 있어서인지, 아니면 그것에 전적으로 무관심해서인지 하하하 하고 웃기 시작했다.

"부인, 아직 여러 가지가 남아 있습니다. 당신이 알고 싶은 것이요."

"그런가요? 오늘은 이제 그 정도면 충분하겠지요. 한꺼번에 너무 많이 들으면 앞으로의 즐거움이 없어지니까요."

"그러네요, 그럼 오늘은 이걸로 끝낼까요? 부인을 너무 애태우게 했다가 히스테리라도 일으키면 나중에 또 내 책임이라고 쓰다의 원망을 들을 테니까요."

오노부는 뒤를 바라보았다. 뒤는 벽이었다. 그래도 그녀는 거실에 가까운 그 방향에서 도키코의 동정을 살피려고 노력했다. 하지만 부엌문은 지금까지와 마찬가지로 조용했다. 진작 돌아왔어야 할 도키코는 아직도 돌아오지 않았다.

"어떻게 된 걸까요?"

"뭐, 곧 돌아오겠지요. 미아가 될 염려는 없으니까 걱정하지 않아도 괜찮아요."

고바야시는 꿈쩍도 하지 않았다. 오노부는 어쩔 수 없이 차를 다시 내오겠다는 구실로 자리에서 일어서려고 했다. 고바야시는 그것조차 막았다.

"부인, 시간이 있으면 심심풀이로 얼마든지 아까 한 이야기를 이어서 하지요. 떠들며 보내든 말없이 보내든 어차피 저 같은 식충이한테는 같은 시간이니까 조금도 사양하실 거 없습니다. 어떻습니까? 그래도 쓰다에게는 아직 당신한테 털어놓지 않은 추악한 구석이 꽤 있겠지요."

"있을지도 모르겠네요."

"그렇게 보여도 꽤나 솔직하지 않으니까요."

오노부는 흠칫했다. 마음속으로 고바야시의 평을 수긍하지 않을 수 없었던 그녀는 그것이 적중한 만큼 더욱 감정이 상했다. 자신의 입장을 이해하지 못하는, 어쩌면 이리 무례한 사람이 있을까 하고 생각하며 고바야시를 보았다. 고바야시는 태연하게 앞의 말을 되풀이했다.

"부인, 당신이 모르는 일이 아직 많습니다."

"있어도 좋지 않나요?"

"아니요, 실은 당신이 알고 싶어 하는 일이 아직 많다는 뜻입니다."

"있어도 상관없어요."

"그럼, 당신이 알아야 할 일이 아직 많다고 하면 어떻겠습니까? 그래도 상관없습니까?"

"네, 상관없어요."

85

고바야시의 얼굴에는 빈정거림의 소용돌이가 흘러넘쳤다. 나아가도 물러서도 자기 뜻대로 된 것이라는 승리의 표정이 뚜렷이 비쳤다. 그 순간의 득의양양함을 영원히 연장시켜 언제까지고 바라보며 즐기고 싶다는 기색마저 보였다.

'어쩌면 사람이 이리 비열할까?'

오노부는 속으로 이렇게 생각했다. 그리고 잠깐 동안 가만히 그와 눈싸움을 했다. 그러자 고바야시가 다시 입을 열었다.

"부인, 쓰다가 변한 증거로 꼭 당신한테 해야 할 이야기가 있지만 너무 겁을 먹고 있는 것 같으니까 그건 뒤로 미루기로 하고 그 반대쪽, 그러니까 쓰다가 조금도 변하지 않은 부분을 참고삼아 조금 말해두지요. 이건 어떻게든 제가 꼭 부인께 말씀드리고 싶은 겁니다. ……어떻습니까? 들어주시겠습니까?"

오노부는 냉담하게 "어떻게 하든 당신 좋으실 대로 하세요" 하고 대답했다. 고바야시는 "고맙습니다"라고 말하며 웃었다.

"저는 옛날부터 쓰다한테 경멸을 당했습니다. 지금도 쓰다한테 경멸당하고 있지요. 아까부터 말한 대로 쓰다는 무척 변했습니다. 하지만 쓰다가 저를 경멸하는 것만은 옛날이나 지금이나 똑같습니다. 추호도 변하지 않았지요. 이것만은 아무리 영리한 부인의 감화력으로도 어떻게 할 수 없었던 모양입니다. 하기야 당신이 보기에는 그것이 당연한 이치겠지만 말이지요."

고바야시는 거기서 말을 끊고 약간 난처한 듯 웃고 있는 오노부의 얼굴을 주시했다. 그러고는 다시 말을 이어갔다.

"아니, 딱히 바꿔주었으면 한다는 의미는 아닙니다. 그 점에 대해 부인의 진력을 바라는 마음은 추호도 없으니 안심하십시오. 사실 저는 쓰다한테만 경멸당하는 사람이 아닙니다. 누구한테나 경멸당하는 사람입니다. 하찮은 여자한테도 경멸당합니다. 사실 그대로 말하자면 세상 전체가 몰려들어 저를 경멸합니다."

고바야시의 눈은 한곳에 고정되어 있었다. 오노부는 아무 말도 할 수 없었다.

"어머."

"그건 사실입니다. 실제로 부인도 그걸 마음속으로 인정하고 있지 않습니까?"

"그런 당찮은 소리가 어디 있어요?"

"그야 입으로는 그렇게 말해야겠지요."

"당신도 꽤나 비뚤어지게 생각하시는군요."

"예, 비뚤어졌을지도 모릅니다. 비뚤어졌든 아니든 사실은 사실이니까요. 하지만 그거야 아무래도 좋습니다. 원래 쓸모없는 사람으로 태어난 것이 잘못이니까 아무리 경멸당해도 어쩔 수 없습니다. 누구를 원망할 수도 없겠지요. 하지만 세상으로부터 끊임없이 그렇게 취급당해온 사람의 마음을 당신은 아십니까?"

고바야시는 언제까지고 오노부의 얼굴을 쳐다보며 대답을 기다렸다. 오노부는 할 말이 없었다. 전혀 동정심이 일지 않는 상대의 마음이 자신과 무슨 관계가 있단 말인가. 자신에게는 또 생각해야만 하는 문제가 있었다. 그녀는 고바야시를 위해 상상의 날개를 펼쳐줄 마음이 들지 않았다. 그런 모습을 본 고바야시는 다시 말을 꺼냈다.

"부인, 저는 남한테 미움을 받기 위해 살고 있습니다. 일부러 남이 싫어하는 말을 하곤 합니다. 그렇게라도 하지 않으면 괴로워서 견딜 수가 없습니다. 살아갈 수가 없습니다. 제 존재를 남에게 인식시킬 수가 없습니다. 저는 무능합니다. 아무리 남한테 경멸당해도 뜻대로 복수를 할 수가 없습니다. 어쩔 수 없으니까 적어도 남의 미움이라도 사려고 합니다. 그게 제가 바라는 겁니다."

오노부 앞에 마치 딴 세상에서 태어난 듯한 사람의 심리 상태가 펼쳐졌다. 누구에게나 사랑받고 싶고 또 누구에게나 사랑받도록 해나가고 싶으며, 특히 남편에게는 꼭 그렇게 해야 한다는 것이 그녀의 속마음이었다. 그리고 그것은 예외 없이 세상의 누구에게나 들어맞으며 한 치도 어긋나지 않는다고 그녀는 처음부터 확신하고 있었다.

"깜짝 놀라신 것 같군요. 부인은 아직 그런 사람을 만나본 적이 없겠지요? 세상에는 별의별 사람이 다 있으니까요."

고바야시는 다소 속이 후련한 듯한 표정을 지었다.

"부인은 아까부터 저를 싫어하고 있습니다. 얼른 돌아가주면 좋을 텐데, 돌아가주면 좋을 텐데, 하고 생각하고 있지요. 그런데 어찌 된 일인지 하녀가 돌아오지 않으니까 어쩔 수 없이 저를 상대해주고 있습니다. 그걸 저는 분명히 알고 있습니다. 하지만 부인은 그저 저를 불쾌한 놈이라고 생각할 뿐이지 제가 왜 이렇게 지겨운 놈이 되었는지 그 원인은 모릅니다. 그러니까 제가 그걸 잠깐 설명해드리겠습니다. 저도 설마 태어날 때부터 이렇게 지겨운 놈은 아니었겠지요, 잘은 모르겠지만요."

고바야시는 또 큰 소리로 웃었다.

86

오노부의 마음은 이 이상한 남자 앞에서 혼잡하게 뒤엉켰다. 첫째는 이해할 수 없었다. 둘째는 동정심이 일지 않았다. 셋째는 그의 진지함이 의심스러웠다. 반항, 두려움, 경멸, 미심쩍음, 어이없음, 혐오, 호기심, ……어수선하게 그녀의 마음속에 뒤얽힌 여러 가지 것들은 결코 한곳에 모이지 않았다. 따라서 그저 그녀를 불안하게 할 뿐이었다. 결국 그녀는 물었다.

"그럼 당신은 저를 괴롭히기 위해 일부러 찾아온 것이라고 분명히 말한 거네요."

"아니, 목적은 그렇지 않습니다. 목적은 외투를 받으러 온 것입니다."

"그럼 외투를 받으러 온 김에 저를 괴롭히려고 한 거라는 말씀인가요?"

"아니, 그렇지도 않습니다. 저는 자연스럽게 이렇게 된 거라고 보거든요. 부인보다 기교는 훨씬 떨어진다고 생각합니다."

"그거야 어쨌든 간에 제 질문에 확실히 대답하면 되지 않나요?"

"그러니까 저는 자연스럽게 그렇게 되었다고 말했습니다. 자연스럽게 부인이 저를 싫어하게 되었다고 말할 뿐인 겁니다."

"요컨대 그게 당신의 목적이죠?"

"목적이 아닙니다. 하지만 소망일지는 모릅니다."

"목적하고 소망은 어떻게 다른가요?"

"다르지 않나요?"

오노부의 가느다란 눈에서 증오의 빛이 비쳤다. 여자라고 무시하지 말라는 기색이 눈동자에 역력했다.

"화를 내시면 안 됩니다." 고바야시가 말했다. "저는 제 좁은 소견에서 복수를 하는 게 아니라는 뜻을 부인께 설명해드렸을 뿐입니다. 하늘이 이런 사람이 되어 남을 괴롭히라고 저한테 명령한 것이라 어쩔 수 없다고 해석해주었으면 해서 일부러 그렇게 말한 것입니다. 저는 저에게 나쁜 목적이 전혀 없다는 사실을 부인이 인정해주었으면 합니다. 저 자신은 처음부터 목적이 없었다는 사실을 알아주었으면 하는 것입니다. 하지만 하늘에는 목적이 있을지도 모릅니다. 그리고 그 목적이 저를 움직이고 있는지도 모릅니다. 그것에 의해 움직여지는 것이 또 저의 소망일지도 모릅니다."

고바야시가 이야기를 진행하는 방식은 너무 뒤얽혀 있었다. 오노부는 그가 펼치는 논리의 빈틈을 찌를 만큼 머리가 단련되어 있지 않았다. 그리고 무조건 받아들여도 되는지 안 되는지를 분간할 만큼 정리된 두뇌도 갖고 있지 않았다. 그런데도 그녀는 상대가 과장해서 말하는 논의의 요점을 파악할 만큼의 재기는 충분히 갖추고 있었다. 그녀는 곧바로 고바야시의 주장을 한마디로 정리해 보였다.

"그럼 당신은 사람을 얼마든지 괴롭히지만 그것에 대한 책임은 결코 지지 않겠다는 건가요?"

"예, 그겁니다. 그게 제 요점입니다."

"그런 비겁한……."

"비겁한 게 아닙니다. 책임이 없는 곳에는 비겁도 없습니다."

"없다니요? 무엇보다 제가 당신한테 무슨 나쁜 짓을 했나요? 자, 그것부터 여쭐 테니 말해보세요."

"부인, 저는 세상에서 무적자 취급을 당하는 사람입니다."

"그게 저나 남편하고 무슨 관계가 있죠?"

고바야시는 기다리고 있었다는 듯이 웃음을 터뜨렸다.

"당신 입장에서 보면 아마 없겠지요. 하지만 제가 보기에는 지나치다 싶을 만큼 많습니다."

"그건 왜죠?"

고바야시는 갑자기 대답할 수 없게 되었다. 그 의미는 스스로 잘 생각해보면 좋을 숙제라는 듯한 표정을 지은 그는 잠자코 담배를 피우기 시작했다. 오노부는 한층 불쾌감을 느꼈다. 이제 적당히 돌아가주면 좋겠다고 말하고 싶었다. 동시에 고바야시가 하는 말의 의미도 밝혀내고 싶었다. 그것을 간파하고 일부러 얕잡아 보는 듯이 침착하게 있는 고바야시의 태도가 또 비위에 거슬렸다. 그때 조금 전부터 은근히 기다리고 있던 도키코가 드디어 돌아와 오노부의 맺힌 감정은 일정한 형식으로 표현될 기회가 오기 전에 다시 허물어질 수밖에 없었다.

87

도키코는 툇마루에 앉아 밖에서 장지문을 열었다.

"다녀왔습니다. 많이 늦었어요. 전차로 병원까지 다녀오느라고요."

오노부는 다소 화난 얼굴로 도키코를 보았다.

"그럼 전화는 안 건 거야?"

"아뇨, 걸었어요."

"걸어도 연결되지 않은 거야?"

문답을 거듭하는 사이에 도키코가 병원까지 간 의미를 오노부도 겨우 이해할 수 있었다. ……처음에 연결되지 않던 전화는 나중에 연결되기는 했지만 용건을 처리할 수 없었다. 간호사를 호출하여 용건을 전해달라고 하려 했지만, 그것조차 도키코의 생각대로 되지 않았다. 학생인지 약국 직원인지 알 수 없는 사람이 전화를 받아 내내 뭐라고 했지만, 도무지 요령부득이었다. 무엇보다 말이 명료하지 않았다. 그리고 확실히 들리는 부분도 앞뒤가 안 맞는 것투성이였다. 요컨대 남자가 도키코의 용건을 쓰다에게 전해주지 않은 것 같아서 그녀는 결국 포기하고 전화박스에서 나오고 말았다. 하지만 의무를 다하지 않고 집으로 돌아가는 것이 싫어서 그길로 곧장 전차를 타고 병원으로 향했다.

"일단 돌아와서 여쭤보고 갈까 하는 생각도 했지만 시간만 많이 걸릴 것 같았고 또 손님이 이렇게 기다리고 계시는 걸 알고 있었으니까요."

도키코의 말은 지당했다. 오노부는 고맙다고 말할 수밖에 없었다. 하지만 그 때문에 고바야시로부터 심한 불쾌감을 느껴야 했다고 생각하자 눈치 빠르게 군 하녀가 오히려 원망스럽기까지 했다.

오노부는 일어나 거실로 들어갔다. 곧 거기에 놓인 구리 장식이 빛나는 층장(層欌)의 맨 아래 서랍을 열었다. 그리고 밑에서 문제의 외투를 꺼내와 고바야시 앞에 놓았다.

"이거죠?"

"예." 이렇게 대답한 고바야시는 곧 외투를 들고 물건을 수선하는 사람 같은 눈으로 그것을 뒤집었다.

"생각보다 많이 더러워졌네요."

'당신한테는 그걸로 충분해'라고 말하고 싶었던 오노부는 아무 말도 하지 않고 그저 외투만 바라보았다. 외투는 고바야시가 말한 대로 살짝 변색되어 있었다. 옷깃을 세워 햇빛이 닿지 않는 부분을 다른 부분과 비교해보니 현저하게 눈에 띄었다.

"어차피 공짜로 받는 것이라 분에 넘치는 말은 할 수 없는 걸까요?"

"마음에 들지 않으면 아무쪼록 꺼리지 마시고……."

"놔두고 가라는 건가요?"

"네."

고바야시는 역시 외투를 놓지 않았다. 오노부는 통쾌한 느낌이 들었다.

"부인, 잠깐 여기서 입어봐도 되겠습니까?"

"아, 네."

오노부는 일부러 반대로 대답했다. 그리고 꼭 끼는 듯한 소매에 손을 넣느라 발버둥 치는 고바야시를, 앉은 채 빈정거리는 눈으로 바라보았다.

"어떻습니까?"

고바야시는 이렇게 물으며 등을 오노부 쪽으로 돌렸다. 접어서 생긴 보기 흉한 주름이 여러 줄 눈에 들어왔다. 다리미질을 하라고 말해 줄 상황에서 그녀는 또 반대로 말했다.

"딱 좋네요."

그녀는 옆에 아무도 없기 때문에 모처럼 보게 된 우스꽝스러운 뒷모습을 여러 사람이 보고 웃어줄 수 없다는 것이 아쉬울 따름이었다.

그러자 고바야시가 다시 빙 돌아 외투를 입은 채 오노부 앞에 책상다리를 하고 털썩 앉았다.

"부인, 사람은 아무리 이상한 옷을 입고 남에게 비웃음을 받아도 살아 있는 게 좋은 겁니다."

"그런가요?"

오노부는 갑자기 입을 다물었다.

"부인처럼 난처한 적이 없는 분이야 아직 그 의미를 모르시겠지만요."

"그래요? 저는 살아서 남한테 비웃음을 살 바에는 차라리 죽는 게 낫다고 생각해요."

고바야시는 아무 대답도 하지 않았다. 하지만 불쑥 이렇게 말했다.

"고맙습니다. 덕분에 올겨울도 날 수 있을 것 같습니다."

그는 자리에서 일어섰다. 오노부도 일어섰다. 하지만 두 사람이 앞뒤로 객실에서 툇마루로 나가려고 할 때 고바야시가 순간적으로 뒤를 돌아보았다.

"부인, 당신이 그렇게 생각한다면 남한테 비웃음을 사지 않도록 아주 조심해야 할 겁니다."

88

두 사람의 얼굴은 채 30센티미터도 안 되는 거리까지 가까워졌다. 오노부가 앞으로 나아가려는 순간 고바야시가 뒤를 돌아본 바람에 두 사람은 거기서 갑자기 움직임을 멈추어야 했다. 두 사람은 딱 멈췄다. 그리고 얼굴을 마주 보았다. 마주 보았다기보다는 오히려 서로의 눈을 응시했다.

그때 고바야시의 두꺼운 눈썹이 한층 두드러지게 오노부의 시각을 침범했다. 눈썹 아래에 있는 검은 눈동자가 가만히 그녀에게 고정된 채 움직이지 않았다. 그것이 무얼 말하는지는 이쪽 힘으로 움직여보는 수밖에 없었다. 오노부가 말을 꺼냈다.

"쓸데없는 말이에요. 당신한테 그런 주의를 들을 필요는 없어요."

"주의를 들을 필요가 없는 건 아닐 겁니다. 아마 주의를 들을 일이 없다고 말할 생각이겠지요. 그야 당신은 원래부터 훌륭한 귀부인임에 틀림없을지도 모릅니다. 하지만……."

"이제 충분해요. 어서 돌아가주세요."

고바야시는 응하지 않았다. 문답이 지척에서 이루어졌다.

"하지만 제가 말하는 건 쓰다 일입니다."

"남편이 어쨌다는 거죠? 저는 귀부인이지만 남편은 신사가 아니라는 건가요?"

"저는 신사가 대체 어떤 건지 전혀 모릅니다. 무엇보다 그런 계급이 세상에 존재한다는 사실 자체를 저는 인정하지 않습니다."

"인정하든 않든 그거야 당신 마음이겠지요. 하지만 쓰다가 어쨌다는 거예요?"

"듣고 싶습니까?"

오노부의 가느다란 눈에서 날카로운 번개가 정면으로 뿜어져 나왔다.

"쓰다는 제 남편입니다."

"그렇지요. 그래서 듣고 싶은 거지요?"

오노부는 이를 갈았다.

"어서 돌아가주세요."

"예, 갑니다. 지금 가려는 참입니다."

고바야시는 이렇게 말하고는 곧바로 돌아섰다. 현관 쪽으로 가려고 툇마루를 두세 걸음 걸어 오노부에게서 멀어졌다. 그 뒷모습을 보며 참을 수 없게 된 오노부가 그를 불러 세웠다.

"잠깐만요."

"뭔가요?"

고바야시는 느릿느릿 멈춰 섰다. 그리고 소매가 너무 긴 낡은 외투를 입은 두 손을 앞쪽으로 내밀고 풍자만화와 비슷한 자신의 모습을 감상이라도 하듯이 둘러보고 나서 히죽히죽 웃으며 오노부를 쳐다보았다. 오노부의 목소리는 더욱 날카로워졌다.

"왜 말도 없이 가는 거죠?"

"고맙다는 인사는 아까 한 것 같은데요."

"외투 말고요."

고바야시는 짐짓 시치미를 떼는 모습이었다. 글쎄요, 하고 생각하는 태도까지 꾸며댔다. 오노부는 따지고 들었다.

"당신은 제 앞에서 설명할 의무가 있어요."

"뭘 말인가요?"

"쓰다에 대해서요. 쓰다는 제 남편이에요. 아내 앞에서 남편의 인격을 의심하는 듯한 말을 우회적으로라도 한 이상, 그것을 말끔히 설명하는 게 당신의 의무 아닌가요?"

"그렇지 않으면 그 말을 취소하라는 거겠지요? 저는 의무감이나 책임감이 적은 사람이라 부인의 요구대로 설명하는 건 어려울지도 모르지만, 동시에 부끄러움을 부끄러움으로 생각지 않는 사람으로서 일단 말한 것을 취소하는 것 정도는 아무 일도 아닙니다. ……그럼 쓰다에 대한 실언을 취소하지요. 그리고 부인한테도 사과하겠습니다. 그러면 된 거지요?"

오노부는 대답하지 않고 묵묵히 있었다. 고바야시는 그녀 앞에서 자세를 바로 했다.

"여기서 다시 분명히 말하겠습니다. 쓰다는 훌륭한 인격을 갖춘 사람입니다. 신사지요(만약 사회에 그런 특별한 계급이 존재한다면)."

오노부는 여전히 고개를 숙인 채 입을 열지 않았다. 고바야시가 말을 이었다.

"저는 아까 부인한테 남의 비웃음을 사지 않도록 아주 조심해야 한다는 주의를 주었습니다. 부인은 제 주의 같은 건 들을 필요가 없다고 했지요. 그래서 저도 그 뒷이야기를 삼갈 수밖에 없었습니다. 생각하면 이것도 제 실언이었습니다. 아울러 취소합니다. 그 외에 만약 부인의 비위에 거슬린 일이 있었다면 모두 취소하겠습니다. 다 제 실언입니다."

고바야시는 이렇게 말한 뒤 섬돌에 가지런히 놓인 구두를 신었다. 그리고 격자문을 열고 밖으로 나가서 마지막으로 또 돌아보며 "부인, 안녕히 계십시오"라고 말했다.

희미하게 묵례만 한 오노부는 언제까지고 멍하니 그 자리에 서 있었다. 그러고는 갑자기 계단을 뛰어 올라가 쓰다의 책상 앞에 앉자마자 엎드려서 와앙 하고 울음을 터뜨렸다.

89

다행히 도키코가 올라오지 않아서 오노부는 거리낌 없이 당장의 목적을 달성할 수 있었다. 그녀는 남에게 얼굴을 보이지 않고 마음껏 울 수 있었다. 그녀가 만족할 때까지 다 울었을 때 눈물은 저절로 그쳤다.

젖은 손수건을 소매에 뭉쳐 넣은 그녀는 돌연 책상 서랍을 열었다. 서랍은 두 개가 달려 있었다. 하지만 순서대로 살펴본 그녀의 눈에는 별반 새로운 것은 아무것도 보이지 않았다. 그도 그럴 것이었다. 그녀는 쓰다가 병원에 입원할 때 그에게 필요한 짐을 싸기 위해 이삼일 전에 이미 서랍을 뒤졌던 것이다. 그녀는 남은 봉투며 자며 회비 영수증을 보고 그것을 다시 하나하나 정성껏 정돈했다. 파나마모자나 밀짚으로 만든 여러 가지 모자가, 석판으로 인쇄된 광고용 소책자가, 둘이서 긴자로 쇼핑하러 갔던 초여름의 황혼을 떠올리게 했다. 그때 여름 모자를 사러 들어간 가게에서 쓰다가 받은 이 견본에는 새빨갛게 핀

히비야 공원[54]의 철쭉, 막다른 곳에 가스미가세키(霞が関)[55]가 보이는 큰길 한쪽에 어둑한 그림자를 으슥하게 떠돌게 하는 키 큰 버드나무 등이 벗어나기 힘든 과거의 냄새처럼 연상되어 따라다니고 있었다. 오노부는 소책자를 펼쳐놓고 한동안 생각에 잠겼다. 그러고는 갑자기 생각난 것처럼 책상 서랍을 탁 닫았다.

책상 옆에는 마찬가지로 직선이 많은 양식[56]으로 만든 책장이 있었다. 거기에도 서랍 두 개가 달려 있었다. 책상을 내버려두고 곧바로 책장 쪽으로 향했다. 하지만 그것을 열려고 손을 고리에 댔을 때 서랍은 두 개 다 아무런 저항 없이 쓰윽 열려서 오노부는 안을 살펴보기도 전에 먼저 실망했다. 아무런 저항이 없는 곳에 새로운 발견이 있을 리 없었다. 그녀는 오래전에 쓴 노트 같은 것을 함부로 뒤적였다. 그것을 일일이 읽어보는 것은 큰일이었다. 읽어본들 자신이 알고자 하는 것이 그런 글에 숨어 있으리라고는 상상할 수 없었다. 그녀는 아주 조심스러운 남편의 성격을 잘 알고 있었다. 자물쇠를 채우지 않고 비밀을 내버려두기에 그의 천성은 너무나도 꼼꼼했다.

오노부는 수납장을 열고 자물쇠를 채운 것이 어디 없나 하고 눈을 빛냈다. 하지만 안에는 아무것도 없었다. 위에는 살풍경한 잡동사니가 아무렇게나 쌓여 있을 뿐이었다. 아래에는 궤 같은 것이 가득 차 있었다.

54 황거에서 가까우며 사쿠라다몬에서 도라노몬에 이르는 구역으로 1903년에 개원한 일본 최초의 서양식 공원.

55 도쿄 지요다 구의 관청가로 일본의 정치 중심지다. 당시에는 이곳에 있던 외무성의 별칭으로 쓰였다.

56 아르누보 양식(art nouveau, 신예술파)을 말한다. 19세기 말부터 20세기 초에 걸쳐 프랑스, 독일, 이탈리아 등에 보급된 새로운 예술 양식으로, 같은 굵기의 단조로운 선을 많이 이용한 디자인이 특색이다.

다시 책상 앞으로 돌아온 오노부는 그 위에 놓여 있는 편지꽂이 안에서 쓰다 앞으로 온 편지를 빼서 일일이 살펴보기 시작했다. 그녀는 그런 곳에 특별히 수상쩍은 것이 있을 리 없다고 생각했다. 하지만 맨 먼저 눈에 띄었지만 손조차 대지 않았던 편지 몇 통은 역시 마지막에 훑어볼 성질을 띠고 있어 그녀의 주의를 끌면서 언제까지고 그 자리에 남아 있었다. 그녀는 확실히 하기 위해서라는 구실로 그만 거기에 손을 댈 수밖에 없었다.

봉투가 차례로 뒤집어졌다. 내용물이 순서대로 펼쳐졌다. 어떤 것은 4분의 1, 어떤 것은 절반, 나머지는 전부, 오노부는 모두 묵독했다. 그런 후 그녀는 그것을 원래 순서대로 제자리에 돌려놓았다.

그녀의 가슴에 돌연 의혹의 불꽃이 일었다. 뜰 한편에서 한 다발의 오래된 편지에 기름을 부어 깨끗이 태워버리던 쓰다의 모습이 생생하게 그녀의 눈에 비쳤다. 그때 활활 타오르는 종잇조각을 쓰다는 염려스러운 듯이 대나무 막대기로 누르고 있었다. 그것은 초가을의 쌀쌀한 바람이 불기 시작한 무렵의 일이었다. 그리고 어느 일요일 아침이었다. 둘이 마주 보고 식사를 끝낸 지 5분도 되지 않아 일어난 광경이었다. 젓가락을 놓더니 곧바로 2층에서 가는 끈으로 묶은 꾸러미를 가지고 내려온 쓰다는 서둘러 부엌문에서 뜰로 나가나 싶더니 이내 꾸러미를 태우기 시작했다. 오노부가 툇마루로 나갔을 때는 두툼한 겉싸개가 이미 타들어갔고 안에 있는 편지가 살짝 엿보였다. 오노부는 쓰다에게 왜 태워버리느냐고 물었다. 쓰다는 부피가 커 처리하기 곤란해서라고 대답했다. 머리 묶을 때 쓸 수 있는데 왜 그렇게 버리느냐고 물었더니 쓰다는 아무 말도 하지 않았다. 그저 밑에서 나타나는 편지를 대나무 막대기로 마구 찔러댔다. 찌를 때마다 완전히 타지 않은 것이 짙은 연기가 되어 막대기 끝에서 소용돌이쳤다. 소용돌이는 푸른 대나무 끝을 감춤과 동시에 눌린 편지도 감추었다. 쓰다는 연기에 목이 메는 얼굴을 오노부에게서 돌렸다.

도키코가 점심 준비가 다 되었다고 재촉하러 올라올 때까지 오노부는 이런 생각을 하면서 붙박이 인형처럼 가만히 앉아 있었다.

90

어느새 12시를 지나고 있었다. 오노부는 다시 도키코의 시중을 받으며 밥상 앞에 앉았다. 쓰다가 회사에 출근하고 없을 때 두 사람이 날마다 되풀이하는 일과였다. 하지만 오늘 오노부는 여느 때의 그녀가 아니었다. 그녀는 굳어 있었다. 그런데도 마음은 정리가 안 된 채 움직이고 있었다. 조금 전 외출하려고 갈아입은 기모노까지 쓸데없이 평소와 다른 나들이 기분을 더해주는 매개가 되었다.

만약 지금 자신과 관련된 문제가 도키코의 입에서 새어 나오지 않았다면 오노부는 결국 한마디도 하지 않고 식사를 마쳤을지도 모른다. 사실 식사조차 전혀 마음이 내키지 않았지만 도키코가 의아해하는 것이 싫어서 그저 형식적으로 해치우려고 밥상 앞에 앉았던 것이다.

도키코도 어쩐지 조심스러워하며 일부러 대화를 삼가고 있었다. 하지만 오노부가 한 공기만 먹고 젓가락을 놓았을 때야 "무슨 일 있어요?" 하고 물었다. 단지 "아니"라고 대답하자 그녀는 곧바로 밥상을 부엌으로 물리지 않았다.

"정말 죄송했어요."

도키코는 자신의 독단으로 병원에 간 일을 사죄했다. 오노부는 또 오노부대로 그녀에게 물어보고 싶은 것이 있었다.

"아까 꽤 큰 소리를 냈지? 네 방까지 들렸어?"

"아뇨."

오노부는 도키코에게 의심의 시선을 던졌다. 도키코는 그것을 피하듯이 곧바로 말했다.

"그 손님은 상당히……."

하지만 오노부는 아무 대답도 하지 않았다. 조용히 뒷말을 기다리고 있을 뿐이어서 도키코는 뒷말을 잇지 않을 수 없었다. 두 사람의 대화는 이것이 실마리가 되어 앞으로 나아갔다.

"주인어른께서는 무척 놀라셨어요. 정말 지독한 녀석이라고요. 이쪽에서 가지러 오라고 하지도 않았는데 미리 알리지도 않고 사모님하고 직접 담판을 하려고 하고, 게다가 자신이 병원에 입원해 있다는 것을 잘 아는 주제에, 라고 하시면서요."

오노부는 업신여기는 웃음을 희미하게 흘렸다. 하지만 자신의 평은 덧붙이지 않았다.

"달리 무슨 말씀은 안 하셨어?"

"외투만 주고 빨리 돌려보내라고 하셨어요. 그러고는 사모님하고 이야기를 하고 있느냐고 물으셔서 그렇다고 말씀드렸더니 아주 언짢은 표정을 지으셨어요."

"그래? 그뿐이야?"

"아뇨, 무슨 말을 하더냐고 물으셨어요."

"그래서 넌 뭐라고 대답했는데?"

"별로 대답할 말이 없어서 그건 모르겠다고 말씀드렸어요."

"그랬더니?"

"그랬더니 더욱 언짢은 얼굴을 하셨어요. 도대체 객실에 함부로 사람을 들이는 것부터가 잘못이라고……."

"그런 말을 했단 말이야? 하지만 옛날 친구라면 어쩔 수 없는 거 아니니?"

"그래서 저도 그렇게 말씀드렸어요. 게다가 사모님은 마침 옷을 갈아입고 있어서 곧바로 현관으로 나갈 수 없어서 어쩔 도리가 없었다는 말도요."

"그래? 그랬더니?"

"그랬더니, 너는 원래 오카모토 씨 댁에 있었던 만큼 사모님 이야기만 나오면 뭐든지 아주 열심히 변호하니까 감탄스럽다고 놀리셨어요."

오노부는 쓴웃음을 지었다.

"정말 미안해. 그것뿐이야?"

"아뇨, 또 있어요. 고바야시 씨가 술을 마신 것은 아니었느냐고 물으셨어요. 저는 잘 보지 못했지만 설도 아닌데 설마 아침 댓바람부터 취해서 남의 집에 손님으로 오는 사람이 있을까 싶어……."

"취하지 않았다고 했니?"

"네."

오노부는 아직 뒷말이 남아 있을 거라는 기색을 보였다. 도키코는 과연 거기서 끝내지 않았다.

"주인어르신께서, 돌아가면 사모님께 그렇게 잘 전하라고 말씀하셨어요."

"뭘 말이야?"

"고바야시라는 사람은 무슨 말을 할지 모르는 놈이다, 특히 취하면 위험한 놈이다, 그러니 그놈이 무슨 말을 해도 상대해주면 안 된다, 대충 다 거짓말이라고 보면 된다고 하셨어요."

"그래?"

오노부는 더 이상 아무 말도 하고 싶지 않았다. 도키코는 혼자 깔깔 웃었다.

"호리 사모님도 옆에서 웃고 계셨어요."

오노부는 처음으로 쓰다의 누이가 오늘 아침 병문안을 왔다는 사실을 알았다.

91

오노부보다 한 살 많은 쓰다의 누이는 벌써 아이가 둘이었다. 장남은 이미 4년 전에 태어났다. 단지 그 사실이 어머니라는 자각을 상기시키기에 충분했다. 그녀의 마음은 4년 전 이래 늘 어머니였다. 어머니가 아닌 날은 단 하루도 없었다.

그녀의 남편은 도락가였다. 그리고 도락가들이 흔히 보이는 관대한 천성의 소유자였다. 자신이 자유롭게 놀러 다니는 대신 아내에게도 언짢은 얼굴을 보이지 않았다. 그렇다고 무턱대고 애지중지하지도 않았다. 이것이 누이 오히데에 대한 남편의 태도였다. 그는 그것을 자랑스러워했다. 도락 수업을 쌓아 비로소 그런 경지에 이른 것이라고 여겼다. 만약 그가 인생관이라는 엄숙한 이름을 붙일 만한 걸 갖고 있다면, 그것은 곧 매사를 미온적으로 대하는 일일 것이다. 웃어넘기는 일이었다. 어떤 것에도 집착하지 않는 일이었다. 무사태평하게, 흐리터분하게, 욕심 없이, 너그럽게, 선량하게 세상을 살아가는 일이었다. 그것이 이른바 그의 멋이었다. 돈에 부자유함이 없는 그는 지금까지 그것만으로 일관해왔다. 또한 어디에 가더라도 부족함을 느끼지 않았다. 그 좋은 실적이 점점 더 그를 낙천적으로 만들었다. 누구에게나 호감을 사고 있다는 자신감을 가진 그는 물론 오히데의 사랑 역시 받고 있음에 틀림없다고 믿었다. 그리고 그것은 틀리지 않았다. 실제로 그는 오히데로부터 미움을 사지 않았다.

미모 때문에 선택된 오히데는 호리에게 시집가고 나서야 비로소 남편의 성격을 알았다. 술로 오장육부를 세탁한 듯한 그의 방탕한 풍취도 차차 이해할 수 있었다. 이렇게 얽매이는 데가 거의 없는 남자가 또 무슨 필요가 있어 꼭 자신을 아내로 맞이하고 싶다고 진지한 말을 꺼냈을까 하는 의혹도 금세 흐지부지 묻히고 말았다. 오노부만큼 꿋꿋하지 않은 오히데는 그 의미를 깨닫기도 전에 이미 남편에 대한 아내로서의 흥미를 떠나 어머니다운 빛나는 눈길을 새로 태어난 아이에게 쏟지 않을 수 없었다.

오히데와 오노부의 다른 점은 이것만이 아니었다. 오노부의 신접살림이 부부 두 사람뿐이고 양가는 모두 멀리 떨어진 교토에 있는 것에 비해 호리에게는 어머니가 있었다. 아우와 누이도 같이 살고 있었다. 귀찮은 친척까지 있었다. 자연히 오히데는 남편만 생각할 수가 없었다. 그중에서도 시어머니 때문에 남모르는 마음고생을 해야 했다.

미모 때문에 선택될 만큼 겉으로 보기에 오히데는 세월이 흘러도 젊었다. 한 살 아래인 오노부에 비해도 역시 젊었다. 도저히 네 살짜리 아이를 둔 여자로 보이지 않을 정도였다. 하지만 오노부와 다른 가정 형편에서 지난 4, 5년을 지낸 그녀는 어딘가 오노부와 다른 마음가짐을 갖고 있었다. 오노부보다 젊게 보인다고도 할 수 있는 그녀는 어떤 의미에서 보자면 오노부보다 확실히 늙어버렸다. 말하는 태도가 늙었다기보다는 마음이 늙었다. 이른바 빨리 살림꾼 티가 난 것이다.

살림꾼 티가 나는 눈으로 오라버니 부부를 봐야 하는 오히데는 늘 그들에게 불만을 느꼈다. 그 불만이 아무튼 그녀로 하여금 무슨 일만 있으면 교토에 있는 부모 편을 들고 싶게 만들었다. 그래도 그녀는 가능한 한 오라버니와 충돌하는 일을 피하려고 했다. 특히 올케에게 거북한 말을 하는 것은 직접 오라버니를 상대하는 것보다 더 나쁘다고 생각해 평소부터 삼가고 있었다. 하지만 속내는 오히려 반대였다. 그녀는 늘 무슨 말이라도 하는 오라버니보다 아무 말도 하지 않는 오노부를 더 비난하고 있었다. 만약 오라버니가 그토록 화려한 것을 좋아하는 여자와 결혼하지 않았다면 하는 생각이 늘 가슴속 깊은 곳에 있었다. 그리고 그것이 가까운 사람을 편드는 것에 지나지 않으며 오노부에게 미안한 비판이라는 생각은 해보지 않았다.

오히데는 자신의 관점을 잘 알고 있다고 생각했다. 오라버니 부부가 거북해하지는 않더라도 결코 좋게 생각하고 있지 않다는 것 정도는 눈치채고 있었다. 하지만 자신의 관점을 바꾸려는 생각은 그녀의 머리 어디에도 없었다. 첫째로 오노부와 자신이 서로 싫어하니까 더더욱 바꿀 수 없었다. 자신의 관점을 싫어하는 것이 결국 자신을 싫어하는 것과 같은 일로 귀착하기 때문에 그녀는 거기에서 반항의 의지를 드러내고 싶었던 것이다. 둘째로는 옳다는 양심이 작동했다. 이는 아무리 미움을 받아도 오라버니를 위해서라면 상관없다는 생각이었다. 셋째로는 단지 화려한 것을 좋아하는 오노부가 싫다는 한 측면으로 모아질 수밖에 없었다. 오노부보다 여유가 있고 또 사치를 부릴 수 있는 그녀로서는 그 측면에서 자기보다 못한 오노부가 왜 마음에 들지 않는 것일까. 그것은 오히데에게 아무런 문제도 되지 않았다. 다만 오히데에게는 시어머니가 있었다. 그리고 오노부는 남편을 제외하면 전적으로 자기 자신이 주인이었다. 하지만 이 문제와 관련하여 오히데는 그런 차이조차 생각하지 않았다.

오히데가 오노부에게서 전화로 쓰다의 소식을 듣고 이튿날 병원으로 문병을 간 것은 도키코가 가기 한 시간쯤 전으로, 마침 고바야시가 외투를 받으려고 쓰다의 집 객실로 들어온 무렵이었다.

92

전날 밤 잠을 설쳤던 쓰다는 그날 아침 간호사가 가져온 밥상에 살짝 손만 대고는 다시 드러누워 어젯밤에 부족했던 잠을 벌충하려고 졸린 눈을 감고 있었다. 오히데가 들어온 것은 바로 꾸벅꾸벅 반수면 상태에 빠져들기 직전이어서 그는 장지문 소리에 금방 눈을 떴다. 그리고 환자를 배려할 생각으로 일부러 조용히 장지문을 연 오히데와 시선이 마주쳤다.

이런 경우 그들은 결코 붙임성 있게 굴지 않았다. 서로 기쁜 표정도 보이지 않았다. 그들의 입장에서 보면 그것은 오히려 너무 진부한 사교상의 형식에 지나지 않았다. 그리고 일종의 허위에 가까운 노력이기도 했다. 그들에게는 자신들 오누이가 아니면 볼 수 없는, 또 자신들 이외의 남들에게는 통용되기 힘든 묵계가 있었다. 어차피 서로에게 잘 보이려고 의식하여 새삼스레 남들처럼 겉치레 행동을 해봐야 소용없는 일이라 차라리 어설프게 서로 속이는 수고를 덜고 양심에 어긋나지 않는 얼굴 그대로 마주하자는 무언의 약속이 다년간에 걸쳐 성립한 것이다. 그리고 양심에 어긋나지 않는 얼굴이라는 것은 곧 붙임성 없는 얼굴이라는 의미에 지나지 않았다.

첫째로, 그들은 보통의 오누이로서 친한 사이기 때문이었다. 그러므로 조심할 필요가 없다는 의미에서 무뚝뚝한 인사도 마음에 걸리지 않았다. 둘째로, 그들은 어딘가 마음이 맞지 않은 구석도 있었다. 그것이 화근이 되어 서로 얼굴을 보면 밀어내고 싶어졌다.

문득 고개를 들어 오히데를 발견한 쓰다의 눈에는 바로 이런 이중의 의미에서 오는 귀찮음과 무관심이 있었다. 그는 뭔가를 기다리고 있던 사람처럼 일단 휙 쳐든 머리를 다시 베개 위에 내려놓고 말았다. 오히데는 또 그녀대로 그런 것에는 전혀 개의치 않고 말도 없이 슬쩍 방 안으로 들어왔다.

그녀는 무엇보다 먼저 머리맡에 있는 밥상을 보았다. 밥상은 지저분해 보였다. 옆으로 쓰러진 우유병 밑에 계란 껍데기가 그 무게에 찌부러져 있고, 그 옆에는 잇자국이 남은 먹다 만 토스트가 내던져져 있었다. 게다가 아직 손도 대지 않은 토스트 하나가 접시 위에 깨끗이 놓여 있었다. 계란도 하나 남아 있었다.

"오라버니, 이거 다 먹은 거예요? 아직 먹고 있는 거예요?"

사실 쓰다의 밥상은 어느 쪽으로도 해석할 수 있을 만큼 깔끔하지 못한 모습이었다. "다 먹었어."

오히데는 눈살을 찌푸리고 밥상을 계단 입구에 가져다놓았다. 간호사가 짬이 안 났는지 언제까지고 오빠의 머리맡에 어질러져 있는 아침 식사의 잔해는 방금 집 안을 청소하고 나온 그녀에게 그다지 보기 좋은 것이 아니었다.

"아, 지저분해."

그녀는 누구에게 잔소리를 하는 것도 아니고 그저 혼자 이렇게 말하고는 원래 자리로 돌아갔다. 하지만 쓰다는 대꾸하지 않았다.

"내가 여기 있는 건 어떻게 알았지?"

"전화로 알려주었어요."

"오노부가?"

"네."

"알리지 않아도 된다고 했는데."

이번에는 오히데가 대꾸하지 않았다.

"금방 오려고 했는데 하필이면 어제 사정이 좀 있어서……."

오히데는 그다음 말을 하지 않았다. 결혼하고 나서 어느샌가 그녀는 이런 식으로 말을 반밖에 안 하는 버릇이 생겼다. 경우에 따라서 쓰다는 그것이 이상하게 생각되었다. '시집을 간 이상 오라버니도 이제 남이니까' 하는 의미로 해석되는 일도 간혹 있었다. 물론 쓰다는 자기들 부부 사이를 생각해봐도 거기에 무리가 없다고 고쳐 생각할 수 없을 만큼 이치가 통하지 않는 머리를 가지지는 않았다. 오히려 그는 오노부도 바깥세상을 향해 이 누이 같은 태도로 행동해주면 좋을 텐데, 하고 은근히 바랄 정도였다. 하지만 오히데가 자신에게 그런 태도를 보이자 결코 기분이 좋지 않았다. 그리고 자신이야말로 오히데에게 줄곧 그런 태도를 보였다고 반성할 여유도 사라져버렸다.

쓰다는 다음 말을 묻지 않고 생각한 대로 말했다.

"뭐, 오늘도 바쁠 테고 일부러 찾아올 것까지는 없는데. 대단한 병도 아니니까."
"하지만 올케언니가 혹시 시간 있으면 와달라고 일부러 전화까지 한 거라서."
"그래?"
"게다가 오라버니한테 할 얘기도 좀 있고."
쓰다는 이윽고 머리를 오히데 쪽으로 돌렸다.

93

수술 후 국부에서 느껴지는 이상한 느낌이 그를 덮쳤다. 그것은 거즈를 채워 넣은 상처 자리 주위에 있는 근육이 일시에 수축하면서 생기는 특별한 기분에 지나지 않았지만, 일단 시작했다 하면 마치 호흡이나 맥박처럼 규칙적으로 진행하는 종류의 것이었다.

그는 그제 오후 처음으로 근육이 수축되는 것을 느꼈다. 가부키를 보러 가려고 그에게 허락을 받은 오노부가 계단을 내려간 순간에 일어난 이 경험은 전혀 새로운 것이 아니었다. 얼마 전 치료를 받았을 때 이미 같은 현상을 겪었던 그는 무심코 '또 시작되었구나' 하고 속으로 외쳤다. 그러자 일부러 그에게 씁쓸한 기억을 되풀이해 보이듯이 수축이 규칙적으로 진행되기 시작했다. 처음에는 살이 수축된다. 채워 넣은 거즈가 살을 거칠게 문지르는 기분이 든다. 다음으로 그것이 점점 완화된다. 드디어 자연 상태로 돌아오려고 한다. 그 순간 한 번 물러갔던 파도가 다시 바닷가로 밀려드는 듯한 기세로 수축감이 맹렬하게 반복된다. 그러면 그의 의지는 국부에 대한 평소의 명령권을 완전히 잃어버린다. 그치게 하려고 안달하면 할수록 근육이 더욱 말을 듣지 않는다. 이런 과정이었다.

쓰다는 이 이상한 느낌과 오노부 사이에 어떤 관계가 있는지 알지 못했다. 그는 새장 속의 새처럼 그녀를 다루는 것이 미안해졌다. 언제까지고 그녀를 자기 옆에 매어두는 것을 남자답지 못하다고 생각했다. 그래서 흔쾌히 그녀를 자유로운 공기 속에 풀어주었다. 하지만 그녀가 그의 호의에 감사하며 그의 병상을 떠나자마자 갑자기 자신만 홀로 남겨진 듯한 기분이 들기 시작했다. 그는 어딘지 아쉬운 귀를 기울여 오노부가 내려가는 발소리를 들었다. 그녀가 현관문을 열 때 세차게 울린 벨소리마저 그에게는 너무 버릇없는 것처럼 느껴졌다. 그가 국부에서 받은 불쾌한 근육의 느낌은 바로 그때 재발한 것이다. 그는 그것을 일종의 자극으로 돌렸다. 그리고 그 자극은 바로 과민해진 신경 탓이라고 생각했다. 그렇다면 오노부의 행위가 그의 신경을 그토록 과민하게 한 것일까. 오노부의 행동에 돌연 불쾌감을 느끼기 시작한 그도 거기까지는 판단할 수 없었다. 하지만 그의 입장에서 보면 전적으로 우연의 일치가 아니라는 것은 자명한 이치였다. 그는 자신만의 생각으로 둘 사이에 어떤 관계를 만들었다. 동시에 그 관계를 나중에 오노부에게 말해주고 싶었다. 단지 그녀가 미안함을 느끼도록 하기 위해, 병으로 누워 있는 남편을 버려두고 하루의 환락으로 달려간 결과가 나빴다는 것을 깨닫고 그녀가 후회하도록 하기 위해. 하지만 그는 그것을 적당히 표현할 말을 알지 못했다. 설사 표현해도 그녀에게 통하지 않을 거라는 사실은 분명했다. 통한다고 해도 자신의 생각대로 느끼게 하기는 어려웠다. 그는 잠자코 기분 나쁘게 있을 수밖에 다른 도리가 없었다.

오히데 쪽으로 고개를 돌리자마자 다시 느끼기 시작한 국부의 수축이 곧바로 쓰다에게 이만큼의 경과를 상기시켰다. 그는 괴로운 표정을 지었다.

아무것도 모르는 오히데는 그런 섬세한 의미를 알 리 없었다. 그녀는 오라버니가 항상 자신에게만 보이는 예의 그 표정에 지나지 않는다고 해석했다.

"싫으면 퇴원하고 나서 할까요?"

그다지 동정 어린 태도를 보이지 않던 그녀는 그래도 얼마간 사정을 참작해줄 수밖에 없었다.

"어디 아파요?"

쓰다는 그저 고개만 끄덕였다. 오히데는 잠시 그의 상태를 잠자코 보고 있었다. 동시에 쓰다의 국부에서는 수축이 규칙적으로 반복되었다. 침묵이 이어지는 동안 그는 찌푸린 얼굴을 거두지 않았다.

"그렇게 아프면 안 될 텐데요. 올케언니는 어떻게 된 거죠? 어제 전화로는 통증 같은 건 없다고 한 것 같은데."

"오노부는 몰라."

"그럼 올케언니가 돌아가고 나서 아프기 시작한 거예요?"

'사실은 오노부 탓에 아프기 시작한 거야'라고 말할 수도 없었던 쓰다는 이때 갑자기 자신이 응석받이처럼 느껴졌다. 겉보기에는 어떨지 몰라도 마음속이 아무래도 오라버니답지 못한 것이 부끄러웠다.

"대체 네 용건이라는 건 뭐지?"

"아니, 그렇게 아플 때 얘기 안 해도 돼요. 나중에 할게요."

쓰다는 능히 자신을 속일 수 있었다. 하지만 그때의 그는 속이는 게 싫었다. 그는 이제 국부의 느낌을 잊고 있었다. 수축은 잊으면 그치고 그치면 잊히는 것이 특징이었다.

"상관없으니까 얘기해봐."

"어차피 제 얘기니까 변변한 일은 아니에요. 됐어요."

쓰다도 대충 짐작은 갔다.

94

"또 그 일이지?"

쓰다는 잠시 틈을 두고 어쩔 수 없이 이렇게 말했다. 하지만 그때는 이미 여느 때처럼 듣고 싶지 않다는 표정으로 돌아와 있었다. 오히데는 마음속으로 그 모순이 비위에 거슬렸다.

"그래서 제가 아까부터 나중에 하겠다고 했잖아요. 그걸 오라버니가 일부러 재촉하듯이 말하니까 나도 모르게 얘기할 마음이 들기도 하네요."

"그러니까 신경 쓰지 말고 얘기하면 되잖아. 어차피 그럴 생각으로 온 거 아냐?"

"하지만 오라버니가 그렇게 괴로운 표정을 짓고 있으니까."

오히데는 적어도 오라버니에게라면 불쾌한 표정 정도로 사정을 헤아려주는 여자가 아니었다. 따라서 쓰다도 미안해질 리 없었다. 오히려 누이인 주제에 쓸데없는 일로 자신을 비난하는 녀석 정도로 생각했다. 그는 상대해주지 않고 앞으로 나아갔다.

"또 교토에서 무슨 말을 해온 거야?"

"네, 뭐 그런 셈이죠."

쓰다에게는 아버지가, 오히데에게는 어머니가 교토 소식을 전해주는 것으로 거의 정해져 있었기 때문에 그는 편지를 누가 보냈느냐고 새삼 물을 필요도 없었다. 하지만 지금의 경우, 오히데가 어머니에게서 받았다는 편지의 내용에는 무관심할 수가 없었다. 돈을 보내달라는 편지를 교토에 두 번째로 보내고 나서부터 그는 속으로 끊임없이 송금 유무에 마음을 쓰고 있었다. 오누이 사이에 '그 일'로 통용되는 사건은 되도록 묻지 않으려고 조심해도 월말의 지출이나 입원비의 출처에 이해관계를 크게 느끼지 않을 수 없었던 쓰다는 또 이 두 가지가 서로 뒤얽혀 분리할 수 없는 사정 아래 놓여 있는 의미를 오히데보다 잘 알고 있었다. 그는 아무래도 적극적으로 밀고 나갈 수밖에 없었다.

"뭐라고 하던?"

"오라버니한테도 아버지가 뭐라고 했죠?"

"응, 했지. 그거야 말하지 않아도 너는 알고 있을 거고."

오히데는 알고 있다고도 아니라고도 대답하지 않았다. 야무진 입매에 그저 희미한 미소만 비쳤다. 그게 자못 오라버니를 이겼다는 득의양양한 빛을 넌지시 비추는 것으로 보여 쓰다는 부아가 났다. 평소에는 단지 누이라는 인연으로 조금도 자신의 눈에 띄지 않는 오히데의 미모가 이럴 때만은 그를 나쁘게 자극했다. 공연히 용모가 보통 이상이라 이 여자는 쓸데없이 남의 감정을 상하게 하는 게 아닐까 하는 의심도 그는 한두 번 한 게 아니었다. '넌 미모 때문에 시집간 것을 평생 자랑할 생각이겠지'라고 말해주고 싶은 일도 종종 있었다.

오히데는 이윽고 이목구비가 반듯한 얼굴로 오라버니를 보았다.

"그래서 오라버니는 어떻게 했어요?"

"어떻게 해볼 수가 없잖아."

"아버지한테는 아무 말도 안 했어요?"

쓰다는 잠시 입을 다물었다. 그러고는 마치 어쩔 수 없다는 듯이 대답했다.

"말했지."

"그랬더니요?"

"그랬더니 아직 아무런 답이 없어. 집으로 이미 왔을지도 모르지만 아무튼 오노부가 오지 않으면 그것도 모르니까."

"하지만 아버지가 어떤 답장을 보낼지 짐작은 가나요?"

쓰다는 뭐라고도 대답하지 않았다. 오노부가 지어준 솜옷 옷깃을 손으로 더듬어 검은색 무지의 두꺼운 명주 밑에서 빼낸 이쑤시개로 자꾸만 앞니를 쑤시기 시작했다. 그가 언제까지고 입을 다물고 있어 오히데는 같은 의미의 질문을 다른 말로 고쳐 했다.

"오라버니는 아버지가 흔쾌히 돈을 보내줄 거라고 생각해요?"

"모르지."

쓰다는 퉁명스럽게 대답했다. 그리고 화가 난다는 듯이 뒷말을 덧붙였다.

"그러니까 어머니가 너한테 뭐라고 했는지 아까부터 묻고 있는 거잖아."

오히데는 일부러 눈을 돌려 툇마루 쪽을 보았다. 그것은 쓰다 앞에서 아아, 아아, 하고 탄식하는 태도를 대신하는 것에 지나지 않았다.

"그래서 말하지 않는 게 아니에요. 처음부터 이렇게 될 거라고 생각한걸요."

95

쓰다는 드디어 어머니가 오히데에게 보낸 편지에 무슨 이야기가 쓰여 있었는지를 물었다. 누이가 전한 내용에 따르면, 아버지의 분노는 그가 예상한 것 이상으로 격렬했다. 월말의 부족한 돈을 스스로 마련한다면 모를까, 만약 그것마저 할 수 없다면 본때를 보이기 위해서라도 앞으로의 송금은 당분간 보류할지도 모른다는 것이 아버지의 진짜 속셈인 듯했다. 그러고 보면 얼마 전 그에게 보낸 편지에서 말한 울타리 수리라느니 집세가 안 들어왔다느니 하는 것은 거짓말이 되는 셈이다. 설령 거짓말이 아니라고 해도 단지 말하기 좋은 핑계라고 생각해야 했다. 또 아버지는 왜 그에게 그런 속이 빤히 들여다보이는 남처럼 서먹서먹한 말을 해온 것일까. 꾸짖으려면 좀 더 남자답게 꾸짖으면 될 텐데.

그는 깊이 생각했다. 염소수염을 기르고 만사에 젠체하는 아버지의 얼굴, 의미가 없는데도 속발을 싫어하고 틀어 올리기만 하는 어머니의 머리, 이 정도의 특징은 이 경우를 해석하는 데 아무런 실마리도 되지 못했다.

"애초에 오라버니가 약속대로 하지 않은 게 잘못이에요." 오히데가 말했다. 쓰다는 사건 이후 그녀가 몇 번이고 반복하는 이 말만큼 듣고 싶지 않은 것도 없었다. 약속대로 하지 않은 게 나쁘다는 것 정도는 누이의 말을 듣지 않아도 잘 알고 있었다. 그는 다만 그럴 필요성을 느끼지 않았을 뿐이다. 그리고 그 입장을 남에게 이해받고 싶었다.

"하지만 그건 무리예요." 오히데가 말했다. "아무리 부모 자식이라 해도 약속은 약속이니까요. 게다가 아버지하고 오라버니만의 문제라면 아무래도 좋겠지만."

오히데에게는 남편인 호리가 거기에 관여되어 있다는 사실이 가장 중요한 문제였다.

"우리도 곤란해요. 어머니한테서 그런 편지를 받는 건."

학교를 졸업하고 괜찮은 직장을 얻게 되어 새롭게 가정을 꾸린 이상 그럭저럭 부모 신세를 지지 않고 생계를 독립적으로 꾸려나가야 한다는 아버지의 의견을 번복하게 한 것은 호리의 힘 덕분이었다. 쓰다의 부탁을 선뜻 받아들인 호리는 물가의 급등, 교제의 필요, 시대의 변화, 도쿄와 지방의 차이 등 여러 가지 유리한 근거를 멋대로 늘어놓으며 근검하기만 한 아버지를 설득했던 것이다. 그 대신 백중날이나 연말에 쓰다가 받는 상여금 대부분을 떼어내 매달 받는 보조금을 한꺼번에 얼마간 갚는다는 방침을 세운 것도 호리였다. 그 방안이 성립된 것과 함께 책임이 생긴 그는 또 지극히 태평한 사람이었다. 약속의 이행 따위는 처음부터 깊이 생각하지 않았을 뿐 아니라 이행할 시기가 왔을 때는 이미 그 사실을 잊고 있었다. 쓰다의 아버지로부터 힐책에 가까운 편지를 받은 그는 거의 이 사건을 염두에 두고 있지 않았던 만큼 깜짝 놀랐다. 하지만 현금을 남김없이 다 써버린 후라서 깨달아봤자 어떻게 해볼 도리도 없었다. 낙천적인 그는 그저 죄송하다는 답장을 쓰고 그것으로 끝났다고 생각했다. 그런데 세상은 야무지지 못한 자신에게 맞게 만들어지지 않았다는 사실을 그는 쓰다의 아버지로부터 배워야만 했다. 쓰다의 아버지는 아무리 시간이 지나도 그를 책임자로 취급했다.

동시에 쓰다의 재력에는 어울리지 않아 보일 정도로 근사한 반지가 오노부의 손가락에서 빛나기 시작했다. 그리고 처음으로 그것을 발견한 사람은 오히데였다. 여자 사이의 호기심이 그녀의 신경을 예민하게 했다. 그녀는 오노부의 반지를 칭찬했다. 칭찬하는 김에 그것을 산 시기와 장소를 알아내려고 했다. 호리가 보증하여 성립한 쓰다와 아버지의 약속을 전혀 몰랐던 오노부는 평소의 조심성과 달리 그 점에서는 완전히 순진했다. 자신이 어느 정도 쓰다에게 사랑받고 있는지를 오히데에게 보여주자는 노력이 모든 고려에 앞섰다. 그녀는 있는 그대로 오히데에게 이야기했다.

평소부터 지나치게 화려한 여자라며 오노부를 다소 나쁘게 보고 있던 오히데는 곧바로 그 자초지종을 교토에 보고했다. 게다가 오노부가 백중날과 연말의 약속을 알고 있으면서도 일부러 남편을 부추겨 갚아야 할 돈을 갚지 않도록 했다는 식으로 편지를 썼다. 쓰다가 아내에 대한 허영심에서 오노부에게 비밀을 털어놓지 않았던 것을 오히데는 오노부 본인의 허영심이기라도 한 것처럼 처음부터 단정하고 상대한 것이다. 그리고 자신의 오해를 그대로 교토에 전해버린 것이다. 지금도 그녀는 그 오해에서 벗어날 수 없었다. 따라서 이 사건과 관련하여 말하자면 그녀의 상대는 오라버니인 쓰다라기보다는 오히려 올케인 오노부라고 하는 편이 적절할지도 몰랐다.

"대체 올케언니는 어떻게 할 생각이래요, 이번 일에 대해?"

"오노부하고는 아무 관계도 없는 일이잖아. 그 사람한테는 아무 말도 안 했으니까."

"그래요? 그럼 올케언니가 제일 속 편하고 좋겠네요."

오히데는 빈정거리는 웃음을 보였다. 쓰다의 머리에는 가부키 구경을 가기 전날 밤 전당포에라도 맡길까 하며 반짝이는 두꺼운 오비를 전등 불빛에 비춰보던 오노부의 모습이 또렷하게 떠올랐다.

96

"대체 어떻게 하면 좋을까요?"

오히데의 말은 신중하지 못한 오라버니를 곤란하게 하는 의미로도 들렸고 또 자신의 당혹감을 드러낸 표현이기도 했다. 그녀에게는 남편의 체면이라는 게 있었다. 남편보다 더욱 조심스러운 시어머니까지 그 안에 자리 잡고 있었다.

"그야 남편도 오라버니 부탁을 받고 말을 한 것 같지만 거기까지 책임을 질 생각은 없었을 테니까요. 그렇다고 굳이 그 일에 책임이 없다고 이제 와서 양해를 구할 마음도 아니겠지만요. 아무튼 만일의 경우에는 이렇게 하겠다고 증서를 써준 것도 아니니까 아버지처럼 그렇게 법률적으로만 해석해도 제가 남편한테 난처하기만 할 뿐이에요."

쓰다는 적어도 표면상 누이의 입장을 인정하지 않을 도리가 없었다. 하지만 마음속으로는 그녀에게 미안하다는 생각이 전혀 들지 않아서 그의 태도는 자연히 오히데에게 영향을 미쳤다. 그녀는 자기 앞에서 아주 뻔뻔하기만 한 오라버니를 보았다. 오라버니는 자신의 편의 외에는 아무것도 생각하지 않았다. 혹시 생각한다면 새로 맞이한 아내뿐이었다. 그리고 그는 아내에게 너그러웠다. 오히려 자유롭게 해주고 있었다. 아내를 만족시키기 위해 외부에 대해 전보다 한층 멋대로 하지 않을 수 없었다.

오라버니를 이렇게 보는 그녀는 쓰다가 보기에 오라버니에게 가장 동정심이 부족한, 누이답지 못한 태도를 취하고 있었다. 그것을 거리낌 없는 말로 표현하자면 '오라버니가 곤란한 것은 자업자득이니까 어쩔 수 없는 일이지만 내 일은 어떻게 할 거예요?'라는 아주 노골적인 것이었다.

쓰다는 어떻게 하겠다는 말을 하지 않았다. 또 어떻게 할 생각도 없었다. 오히려 예상하기 힘든 아버지의 생각을 오히데 앞에서 문제 삼았다.

"아버지는 대체 어떻게 하실 생각일까? 갑자기 돈을 보내지 않겠다고 선언하기만 하면 틀림없이 내가 마련할 거라고 생각하는 걸까?"

"그거예요, 오라버니."

오히데는 의미심장하게 쓰다의 얼굴을 쳐다보았다. 그리고 다시 덧붙였다.

"그래서 제가 남편한테 난처하다는 거예요."

희미한 암시가 쓰다의 머리에 번뜩였다. 초가을에 보는 번개처럼 먼 것이었다. 하지만 날카로운 것임에는 틀림없었다. 암시는 아버지의 품성과 관련된 것이었다. 지금까지 전혀 알아차리지 못했다는 의미에서 먼 것이라고 할 수 있는 대신, 일단 알아차린 이상 아버지의 평소 태도로 미루어보아 그것을 시인하고 싶어진다는 점에서 자식으로서의 쓰다에게 상당히 날카롭게 파고드는 성질의 것이었다. 마음속으로 처음에 '설마' 하고 외친 그는 다음 순간 '경우에 따라서는'이라고 고쳐 말할 수밖에 없게 되었다.

억측에 의한 판단의 거울에 비친 아버지의 심리 상태는 다음과 같은 순서로 예상한 대로의 결과에 이르도록 짜여 있었다. ……맨 처음에 완곡하게 송금을 거절한다, 쓰다가 어려움을 겪는다, 내친걸음이라 호리에게 사정을 말한다, 교토에 책임을 느끼지 않을 수 없는 호리는 곤란한 처지에 있는 쓰다를 도와줌으로써 비로소 아버지에 대한 보증 의무를 완수할 수 있다, 그리하여 마지못해 매월 갚아야 할 돈을 대신 치러준다, 아버지는 그저 고맙다고만 말하고 시치미를 뗀다.

이렇게 단락을 지어 생각해보면 거기에는 일종의 경계심이 있었다. 상당한 논리도 있었다. 물론 어느 정도의 수완도 보였다. 동시에 거기에는 어떠한 산뜻함도 존재하지 않았다. 비열하기까지는 하지 않았지만 여우처럼 교활한 구석도 조금 있었다. 소액의 돈에 대한 지나친 집착이 새삼 두드러져 보였다. 요컨대 모든 것이 아버지다웠다.

다른 점에서 아무리 충돌하더라도 아버지의 이런 수법에 감탄하지 않는 점에서는 쓰다도 오히데에게 지지 않았다. 모든 의미에서 아버지를 동정하면서도 이 한 점에서만은 오히데 역시 쓰다와 마찬가지로 눈살을 찌푸리지 않을 수 없었다. 아버지의 품성은 오히려 다른 문제였다. 쓰다는 오히데에게 도움받는 것을 기분 좋게 생각하지 않았다. 오히데는 또 오라버니 부부에게 좋은 감정을 갖고 있지 않았다. 게다가 남편이나 시어머니에게 도리를 다하는 것도 괴로웠다. 두 사람은 먼저 실제 문제를 어떻게 처리해야 좋을지 고심했다. 그런데도 입으로는 쌍방 모두 끝까지 철저히 추구할 용기가 없었다. 서로의 추측으로 성립한 아버지의 생각은 그저 대화할 때 서로 묵인하는 정도로 발전했을 뿐이다.

97

감정과 논리가 뒤엉킨 곳을 풀면서 앞으로 나아갈 수 없었던 그들은 어디까지고 굽이굽이 걸었다. 국소에 닿을 듯 말 듯한 쌍방의 태도가 마음속에서 서로를 안달하게 했다. 그러나 그들은 오누이였다. 두 사람 다 치근치근한 성격이었다. 상대의 솔직하지 못한 점을 은근히 비난하면서도 자신이 먼저 폭발하는 꼴사나운 일은 하지 않았다. 다만 쓰다는 오라버니인 만큼, 또 남자인 만큼 오히데보다는 이야기를 한곳으로 마무르는 솜씨가 뛰어났다.

"결국 넌 오라버니한테 동정심이 없다는 거지?"

"그렇지 않아요."

"그럼 오노부한테 동정심이 없다는 거겠지? 그 사람이야 뭐 어느 쪽이든 마찬가지지만 말이야."

"어머, 올케언니에 대해서는 아무 말도 하지 않았어요."

"요컨대 이 일에서 가장 나쁜 것은 나라고, 결국 이렇게 말하고 싶은 거겠지? 그야 새삼스럽게 설명하지 않아도 잘 알고 있어. 그래 좋아. 난 그 벌을 달게 받을 테니까. 이번 달은 아버지한테 돈을 받지 않고 지낼 거야."

"오라버니가 그럴 수 있을까요?"

오히데가 오라버니를 비웃는 모습이 곧 쓰다의 다음 말을 불러왔다.

"그럴 수 없으면 죽기밖에 더 하겠어."

오히데는 결국 꾹 다문 입가를 조금 누그러뜨려 하얀 이를 희미하게 드러냈다. 쓰다의 머리에는 전등 밑에서 빛나는 두꺼운 오비를 만지작거리던 오노부의 모습이 다시 떠올랐다.

"차라리 오노부한테 지금까지의 경제 사정을 남김없이 털어놔버릴까?"

쓰다에게는 그만큼 손쉬운 해결책도 없었다. 하지만 내친걸음이라 말하자면 또 그것만큼 어려운 고백도 없었다. 그는 오노부의 허영심을 잘 알고 있었다. 그것을 최대한 만족시켜주는 것이 또 그의 허영심이었다. 자신에 대한 오노부의 신뢰를, 여자에게 소중한 그 한 귀퉁이를 무너뜨리는 것은 스스로 자신에게 타박상을 입히는 것과 같은 일이었다. 오노부에게 미안해서라기보다는 아내 앞에서 자신의 체면을 잃어야 한다는 것이 그에게는 큰 고통이었다. 그 정도 일 가지고, 하며 남들이 비웃을 것 같은 이런 사소한 경우에도 그는 금세 움직일 마음이 들지 않았다. 집에는 실제로 돈이 있다, 오노부에게 자신의 체면을 유지하기에 남아돌 만큼의 돈이 있다. 그런데도, 라는 멋대로 된 사실이 아무래도 앞섰다.

게다가 그는 어떤 경우에도 공연히 버럭 화를 내는 사람이 아니었다. 자기 자신을 잊어버리는 것을 굉장히 천박한 일로 보는 그는 또 쉽게 자신을 잊어버릴 수 없는 성격을 부모로부터 물려받은 사람이었다.

'그럴 수 없으면 죽기밖에 더 하겠어'라고 내팽개치듯이 말한 후 그는 아직 오히데의 모습을 살피고 있었다. 마음속에서 말만큼 단호한 어떤 것도 올라오지 않는 것을 부끄럽게 여기지 않았다. 오히려 냉정하게 마음의 저울을 움직이기 시작했다. 그는 오노부에게 사정을 털어놓는 고통과 오히데에게 도움을 받는 불쾌함을 재보려고 했다. 그리고 차라리 둘 중 후자를 선택한다면 어떨까 하고 생각했다. 그걸 받아들일 만한 힘을 충분히 갖고 있는 오히데는 무엇보다 오라버니가 진심으로 후회하지 않는 것을 못마땅하게 여겼다. 오라버니 뒤에 장본인인 오노부가 시치미를 떼고 대기하고 있는 것이 얄미웠다. 교토에 계신 아버지가 남편 호리를 이 사건의 책임자라도 되는 것처럼 간주하고 우회적으로 말을 해오는 것이 정말이지 부아가 치밀었다. 이런저런 맺힌 감정으로 인해, 쓰다의 의사가 훤히 들여다보인 뒤에도 그녀는 쉽사리 적극적인 호의를 보이는 일을 굳이 하지 않았다.

동시에 미모 덕에 비교적 부유한 집으로 시집간 오히데에 대한 쓰다의 태도 또한 일종의 자존심으로 가득 차 있었다. 그는 결혼한 누이에게서 벼락출세한 사람에 가까운 냄새를 맡았다. 또는 맡았다고 생각했다. 어느새 오라버니라는 위엄 있는 갑옷을 입고 그녀를 대하는 듯한 기분에 지배당하기 시작했다. 그러므로 그라고 해도 함부로 오히데 앞에 고개를 숙일 수는 없었다.

그래서 두 사람은 어느 쪽도 돈 이야기를 꺼내지 않았다. 그리고 둘 다 상대가 말을 꺼내기를 기다렸다. 이런 미적지근하고 철저하지 못한 집안 이야기가 한창 진행되는 중에 돌연 하녀 도키코가 뛰어들어 두 사람이 만들고 있던 국면을 단번에 무너뜨려버린 것이다.

98

하지만 도키코가 직접 오기 전에 쓰다에게 전화를 걸어온 것도 틀림없었다. 계단 중간까지 올라온 약제사가 귀찮은 듯이 전해주는 "쓰다 씨, 전화입니다" 하는 소리를 들었다. 그는 오히데와 나누던 이야기를 중단하고 "어디서요?" 하고 되물었다. 약제사는 내려가면서 "아마 댁이겠지요" 하고 말했다. 냉소적인 이 대답이 복잡하게 얽힌 이야기에 너무 빠져든 쓰다의 마음을 그만 태만하게 만들었다. 가부키를 보러 간다고 하고 어제도 오늘도 모습을 보이지 않는 오노부의 처사를 은근히 좋게 생각하지 않던 그를 더욱 불쾌하게 만들었다.

'전화로 꾀려는 거다.'

그는 곧 이렇게 생각했다. 어제 아침에도 걸고, 오늘 아침에도 걸고,

어쩌면 내일 아침에도 전화만 걸어 사람의 마음을 자기 쪽으로 바짝 당겨놓은 뒤에 불쑥 얼굴을 드러내는 수법일 거라고 판단했다. 그를 대하는 오노부의 평소 행동에서 유추해보면 이런 추측도 전혀 무리는 아니었다. 그는 예상치 못했을 때 불쑥, 그것도 정숙하게 자신을 놀라게 하며 들어오는 오노부의 웃는 얼굴까지 상상했다. 그 웃는 얼굴이 또 이상하게 그의 마음에 영향을 미치는 사실도 그는 잘 알고 있었다. 그녀는 한순간에 번뜩이는 예리한 그 무기의 힘으로 언제나 그 자리에서 그를 정복했다. 지금까지 지켜온 마음을 훌쩍 바꾸게 되는 그의 입장에서 보면 빤히 보면서 그녀의 술수에 빠져드는 것이나 마찬가지였다.

그는 오히데의 주의에도 불구하고 전화를 받지 않고 내버려두었다.

"어차피 볼일이 있어서가 아닐 거야. 상관없어. 그냥 내버려둬."

이 대답이 또 오히데에게는 의외였다. 첫째로 흐리터분함을 싫어하는 오라버니의 성격에 어울리지 않았다. 둘째로 무슨 일이든 오노부의 말대로 하는 오라버니의 태도가 아니었다. 그녀는 오라버니가 자기 앞이라 꺼린 나머지 평소의 무른 모습을 애써 감추기 위해 일부러 올케언니에게 무관심을 가장하는 것이라고 해석했다. 마음속으로 그것을 다소 기분 좋게 생각한 그녀도 아래에서 전화를 받으라고 재촉하는 약제사의 큰 소리를 들었을 때는 그래도 오라버니 대신 일어나지 않을 수 없었다. 그녀는 일부러 아래까지 내려갔다. 하지만 그건 전혀 도움이 되지 않았다. 약제사가 적당히 응대하고 아무렇게나 놓은 수화기는 이미 끊겨 있었다.

형식적으로 의무를 다한 그녀가 원래 자리로 돌아와 다시 두 사람에게 공통된 화제의 실마리를 꺼냈을 때 한편에서는 서둘러대는 도키코가 결국 참지 못하고 공중전화를 내버려두고 전차를 탔다. 그러고는 15분도 지나지 않아 쓰다는 다시 뜻하지 않은 그녀의 입에서 뜻하지 않은 이야기를 듣고 놀랐던 것이다.

도키코가 돌아간 뒤 그의 마음은 쉽게 원래 상태로 돌아가지 않았다. 고바야시의 성격을 속속들이 알고 있다는 자신감이 있었지만 자기가 집에 없는 동안 불쑥 찾아와 그다지 친하지도 않는 오노부를 상대로 이야기에 열중하리라고는 생각하지 못했던 그는 놀라지 않을 수 없었을 뿐 아니라 생각하지 않을 수 없었다. 외투를 주고 안 주고의 문제가 아니었다. 문제는 외투와는 전혀 관계없는, 잘 알지도 못하는 아내에게서 남의 외투를 직접 받으려고 아무렇지 않게 찾아가는 그의 성격이었다. 또는 필연적으로 그의 처지가 낳은 제2의 성격이었다. 한 발 더 나아가면 그 성격이 오노부에게 어떻게 작용할지가 문제였다. 거기에는 엉뚱함이 있었다. 자포자기가 있었다. 만족하는 사람을 불만족스럽게 바라보는 악의에 찬 눈이 있었다. 막 결혼한 그들 두 사람은 그가 접촉할 만한 사람들 중에서 득의양양한 대표자로 선택될 염려가 있었다. 평소부터 그를 경멸하는 데서 아무런 사정도 봐주지 않았던 쓰다에게는 또 그런 빌미를 주었다는 자각이 충분히 있었다.

'무슨 말을 할지 몰라.'

쓰다의 마음에는 돌연 일종의 공포가 일었다. 오히데는 또 반대로 웃음을 터뜨렸다. 늘 고바야시라는 남자를 뭐라고 비판하고 싶어 하는 오라버니의 뜻조차 그녀에게는 거의 통하지 않았다.

"고바야시라는 사람이 뭐라고 한들 상관없지 않나요? 그런 사람이 하는 말 같은 건 아무도 진심으로 받아들이지 않아요."

오히데도 고바야시의 일면을 잘 알고 있었다. 하지만 그것은 대부분 그가 후지이 숙부 앞에서 보이는 일면에 제한되어 있었다. 그리고 술을 마셨을 때와는 아주 딴판인 온화한 일면이었다.

"그렇지 않아, 그리 간단히는."

"요즘 그렇게 나빠졌어요, 그 사람이?"

오히데는 역시 믿을 수 없다는 표정이었다.

"하지만 성냥 하나로도 큰 집을 태우려면 얼마든지 태울 수 있는 거잖아."

"그 대신 불이 옮겨붙지 않으면 그뿐이죠, 성냥을 몇 갑이나 안고 있어도요. 올케언니는 그런 사람한테 불이 붙을 여자가 아니에요. 아니면……."

99

쓰다는 오히데의 입에서 나온 나중의 한마디를 들었을 때 일부러 눈을 움직이지 않았다. 딴 곳을 향한 채 가만히 그 뒷말을 기다렸다. 하지만 그가 들으려고 한 뒷말은 끝내 나오지 않았다. 오히데는 그가 마음에 걸릴 것 같은 일을 반쯤만 이야기하고 바로 말을 바꿔버렸다.

"왜 오라버니는 오늘따라 그런 시시한 일을 걱정하는 거예요? 무슨 특별한 사정이라도 있어요?"

쓰다는 역시 원래의 자리에 눈을 고정하고 있었다. 되도록 누이가 자신의 마음을 눈치채지 못하게 하기 위해서였다. 눈빛을 그녀에게 읽히지 않기 위해서였다. 그리고 실제로 그런 부자연스러운 행동에서 오는 영향을 받고 있었다. 그는 어쩐지 두려웠다. 가까스로 오히데 쪽을 보았다.

"특별히 걱정하는 건 아니야."

"그냥 마음에 걸려요?"

이런 식으로 나가다가는 오히데에게 놀림만 당할 것 같았다. 그는 곧 입을 다물었다.

동시에 조금 전부터 느끼고 있던 수축감이 다시 그의 국부에서 느껴졌다. 그는 그것을 두세 번 불쾌하게 경험한 후라서 어쩌면 이번에도 규칙적으로 일정한 시간 동안 되풀이되는 게 아닐까 하는 걱정에 사로잡혔다.

그런 일을 모르고 있는 오히데는 어쩐 일인지 같은 문제를 언제까지고 놓지 않았다. 그녀는 일단 실마리를 잃은 그 문제를 곧바로 다른 형태로 쓰다 앞에 내놓았다.

"오라버니는 대체 올케언니를 어떤 사람이라고 생각해요?"

"왜 이제 와서 새삼스럽게 그런 걸 묻는 거지? 부질없게."

"그럼 됐어요, 듣지 않아도."

"그런데 왜 묻는 거야? 그 이유를 말하면 되잖아."

"좀 필요가 있어서 물었어요."

"그러니까 그 필요가 뭔지를 말하라고."

"필요는 오라버니를 위한 거예요."

쓰다는 이상한 표정을 지었다. 오히데는 곧 말을 덧붙였다.

"오라버니가 고바야시 씨를 너무 신경 쓰니까요. 좀 이상하잖아요."

"그건 네가 모르는 일이야."

"하여튼 모르니까 이상한 거죠. 그럼 대체 고바야시 씨가 올케언니한테 어떤 걸 어떤 식으로 말한다는 거죠?"

"말한다고 하지 않았잖아."

"말할 염려가 있다는 의미예요. 바꿔 말하면요."

쓰다는 대답하지 않았다. 오히데는 쓰다의 얼굴을 뚫어지게 쳐다보았다.

"전혀 상상할 수가 없잖아요. 예를 들면 그 사람이 아무리 나빠졌다고 해도 말할 수 있는 게 아무것도 없잖아요. 언뜻 생각해봐도."

쓰다는 아직 대답하지 않았다. 오히데는 어떻게든 쓰다가 대답할 때까지 나아가려고 했다.

"설사 그 사람이 무슨 말을 한다고 해도 올케언니가 상대해주지 않으면 그뿐 아닌가요?"

"그거야 말하지 않아도 알고 있어."

"그래서 제가 묻는 거예요. 오라버니는 대체 올케언니를 어떻게 생각하느냐고요. 오라버니는 올케언니를 믿어요, 안 믿어요?"

오히데는 갑자기 다그치고 나왔다. 쓰다는 그 의미를 잘 이해할 수 없었다. 하지만 거기서 상대의 김을 뺄 필요가 있어서 확실한 대답을 피하고 일부러 웃지 않을 수 없었다.

"대단한 서슬이구나. 마치 심문이라도 받는 것 같잖아."

"얼렁뚱땅 넘어가지 말고 분명히 말해봐요."

"말하면 어떻게 할 건데?"

"전 오라버니의 동생이에요."

"그게 어쨌다는 거지?"

"오라버니는 솔직하지 않아서 문제예요."

쓰다는 이상하다는 듯이 고개를 갸우뚱했다.

"어쩐지 이야기가 아주 까다로워진 것 같은데, 좀 착각하고 있는 거 아냐? 나는 고바야시에 대해 그렇게 깊은 의미로 말한 게 아니야. 그냥 그 녀석은 내가 집에 없을 때 오노부를 만나 무슨 말을 할지 모르는 아주 난감한 놈이라고 말한 것뿐이거든."

"단지 그것뿐이에요?"

"응, 그것뿐이야."

오히데는 갑자기 기대가 어긋난 듯한 기색을 보였다. 하지만 잠자코 있지는 않았다.

"하지만 오라버니, 만약 남편이 집에 없을 때 누군가 찾아와서 나한테 뭐라고 한다고 해보세요. 그걸 남편이 알면 걱정할 거라고 생각하세요?"

"제부에 대해서는 나야 모르지. 너는 걱정하지 않을 거라고 단언할지도 모르지만 말이야."

"네, 단언해요."

"그래 좋아. ……그래서?"

"저도 그것뿐이에요."

두 사람은 입을 다물 수밖에 없었다.

100

하지만 두 사람은 이미 운명 지어져 있었다. 어떻게 해서든 대화를 수단으로 서로의 마음에서 어떤 것을 어떤 데까지 내쫓지 않으면 납득할 수 없었다. 특히 쓰다에게는 목전의 필요가 있었다. 당장 닥쳐올 돈 마련, 그는 지금 그 재원을 눈앞에 두고 있었다. 한번 놓치면 영원히 그의 손으로 돌아올 것 같지 않았다. 자연히 그는 그 점만으로도 오히데에게 약자의 위치에 몰려 있었다. 그는 잃어버린 화두를 어떤 식으로 되돌릴까 하고 생각했다.

"너, 병원에서 밥 먹고 가지 않을래?"

시간이 마침 이런 붙임성 있는 말을 하기에 적합했다. 특히 오늘 아침 호리는 어머니와 아이들을 데리고 요코하마의 친척집에 가서 집에 없기 때문에 그가 이런 붙임성 있는 말을 하는 데 특별한 의미를 두기에도 편했다.

"어차피 집에 가봐야 할 일도 없을 거고."

오히데는 쓰다의 말대로 했다. 두 사람 사이에서 이야기는 손쉽게 부활했다. 하지만 그냥 오누이 사이의 이야기에 지나지 않았다. 그리고 이 경우 그냥 오누이 사이의 이야기는 그들에게 전혀 요기가 되지 않았다. 그들은 좀 더 상대의 마음속으로 잠입하려고 기회를 엿보았다.

"오라버니, 나 지금 갖고 있어요."

"뭘?"

"오라버니가 필요로 하는 거요."

"그래?"

쓰다는 거의 상대하지 않았다. 그 냉담함은 바로 그의 자존심에 비례한 것이었다. 그는 정신적으로도 형식적으로도 누이에게 고개를 숙이고 싶지 않았다. 하지만 돈은 받고 싶었다. 오히데는 돈이야 아무래도 좋았다. 하지만 오라버니에게 고개를 숙이게 하고 싶었다. 자연히 오라버니가 바라는 돈을 미끼로 삼아 자신의 목적을 달성해야 했다. 결과는 아무래도 오라버니를 초조하게 하는 일로 귀착했다.

"줄까요?"

"응."
"아버지는 어떻게 해도 주실 리가 없어요."
"어쩌면 주지 않을지도 모르지."
"왜냐하면 어머니가 저한테 정확히 그런 말을 전해줬거든요. 오늘 그 편지를 가져와서 보여줄까 했는데 그만 깜박 잊어버렸어요."
"그거야 알고 있어. 아까 네가 말했잖아."
"그래서 제가 가져왔다고 하는 거예요."
"나를 약 올리려고, 아니면 나한테 주려고?"
오히데는 얻어맞은 사람처럼 돌연 입을 다물었다. 그리고 순식간에 아름다운 눈 속에 눈물이 가득 고였다. 쓰다에게는 그것이 분해서 흘리는 눈물이라고만 생각됐다.
"요즘 오라버니는 왜 그렇게 빈정거리는 사람이 되었어요? 왜 옛날처럼 사람의 진심을 받아들여줄 수 없는 거죠?"
"나는 옛날과 전혀 달라지지 않았어. 요즘 네가 달라진 거지."
이번에는 오히데의 얼굴에 질렸다는 표정이 드러났다.
"제가 언제 어떤 식으로 변했다는 거예요? 어디 한번 말해보세요."
"그런 건 남한테 물어보지 말고 잘 생각해봐, 스스로 알 수 있는 일이니까."
"아뇨, 모르겠어요. 그러니까 말해주세요. 어서 말해주세요."
쓰다는 오히려 차가운 눈으로 날카롭게 따지고 드는 오히데의 모습을 바라보았다. 이 지경에 이르러도 그에게는 상대의 비위를 다시 맞춰주는 것이 득일지 아니면 단번에 팍 뭉개버리는 게 득일지 하는 이해타산이 작동했다. 그 중간쯤으로 하자고 결심한 그는 서서히 입을 열었다.

"너는 모를지 모르지만, 내가 보기에 호리한테 시집가고 나서 상당히 변했어."

"그야 변했겠지요. 여자가 시집가서 아이가 둘이나 생겼는데 어떻게 안 변하겠어요?"

"그러니까 그걸로 된 거야."

"하지만 오라버니한테 제가 어떻게 변했다는 거죠? 그걸 말해보세요."

"그거야……."

쓰다는 전부를 대답하지 않았다. 하지만 대답할 수 없어서가 아니라는 뜻을 어조를 통해 알 수 있도록 했다. 오히데는 잠깐 짬을 두었다. 그러고는 바로 거듭 물었다.

"오라버니의 마음속에는 제가 교토에 고자질을 했다는 사실이 내내 있겠지요?"

"그런 건 아무래도 좋아."

"아뇨, 그래서 틀림없이 저를 눈엣가시로 생각하고 있는 거예요."

"누가?"

불행한 말은 두 사람 사이에 복자(伏字)처럼 모조리 잠재해 있던 오노부라는 이름을 점화한 것이나 마찬가지였다. 오히데는 그것을 횃불처럼 오라버니의 눈앞에서 휘둘렀다.

"오라버니야말로 달라졌어요. 올케언니하고 결혼하기 전의 오라버니와 그 후의 오라버니는 전혀 달라요. 누가 봐도 아주 딴사람이에요."

101

쓰다가 보기에 오히데는 그에 대한 편견으로 무장해 있었다. 특히 최후의 공격은 오해 그 자체의 활동에 지나지 않았다. 그에게는 '올케언니, 올케언니'를 되풀이하는 누이의 목소리가 몹시 귀에 거슬렸다. 오히려 자기 자신을 만족시키기 위한 행위를 모두 아내를 만족시키기 위한 행위로 해석하는 누이 앞에서 그는 적잖이 불쾌했다.

"나는 네가 생각하는 것처럼 공처가가 아니야."

"그야 그럴지도 모르죠. 올케언니한테 전화가 와도 내 앞에서는 냉담한 척하면서 안 받을 정도니까요."

이런 말이 장소를 가리지 않고 오히데의 입에서 불쑥 튀어나왔을 때 쓰다는 거의 눈앞의 이해관계를 따질 수 없게 되었다. 그는 한두 번 속으로 혀를 찼다.

'그래서 이 녀석한테 전화를 하지 말라고 그렇게 주의를 주었건만.'

그는 신경의 흥분을 달래는 사람처럼 자꾸만 짧은 콧수염을 잡아당겼다. 점차 씁쓸한 표정을 지었다. 그리고 점점 말수가 적어졌다.

쓰다의 이런 태도가 오히데에게 뜻밖의 영향을 미쳤다. 오히데는 자신 때문에 오라버니의 약점이 한 꺼풀씩 벗겨져 마침내 부끄러운 나머지 입을 다문 거라고만 생각한 듯 더욱 맹렬하게 나왔다. 마치 이제 한 고비만 넘기면 완전히 자신 앞에서 후회하게 만들 수 있다는 기세로.

"올케언니하고 결혼하기 전의 오라버니는 좀 더 정직했어요. 적어도 좀 더 솔직했어요. 근거도 없는 말을 한다고 생각하는 게 싫으니까 사실을 있는 그대로 말하겠어요. 그러니까 오라버니도 제 질문에 솔직하게 대답해주세요. 오라버니는 올케언니하고 결혼하기 전에 아버지한테 이번 같은 거짓말을 한 적이 있나요?"

이때 쓰다는 처음으로 난처했다. 오히데가 하는 말은 분명한 사실이었다. 하지만 그 사실은 결코 오히데가 생각하는 의미에서 생긴 것이 아니었다. 쓰다의 입장에서 보면 그저 우연한 사실에 지나지 않았다.

"그래서 너는 이 사건의 책임자가 오노부라는 거야?"

오히데는 그렇다고 대답하고 싶었으나 일부러 피했다.

"아뇨, 올케언니에 대한 말은 전혀 하지 않았어요. 단지 오라버니가 변한 증거로 그만큼의 사실이 있다고 말하는 것뿐이에요."

쓰다는 표면상 어떻게 하든 져야만 하는 형세에 몰렸다.

"네가 그렇게 변했다고 주장하고 싶으면 변했다고 하면 되잖아."

"안 돼요. 아버지, 어머니한테 죄송하니까요."

곧바로 "그런가?" 하고 대답한 쓰다는 냉담하게 "그렇다면 그렇게 생각해도 돼" 하고 덧붙였다.

오히데는 이래도 아직 후회하지 않는 거야, 하는 표정을 지었다.

"오라버니가 변한 증거는 또 있어요."

쓰다는 모르는 척했다. 오히데는 거리낌 없이 그 증거를 들었다.

"오라버니가 집에 없을 때 고바야시 씨가 찾아와 올케언니한테 뭐라고 하지 않을까 해서 아까부터 걱정하고 있지 않았어요?"

"정말 귀찮게 구네. 걱정하는 게 아니라고 아까 말했잖아."

"하지만 마음에 걸리는 건 분명하죠?"

"네 멋대로 해석해."

"네. ……어느 쪽이든, 아무튼 그게 오라버니가 변했다는 증거 아닌가요?"

"말도 안 되는 소리 하지 마."

"아뇨, 증거예요. 확실한 증거요. 오라버니는 그만큼 올케언니를 두려워하고 있어요."

쓰다는 문득 눈을 돌렸다. 그리고 베개에 머리를 올린 채 아래에서 오히데의 얼굴을 살피듯이 쳐다보았다. 그러고는 모양 좋은 콧날에 냉소의 주름을 만들었다. 오히데에게는 그렇게 여유를 부리는 것이 아주 뜻밖이었다. 이제 한 고비만 넘기면 참회의 계곡에 거꾸로 처박을 수 있을 것이라 생각했던 그녀는 아직도 오라버니 뒤에 평탄한 지면이 남아 있는 게 아닐까 하고 의심했다. 하지만 그녀는 갈 수 있는 데까지 가야만 했다.

"바로 얼마 전까지만 해도 오라버니는 고바야시 씨한테 콧방귀도 뀌지 않았잖아요. 무슨 말을 해도 상대해주지 않지 않았나요? 그런데 왜 오늘따라 그렇게 두려워하세요? 고작 고바야시 같은 사람을 두려워하게 된 것은 그 상대가 올케언니라서가 아닌가요?"

"그렇다면 그렇게 생각해도 돼. 내가 아무리 고바야시를 두려워한다고 해도 아버지나 어머니한테 도리에 벗어나는 일이 되는 건 아닐 테니까."

"그래서 제가 참견할 일이 아니라는 건가요?"

"뭐 그런 정도겠지."

오히데는 발끈했다. 동시에 한 줄기 번개가 그녀의 머릿속을 스쳤다.

102

“알았습니다.”

오히데는 날카로운 목소리로 이렇게 내뱉었다. 하지만 그녀의 격식을 차린 딱딱한 말투는 외면상 쓰다에게 아무런 변화도 가져다주지 못했다. 그는 이제 그녀의 도전에 응할 기색을 보이지 않았다.

“알았어요, 오라버니.”

오히데는 쓰다의 어깨를 흔드는 식으로 다시 앞말을 되풀이했다. 쓰다는 어쩔 수 없이 입을 열었다.

“뭐가?”

“오라버니가 왜 올케언니한테 그렇게 신경을 쓰는지 그 의미를요.”

쓰다는 일종의 호기심이 일었다.

“말해봐.”

“말할 필요는 없어요. 그저 제가 그 의미를 알았다는 사실만 알아주면 그걸로 충분하니까요.”

“그럼 일부러 말해줄 필요도 없잖아. 잠자코 혼자 알았다고 생각하면 되지.”

“아뇨, 안 돼요. 오라버니는 저를 동생이라고 여기지 않아요. 아버지나 어머니하고 관계된 일이 아니면 저한테는 오라버니 앞에서 말할 권리가 아무것도 없는 사람이라고 여겨요. 그래서 저도 말하지 않는 거예요. 하지만 말하지 않아도 눈은 제대로 달려 있어요. 몰라서 말하지 않는다고 생각하면 착각하는 거니까 그것만 말해준 거예요.”

쓰다는 이쯤에서 이야기를 일단락 지을 수밖에 다른 도리가 없다고 생각했다. 섣불리 말려들었다가는 일만 귀찮아질 뿐이었다. 하지만 그에게는 누이에게 고개를 숙일 마음이 전혀 없었다. 그녀 앞에서 후회한다는 따위의 연극 같은 짓을 할 생각은 꿈에도 없었다. 그 정도의 일쯤 할 수도 있는 그는 평소부터 얕보고 있는 누이에게만은 의외로 오만했다. 그리고 그 오만한 구석을 다른 사람들보다 누이에게는 비교적 거리낌 없이 겉으로 드러냈다. 따라서 아무리 입으로 하는 말이 화해적이라도 크게 도움이 되지 않았다. 오히데에게는 단지 그의 중심에 있는 경멸이 미지근한 표현을 통해 전해질 뿐이었다. 그녀는 조금 전부터 이제 더 이상 참을 수 없다는 듯한 모습을 보이고 있는 쓰다를 추호도 봐주지 않았다. 그리고 다시 "오라버니" 하며 말을 꺼냈다.

그때 쓰다는 그때까지 미처 발견할 수 없었던 오히데의 변화를 알아차렸다. 지금까지 그녀는 그를 통해서 공격의 화살을 늘 오노부에게 돌렸다. 오라버니를 공격하는 것도 거짓이 아니었지만 진두에 선 그를 뒷전에 두고서라도 배후에 대기하고 있는 올케언니만은 반드시 쏴서 잡아야 하는 것이 그녀의 진심이었다. 그게 어느새 변한 것이다. 그녀는 멋대로 주객의 위치를 바꿨다. 그리고 일직선으로 오라버니에게 달려들었다.

"오라버니, 동생은 오라버니의 인격에 대해 참견할 권리가 없는 걸까요? 설사 권리가 없다고 해도, 만약 동생이 그런 의심을 조금이라도 갖는다면 그걸 깨끗이 풀어주는 것이 오라버니의 의무, 아니 의무라는 말은 취소할게요, 저한테는 어울리지 않는 말일지도 모르니까요, 적어도 오라버니의 인정 아닐까요? 저는 지금 그 인정을 갖고 있지 않은 오라버니를 눈앞에서 보는 게 동생으로서 슬픈 거예요."

"무슨 건방진 말을 하는 거야? 닥치고 있어. 아무것도 모르는 주제에."

드디어 쓰다의 울화통이 터졌다.

"네가 인격이라는 말의 의미를 알아? 고작 여학교를 졸업한 정도로 그런 말을 내 앞에서 아무렇지 않게 쓰는 것부터가 괘씸해."

"저는 말에 무게를 두지 않아요. 사실을 문제 삼고 있는 거예요."

"사실이라는 건 또 뭐야? 내 머리 안에 있는 사실을 너처럼 교양 없는 여자가 알 수 있다고 생각해? 바보 같으니라고."

"그래요, 저를 경멸한다면 주의 삼아 말하겠어요. 괜찮죠?"

"괜찮은지 아닌지 대답할 필요도 없어. 아픈 사람한테 와서 뭐 하는 짓이야, 그 태도는? 그래도 여동생이라고 할 셈이야?"

"오라버니가 오라버니답지 않으니까요."

"닥쳐."

"못 닥쳐요. 할 말은 하겠어요. 오라버니는 올케언니를 너무 자유롭게 해주고 있어요. 아버지나 어머니나 저보다 올케언니를 더 소중히 생각해요."

"여동생보다 아내를 소중히 여기는 건 어디를 가나 당연한 일이야."

"그뿐이라면 괜찮아요. 하지만 오라버니 경우는 그것만이 아니에요. 올케언니를 소중히 여기지만, 그 밖에도 소중히 여기는 사람이 있어요."

"뭐라고?"

"그래서 오라버니는 올케언니를 두려워하는 거예요. 게다가 그렇게 두려워하는 건……."

오히데가 이렇게 말할 때 병실 장지문이 쓰윽 열렸다. 그리고 창백한 얼굴의 오노부가 갑자기 두 사람 앞에 나타났다.

103

오노부가 병원 현관에 도착한 것은 3, 4분 전이었다. 의사의 진료 시간은 오전과 오후로 나뉘어 있고 오후 진료는 관공서나 회사에 근무하는 사람의 편의를 위해 4시에서 8시까지로 정해져 있어 오노부는 비교적 한적한 문을 열고 안으로 들어올 수 있었다.

사실 그녀는 사나흘 전에 왔을 때처럼 신발 벗는 곳에서 편상화며 깔개가 붙은 게다 같은 잡다한 신발을 한 켤레도 볼 수 없었다. 물론 환자도 없었다. 진료 시간이 아니라는 생각은 전혀 하지 않았던 그녀는 그것이 무척 이상했을 정도로 주위는 쥐 죽은 듯 조용했다.

그녀는 괴괴한 현관의 디딤돌 위에 예의 바르게 가지런히 놓인 여자 게다 한 켤레를 봤다. 가격으로 봐도 간호사가 신을 것 같지 않은 새 게다가 돌연 그녀의 마음을 뛰게 했다. 게다는 젊은 여성의 것이었다. 고바야시를 통해 갖게 된 의혹이 가슴 가득 차 있던 그녀는 한동안 눈을 뗄 수 없었다. 그녀는 맹렬히 게다를 쳐다보았다.

오른쪽에 있는 네모난 조그만 창에서 서생이 얼굴을 내밀었다. 그리고 거기서 움직이지 않는 오노부의 모습을 확인하고는 검문이라도 하는 사람 같은 표정으로 그녀를 지켜보았다. 그녀는 곧 쓰다에게 손님이 찾아왔는지를 확인했다. 그 손님이 젊은 여자인지도 물었다. 그리고는 일부러 안내를 거절하고 혼자 계단 아래까지 갔다. 그리고 위를 올려다보았다.

위에서는 끊임없이 이야기 소리가 들려왔다. 하지만 보통 잡담할 때처럼 대화를 하는 사람 사이에 말이 막히지 않고 오가는 것과는 꽤 다른 분위기였다. 대화에 강한 감정이 실려 있었다. 흥분이 있었다. 게

다가 그것을 억제하려는 노력의 흔적이 생생하게 전해졌다. 남이 듣는 걸 꺼린다고밖에 생각할 수 없는 대화가 오노부의 신경을 바늘처럼 날카롭게 했다. 게다를 봤을 때 이상의 맹렬함이 솟구쳤다. 그녀는 한층 더 맹렬하게 귀를 기울였다.

쓰다의 방은 진찰실 바로 위에 있었다. 집의 구조에서 보면 계단을 올라가면 바로 앞이 벽이고 그 오른쪽이 다다미 넉 장 반 크기의 작은 방이었는데 복도를 따라 그 방 앞을 지나야 쓰다가 누워 있는 방으로 갈 수 있었다. 따라서 오노부가 들으려고 하는 이야기는 듣기에 적합하지 않은 방향, 즉 그녀 뒤에서 새어 나오고 있었다.

그녀는 살며시 계단을 올라갔다. 몸매가 유연한 그녀의 발소리는 고양이처럼 조용했다. 그리고 고양이처럼 성공적으로 보답을 받았다.

계단 입구 한쪽에는 떨어지지 않도록 2미터쯤 되는 난간이 설치되어 있었다. 오노부는 난간에 기대 쓰다의 동정을 살폈다. 그러자 곧 날카로운 오히데의 목소리가 그녀의 귀에 들어왔다. 특히 '올케언니가'라는 특별한 말이 또렷하게 고막을 울렸다. 보기 좋게 예상이 빗나간 그녀는 다시 퍼뜩 생각했다. 굳은 긴장감이 풀릴 틈도 없이 그녀를 재차 엄습해왔다. 그녀는 쓰다를 향해 오히데의 입에서 내뱉어진 올케언니라는 말이 어떤 의미로 쓰이는지 알아야 했다. 그녀는 귀를 기울였다.

듣고 있는 중에 두 사람의 어조가 갑자기 급해졌다. 두 사람은 분명히 말다툼을 하고 있었다. 자기도 모르는 사이에 그 말다툼에 자신이 끌려 들어가 있었다. 어쩌면 자신이 이 말다툼의 주된 원인인지도 몰랐다.

하지만 전후 관계를 모르는 그녀는 그저 그것만으로 자신의 위치를 정할 수가 없었다. 게다가 두 사람이 쓰는, 아니 그보다는 오히려 오히데가 쓰는 말은 싸라기눈처럼 분주했다. 연달아 쏟아지는 단어의 의미를 한 알씩 주워 음미할 여유가 없었다. '인격', '소중히 여긴다', '당연하다' 하는 말이 차례로 거기에 우뚝 서 있는 그녀의 귓불을 두드릴 뿐이었다.

그녀는 사건이 분명해질 때까지 꼼짝 않고 서 있으려고 했다. 그런데 그때 오히데의 입에서 마지막 포격처럼 튀어나온 '오라버니는 올케언니 말고 그 밖에 소중히 여기는 사람이 또 있다'는 말이 돌연 그녀의 마음을 뒤흔들었다. 아주 명료하게 들린 이 한 구절만큼 오노부에게 중요한 말은 없었다. 동시에 이 한 구절만큼 그녀에게 명료하지 못한 말도 없었다. 뒷말을 듣지 않으면 그것만으로는 도저히 도움이 되지 않았다. 오노부는 어떤 희생을 치르더라도 그 뒷말을 듣지 않으면 성에 차지 않을 것 같았다. 하지만 그 뒷말은 또 도저히 듣고 있을 수 없었다. 조금 전부터 한마디마다 조금씩 어조가 고양되던 두 사람의 대화는 여기서 절정에 이르렀다고 간주하지 않을 수 없었다. 이제 한 발짝도 앞으로 나아갈 수 없는 극단까지 와 있었다. 만약 굳이 앞으로 나아가려고 한다면 어느 한 쪽이 손을 들어 뺨을 올려붙여야 했다. 따라서 오노부는 사나운 꼴을 막을 완화제로서 어떻게든 병실로 들어가야 했다.

그녀는 오누이 사이를 잘 알고 있었다. 그들의 불화 원인이 자신에게 있다는 것도 평소 알고 있었다. 그럴 때 얼굴을 내밀기 위해서는 그만큼의 수완이 필요했다. 그녀에게는 그런 자신감이 없는 것도 아니었다. 그녀는 절박한 순간에 각오를 했다. 그리고 일부러 조용히 병실 장지문을 열었다.

104

역시 두 사람은 말을 뚝 그쳤다. 하지만 폭풍우가 세차게 몰아치려다가 갑자기 멈췄을 때의 침묵은 결코 평화의 상징이 아니었다. 부자연스럽게 억제된 무언의 순간에는 오히려 굉장한 무언가가 잠복해 있었다.

두 사람의 위치로 인해 오노부를 먼저 본 사람은 쓰다였다. 남향의 툇마루 쪽에 베개를 두고 누워 있는 그의 눈에 반대쪽에서 들어오는 오노부의 모습이 먼저 보인 것은 당연했다. 그 순간 그는 오노부에게 두 가지를 읽혔다. 하나는 불안감이었다. 또 하나는 안도감이었다. 난처했다는 마음과 살았다는 마음이 감출 여유도 없이 한꺼번에 얼굴에 드러났다. 그리고 그것이 느닷없이 들어온 오노부의 예상과 딱 맞아떨어졌다. 그녀는 그때 남편의 얼굴에 드러난 표정의 일부에서 어떤 것을 의심해도 지장이 없다는 증거를 영원히 마음속에 붙잡았다. 하지만 그것은 비밀이었다. 눈 깜짝할 사이에 그녀는 단지 남편의 다른 일면에 대응하는 것을 여기에 온 목적으로 삼아야 했다. 그녀는 창백한 볼에 무리하게 웃음을 띠고 쓰다를 보았다. 그것이 마침 오히데가 돌아보는 것과 동시에 일어난 행동이라서 오히데는 오노부가 자신을 속이고 쓰다와 묵계를 주고받은 것으로 받아들였다. 자기도 모르게 오히데의 뺨이 붉어졌다.

"어머!"

"안녕하세요."

두 사람은 가볍게 인사를 나누었다. 하지만 인사가 끝나자 이야기는 여느 때처럼 이어지지 못했다. 두 사람 다 무료함에 압박당하기 시작했다. 함부로 말할 수 없는 오노부는 겨드랑이에 끼고 온 보자기를 풀어 오카모토가 빌려준 영어 유머집을 꺼내 쓰다에게 건넸다. 그녀의 손가락에서는 오히데가 늘 마음속으로 문제 삼고 있는 예의 반지가 빛나고 있었다.

쓰다는 얄팍한 소형 책을 하나하나 집어 들고 훌훌 페이지를 넘겨만 보고 머리맡에 놓았다. 그는 한 줄도 읽을 마음이 들지 않았다. 평을 할 용기는 어디에서도 나오지 않았다. 그는 잠자코 있었다. 오노부는 그사이에 다시 오히데와 두세 마디 말을 나누었다. 그것도 다 오노부가 말을 걸었는데, 이를테면 필요한 대답만을 상대의 목에서 쥐어짜내는 것이나 다름없었다.

오노부는 품에서 편지 한 통을 꺼냈다.

"나올 때 우편함을 봤더니 들어 있어서 가져왔어요."

오노부의 말은 빈틈없고 격식을 차린 것이었다. 쓰다와 마주할 때에 비하면 아주 딴사람처럼 예의가 발랐다. 그녀는 그런 형식적이고 데면데면한 구석을 은근히 싫어했다. 하지만 남 앞에서, 특히 오히데 앞에서는 그런 부자연스러운 말투를 쓰는 것이 어떤 의미에서 어쩔 수 없는 일이라고도 생각했다.

편지는 부부가 고대하던 대로 교토의 아버지가 보낸 것이었다. 이것도 전에 보낸 편지와 마찬가지로 등기가 아닌 걸로 보아 눈앞에 닥친 문제를 해결해줄 용건이 아니라는 것은, 오히데로부터 아직 아무런 이야기도 듣지 않은 오노부도 대충 짐작할 수 있었다.

쓰다는 봉투를 뜯기 전에 오노부에게 말했다.

"여보, 안 된대."

"네, 그런데 뭐가요?"

"아버지가 아무리 부탁해도 더 이상 돈을 주지 않으시겠대."

쓰다의 말투에는 드물게도 진지함이 가득 배어 있었다. 오히데에 대한 반항심에서 그는 어느새 오노부에게 격의 없는 남편이 되어 있었다. 게다가 자신은 전혀 그것을 의식하지 못했다. 잘난 체하지 않는 그의 태도가 오노부는 기뻤다. 그녀는 위로하는 듯한 다정한 말투로 대답했다. 자기도 모르는 사이에 말투도 평소의 자신으로 돌아왔다.

"괜찮아요. 우리가 어떻게든 하면 되니까요."

쓰다는 잠자코 봉투를 뜯었다. 안에서 나온 아버지의 편지는 그리 길지 않았다. 게다가 한눈에 요점을 알 수 있을 정도로 큰 글씨로 쓰여 있었다. 그래도 두 여자는 유머집을 꺼냈을 때처럼 서로 말을 하지 않았다. 시선은 한결같이 두루마리 종이를 향하고 있었다. 그러므로 쓰다가 편지를 다 읽고 원래대로 봉투에 넣어 그대로 머리맡에 던졌을 때는 두 사람도 대강의 의미를 파악하고 있었다. 그래도 오히데는 굳이 물었다.

"뭐라고 쓰여 있어요, 오라버니?"

무관심한 얼굴을 하고 있던 쓰다는 가볍게 "응" 하고 대답했다. 오히데는 살짝 딴 데를 보았다. 그러고는 다시 물었다.

"제가 말한 대로죠?"

편지에는 과연 그녀가 짐작한 대로 쓰여 있었다. 하지만 그것 보라는 듯한 누이의 태도가 쓰다는 무척 비위에 거슬렸다. 그렇지 않아도 조금 전부터의 사정상 오히데에게 자연스러운 대답을 하는 것이 그에게는 몹시 부아가 치미는 일이었다.

105

오노부에게는 남편의 마음이 또렷하게 읽혔다. 그녀는 마음속으로 다시 충돌하는 것이 걱정되었다. 동시에 남편의 본의도 의심했다. 그녀가 본 평소의 남편은 늘 자제심이 있었다. 자제만이 아니었다. 마음속으로 상대를 얕잡아 볼 때의 냉정함이 늘 거기에 덧붙어 있었다. 그녀는 남편의 이런 특징 중에 아직 자신이 감당할 수 없는 어떤 것이 숨어 있다는 사실도 믿고 있었다. 그녀에게 그것은 아직 미지수임에도 불구하고 그것만 명료하게 파악하면 별 어려움 없이 그를 만족스럽게 다룰 수 있을 것이라고까지 믿고 있었다. 하지만 외부에 나타난 부분만의 남편이라면 한마디로 평하는 것도 그다지 어렵지 않은 일이었다. 그는 쉽게 화를 내지 않는 사람이었다. 영어로 하면 템퍼(temper)[57]를 잃지 않는 본보기가 될 법한 사람이 왜 또 자기 누이 앞에서 이렇게 폭발하기 시작한 것일까? 좀 더 엄밀히 말하자면 그녀가 방으로 들어오기 전에 왜 그렇게까지 노골적으로 폭발한 것일까? 아무튼 그녀는 밀려나기 시작한 파도가 다시 밀려들기 전에 두 사람 사이에 파고들어야 했다. 그녀는 싸움의 상대를 자신이 떠맡아 응대하려고 했다.

"아버님께서 아가씨한테도 무슨 소식을 보내셨나요?"

"아뇨, 어머니가요."

"그래요, 역시 이 일로요?"

"네."

57 마음의 평정.

오히데는 이렇게만 대답하고 아무 말도 하지 않았다. 오노부가 말을 덧붙였다.

"교토에서도 여러 가지로 돈 드는 일이 많을 테니까요. 게다가 애초에 우리가 잘못한 거고요."

오히데에게는 이때만큼 오노부의 손가락에 끼워진 보석이 빛나 보였던 적이 없었다. 그리고 오노부는 또 아주 순진하게 오히데 앞에 그 빛나는 반지를 내보이고 있었다. 오히데가 말했다.

"그런 이유는 아니겠지만, 노인들은 이상하게 오라버니를 믿고 있어요. 그 정도의 융통은 어떻게든 할 수 있을 거라면서요."

오노부는 미소를 지었다.

"그거야 막상 때가 되면 어떻게든 될 거예요, 그렇죠, 여보?"

이렇게 말하며 쓰다 쪽을 쳐다본 오노부는 '어서 된다고 하세요'라는 뜻을 눈으로 알렸다. 하지만 쓰다는 그녀가 보이는 눈의 움직임은 알아도 의미는 전혀 알지 못했다. 그는 늘 되풀이하는 말을 했다.

"못 할 것도 없겠지만, 나는 정말이지 아버지가 하는 말이 너무 이상해. 울타리를 수리한다느니 집세가 밀렸다느니 하는데 그런 비용은 원래 사소한 거 아냐?"

"그렇지도 않을 거예요. 자기 집을 한 채 갖게 되면요."

"우리도 한 채 가졌잖아."

오노부는 그녀 특유의 미소를 이번에는 오히데에게 보였다. 오히데도 같은 정도의 애교를 아낌없이 보이며 대답했다.

"오라버니는 거기에 무슨 속셈이 있을 거라고 의심하고 있는 거예요."

"그건 당신이 나빠요, 아버님을 의심하다니요. 아버님께 속셈 같은 게 있을 리 없잖아요. 안 그래요, 아가씨?"

"네, 그런데 아버지나 어머니보다는 다른 데에 무슨 속셈이 있다고 생각하는 거예요."

"다른 데요?"

오노부는 뜻밖이라는 표정을 지었다.

"네, 틀림없이 다른 데에 있다고 생각하고 있어요."

오노부는 다시 남편 쪽으로 향했다.

"여보, 그건 또 무슨 말이에요?"

"오히데가 그렇게 말하니까 오히데한테 물어봐."

오노부는 쓴웃음을 지었다. 다시 오히데가 말할 차례가 돌아왔다.

"오라버니는 우리가 뒤에서 교토의 부모님을 부추겼다고 생각하고 있거든요."

"그거야……."

오노부는 그 이상 말을 할 수 없었다. 그리고 그 말은 거의 의미를 이루지 못했다. 오히데는 곧바로 그 틈을 메웠다.

"그래서 아까부터 기분이 무척 안 좋은 거예요. 물론 저하고 오라버니가 만나면 반드시 싸움을 하게 되지만, 특히 이 사건 이후로는요."

"난감하네요." 오노부는 한숨 섞어 대답하고는 다시 쓰다에게 물었다.

"그런데 그게 사실이에요? 설마하니 당신도 남자답지 못하게 그런 생각을 하는 건 아니죠?"

"어떤지 모르겠지만 오히데한테는 그렇게 보이겠지."

"그거야 아가씨 부부가 그런 일을 해서, 대체 무슨 도움이 된다는 거예요?"

"아마 본때를 보여주기 위해서겠지. 나는 잘 모르겠지만."

"무슨 본때요? 대체 당신은 무슨 나쁜 짓을 한 거예요?"

"몰라."

쓰다는 귀찮다는 듯이 이렇게 말했다. 오노부는 어찌할 수가 없다는 듯이 오히데를 쳐다보았다. 제발 도와달라는 표정이 그녀의 가느다란 눈과 눈썹 사이에 나타났다.

106

"아니, 오라버니가 고집불통이거든요." 오히데가 말을 꺼냈다. 올케언니에게 어떻게든 설명해야 하는 위치에 몰린 그녀는 이렇게 말하면서 마음속으로는 더욱 올케언니를 미워했다. 그녀가 본 그때의 오노부만큼 알면서도 모르는 체하는 뻔뻔한 여자는 없었다.

"네, 이 사람은 고집불통이에요." 이렇게 대답한 오노부는 곧바로 남편 쪽을 향했다.

"당신은 정말 고집이 세요. 아가씨가 말한 대로예요. 그 버릇만큼은 꼭 고쳐야 해요."

"대체 뭐가 고집불통이라는 거야?"

"그거야 저도 잘 모르지만요."

"어떻게든 아버지한테 돈을 받아내려고 해서야?"

"글쎄요."

"받아내려고 하지도 않았잖아?"

"그래요. 그런 말을 할 리는 없지요. 또 말해봤자 효과가 없으면 어쩔 수 없는 노릇이니까요."

"그럼 어디가 고집불통이냐고?"

"어디가 그러냐고 물어도 소용없어요. 저도 잘 모르니까요. 하지만 어딘가는 있어요, 고집불통인 구석이."

"바보."

바보라는 말을 들은 오노부는 오히려 기분이 좋은 듯 미소를 지었다. 오히데는 견딜 수 없었다.

"오라버니, 왜 제가 가져온 걸 순순히 받지 않으세요?"

"순순히든 강직하게든, 받든 받지 않든, 애초에 네가 주지도 않았잖아."

"오라버니가 받겠다고 하지 않으니까 줄 수 없는 거잖아요."

"내 입장에서는 네가 주지 않으니까 받지 않은 거야."

"하지만 받겠다고 하고 받아주지 않으면 저도 싫은걸요."

"그럼 어떻게 하면 되는데?"

"잘 알잖아요."

세 사람은 한동안 입을 다물고 있었다.

돌연 쓰다가 말을 꺼냈다.

"여보, 당신이 오히데한테 사과하는 게 어때?"

오노부는 어이가 없다는 듯이 남편을 쳐다보았다.

"왜요?"

"당신만 사과하면 가져온 것을 내놓겠다는 생각일 거야, 오히데의 속셈은."

"제가 사과하는 거야 아무 일도 아니에요. 당신이 사과하라고 하면 얼마든지 사과할게요. 하지만……."

오노부는 여기서 오히데에게 호소의 눈빛을 보냈다. 오히데는 뒷말을 막았다.

"오라버니, 무슨 말을 하는 거예요? 제가 언제 올케언니한테 사과를 받겠다고 했어요? 그런 트집을 잡고 나오면 제가 올케언니한테 면목이 없잖아요."

세 사람 사이에 다시 침묵이 흘렀다. 쓰다는 일부러 말을 하지 않았다. 오노부는 말할 필요가 없었다. 오히데는 말할 준비를 했다.

"오라버니, 이래 봬도 저는 오라버니한테 의무를 다하고 있다고 생각해요……."

오히데가 간신히 여기까지 말했을 때 갑자기 쓰다가 질문을 던졌다.

"잠깐만, 의무인 거야 친절인 거야, 네가 하려는 말의 의미가 뭐야?"

"저한테는 어느 쪽이든 같은 말이에요."

"그래? 그럼 어쩔 수 없지. 그래서?"

"그래서가 아니에요. 그러니까예요. 제가 아버지나 어머니를 부추겨서 오라버니나 올케언니를 불편하게 했다고 생각하는 것이 저는 정말 견디기 힘들어요. 그러니까 어떻게든 그 액수만큼 마련해주려는 호의에서 오늘 일부러 가져왔다고 한 거예요. 실은 어제 올케언니한테 전화가 왔을 때 곧바로 오려고 했는데 아침에 집에 볼일이 있었고 낮에는 그 볼일 때문에 은행에 갈 일이 생겨서 그만 오지 못했어요. 원래 얼마 안 되는 돈이라서 거기에 대해 이러쿵저러쿵 말할 생각은 전혀 없지만, 제 성의가 오라버니한테 하나도 전해지지 않으니까 그게 섭섭하다고 말하고 싶은 것뿐이에요."

오노부는 여전히 입을 다물고 있는 쓰다의 얼굴을 들여다보았다.

"당신이 뭐라고 좀 하세요."

"뭐라고?"

"뭐라뇨, 고맙다는 말이지요. 아가씨의 친절한 마음에 대한 감사의 말이요."

"고작해야 이까짓 돈을 받는데 그렇게 생색을 내는 건 싫어."

"생색을 내는 게 아니라고 방금 말했잖아요." 오히데가 약간 새된 목소리로 말했다. 오노부는 원래의 온화한 말투를 무너뜨리지 않았다.

"그러니까 고집 부리지 말고 고맙다는 인사를 하라니까요. 만약 돈을 빌리는 게 싫다면 돈은 받지 않아도 좋으니까 고맙다는 인사말이라도 좀 하세요."

오히데는 이상한 표정을 지었다. 쓰다는 바보 같은 소리 하지 말라는 태도를 보였다.

107

세 사람은 묘한 처지에 놓였다. 내친걸음이라는 인과 관계에 묶인 그들은 점차 화제를 돌리기가 어려워졌다. 물론 자리를 벗어날 수도 없었다. 그들은 그 자리에 앉은 채 어떻게든 이 문제를 해결해야 했다.

게다가 다른 사람이 보자면 그 문제는 결코 중요한 것이라고 할 수 없었다. 멀리서 냉정하게 그들의 위치와 처지를 바라볼 수 있는 어떤 사람의 눈에도 사소하게 비칠 만한 문제에 지나지 않았다. 그들은 남의 주의를 받을 것까지도 없이 그것을 잘 알고 있었다. 하지만 그들은 다투어야만 했다. 그들이 배후에 짊어지고 있는 운명은 남이 알 수 없는 과거로부터 복잡한 손을 뻗어와 마음껏 그들을 조종했다.

마침내 쓰다와 오히데 사이에 다음과 같은 문답이 오갔다.

"처음부터 잠자코 있었다면 그뿐이겠지만, 일단 말을 꺼냈으면서 가져온 것을 건네지 않고 이대로 돌아가는 것도 마음이 안 편하니까 제발 받아주세요, 오라버니."

"놓고 가고 싶으면 놓고 가."

"그러니까 받겠다고 하고 받아주세요."

"도대체 어떻게 해야 네 마음에 드는 건지 나는 통 모르겠다. 그러니까 그 조건을 좀 더 솔직하게 말하면 될 거 아냐."

"전 조건 같은 그런 어려운 걸 요구하지 않아요. 다만 오라버니가 기분 좋게 받아주기만 하면 그걸로 족해요. 그러니까 오누이답게 대해주면 그걸로 족하다는 거예요. 그리고 아버지한테 죄송했다고 진심으로 한마디만 해주면 되는 일이에요."

"아버지한테는 진작 죄송하다고 말씀드렸어. 너도 알고 있잖아. 그것도 한두 마디가 아니었어."

"하지만 제가 말하는 건 그런 형식적인 사죄가 아니에요. 진심에서 나온 후회예요."

쓰다는 고작 이까짓 일로, 하고 생각했다. 후회 따위는 생각지도 못했다.

"내가 건성으로 사과했다는 거야? 내가 아무리 돈을 받고 싶다고 해도 어엿한 어른인데 그렇게 굽실굽실 고개를 숙일 수 있겠어? 생각해봐."

"하지만 오라버니는 실제로 돈을 받고 싶잖아요."

"받고 싶지 않다고 하지는 않았어."

"그래서 아버지한테 사죄한 거잖아요."

"그렇지 않으면 구태여 사과할 필요가 없겠지."

"그러니까 아버지가 주지 않는 거예요. 오라버니는 그걸 모르세요?"

쓰다는 입을 다물었다. 오히데는 곧바로 제압하는 태도로 나왔다.

"오라버니가 그런 마음으로 있는 이상, 아버지만이 아니에요, 저도 줄 수 없어요."

"그럼 관둬. 뭐 억지로 받겠다는 게 아니니까."

"하지만 억지로라도 받겠다고 한 게 아니었어요?"

"내가 언제?"

"아까부터 그렇게 말하고 있잖아요."

"생트집 잡지 마, 바보같이."

"생트집이 아니에요. 아까부터 마음속으로 계속 그렇게 말하고 있잖아요. 오라버니야말로 솔직하지 못하니까 그걸 입 밖에 낼 수 없는 거예요."

쓰다는 험악한 눈으로 오히데를 보았다. 눈에 증오가 번뜩였다. 하지만 양심에 부끄럽다는 빛은 어디에도 깃들지 않았다. 그리고 그가 말을 했을 때는 오노부조차 의외의 모습에 깜짝 놀랐다. 그는 자신이 지배할 수 있는 가장 냉정한 어조로 그녀의 예상과는 정반대되는 말을 했다.

"오히데, 네가 말한 대로야. 지금 새삼 고백하지. 나한테는 네가 가져온 돈이 절대적으로 필요한 것 같다. 또 새삼 공언할게. 너는 여동생답게 애정이 깊은 애야. 너의 친절에 감사해. 그러니까 부디 그 돈을 내 머리맡에 두고 가."

오히데의 손끝이 분노로 떨렸다. 양 볼에 핏기가 비쳤다. 그 피는 마음 어딘가에서 한꺼번에 얼굴 쪽으로 몰려든 것처럼 보였다. 피부가 하얘서 한층 더 선명했다. 하지만 그녀의 말투만은 그다지 달라지지 않았다. 분노 속에서 미소까지 보인 그녀는 돌연 오라버니를 제쳐두고 번뜩이는 눈을 오노부에게 향했다.

"올케언니, 어떻게 할까요? 모처럼 오라버니가 저렇게 말하니까 놓고 갈까요?"

"글쎄요, 그거야 아가씨 마음대로 하세요."

"그래요? 하지만 오라버니는 꼭 필요하다고 하네요."

"네, 저이한테는 꼭 필요할지도 몰라요. 하지만 저한테는 필요하지 않아요."

"그럼 오라버니하고 올케언니는 완전히 별개네요."

"그런데도 전혀 별개가 아니에요. 이래 봬도 부부니까 죄다 하나예요."

"하지만……."

오노부는 끝까지 말하게 하지 않았다.

"저이한테 절대로 필요한 것은 제가 빈틈없이 마련할 뿐이에요."

오노부는 이렇게 말하면서 어제 오카모토 고모부에게서 받아온 수표를 오비 사이에서 꺼냈다.

108

오노부가 수표를 오히데에게 보여주는 듯이 쓰다에게 부자연스럽게 건넸을 때 그녀에게는 남편에 대한 일종의 주문이 있었다. 전후의 사정과 자신의 성격에서 나온 주문은 다른 게 아니었다. 남편이 자신과 호흡을 잘 맞춰 그것을 받아주면 좋을 텐데 하고 마음속으로 기원

했던 것이다. 회심의 미소를 흘리며 고개를 끄덕이고는 그것을 의젓하게 머리맡에 내던지든가 아니면 극히 간단한, 하지만 아내에게 가장 만족한 듯한 감사 표시를 한마디 하고 다시 오노부의 손에 돌려주든가, 어느 쪽이든 이 수표의 출처에 대해 부부 사이에 부부다운 마음이 통한다는 사실을 오히데에게 보여주기만 하면 그걸로 족했다.

불행히도 쓰다에게는 오노부의 행동도 수표도 너무나 갑작스러웠다. 게다가 이럴 때 보이는 그의 연극적 기교가 아내와는 취지가 약간 달랐다. 그는 수표를 이상하다는 듯이 바라보았다. 그러고는 천천히 물었다.

"이건 대체 어떻게 된 거야?"

이 냉담한 어조, 그리고 마찬가지로 냉담한 반문이 나올 때부터 이미 오노부의 기세는 원망스럽게도 꺾이고 말았다. 그녀의 예상은 빗나갔다.

"어떻게 된 게 아니에요. 그냥 필요해서 마련했을 뿐이에요."

이렇게 말한 그녀는 마음속으로 조마조마했다. 그녀는 쓰다가 자못 심각한 태도로 다음 질문을 하는 게 굉장히 두려웠다. 그것은 부부 사이에 전혀 마음이 통하지 않는다는 증거를 오히데 앞에 폭로하는 것이나 다름없었다.

"병중에 이유 같은 건 묻지 않아도 돼요. 어차피 나중에 알게 될 일이니까요."

이렇게 말한 뒤에도 불안하기만 했던 오노부는 쓰다가 아직 뭐라고 대답하기 전에 곧바로 다음 말을 덧붙였다.

"설사 모른다고 해도 상관없지 않나요? 기껏해야 이 정도의 돈인걸요. 마련하려고만 하면 어디에서든 나오는 돈이에요."

쓰다는 겨우 손에 든 수표를 머리맡에 내던졌다. 그는 돈을 탐내는 사람이었다. 하지만 돈을 소중히 여기는 사람은 아니었다. 쓰기 위해 돈의 필요를 남보다 통절하게 느끼는 그는 돈을 경멸하는 점에서 오노부의 말을 진심으로 긍정하는 성격을 갖고 있었다. 그래서 그는 잠자코 있었다. 하지만 그런 이유로 또 오노부에게 고맙다는 말을 한마디도 하지 않았다.

그녀는 어딘지 불만스러웠다. 설사 자신에게 뭐라고 하지 않더라도 오히데에게는 가슴이 후련해지는 말 한마디라도 해주면 좋을 텐데 하고 속으로 생각했다.

조금 전부터 두 사람을 지켜보고 있던 오히데는 이때 갑자기 "오라버니" 하고 불렀다. 그리고 품에서 예쁜 여자용 지갑을 꺼냈다.

"오라버니, 가져온 걸 여기 두고 갈게요."

그녀는 지갑 안에서 하얀 종이에 싸인 것을 꺼내 수표 옆에 놓았다.

"이렇게 두면 되는 거죠?"

쓰다에게 이렇게 말한 오히데는 은근히 오노부의 대답을 기다리는 것 같았다. 오노부는 곧바로 응했다.

"아가씨, 이러면 죄송하니까, 부디 그런 걱정은 하지 마세요. 우리가 마련하지 못했다면 모르겠지만 이렇게 마련했으니까요."

"하지만 그러면 제 마음이 안 편해요. 이렇게 애써 싸오기까지 했으니까 아무쪼록 그런 말 하지 말고 받아두세요."

두 사람은 서로 양보했다. 똑같은 문답이 되풀이되었다. 쓰다는 참을성 있게 언제까지고 듣고 있었다. 마침내 두 사람은 쓰다를 상대하지 않을 수 없었다.

"오라버니, 받아두세요."

"여보, 받아도 돼요?"

쓰다는 히죽히죽 웃었다.

"오히데, 참 묘하구나. 아까는 그렇게 강경하더니 이제는 또 아주 싸구려같이 주려고 하고. 대체 어느 쪽이 진심이냐?"

오히데는 정색을 했다.

"어느 쪽도 진심이에요."

이 대답은 쓰다에게 갑작스러웠다. 그리고 그 강한 어조가 끝까지 냉소적인 태도를 취하려는 그의 예봉을 꺾었다. 오노부에게는 더욱 그랬다. 그녀는 깜짝 놀라 오히데를 보았다. 그 얼굴은 조금 전과 마찬가지로 달아올라 있었다. 하지만 시원스러운 그녀의 눈에 깃든 빛은 단순한 분노만이 아니었다. 분하다거나 원통하다는 적의 외에 또 인정해야만 하는 어떤 것이 어른거렸다. 하지만 그것이 무엇인지는 그녀의 입을 통해 듣는 것 외에 다른 길이 없었다. 두 사람은 끌려들었다. 지금까지 지속해온 마음의 각도를 바꿀 필요가 있었다. 그들은 막지 않고 그 빛에 대한 설명을 그녀의 입을 통해 직접 들으려고 했다. 그들의 기대와 동시에 오히데의 입에서 그 말이 튀어나왔다.

109

"실은 아까부터 말할까 말까 망설였는데, 오라버니한테 그런 식으로 놀림을 당하고 보니 저도 잠자코 돌아가는 게 싫어졌어요. 그래서 할 말은 여기서 하겠어요. 하지만 먼저 말해두는데, 지금부터 말하는 것은 지금까지와는 의미가 좀 달라요. 지금까지와 같은 태도로 그걸 들으면 저도 좀 난처할지도 모르겠어요. 왜냐하면 그저 제가 오해받는 게 싫다는 의미가 아니라 제 마음이 통하지 않게 된다는 이유 때문에요."

오히데의 설명은 이런 말로 시작되었다. 그것이 이미 자신의 태도를 바꾸고 있던 두 사람의 예상 각도를 두 배로 해주었다. 그들은 잠자코 뒷말을 기다렸다. 그러나 오히데는 다시 한번 다짐해두었다.

"조금은 진지하게 들어주겠죠? 제가 진지해지면요."

이렇게 말한 오히데는 강한 눈빛을 쓰다에게서 오노부에게 옮겼다.

"그렇다고 지금까지 진지하지 않았다는 건 아니에요. 아무튼 올케언니만 여기에 있어주면 괜찮을 거예요. 평소처럼 오누이 사이에 싸움이라도 벌어질 때는 말려주기만 하면 되니까요."

오노부는 웃어 보였다. 하지만 오히데는 응하지 않았다.

"저는 언젠가부터 오라버니한테 여러 번 말하려고 했어요. 올케언니가 있는 데서요. 하지만 기회가 없어서 오늘까지 말하지 못했어요. 그걸 지금 같이 있는 데서 새삼 말하려는 거예요. 그건 다른 게 아니에요. 들어보세요. 오라버니하고 올케언니는 자신들 외에 아무것도 생각하지 않는 사람들이라는 거예요. 자신들만 괜찮으면 남들이야 아무리 곤란하든 난처하든 아주 딴 데를 보고 상대도 해주지 않는다는 거예요."

쓰다는 이 단정을 오히려 냉정하게 받아들일 수 있었다. 그는 그것을 자신의 특징이자 보통 사람들의 특징으로 믿어 의심치 않았기 때문이다. 하지만 오노부에게는 이만큼 뜻밖의 비난도 없었다. 그녀는 그저 어처구니가 없을 뿐이었다. 행인지 불행인지 오히데는 그녀가 입을 열기 전에 곧바로 앞으로 나아갔다.

"오라버니는 자신만 애지중지해요. 올케언니 역시 오라버니한테 예쁨을 받을 뿐이에요. 오라버니하고 올케언니 눈에는 달리 아무것도 안 보여요. 여동생은 물론이고 아버지도 어머니도 없어요."

여기까지 말한 오히데는 급히 뒷말을 덧붙였다. 둘 중 누구 한 사람이 말을 막지 않을까 염려라도 하는 듯한 태도였다.

"저는 그저 제 눈에 비친 그대로의 사실을 말할 뿐이에요. 어떻게 해달라는 건 아니에요. 이제 그런 시기는 지났어요. 사실대로 말하자면 그 시기는 오늘 지난 거예요. 실은 지금 막 지났어요. 오라버니하고 올케언니가 눈치채기 전에 지나갔어요. 저는 모든 게 인연으로 생긴 불가피한 일이라며 포기할 수밖에 없어요. 하지만 그 사실에서 나온 결과만은 꼭 들려드리고 싶어요."

오히데는 시선을 다시 쓰다에게서 오노부 쪽으로 옮겼다. 두 사람은 오히데가 말한 결과라는 것에 대한 확실한 개념이 없었다. 따라서 그것을 듣고 싶은 호기심이 있었다. 그래서 잠자코 있었다.

"결과는 간단해요." 오히데가 말했다. "결과는 한마디로 할 수 있을 만큼 간단해요. 하지만 오라버니하고 올케언니는 모를 거예요. 결코 남의 친절을 받아들일 수 없는 사람이라는 의미를 아마 자신들은 깨닫지도 못하고 있을 테니까요. 이렇게 말해도 이해할 수 없을지 모르니까 다시 한번 말할게요. 자기 일밖에 생각할 수 없는 오라버니하고 올케언니는 인간으로서 다른 사람의 친절을 받아들일 자격을 잃어버렸다는 게 제 생각이에요. 다시 말해 남의 호의에 감사할 수 없는 사람으로 절하되었다는 뜻이에요. 오라버니하고 올케언니는 그것으로 충분하다고 생각할지도 모르겠어요. 어디에도 부족함이 없다고 생각하고 있을지도 모르지요. 하지만 제가 보기에 그것은 자신들한테 엄청나게 불행한 일이 될 거예요. 인간답게 기뻐하는 능력을 처음부터 빼앗긴 것이나 마찬가지로 보이거든요. 오라버니, 제가 내민 이 돈을 갖고 싶다고 했죠? 하지만 제가 이 돈을 내미는 친절은 필요하지 않다는 거죠? 제가 보기에 그건 완전히 반대예요. 그래서 엄청난 불행인 거예요. 그리고 오라버니는 그 불행을 알아차리지 못하고 있어요. 올케언니도 제가 가져온 이 돈을 오라버니가 받지 않았으면 좋겠다고 생각하고 있어요. 아까부터 받지 않게 하려고 하고 있지요. 그러니까 이 돈을 거절함으로써 아울러 제 친절까지 배척하려는 거예요. 그리고 그것이 올케언니한테는 아주 득의양양한 일이겠지요. 하지만 그 반대예요. 올케언니는 제 진의를 순순히 받아들여 느낄 수 있는 좋은 기분이 지금의 득의양양함보다 인간적으로 몇 배나 유쾌하다는 걸 전혀 모르는 분이에요."

오노부는 잠자코 있을 수 없었다. 하지만 오히데는 오노부보다 더욱 잠자코 있을 수 없었다. 그녀를 막으려는 오노부의 기선을 제압하는 듯한 열띤 어조로 자신이 말하고 싶은 것을 말하지 않으면 직성이 풀리지 않았다.

110

"올케언니, 무슨 할 말이 있으면 나중에 천천히 들을 테니까 괴롭더라도 참고 저한테 마음껏 말하게 해주세요. 이제 곧 끝나요. 그리 오래 걸리지 않을 거예요."

양해를 구하는 오히데는 묘하게 차분했다. 조금 전 쓰다와 충돌했을 때에 비하면 그녀는 마치 정반대되는 경향을 띠고 격앙에서 침착한 쪽으로 옮겨왔다. 그것이 두 사람에게는 아주 뜻밖의 현상으로 비쳤다.

"오라버니." 오히데가 말했다. "저는 왜 좀 더 빨리 이 돈을 오라버니 앞에 내놓지 않았을까요? 그리고 이제 와서 또 왜 쑥스러워하지도 않고 오라버니 앞에 내밀었을까요? 생각해봐요. 올케언니도 생각해주세요."

생각할 것까지도 없이 두 사람에게는 그것이 오히데의 궤변으로밖에 들리지 않았다. 특히 오노부에게는 그렇게 들렸다. 하지만 오히데는 진지했다.

"오라버니, 저는 이것으로 오라버니를 오라버니답게 만들고 싶었어요. 그까짓 돈으로, 하며 오라버니는 코웃음을 치겠지요. 하지만 제가 보기에 금액 문제가 아니에요. 조금이라도 오라버니를 오라버니답게 만들 수 있는 기회가 있다면 저는 언제든지 그걸 이용할 생각이에요. 저는 오늘 여기서 최대한 노력했어요. 그리고 보기 좋게 실패했죠. 특히 올케언니가 오고 나서 제 실패는 갑작스럽게 뚜렷해졌어요. 제가 여동생으로서 오라버니에 대한 집착을 영원히 내팽개칠 수밖에 없게 된 것은 그때예요. ……올케언니, 제발 부탁이니 조금만 더 참고 들어주세요."

오히데는 다시 이렇게 말하며 무슨 말을 하려는 오노부를 제지했다.

"오라버니하고 올케언니의 태도를 저는 잘 알았어요. 한두 시간 설명을 듣는 것보다 지금 여기서 본 것만으로 제 마음대로 판단하는 것이 오히려 잘 이해할 수 있을 것 같으니까 저는 이제 아무 말도 듣지 않겠어요. 하지만 저한테는 아직 자신을 설명할 필요가 있어요. 그것은 꼭 들어주셔야 해요."

오노부는 꽤나 제멋대로 된 여자라고 생각하면서 잠자코 있었다. 하지만 처음부터 승리자의 여유를 갖고 있는 오노부는 잠자코 있어도 이렇다 할 불만은 없었다.

"오라버니." 오히데가 말했다. "이걸 봐주세요. 종이에 정식으로 싸여 있어요. 제가 집에서 준비해왔다는 증거예요. 거기에 제 뜻이 있어요."

오히데는 일부러 머리맡에 있는 종이 꾸러미를 들어 보여주었다.

"이게 친절이라는 거예요. 아무래도 그 의미를 이해하지 못하는 것 같으니까 어쩔 수 없이 제가 직접 설명할게요. 그리고 오라버니가 오라버니답게 대해주지 않아도 저는 집에서 가져온 친절을 여기에 두고 갈 수밖에 다른 도리가 없다는 것도 같이 설명할게요. 오라버니, 이건 동생의 친절인가요, 의무인가요? 오라버니는 아까 저한테 그런 질문을 했어요. 저는 어느 쪽이나 같다고 했고요. 오라버니가 동생의 친절을 받아주지 않는데도 동생은 아직 그 친절을 다할 생각이라면 그 친절은 의무와 뭐가 다른 걸까요? 제 친절을 오라버니가 의무로 바꿔버렸을 뿐인 거 아닌가요?"

"오히데, 이제 알았어." 쓰다가 드디어 입을 열었다. 그의 머리에 누이가 하는 말의 의미가 확실히 들어왔다. 하지만 그녀가 기대하는 감정은 전혀 일지 않았다. 그는 조금 전부터 귀찮은 것을 참고 그녀의 말을 듣고 있었다. 그가 본 누이는 친절하지도 않을뿐더러 성실하지도 않았다. 애교도 없을뿐더러 고상하지도 않았다. 그저 성가실 뿐이었다.

"이제 알았어. 그걸로 됐어. 이제 충분해."

이미 포기하고 있던 오히데는 별로 원망스러운 표정도 짓지 않았다. 단지 이렇게 말했다.

"이건 제 남편이 대신 드리는 돈이 아니에요, 오라버니. 남편이 교토에 보증을 서서 성립한 약속을 오라버니가 깨버렸기 때문에 남편이 아버지에 대한 도리로 대신 치르게 되었다면 아무리 오라버니라도 기분 좋게 받을 마음이 안 들겠지요. 저도 그런 일로 남편을 번거롭게 하는 건 싫어요. 그래서 미리 말해두지만, 이건 남편하고는 무관한 돈이에요. 제 돈이에요. 그러니까 오라버니도 잠자코 받을 수 있겠지요. 제 친절은 받지 않아도 돈만은 받을 수 있겠지요. 지금 저는 어설픈 인사말을 듣는 것보다 그저 잠자코 받아주는 것이 오히려 기분 좋아요. 문제는 이미 오라버니를 위한 게 아니게 되었어요. 단지 저를 위해서예요. 오라버니, 저를 위해서 아무쪼록 받아주세요."

오히데는 이 말만 하고 일어섰다. 오노부는 쓰다의 얼굴을 쳐다보았다. 그 얼굴에는 신호를 보내는 어떤 표정도 나타나지 않았다. 오노부는 어쩔 수 없이 오히데를 배웅하러 계단을 내려갔다. 두 사람은 현관 앞에서 평범한 인사를 나누고 헤어졌다.

111

병원에서 오히데를 만난 것만 놓고 보면 오노부에게 별로 뜻밖의 사건이 아니었다. 하지만 만난 결과에서 보자면 의외의 일 이상의 일로 귀결되었다. 자신에 대한 오히데의 태도를 평소부터 알고 있던 오노부도 설마 이런 장면에서 그녀의 상대가 될 거라고는 생각지 못했다. 상대가 된 뒤에도 그것이 우연한 운명처럼 해석될 뿐이었다. 그 필연성을 인정하기 위해 과거의 원인을 더듬어 확인해보려는 마음조차 일지 않았다. 이러한 심리 상태를 좀 더 평이한 말로 하면 사건의 책임은 자신에게 전혀 없다는 것이었다. 모두 오히데가 짊어지고 가야 한다는 의미였다. 따라서 오노부의 마음은 의외로 평온했다. 적어도 양심에 비추어 꺼림칙한 점은 쉽게 발견되지 않았다.

그 만남에서 오노부가 얻은 수확은 두 가지였다. 하나는 사후에 일어나는 불쾌감이었다. 그 불쾌감 속에는 오히데를 통해 앞으로 자신들에게 닥칠 것처럼 보이는 갈등까지 포함되어 있었다. 그녀는 그것을 타개할 각오를 충분히 하고 있었다. 다만 거기에는 쓰다가 끝까지 자기편을 들어주어야 한다는 조건이 붙어 있었다. 그런 점에서 보면 그녀에게는 7할 정도의 안심과 3할 정도의 불안이 있었다. 그 3할 정도의 불안을 자신이 오늘 어느 정도까지 줄였는지가 그녀에게 중대한 문제였다. 적어도 오늘 그녀는 남편의 사랑을 얻기 위해, 또는 그것을 되찾기 위해 쓰다에게 최대한 성심을 보였다는 의미에서는 얼마간 자신감을 얻은 것 같았다.

이는 오노부 자신이 알고 있는 상황 중에서 가장 필요하다고 인정해야 하는 것의 일부분이지만, 그 외에 아직 그녀가 전혀 모르는 사이에 자연스럽게 자신의 손에 들어오도록 짜인 수확을 얻었다. 물론 그것은 일시적인 것에 지나지 않았다. 하지만 당연히 자신에게 향해져야 할, 시샘하고 의심하는 남편의 시선에서 그녀는 운 좋게 벗어난 것이다. 왜냐하면 오히데라는 상대를 받아들이기 전의 쓰다와 그것에 시달리고 난 뒤의 그는 마음 상태에서 봐도, 의식의 초점이 되어야 할 대상에서 봐도 완전히 달라져 있었기 때문이다. 그러므로 이 변화가 강하게 일어나기 직전의 아슬아슬한 순간에 모습을 드러내 그 변화의 파도를 자연 그대로 펼치는 역할을 담당한 오노부는 자기도 모르게 뜻밖의 횡재를 한 것이나 마찬가지 일이 되었던 것이다.

그녀는 오카모토가 굳이 왜 자신을 가부키 극장으로 불렀는지, 어제는 또 왜 오카모토 집으로 가야 했는지 그런 내막을 쓰다에게 모두 설명해야 하는 수고를 덜 수 있었다. 오히려 자기가 말을 꺼내고 싶을 정도인 고바야시의 말에 대해서조차 그녀는 한마디도 할 여유가 없었다. 오히데가 돌아간 뒤 두 사람의 머리는 오히데 일로 완전히 점령당해 있었다.

두 사람은 그것을 서로의 표정으로 알아차렸다. 그리고 두 사람이 얼굴을 마주 본 것은 오히데를 배웅한 오노부가 계단을 올라와 다시 방 입구에 날씬한 몸을 드러낸 순간이었다. 오노부는 미소를 지었다. 그러자 쓰다도 미소를 지었다. 거기에는 달리 아무것도 없었다. 그저 두 사람이 있을 뿐이었다. 그리고 서로의 미소가 서로의 가슴 깊은 곳에 가라앉았다. 적어도 오노부는 거기서 오랜만에 본래의 쓰다를 본 것 같았다. 그녀는 살 위에 떠오른 그 미소가 무슨 상징인지 거의 몰랐다. 그저 어떤 모습을 취하고 움직인 살 자체의 형태가 그녀에게는 기분 좋은 기념물이었다. 그녀는 그것을 마음속에 소중하게 간직해두었다.

그때 두 사람의 미소가 갑자기 변했다. 두 사람은 이를 드러낼 만큼 입을 벌리고 한꺼번에 소리를 내어 웃었다.

"놀랐어요."

오노부는 이렇게 말하며 다시 쓰다의 머리맡으로 가서 앉았다. 쓰다는 오히려 차분하게 대답했다.

"그러니까 그 녀석한테 전화하지 말라고 한 거야."

두 사람은 자연히 오히데를 화제로 삼을 수밖에 없었다.

"아가씨는 설마 그리스도교 신자는 아니지요?"

"그건 왜?"

"왜라뇨……?"

"돈을 놓고 가서?"

"그것만이 아니에요."

"진지한 설교를 해서?"

"네, 그래요. 저는 처음이에요. 아가씨가 그렇게 어려운 말을 하는 걸 본 것은요."

"그 녀석은 이치만 따지는 애야. 그러니까 그렇게 헤집어놔야만 직성이 풀리는 애지."

"하지만 전 처음이에요."

"당신은 처음이겠지. 난 몇 번인지도 모르겠어. 애초에 아무것도 아닌 일에 고상하게 구는 게 그 녀석의 버릇이야. 어설프게 작은아버지의 감화를 받은 게 독이지."

"왜요?"

"왜냐고? 작은아버지 옆에 있으면서 논쟁을 좋아하는 모습을 내내 봐와서 결국 그렇게 달변이 된 거니까."

쓰다는 어처구니가 없다는 표정을 지었다. 오노부도 쓴웃음을 지었다.

112

오랜만에 남편과 직접 마주한 듯한 기분이 들어 오노부는 기뻤다. 어느 틈에 두 사람 사이에 드리워진 얇은 막이 갑자기 걷혔을 때와 같은 상쾌한 기분이었다.

그를 사랑함으로써 반드시 자신을 사랑하도록 해야 한다. 이것이 그녀의 결심이었다. 그 결심은 그녀에게 엄청난 노력을 촉구했다. 그녀의 노력은 행복한 헛수고로 끝나지 않았다. 그녀는 끝내 보상받았다. 적어도 앞으로의 전망을 세울 수 있을 정도로 보상받았다. 그녀가 보기에 예상치 못한 사건이라고 해야 하는 이 파탄은 곧 그녀에게 부활의 서광이었다. 그녀는 먼 지평선 위로 장밋빛 하늘을 희붐하게 바라볼 수 있었다. 그리고 그 따뜻한 희망 속에서 이 파탄에서 일어나는 모든 불쾌함을 잊었다. 고바야시가 잔혹하게 남기고 간 정체를 알 수 없는 검은 한 점은 아직 그녀의 가슴에 남아 있었다. 오히데의 입에서 솟구치듯이 나온 미심쩍은 한마디도 의혹의 별이 되어 그녀의 머리에서 둔하게 깜빡였다. 그러나 그것들은 이제 멀리 물러났다. 적어도 그다지 마음에 걸리지 않았다. 귀에 들어온 순간에 일어난 흥분의 기억조차 다시 불러올 필요를 느끼지 못했다.

'혹시 무슨 일이 있어도 이제 나는 괜찮아.'

그때 오노부는 남편에게 이런 자신감마저 들었다. 따라서 만일의 경우 어떻게든 임기응변의 조치를 취해 보이겠다는 여유가 있었다. 상대를 해치울 수 있을 정도의 일이라면 대수롭지 않다는 마음도 거들었다.

'상대? 어떤 상대죠?'라는 질문을 받으면 오노부는 뭐라 대답했을까? 어렴풋이 연한 먹빛으로 그려진 상대였다. 그리고 여자였다. 자신에게서 쓰다의 사랑을 빼앗아갈 사람이었다. 오노부는 그 외에 아무것도 몰랐다. 하지만 어딘가에 그 상대가 숨어 있다고 생각했다. 오히데와 자신들 부부 사이에 일어난 파란이 그렇게까지 위태로워지기 전에 끝났다면 오노부는 내친김이니 꼭 쓰다의 마음속에 있는 그 상대를 멀리서 찾아내야 하는 순서였던 것이다.

오노부는 그 프로그램을 뒤죽박죽으로 만든 자신을 돌아보며 오히려 행복하다고 생각했다. 근심을 뒤로 넘기는 것이 힘들어 견딜 수 없다고는 결코 생각지 않았다. 그보다는 이 기회를 긴장시킬 수 있을 만큼 긴장시켜 친절한 지금의 자신을 남편의 머릿속에 강하게 주입시키는 것이 득책이라고 생각했다.

이런 결심을 하자마자 그녀는 거짓말을 했다. 사소한 거짓말이었다. 하지만 지금과 같은 경우 남편을 물질적이고 정신적인 양 측면에 걸쳐 궁지에서 구해낸 것은 자신이 가져온 수표라는 것을 깊이 믿어 의심치 않았던 그녀에게는 오히려 중대한 의미를 갖고 있었다.

그때 쓰다는 수표를 꺼내 다시 그것을 바라보았다. 거기에 쓰인 액수는 그가 요구한 것보다 오히려 더 많았다. 하지만 그것을 문제 삼기 전에 그는 오노부에게 말했다.

“여보, 고마워. 덕분에 살았어.”

오노부의 거짓말은 이 감사의 말 뒤에 바로 그녀의 입에서 흘러나왔다.

“어제 오카모토 고모 댁에 간 것은 고모부한테 그걸 받기 위해서였어요.”

쓰다는 뜻밖이라는 표정을 지었다. 오카모토에게 돈을 융통해오라는 남편의 부탁을 받았을 때 단연코 거절한 사람은 이 수표를 가져온 오노부 자신이었다. 일주일도 지나지 않아 갑자기 어디서 그런 호의가 솟아난 것일까 하고 생각한 쓰다는 몹시 이상했다. 오노부는 그것을 이렇게 설명했다.

"그야 싫지요. 게다가 고모부한테 돈 문제로 폐를 끼치는 것은요. 하지만 어쩔 수 없잖아요. 막상 무슨 일이 있을 때 그 정도의 용기를 내지 않으면 아내로서 제 역할을 다할 수 없으니까요."

"고모부님께는 사정을 얘기한 거야?"

"네. 굉장히 힘들었어요."

오노부가 쓰다에게 시집올 때의 준비는 대부분 오카모토가 해주었다.

"게다가 오늘까지 돈 같은 것은 전혀 곤란하지 않은 얼굴을 해왔으니까요. 그래서 더욱 쑥스러웠어요."

자신의 성격으로 추측해볼 때 이런 경우 얼마나 쑥스러울지는 쓰다도 충분히 이해할 수 있었다.

"용케 받았군그래."

"말하면 주죠. 없는 게 아니니까요. 다만 말하기 힘들 뿐이죠."

"하지만 세상에는 또 아버지나 오히데같이 까다로운 사람도 널려 있으니까."

쓰다는 오히려 자존심에 상처를 받은 듯한 표정을 지었다. 오노부는 그것을 얼버무려 넘기려고 말했다.

"아니, 그런 뜻으로만 받아온 게 아니에요. 고모부는 저한테 반지를 사주기로 했거든요. 시집올 때 사주지 못한 대신 조만간 사주겠다고 전부터 말했어요. 그래서 아마 그런 명목으로 주셨을 거예요. 걱정하지 않아도 돼요."

쓰다는 오노부의 손가락을 쳐다봤다. 거기에는 자신이 사준 보석이 어김없이 빛나고 있었다.

113

두 사람은 평소와 달리 마음이 풀어졌다.

지금까지 오노부 앞에서 체면을 지키려고 무장하고 있던 쓰다의 마음이 자기도 모르게 누그러졌다. 그녀에게 자신의 아버지가 인색하게 비치지 않을까 하는 걱정, 또는 그녀가 아버지의 재력을 자신의 예상 이하로 얕보지 않을까 하는 우려 때문에 가능한 한 교토 쪽에 애매한 막을 치려고 했던 경계가 풀렸다. 그러나 그는 그것을 알아차리지 못하고 있었다. 노력도 하지 않고, 의지도 작동하지 않고 그는 자연의 힘으로 그곳으로 떠밀려 왔다. 사건이 오노부를 위해 조심성이 많은 그를 살짝 들어 올려 그곳까지 옮겨다준 것이나 마찬가지였다. 오노부는 그게 기뻤다. 바꿔보려는 결심도 없이 바뀐 남편의 태도에 자연스러움이 묻어났다.

동시에 쓰다가 본 오노부에게도 그것과 같은 분위기가 드러났다. 결혼 후 그들 사이에는 다른 일은 잠시 논외로 치더라도 늘 재력에 관련된 묘한 암투가 있었다. 그리고 그것은 이런 인과 관계에서 나왔다. 보통 사람들처럼 부를 자랑하고 싶어 하는 쓰다는 오노부로부터 가능한 한 높게 평가받기 위해 아버지의 재산을 실제보다 훨씬 많은 액수로 어림잡아 그녀에게 과시했다. 그것뿐이라면 그래도 괜찮았다. 그의 약점은 한 발짝 더 앞으로 나아가는 것을 잊지 않은 점이었다. 그가 오노부에게 넌지시 비춘 자신은 지금보다 훨씬 편한 처지에 있는 부잣집 자제였다. 필요한 경우에는 아버지로부터 얼마든지 도움을 청할 수 있었다. 설사 청하지 않더라도 매달 지출에 어려움을 겪을 우려는 결코 없었다. 오노부와 결혼했을 때 그는 이미 그만큼 그녀에게 자기 말에 대한 책임을 지게 된 것이나 마찬가지였다. 영리한 그는 재력에 중점을 두는 점에서 그보다 나으면 나았지 못하지 않은 오노부의 성격을 잘 알고 있었다. 극단적으로 말하면 황금의 빛에서 사랑 자체가 생겨난다고까지 믿고 있는 그는 어떻게든 오노부 앞에서 겉을 꾸며야 한다는 불안감이 있었다. 특히 그 점에서 오노부로부터 경멸당하는 것을 무척 두려워했다. 호리에게 의뢰하여 매달 아버지로부터 도움을 받으려고 한 것도 실은 필요 이외에 그런 속셈이 숨어 있었기 때문이다. 그것조차 그는 어딘가에 거북한 구석을 갖고 있었다. 적어도 그녀를 대하는 겉과 속에는 상당한 거리가 있었다. 두뇌 회전이 대단히 빠른 오노부는 또 그 거리를 아주 쉽게 알 수 있었다. 필연적으로 그녀는 거기에 불만을 품지 않을 수 없었다. 하지만 그녀는 남편의 허위를 책망하기보다는 오히려 남편의 솔직하지 못한 점을 원망했다. 그녀는 그저 쌀쌀맞다고 생각했다. 왜 남자답게 자신의 약점을 아내 앞에 드러내지 않을까 하는 점만 마음에 걸렸다. 나중에는 결코 그렇게 하지 않는 거리감 있는 남편이라면 이쪽도 각오가 되어 있다고 혼자 마음속으로 다짐했다. 그러자 그 태도가 또 메아리처럼 쓰다의 마음에 울렸다. 두 사람은 언제까지나 직접 마주할 수가 없었다. 게다가 조심스러워서 가능한 한 그걸 언급하지 않고 살았다. 그런데 오히데와의 말썽이 우연히 오노부의 가슴에 있는 그 문을 단번에 깨부쉈다.

그런데도 오노부는 그걸 알아차리지 못했다. 그녀는 자신을 남편 앞에 개방하려는 노력도 결심도 없이 자연스럽게 자신을 개방하고 말았다. 그러므로 쓰다에게도 마치 딴사람처럼 기분 좋게 보였다.

두 사람은 이런 식으로 평소와 달리 마음이 풀어졌다. 두 사람의 마음이 풀린 데서 금세 묘한 현상이 일어났다. 두 사람은 지금까지 회피해온 문제를 아무렇지 않게 꺼냈다. 두 사람은 함께 교토에 대한 선후책을 강구하기 시작했다.

두 사람은 같은 것을 예감했다. 이 사건은 이것만으로 끝나지는 않을 거라는 불안이 두 사람의 마음을 죄어왔다. 분명히 오히데가 뭔가를 할 것이다. 한다면 직접 교토를 향해 할 것임에 틀림없었다. 그리고 그 결과는 자연히 두 사람에게 불이익이 될 게 뻔했다. 여기까지는 두 사람이 일치하는 점이었다. 그다음이 정작 중요한 선후책이었다. 하지만 여기에 이르자 의견이 달라 쉽게 정리되지 않았다.

오노부는 중재자로서 먼저 후지이 숙부를 지명했다. 하지만 쓰다는 고개를 저었다. 그는 숙부도 숙모도 오히데 편이라는 사실을 잘 알고 있었다. 다음으로 쓰다가 오카모토 고모부는 어떨까, 하고 말했다. 하지만 오카모토는 쓰다의 아버지와 그다지 깊은 교제가 없다는 이유로 이번에는 오노부가 반대했다. 그녀는 차라리 간단히 자신이 화해의 목적으로 오히데를 찾아가겠다는 안을 냈다. 여기에는 쓰다도 별다른 이견이 없었다. 설사 이번 사건 때문이 아니라도 절교를 바라지 않는 이상 어떤 식으로든 양가의 교제는 부활되어야 할 운명이었기 때문이다. 하지만 그건 그렇다 치더라도 그들은 좀 더 유효한 방법을 동시에 강구해보고 싶었다. 그들은 생각에 잠겼다.

결국 두 사람의 입에서 요시카와라는 이름이 나왔다. 그의 지위, 아버지와의 관계, 아버지로부터 특별한 의뢰를 받고 쓰다를 돌봐주고 있는 현재의 사정, 헤아리면 헤아릴수록 그는 유리한 조건을 갖추고 있었다. 하지만 거기에는 한 가지 곤란한 점이 있었다. 그다지 친하게 다가가기 힘든 요시카와에게 말을 해달라고 하려면 반드시 그 전에 그의 아내를 설득해야만 했다. 그런데 오노부는 그의 아내가 무척 불편했다. 오노부는 쓰다의 제의에 동의하기 전에 살짝 고개를 갸웃했다. 부인과 사이가 좋은 쓰다는 또 충분히 성공할 가망이 보여서 열심히 그것을 주장했다. 결국 오노부는 고집을 꺾었다.

사건 후 두 사람은 마음을 터놓고 이런 의논을 한 뒤 기분 좋게 헤어졌다.

114

전날 밤 자지 못한 피로까지 겹쳐 쓰다는 그날 밤 의외로 마음 편하게 잘 수 있었다. 다음 날도 투명한 햇살을 눈으로 받으며 유리창 밖으로 상쾌한 공기를 바라보던 그의 귀에 옆 건물의 세탁소에서 여느 때처럼 빨래를 박박 문지르는 소리가 어딘지 모르게 가을 정취를 자아내며 들려왔다.

"……에 가려면 입고 가세요. 쓱싹싹."

세탁소 남자가 유행가를 부르며 구절 사이에 쓱싹싹 하는 말을 넣었다. 그것이 무척 바쁘게 손을 움직이는 그들의 모습을 떠올리게 했다.

그들은 돌연 이상한 구멍에서 하얀 것을 짊어지고 지붕 위로 나왔다. 그러고는 빨래 너는 곳으로 올라가 하얀 것을 가을 하늘에 빈틈없이 펼쳤다. 이곳에 온 이후로 날마다 반복되는 그들의 동작은 단조로웠다. 하지만 근면했다. 그것이 과연 무엇을 의미하는지 쓰다는 알 수 없었다.

그는 지금 자신에게 더욱 절실한 일을 생각해야만 했다. 그는 요시카와 부인의 모습을 떠올렸다. 그의 미래를 눈앞에 그려내는 것은 너무나 막연했다. 그것을 정리하려고 하면 언제나 요시카와 부인이 나타났다. 평소부터 자신의 미래를 대표해주는 이 초점에는 특별한 의미가 있었다.

첫째는 얼마 전 방문했을 때부터 마음에 걸리는 것이 있었다. 그때 두 사람 사이에 봉해진 어떤 문제를 그의 머리에 툭 떨어뜨린 사람은 그녀였다. 그는 그 뒷말을 듣지 않으려고 노력했다. 또 들으려는 의지도 작동했다. 이미 봉인을 뜯은 사람이 그녀라고 한다면 내용물을 펼칠 권리는 자신에게 있는 것 같기도 했다.

둘째는 교토 일이 마음에 걸렸다. 경중을 달리해 생각하면 오히려 이것이 급하게 다가왔다. 하루빨리 그녀를 만나는 것이 득일 것 같기도 했다. 아무래도 앞으로 네댓새는 움직일 수 없는 몸에 힘겨워한 그는 어제 오노부가 돌아가기 전에 자기 대신 그녀를 부인에게 보내려고 생각했을 정도였다. 그것은 오노부가 거절했기 때문에 성사되지는 않았지만 그는 지금도 그게 적당한 방법이라고 믿고 있었다.

오노부가 왜 이런 용건으로 부인을 찾아가는 걸 싫어하는지 쓰다는 무척 의아했다. 가만히 있어도 그런 곳에 출입하고 싶어 하는 주제에, 하고 그는 그때 생각했다. 부인 앞으로 갈 수 있도록 일부러 용건을 만들어준 것이나 마찬가지라고까지 자신의 제안을 강조해보았다. 그러나 도저히 받아들이려고 하지 않는 오노부에게 그때의 그는 굳이 강요할 마음이 들지 않았다. 그것은 부부가 마음을 터놓은 기분에도 기인했지만, 다른 한편으로는 오노부가 거절하려고 한 이유와도 관계가 있었다. 그녀는 자신이 가면 반드시 실패할 것이기 때문이라고 했다. 하지만 그 이유를 말하는 대신에 쓰다라면 틀림없이 성공할 것이기 때문이라고 했다. 성공한다고 해도 퇴원한 뒤가 아니면 만날 수 없으니 늦어질 우려가 있다고 쓰다가 말했을 때 오노부는 또 그에게 뜻밖의 대답을 했다. 그녀는 부인이 반드시 병원으로 문병을 올 것이라고 단언했다. 그때를 이용하기만 하면 가장 자연스럽게, 가장 간단히 일이 진행될 거라고 주장했다.

쓰다는 세탁소의 빨래를 바라보며 어제의 문답을 이런 식으로 차례로 떠올리며 점검했다. 그러자 요시카와 부인이 문병을 올 것 같기도 했다. 또 오지 않을 것 같기도 했다. 즉 오노부가 왜 올 거라고 그렇게 힘주어 주장했는지 알 수가 없었다. 그는 가부키 극장의 식당에서 만찬 자리에 앉았다는 많은 사람들을 떠올려보았다. 오노부와 요시카와 부인 사이에 어떤 대화가 오갔는지를 소설처럼 구성해보았다. 하지만 그 대화 어디에서 이 예언이 나왔는가 하는 것은 자신도 모르는 것이라 단념할 수밖에 없었다. 그는 이미 약간의 직감, 불행히도 하늘이 그에게 주지 않은 얼마간의 직감을 오노부에게 허락하고 있었다. 그런 점에서 언제나 그녀를 다소 두려워해야 했던 그는 섣불리 그것을 언급할 용기가 없었다. 그와 동시에 그 직감을 전혀 신뢰할 수 없는 그는 어떻게든 이쪽에서 요시카와 부인을 병원으로 불러들일 묘안은 없을까 하고 생각했다. 그는 곧 전화를 생각했다. 무례하게 보이지도 않고, 새삼스럽지도 않고 자연스럽게 그녀가 여기까지 올 수 있도록 전화를 거는 방법은 없을까 하고 고심했다. 하지만 그 고심은 물거품을 만드는 노력과 거의 비슷한 것이었다. 아무리 애를 써서 마련해도 금세 사라질 뿐이었다. 근본적으로 무리한 공상을 실현시키려고 꾸미고 있는 것이라 어쩔 수 없다고 깨달았을 때 그는 혼자 쓴웃음을 지으며 다시 유리창 너머로 밖을 내다보았다.

밖은 어느새 바람이 불고 있었다. 세탁소 앞에 있는 버드나무 한 그루의 가지가 하얀 빨래와 함께 가볍게 흔들리고 있었다. 그것을 스치듯 걸쳐진 전선 세 줄도 다른 것과 박자를 맞추듯이 흔들흔들 움직였다.

115

아래층에서 올라온 의사의 눈에 그때의 쓰다는 무척 따분해 보였다. 얼굴을 마주하자마자 그는 "어떻습니까?" 하고 묻고 나서 "조금만 더 참으십시오" 하며 곧 위로하듯이 말했다. 그러고 나서 그는 쓰다를 위해 거즈를 갈아주었다.

"상처 쪽은 아직 가만히 두지 않으면 위험하니까요."

그는 이렇게 말하며 직접 국부를 꾹 누르고 있는 부분을 조금 느슨하게 해보니 피가 배어 나온다는 이야기를 조심하라는 뜻으로 들려주었다.

갈아준 거즈는 일부분에 지나지 않았다. 중요한 부분을 벗기면 피가 솟아날지도 모르는 몸으로는 쓰다도 무리해서 집으로 돌아갈 수 없었다.

"역시 예정한 날까지는 꼼짝하지 않고 있을 수밖에 없겠네요."

의사는 안됐다는 표정을 지었다.

"뭐 경과에 따라서는 그렇게까지 신중을 기할 필요는 없지만요."

그래도 의사는 쓰다를 시간이나 경제적으로 부족함이 없는, 어느 모로 보나 아주 여유 있는 환자로 취급하는 듯했다.

"특별히 중요한 용무가 있는 건 아니죠?"

"예, 일주일쯤이라면 여기서 지내도 됩니다. 하지만 갑자기 일이 좀 생겨서요……."

"아, 예. ……하지만 이제 금방입니다. 조금만 더 참으면 됩니다."

이 외에 할 말이 없었던 의사는 외래환자가 아직 붐비지 않은 탓인지 거기에 앉아 두세 가지 잡담을 했다. 그중에 그가 어느 큰 병원에 아직 조수로 근무하고 있을 때 있었다는 짤막한 이야기가 뜻하지 않게 쓰다를 웃겼다. 간호사가 약을 잘못 사용한 바람에 환자가 죽었다는 혐의로 반드시 그 간호사를 때리게 해달라고 의국으로 닥쳐온 사람이 있었다는 이야기는 쓰다가 듣기에 무척 우스꽝스러웠다. 이런 성격을 가진 사람과 정반대로 태어난 그는 그 이야기에서 어처구니없다는 것 외에 어떤 것도 찾아낼 수 없었다. 알기 쉽게 말하자면 그는 상대의 단점에만 마음을 빼앗겼다. 그리고 그 이면에 몰래 자신의 장점을 모아놓고 기뻐했다. 그러므로 자신의 단점에는 결코 생각이 미치지 않은 것이나 마찬가지 결과를 낳았다.

의사의 진찰이 끝난 후 그는 하찮은 병 때문에 일주일이나 한곳에 묶여 있어야 하는 현재의 자신을 비관하고 싶어졌다. 그렇게 생각해서인지 그에게는 그 현재가 무척 귀중하게 느껴졌다. 치료를 좀 더 뒤로 미뤘다면 좋았을 거라는 후회마저 일었다.

그는 다시 요시카와 부인에 대해 생각하기 시작했다. 어떻게든 그녀를 이곳으로 불러들일 방법이 없을까 하는 생각을 하기보다는 어떻게든 그녀가 이곳으로 와주면 좋을 텐데 하고 생각하는 쪽으로 점점 마음이 옮아갔다. 자신을 꿰뚫어 본다는 의미에서 평소 오노부의 직감을 안 좋게 평가했는데도 예외적인 이 경우만은 그것이 들어맞아주었으면 좋겠다는 생각도 들었다.

그는 오노부가 두고 간 책 중에서 한 권을 꺼냈다. 여기저기에서 오카모토가 소장할 만하다고 수긍할 수 있는 분위기가 느껴졌다. 불행히도 그는 유머를 이해할 줄 몰랐다. 책에 쓰여 있는 활자의 의미는 머리로는 이해해도 가슴에는 그다지 와 닿지 않았다. 머리로도 이해할 수 없는 것까지 속속 나타났다. 책임이 없는 그는 자신에게 적당한 것을 찾아내려고 쭉쭉 건너뛰었다. 그러자 우연히 다음과 같은 것이 눈에 들어왔다.

딸의 아버지가 청년에게 "당신은 내 딸을 사랑하고 있습니까?" 하고 물었더니 청년은 "사랑한다거나 하지 않는다거나 하는 단계가 아닙니다. 따님을 위해서라면 죽을 수도 있다고 생각합니다. 사랑스러운 그 눈으로 다정한 눈길을 단 한 번이라도 받을 수 있다면 저는 그것만으로 죽을 수 있습니다. 당장이라도 60미터나 되는 저 벼랑 위에서 바위 위로 떨어져 피투성이가 되어 보일 수 있습니다" 하고 대답했다. 딸의 아버지는 고개를 가로저으며 "사실 나도 약간은 거짓말을 하는 성격이지만 우리 집처럼 몇 명 안 되는 가족 중에 거짓말쟁이가 두 명이 되는 것은 좀 생각해봐야 하니까요" 하고 대답했다.

거짓말쟁이라는 말이 평소보다 빈정거리는 투여서 쓰다는 쓴웃음을 지었다. 그는 마음속으로 거짓말을 하는 자신을 긍정하는 사람이었다. 동시에 남의 거짓말도 근본적으로 인정하는 사람이었다. 그런데도 전혀 염세적인 사람이 되지 않았다. 오히려 그 반대로 생활할 수 있기 때문에 거짓말이 필요해진다고까지 생각하는 사람이었다. 그는 지금까지 이런 막연한 인생관으로 살아오면서도 자신은 그것을 몰랐다. 그는 그저 행했던 것이다. 그러므로 조금만 깊이 들어가면 자신의 입장을 알 수 없게 되었다.

'사랑과 허위.'

자신이 읽은 짤막한 이야기에서 이 두 단어를 암시받은 그는 그 둘의 관계를 어떻게 설명해야 좋을지 갈피를 잡을 수 없었다. 그는 자신에게 중요한 어떤 문제를 갖고 있는 사람이었다. 내심의 요구로 보건대 꼭 그것을 해결해야 하는 그는 실험 기회가 주어지지 않는 한 머릿속으로 의미 없이 생각할 수밖에 없었다. 철학자가 아닌 그는 지금까지 자신이 행해온 인생관조차 조직적인 형식 아래서 자기 눈앞에 늘어놓고 볼 수가 없었던 것이다.

116

쓰다는 정리되지 않는 것을 차례로 생각했다. 그러다 보니 어느새 정오가 지나고 말았다. 그의 머리는 지쳐 있었다. 이제 한 가지 일을 오랫동안 계속 생각할 용기가 없어졌다. 가을이라고는 하지만 혼자 누워 있기에는 날이 지나치게 길었다. 그는 따분해지기 시작했다. 그래서 다시 오노부로 생각을 몰아갔다. 오늘도 그녀의 모습이 자신의 눈앞에 나타날 것으로 예상한 그는 뻔뻔했다. 지금까지 그녀 앞에서 꺼려야 하는 일만 실컷 생각한 끝에 그것도 싫어지자 곧바로 이제 오노부가 올 거라고 생각하며 태연히 있었다. 자연히 그때의 그에게는 머릿속에 떠오르는 것에 책임질 필요가 없다는 변명조차 없었다. 그는 오노부에게 이해할 수 없는 점이 있는 것처럼 자신도 오노부가 모르는 사실을 가슴속에 간직하고 있다는 정도의 생각은 어렴풋이 하고 있었을지도 모른다. 하지만 그것조차 막상 그때가 아니면 확실한 말이 되어 그의 머리에 떠오를 리 없었다.

오노부는 좀처럼 오지 않았다. 오노부 이상으로 기다리는 요시카와 부인도 물론 모습을 나타내지 않았다. 쓰다는 따분했다. 조금 전부터 누군가가 부르고 있는, 그가 가장 싫어하는 우타이(謠)[58] 소리가 불쾌하게 그의 귀를 자극해왔다. 그의 기억 속에 있는 요쿄쿠 지도(謠曲指南)라고 쓰인 길쭉한 간판이 문득 떠올랐다. 그곳은 세탁소와 비스듬히 마주 보는 2층집이었다. 2층이 연습을 하는 방인지 거리에 비해 목소리가 터무니없이 크게 들렸다. 남이 자기 멋에 하는 걸 그만두게 할 권리가 없는 그로서는 불평을 해볼 도리가 없었다. 그는 그저 빨리 퇴원하고 싶다는 생각뿐이었다.

버드나무 뒤에 있는 빨간 벽돌 창고에, 산 모양 아래 일자를 그은 가게 이름 같은 무늬가 붙어 있고 그 좌우로 무엇을 위한 것인지 모를 구부러진 커다란 못 비슷한 것이 벽에서 돌출되어 있었다. 쓰다는 그곳을 보는 둥 마는 둥 하는 눈으로 멍하니 바라보고 있었다. 그때 느닷없이 거침없는 발소리가 들려왔다. 누군가 계단을 쿵쿵거리며 올라

58 일본의 전통 가면극인 노(能)의 가사에 가락을 붙여 노래하는 것. 요쿄쿠(謠曲)라고도 한다.

왔다. 아니, 이런 하고 쓰다는 생각했다. 발소리로 보아 그 임자가 누구인지 이미 7할쯤은 짐작이 갔다.

그의 짐작은 곧 사실이 되었다. 그가 방 입구로 눈을 돌리자 거의 동시에 고바야시가 어제 받은 외투를 입고 성큼성큼 들어왔다.

"어떤가?"

그는 곧 책상다리를 하고 앉았다. 쓰다는 오히려 괴로운 듯한 웃음으로 인사를 대신했다. 그의 얼굴을 보자마자 뭐하러 왔느냐는 마음이 일었다.

"이거네." 그는 외투 소매를 쓰다에게 들이대듯이 보여주었다. "고맙네. 덕분에 올겨울도 날 수 있겠어."

고바야시는 오노부 앞에서 말한 것과 같은 말을 쓰다 앞에서 되풀이했다. 하지만 쓰다는 오노부에게서 듣지 않아서 특별히 빈정거리는 것이라고도 생각하지 않았다. "부인이 왔지?"

고바야시는 또 이렇게 물었다.

"왔네. 오는 게 당연한 거 아닌가?"

"뭐라고 했겠지?"

쓰다는 '응'이라고 대답할지 '아니'라고 대답할지 생각하며 약간 망설였다. 그는 고바야시가 오노부에게 무슨 말을 했는지 알고 싶었다. 그것을 여기서 그의 입으로 되풀이하게만 한다면 자신의 대답은 '응'이든 '아니'든 마찬가지였다. 하지만 어느 쪽이 성공할지는 순식간에 결정할 수가 없었다. 그런데 그 태도가 의외의 의미가 되어 고바야시에게 반향을 불러일으켰다.

"부인이 화나서 왔지? 분명히 그럴 거라고 나도 생각했네."

쉽게 실마리를 잡은 쓰다는 곧 그것에 매달렸다.

"자네가 너무 괴롭혀서겠지."

"아니, 괴롭히지는 않았네. 그냥 좀 장난이 심했지, 가엾게 말이야. 울지는 않던가?"

쓰다는 좀 놀랐다.

"울릴 만한 얘기라도 한 건가?"

"뭐 어차피 내가 하는 말이니까 엉터리지. 그러니까 부인은 오카모토 씨 같은 상류 가정에서 자라서 세상에 나같이 어리석고 못난 사람이 존재한다는 걸 아직 모를 거네. 그래서 사소한 일까지 걱정할 거야. 그런 바보는 상대하지 말라고 자네가 평소에 일러두기만 하면 그걸로 족하네."

"그렇게 일러두기는 했지." 쓰다도 지지 않고 반박했다. 고바야시는 하하하 하고 웃었다.

"아직 훈련이 좀 부족한 거 아닌가?"

쓰다가 말을 바꾸었다.

"그런데 자네는 대체 무슨 말을 해서 그 사람을 놀린 건가?"

"그거야 부인한테서 이미 듣지 않았나?"

"아니, 듣지 못했네."

두 사람은 얼굴을 마주 보았다. 서로의 심중을 헤아리려는 의도가 동시에 나타났다.

117

쓰다가 고바야시에게 본심을 실토하게 하려는 데에는 어떤 특별한 의미가 있었다. 그는 오노부의 성격을 그 두드러진 단면을 통해 잘 알고 있었다. 오히데와 정반대인 그녀는 쓰다 앞에서 어디까지나 유순하게 끝까지 정숙한 태도를 보여주는 걸 잊지 않았다. 동시에 무슨 일이 있어도 그의 마음대로 되지 않는 점 또한 같은 정도로 분명하게 지니고 있었다. 그녀의 재능은 한 가지였다. 하지만 그 응용은 양면에 걸쳐 있었다. 이는 남편에게 알려서는 안 된다는 것, 또는 숨겨두는 것이 편하다고 결정한 것, 그런 경우 그녀는 완전히 쓰다의 힘에 부치는 아내였다. 그녀가 유순하면 할수록 쓰다는 그녀에게서 아무것도 찾아낼 수 없었다. 그녀와 고바야시 사이에 어제 어떤 대화가 오갔는지는 오히데의 소동으로 자세히 물어볼 틈도 없이 시간이 지나가 버렸기 때문에 사실 어쩔 수 없는 일이라고 해도, 만약 그런 장애가 없었고 쓰다가 있는 그대로의 자세한 이야기를 물었다면 오노부는 쉽사리 그가 바라는 대로 면밀한 대답을 아낌없이 해주었을까? 여기에는 커다란 의문이 있었다. 오노부의 평소 모습에서 추측하자면 쓰다는 오히려 속임을 당할 게 틀림없다고 생각했다. 특히 그가 혹시나 하고 생각하는 점을 고바야시가 거리낌 없이 말한다면 오노부는 더더욱 그것을 듣지 않은 척하며 잠자코 남편 앞을 지나칠 여자처럼 보였다. 적어도 쓰다가 관찰한 그녀에게는 그만한 여유가 충분히 있었다. 이미 오노부 쪽을 포기해야 한다면 쓰다는 자신에게 필요한 지식을 고바야시에게서 찾을 수밖에 다른 도리가 없었다.

고바야시는 어쩐지 그걸 알고 있는 듯했다.

"뭐, 아무 말도 하지 않았네. 거짓말 같으면 다시 한번 부인한테 물어보게. 그렇지만 돌아올 때는 미안한 생각이 들어 사과를 하고 오긴 했네만. 사실 왜 사과를 했는지 나도 잘 모르겠네."

그는 이렇게 시치미를 뗐다. 그러고는 갑자기 손을 뻗어 쓰다의 머리맡에 있는 읽다 만 책을 집어 들고 1분쯤 묵독했다.

"이런 걸 읽나?" 그는 자못 경멸하는 듯한 어조로 쓰다에게 물었다. 그는 아무렇게나 페이지를 넘기다가 끝부분에서 다시 처음으로 돌아왔다. 그리고 거기에 오카모토라는 조그마한 도장이 찍혀 있는 걸 발견한 순간 "흐음" 하고 말했다.

"부인이 가져온 거로군. 어쩐지 묘한 책이다 했네. ……그런데 자네, 오카모토 씨는 부자겠지?"

"그런 건 모르네."

"모를 리가 있나? 그래도 부인의 친정 아닌가?"

"난 오카모토 집안의 재산을 알아보고 결혼한 게 아니네."

"그런가?"

이 단순한 '그런가'라는 말이 이상하게 쓰다의 머리에 울려 퍼졌다. '자네는 오카모토 씨의 재산도 알아보지 않고 결혼한 건가' 하는 의미로도 들렸다.

"오카모토 씨는 오노부의 고모부라네. 자넨 모르나? 친정도 뭐도 아니지."

"그런가?"

고바야시는 또 같은 말을 되풀이했다. 쓰다는 더욱 불쾌해졌다.

"그렇게까지 오카모토 씨의 재산을 알고 싶으면 알아봐줄까?"

고바야시는 "헤헤헤" 하며 멋쩍어했다. "가난하면 남의 재산까지 마음에 걸려 어쩔 수가 없다네."

쓰다는 상대하지 않았다. 그래서 그 문제를 일단락 지으려고 했더니 고바야시가 곧 원래로 돌아갔다.

"그런데 어느 정도 될까, 실제로."

이런 태도가 바로 그의 특색이었다. 그리고 늘 두 가지로 해석할 수 있었다. 처음부터 상대를 바보라고 인정해버리면 그뿐이지만 동시에 이쪽이 일단 바보로 취급당하고 있다고 생각하면 또 한없이 바보로 취급당하는 것이기도 했다. 그를 대하는 쓰다는 사실 반신반의의 한 가운데에 서 있었다. 그러므로 거기에 조금이라도 자신의 약점이 잠재하는 경우에는 바보 취급을 당하는 쪽의 해석으로 기울지 않을 수 없었다. 단지 상대가 기어오를 수 없도록 조심하는 것 외에 다른 방도가 없었던 그는 웃고만 있었다.

"좀 빌려줄까?"

"빌리는 건 싫네. 그냥 받는다면 또 모를까. ……아니, 받는 것도 싫네, 어차피 줄 마음도 없을 테니까. 어쩔 수 없으면 뭐 빼앗는 거지." 고바야시는 하하하 하고 웃었다. "일단 조선에 가기 전에 재미있는 비밀이라도 제공해서 오카모토 씨한테서 좀 받아 갈까?"

쓰다는 곧바로 화제를 조선으로 옮겼다.

"그런데 언제 떠나나?"

"아직 확실히 모르네."

"하지만 떠나기는 하는 건가?"

"떠나기는 하지. 자네가 재촉하든 안 하든 떠날 때가 되면 분명히 떠날 거네."

"재촉하는 게 아니네. 시간이 있으면 자네를 위해 송별회라도 열어 줄까 해서지."

오늘 고바야시에게 충분한 이야기를 들을 수 없다면 송별회라도 이용하려고 생각한 쓰다는 이렇게 말하여 은근히 두 번째 기회를 예비로 만들어두었다.

118

고의인지 우연인지 쓰다가 끌고 가려는 방향으로는 좀처럼 가지 않는 고바야시에게 이런 주의는 오히려 필요할지도 몰랐다. 그는 언제까지고 쓰다의 물음에 응하는 듯 응하지 않는 듯한 태도를 취했다. 그리고 집요하게 자기 자신의 화제에만 들러붙었다. 그것이 또 쓰다가 물어보려는 것과 간접적이긴 하지만 깊은 관계가 있어서 그는 성가시기도 하고 애가 타기도 했다. 어쩐지 에둘러 괴롭히는 것 같기도 했다.

"요시카와 씨하고 오카모토 씨는 친척 사이인가?" 고바야시가 물었다.

쓰다는 이 질문이 순수하게 물어보는 것으로 여겨지지 않았다.

"친척은 아니네, 그냥 친구지. 언젠가 자네가 물었을 때 그렇게 말하지 않았나?"

"그런가? 나한테는 별로 관계없는 사람들 일이라 그만 잊어버렸네. 그런데 그들은 친구라고 해도 그냥 친구는 아닐 거네."

"무슨 말을 하는 건가?"

쓰다는 그만 그 뒤에 '바보자식'이라는 말을 덧붙이고 싶었다.

"아니, 상당히 친한 친구일 거라는 뜻이네. 그렇게 화내지 않아도 좋을 거야."

요시카와와 오카모토는 고바야시가 생각하는 그런 사이임에 틀림없었다. 단순한 사실은 그것뿐이었다. 하지만 그 안에 쓰다와 오노부를 넣고 안팎의 의미를 동시에 바라보는 일은 얼마든지 가능했다.

“자네는 행복한 사람이군.” 고바야시가 말했다. “오노부 씨만 소중히 하면 틀림없으니까.”

“그래서 소중히 하고 있네. 자네가 충고하지 않아도 그 정도의 일은 알고 있거든.”

“그런가?”

고바야시는 다시 ‘그런가’라는 말을 사용했다. 자못 심각한 체하는 이 ‘그런가’라는 말이 거듭될 때마다 쓰다는 그에게 협박이라도 당하는 기분이었다.

“하지만 자네는 나하고 달리 총명하니까 됐네. 남들은 다들 자네가 오노부 씨한테 완전히 두 손 들었다고 생각한다네.”

“남들이란 누구를 말하는 건가?”

“선생님도 그렇고 사모님도 그렇다네.”

후지이 숙부와 숙모가 그렇게 생각하고 있다는 것은 쓰다도 대충 짐작하고 있었다.

“두 손 들었으니까 그렇게 보여도 어쩔 수 없지.”

“그런가? ……하지만 나처럼 정직한 사람은 도저히 자네 같은 흉내를 낼 수 없다네. 자네는 역시 대단한 사람이야.”

“자네는 정직하고 나는 가짜인가? 또 그 가짜가 대단한 사람이고 정직한 사람은 바보인가? 자네는 또 언제 그런 철학을 발명한 건가?”

“철학은 상당히 오래전에 발명했지만 이번에 다시 그걸 발표하려고 한다네, 조선에 가는 것에 대해.”

쓰다의 머리에 묘한 암시가 번뜩였다.

“여비는 마련했나?”

“여비는 어떻게든 될 거라고 생각하네.”

"신문사에서 내주기로 정해진 건가?"

"아니, 이미 선생님께 빌리기로 했네."

"그런가? 그거 잘되었군."

"전혀 잘된 게 아니네. 이래 봬도 나는 선생님 신세를 지는 게 죄송해서 견딜 수가 없으니까."

이런 그는 태연하게 자신의 누이 오킨을 시집보내달라고 후지이에게 맡겨버리는 사람이었다.

"아무리 내가 염치없는 사람이라도 더 이상 돈 문제로 선생님께 폐를 끼쳐서는 죄송하니까 말이야."

쓰다는 아무 대답도 하지 않았다. 고바야시는 순진하게 의논이라도 하는 듯한 어조로 말했다.

"이보게, 어디 등칠 데 없을까?"

"없어." 쓰다는 딱 잘라 이렇게 말하고 일부러 딴 데를 보았다.

"없을까? 어딘가 있을 것 같은데 말이야."

"없네. 요즘은 불경기니까."

"자네는 어떤가? 세상은 어떻든 간에 자네만은 늘 경기가 좋지 않은가?"

"말도 안 되는 소리 하지 말게."

오카모토에게 받은 수표도, 오히데가 놓고 간 종이 꾸러미도 모두 오노부에게 건넨 뒤라서 그의 지갑은 텅 빈 것이나 마찬가지였다. 설사 그것이 수중에 있다고 해도 그는 고바야시를 위해 금전상의 희생을 치를 마음은 들지 않았다. 무엇보다 일이 그렇게까지 절박하지 않는 한 그는 상담에 응할 필요를 손톱만큼도 느끼지 않았다.

이상하게도 고바야시도 그 이상 쓰다를 밀어붙이지 않았다. 그 대신 돌연 묘한 이야기를 꺼내 그를 놀라게 했다.

그날 아침 후지이를 찾아간 그는 그곳에서 여느 때처럼 점심을 얻어먹고 오랜 시간 동안 원고를 정리하고 있는데 현관 격자문이 열려 무심코 손님을 맞으러 나갔다. 그런데 거기서 우연히 오히데를 봤던 것이다.

고바야시의 이야기를 거기까지 들었을 때 쓰다는 무의식중에 속으로 '젠장, 선수를 빼앗겼구나' 하고 외쳤다. 하지만 단지 그것만으로 끝나지 않았다. 고바야시의 머리에는 아직 쓰다를 놀라게 할 이야깃거리가 남아 있었다.

119

그러나 고바야시가 사람을 놀라게 하는 방식에는 또 그만의 독특한 순서가 있었다. 그는 맨 먼저 이런 말을 해서 쓰다를 놀렸다.

"오누이 사이에 싸움을 했다지 않은가? 선생님도 사모님도 오히데 씨가 하도 떠들어대는 바람에 난처해하셨다네."

"자네는 옆에서 또 그걸 듣고 있었나?"

고바야시는 쓴웃음을 지으면서 머리를 긁적였다.

"아니, 들으려고 해서 들은 게 아니라네. 뭐 자연히 귀에 들어온 거지. 아무튼 말한 사람이 오히데 씨고, 말하게 한 사람이 선생님이셨으니까."

오히데는 옹고집인 구석이 있는 데다 단조로운 면이 있었다. 게다가 약간의 자극이 가해지면 평소의 침착함을 깡그리 잃어버리고 이전과는 완전히 달라진 맹렬함을 불쑥 드러낸다는 점이 쓰다와는 전혀 다른 특징이었다. 숙부는 또 숙부대로 뭐든지 상관하지 않고 바닥의 바닥까지 밝혀내야 직성이 풀리는 사람이었다. 단지 말만이라도 좋으니까 앞뒤가 일관되는, 속된 말로 조리가 맞는 마지막까지 가보고 싶은 것이 이런 경우 상대를 대하는 그의 태도였다. 붓끝으로 늘 사상의 문제를 다루는 버릇이 활자를 떠난 그의 일상생활에도 들러붙은 결과였다. 그는 상대에게 얼마든지 말을 하게 했다. 그 대신 또 얼마든지 질문을 했다. 그것을 어느 정도 하게 되면 질문이라는 성격을 떠나 힐문으로 변하는 일마저 종종 있었다.

쓰다는 마음속으로 이런 숙부와 누이가 마주 앉았을 때의 모습을 상상했다. 어쩌면 거기에서 또 일대 파란이 인 것이 아닐까 하는 의혹마저 일었다. 하지만 고바야시에 대한 체면도 있기 때문에 겉으로는 일부러 강하게 나왔다.

"아마 내 험담을 엄청나게 했겠지?"

고바야시는 대답 대신 크게 웃고 나서 이렇게 말했다.

"하지만 자네한테 어울리지 않네, 오히데 씨하고 싸우다니."

"나니까 싸운 거네. 그 녀석도 호리 앞에서는 좀 더 조심하겠지."

"과연 그럴까? 세상에서는 흔히 부부싸움이라고 하는데 부부싸움보다 오누이 싸움이 더 일반적일까? 나는 아직 아내를 가진 적이 없어서 그쪽 사정은 전혀 모르지만, 이래 봬도 누이는 있으니까 오누이 사이가 어떤지는 잘 알고 있다고 생각하네. 자넨 뭔가? 나 같은 오라버니도 아직 누이하고 싸워본 적이 없다네."

"그야 누이 나름이지."

"하지만 오라버니 나름이기도 하겠지."

"아무리 오라버니라도 조금은 화가 날 때도 있다네."

고바야시는 히죽히죽 웃었다.

"하지만 아무리 자네라도 지금 오히데 씨를 화나게 하는 게 득책이라고는 생각하지 않겠지?"

"그야 당연하네. 누가 좋아서 싸움 같은 걸 하겠나? 그런 녀석하고."

고바야시는 점점 더 크게 웃었다. 그는 웃을 때마다 조금씩 여유를 찾아갔다.

"아마 어쩔 수 없었겠지. 하지만 그건 내가 할 말이네. 나는 누구하고 싸워도 상관없는 사람이야. 누구하고 싸워도 손해를 안 보는 처지인 사람이지. 만약 싸움의 결과가 어딘가에 있다면 그건 내 손해가 안 되네. 왜냐하면 처음부터 나는 일찍이 손해가 될 만한 어떤 것도 갖지 않았기 때문이지. 요컨대 싸움으로 일어나는 모든 변화는 다 나한테 득이 될 뿐이니까 나는 오히려 싸움을 바란다고 해도 좋을 정도네. 하지만 자네는 다르지. 자네의 싸움은 결코 득이 되지 않네. 그리고 또 자네만큼 이해득실을 잘 알고 있는 사람도 세상에 그리 많지 않지. 그냥 알고 있는 것만이 아니야. 자네는 그런 마음가짐으로 하루 종일 생활할 수 있는 사람이지. 적어도 그렇게 해야 한다고 늘 생각하는 사람이네. 알겠나? 그런 자네가……."

쓰다는 귀찮다는 듯이 고바야시를 가로막았다.

"그래, 알았네. 알았어. 그러니까 남하고 충돌하지 말라고 주의하는 거지? 특히 자네하고 충돌하면 내 손해일 뿐이니까 가능한 한 일을 원만히 처리하라는 충고인 거지, 자네 말은?"

고바야시는 시치미를 뗀 얼굴로 넘어갔다.

"뭐, 나하고? 나는 자네하고 싸울 생각이 전혀 없네."

"다 알았다니까."

"알았으면 그걸로 됐네만, 오해하지 않도록 말해두는데 나는 아까부터 오히데 씨를 문제 삼고 있는 거라네."

"그것도 알고 있네."

"알고 있다니, 그건 교토 일이겠지? 그쪽 상황이 좋지 않다는 의미겠지?"

"물론이네."

"그런데 그것만이 아니네. 그 밖에도 영향을 미칠 거네, 조심하지 않으면."

고바야시는 거기서 말을 끊고 자기 말의 영향을 시험하기 위해 쓰다의 얼굴을 바라보았다. 아니나 다를까 쓰다는 태연히 있을 수가 없었다.

120

고바야시는 이때다 싶은 기회를 포착했다.

"오히데 씨는 말이네" 하고 말을 꺼냈을 때의 그는 이미 쓰다를 포로로 사로잡았다.

"오히데 씨는 말이네, 선생님 댁에 오기 전에 이미 다른 집에 들렀다 왔다네. 그 집이 어딘지 자네는 짐작이 가나?"

쓰다는 짐작할 수가 없었다. 적어도 이 사건과 관련하여 그녀가 발길을 할 만한 곳은 후지이의 집 외에는 있을 리 없었다.

"도쿄에 그런 곳은 없네."

"아니, 있다네."

쓰다는 어쩔 수 없이 다시 머릿속으로 여긴가 저긴가 하고 찾아보았다. 하지만 아무리 생각해봐도 역시 짐작할 수가 없었다. 결국 고바야시가 웃으면서 그 집 이름을 말했을 때 쓰다는 과연 깜짝 놀란 듯이 큰 소리를 질렀다.

"요시카와? 요시카와 씨 집에는 또 왜 간 거지? 아무 관계가 없지 않은가?"

쓰다는 이상하게 생각하지 않을 수 없었다.

다만 요시카와와 호리를 연결하는 것뿐이라면 쓰다도 쉽게 할 수 있었다. 강력한 공상의 도움에 의존할 필요도 없었다. 쓰다 부부가 결혼할 때 공식적인 중매인으로 수고를 해준 요시카와 부부와 그의 누이 오히데와 그녀의 남편 호리가 사교적으로 관계를 맺고 있다는 것은 누구의 눈에도 분명했다. 하지만 그 연고로 오히데가 이 문제를 안고 특별히 요시카와를 찾아갈 이유는 도저히 찾을 수 없었다.

"그냥 찾아갔겠지. 인사차 들렀을 거야."

"그런데 그렇지도 않은 모양이네. 오히데 씨의 이야기를 들어보면 말이야."

쓰다는 갑자기 그 이야기가 듣고 싶었다. 고바야시는 그를 만족시키는 대신 주의를 주었다.

"자네는 굉장히 용의주도한 것 같지만 어딘가 빠진 데가 있네. 너무 빠진 데가 없이 하려고 하니까 자연히 손이 미치지 않는 거지. 이번 일도 그렇지 않은가? 무엇보다 오히데 씨를 화나게 해서는 안 되네, 자네 입장에서는. 그리고 화나게 한 이상, 요시카와 쪽으로 달려가게 하는 건 어리석네. 게다가 요시카와 집으로 갈 리가 없다고 믿고 처음부터 얕잡아 보는 건 평소의 자네하고도 어울리지 않는 일 아닌가?"

결과적으로 쓰다의 빈틈을 찾아내는 것은 고바야시에게도 쉬운 일이었다.

"원래 자네 아버지하고 요시카와 씨는 친구겠지? 그리고 자네 일은 아버지가 요시카와 씨한테 모두 부탁해두었을 거네. 거기로 오히데 씨가 달려가는 건 당연하지 않겠나?"

쓰다는 병원에 입원하기 전 회사의 중역실에서 요시카와로부터 들은 "아버님께 걱정을 끼쳐드려서는 안 되네. 자네가 도쿄에서 뭘 하고 있는지 내가 다 알고 있으니까 만약 무슨 문제가 있으면 그냥 교토에 알려줄 거네. 조심하게" 하는 의미의 말을 떠올렸다. 그것은 지금 해석해도 반농담으로 한 훈계에 지나지 않았다. 하지만 만약 그것을 여기서 진지하기만 한 문구로 뒤집는 자가 있다면 그건 바로 오히데였다.

"정말 엉뚱한 녀석이라니까."

엉뚱한 성격이 그의 집안 내력이 아닌 만큼 그의 평은 의외라는 뜻을 품고 있었다.

"대체 무슨 말을 한 걸까, 요시카와 씨 집에서. ……그 녀석이 하는 말을 곧이곧대로 받아들이면 좋은 것은 자기뿐이고 다른 사람은 모두 나빠지고 마니까 곤란하거든."

쓰다의 머리에는 직접적인 영향 이상으로 좀 더 멀리 있는 중요한 결과가 어른거렸다. 자신에 대한 요시카와의 신용, 요시카와와 오카모토의 관계, 오카모토와 오노부의 관계, 그런 것들이 오히데의 수법 하나로 어떻게 변해갈지 알 수 없었다.

"여자는 소견이 얕아서 말이지."

이 말에 고바야시는 갑자기 웃기 시작했다. 지금까지 웃은 것 중에서 가장 큰 소리로 웃어서 쓰다는 흠칫했다. 쓰다는 비로소 자신이 무슨 말을 했는지 깨달았다.

"그야 아무래도 좋지만 오히데가 요시카와 집에 가서 무슨 말을 했는지 작은아버지한테 말하는 것을 들었다면 얘기해주게."

"뭔가 열심히 말했네만, 사실 나는 귀찮아서 제대로 듣지 않았네."

이렇게 말한 고바야시는 정작 중요한 데서 모르는 체하는 얼굴로 일정한 범위 밖으로 나가버렸다. 쓰다는 실망했다. 잠시 실망감을 맛보게 한 후에야 고바야시는 다시 일정한 범위 안으로 돌아왔다.

"하지만 좀 더 기다려보게. 싫든 좋든 얘기해줌세."

쓰다는 설마 오히데가 다시 오지는 않을 거라고 생각했다.

"아니, 오히데 씨가 아니네. 오히데 씨는 직접 오지 않아. 그 대신 요시카와 부인이 올 거네. 거짓말이 아니야. 이 귀로 똑똑히 듣고 왔으니까. 오히데 씨는 부인이 올 시간까지 분명히 말했을 정도야. 아마 조금 있으면 올 거네."

오노부의 예상이 맞아떨어졌다. 쓰다가 어떻게든 불러들이고 싶었던 요시카와 부인이 어느새 오기로 되어 있었던 것이다.

121

쓰다의 머리에 두 가지 일이 연달아 번뜩였다. 하나는 앞으로 이곳으로 찾아올 요시카와 부인을 잘 다뤄야 한다는 사전 암시였다. 그녀가 병원까지 발길을 해주는 것은 예정한 계획에서 볼 때 그가 가장 바라는 일임이 틀림없었지만 찾아오는 의미가 여기서 새롭게 덧붙여진 이상 그것을 대하는 그의 대응도 바뀌지 않을 수 없었다. 이 경우 부인의 태도를 상상해본 그는 다소 불안감을 느꼈다. 오히데에게서 편견을 주입받은 후의 부인과 아직 반감을 갖도록 부추겨지기 전의 부인은 그의 눈에 비치는 것만 해도 상당히 달랐다. 하지만 거기에는 평소의 자신감도 뒤따랐다. 그에게는 부인이 갖고 올 편견과 반감을 잠깐의 만남으로 충분히 뒤집어 보이겠다는 각오가 있었다. 적어도 여기서 그 정도의 일을 해두지 않으면 자신의 미래가 위태로웠다. 그는 3할의 불안과 7할의 신념으로 그녀의 방문을 기다렸다.

또 하나의 번뜩임이 오노부에 대한 태도를 다시 한번 임시로 변경하는 편의를 그에게 가져다주었다. 조금 전까지 그는 무료한 나머지 그녀의 모습을 시시각각 기다리고 있었다. 하지만 지금의 그에게는 별도의 긴장감이 있었다. 그는 전혀 다른 방면의 자극을 예상했다. 오노부는 이제 도움이 안 되었다. 아니, 오히려 오는 게 달갑지 않았다. 게다가 그는 부인과 단둘이 마주하고 이야기해보고 싶은 특수한 문제도 앞두고 있었다. 그는 오노부와 부인이 이곳에서 만나는 것을 반드시 막아야 한다고 마음먹었다.

덧붙은 조건으로서 고바야시를 빨리 내쫓을 수단도 필요해졌다. 그런데도 고바야시는 이제 곧 요시카와 부인이 올 것이라고 말을 뱉었으면서도 자신은 전혀 돌아갈 기색을 보이지 않았다. 그는 자신이 남에게 방해가 될지 어떨지를 걱정하는 타입이 아니었다. 때와 경우에 따라서는 그것을 알고도 일부러 방해까지 할 수 있는 사람이었다. 게다가 그렇게까지 하면서도 실제로는 깨닫지 못해서 폐를 끼치는지 아니면 알고도 일부러 곤란하게 하는지 사람들이 확실히 판단하지 못하게 아주 태연히 해내는 불쾌한 인물이었다.

쓰다는 하품을 해 보였다. 그의 마음과 전혀 어울리지 않는 이 행동이 그를 둘로 나누었다. 어딘가 안절부절못하면서 정말 따분한 듯이 고바야시를 응대하는 모습에, 중단된 기분의 특징이 드문드문 드러났다. 그래도 고바야시는 시치미를 떼고 있었다. 머리맡에 있는 시계를 다시 집어 든 쓰다는 그것을 놓자마자 부득이하게 질문을 던졌다.

"자네는 무슨 볼일이라도 있나?"

"없는 것도 아니네만, 그거야 뭐 꼭 지금 해야 하는 건 아니네."

쓰다는 그 말의 의미를 대충 알 것 같았다. 하지만 아직 항복할 생각은 들지 않았다. 그렇다고 금방 격퇴할 용기는 더욱 없었다. 그는 어쩔 수 없이 잠자코 있었다. 그러자 고바야시가 이런 말을 꺼냈다.

"나도 요시카와 부인을 만나고 갈까?"

쓰다는 속으로 농담이 아닐 거라고 생각했다.

"무슨 용건이라도 있나?"

"자네는 자꾸 용건, 용건, 하는데 꼭 용건이 있어서 사람을 만나는 건 아니네."

"하지만 모르는 사람이니까 하는 말이지."

"모르는 사람이니까 잠깐 만나보고 싶은 거네. 어떤 사람인가 해서 말이지. 원래 나는 부잣집에 들어가본 적도 없고 또 그런 사람하고 어울려본 적도 없으니까 이런 기회에 잠깐이라도 만나보고 싶은 거라네."

"구경거리도 아니고."

"아니, 단순한 호기심이네. 게다가 나는 한가하니까."

쓰다는 질렸다. 그는 친구 중에 고바야시 같은 볼품없는 사내가 있다는 것을 부인에게 보이는 게 몹시 싫었다. 그런 사람하고 어울리다니, 하며 경멸이라도 받는 날에는 자신의 미래에까지 영향을 미칠 거라고 생각했다.

"자네도 꽤나 태평하군그래. 요시카와 부인이 오늘 여기에 뭘 하러 오는지 자네도 알잖은가?"

"알고 있지. ……방해가 되려나?"

쓰다는 최후통첩을 할 수밖에 다른 도리가 없었다.

"방해가 되네. 그러니 오기 전에 얼른 돌아가게."

고바야시는 특별히 화난 모습도 보이지 않았다.

"그런가? 그럼 돌아가겠네. 돌아가긴 하겠는데 그 대신 용건만은 말해두고 가지, 애써 찾아온 거니까."

귀찮아진 쓰다는 결국 자기 쪽에서 먼저 그 용건을 말해버렸다.

"돈이겠지? 내가 들어줄 만한 용건이라면 받아들여도 좋네. 하지만 여기에는 한 푼도 없네. 그렇다고 또 외투처럼 내가 집에 없을 때 받으러 가면 곤란하네."

고바야시는 히죽히죽 웃으면서 그럼 어떻게 하면 되겠나, 하고 안색으로 물었다. 아직 고바야시에게 들어볼 이야기가 남아 있는 쓰다는 그가 떠나기 전에 다시 한번 만나둘 필요가 있었다. 하지만 그와 오노부가 만날 우려가 있는 병원에서는 사정이 좋지 못했다. 쓰다는 송별회라는 이름으로 그들이 만나야 할 날짜와 시간과 장소를 지정한 뒤에야 간신히 귀찮은 존재를 물리쳤다.

122

쓰다는 곧 두 번째 예방책에 착수했다. 그는 바닥에 놓인 소형 화장도구 상자를 치우고 그 밑에서 예의 그 편지지와 같은 라벤더 색 봉투를 꺼내자마자 곧 만년필을 움직였다. 오늘은 사정이 있으니 문병하러 오는 것을 보류해달라는 뜻을 간단히 적은 편지는 1분도 걸리지 않아 완성되었다. 마음이 급한 그는 그것을 다시 읽어볼 시간조차 아까웠다. 그는 곧 봉했다. 그리고 내용이 불완전해서 오노부가 어떤 의심을 품을지도 모른다는 생각은 조금도 하지 않았다. 평소의 조심성을 빼앗은 이 경우는 그를 경솔하게 했을 뿐 아니라 그의 마음을 일직선으로 나아가게 했다. 그는 편지를 든 채 바로 1층으로 내려가 간호사를 불렀다.

"좀 급한 용건이라 곧바로 이걸 인력거꾼한테 들려 집에 전하라고 해주겠나."

간호사는 "네에" 하며 봉투를 받아 들고는 어디에 급한 용건이 생겼을까 하는 얼굴로 수신인 이름을 보았다. 쓰다는 속으로 인력거꾼이 왕복하는 데 걸릴 시간까지 어림했다.

"전차로 가도록 해주게."

그는 엇갈리는 것을 두려워했다. 편지를 받기 전에 오노부가 병원으로 출발하면 모처럼의 노력도 헛수고가 될 뿐이었다.

2층으로 돌아온 뒤에도 그는 그 걱정만 했다. 그렇게 생각하자 오노부가 이미 집을 떠나 전차를 타고 병원을 향해 오고 있는 것 같은 착각마저 들었다. 자연히 그것과 함께 머릿속을 떠나지 않는 것은 고바야시였다. 만약 자신의 목적이 달성되기 전에 아내가 계단 위로 날씬한 모습을 드러낸다면 그것은 전적으로 고바야시의 죄임에 틀림없다고 그는 생각했다. 귀중한 시간을 쓸데없이 허비한 끝에 부탁하듯이 돌려보낸 그의 뒷모습을 지켜본 쓰다는 하마터면 당장의 용건을 처리하기 위해 고바야시를 이용할 뻔했다. '귀찮겠지만 돌아가는 길에 잠깐 우리 집에 들러 아내한테 오늘은 오면 안 된다고 말 좀 전해주게.' 이런 말이 그만 입 밖으로 나오려는 것을 그는 깜짝 놀라 삼켜버렸던 것이다. 만약 고바야시가 아니었다면 이럴 때 얼마나 안성맞춤일까 하는 생각까지 했다.

쓰다가 신경을 날카롭게 하며 이제 오나 저제 오나 하는 세심한 예상에 지배당하면서 요시카와 부인을 기다리는 동안 그가 간호사에게 건넨 편지는 또 그가 미처 생각지도 못한 운명에 시시각각 이르지 않을 수 없었다.

편지는 그의 말대로 즉시 인력거꾼의 손에 건네졌다. 인력거꾼은 또 간호사의 말대로 편지를 손에 든 채 곧바로 전차를 탔다. 그러고는 가르쳐준 역에서 내렸다. 그곳을 조금 지나 큰길에서 예의 좁은 길로 꺾어든 그는 아무 어려움 없이 아담한 2층집 문패에서 수신인의 이름을 찾아냈다. 그는 현관으로 들어갔다. 거기서 손에 든 편지를 손님을 맞으러 나온 도키코에게 건넸다.

여기까지는 모든 것이 쓰다가 생각한 순서대로 진행되었다. 하지만 그 후에는 편지를 쓸 때는 전혀 머릿속에 들어 있지 않았던 사실이 가로놓여 있었다. 편지는 곧바로 오노부의 손에 전해지지 않았다.

하지만 쓰다가 걱정한 것처럼 집에 없었던 오노부는 또 그가 걱정한 것처럼 병원으로 간 것이 아니었다. 그녀는 따로 갈 곳을 마련해두고 있었다. 더구나 그것은 절박한 기회를 잘 이용하려는 그녀가 민첩한 수완을 충분히 발휘한 결과였다.

그날 오노부의 아침은 여느 때와 다름없었다. 평소처럼 일어나 평소처럼 움직였다. 쓰다가 있을 때와 전혀 다를 바 없이 움직인 그녀는 그래도 남편이 집에 없으니 필연적으로 생기는 시간의 여유를 주체할 수 없을 만큼 편한 오전을 보냈다. 점심을 먹고 나서 그녀는 공중목욕탕에 갔다. 병원에 얼굴을 내밀기 전에 잠깐 깨끗이 해두고 싶은 생각이 들었던 그녀는 거기서 상당히 정성껏 시간을 들인 후 상쾌하고 기분 좋은 마음을 탕에서 나온 반드르르한 피부로 감싸 돌아왔다. 그러자 토키코가 거짓말이 아닐까 하고 여겨질 만한 보고를 했다.

"호리 부인이 오셨었어요."

오노부는 하녀의 말을 믿을 수 없을 만큼 깜짝 놀랐다. 그런 일이 있고 나서 곧바로 오히데가 일부러 자신을 찾아온다? 그런 뜻밖의 방문이 있을 수 있을까? 그녀는 두 번 세 번 하녀에게 확인했다. 왜 왔는지 묻지 않으면 직성이 풀리지 않았다. 왜 기다리게 하지 않았는지도 문제가 되었다. 하지만 하녀는 아무것도 몰랐다. 다만 오히데가 하녀에게 남기고 간 말을 통해 후지이 숙부 집에서 돌아가는 길에 잠깐 들렀을 뿐이라는 사실만 알 수 있었다.

오노부는 기존의 프로그램을 순간적으로 바꿨다. 병원은 빼고 오히데의 집으로 행선지를 바꿔야 한다고 마음먹었다. 그것은 쓰다와 자신 사이에 교환된 약속에 지나지 않았다. 조금도 부자연스러움에 빠져드는 흔적도 없이 그 약속을 이행할 수 있는 것은 지금이었다. 그녀는 오히데의 뒤를 쫓듯이 집을 나섰다.

123

호리의 집은 방향으로는 대충 병원과 같은 쪽이라 전차를 타고 가다가 두 역쯤 전에 내려 곧장 오른쪽으로 꺾고 바로 4, 5백 미터만 걸으면 문 앞이 나왔다.

후지이나 오카모토의 집과 달리 교외에서 멀리 떨어진 시내에 있는 그의 집에는 거의 뜰이라고 할 만한 곳이 없었다. 인력거나 마차를 돌릴 만한 공간도 물론 없었다. 길에 면해 세워졌다고 해도 좋은 2층집과 대문 사이에는 채 5미터가 안 되는 공간이 있을 뿐이었다. 게다가 그곳도 온통 돌이 깔려 있어 어디에도 흙은 보이지 않았다.

시구(市區) 개정[59] 결과 꽤 오래전에 확장된 길은 비교적 다른 데서 볼 수 없을 만큼 넓었다. 그런데도 장사를 하는 가게는 동네에 거의 한 집도 보이지 않았다. 변호사 사무실, 병원, 여관 같은 것만 늘어서 있어 사방이 번화한 것에 비해 길은 늘 한적했다.

더구나 길 양쪽으로 버드나무 가로수가 질서 있게 심어져 있었다. 따라서 날씨가 좋은 날에는 살풍경한 시내의 바람도 양쪽에서 흔들리는 녹음 속에 일종의 정취를 풍겼다. 그중에서 가장 큰 버드나무가 마침 호리의 집 담 옆에서 비스듬히 대문 위로 길게 가지를 뻗고 있었다. 그래서 남이 보기에는 그것이 집과 어울리도록 일부러 그곳에 옮겨 심어진 것처럼 모양이 좋았다.

그 밖의 특색을 말하자면, 현관 앞에 쇠로 된 커다란 방화용 물통이 있었다. 마치 서민 동네의 전당포 같은 것을 연상시키는 이 쓸모없는

59 메이지 시대부터 다이쇼 시대에 걸쳐 진행된 도시 계획, 도시 개조 사업이다.

물건과 바로 옆에 있는 현관의 꾸밈새가 또 썩 잘 어울렸다. 비교적 폭이 넓은 현관 입구는 모두 가느다란 격자로 칸막이가 되어 있을 뿐 문틀을 짜서 판자를 넣은 문짝이며 문 장식은 어디에도 보이지 않았다.

한마디로 말해 하이칼라한 여염집이라고 평하면 금방 수긍할 수 있는 이 집 주인의 직업은 적어도 계통적으로 집의 외양을 보는 것만으로 외부에서 판단할 수 있는데도 이상한 것은 그 주인이었다. 그는 자신이 어떤 집에 살고 있는지 아직도 몰랐다. 그런 것을 염려하는 신경을 갖지 않은 그는 남들이 자신의 가업에 대해 뭐라고 왈가왈부하더라도 전혀 개의치 않았다. 도락가지만 완전히 무교육자인 단순한 부자와 달리 인품으로 말하자면 배우에게나 어울리는 이런 집에 사는 것이 오히려 적당하지 않을지도 모를 정도인 그는 거의 아집이 없는 사람이었다. 나쁘게 말하면 자아가 결핍된 사람이었다. 무슨 일이든 세상의 풍속대로 해나가는 데다 자기 가정 특유의 습속 또한 고치려고 하지 않는 속 편한 사람이었다. 그리하여 그는 그의 아버지와 어머니의 말에 따르면 전대(前代)가 세운, 사방의 벽을 흙과 회로 두껍게 바른 광 같은 구조, 그리고 어딘가 예인(藝人) 취미의 집에 살며 만족하고 있었다. 만약 거기에도 그의 장점이 있다면 야단스럽게 득의양양해하지 않는 그의 태도를 칭찬할 수밖에 없었다. 하지만 그는 또 득의양양해할 리도 없었다. 그의 눈에 비친 그의 집은 득의양양해하기에는 너무나도 진부했다.

오노부는 호리의 집을 볼 때마다 자기 집과의 사이에 존재하는 부조화를 느꼈다. 집으로 들어가고 나서도 그 거리를 떠올리는 일이 종종 있었다. 오노부가 생각하기에 그곳에 가장 안정되게 앉아 있을 수 있는 사람은 호리의 어머니뿐이었다. 그런데 이 어머니는 가족 중에서 오노부가 가장 좋아하지 않는 여자였다. 좋아하지 않는다기보다는 오히려 상대하기 힘든 여자였다. 시대가 다른, 잔혹하게 말하면 격세지감이 있었다. 만약 그것이 정당하지 않다면 성미가 맞지 않다거나 출신이 다르다는 등 그 밖에 평할 말은 얼마든지 있었지만 결과는 늘 같은 것으로 귀착되었다.

다음으로 호리 그 사람이 문제였다. 오노부가 본 이 주인은 이 집에 어울리는 것 같기도 하고 또 어울리지 않는 것 같기도 했다. 그것을 한발 더 나아가 말하자면 그는 어떤 집에 살아도 어울릴 것 같기도 하고 어울리지 않을 것 같기도 하다는 말과 같은 의미라서 처음부터 문제 삼지 않는 것이나 별반 다를 게 없었다. 이런 모호한 구석이 또 호리에 대한 오노부의 좋고 싫은 감정을 그대로 드러냈다. 사실 그녀는 호리를 좋아하는 것 같기도 하고 또 좋아하지 않는 것 같기도 했다.

마지막으로 오히데에 대해서는 단 한마디로 요점을 말할 수 있었다. 오노부가 보기에 그녀는 이 집의 구조에 가장 어울리지 않게 자랐다. 이 단정에 좀 더 거드름을 피워 심리적으로 번역하자면 그녀와 이 가정의 분위기는 언제까지나 일치하지 않았다. 호리의 어머니와 오히데, 오노부는 마음속으로 이 두 사람을 나란히 볼 때마다 일종의 모순을 느끼지 않을 수 없었다. 하지만 모순의 결과가 비극인지 희극인지는 쉽게 판단할 수 없었다.

집과 사람을 이렇게 짝을 지어 생각하는 오노부의 눈에 이상하게 보이는 일이 딱 하나 있었다.

'집과 가장 잘 어울리는 호리의 어머니가 그녀를 가장 애먹임과 동시에 그 반대로 생겨먹은 오히데가 또 다른 의미에서 그녀에게 가장 고통을 안겨줄 것 같은 상대다.'

현관의 격자문을 열었을 때 오노부의 머리에 평소부터 있던 이런 생각을 단번에 되살리듯이 벨이 요란하게 울렸다.

124

어제 손자들을 데리고 요코하마의 친척집에 갔다는 호리의 어머니가 아직 돌아오지 않은 것은 객실로 안내된 오노부에게는 뜻밖의 기회였다. 보기에 따라서는 좋은 상황이기도 하고 또 겸연쩍기도 한 이 기회는 그녀에게서 이야기하기 힘든 늙은이를 물리쳐준 동시에 적수인 오히데와 혼자 얼굴을 마주하고 상대해야 하는 불리함도 주었다.

오노부가 몰랐던 이러한 사정은 방문하자마자부터 그녀의 상황을 틀어지게 했다. 여느 때라면 만사 제쳐두고라도 머리를 조그맣게 틀어 올린 호리의 어머니가 먼저 나와 그저 도리로 추어올려주기 바쁜데, 오늘따라 제일 먼저 오히데가 얼굴을 내밀었을 뿐 아니라 기대하던 늙은이는 그 뒤에도 전혀 나타날 기미를 보이지 않아서 오노부는 여느 때의 예상에서 나오는 자연스러운 태도를 일단 잃고 말았다. 그 때 그녀는 오히데를 일별한 눈에 당혹의 빛을 드러냈다. 하지만 그것은 미안했다는 후회의 마음을 드러낸 것이 아니었다. 단지 어제의 전쟁에서 이긴 득의양양한 반동에서 오는 일종의 겸연쩍음이었다. 어떤 복수를 당할지도 모른다는 희미한 공포였다. 이 자리를 어떻게 벗어나야 좋을지 몰라 혼란스럽기만 한 마음이기도 했다.

오노부는 오히데를 일별한 순간 오늘은 이미 자신이 상대에게 잡혔다는 생각이 들었다. 하지만 그것은 자신이 갖고 있는 기교로 어떻게 해볼 수가 없는 높은 데서 그 일별이 별안간 번뜩인 뒤였다. 자신의 손이 닿지 않은 어둠 속에서 느닷없이 나타난 것을 막을 위력을 갖지 못한 그녀는 그 결과를 기다리는 걸 감수할 수밖에 없었다.

일별은 과연 오히데에게 잘 작동했다. 하지만 그것에 반응해오는 그녀의 모습은 또 정말이지 예상 밖이었다. 그녀의 평상시, 그 평상시가 파열된 어제, 쓰다와 자신이 몰려들어 그 파열을 요리한 사정, 그런 과정을, 평소부터 일관되게 옆 사람의 눈에 띄는 그녀의 성격과 관련시켜 생각하면 아무래도 무사히 끝날 것 같지 않았다. 크든 작든 다음의 파란을 불러오지 않고 해결되리라는 것은 자신의 수완에 중점을 두는 오노부에게도 믿을 수 없는 일이었다.

그래서 그녀는 깜짝 놀랐다. 자리에 앉은 오히데가 생각과 달리 평소보다 애교 있게 인사를 했을 때는 거의 자신을 의심할 만큼 놀랐다. 그 의심을 또 조금도 뒤로 넘기지 않도록 실수 없이 대하는 상대의 태도를 눈앞에서 봤을 때 오노부는 오히려 기분이 나빠졌다. 어쩌면 이렇게 변했을까 하는 놀라움 뒤에 무슨 의미일까 하는 의구심이 솟아났다.

하지만 오히데는 또 중요한 그 의미를 언제까지고 오노부에게 설명하려고 하지 않았다. 그뿐 아니라 어제 병원에서 일어난 불행한 충돌에 대해 끝내 한마디도 할 기미를 보여주지 않았다.

상대에게 생각이 있어서 일부러 절박한 문제를 피하는 이상 오노부가 그것을 꺼내는 것도 이상했다. 무엇보다 기꺼이 아픈 데를 건드릴 필요는 조금도 없었다. 그렇다고 어딘가에서 매듭을 지어 서로 깔끔하게 해놓지 않으면 자신이 오늘 여기까지 찾아온 의미가 없어졌다. 하지만 화해의 형식을 통하기 전에 벌써 화해의 열매를 거두고 있는 이상 아무튼 그것을 표면에 끄집어내는 것도 바보 같은 짓이었다.

영리한 오노부는 난감했다. 대화가 원활하게 진행될수록 어딘지 아쉬운 느낌이 그녀의 가슴속에서 고개를 쳐들었다. 결국 그녀는 상대의 어딘가를 뚫고 그 안쪽을 들여다볼까 하고 생각했다. 이런 점에서는 굉장히 모험적인 구석이 있는 그녀는 만일 실패할 경우에 일어날 수 있는 위험을 모르지 않았다. 하지만 거기에는 자신의 수완에 대한 상당한 자신감도 있었다.

게다가 오노부는 만약 기회가 허락된다면 오히데의 각별한 마음 한 부분을 타진해보고 싶은 바람이 있었다. 거기를 두드려보고 그 부분에서 자연스럽게 나오는 진심을 충분히 듣는 일은 쓰다와 협의한 방문의 취지는 아니었지만 오노부 자신의 입장에서 보면 화해의 임무를 제대로 마치고 돌아가는 것보다 훨씬 중대한 용건이었다.

쓰다에게 숨겨야 하는 이 용건은 쓰다가 오노부에게 비밀로 해야 하는 사건과 아주 비슷한 성격이었다. 그리고 쓰다가 자신이 집에 없을 때 고바야시가 오노부에게 무슨 말을 했는지 신경 쓰듯이 오노부 역시 자신이 없을 때 오히데가 쓰다에게 무슨 말을 했는지 분명히 밝히고 싶었던 것이다.

어떤 실마리를 마련할까 하고 궁리한 끝에 그녀는 어쩔 수 없이 후지이 숙부 집에 갔다가 돌아오는 길에 들렀다는 오히데의 방문을 화제로 삼았다. 하지만 자리에 앉았을 때 이미 "아까 오셨다고 하던데 하필이면 목욕탕에 가는 바람에" 하는 말을 대화의 첫머리에 썼던 그녀가 이번에는 "무슨 볼일이라도 있었어요?" 하는 질문으로 그것을 되살렸을 때 오히데는 그냥 간단히 "아니요"라고 대답하여 깨끗이 물리쳐버렸다.

125

다음으로 오노부는 후지이 이야기부터 하며 들어가려고 했다. 오늘 아침 숙부를 방문했다는 오히데의 고백이 이야기를 그쪽으로 가져가기 편하게 해주었다. 하지만 오히데의 대문은 이 방면에도 여전히 엄중했다. 그녀는 필요할 때마다 일부러 문 밖으로 나와서 붙임성 있게 오노부를 대했다. 오히데가 숙부의 보살핌을 받아 성장했다는 사실은 오노부도 잘 알고 있었다. 그녀가 정신적으로 그의 감화를 받았다는 것도 오노부는 알고 있었다. 그래서 오노부는 순서에 맞게 우선 그 숙부의 인격이며 생활에 대해 오히데의 마음에 들 만한 말을 늘어놓아야 했다. 그런데 오히데가 보기에 그것이 또 하나하나 과장과 허위의 울림을 띠고 있어서 그녀는 어디서도 진지하게 상대할 실마리를 찾을 수 없었을 뿐 아니라 오랫동안 같은 과정을 밟아가는 중에 자연히 언짢아하는 모습을 겉으로 드러내지 않을 수 없었다. 민첩한 오노부는 상대를 너무 얕보고 있었다는 사실을 깨닫자마자 곧 원래로 돌아갔다. 그러자 오히데가 이번에는 오카모토에 대해 떠들기 시작했다. 오히데와 후지이의 관계는 오노부와 오카모토의 관계와 마찬가지였다. 오카모토 고모부는 오노부에게 소중한 사람이지만 오히데에게는 친밀함도 아무것도 느낄 수 없는 생판 남이었다. 따라서 오히데의 말에는 매끄러운 피부가 있을 뿐 중요한 내용에는 피도 살도 담겨 있지 않았다. 그래도 오노부는 오히데가 손수 만든 요리인 겉치레 인사말조차 맛있다는 듯 삼키지 않을 수 없었다.

하지만 다시 자기 차례가 돌아왔을 때 오노부는 두 번째 애교를 수북이 담아 만회함으로써 오히데에게 언짢게 강요할 만큼 어리석은 여자가 아니었다. 기회를 보아 요령 좋게 일단락 지은 오노부는 다음으로 요시카와 부인 이야기로 이끌어가려고 했다. 하지만 전과 같은 수단을 이용하여 그저 추어올리기만 해서는 마찬가지로 성적이 좋지 않을지도 모른다는 우려가 있었다. 그래서 오노부는 선악의 표준을 도외시하고 그저 부인의 이름만 두 사람 사이에 꺼내보았다. 그리고 그 영향에 따라 다음 순서를 정하려고 마음먹었다.

오노부는 오히데가 자신이 목욕탕에 가고 집에 없을 때 후지이 집에 갔다가 돌아오는 길에 들렀다는 사실을 알고 있었다. 하지만 후지이 집에 가기 전에 오히데가 요시카와 부인을 방문했다는 사실은 꿈에도 생각지 못했다. 게다가 어제 병원에서 있었던 소동의 결과로서 그녀가 일부러 거기까지 발길을 했으리라고는 전혀 생각하지 못했다. 그런 점에서 쓰다나 다를 바 없이 순진했던 오노부는, 쓰다가 고바야시에게 놀란 것과 같은 정도로 오히데에게 놀라지 않을 수 없었다. 하지만 두 사람이 놀라게 한 방식은 전혀 달랐다. 고바야시는 분명히 사실을 보고했다. 오히데는 의미심장한 무언이었다. 무언과 함께 불그레한 얼굴빛을 드러냈다.

처음에 부인의 이름이 오노부의 입술 사이로 새어 나왔을 때 그녀는 두 사람 사이에 하늘에서 영약 한 방울이 떨어졌다고 여겼다. 오노부는 곧 그 효과를 눈앞에서 확인했다. 하지만 불행히도 그것은 그녀에게 아무런 도움도 안 되는 효과에 불과했다. 적어도 어떻게 이용해야 좋을지 모르는 효과였다. 예상 밖의 성격은 그녀를 놀라게 할 뿐이었다. 그녀는 이름을 입 밖에 내는 것과 함께 어쩌면 그 자리에서 바로 실언을 사과해야 하지 않을까 하는 생각까지 했다.

그러자 두 번째로 예상 밖의 일이 연달아 일어났다. 오히데가 살짝 얼굴을 돌렸을 때 오노부는 어떻게든 처음에 받은 인상을 바꿔야 했다. 혈색의 변화는 결코 분노 때문이 아니라는 사실을 그제야 비로소 알았던 것이다. 몇 해 전부터 진부할 정도로 여러 번 보아 싫증이 난 단순한 쑥스러움이라고 평할 수밖에 없는 이 표정은 오노부를 더욱 놀라게 하지 않을 수 없었다. 그녀는 그 표정의 의미를 분명히 확인했다. 하지만 그 의미의 원인은 오히데가 설명해주지 않는 한 확인할 수 없었다.

오노부가 어떻게 할까 망설이고 있는데 오히데가 돌연 아주 엉뚱한 쪽으로 화제를 바꾸었다. 지금까지의 이야기와 전혀 관계가 없는 그 화제는 세 번째로 오노부를 놀라게 하는 데 충분할 정도로 엉뚱했다. 하지만 오노부는 자신이 있었다. 그녀는 곧 그것을 받아들였다.

126

오히데의 입에서 새어 나온 뜻밖의 문구 중에서 맨 처음 오노부의 귀를 때린 것은 '사랑'이라는 말이었다. 이 진부하고 흔해빠진 한마디가 얼마나 오노부 앞에 복병처럼 새로운 정취를 느끼게 했는지는 전후의 맥락 없이 단독으로 돌발했다는 것이 주요 원인임에 틀림없었다. 하지만 한편으로는 그 말이 두 사람 사이에서 아직 대화의 소재로 쓰이지 않았기 때문이다.

오노부에 비하면 오히데는 이치를 따지기 좋아하는 여자였다. 하지만 그런 결론에 도달하기까지는 다소 설명이 필요했다. 오노부는 스스로 자신의 이론을 행위로 옮겨가는 여자였다. 그러므로 평소 오노부가 의논을 하지 않는 것은 할 수 없어서가 아니라 할 필요가 없기 때문이다. 그 대신 남에게서 주입된 지식은 별로 축적한 것도 없었다. 여학생 시절에 읽어서 익숙한 잡지조차 요즘에는 좀처럼 손에 들지 않을 정도였다. 그런데도 그녀는 아직도 자신을 모자라다고 인정한 적이 없다. 허영심이 강한 것에 비해 그 방면의 욕망에 그다지 자극받지 않을 수 있는 것은 그럴 여유가 없기 때문도 아니고 경쟁할 만한 이야기 상대가 없기 때문도 아니다. 전적으로 자신이 부족하다는 걸 별로 느끼지 않기 때문이었다.

그런데 오히데는 우선 교육부터가 달랐다. 독서는 그녀를 그녀답게 하는 거의 모든 것이었다. 적어도 모든 것이어야 한다는 생각을 하도록 교육받았다. 책과 인연이 깊은 후지이 숙부에게 교육받은 것은 선과 악 양쪽의 의미에서 그녀에게 묘한 결과를 낳았다. 그녀는 자신보다 책에 중점을 두었다. 하지만 아무리 자신을 책보다 가벼이 본다고 해도 자신은 자기 나름대로 책과 독립해 생활해야 했다. 그러므로 자연히 책과 자신은 따로따로일 뿐이었다. 그것을 좀 더 적절한 말로 표현하자면 그녀는 이따금 격에 맞지도 않은 의견을 주장하는 폐단에 빠져들었다. 하지만 자신이 논쟁을 위해 논쟁을 하는 것이라 재미없다는 것을 깨닫기까지는 그녀의 반성력으로 보아 아직 상당한 거리가 있었다. 성미에서 보면 너무 고집이 셌다. 알기 쉽게 말하자면 그 고집이 곧 자신의 본체인데도 그 본체에 어울리지 않는 이론을 일부러 자신이 존경하는 책 속에서 끄집어내 거기에 쓰여 있는 말의 힘으로 그것을 수호하는 것과 같은 일로 귀착했다. 자연히 탄환을 넣어 쏘아야 할 대포를 단도 대신 휘둘러보는 듯한 우스꽝스러운 일도 때때로 일어날 수밖에 없었다.

문제는 역시 어떤 잡지에서 시작되었다. 매달 발행하는 그 잡지에 발표된 여러 사람의 연애관에서 가져온 오히데의 질문은 사실 오노부에게 그다지 흥미 있는 것이 아니었다. 하지만 아직 읽지 않은 사실을 고백하자 돌연 호기심이 일었다. 그녀는 이 추상적인 문제를 어떻게든 자신의 생각대로 살려보리라 마음먹었다.

오노부는 자칫하면 공론으로 흐리기 쉬운 상대의 약점을 꽤 잘 이해하고 있었다. 절박한 실제 문제 앞으로 뛰어들려는 그녀에게 그만큼 난처한 태도는 없었다. 다만 논쟁을 위해 논쟁을 할 바에는 처음부터 상대하지 않는 편이 나았다. 그래서 그녀는 어떻게든 상대를 지면 위에 묶어둘 필요가 있었다. 그런데 불행히도 이 경우 상대는 처음부터 이미 지면 위에 없었다. 오히데가 말하는 사랑은 쓰다의 사랑도, 호리의 사랑도, 또한 오노부, 오히데의 사랑도 아니었다. 그저 막연하게 허공 속으로 날아오르는 사랑이었다. 따라서 오노부는 고무풍선 같은 오히데의 이야기를 우선 아래로 끌어내려야 했다.

아이가 이미 둘이나 있고 만사 자신보다 살림때가 묻은 오히데가, 그런 의미에서 자신보다 훨씬 착실하지 않다는 사실을 발견했을 때 오노부는 입으로는 네, 네, 하며 상대의 말에 고개를 끄덕이면서도 마음속으로는 애달아했다. '그런 말이 아니라 알몸으로 와요, 실력으로 상대해줄 테니까'라고 말하고 싶었던 그녀는 어떻게 하면 이 논쟁가를 알몸으로 만들 수 있을까 하고 이리저리 궁리했다.

이윽고 오노부는 판단이 섰다. 판단이란 다른 게 아니었다. 이 문제를 살리기 위해서는 오히데를 희생시키든가 아니면 자신을 희생시키든가 어느 한 쪽이 희생하지 않으면 도저히 예상한 대로 될 리 없다는 사실이었다. 상대를 희생시키는 데 어려움은 없었다. 어딘가에서 상대의 약점을 찌르기만 하면 그걸로 충분했다. 그 약점이 사실이든 가설이든 그것은 오노부가 신경 쓸 일이 아니었다. 그저 자연의 반응을 목적으로 삼아 자극하는 일에 진위의 조사 따위는 불필요한 고려였다. 하지만 거기에는 또 상응하는 위험이 있었다. 오히데는 틀림없이 화를 낼 것이다. 그런데 오히데를 화나게 한다는 것은 오노부의 목적이자 목적이 아니었다. 그러므로 오노부는 망설이지 않을 수 없었다.

마지막으로 그녀는 어떤 기회를 포착하여 일어섰다. 그리고 그렇게 일어섰을 때는 이미 자신을 희생시키기로 결심한 뒤였다.

127

"그런 말을 듣고 보니 뭐라고 해야 좋을지 모르겠네요, 저 같은 사람은. 남편한테 사랑받고 있는지 아닌지, 저는 흡사 꿈속에 있는 것 같거든요. 아가씨는 행복한 거예요, 그런 점에서 보면. 처음부터 자신한테 확실한 보증이 붙어 있잖아요."

오노부는 쓰다와 결혼하기 전부터 오히데가 미모에 힘입어 시집갔다는 사실을 알고 있었다. 그것은 보통 여자, 특히 오노부 같은 여자에게는 부러운 일임에 틀림없었다. 처음으로 쓰다에게 그 이야기를 들었을 때 오노부는 오히데를 보기도 전에 가벼운 질투부터 느꼈다. 알맹이가 얄팍한 사실에 지나지 않았다는 의미를 나중에 알았을 때는 엷은 냉소와 함께 복수를 한 듯한 쾌감마저 느꼈다. 그보다는 이후 사랑이라는 문제에 있어 오노부는 늘 오히데를 경멸하는 태도로 대했다. 그런데도 표면적으로 자못 기쁜 소식이라도 되는 것처럼 다루며 피차 공통되는 것으로 꾸며 보인 것은 물론 약간의 겉치레 말에 지나지 않았다. 좀 더 나쁘게 말하면 일종의 조롱이었다.

다행히 오히데는 그것을 알아차리지 못했다. 그리고 알아차리지 못할 만도 했다. 말로는 어떻든 간에 실제로 사랑을 체득하는 데서 오히데는 도저히 오노부의 적수가 못 되었기 때문이다. 맹렬히 사랑한 경험도, 순수하게 사랑받은 기억도 없는 오히데는 이 능력의 최대치가 얼마나 강하고 큰 것인지를 아직 몰랐다. 그런데도 남편에게 만족하는 아내였다. 모르는 게 약이라는 말이 바로 이 경우의 그녀를 잘 설명해주었다. 결혼 당시 자신의 미래에 남편이 억지로 찍은 사랑의 도장을 증서라도 되는 양 언제까지고 가슴속에 간직하고 있던 그녀는 오노부의 말을 가슴속에 진지하게 받아들일 만큼 순진했던 것이다.

정말 사랑의 실체를 확인한 적이 없는 오히데는, 그녀가 의미 없이 사용하는 수상쩍은 말을 통해 예리한 오노부에게 늘 간파당하는 것만은 아니었다. 그녀는 쓰다와 오노부의 관계를 자신들 부부의 입장에서 추단하며 태연해했다. 그것은 오노부의 말을 들은 그녀가 실제로 놀란 얼굴을 한 것으로도 알 수 있었다. 쓰다가 오노부를 사랑하고 있는지 아닌지가 이제 와서 왜 문제가 되는 걸까? 게다가 그것이 아내 자신의 입에서 나오는 것은 무슨 일일까? 하물며 그것을 남편의 누이 앞에 드러낸다는 것은 어디에 어떤 의미가 있을까? 이것이 오히데의 표정이었다.

실제로 오히데가 본 오노부는 현재 쓰다의 사랑에 만족할 줄 모르는 뻔뻔한 사람이거나 아니면 자신이 충분히 쓰다를 수중에 넣고 있으면서 일부러 그것을 모르는 척하며 시치미를 떼는 여자에 지나지 않았다. 그녀는 "어머" 하고 말했다.

"아직도 더 사랑받고 싶은 거예요?"

이 대답은 평소 오노부가 주문한 대로 나온 것이다. 하지만 지금의 오노부에게 만족을 줄 리 없었다. 그녀는 다시 뭐라고 해서 자신의 의지를 분명히 표현해야 했다. 그런데 그것을 확실히 표현하자면 '쓰다가 저 말고 사랑하는 사람이 따로 있다면 저도 지금 이대로는 도저히 만족할 수 없는 거 아니겠어요?' 하는 노골적인 말이 될 수밖에 없었다. 과감하게 그렇게 치고 나가면 스스로 자신의 계획을 망치는 것과 같다고 느낀 그녀는 "하지만"이라고 말한 채 잠시 망설이며 움직일 수 없었다.

"또 무슨 불만이 있어요?"

이렇게 말한 오히데는 시선을 집중하여 오노부의 손을 보았다. 거기에는 예의 그 반지가 거침없이 빛나고 있었다. 하지만 오히데의 날카로운 일별은 오노부에게 아무런 영향도 줄 수 없었다. 반지에 대한 그녀의 천진난만함은 어제와 추호도 달라진 데가 없었다. 오히데는 약간 불쾌했다.

"하지만 올케언니는 행복한 거 아니에요? 갖고 싶은 것은 뭐든지 사주지, 가고 싶은 곳은 어디든지 데려가주지……."

"네. 그런 점에서는 행복하죠."

남에게 자신의 행운과 행복을 주장하지 않으면 자신의 약점을 겉으로 드러내게 되어 형편이 좋지 못하다고만 생각해온 오노부는 평소부터 늘 준비하고 있던 대답을 이 경우에도 그만 사용하고 말았다. 그리고 또 말문이 막혔다. 가부키를 보러 간 다음 날 오카모토 고모 집에 가서 쓰기코와 이야기를 나눴을 때 썼던 말을 그대로 되풀이한 뒤 그녀는 상대가 오히데라는 사실을 깨달았다. 오히데는 '그것만 행복하다면 충분한 거 아니에요?' 하는 표정을 지었다.

오노부는 자신이 조금이라도 쓰다를 의심하고 있다는 기색을 오히데에게 보여주고 싶지 않았다. 그렇다고 아무것도 모르는 체하며 빤히 알면서 오히데에게 무시당하는 것은 더욱 싫었다. 따라서 대응하는 데 대단한 요령이 필요했다. 목적지에 이르기까지는 꽤 힘들 거라고 생각했다. 하지만 그녀는 도저히 가망이 없는 무리한 노력을 하고 있다는 것을 끝내 알아차리지 못했다. 그녀는 마침내 태도를 확 바꿨다.

128

그녀는 과감히 한달음에 달려갔다. 사사로운 정에 얽힌 거북한 표현은 그만두고 오히데와 직접 얼굴을 마주하려고 했다. 그 대신 말은 아무래도 추상적이 될 수밖에 없었다. 그래도 그녀는 논쟁의 자극을 통해 실제 모습을 밝혀내는 것이 더 낫다고 생각했다.

"대체 한 남자가 한 사람 이상의 여자를 동시에 사랑할 수 있을까요?"

이 질문을 기점으로 걸음을 옮기기 시작했을 때 오히데는 그것에 대해 미리 준비한 대답을 하나도 갖고 있지 않았다. 책과 잡지에서 얻은 그녀의 지식은 그저 일반적인 연애에 관한 것일 뿐 이런 특수한 경우에 이용하기에는 조금도 도움이 되지 않았다. 마음속에 아무것도 갖고 있지 않은 그녀는 생각하는 척했다. 그리고 솔직하게 대답했다.

"그건 잘 모르겠는데요."

오노부는 딱한 생각이 들었다. '이 사람은 살아 있는 연구 대상으로서 호리라는 남편을 이미 갖고 있지 않은가. 여성에 대한 남편의 태도도 아침저녁으로 옆에서 늘 보고 있지 않은가.' 오노부가 이렇게 생각하자마자 두 번째 말이 오히데의 입에서 흘러나왔다.

"모르는 거 아닐까요? 이쪽이 여자니까요."

오노부는 이것도 어리석은 대답이라고 생각했다. 만약 오히데의 실제 모습이 이렇다면 그녀의 둔한 심적 작용이 염려되었다. 하지만 오노부는 곧바로 그 어리석은 대답을 살리려고 했다.

"그럼 여자 쪽에서 보면 어떨까요? 자기 남편이 다른 여자를 사랑하는 걸 상상할 수 있을까요?"

"올케언니는 그게 불가능해요?" 오히데가 이렇게 말하자 오노부는 어머나, 하고 생각했다.

"전 지금 그런 걸 상상해야 하는 위치에 있는 걸까요?"

"그건 괜찮을 거예요." 오히데는 바로 보증하고 나섰다. 오노부는 곧바로 상대의 말을 되풀이했다.

"괜찮아요!?"

오노부는 의문사인지 감탄사인지 구별할 수 없는 어미가 무슨 의미인지 알 수 없었다.

"괜찮아요."

오히데도 다시 같은 말을 되풀이했다. 그 순간 오노부는 오히데의 입술 언저리에 냉소의 그림자가 어른거리는 것을 보았다. 하지만 오히데는 곧바로 그쳤다.

"그야 아가씨는 괜찮을 게 뻔하죠. 원래 호리 씨한테 시집올 때의 조건이 조건이니까요."

"그럼 올케언니는 어때요? 역시 오라버니가 눈독 들인 거 아니었어요?"

"거짓말이에요. 그건 아가씨 일이죠."

오히데는 갑자기 응하지 않았다. 오노부도 더 이상 노획물이 없는 같은 맥을 파는 헛수고를 하지 않았다.

"대체 남편은 여자에 대해 어떤 생각을 갖고 있을까요?"

"그건 저보다 올케언니가 더 잘 알겠죠."

오노부는 내동댕이쳐진 뒤에 자신도 오히데와 같은 어리석은 질문을 던졌다는 사실을 깨달았다.

"하지만 아가씨하고는 오누이 사이니까 저보다 더 잘 알겠지요."

"네, 하지만 아무리 안다고 해도 올케언니한테는 참고가 안 될 거예요."

"아뇨, 참고가 될 거예요. 하지만 그 일이라면 저도 진작부터 알고 있어요."

오노부는 아슬아슬한 데서 속을 떠보았다. 오히데는 과연 걸려들었다.

"하지만 괜찮아요. 올케언니라면 괜찮아요."

"괜찮지만 위험해요. 아무래도 아가씨한테 자세한 이야기를 들어두지 않으면요."

"어머, 전 아무것도 몰라요."

이렇게 말한 오히데는 갑자기 얼굴이 빨개졌다. 뭐가 부끄러워서 빨개진 것인지는 아무리 긴장한 오노부의 신경으로도 헤아릴 수 없었다. 게다가 오노부는 이 집을 방문하고 얼마 안 지났을 때 그녀의 얼굴이 빨개진 현상에서 받은 첫 번째 기억을 아직 잊지 않고 있었다. 요시카와 부인의 이름을 거론했을 때 본 발그스름한 얼굴과 지금 그녀에게 나타난 빨간 얼굴은 서로 어떤 관계가 있는지, 아무리 사물의 같고 다름을 식별하는 데 뛰어난 그녀라고 해도 짐작이 가지 않았다. 그녀는 이때 억지로라도 그 둘을 연결해보고 싶어 견딜 수가 없었다. 하지만 그 둘을 이을 밧줄은 어디를 어떻게 찾아도 끝내 나타나지 않았다. 오노부에게 가장 불행한 점은 현재의 자기 힘에 벅찬 그 둘 사이에 분명히 어떤 관련이 있다는 추측이었다. 그리고 그 관련이 지금 그녀에게 굉장히 중대한 의미를 가졌음에 틀림없다는 예감이었다. 자연히 그녀는 그것을 좀 더 찔러보는 수밖에 다른 도리가 없었다.

129

순간적인 충동에 지배당한 오노부는 자신의 입을 뚫고 나오는 거짓말을 억제할 수 없었다.

"요시카와 부인한테서도 들은 적이 있어요."

이렇게 말했을 때 오노부는 처음으로 자신의 대담함을 깨달았다. 그녀는 거기서 멈추고 모험의 결과를 지켜봐야 했다. 그러자 오히데가 지금까지의 빨개진 얼굴에서 돌변하여 이상하다는 듯한 표정으로 되물었다.

"어머, 뭘요?"

"그 일요."

"그 일이라뇨, 무슨 일인데요?"

오노부는 이제 물러설 데가 없었다. 오히데에게는 가능성이 있었다.

"거짓말이죠?"

"거짓말이 아니에요. 남편 일이에요."

오히데는 갑자기 대응하지 않았다. 그 대신 굳게 다문 입가에 일부러 냉소의 빛을 보였다. 그것이 조금 전보다 두드러지게 겉으로 드러났을 때 오노부는 길을 잘못 들어 질척한 논으로 한 발 들여놓은 듯한 기분이었다. 그녀 특유의 지기 싫어하는 정신이 강하게 작용하지 않았다면 그녀는 오히데 앞에 고개를 숙이고 벌써 도움을 청했을지도 몰랐다. 오히데가 말했다.

"이상하네요. 요시카와 부인이 오라버니 이야기를 할 리가 없는데, 어떻게 된 걸까요?"

"하지만 사실이에요, 아가씨."

오히데는 비로소 소리 내어 웃었다.

"그야 사실이겠지요. 거짓말이라고 생각하는 사람은 아무도 없어요. 그런데 대체 무슨 일이죠?"

"그 사람 일이에요."

"그러니까 오라버니의 무슨 일인데요?"

"그건 말할 수 없어요. 아가씨가 말해줘야지요."

"상당히 어려운 주문이네요. 말하라고 해도 짐작이 가지 않는걸요."

오히데는 어느 쪽에서든 들어오라는 듯한 침착함을 보였다. 오노부의 겨드랑이에서 진땀이 흘렀다. 오노부가 갑자기 덤벼들었다.

"아가씨, 아가씨는 그리스도교 신자 아닌가요?"

오히데는 놀라는 모습을 보였다.

"아뇨."

"그렇지 않다면 어제와 같은 말을 할 리가 없다고 생각해요."

어제와 오늘 두 사람은 마치 위치가 바뀐 듯한 형세에 빠져들었다.

오히데는 어디까지나 승자의 여유를 보였다.

"그래요? 그럼 그래도 좋아요. 올케언니는 그리스도교를 싫어하나 보죠?"

"아뇨, 좋아해요. 그래서 부탁하는 거예요. 그러니까 어제와 같은 고상한 마음으로 약한 저를 불쌍히 여겨달라는 거예요. 혹시 어제 제가 나빴다면 이렇게 아가씨 앞에 엎드려 사과할 테니까요."

오노부는 빛나는 보석이 박힌 반지를 낀 손을 오히데 앞에 짚고, 말한 대로 실제로 고개를 숙였다.

"아가씨, 제발 숨기지 말고 솔직하게 말해주세요. 그리고 다 털어놔주세요. 저는 이렇게 솔직하게 말하는 거예요. 이렇게 후회하고 있어요."

타고난 버릇을 보이며 눈살을 찌푸렸을 때 오노부의 가느다란 눈에서 눈물이 무릎 위로 떨어졌다.

"그 사람은 제 남편이에요. 아가씨는 그 사람 누이고요. 아가씨한테 그 사람이 소중한 것처럼 저한테도 소중해요. 단지 그 사람을 위해서예요. 그 사람을 위해서 다 털어놔주세요. 그 사람은 저를 사랑해요. 그 사람은 누이로서 아가씨를 사랑하듯이 아내로서 저를 사랑하고 있어요. 그러니까 그 사람한테 사랑받고 있는 저는 그 사람을 위해서 모든 걸 알아야 해요. 그 사람한테 사랑받고 있는 아가씨도 그 사람을 위해 저한테 모든 걸 털어놔주시겠죠? 그게 누이로서 아가씨가 보일 친절이에요. 지금 아가씨가 저한테 친절하게 대할 생각을 하지 못하더라도 저는 전혀 원망하지 않아요. 하지만 오라버니인 그 사람한테는 그래도 친절한 마음을 갖고 있을 거예요. 아가씨가 그런 마음을 갖고 있다는 것은 얼굴만 봐도 충분히 알 수 있어요. 아가씨는 그렇게 냉혹한 사람이 절대 아니에요. 어제 아가씨 스스로 말한 것처럼 친절한 사람임에 틀림없어요."

오노부가 여기까지 말하고 오히데의 얼굴을 보았을 때 특별한 변화를 확인했다. 오히데는 얼굴이 빨개지는 대신 약간 창백해졌다. 그리고 아주 서두르는 모습으로 오노부의 말을 한시바삐 부정해야 한다는 의미로 보이는 말투를 사용했다.

"저는 아직 나쁜 일을 한 기억이 전혀 없어요. 오라버니한테도 올케언니한테도 호의를 갖고 있을 뿐이에요. 악의는 전혀 없고요. 아무쪼록 오해하지 말아주세요."

130

오노부에게 오히데의 변명은 의외였다. 또 갑작스러웠다. 그 변명이 어디서 나온 것인지 또 무엇 때문에 한 것인지 전혀 알 수 없었다. 오노부는 그저 깜짝 놀랐을 뿐이다. 하늘이 준 은혜처럼 그녀 앞에 드러난 이때 오히데의 배후에는 무엇이 숨어 있었을까? 오노부는 곧바로 그 어둠을 공격하려고 했다. 세 번째 거짓말이 거뜬히 그녀의 입에서 미끄러져 나왔다.

"그거야 알고 있어요. 아가씨가 한 일도, 아가씨가 한 생각도 저는 충분히 알고 있어요. 그러니 숨기지 말고 다 털어놔주세요. 싫으세요?"

이렇게 말하고서 오노부는 가느다란 눈에 최대한 애교를 담아 오히데를 보았다. 하지만 이성을 대했을 때의 효과를 예상한 이 행동은 완전히 빗나갔다. 오히데는 놀란 사람처럼 갑작스러운 질문을 던졌다.

"올케언니, 언니는 오늘 여기 오기 전에 병원에 들렀어요?"

"아뇨."

"그럼 어디 다른 데 들렀어요?"

"아뇨, 집에서 바로 왔어요."

오히데는 드디어 안심한 모양이었다. 그 대신 아무 말도 잇지 않았다. 오노부는 아직 붙든 손을 놓지 않았다.

"자, 아가씨, 제발 말해주세요."

그때 오히데의 서늘한 눈에 잔혹한 빛이 비쳤다.

"올케언니는 꽤나 멋대로 된 사람이네요. 자기 혼자 최대한 사랑받지 않으면 직성이 풀리지 않는 사람처럼 보여요."

"물론이에요. 아가씨는 그렇지 않아도 괜찮아요?"

"제 남편을 보세요."

오히데는 곧바로 이렇게 말하며 물러섰다. 오노부는 화제에서 일부러 호리를 물리쳤다.

"호리 씨는 예외예요. 호리 씨는 아무래도 좋다고 하고, 솔직한 생각이에요, 아무리 아가씨라도 정이 헤픈 사람이 좋은 건 아니죠?"

"하지만 세상에 자기 말고 여자가 있어도 없는 듯이 할 수 있는 순진한 남편이 있을 리 없잖아요."

잡지나 책에서만 지식을 제공받은 오히데는 이때 돌연 비근한 실제적인 사람이 되어 오노부 앞에 나타났다. 오노부는 그 모순에 주의할 여유조차 없었다.

"있어요, 아가씨. 없으면 안 되는 거잖아요, 적어도 남편이라는 이름이 붙은 이상은요."

"그래요, 그런데 그렇게 좋은 사람이 어디 있어요?"

오히데는 또 오노부에게 냉소의 눈빛을 보냈다. 오노부는 아무래도 쓰다라는 이름을 큰 소리로 외칠 용기가 없었다. 어쩔 수 없이 대답했다.

"그게 제 이상이에요. 거기까지 나아가지 않으면 납득할 수가 없어요."

오히데가 실제적인 사람이 된 것처럼 오노부는 어느새 이론가로 변했다. 지금까지의 두 사람 위치가 뒤집어졌다. 그러나 두 사람 다 그걸 전혀 알아차리지 못하고 추세에 따라 앞쪽으로 떠밀려갔다. 그 뒤의 대화는 이론인지 실제인지 알 수 없는 임기응변에 맡겨졌다.

"아무리 이상이라고 해도 그건 안 돼요. 그 이상이 실현될 때는 아내 이외의 여자가 완전히 여자로서의 자격을 잃어야 하니까요."

"하지만 완전한 사랑은 거기에 이르러서야 비로소 맛볼 수 있겠죠. 거기까지 가지 못하면 진정한 애정은 평생 느낄 수 없는 거잖아요."

"그거야 어떤지 모르겠지만 올케언니 이외의 여자를 여자로 생각하지 않고, 언니만을 세상에 존재하는 단 한 사람의 여자로 생각하는 일은 이성에 호소해서 가능할 리 없겠지요."

오히데는 결국 '언니'라는 글자에 불을 붙였다. 오노부는 전혀 신경 쓰지 않았다.

"이성이야 어떻든 감정상 저만을 단 한 사람의 여자로 생각해주면 그걸로 족해요."

"언니만을 여자로 생각하라는 거네요. 그건 알겠어요. 하지만 다른 여자를 여자로 생각해선 안 된다면 꼭 자살이나 마찬가지 일이에요. 만약 다른 여자를 여자로 생각하지 않을 수 있는 남편이라면 정작 중요한 언니 역시 여자로 생각하지 않겠죠. 자기 집 뜰에 핀 꽃만 진짜

꽃이고 세상에 있는 꽃은 꽃이 아니라 마른 풀이라고 생각하는 것과 같은 일이니까요."

"마른 풀이어도 좋다고 생각해요."

"언니한테는 좋겠지요. 하지만 남자한테는 마른 풀이 아니니까 어쩔 수 없는 거예요. 그보다는 좋아하는 여자가 세상에 얼마든지 있는 가운데 언니를 제일 좋아해주는 것이 언니한테도 오히려 만족스러운 일 아닌가요? 그게 정말 사랑받는다는 의미니까요."

"저는 무슨 일이 있어도 꼭 사랑받고 싶어요. 비교 같은 건 처음부터 싫으니까요."

오히데의 얼굴에 경멸의 빛이 드러났다. 그 안쪽에서는 이 얼마나 이해력이 부족한 여자인가 하는 의미가 역력히 들여다보였다. 오노부는 발끈했다.

"저는 어차피 바보라서 이론 같은 건 몰라요."

"단지 실례를 보여줬을 뿐이에요. 그러는 편이 낫지 않나요?"

오히데는 냉담하게 이야기를 일단락 지었다. 오노부는 속으로 발을 동동 굴렀다. 모처럼의 노력은 그녀에게 더 이상 아무것도 줄 수 없었다. 쓰다의 편지가 부재중인 집에 와 있다는 것도 모르는 그녀는 그대로 호리의 집을 나왔다.

131

오노부와 오히데가 마주 앉아 다투고 있는 동안 병원에서는 또 나름대로 예정된 사건이 독립적으로 진행되었다.

쓰다가 애타게 기다린 요시카와 부인이 병원에 얼굴을 내민 것은 오노부에게 부친 편지를 들고 간 인력거꾼이 아직 돌아오기 전, 시간으로 보면 정확히 고바야시가 떠나고 나서 10분쯤 뒤였다.

간호사가 부인의 이름을 말했을 때 쓰다는 다른 인종이나 다름없는 두 사람인 고바야시와 요시카와 부인이 좁은 방에서 마주치지 않아도 된 점을 무엇보다 축복했다. 그때 쓰다는 이리저리 둘러대기 위해 어쩔 수 없이 치러야 했던 물질상의 희생을 돌아볼 여유조차 거의 없었다.

쓰다는 요시카와 부인의 모습을 보자마자 곧바로 자리에서 일어나려고 했다. 부인은 서서 그것을 말렸다. 그리고 부인은 안내한 간호사가 양손으로 안듯이 들고 온 화분을 잠깐 돌아보며 "어디에 둘까요?" 하고 의논하듯이 물었다. 쓰다는 간호사의 하얀 가슴에 비치는 아름다운 단풍 색을 바라보았다. 작은 화분 속에 세 줄기가 답답한 듯이 가지런히 늘어서 있고 그 밑에 모양 좋고 적당한 돌까지 곁들여진 분재가 도코노마에 놓이고 나서야 부인은 비로소 자리에 앉았다.

"어떤가요?"

조금 전부터 그녀의 모습을 보고 있던 쓰다는 그제야 그를 대하는 부인의 태도를 확인할 수 있었다. 혹시나 하고 은근히 걱정했던 그의 근심은 이 한마디로 절반이 사라진 것이나 마찬가지였다. 부인은 평소만큼 쾌활하지는 않았다. 그 대신 평소만큼 경솔하지도 않았다. 요컨대 그녀는 쓰다가 지금껏 그녀에게서 발견하지 못했던 어떤 기분으로 자신의 방에 들어온 것 같았다. 그것은 한편으로 그녀의 침착함을 극도로 보여준 동시에 다른 한편으로는 그녀의 의젓함을 역시 최고도로 드러낸 것처럼 보였다. 쓰다는 약간 놀랐다. 하지만 좋은 의미에서 놀랐던 만큼 어쩐지 꺼림칙한 기분이 들지 않을 수 없었다. 설사 그런 태도가 그에 대한 반감을 대표하지 않는다고 해도 그 안에 뭐가 있는지는 알 수 없었다. 지금 그 안에 굉장한 뭔가가 없다고 해도 앞으로 이야기를 하는 중에 상대의 기분이 어떻게 변할지는 알 수 없었다. 남이 비위를 맞춰주는 부인의 평소 모습으로서 얼마든지 멋대로 변하는, 또는 변해도 별 지장이 없다고 스스로 인정하는 이 부인을 쓰다는 어떤 의미에서 여성 폭군으로 모셔야 하는 위치에 있었다. 한자어로 말하면 그녀의 일빈일소(一嚬一笑)[60]가 쓰다에게는 모두 문제가 되었다. 이때의 그에게는 특히 그랬다.

"오늘 아침에 오히데 씨가 찾아왔어요."

오히데의 방문이 첫 번째 의논 사항인 것처럼 그녀의 입에서 흘러나왔다. 쓰다는 물론 상대에게 응대해야 했다. 그리고 그 응대는 부인이 오기 전부터 이미 생각해두었다. 그는 오히데가 부인을 찾아갔다는 사실을 알았으나 모른 척할 생각이었다. 누구에게 들었느냐고 물어왔을 때 고바야시라는 이름을 꺼내는 것이 싫었기 때문이다.

"아, 그렇습니까? 평소에 별로 찾아뵙지 못해서 가끔은 사죄의 말씀을 드리러 찾아가지 않으면 안 된다고 생각했겠지요."

"아뇨, 그런 게 아니에요."

쓰다는 부인의 말을 듣고 나서 곧바로 다음 거짓말을 했다.

"하지만 그 애한테 볼일이 있는 것도 아닐 텐데요."

"하지만 있었어요."

"아, 예."

60 한 번 찡그리고 한 번 웃는다는 뜻이다.

쓰다는 이렇게 말하고는 뒷말을 기다렸다.

"볼일이 뭐였는지 한번 맞혀보세요."

쓰다는 시치미를 떼고 생각하는 시늉을 했다.

"글쎄요, 오히데의 볼일이라면, ……글쎄, 뭘까요?"

"모르겠어요?"

"글쎄, 전혀요. ……원래 저하고 오히데는 오누이지만 성격이 상당히 다르니까요."

쓰다는 불필요한 오누이 관계를 일부러 내비쳤다. 그것은 일이 닥치기 전에 미리 자신을 변호해두기 위해서였다. 그리고 자신의 말을 부인이 어떻게 받아들일지 그 반응을 보기 위해서였다.

"좀 이론만 내세우던데요."

이 한마디를 듣자마자 쓰다는 옳거니 하며 허점을 파고들었다.

"그 녀석의 이론이라면 오라버니인 저도 골치가 아플 정도입니다. 얌전히 참고 들어줄 수 있는 사람은 아무도 없을 겁니다. 그래서 저는 그 녀석하고 싸우면 늘 적당히 포기합니다. 그러면 그 녀석은 이겼다고 생각해서인지 우쭐해져서 여기저기 자기 좋을 대로 마구 퍼뜨리고 다니지요."

부인은 미소를 지었다. 쓰다는 그것이 확실히 자신에게 동정을 보이는 미소라고 해석할 수 있었다. 그런데 부인의 말은 오히려 그의 생각과는 반대 방향에서 나왔다.

"설마, 그럴 리가 있겠어요? ……하지만 꽤 조리 있고 좋은 머리를 가진 사람 아닐까요? 저는 그 사람이 좋아요."

쓰다는 쓴웃음을 지었다.

"그거야 댁에 찾아가서 함부로 본성을 드러낼 만큼 바보는 아니겠지요."

"아뇨, 솔직해요, 오히데 씨는."

오히데가 누구보다 솔직한지, 부인은 설명하지 않았다.

132

쓰다는 호기심이 발동했다. 대충 상상이 가기도 했다. 하지만 그곳으로 구부러져 가는 일은 그의 뜻과 어긋났다. 그는 그저 부인과 오히데의 관계를 파헤치기만 하면 되었다. 병문안을 겸한 부인의 의향도, 물론 그것에 대해 의견을 나누는 것도 정해져 있었다. 하지만 그녀에게는 또 그녀 특유의 의도가 있었다. 시간제한이 없는 그녀는 부탁받지 않아도 기회만 있으면 남의 집안 이야기에 머리를 들이밀고 뭔가 아랫사람, 특히 자기 마음에 든 아랫사람을 보살펴주고 싶어 하는 대신에 가는 곳마다 도락 본위인 본성을 드러내고도 태연했다. 어떤 때의 그녀는 무턱대고 서둘러 일을 정리하려고 안달했다. 그런가 하면 어떤 때의 그녀는 또 정반대였다. 일부러 빈둥빈둥 길게 끄는 것에 자못 흥미라도 있는 듯한 모습을 보여주며 시치미를 뗐다. 이때 쥐를 가지고 노는 고양이 같은 그녀의 태도는, 옆에서 보기에 어떠하든 자신은 한가한 시간에 파란만장함을 주기 위해 필요한 승자의 특권이라고 해석하는 모양이었다. 그 수에 걸려들었을 때 상대는 무엇보다 참는 것이 중요했다. 그 대신 끝까지 참아낸 사례는 반드시 돌아왔다. 또 그것으로 그녀는 상대를 격려했다. 그뿐 아니라 그것을 윤리상의 긍지로 여겼다. 그녀와 쓰다 사이에 교환된 이 묵계 때문에 쓰다가 입은 중대한 손실이 지금까지 딱 하나 있었다. 그 점에서 그녀가 얼마나 마음속으로 그에 대한 책임을 느끼고 있는지 영리한 쓰다가 놓칠 리 없었다. 무슨 일이든 부인의 뜻에 주안점을 두고 행동하는 쓰다도 은근히 그 강점만은 믿고 있었다. 하지만 그것은 만일의 경우로 보류된 그의 편리한 도구에 지나지 않았다. 평소 그는 기꺼이 고양이 앞의 쥐가 되어 상대가 생각하는 대로 재롱을 부려야 했다. 이때의 부인도 요점으로 들어가기 전에 시간을 꽤 많이 허비했다.

"어제 오히데 씨가 왔죠, 여기에?"

"예. 왔습니다."

"오노부 씨도 왔죠?"

"예."

"오늘은요?"

"오늘은 아직 안 왔습니다."

"곧 오겠지요."

쓰다는 어떨지 알 수 없었다. 조금 전에 오지 말라는 편지를 보낸 일도 부인 앞에서는 말할 수 없었다. 답장을 받지 못해 사정이 달라진 것도 실은 마음에 걸렸다.

"어떨까요?"

"올지 안 올지 모르나요?"

"예, 잘 모르겠습니다. 아마 오지 않을 거라고 생각합니다만."

"너무 냉담한 거 아닌가요?"

부인은 비웃는 듯이 웃었다.

"제가 말인가요?"

"아뇨, 두 사람 다요."

쓴웃음을 지은 쓰다가 입을 다물기를 기다렸다가 부인이 입을 열었다.

"오노부 씨하고 오히데 씨는 어제 여기서 만났죠?"

"예."

"그러고 나서 무슨 일 있었어요, 이상한 사건이라도?"

"이렇다 할……."

"시치미를 떼면 안 돼요. 있었다면 있었다고 분명히 말하세요, 남자답게."

부인은 드디어 타고난 말투와 특징을 발휘하기 시작했다. 쓰다는 대답이 궁했다. 잠자코 상황을 지켜볼 수밖에 없다고 생각했다.

"오히데 씨를 실컷 괴롭혔다고 하던데요. 둘이서."

"그런 일이 어떻게 있겠습니까? 오히려 오히데가 버럭 화를 내고 돌아갔습니다."

"그래요? 하지만 싸움은 했죠? 싸움이라고 해도 서로 치고받고 하는 건 아니지만."

"그것도 오히데가 말한 그런 거창한 게 아닙니다."

"그럴지도 모르지만 조금이라도 싸우기는 한 거네요."

"그야 사소한 충돌이라면 있었지요."

"그때 둘이서 오히데 씨를 괴롭혔죠?"

"괴롭히기는요. 그 녀석이 그리스도교 신자처럼 기염을 토했을 뿐입니다."

"아무튼 당신들은 둘이고 상대는 혼자였다는 것은 틀림없죠?"

"그거야 그럴지도 모릅니다."

"거 보세요. 그게 나쁜 거 아닌가요?"

부인의 판정에는 의미도 이치도 없었다. 따라서 뭐가 나쁘다는 건지 쓰다에게는 전혀 통하지 않았다. 하지만 이런 경우 이런 식으로 나오는 부인의 특징은 결코 거역할 수 없는 것으로서 이미 쓰다의 머리에 각인되어 있었다. 고분고분 꾸중을 듣는 것 외에 다른 방도가 없었다.

"그럴 생각은 없었는데 어느새 자연스럽게 그렇게 되어버린 거겠지요."

"'거겠지요'라고 하면 안 돼요. 그랬다고 확실히 말하세요. 이렇게 말하면 실례겠지만, 당신이 오노부 씨를 너무 소중히 여겨서 그러는 거예요."

쓰다는 고개를 갸웃했다.

133

영리한 천성에 어울리지 않게 쓰다는 부인과 오노부의 관계를 제대로 이해하지 못했다. 부인에게 쓰다의 체면이 있듯이 오노부도 쓰다의 눈치를 봐야 했는데 그것이 쌍방을 제대로 이해할 수 있는 총명한 그의 머리를 불분명하게 하는 원인이 되었다. 여자의 대답을 상당히 에누리해서 보는 쓰다도 그만 그것을 알아차리지 못했기 때문에 그는 부인이 자기 앞에서 늘어놓는 오노부에 대한 평가를 진실로 받아들임과 동시에 자신의 귀에 들려오는 부인에 대한 오노부의 평가 역시 의심하지 않았다. 그리고 그 평가는 둘 다 아름다운 것이었다.

두 여성이 서로 마음속으로 느끼면서도 지금까지 겉으로 드러내지 않겠다고 애를 써온 미묘한 알력이 필연의 요구에 몰려 점차 활짝 개는 안개처럼 쓰다 앞에 전개되지 않을 수 없게 된 것은 이때였다.

쓰다는 부인에게 말했다.

"특별히 소중히 할 만한 아내도 아니니까 그런 점은 걱정하실 필요 없습니다."

"아뇨, 그렇지 않은 것 같아요. 세상 사람들은 다들 그렇게 생각해요."

세상 사람들이라는 과장된 말에 쓰다는 놀랐다. 부인은 어쩔 수 없이 설명했다.

"세상 사람들이라는 건 다들이라는 뜻이에요."

쓰다는 다들이라는 것조차 명료하게 의식할 수 없었다. 하지만 세상 사람들이며 다들이라는 과장된 표현을 힘주어 말하는 부인의 의도는 결코 추측하기 힘든 것이 아니었다. 그녀는 아무래도 그 점을 쓰다의 머리에 각인시킬 요량인 것 같았다. 쓰다는 일부러 웃어 보였다.

"다들이라는 건 오히데를 말하는 거죠?"

"오히데 씨도 물론 그중 한 사람이에요."

"그중 한 사람이자 대표자인 거죠?"

"그럴지도 모르죠."

쓰다는 다시 큰 소리를 내어 웃었다. 하지만 웃은 뒤에 금방 깨달았다. 나쁜 결과가 되어 부인에게 울려 퍼진 그 웃음은 돌이킬 수 없다는 것을. 불평하는 대신 죄를 인정하고 벌을 받는 것이 편하다는 것을 깨달은 그는 순식간에 자세를 바꿨다.

"아무튼 앞으로 주의하겠습니다."

하지만 부인은 그래도 아직 만족하지 않았다.

"오히데 씨만이라고 생각하면 착각이에요. 당신 숙부님이나 숙모님도 같은 생각이니까 그런 줄 아세요."

"아, 예, 그렇습니까?"

후지이 부부의 소식이 오히데의 입에서 부인에게 전해진 것도 틀림없었다.

"그 밖에도 또 있어요." 부인이 덧붙였다. 쓰다는 그저 "아, 예" 하며 상대의 얼굴을 본 바람에 그가 예상한 말이 바로 그녀의 입에서 흘러나왔다.

"실은 나도 그 사람들하고 같은 의견이에요."

권위라도 있는 듯한 어조로 마지막에 이렇게 말한 부인 앞에서 쓰다는 물론 반항의 목소리를 낼 용기가 필요하다고 생각하지 않았다. 하지만 속으로는 동시에 묘하게 예상이 빗나갔다는 생각에 도달했다. 그는 의심했다.

'왜 이 사람이 갑자기 이런 태도로 나오는 걸까? 내가 오노부를 너무 정중하게 대하는 것이 안 좋다며 비난하는데, 오노부 자신도 그렇게 비난하는 사람 안에 포함되어 있는 건 아닐까?'

쓰다에게 이런 의심은 완전히 새로운 것이었다. 부인의 본뜻에 도달하는 상상 속의 과정을 그려내는 것조차 어려울 정도로 새로운 것이었다. 그는 이 의문에 맞서기 전에 아직 자신의 머릿속에 남아 있는 한 가지 질문을 던졌다.

"오카모토 씨한테도 그런 평판이 있을까요?"

"오카모토 씨는 달라요. 오카모토 씨에 관한 건 내가 상관할 바 아니에요."

부인이 시치미를 떼며 이렇게 딱 잘라 말했을 때 쓰다는 무심코 '어라?' 하고 생각했다.

'그럼 오카모토 씨하고 당신은 별개인가요?' 하는 다음 질문이 자연스러운 순서로 그의 목구멍까지 올라왔다.

사실 그는 '세상 사람들'의 평판대로 오노부를 소중히 여기는 것이 아니었다. 오해가 섞인 이런 평판이 어디서 어떻게 생겼는지를 남에게 설명하려고 하면 상당히 복잡한 수고가 들겠지만, 그의 머릿속에는 아주 명석한 관념이 있고 그것을 하나하나 손바닥 위에 놓고 가리킬 수 있을 만큼 사실의 자세한 사정을 알고 있었다.

첫 번째 책임자는 오노부 자신이었다. 자신이 쓰다로부터 얼마나 예쁨을 받고 또 쓰다를 얼마나 자유롭게 해주고 있는지를 가장 굴절이 많은 각도에서 모든 방면으로 반사시키는 솜씨를 도처에서 발휘하는 것을 꺼리지 않는 사람은 그녀임에 틀림없었다. 두 번째 책임자는 오히데였다. 이미 일종의 과장이 있는 그녀의 눈을 질투가 거들어 물들였다. 그 질투가 어디서 나온 것인지 쓰다는 알지 못했다. 결혼 후 처음으로 시누이라는 의미를 깨달은 그는 모처럼 깨달은 그 의미를 해석할 수 없어서 힘겨워했다. 세 번째 책임자는 후지이 숙부 부부였다. 여기에는 과장도 질투도 없는 대신 겉만 화려하고 실속이 없는 것에 대한 혐오가 너무 강하게 작용했다. 그러므로 결과는 역시 오해와 같은 것으로 귀결되었다.

134

쓰다에게는 이 오해를 오해로 내버려두는 특별한 이유가 있었다. 그리고 그 이유는 이미 고바야시가 간파한 대로였다. 그러므로 그는 이 오해로 인해 일어나기 쉬운 오카모토의 호의를 가능한 한 자신의 형편에 맞도록 보류해두려고 했다. 오노부를 정중하게 대하는 것은 곧 오카모토 집안의 비위를 맞추는 것과 같은 일이고, 오카모토와 요시카와가 형제나 다름없이 친한 사이인 이상 쓰다의 미래는 오노부를 소중히 여길수록 확실해지는 이치였다. 이해득실의 논리에 빈틈없는 기민함을 자랑하는 쓰다는 요시카와 부부가 표면상의 중매인으로서 자신들의 결혼에 관계해준 사실을 단순한 명예로서 기뻐할 만큼 바보는 아니었다. 쓰다는 거기에 명예 이외의 중대한 의미가 있다는 것을 알아차린 것이다.

하지만 이는 오히려 일반적인 내막에 지나지 않았다. 한 꺼풀 벗겨 안으로 들어가면 바닥 밑에는 또 바닥이 있었다. 쓰다와 요시카와 부인은 사건이 여기에 이르기까지 타인이 관여하지 못하는 운명으로 이미 결부되어 있었다. 그들에게만 있는 안팎의 곡절을 경과해온 그들은 타인보다 좀 더 복잡한 눈으로 반년 전에 성립한 이 새로운 관계를 바라볼 수밖에 없었다.

사실대로 말하자면 오노부와 결혼하기 전에 쓰다는 한 여자를 사랑하고 있었다. 그리고 그 여자를 사랑하게 한 사람은 요시카와 부인이었다. 남 보살피기를 좋아하는 부인은 이 젊은 두 사람을 들러붙게 하는 듯한, 또는 떼어놓는 듯한 상투적인 수단을 제멋대로 쓰며 그때마다 우물쭈물하거나 몹시 흥분하는 두 사람을 눈앞에서 보며 즐겼다. 하지만 쓰다는 부인의 친절을 굳게 믿어 의심치 않았다. 부인도 최후에 다가올 두 사람의 운명을 단언하기를 꺼리지 않았다. 그뿐 아니라 시기가 무르익을 때를 가늠하여 두 사람을 영구히 손잡게 하려고 했다. 그런데 막상 그렇게 되기 직전에 부인의 자신감은 보기 좋게 콧대가 꺾였다. 쓰다의 오만함도 도움이 될 리 없었다. 부인의 자신감과 함께 한방에 박살 났다. 소중한 새는 갑자기 도망쳐서 끝내 부인의 손으로 돌아오지 않았다.

부인은 쓰다를 나무랐다. 쓰다는 부인을 나무랐다. 부인은 책임감을 느꼈다. 하지만 쓰다는 느끼지 않았다. 그는 오늘날까지 그 의미를 모른 채 아직 오리무중에 빠져 방황하고 있었다. 그때 오노부의 결혼 문제가 등장했다. 부인은 다시 제2의 연애 사건에 관여하려고 나섰다. 그리고 남편과 함께 표면상의 중매인으로서 깨끗하게 단락을 지었다.

그때 부인의 모습을 자세히 관찰한 쓰다는 과연 그렇군, 하고 생각했다.

'나한테 보상하겠다는 마음이군.'

그는 이렇게 생각했다. 그는 대체로 이런 마음에서 미래의 방침을 이끌어내려고 했다. 오노부와 의좋게 지내는 일은 부인에 대한 의무의 일단이라고 믿었다. 싸움만 하지 않으면 자신의 미래에 말썽은 없을 거라는 판단까지 내렸다.

이런 마음가짐에 만에 하나라도 잘못이 있을 리 없다고 처음부터 단정하고 요시카와 부인을 상대하고 있는 쓰다가 설령 에둘러서라도 오노부를 비난하는 상대의 분위기를 파악한 이상 '아니, 이런' 하고 생각하는 것은 당연했다. 그는 부인의 마음에 들도록 자신의 입장을 고치기 전에 먼저 확인할 필요가 있었다.

"제가 오노부를 너무 소중히 여기는 게 나쁘다는 것 말고, 오노부 자신에게 무슨 결점이라도 있다면 기탄없이 말씀해주셨으면 합니다."

"실은 그래서 온 거예요, 오늘은."

이 말을 들었을 때 쓰다의 가슴은 부인의 입에서 무슨 말이 나올까 하는 호기심으로 가득 찼다. 부인은 말을 이었다.

"이건 내가 아니면 아무도 당신 앞에서 말할 수 없는 일이라고 생각해서 말하는 건데, ……오히데 씨의 꼬드김을 받고 왔다고 생각하면 곤란해요. 또 나중에 오히데 씨한테 폐를 끼치게 되면 내가 미안해지니까, 알겠지요? 그야 오히데 씨도 틀림없이 그 일로 일부러 찾아온 거예요. 하지만 취지는 좀 달라요. 오히데 씨는 주로 교토 쪽을 걱정하고 있어요. 물론 교토는 당신한테는 아버님이니까 절대 소홀히 할 수 없을 거예요. 특히 우리 집 양반도 당신 아버님께 당신을 돌봐달라는 부탁을 받은 몸이라 잠자코 내버려둘 수도 없겠지요. 하지만 그쪽은 가지고 뿌리는 따로 있으니까 나는 뿌리부터 먼저 치료하는 게 훨씬 효과적일 거라고 생각해요. 그렇지 않으면 이번과 같은 충돌이 반드시 또 일어날 거예요. 그냥 일어날 뿐이라면 괜찮지만, 그때마다 오히데 씨가 찾아온다면 나도 말하기가 힘들어질 테니까요."

부인이 말하는 재앙의 뿌리는 확실히 오노부임에 틀림없었다. 그렇다면 그 뿌리를 어떻게 치료하자는 것일까? 육체상의 병도 아닌 이상 이별이나 별거를 제쳐두고 치료라는 말은 손쉽게 사용할 수 있는 것도 아닌데, 하고 쓰다는 생각했다.

135

쓰다는 어쩔 수 없이 물었다.

"그럼 어떻게 하면 좋을까요?"

어린애 같은 질문 앞에서 부인은 어머니 같은 득의양양한 기색을 보였다. 하지만 곧바로 요점으로 다가가지는 않았다. 그녀는 바로 그거라고 말하는 듯이 그저 웃기만 했다.

"대체 당신은 오노부 씨를 어떻게 생각해요?"

어제 쓰다는 같은 말로 같은 질문을 받았을 때 오히데에게 뭐라고 대답했는지를 떠올렸다. 그는 요시카와 부인에게 할 특별한 대답을 준비해두지 않았다. 그 대신 어떻게도 대답할 수 있는 자유로운 위치에 있었다. 솔직히 말하자면 '어떻게든 당신이 좋아하는 대답을 하겠습니다'라는 것이 그의 속마음이었다. 하지만 부인의 머리에 있는 좋아하는 대답은 완전히 그의 상상 밖에 있었다. 그는 쩔쩔매면서 히죽히죽 웃었다. 자연히 부인은 한발 앞으로 다가왔다.

"당신은 오노부 씨를 예뻐하죠?"

여기서도 쓰다의 준비는 허술했다. 그는 반농담으로 부인에게 응대하는 일이라면 얼마든지 가능했다. 하지만 격식을 갖춘 책임 있는 대답을 부인의 마음에 드는 형태로 진지하게 하려고 하면 그 대답은 결코 술술 나오지 않았다. 그에게 가장 형편에 맞는 일이면서 또 가장 형편에 맞지 않는 일은 어느 쪽으로든 자유롭게 대답할 수 있는 그의 마음 상태였다. 왜냐하면 사실 그는 오노부를 사랑하기도 하고 또 그다지 사랑하지 않기 때문이기도 했다.

부인은 드디어 진지한 자세를 취했다. 그리고 세 번째 질문을 피하지도 못하게 하는 어조로 해왔다.

"나하고 당신만의 비밀로 해둘 테니까 솔직히 말해보세요. 내가 듣고 싶은 것은 별것 아니에요. 그저 당신의 솔직한 생각을 한마디 들으면 그걸로 족해요."

짐작이 가지 않는 쓰다는 결국 갈피를 잡지 못했다. 부인이 말했다.

"당신도 꽤나 답답한 사람이네요. 말할 수 있는 건 남자답게 얼른 말해버리면 되잖아요. 아무도 그렇게 까다로운 걸 묻는 건 아니니까요."

쓰다는 결국 입을 열지 않을 수 없었다.

"대답을 할 수 없는 건 아니지만 너무 막연한 질문이라서……."

"그럼 하는 수 없으니까 내가 말할까요? 괜찮아요?"

"예, 그렇게 해주세요."

"당신은" 하고 말을 꺼낸 부인은 잠깐 말을 끊었다가 다시 이었다.

"정말 괜찮아요? ……나는 이렇게 거리낌 없는 성격이라 내가 생각한 대로 거침없이 말한 뒤에 돌이킬 수 없는 일을 했다고 후회하는 일이 자주 있어요."

"뭐, 상관없습니다."

"하지만 혹시 당신이 화를 내면 그걸로 끝이니까요. 나중에 아무리 사과를 해도 돌이킬 수 없는 바보 같은 짓은 하고 싶지 않아서요."

"하지만 제가 아무렇지 않게 생각하면 그걸로 되는 거 아닌가요?"

"그것만 확실하다면 물론 좋아요."

"괜찮습니다. 거짓말이든 진짜든 부인이 하신 말씀이라면 절대 화를 내지 않을 테니 사양하지 마시고 말씀해주세요."

모든 책임을 상대에게 지우는 것이 훨씬 편하다고 생각한 쓰다는 이렇게 보증한 뒤에 재촉하는 듯이 부인을 봤다. 몇 번이나 확인하여 보증을 받은 부인은 그제야 입을 열었다.

"만약 착각한 거라면 미안해요. 당신은 모두가 생각하는 대로 마음속으로는 오노부 씨를 그다지 소중히 여기지 않죠? 오히데 씨하고 달리 나는 진작부터 그렇게 짐작하고 있었는데 어떤가요? 제 관찰이 맞았나요?"

쓰다는 아무 말도 하지 않았다.

"물론입니다. 그래서 아까도 말씀드리지 않았습니까. 오노부를 그렇게 소중히 여기지 않는다고요."

"하지만 그건 의례적으로 그렇게 말했을 뿐이죠."

"아니요, 저는 사실을 말했다고 생각합니다."

부인은 단연코 수긍하지 않았다.

"속이기 없기예요. 그럼 다음 말을 해도 좋나요?"

"예, 말씀하세요."

"당신은 오노부 씨를 그렇게 소중히 여기지 않으면서도 겉으로는 남들한테 무척 소중히 여기는 것처럼 보이려고 하는 거 아닌가요?"

"오노부가 그런 말도 하던가요?"

"아뇨." 부인은 단호히 부정했다. "당신이 그렇게 말했을 뿐이에요. 당신 모습이나 태도가 그 정도 일을 제대로 알 수 있도록 해주었을 뿐이지요."

부인은 거기서 잠깐 쉬었다. 그러고는 말을 덧붙였다.

"어때요, 맞힌 거죠? 저는 당신이 왜 그런 모습을 꾸미고 있는지 그 원인까지 분명히 알고 있어요."

136

오늘까지 쓰다는 부인의 입을 통해 이런 식의 말을 들어본 적이 없었다. 부인이 뒤에서 자신들 부부 사이를 어떤 눈으로 관찰하고 있었는가 하는 문제에 대해 그다지 신경을 쓰지 않았던 그는 이제야 겨우 그것을 알아차렸다. 그렇다면 빨리 그렇다고 주의를 주었으면 좋았을 텐데, 하고 생각한 그는 아무튼 부인의 판단이나 생각을 얌전히 끝까지 들어보는 것이 상책이라고 생각했다.

"부디 뭐든지 꺼리지 마시고 다 말씀해주세요. 제가 향후에 주의해야 할 사항이기도 하니까요."

이미 말을 꺼낸 부인은 설사 쓰다가 권하지 않더라도 이제 거기서 그칠 수는 없었기 때문에 곧바로 나머지를 쓰다 앞에 내던졌다.

"당신은 우리 집 양반이나 오카모토 씨의 체면이 있으니까 오노부 씨를 그렇게 소중히 여기는 거죠? 좀 더 노골적인 걸 원한다면 더 노골적으로 말할 수도 있어요. 당신은 표면상 오노부 씨를 소중히 여기는 척해요, 속으로는 그 정도가 아니면서. 그렇죠?"

쓰다는 상대의 관찰이 설마 이 정도로 빈정거리는 지점까지 파고들 거라고는 생각하지 않았다.

"제 성격이나 태도가 부인께 그렇게 보입니까?"

"그렇게 보여요."

쓰다는 단칼에 잘린 것이나 마찬가지였다. 그는 잘린 뒤 그 이유를 물었다.

"왜지요? 왜 그렇게 보이는 거지요?"

"숨기지 않아도 되지 않나요?"

"별로 숨길 생각은 없지만……."

부인은 자신의 추측이 열이면 열 다 적중했다고 믿고 있었다. 마음속으로 그중 여섯만을 긍정한 쓰다의 대답은 자연히 어딘가 모호한 구석을 남기지 않을 수 없었다. 그것이 이 경우 오해의 원인이 되는 것은 알기 쉬운 이치였다. 부인은 어디까지나 같은 말을 되풀이하며 쓰다를 자신이 원하는 방향으로 몰아갔다.

"숨기면 안 돼요. 당신이 숨기면 다음 말을 할 수 없으니까요."

쓰다는 꼭 그 뒷이야기를 듣고 싶었다. 그 뒷이야기를 들으려면 부인이 인정한 것을 하나부터 열까지 받아들이지 않을 도리가 없었다. 부인은 "거 보세요" 하며 쓰다를 찍소리도 못하게 해놓고 걸음을 옮겼다.

"당신한테는 처음부터 오해가 있어요. 당신은 나를 우리 집 양반하고 같은 사람으로 보고 있죠? 그리고 우리 집 양반하고 오카모토 씨를 또 같은 사람이라고 보고 있죠? 그게 큰 잘못이에요. 오카모토 씨하고 우리 집 양반을 똑같다고 보는 것은 그런대로 괜찮지만, 우리 집 양반이나 오카모토 씨하고 나를 같은 사람 취급 하는 것은 이상하지 않나요, 이 사건에 대해서? 그렇게 생각하는 건 학문을 한 사람한테는 어울리지 않아요."

쓰다는 겨우 부인의 입장을 알 수 있었다. 하지만 그 입장의 위치 및 그것이 자신과 어떤 관계인지는 아직 알 수 없었다. 부인이 말했다.

"뻔한 일 아닌가요? 나만은 당신하고 특별한 관계가 있으니까요."

특별한 관계라는 말 속에 무슨 내용이 담겨 있는지 쓰다는 충분히 알 수 있었다. 하지만 그것은 현재의 문제가 아니었다. 왜냐하면 그 특별한 관계를 충분히 이해하고 있었기에 오늘까지 자신의 행동에도 그에 상응하는 일종의 기색과 태도를 부여해왔다고 그는 믿고 있었기 때문이다. 이 특별한 관계가 부인을 어떻게 지배하고 있는지, 그것을 좀 더 분명히 밝혀내는 데서 비로소 새로운 문제가 생길 거라는 사실을 깨달은 그는 단지 자신의 오해를 인정하는 것만으로는 끝낼 수 없었다.

부인은 한마디로 잘라 말했다.

"난 당신 편이에요."

쓰다가 대답했다.

"그건 지금까지 한 번도 의심해본 적이 없습니다. 저는 확신하고 있습니다. 그리고 그런 점에서 사모님께 깊이 감사하고 있습니다. 하지만 무슨 뜻인가요? 이 경우엔 무슨 뜻으로 제 편이 되어줄 생각이신 거죠? 저는 세상 물정에 어두운 사람이라 사모님의 뜻이 잘 이해가 되지 않습니다. 그러니 좀 더 분명히 말씀해주세요."

"이 경우 내가 당신 편이 되어 당신한테 해줄 수 있는 일이 딱 하나 있다고 생각해요. 하지만 당신은 아마……."

부인은 이렇게만 말하고 쓰다의 얼굴을 봤다. 쓰다는 '또 애를 태우는군' 하고 생각했다. 하지만 그렇지 않다고 단언한 부인의 물음이 갑자기 바뀌었다.

"내 말을 들을래요, 안 들을래요?"

쓰다에게는 아직 상식이 남아 있었다. 그는 이런 지경에 몰린 사람이라면 누구나 생각해야 하는 것을 생각했다. 하지만 생각한 그대로를 부인 앞에 분명히 말할 용기는 없었다. 자연히 그의 태도는 미적지근했다. 듣겠다고도 듣지 않겠다고도 말하기 힘든 그는 망설였다.

"그냥 말해주시지요."

"그냥은 안 돼요. 당신이 좀 더 분명히 하지 않으면 나도 말할 기분이 들지 않아요."

"하지만……."

"하지만이라는 말도 안 돼요. 남자답게 듣겠다고 해야지요."

137

부인의 입에서 어떤 주문이 나올지 짐작이 가지 않는 쓰다는 은근히 두려웠다. 보증한 뒤에 철회해야 하는 궁지에 몰리면 그것으로 끝이었다. 그는 그런 경우의 부인을 상상해보았다. 지위로 봐도 성격으로 봐도 또 그에 대한 특별한 관계에서 판단해도 부인은 결코 그를 용서할 사람이 아니었다. 영원히 부인 앞에서 용서받지 못하면 마치 소생할 수단을 빼앗긴 가사 상태의 몸뚱이나 마찬가지였다. 조심성이 많은 그는 생환 가능성이 분명하지 않는 위험한 곳에 들어갈 용기가 없었다.

게다가 보통 사람과 다른 부인이 얼마나 어려운 문제를 꺼낼지 알 수 없었다. 오랫동안 너무나 자유로운 처지에 익숙한 그녀의 눈에는 자신이 무리하고 있다는 사실이 거의 보이지 않았다. 말하자면 대개의 일은 통했다. 가끔 통하지 않으면 고집으로 통하게 했다. 특히 난처한 것은 자신의 동기를 명료하게 해부해볼 필요에 쫓기지 않는 그녀의 여유였다. 여유라기보다는 오히려 방만한 마음가짐이었다. 남을 보살필 때 하는 자신의 행동은 모두 친절과 호의의 표현이고, 그 외에 아무런 사사로운 감정이 없는 거라고 처음부터 믿어 의심치 않는 그녀에게 불안이 찾아올 리 없었다. 자신에 대한 비판은 처음부터 거의 작동하지 않으며 남의 비판은 귀에 들어오지 않고 또 귀담아들으려고 하지 않는다면 이렇게 되는 것은 자연스러운 결과이기도 했다.

부인 앞에서 궁지에 몰렸을 때 쓰다의 가슴에는 이런 생각이 꿈틀거려 더더욱 결론이 나지 않았다. 그의 모습을 본 부인은 끝내 웃음을 터뜨렸다.

"뭘 그렇게 어렵게 생각해요? 내가 또 무리한 말이라도 꺼냈다고 생각하죠? 아무리 나라도 당신이 할 수 없는, 도리에 어긋난 건 생각하지 않아요. 당신이 하려고만 하면 쉽게 할 수 있는 일이에요. 그리고 그 결과는 당신한테 득이 될 뿐이에요."

"그렇게 간단히 할 수 있는 겁니까?"

"네, 뭐 농담 같은 거예요. 아주 과장되게 말해봤자 재미 삼아 하는 장난이죠. 그러니 과감히 한다고 하세요."

쓰다에게는 모든 게 수수께끼였다. 하지만 기껏해야 장난이라면, 하는 생각이 들었다. 그는 결국 결심했다.

"뭔지는 모르지만 뭐 해보죠. 말씀해주세요."

하지만 부인은 곧바로 그 장난의 성격을 설명하지 않았다. 쓰다의 보증을 받은 후에 다시 화제를 바꾸었다. 그런데 그것은 모든 의미에서 장난과는 완전히 동떨어진 것이었다. 적어도 쓰다와는 중대한 관련을 가진 것이었다.

부인은 다음과 같은 말로 일단 그것을 두 사람 사이에 내놓았다.

"당신은 그 후로 기요코 씨를 만났나요?"

"아니요."

쓰다가 약간 놀란 것은 단지 문제가 당돌했기 때문만이 아니었다. 갑작스럽게 자신을 버리고 떠난 여자의 이름이, 놓친 책임을 절반은 지고 있는 부인의 입에서 느닷없이 흘러나왔기 때문이다. 부인이 말을 이었다.

"그럼 지금 어떻게 지내는지 모르겠네요?"

"전혀 모릅니다."

"전혀 몰라도 괜찮은 건가요?"

"괜찮지 않아도 어쩔 수 없는 거 아닙니까? 이미 딴 데로 시집가버렸으니까요."

"기요코 씨의 결혼 피로연 때 당신은 참석했나요?"

"안 갔습니다. 가려고 해도 가기가 좀 거북했으니까요."

"초대장은 왔나요?"

"초대장은 왔습니다."

"당신 결혼 피로연 때 기요코 씨는 참석하지 않은 것 같던데요."

"예, 오지 않았습니다."

"초대장은 보냈나요?"

"초대장만은 보냈습니다."

"그럼 그것으로 끝이었네요, 두 사람 다."

"물론 그것으로 끝이었습니다. 만약 그것으로 끝이 아니었다면 그것도 문제니까요."

"그러네요. 하지만 문제 나름이겠지요."

쓰다는 부인이 하는 말의 의미가 잘 이해되지 않았다. 부인은 그것을 설명하기 전에 다시 다른 길로 옮아갔다.

"오노부 씨는 기요코 씨 일을 알고 있나요?"

쓰다는 말문이 막혔다. 고바야시를 다 연구한 다음이 아니면 확실한 대답을 할 수 없었다. 부인은 다시 고쳐 물었다.

"당신이 말한 적은 없어요?"

"없습니다."

"그럼 오노부 씨는 전혀 모르고 있는 거네요, 그 일을?"

"예, 적어도 저는 아무것도 듣지 못했습니다."

"그래요? 그럼 완전히 순진한 거네요. 아니면 조금은 눈치를 채고 있는 부분이 있나요?"

"글쎄요."

쓰다는 생각하지 않을 수 없었다. 생각해도 단안은 삼가지 않을 수 없었다.

138

이야기를 나누는 중에 쓰다는 다시 생각지도 못한 상대의 심리에 부닥쳤다. 지금까지 오노부에게 기요코에 대한 이야기를 하지 않는 것이 자신에게 유리하기도 하고 또 부인의 의지이기도 하다고만 해석해온 그는 이때 처음으로 깨달았다. 아무리 생각해도 부인은 오노부가 그것을 눈치채고 있기를 바라는 것 같았던 것이다.

"대충 짐작은 할 것 같은데요." 부인이 말했다. 쓰다는 오노부의 성격을 잘 알고 있는 만큼 더욱 대답하기 힘들었다.

"그걸 모르면 안 됩니까?"

"네."

쓰다는 왠지 몰랐다. 하지만 대답했다.

"혹시 필요하다면 얘기해도 좋습니다만……."

부인은 웃음을 터뜨렸다.

"이제 와서 당신이 그런 말을 하면 망치는 거예요. 당신은 끝까지 모른 체하고 있어야 해요."

부인은 이렇게만 말하여 매듭을 지은 후 새롭게 다시 이야기를 시작했다.

“내 판단을 말해볼까요? 오노부 씨는 그렇게 영리한 사람이라 틀림없이 이미 눈치채고 있을 거라고 생각해요. 뭐, 다 알 리는 없고 또 다 알면 이쪽이 곤란해요. 아는 것 같기도 하고 모르는 것 같기도 한 것이 딱 좋은, 가장 적당한 상태니까요. 그래서 내 판단에서 보면 지금 오노부 씨는 마침맞게 내가 원하는 그 자리에 있는 게 틀림없어요.”

“그렇습니까?” 쓰다는 이렇게 말할 수밖에 없었다. 하지만 부인에게 그런 결론을 내릴 근거는 거의 없을 거라고 속으로 생각했다. 그런데도 부인은 있다고 말했다.

“그렇지 않다면 그렇게 허세를 부릴 이유가 없거든요.”

오노부의 태도를 허세로 평한 것은 부인이 처음이었다. 이 두 글자 앞에서 의아하다고 생각하지 않을 수 없었던 쓰다는 한편으로 무엇보다 먼저 그 빈정거림을 수긍해야 했다. 그런데도 그는 주저하지 않고 수락해줄 수가 없었다. 부인은 다시 태연하게 웃었다.

“뭐 상관없어요. 만약 전혀 눈치채지 못하고 있다면 그때는 또 그때고, 이쪽도 얼마든지 수가 있으니까요.”

쓰다는 잠자코 다음 말을 기다렸다. 그러자 뒷말은 나오지 않고 갑자기 기요코 이야기로 돌아갔다.

“당신은 기요코 씨한테 아직 미련이 있죠?”

“없습니다.”

“전혀요?”

“전혀 없습니다.”

“그게 남자의 거짓말이라는 거예요.”

거짓말을 할 생각도 없었던 쓰다는 전적으로 진심을 말하는 것도 아니라는 사실을 깨달았다.

"그래도 미련이 있는 것처럼 보입니까?"

"그렇게 보이지는 않아요."

"그럼 왜 그런 판단을 한 거죠?"

"그러니까요. 그렇게 보이지 않으니까 그렇게 판단한 거예요."

부인의 논리는 보통의 그것과 정반대였다. 그렇지만 어디에도 지리멸렬함은 포함되어 있지 않았다. 그녀는 득의양양하게 그것을 길게 늘여 이야기했다.

"다른 사람한테는 안이나 밖이나 같은 것으로밖에 보이지 않겠지요. 하지만 나는 바깥으로 나갈 수 없으니까 어쩔 수 없이 미련이 안에 틀어박혀 있다고밖에 생각할 수 없거든요."

"사모님은 처음부터 저한테 미련이 있다고 단정하고 있으니까 그렇게 말씀하시는 거 아닌가요?"

"그렇게 단정하는 데 어디 무리한 구석이라도 있나요?"

"그렇게 멋대로 인정해버리면 견딜 수가 없습니다."

"내가 언제 멋대로 인정했죠? 나는 인정한 게 아니에요. 사실이에요. 당신하고 나한테만 알려진 사실을 말한 거예요. 사실이거든요. 그걸 정확히 알고 있는 나한테 숨길 이유가 없는 거 아닌가요? 아무리 다른 사람을 속일 수 있다고 해도요. 그것도 당신만 알고 있는 사실이라면 몰라도 두 사람한테 공통된 사실이니까 서로 의논하고 나서 어딘가에 파묻기 전에는 기억이 있는 한 사라지지 않겠지요."

"그럼 의논해서 여기서 묻어버리는 건 어떻습니까?"

"왜 묻어요? 묻을 필요가 어디 있다고? 그보다 왜 그것을 살려서 활용하지 않는 거죠?"

"살려서 활용해요? 이래 봬도 저는 아직 죄악에는 다가가고 싶지 않습니다."

"죄악이란 뭐죠? 내가 언제 그런 난폭한 짓을 하라고 하던가요?"

"하지만……."

"당신은 아직 내 말을 끝까지 듣지 않은 거 아닌가요?"

쓰다의 눈은 호기심으로 빛났다.

139

부인은 이제 미련이 있다는 증거를 눈앞에 들이대며 쓰다를 붙들어 버린 것이나 마찬가지였다. 고백한 후와도 같은 그의 태도는 두 사람의 겨룸에 일단락을 지은 것처럼 부인을 강하게 했다. 하지만 그녀는 쓰다가 처음에 생각한 만큼 이 점에서 독단적인 폭군은 아니었다. 그녀는 생각보다 치밀한 주의를 기울여 쓰다의 심리 상태를 관찰하고 있는 듯했다. 그녀는 일단 이긴 후에 그에게 실제 증거를 보여주었다.

"그냥 미련, 미련이라고 뜬구름 잡는 듯한 소란을 피우는 게 아니에요. 나는 또 나대로 확실히 쥐고 있는 게 있으니까요. 이래 봬도 당신의 미련이 이런 거라며 다른 사람한테 설명할 수 있다고 생각하고 있어요."

쓰다에게는 뭐가 뭔지 도무지 영문을 알 수 없었다.

"잠깐 설명 좀 해주시지 않겠습니까?"

"원한다면 설명해줄 수도 있어요. 하지만 그렇게 하면 결국 당신을 설명하는 일이 돼요."

"예, 상관없습니다."

부인은 웃기 시작했다.

"그렇게 남이 한 말이 통하지 않으면 곤란해요. 지금 자신이 떡하니 거기에 있으면서 그 자신이 모른다며 남한테 설명해달라는 건 어처구니없는 일 아닌가요?"

과연 부인이 말한 대로라면 어처구니없는 일임에 틀림없었다. 쓰다는 고개를 갸웃했다.

"하지만 모르겠어요."

"아뇨, 알고 있어요."

"그럼 깨닫지 못하는 거겠지요."

"아뇨, 깨닫고 있어요."

"그럼 어떻게 된 일일까요? ……그러니까 제가 숨기고 있는 것으로 귀결되는 건가요?"

"지금으로서는 그래요."

쓰다는 포기했다. 이렇게까지 몰리면서 아직도 감추려고 하는 것은 역시 자신에게도 도리가 아니라고 생각했다.

"바보라고 해도 어쩔 수가 없습니다. 바보라는 비난은 감수할 테니 제발 설명 좀 해주세요."

부인은 희미하게 한숨을 내쉬었다.

"아아, 그럼 애쓴 보람이 없잖아요. 내가 애써 정성껏 마련해왔는데 정작 중요한 당신이 그래서야 아주 헛수고를 한 거나 마찬가지잖아요. 차라리 아무 말 않고 돌아갈까요?"

쓰다는 점점 미궁 속으로 빠져들었다. 빠져드는 줄 알면서도 그는 부인 뒤를 따라가지 않을 수 없었다. 거기에는 자신의 호기심이 강하게 작용했다. 부인에 대한 의리와 눈치도 결코 가벼운 요소는 아니었다. 그는 몇 번이나 같은 말을 되풀이하며 부인의 설명을 재촉했다.

"그럼 말할게요." 마지막에 응했을 때 부인의 모습은 오히려 득의양양했다. "그 대신 묻겠어요." 이렇게 양해를 구한 그녀는 과연 맨 먼저 쓰다의 독기를 뺐다.

"당신은 왜 기요코 씨하고 결혼하지 않았어요?"

질문은 갑작스러웠다. 쓰다는 갑자기 숨이 막혔다. 잠자코 있는 그를 본 다음 부인은 바꿔 말했다.

"그럼 질문을 바꾸죠. ……기요코 씨는 왜 당신하고 결혼하지 않은 거죠?"

이번에는 쓰다가 재빨리 대답했다.

"그 이유는 전혀 모르겠습니다. 그저 이상할 뿐입니다. 아무리 생각해도 아무것도 안 나오거든요."

"갑자기 세키 씨한테 가버린 건가요?"

"예, 갑자기요. 사실 갑자기라는 생각은 아주 옛날에 지워버렸어요. 앗, 하고 뒤를 돌아보니 이미 결혼했더군요."

"누가 앗, 했나요?"

쓰다에게 이 질문만큼 무의미한 것은 없었다. 누가 앗, 하든 쓸데없는 간섭으로밖에 여겨지지 않았다. 그런데도 부인은 거기서 멈추고 움직이지 않았다.

"당신이 앗, 한 건가요? 기요코 씨가 앗, 한 건가요? 아니면 둘 다 앗, 한 건가요?"

"글쎄요."

쓰다는 어쩔 수 없이 생각할 수밖에 없었다. 부인은 그보다 먼저 말했다.

"기요코 씨는 태연하지 않았나요?"

"글쎄요."

"'글쎄요'로는 어쩔 도리가 없잖아요. 당신한테는 어떻게 보였나요, 그때 기요코 씨가? 태연하게 보이지 않았나요?"

"무척 태연한 것 같았습니다."

부인은 경멸의 눈으로 그를 보았다.

"꽤나 속 편하군요, 당신도. 기요코 씨가 태연해서 당신이 앗, 할 수밖에 없지 않았나요?"

"어쩌면 그랬을지도 모릅니다."

"그럼 그때 앗, 한 것은 어떻게 처리할 생각이죠?"

"특별히 처리할 방법이 없습니다."

"처리할 방법이 없지만 실은 처리하고 싶죠?"

"예. 그래서 이리저리 생각했습니다."

"생각해서 알아냈나요?"

"알아내지 못했습니다. 생각하면 할수록 알 수 없게 되었을 뿐이지요."

"그래서 생각하는 건 이제 그만둔 건가요?"

"아뇨, 역시 그만둘 수가 없습니다."

"그럼 지금도 생각하는 거네요?"

"그렇습니다."

"거 보세요. 그게 당신의 미련 아닌가요?"

부인은 결국 쓰다를 자신이 생각하는 곳으로 밀어 넣었다.

140

준비는 대충 끝났다. 요점은 슬슬 쓰다 앞에 펼쳐져야 했다. 부인은 기회를 보아 점점 그곳으로 들어갔다.

"그렇다면 좀 더 남자답게 하는 게 어때요?" 이런 막연한 말이 처음으로 부인의 입에서 흘러나왔다. 그때 쓰다는 '또야' 하고 생각했다. 조금 전부터 '남자답게 하라'라든가 '남자답지 못하다'라는 말을 들을 때마다 그는 마음속으로 은근히 부인을 비웃었다. 부인의 남자답다는 말의 의미는 과연 무엇일까 하고 의심했다. 비판적인 눈을 씻고 볼 것까지도 없이 그녀는 자신의 사정만 생각하고 쓰다를 꼼짝 못하게 하려고 아무 데나 마구잡이로 이 말을 쓴다고 해석할 수밖에 없었다. 그는 쓴웃음을 지으면서 물었다.

"남자답게 하라니요? ……어떻게 하면 남자다워질 수 있습니까?"

"당신의 미련을 없애는 것이지요. 다 알고 있지 않나요?"

"어떻게요?"

"도대체 당신은 어떻게 해야 없어진다고 생각하죠?"

"그야 저는 모르지요."

부인은 갑자기 벼르고 나왔다.

"당신 바보예요? 그 정도도 모르고 어떻게 하려고요? 만나서 물어보는 수밖에 없잖아요."

쓰다는 대답할 수 없었다. 만나는 것이 그만큼 필요하다고 해도 어디서 어떻게 만난단 말인가. 그게 선결 문제가 아닐 수 없었다.

"그래서 내가 오늘 일부러 여기로 찾아온 거 아니겠어요?" 부인이 이렇게 말했을 때 쓰다는 무심코 그녀의 얼굴을 보았다.

"실은 진작부터 당신 생각을 물어보고 싶었어요. 오늘 아침에 오히데 씨가 그 일로 왔기에 마침 좋은 기회다 싶어 나온 거죠."

마음의 준비가 안 된 쓰다의 머리는 그저 우물쭈물할 뿐이었다. 부인은 그것을 잘 살피고는 이렇게 말했다.

"오해하면 안 돼요. 나는 나, 오히데 씨는 오히데 씨니까요. 특별히 오히데 씨의 부탁을 받고 왔다고 해서 꼭 그 사람 편을 들지는 않을 거라는 건 당신도 알죠? 아까도 말한 것처럼 이래 봬도 나는 당신 편이에요."

"예, 그건 잘 알고 있습니다."

여기서 문답을 일단락 지은 부인은 곧장 요점에 이르는 두 번째 단계로 들어갔다.

"기요코 씨가 지금 어디에 있는지 알고 있나요?"

"세키 씨 집에 있는 거 아닙니까?"

"그거야 평소 얘기죠. 내가 말하는 건 지금이에요. 지금 어디에 있느냐 하는 거 말이에요. 도쿄인지 아닌지."

"모릅니다."

"맞혀보세요."

쓰다는 알아맞히기 놀이를 해도 재미없다는 듯이 잠자코 있었다. 그러자 부인의 입에서 생각지도 못한 장소의 이름이 튀어나왔다. 도쿄에서 하루면 갈 수 있는 꽤 유명한 그 온천장에 대한 기억은 쓰다에게도 그리 오래된 것이 아니었다. 불현듯 그 주변의 경치를 떠올린 그는 그저 "아, 예에"라고 말했으나 뒷말은 떠오르지 않았다.

부인은 쓰다를 위해 친절하게 설명을 덧붙였다. 그녀의 말에 따르면, 기요코는 요양을 위해 당분간 그곳에 머문다는 것이었다. 부인은 그녀가 요양해야 하는 이유가 뭔지도 알고 있었다. 유산 후 몸을 추스르는 것이 주된 목적이라고 한 부인은 쓰다를 보며 의미심장하게 웃었다. 쓰다는 마음속으로 그 웃음을 거의 해석할 수 있을 것 같은 기분이 들었다. 하지만 그런 일은 부인에게도 그에게도 눈앞의 문제가 아니었다. 한마디의 평도 할 생각이 들지 않았던 그는 잠자코 부인의 말을 들을 생각으로 얌전히 있었다. 동시에 부인은 세 번째 단계로 넘어갔다.

"당신도 가보세요."

쓰다의 마음은 이 말을 듣기 전부터 이미 움직이고 있었다. 하지만 가려는 결심은 이 말을 들은 뒤에도 서지 않았다. 부인은 한 번의 부채질로 부추겼다.

"가보세요. 간다고 누구한테 폐가 되는 일도 아니잖아요. 가서 시치미를 떼면 그뿐 아닌가요?"

"그건 그렇지요."

"당신은 처음부터 독립된 존재라 염려할 건 없어요. 조심이니 눈치니 하며 공연히 쓸데없는 걸 짐으로 여기기 시작하면 일만 귀찮아질 뿐이에요. 게다가 당신 병에는 이곳을 떠나 잠깐 그런 곳에 다녀오는 게 좋을 거예요. 내가 보기에 병만으로도 갈 필요는 충분히 있다고 생각해요. 그러니 꼭 가세요. 가서 우연히 온 것 같은 얼굴로 시치미를 떼고 있는 거예요. 그리고 남자답게 미련을 정리하고 오는 거죠."

부인은 여비까지 내주겠다며 쓰다를 재촉했다.

141

직장에 사정을 말한 후 여비를 받아 병후의 몸으로 온천장에서 기분 좋게 요양하는 것은 누구에게나 바람직한 일임에 틀림없었다. 특히 쾌락을 목표로 삼아 생활하고자 하는 쓰다에게는 좀처럼 찾아오기 힘든 안성맞춤의 기회였다. 그가 생각하기에 눈앞에서 빤히 보면서 그 기회를 놓치는 것은 우둔함의 극치였다. 하지만 그에 따르는 일종의 조건은 결코 예사로운 것이 아니었다. 그는 고민했다.

그를 만류하는 심리 작용의 성격은 일목요연했다. 하지만 그는 그 작용의 현저한 힘을 깨닫고 있을 뿐 그 의미를 돌이켜볼 여유가 없었다. 이 점에서도 쓰다보다는 오히려 부인이 더 확실한 심리 관찰자였다. 쾌히 받아들여 단행을 맹세하리라 생각한 쓰다가 어딘가 주저하는 모습을 보이자 부인은 이렇게 말했다.

"당신은 내심 가고 싶으면서도 머뭇거리고 있네요. 내가 보기에 그건 남자답지 못한 당신의 제일 나쁜 점이에요."

남자답지 못하다는 평을 들어도 그다지 고통스럽지 않은 쓰다가 대답했다.

"그럴지도 모르겠지만 좀 생각해보지 않으면……."

"그렇게 생각하는 버릇이 당신 인격에 해가 되는 거예요."

쓰다는 "예에?" 하며 깜짝 놀랐다. 부인은 모른 척했다.

"여자는 생각하지 않아요, 그럴 때."

"그럼 생각하는 저는 남자다운 것 아닌가요?"

이 대답을 들은 부인의 태도가 갑자기 험악해졌다.

"그런 건방진 말대꾸는 하는 게 아니에요. 말만으로 사람을 꼼짝 못하게 하면 그게 어떻다는 거죠? 어처구니없군요. 당신은 학교를 다녔고 학문을 한 사람인 주제에 자신을 전혀 보지 않으니까 딱한 거예요. 그래서 결국 기요코 씨가 도망가버린 거잖아요."

쓰다는 또 "예엣?" 하고 말했다. 부인은 개의치 않았다.

"당신이 모르겠다면 내가 말해주죠. 당신이 왜 가고 싶어 하지 않는지 나는 정확히 알고 있어요. 당신은 겁쟁이예요. 기요코 씨 앞에 나설 수가 없는 거죠."

"그게 아닙니다. 저는……."

"잠깐만요. ……당신은 용기가 있다고 말할 생각이죠? 하지만 가는 건 자존심에 관계되는 일이라는 거죠? 내가 보기에 그렇게 자존심을 내세우는 점이 바로 겁이 많다는 증거예요. 알겠어요? 왜냐고요? 그런 자존심은 단순한 허세잖아요. 좋게 말해야 외면적인 체면 아닌가요? 세상에 대한 체면과 눈치를 빼면 뒤에 뭐가 남죠? 새색시가 누구도 뭐라고 하지 않는데 스스로 쑥스러워 세 번의 식사를 삼가는 것과 같은 일이에요."

쓰다는 어안이 벙벙했다. 부인의 잔소리는 이어졌다.

"다시 말해 야심이 너무 크니까 그런 쓸데없는 일에 고집을 부려보고 싶어지는 거죠. 그리고 그것이 당신의 자만심으로 일변하여 이상한 데서 나오는 거예요."

쓰다는 어쩔 수 없이 잠자코 있었다. 부인은 가차 없이 한발 더 나아가 그 자만심에 대해 설명했다.

"당신은 언제까지고 고상하게 입을 다물고 있으려고 하죠. 움직이지 않고 가만히 해결하려는 거예요. 그런데도 속으로는 그 일이 내내 마음에 걸리는 거죠. 그걸 좀 더 밀어붙여보세요. 내가 이렇게 있는 동안 곧 기요코 쪽에서 무슨 설명을 해올 것이라고 생각하고……."

"어떻게 그런 생각을 하겠습니까, 아무리 저라도?"

"아니, 생각하는 것이나 마찬가지라는 거예요. 실제로 어디에도 차이가 없다면 그런 말을 들어도 어쩔 수 없는 거 아닌가요?"

쓰다는 이제 반항할 용기가 없었다. 기민한 부인은 그 틈을 비집고 들어왔다.

"원래 당신은 뻔뻔한 성격 아닌가요? 그렇게 뻔뻔한 것도 처세를 위해서는 한 가지 득일 거라고 생각하고 있어요."

"설마요."

"아뇨, 그래요. 그걸 내가 아직도 모를 거라고 생각하면 큰 착각이에요. 좋잖아요, 뻔뻔해서, 나는 뻔뻔한 것을 좋아하니까요. 그러니까 여기서 천성인 뻔뻔한 구석을 남자답게 충분히 발휘해보세요. 그걸 위해서 내가 모처럼 애를 써서 준비해왔으니까요."

"뻔뻔함의 활용인가요?" 이렇게 말한 쓰다는 말을 바꾸었다. "그 사람은 혼자 간 겁니까?"

"물론 혼자예요."

"세키 씨는요?"

"세키 씨는 여기 있어요. 여기서 볼일이 있거든요."

쓰다는 드디어 가기로 결심했다.

142

하지만 부인과 쓰다 사이에는 결말이 나지 않은 문제가 하나 남아 있었다. 두 사람 다 그 문제를 돌이켜보지 않고 이야기를 끝낼 수는 없었다. 부인이 발길을 돌리기 전에 쓰다가 돌아왔다.

"그래서 제가 간다면 어떻게 되는 건가요? 아까 말씀하신 것은요."

"그거예요. 그걸 지금 말하려고 했어요. 내가 보기에 그만큼 좋은 치료는 없거든요. 어때요, 당신 생각은?"

쓰다는 대답하지 않았다. 부인이 확인했다.

"알았죠? 나머지는 얘기하지 않아도."

부인이 말뜻은 설명을 기다리지 않아도 대충 이해할 수 있었다. 하지만 어떤 식으로 오노부에게 영향을 미칠 생각인지, 그 점에서는 확실한 생각을 갖고 있지 않았다. 부인이 웃음을 터뜨렸다.

"당신은 시치미를 떼고 있기만 하면 돼요. 나머지는 내가 할 테니까요."

"그런가요?" 이렇게 대답한 쓰다의 머리에는 의혹이 남았다. 뒷일을 다 부인에게 맡기게 되면 오노부의 운명을 남에게 맡기는 것이나 마찬가지였다. 부인의 수완을 다소 두려워하는 그는 불안했다. 무슨 일을 할지 모른다는 걱정에 사로잡혔다.

"맡겨도 좋습니다만 수단이나 방법을 알고 있다면 들어두는 게 편할 것 같습니다."

"그런 건 당신은 몰라도 돼요. 그냥 보고 있어요. 내가 오노부 씨를 반드시 좀 더 부인다운 부인으로 만들어놓을 테니까요."

쓰다의 눈에 비친 오노부는 물론 불완전했다. 하지만 그의 마음에 들지 않는 결점이 반드시 부인이 흠잡을 데라고는 볼 수 없었다. 그것을 섞어서 혼동하고 있는 듯한 부인은 적어도 자신의 형편에 맞는 오노부를 단련해내는 것이 곧 쓰다를 위해 가장 적당한 아내를 만들어내는 까닭이라고 오해하고 있는 듯했다. 그뿐 아니라 부인의 가슴속으로 한발 더 들어가 가장 깊은 곳을 살펴보면 어처구니없는 결론에 이를지도 몰랐다. 단지 마음에 들지 않는다는 것을 근거로 적을 따끔하게 혼내주는 방법을 강구하고 있는 것인지도 몰랐다. 다행히 스스로 그것을 인정해야 할 정도로 세상 사람들로부터도, 자신으로부터도 반성을 강요받지 않는 처지에 있는 그녀는 마음 편한 사람이었다. 오노부의 교육. 이 말이 넉살 좋게 그녀의 입에서 새어 나왔다. 부인과 오노부 사이를 내면에서부터 간파할 기회를 만난 적이 없는 쓰다에게는 또 그 말을 의심할 자격이 없었다. 그는 대체로 부인의 본심을 믿으려고 했다. 하지만 본심의 작용에 이르자 자연스럽게 두려운 마음이 따르지 않을 수 없었다.

"걱정할 일이 뭐 있겠어요? 방법은 여러 가지가 있고 궁리를 하고 있으니까 천천히 결과를 보고 나서 하세요."

쓰다가 아무리 물어도 자세한 이야기를 하지 않는 부인은 이렇게 하찮다는 대답을 한 뒤에 가르치려는 듯이 말했다.

"그 사람은 자만심이 너무 많은 구석이 있어요. 그리고 아직 안팎이 일치하지 않죠. 겉으로는 무척 공손하지만 마음속은 지나치게 확고할 정도로 분명하니까요. 게다가 영리하니까 겉으로 드러나지 않지만, 그래 봬도 자부심이 꽤나 강해요. 그래서 그런 걸 모두 없애지 않으면……."

부인이 한창 오노부를 두고 거리낌 없는 평을 하고 있을 때 계단 중간에서 발길을 멈춘 간호사의 목소리가 두 사람의 귀에 들려왔다.

"요시카와 부인께 호리 씨라는 분한테서 전화가 왔습니다."

부인은 "네" 하고 대답하고는 바로 일어났는데 문턱 있는 데서 쓰다를 돌아보았다.

"무슨 일일까요?"

쓰다도 알 수 없었던 그 볼일을 보기 위해 밑으로 내려간 부인은 곧바로 다시 올라와 불쑥 말했다.

"큰일이에요, 큰일."

"뭐가요? 무슨 일 있습니까?"

부인은 웃으며 차분히 대답했다.

"오히데 씨가 일부러 주의를 주었어요."

"뭘 말입니까?"

"지금까지 오노부 씨가 오히데 씨 집으로 찾아와 얘기를 나누었대요. 돌아가는 길에 병원에 들를지도 모르니까 잠깐 알려둔다고 하더군요. 지금 오히데 씨 집을 막 나선 참이래요. ……뭐, 잘됐어요. 험담이라도 할 때 오면 큰 창피를 당할 수도 있으니까요."

일단 앉은 부인은 곧 일어섰다.

"그럼 나는 이제 가야겠어요."

이런 의논을 한 뒤에 오노부의 얼굴을 보는 것은 부인에게도 겸연쩍은 듯했다.

"오기 전에 얼른 물러나야지요. 아무쪼록 안부 좀 전해줘요."

오노부에게 인사말 한마디를 남긴 채 부인은 마침내 병실을 나갔다.

143

그때 오노부의 발은 이미 병원을 향해 움직이고 있었다.

호리의 집에서 병원으로 가자면 문을 나와 1, 2백 미터 동쪽으로 걷다가 T자 모양을 그리는 큰길을 건너야 한다. 그녀가 그 모퉁이에 도착했을 때 북쪽에서 전차 한 대가 마침 그녀 앞, 방향으로 치면 약간 비스듬한 곳에 와 멈췄다. 무심코 고개를 든 그녀는 보려는 생각도 없이 이쪽 창을 보았다. 그러자 차창 너머로 비치는 승객 중에 한 여자가 있었다. 오노부는 위치상 그녀의 옆얼굴 반쪽 내지 3분의 1만 봤을 뿐이지만 순간 깜짝 놀랐다. 요시카와 부인이 아닐까 하는 생각이 순간적으로 그녀의 머리를 자극했기 때문이다.

전차는 곧 움직이기 시작했다. 오노부는 탐색하기에 충분한 시간을 주지 않고 지나가버린 그 뒷모습을 잠시 바라본 뒤 동쪽으로 가로질렀다.

그녀가 걷는 길은 이제 골목뿐이었다. 그 주변의 지리를 잘 아는 그녀는 몇몇 골목길을 오른쪽, 왼쪽으로 꺾으며 가장 가까운 길을 골라 빨리 병원에 도착할 심산이었다. 하지만 전차를 보고 나자 그녀의 발걸음은 갑자기 무거워졌다. 거리로 치면 이제 2, 3백 미터 앞까지 왔을 때 그녀는 병원에 들르지 않고 일단 집으로 돌아갈까 하고 생각했다.

그녀의 마음은 호리의 집을 나섰을 때부터 이미 무거웠다. 그녀는 무턱대고 오히데를 괴롭혔으나 오히려 실패했다는 불쾌감을 안고 있었다. 거기에는 중요한 사항을 확실히 장악하지 못하고 이면에서 일부러 넌지시 풍기는 냄새만 맡은 답답함이 있었다. 어설프게 냄새만 맡은 불안감도 전보다 한층 짙어질 뿐이었다. 무엇보다 앞서 드는 것은 이쪽의 약점을 간파당하여 반대로 상대에게 농락당하지 않았을까 하는 의심이었다.

오노부는 그 이상으로 아직도 멀리까지 예민하게 마음을 쓰고 있었다. 그녀는 자신에 대해 꾸며진 계략이 어딘가에서 내밀하게 진행되고 있는 듯하다는 것까지 알아차렸다. 주모자가 누구든 오히데가 그중 한 사람이라는 사실은 분명했다. 요시카와 부인이 관련되어 있다는 것도 분명히 추측되었다. 이렇게 생각한 오노부는 불현듯 불안해졌다. 자기도 모르는 사이에 엄중한 포위망에 갇힌 자신을 발견한 고립된 군인 같은 심경이 멀리서 그녀를 엄습해왔다. 그녀는 주위를 둘러보았다. 하지만 남편을 제외하면 거기에는 의지할 사람이 단 한 명도 없었다. 그녀는 만사 제쳐두고 우선 쓰다에게 달려가지 않을 수 없었다. 쓰다를 의심하는 그녀에게도 아직 믿음이 남아 있었다. 무슨 일이 있더라도 남편만은 설마 공모자와 한패가 아닐 거라고 마음속으로 빌었던 그녀의 발길은 호리의 집을 나서자마자 저절로 병원 쪽으로 향했던 것이다.

그런 심리 작용이 지금 저지당하지 않을 수 없게 되었을 때 길에서 마주친 전차를 오노부는 마음속 깊이 저주했다. 만약 전차 안에 있던 사람이 부인이었다면, 만약 요시카와 부인이 쓰다에게 병문안을 온 거라면, 만약 병문안을 온 김에……. 아무리 영리한 오노부도 생각할 자유가 주어지지 않은 그 뒤는 쉽게 정리되지 않았다. 하지만 결과는 하나였다. 그녀의 생각은 갑자기 오히데에게서 요시카와 부인, 요시카와 부인에게서 쓰다로 옮아갔다. 그녀는 왠지 모르게 이들을 세 사람이 뒤섞인 소용돌이처럼 바라보기 시작했다.

'어쩌면 세 사람은 서로 내가 느끼지 못하는 일종의 전기가 통하고 있는지도 몰라.'

지금까지 피난처로 생각하고 남편에게 달려가려고만 했던 그녀는 고민하지 않을 수 없었다.

'이 상태라면 그냥 가서는 안 돼. 가서 어떻게 하지?'

그녀는 어떻게 하겠다는 생각도 없이 걸어왔다는 사실을 깨달았다. 그러자 이 경우 쓰다를 어떤 태도로, 어떤 식으로 만나는 것이 가장 효과적일까 하는 문제가 아주 중요해지기 시작했다. 부부 사이에 그렇게 나들이옷 따위를 입고 뭐하는 거냐는 비난을 어디에서도 받지 않았기 때문에 일단 집으로 돌아가 마음을 가라앉히고 나서 다시 나오는 것이 상책이라고 결심한 그녀는 결국 5, 6분이면 병원에 다다를 지점인 골목길 중간에서 돌아 나왔다. 그리고 버드나무가 있는 큰길에서 번화한 길까지 걸어가 곧바로 전차를 탔다.

144

오노부는 날이 저물 무렵 집으로 돌아왔다. 전차에서 내려 백 미터쯤 되는 거리를 몸에 스며드는 듯한 황혼의 안개에 에워싸여 걸어온 그녀는 무엇보다 화로 옆이 그리웠다. 그녀는 코트를 벗자마자 우선 화롯가에 앉아 손을 쬐었다.

하지만 그녀에게는 거의 1분의 휴식 시간도 주어지지 않았다. 앉자마자 그녀는 도키코가 내민 쓰다의 편지를 받았다. 물론 편지 문구는 간단했다. 그녀는 봉투를 뜯는 시간과 거의 같은 시간에 그것을 다 읽을 수 있었다. 하지만 읽은 후의 그녀는 이제 읽기 전의 그녀가 아니었다. 불과 세 줄밖에 안 되는 말은 책 한 권보다 강하게 그녀를 움직였다. 밖에서 돌아온 기분에 일시에 불을 지핀 편지 앞에서 그녀의 마음은 몹시 동요했다.

'오늘 병원에 오면 안 된다는 의미는 무엇일까?'

그렇지 않아도 다시 나가려고 했던 그녀는 시간에 신경 쓸 여유조차 없었다. 그녀는 부엌에서 밥상을 들고 온 도키코를 놀라게 하며 곧장 일어섰다.

"밥은 돌아와서 먹을게."

그녀는 방금 벗어놓은 코트를 다시 걸치고 집을 나섰다. 하지만 전찻길까지 걸어갔을 때 그녀의 발은 다시 골목길 모퉁이에서 멈췄다. 그녀는 어쩐지 병원에 가는 걸 감당할 수 없을 것 같았다. 불현듯 이 모습으로 가봤자 도움이 안 될 거라는 생각이 들었던 것이다.

'남편의 성격으로 보아 도저히 이 편지의 의미조차 솔직하게 설명해주지 않을 거야.'

그녀는 불안해져서 자신 앞을 좌우로 지나는 전차를 바라보고 있었다. 오른쪽으로 가는 전차를 타면 병원으로, 왼쪽으로 가는 전차를 타면 오카모토 고모 집으로 갈 수 있었다. 차라리 당초 계획을 그만두고 고모네라도 가려고 생각한 그녀는 곧바로 그 방면에 가로놓인 난처함도 상상했다. 오카모토 고모네로 가서 의논을 하는 이상 그녀는 이야기를 털어놓을 수밖에 없다. 지금껏 숨기고 있던 부부 관계의 깊은 내막을 털어놓지 않으면 한 발짝도 앞으로 나아갈 수 없기 때문이다. 고모부와 고모 앞에서 남김없이 자신의 분별없는 고백을 해야 했다. 오노부는 아직 그 정도의 수치를 참을 만한 사건이 닥쳐오지 않았다고 생각했다. 부활의 전망이 충분히 서지 않았는데도 호기심으로 자신의 허영심을 죽이는 솔직함은 그녀가 가장 경멸하는 것이었다.

그녀는 결심을 하지 못하고 좌우로 조금씩 흔들렸다. 그녀가 이렇게 망설이고 있다고는 전혀 눈치채지 못한 쓰다는 이때 태연히 잠자리에서 일어나 간호사가 가져온 밥상 앞에 앉아 있었다. 조금 전 오히데에게서 전화가 걸려왔을 때 이미 오노부가 올 것을 예상한 그는 병실에서 요시카와 부인과 교대로 아내의 모습을 보기 위해 은근히 마음의 준비를 하고 있었다. 그런데 아내가 도중에 돌아가버렸기 때문에 저녁 먹을 시간이 될 때까지 가벼운 실망과 함께 기다림에 지친 탓인지 간호사의 얼굴을 보자마자 곧바로 말을 걸었다.

"드디어 밥인가? 아무래도 혼자 있으면 해가 길게 느껴져서 곤란하다니까."

간호사는 몸집이 작고 혈색이 안 좋은 여자였다. 하지만 결혼 적령기의 여성은 쓰다가 도저히 판단할 수 없는 묘한 얼굴을 하고 있었다. 언제나 하얀 옷을 입고 있는 것이 그녀를 보통 여자의 무리에서 더욱 멀리 떼어놓았다. 쓰다는 늘 의아했다. 이 사람은 일반적인 기모노를 입을 때 아직 가타아게[61]를 하고 있을까, 아니면 풀었을까? 그는 언젠가 그녀에게 진지하게 이런 질문을 한 적이 있다. 그때 그녀는 히죽 웃으며 "저는 아직 수습이에요"라고 대답해서 쓰다는 대충 짐작했을 뿐이다.

밥상을 그의 머리맡에 두고도 그녀는 곧장 아래층으로 내려가지 않았다.

"무료하시죠?" 이렇게 말하며 히죽히죽 웃던 그녀는 곧 뒷말을 덧붙였다.

"오늘은 사모님께서 오시지 않네요."

"응, 오지 않네."

61 어린아이의 기모노를 큼지막하게 만들어 어깨의 봉긋한 부분에서 접어 넣고 꿰맸다가 성장에 맞춰 풀어 기장을 늘리는 것.

쓰다의 입안에는 이미 구운 빵이 가득 들어 있었다. 그는 그 이상 아무 말도 할 수 없었다. 하지만 간호사는 자유로웠다.

"그 대신 다른 분들이 오셨지요?"

"응, 그 아주머니 말이지? 엄청 뚱뚱해, 그 아주머니는."

간호사가 험담에 맞장구를 칠 기색을 보이지 않아 쓰다는 혼자 떠들어야 했다.

"좀 더 젊고 예쁜 여자가 자꾸 병문안을 와주면 병도 빨리 나을 텐데 말이야." 이렇게 말해 간호사를 웃게 한 그는 바로 그녀로부터 놀림을 받았다.

"하지만 매일 여자 분만 오시네요. 상당히 운이 좋아 보여요."

그녀는 고바야시가 온 것을 모르는 듯했다.

"어제 오셨던 부인은 무척 아름다우시던데요."

"별로 예쁘지 않아. 그 녀석은 내 누이니까. 어딘가 닮았나, 나하고?"

간호사는 닮았다고도 안 닮았다고도 대답하지 않고 여전히 히죽거렸다.

145

그날은 간호사가 의외로 덕을 본 날이었다. 설사 기운이 있어 평소처럼 진찰실에 나올 수 없었던 의사에게 대신 나와달라는 부탁을 받은 그의 친구는 오전에 짬을 내주었을 뿐 오후부터 저녁까지는 더 이상 얼굴을 내밀지 않았다.

"오늘은 당직이라 밤에는 올 수 없다고 합니다."

이렇게 말한 그녀는 평소와 같은 분주한 모습은 전혀 보이지 않고 쓰다의 밥상 앞에 느긋하게 앉아 있었다.

좋은 심심풀이 상대가 생겼다는 생각에 쓰다의 혀는 멈출 줄을 몰랐다. 그는 반농담으로 여러 가지 것들을 물었다.

"자네, 고향이 어디지?"

"도치기 현이에요."

"아, 그래? 듣고 보니 그런 것 같군."

"이름은 뭐라고 했지?"

"이름은 몰라요."

간호사는 좀처럼 이름을 말해주지 않았다. 쓰다는 거기서 발견된 저항이 유쾌해서 일부러 몇 번이고 같은 것을 되풀이해서 물었다.

"그럼 앞으로 자네를 도치기 현, 도치기 현, 이렇게 부르지. 괜찮지?"

"네, 괜찮아요."

그녀의 이름 첫 글자는 '쓰'였다.

"쓰유(露)인가?"

"아니요."

"역시 쓰유가 아니란 말이지. 그럼 쓰치(土)인가?"

"아니요."

"잠깐 기다려봐, 쓰유도 아니고 쓰치도 아니라면, ……아아, 알았다. 쓰야지? 아니면 쓰네(常)인가?"

쓰다는 얼마든지 엉터리를 말했다. 말할 때마다 간호사는 고개를 저으며 히죽히죽 웃었다. 웃을 때마다 쓰다는 또 그녀를 추궁했다. 결국 그녀의 이름이 쓰키(月)라는 걸 알아냈을 때 그는 그 희한한 이름을 갖고 다시 놀렸다.

"그럼 달님이군그래. 달님은 좋은 이름이야. 누가 지어줬지?"

간호사는 대답 대신 느닷없이 역습을 해왔다.

"사모님 이름은 뭐예요?"

"맞혀봐."

간호사는 일부러 여성스러운 이름 두세 개를 늘어놓은 뒤에 말했다.

"오노부 씨죠?"

그녀는 잘 맞혔다. 맞혔다기보다는 어느새 오노부의 이름을 듣고 기억하고 있었던 것이다.

"달님은 정말 방심할 수가 없군."

쓰다가 이렇게 말하며 흥겨워하고 있을 때 오노부 본인이 불쑥 얼굴을 내밀어서 돌아본 간호사는 깜짝 놀라며 곧바로 밥상을 들고 일어섰다.

"아아, 드디어 오셨군."

간호사와 엇갈리며 쓰다의 머리맡에 앉은 오노부는 곧 쓰다를 보았다.

"안 올 거라고 생각했죠?"

"아니, 그렇지도 않아. 하지만 오늘은 벌써 늦었으니까 어떨까 하는 생각은 했지."

쓰다의 말에 거짓은 없었다. 오노부에게는 그것을 알아차릴 만한 눈이 없었다. 하지만 그러면 일의 모순은 더욱 심해질 뿐이었다.

"하지만 아까 편지를 보냈죠?"

"어, 보냈어."

"오늘 오면 안 된다고 쓰여 있던데요?"

"응, 사정이 안 좋은 일이 있었으니까."

"왜 제가 오면 사정이 안 좋은 거죠?"

쓰다는 드디어 알아차렸다. 그는 오노부의 모습을 보면서 대답했다.

"뭐, 아무것도 아니야. 하찮은 일이거든."

"하지만 일부러 심부름꾼한테 들려 보낼 정도였으니까 무슨 일이 있었던 건 맞죠?"

쓰다는 속여 넘기려고 했다.

"하찮은 일이야. 왜 또 그런 일에 신경을 쓰는 거지? 당신도 참 바보로군."

위로의 뜻으로 한 쓰다의 말은 오히려 반대의 결과를 낳았다. 그녀는 검은 눈썹을 움직였다. 말없이 오비 사이로 손을 넣어 조금 전의 그 편지를 꺼냈다.

"이걸 다시 한번 봐주세요."

쓰다는 잠자코 편지를 받았다.

"특별히 뭐라고 쓰여 있지도 않잖아." 이렇게 말했을 때 그의 마음은 가까스로 입을 부정했다. 편지는 간단했다. 하지만 오노부의 의심을 사기에는 충분했다. 이미 의심을 살 만한 약점을 잡힌 그는 자신의 실수를 인정했다.

"뭐라고 쓰여 있지 않으니까 그 이유를 묻는 거예요." 오노부가 말했다.

"얘기해줘도 되지 않나요? 애써 온 거니까요."

"당신은 그걸 들으러 온 거야?"

"네."

"일부러?"

"네."

오노부는 아무리 해도 꿈쩍하지 않았다. 상대가 만만치 않다는 사실을 깨달았을 때 쓰다는 우연히 그럴싸한 거짓말을 생각해냈다.

"실은 고바야시가 왔었어."

고바야시라는 네 글자는 확실히 오노부의 가슴에 영향을 미쳤다. 하지만 그것만으로는 끝나지 않았다. 그는 오노부를 만족시키기 위해 오히려 그 일을 설명하지 않을 수 없었다.

146

"고바야시 같은 사람을 만나는 것은 당신도 싫어할 거라고 생각해서 말이야. 그래서 생각난 김에 일부러 알려준 거야."

이렇게 말해도 오노부는 아직 납득한 모습을 보이지 않아서 쓰다는 어쩔 수 없이 위로의 말을 늘어놓지 않을 수 없었다.

"당신이 싫지 않다고 해도 내가 싫어. 당신이 그런 놈을 만나는 게. 게다가 그놈이 또 당신한테 들려주고 싶지 않은 불쾌한 용건을 가져왔거든."

"내가 들어서 안 좋은 용건요? 그럼 두 사람 사이의 비밀인가요?"

"그런 것도 아니야." 이렇게 말한 쓰다는 조금의 방심도 허락하지 않고 자신에게 고정된 오노부의 가느다란 눈을 봤을 때 당황하여 뒷말을 덧붙였다.

"또 돈을 뜯으러 왔거든. 단지 그것뿐이야."

“그럼 내가 들어서 왜 안 좋은 거죠?”

“안 좋다고는 안 했어. 들려주고 싶지 않다고만 했지.”

“그럼 그냥 친절한 마음만으로 보낸 편지네요, 이건.”

“뭐, 그렇지.”

지금까지 남편을 주시하고 있던 오노부의 가느다란 눈이 더욱 가늘어진 것과 동시에 입술 사이로 희미한 미소가 새어 나왔다.

“정말 고마운 일이네요.”

쓰다는 시치미를 떼고 있을 수가 없었다. 그는 미처 준비가 안 된 말을 골라낼 여유가 없었다.

“당신도 그런 놈을 만나는 건 싫잖아.”

“아뇨, 전혀요.”

“거짓말.”

“왜 거짓말이라는 거죠?”

“고바야시가 당신한테 뭐라고 했다 하지 않았어?”

“그랬어요.”

“그래서야. 그래서 당신도 그놈 만나는 게 싫을 거라고 생각했거든.”

“그럼 당신은 제가 고바야시 씨한테 무슨 얘기를 들었는지 알고 계세요?”

“그야 모르지. 하지만 어차피 그놈이 하는 말이니까 제대로 된 이야기는 안 했을 거야. 대체 무슨 말을 한 건데?”

오노부는 입에서 나오려는 말을 삼켰다. 그리고 반문했다.

“여기서 고바야시 씨는 뭐라고 하던가요?”

“아무 말도 안 했어.”

"그거야말로 거짓말이에요. 당신은 숨기고 있어요."

"당신이야말로 숨기고 있는 거 아냐? 고바야시한테 엉터리 같은 말을 듣고 곧이곧대로 믿으면서 말이야."

"그야 숨기고 있을지도 모르죠. 당신이 숨기고 있는 이상 저도 어쩔 수 없어요."

쓰다는 입을 다물었다. 오노부도 입을 다물었다. 두 사람 다 상대가 입을 열기만을 기다렸다. 하지만 오노부의 참을성이 쓰다의 참을성보다 빨리 무너졌다. 그녀는 느닷없이 날카로운 소리로 말했다.

"거짓말! 당신이 하는 말은 다 거짓말이에요. 고바야시라는 사람은 여기에 온 적도 없는데 나를 속일 생각으로 일부러 그런 말을 꾸며낸 거잖아요."

"꾸며냈다고? 특별히 나한테 득이 되는 일도 아니잖아."

"아뇨, 다른 사람이 온 것을 감추려고 고바야시라는 사람을 일부러 끌어들인 게 분명해요."

"다른 사람? 다른 사람이라니?"

오노부의 시선이 도코노마에 놓여 있는 단풍나무 분재에 닿았다.

"저건 누가 가져온 거죠?"

쓰다는 실패했다고 생각했다. 왜 빨리 요시카와 부인이 왔다는 사실을 털어놓지 않았을까 하고 후회했다. 그가 처음에 그 말을 하지 않은 것은 분별의 결과였다. 말하는 것이야 쉬운 일이었지만 부인과 의논한 내용이 자연스럽게 오노부를 대하는 그를 겁쟁이로 만들었다. 그래서 꺼림칙한 마음에 그는 삼가는 것이 상책일 거라고 판단했던 것이다.

분재를 돌아본 그가 요시카와 부인의 이름을 말하려다 잠깐 머뭇거렸을 때 오노부가 기선을 제압했다.

"요시카와 부인이 오지 않았나요?"

쓰다는 엉겁결에 말했다.

"어떻게 안 거야?"

"알고 있죠. 그 정도의 일쯤."

오노부의 모습에 주의를 기울이고 있던 쓰다는 드디어 배짱을 되찾았다.

"어, 왔어. 그러니까 당신 예언이 맞아떨어진 거지."

"전 부인이 전차를 타고 온 것까지 다 알고 있어요."

쓰다는 다시 깜짝 놀랐다. 어쩌면 자동차가 큰길에서 기다리고 있었을지도 모른다고 생각했을 뿐 그는 부인의 탈것에 대해서는 그 이상 세심한 주의를 기울이지 않았던 것이다.

"당신, 어디서 만나기라도 한 거야?"

"아니요."

"그럼 어떻게 알고 있지?"

오노부는 대답하는 대신 되물었다.

"부인은 뭐 하러 오신 거죠?"

쓰다는 아무렇지 않게 대답했다.

"그건 지금 말하려던 참이야. ……하지만 오해하면 곤란해. 고바야시도 분명히 왔었으니까. 처음에 고바야시가 왔고, 그 뒤에 부인이 온 거야. 그러니까 마침맞게 엇갈린 거라고."

147

오노부는 남편보다 자신이 더 서둘러댄다는 사실을 깨달았다. 이런 식으로 압박한다고 해도 남편은 이제 무너지지 않을 거라며 포기한 그녀는 자신의 결점을 드러내기 전에 태도를 바꿨다.

"그래요? 그렇다면 그래도 좋아요. 고바야시 씨가 왔든 안 왔든 제가 알 바 아니니까요. 그 대신 요시카와 부인의 용건이 뭐였는지 얘기해주세요. 물론 단순한 병문안이 아니었다는 것은 저도 알고 있어요."

"그렇다고 뭐 대단한 용건이 있어서 온 것도 아니야. 그렇게 기대하고 있다가는 듣고 나서 또 실망할지도 모르니까 미리 말해두는 거야."

"상관없어요, 실망해도. 그냥 있는 그대로 듣기만 하면 그걸로 마음이 풀릴 테니까요."

"원래 목적이 병문안이고 용건이 있다는 건 구실이었어, 됐어?"

"됐어요, 어느 쪽이든."

쓰다는 부인이 온천행을 권했다는 것만 아주 담백하게 이야기했다. 오노부에게 그녀 나름의 지략이 있는 것처럼 그에게도 그 나름의 술수가 있어서 불편한 이야기를 교묘하게 생략한, 누구의 귀에도 진솔하고 합리적인 설명이 그의 입에서 술술 흘러나왔다. 그녀는 표면상 그 설명에 한마디의 비난도 가할 여지가 없었다.

그저 가라앉지 않은 것은 서로의 마음속이었다. 오노부는 이 단순한 설명을 통해 그 안쪽을 들여다보려고 했다. 쓰다는 어디까지나 그것을 보이지 않으려고 했다. 지극히 평화로운 암투가 배짱과 기교 겨루기로 연출될 수밖에 없었다. 하지만 지키는 남편에게 약점이 있는 이상 공격하는 아내에게 그만큼의 강도가 더해지는 것은 자연의 이치였다. 그러므로 두 사람의 천성을 제쳐두고 그저 두 사람의 위치 관계에서만 보면 오노부는 싸우기 전에 이미 승자였다. 실제 내용의 옳고 그름을 기준으로 해도 경쟁하기 전에 이미 그녀는 이기고 있었다. 쓰다에게는 그런 자각이 있었다. 오노부도 이것과 거의 같은 의미에서 대충 짐작하고 있었다.

전쟁은 이 내부의 사실을 그대로 표면으로 몰아낼 수 있는가 없는가 하는 것으로 일단락 지어야 하는 것이었다. 쓰다만 솔직하다면 이만큼 쉬운 승부도 없었다. 하지만 만약 쓰다에게 조금이라도 정직하지 못한 점이 있다면 또 그만큼 함락하기 힘든 성도 없다는 사실로 귀결되었다. 딱한 오노부는 좋든 싫든 간에 쓰다를 몰아낼 만한 무기를 아직 만들어내지 못했다. 상대가 문을 열도록 압박하는 것 외에 다른 수단을 강구할 수 없는 처지인 지금의 그녀는 결과적으로 거의 무능력자나 다를 바 없었다.

마음을 이긴 것만으로 그녀는 왜 아름답게 일단락 지을 수 없는 것일까? 왜 형식상의 개가까지 올리지 않으면 직성이 풀리지 않는 것일까? 지금 그녀에게는 그럴 여유가 없었다. 이 승부 이상으로 중요한 것이 또 있었다. 두 번째, 세 번째 목적을 아직 뒤에 남겨두고 있는 그녀는 이곳을 돌파하지 않으면 그 뒤를 어떻게 해볼 수가 없는 것이다.

그뿐 아니라 승부는 사실 그녀에게 중요한 것이 아니었다. 사실상 그녀가 지향하는 것은 오히려 참된 실상이었다. 남편을 이기는 것보다 자신의 의심을 푸는 것이 중요했다. 그리고 그 의심을 푸는 것은 쓰다의 사랑을 목표로 하는 그녀의 생존에 절대적으로 필요한 일이었다. 의심을 푸는 것 자체가 이미 큰 목적이었다. 그것은 그녀의 눈앞에 거의 방편이라고도 수단이라고도 할 수 없을 만큼 중요한 의미를 들이대고 있었다.

그녀는 전후 관계에서 볼 때 사려분별이 허락하는 한 혼신의 힘으로 그것에 트집을 잡아야 했다. 그것이 그녀의 자연[62]이었다. 하지만 불행하게도 자연 전체는 그녀보다 컸다. 그녀보다 훨씬 위에서도 계속되었다. 공평한 빛을 내며 가련한 그녀를 죽이려고 하면서까지 꺼리지 않았다.

그녀가 한마디 트집을 잡을 때마다 쓰다는 그녀로부터 한 발씩 물러났다. 두 마디 트집을 잡으면 두 발 물러났다. 트집을 잡을 때마다 쓰다와 그녀의 거리는 점점 멀어졌다. 커다란 자연은 그녀의 작은 자연에서 나온 행위를 거침없이 유린했다. 한 발짝마다 그녀의 목적을 파괴하며 후회하지 않았다. 그녀는 어렴풋이 그것을 알아차리고 있었다. 하지만 그 의미를 깨닫지는 못했다. 그녀는 단지 그럴 리 없다고만 외곬으로 생각했다. 그리고 끝내 마음의 평정을 잃었다.

"제가 이만큼 당신만 생각하고 있는데 당신은 전혀 알아주지 않는군요."

쓰다는 질색이라는 표정을 지었다.

"그래서 나는 당신을 전혀 의심하지 않아."

"당연해요. 더 이상 당신의 의심을 받을 바엔 차라리 죽는 게 나아요."

"죽는다느니 하는 과장된 말은 하지 않아도 되는 거 아냐? 무엇보

62 소세키는 자연, 하늘 등의 용어를 자주 사용한다. 의미와 개념은 일정치 않지만 인간의 아집을 초월한 아주 커다란 존재를 가리키는 말이라는 것은 분명하다. 여기서도 오노부의 아집이 비판당하고 있는데, 이른바 '자연'을 초월적인 하늘로 이해할 필요는 없다. 오로지 남편의 비밀에 다가가려는 오노부와 끝까지 감추려는 쓰다의 '평화로운 암투' 자체가 이를테면 이 상황의 자연이고 양자가 대치하는 관계 내부에서만 '커다란 자연'이 출현한다.

다 아무것도 없잖아, 어디에도. 혹시 있다면 말해봐. 그러면 나도 변명도 하고 설명도 하겠지만 처음부터 근거 없는 푸념이라면 손을 쓸 수가 없잖아."

"근거는 당신 마음속에 있을 거예요."

"곤란하군, 그것뿐이라면. ……고바야시가 뭐라고 꼬드겼지? 분명히 그랬을 거야. 고바야시가 뭐라고 했는지 말해봐. 꺼릴 필요 없으니까."

148

쓰다의 말투나 태도에서 오노부는 그의 마음을 명료하게 추측할 수 있었다. 남편은 자신이 집에 없을 때 고바야시가 찾아온 것을 신경 쓰고 있다. 고바야시가 나에게 무슨 이야기를 했는지를 마음에 두고 끙끙 앓고 있다. 그리고 그 이야기 내용은 아직 확실히 파악하지 못했다. 그러므로 넌지시 넘겨짚으려 나를 꾀어내려고 한다.

거기에 명확한 비밀이 있었다. 지금까지 그녀의 가슴에 재료로서 비축되어온 모든 것은 의심할 것도 없고 모순도 없이 모조리 같은 방향으로 흘러 들어갔다. 비밀은 확실했다. 맑게 갠 대낮처럼 명백했다. 동시에 맑게 갠 대낮과 마찬가지로 어디에도 그림자를 드리우지 않았다. 그녀는 그것을 주시할 뿐이었다. 손쓸 방도를 몰랐다.

고뇌로 마음이 혼란스러운 가운데 아직 나름의 추측을 남겨둔 영리한 그녀는 남편이 떠보는 의중에서 벗어나지 않고 곧바로 상대를 슬쩍 넘겨짚었다.

"그럼 진실을 말하죠. 실은 고바야시 씨한테서 자세한 이야기를 다 들었어요. 그러니 숨겨도 이젠 소용없어요. 당신도 꽤나 지독한 사람이더군요."

그녀의 말은 거의 엉터리에 가까웠다. 하지만 그것을 입에 담는 마음을 보면 아주 진지한 것이나 다를 바 없었다. 그녀는 열기를 띤 어조로 쓰다를 '지독한 사람'이라고 부르지 않을 수 없었다.

쓰다에게서는 금방 반응이 왔다. 그는 이 엉터리 앞에 쩔쩔매는 기색을 보였다. 오히데의 집에서 실패한 씁쓸한 경험에도 질리지 않고 다시 같은 모험을 시도한 오노부의 배짱은 보답을 받을 것 같았다. 그녀는 단숨에 나아갔다.

"왜 이렇게 되기 전에 털어놓지 않았어요?"

'이렇게 되기 전'이라는 말은 모호했다. 쓰다는 그 의미를 파악하는 데 고심했다. 정작 오노부는 더욱 몰랐다. 그러므로 쓰다가 물어도 오노부는 설명하지 않았다. 쓰다는 그저 멍하니 확인을 했다.

"설마 온천에 가는 일을 말하는 건 아니겠지? 그게 곤란하다면 그만둬도 상관없어."

오노부는 의외라는 표정을 지었다.

"누가 그런 무리한 말을 하겠어요? 회사 허락을 받고 병후의 몸을 회복할 수 있다면 그보다 좋은 일이 어디 있겠어요? 무턱대고 그건 안 된다고 말할 줄 알았어요? 어이가 없네요. 히스테리도 아니고."

"그럼 가도 좋은 거야?"

"좋고말고요." 이렇게 말했을 때 오노부는 갑자기 소매에서 손수건을 꺼내 얼굴에 대나 싶더니 훌쩍훌쩍 울기 시작했다. 다음 말은 훌쩍이는 울음소리 사이로 구절을 이루지 못하고 띄엄띄엄 고장 난 물건

같은 형태로 흘러나왔다.

"아무리 제가, ……제멋대로여도, ……당신 요양을 ……방해하는, ……그런 ……저는 평소에도 당신이 제게 허락해주는 자유에 대해 감사하는 마음을 갖고 있어요. ……그런데 제가 당신 전지요양을 …… 방해하다니……."

쓰다는 드디어 안심했다. 하지만 오노부에게는 아직 뒷말이 남아 있었다. 발작이 잦아드는 것과 함께 그 뒷말은 비교적 술술 나왔다.

"저는 그런 사사로운 일을 생각하는 게 아니에요. 아무리 제가 여자고 바보라고 해도 저한테는 또 저만의 체면이라는 게 있어요. 그래서 여자라면 여자 나름대로, 바보라면 바보 나름대로 그 체면을 지키고 싶은 거예요. 만약 그게 손상당하면……."

오노부는 여기까지 말하고 다시 울음을 터뜨렸다. 다음 말은 또 띄엄띄엄 이어졌다.

"만약 ……만일 그런 일이 있으면 ……오카모토 고모부한테도 …… 고모한테도 ……면목이 없어요. ……그게 아니라도 저는 이미 오히데 아가씨한테 바보 취급을 당하고 있어요. ……당신은 그걸 옆에서 보고 있으면서, ……못 본 척 ……못 본 척 ……모르는 체하고 있어요."

쓰다가 갑자기 입을 열었다.

"오히데가 당신을 바보 취급을 했다고? 언제? 오늘 당신이 갔을 때 말이야?"

쓰다는 자기도 모르게 당치도 않은 말을 하고 말았다. 오노부가 말하지 않는 한 그는 그녀가 오히데를 만나러 갔다는 사실을 알 리 없었던 것이다. 아니나 다를까 오노부의 눈이 번뜩였다.

"그거 보세요. 제가 오늘 오히데 아가씨를 찾아간 일을 당신은 이미 알고 있잖아요.”

‘오히데가 전화를 했어’라는 대답이 곧바로 쓰다의 입 밖으로 나오지 않았다. 그는 말할까 말까 망설였다. 하지만 시간에는 잠깐의 여유도 없었다. 당황하여 쩔쩔매고 있으면 있을수록 형세는 위태로워질 뿐이었다. 그는 거의 벽에 부딪혔다. 그런데 아슬아슬한 순간에 좋은 구실이 하늘에서 떨어졌다.

“인력거꾼이 돌아와서 그렇게 말했어. 아마 도키코가 인력거꾼한테 말했을 거야.”

다행히 오노부가 오히데의 뒤를 쫓아 나온 사실은 하녀도 알고 있었다. 우발적인 변명이 우연히 적중했을 때 쓰다는 다시 한번 가슴을 쓸어내렸다.

149

앞뒤 가리지 않고 쓰다를 무너뜨리려고 한 오노부는 멈춰 섰다. 남편이 그 정도로 자신을 속이지 않았다고 생각하는 바람에 마음이 풀려 단숨에 나아갈 생각이었던 그녀는 나아갈 수 없게 되었다. 쓰다는 그 점을 노렸다.

“오히데가 무슨 말을 하든 상관없잖아. 오히데는 오히데, 당신은 당신이니까.”

오노부가 대답했다.

“그럼 고바야시 씨가 저한테 무슨 말을 하든 상관없잖아요. 당신은 당신, 고바야시 씨는 고바야시 씨니까요.”

"그야 상관없지. 당신만 정신 똑바로 차리고 있어준다면 말이야. 다만 의심이나 오해를 해서 거기에 함부로 휘둘리면 곤란하니까 이쪽도 잠자코 있을 수 없게 될 뿐이라고."

"저도 마찬가지예요. 아가씨가 아무리 바보 취급을 해도, 후지이 숙모님이 아무리 소외를 시켜도 당신만 정신 똑바로 차리고 있어준다면 걱정할 리 없어요. 정작 중요한 당신이 그걸……."

오노부는 말이 막혔다. 그녀에게는 명료한 사실이 없었다. 따라서 명료한 말이 입 밖으로 나오지 않았다. 쓰다가 다시 그 점을 파고들었다.

"당신 체면에 관련된 괘씸한 짓이라도 한다고 생각하는 거지? 그보다 좀 더 나한테 의지하고 안심하면 좋잖아."

오노부는 갑자기 큰 목소리로 말했다.

"저도 의지하고 싶어요. 안심하고 싶어요. 얼마나 의지하고 싶은지 당신은 상상도 할 수 없을 만큼요."

"상상도 할 수 없을 만큼?"

"네, 전혀 상상이 안 될 거예요. 만약 상상이 된다면 당신도 변해야 해요. 상상이 안 되니까 그렇게 시치미를 떼고 있을 수 있는 거예요."

"시치미를 떼고 있지는 않아."

"딱하다고도 불쌍하다고도 생각해주지 않아요."

"딱하다고도 불쌍하다고도……."

이렇게만 되풀이한 쓰다는 일단 말문이 막혔다. 그 뒤에 덧붙인 말은 오히려 비틀비틀 흔들리고 있었다.

"생각해주지 않는다고? ……아무리 생각하려고 해도, ……생각할 만한 이유가 있으면 얼마든지 생각하지. 하지만 없으니 어쩔 수 없잖아."

오노부의 목소리는 긴장한 탓에 떨렸다.

"당신. 당신."

쓰다는 입을 다물고 있었다.

"제발 저를 안심시켜주세요. 도와준다 생각하고 안심하게 해주세요. 저는 당신 말고 기댈 데가 없는 여자니까요. 당신이 떠나면 저는 그것으로 무너져야 하는 불안한 여자니까요. 그러니 제발 안심하라고 말해주세요. 단 한마디라도 좋으니까 안심하라고 말해주세요."

쓰다가 대답했다.

"괜찮아. 안심해."

"정말요?"

"정말 안심해."

오노부는 갑자기 터질 듯한 기세로 덤벼들었다.

"그럼 얘기해주세요. 제발 얘기해주세요. 숨기지 말고 여기서 다 얘기해주세요. 그리고 단숨에 안심시켜주세요."

쓰다는 당황했다. 그의 마음은 파도처럼 앞뒤로 움직이기 시작했다. 그는 차라리 눈 딱 감고 오노부 앞에 다 털어놓을까 하고 생각했다. 그와 동시에 자신은 그저 의심받고 있을 뿐이지 그녀가 실제 증거를 쥐고 있는 것은 아니라고 추측했다. 만약 오노부가 사실을 알고 있다면 여기까지 밀고 들어와놓고 그것을 그의 얼굴에 내던지지 않을 리가 없었다.

그는 미안해졌다. 동시에 도망갈 여지는 아직 있었다. 도의심과 이해심이 고저를 그리며 그의 마음을 위아래로 움직였다. 그러자 그 한쪽으로 온천행에 갑자기 무게가 더해졌다. 약속을 단행하는 일은 요시카와 부인에 대한 그의 의무였다. 필연적으로 일어나는 그의 요구이기도 했다. 적어도 그것을 마칠 때까지 털어놓지 않는 것이 상책이라는 생각이 이겼다.

"그렇게 장황하고 번거로운 말을 해봤자 서로 얼굴만 붉힐 뿐 한이 없으니까 이제 그만하지. 그 대신 내가 보증하면 되는 거 아냐?"

"보증한다고요?"

"보증하지. 당신 체면을 걸고 괜찮다는 증서를 쓰는 거야."

"왜요?"

"왜라니, 달리 증서를 쓸 수 없으니까, 그냥 입으로 맹세하는 거지."

오노부는 잠자코 있었다.

"그러니까 당신이 나를 믿는다고 말만 하면 그걸로 되는 거지. 만일의 경우가 생겼을 때는 보증해달라고 말하면 되는 거야. 그러면 내가 '좋아, 보증했어'라고 대답하는 거고. 어때, 그 정도로 타협하면 안 될까?"

150

이 경우 타협이라는 한자말이 어쩐지 얼토당토않게 들렸다고 해도 그때 쓰다의 심정을 설명하는 데는 지극히 온당한 단어였다. 실제로 이 말로 대표되는 가장 적절한 의미가 그의 마음속에 있었던 건 분명한 사실이었다. 명민한 오노부의 눈에 그것이 비쳤을 때 그녀의 흥분은 간신히 저지되었다. 감정의 조수(潮水)가 다시 밀려들지 않을까 하는 걱정에 은근히 골머리를 썩고 있던 쓰다는 마음이 편해졌다. 그리고 그는 저지한 조수의 기세를 반대 방향으로 역이용할 수단을 강구할 만큼의 여유가 생겼다. 그는 오노부를 위로하기 시작했다. 그녀의 마음에 들 것 같은 문구를 많이 사용했다. 겉으로 침착한 태도를 갖고 있는 그는 또 자신을 상대에 따라 임기응변으로 순응시켜가는 능숙함도 터득하고 있었다. 그의 노력은 과연 헛되지 않았다. 오노부는 오랜만에 결혼 이전의 쓰다를 보았다. 결혼 당시의 기억이 그녀의 가슴에 되살아났다.

'남편은 변한 게 아니었어. 역시 옛날 그대로였어.'

이렇게 생각한 오노부의 만족감은 쓰다를 궁지에서 구하기에 충분한 것이었다. 폭풍우가 되려다가 실패한 파란은 드디어 가라앉았다. 하지만 사전(事前)의 부부는 이제 사후(事後)의 부부가 아니었다. 그들은 자기들도 모르게 어느새 서로의 관계를 바꾸었다.

파란이 가라앉는 것과 함께 쓰다는 깨달았다.

'결국 여자는 달래기 쉬운 존재다.'

그는 잠깐의 풍파가 가져온 이 자신감을 품고 은근히 기뻐했다. 지금까지 그는 오노부를 대할 때마다 어딘가 거북한 느낌이 들었다. 여자라고 얕보면서도 어딘가 기분 나쁜 생각을 하지 않을 수 없는 경우가 날마다 눈앞에 나타났다. 그것이 그녀의 직감인지, 또는 살아 있는 직감의 작용으로도 간주되는 그녀의 지략인지, 아니면 그 이외의 어떤 것인지 아직은 그도 확실하게 분석하지는 않았지만, 아무튼 사실임에는 틀림없었다. 게다가 자신의 가슴속에 접어두었을 뿐 아직 남에게 누설한 적이 없는 사실임이 틀림없었다. 그러므로 사실이지만, 실은 비밀이기도 했다. 그렇다면 왜 그가 이 명백한 사실을 일부러 비밀에 부쳐두고 있었을까? 간단히 말하면 그는 가능한 한 자신을 소중하게 생각하고 싶었기 때문이다. 사랑의 전쟁이라는 눈으로 바라본 그들 부부 생활에서 언제나 패자의 위치에 선 그에게는 나름대로 상당한 자만심이 있었다. 그런데 오노부를 위해 정복당하는 그는 어쩔 수 없이 정복당하는 것이지 진심으로 복종하는 것이 아니었다. 당당히 사랑의 포로가 되는 것이 아니라 늘 감쪽같이 속는 것이었다. 오노부가 남편의 자만심을 꺾는다는 걸 깨닫지 못하고 그저 그를 정복하는 데서만 사랑의 만족을 느끼는 것처럼, 지는 걸 싫어하는 쓰다도 안타깝게 생각하면서도 힘이 미치지 못해 밑에 깔릴 때마다 항복하는 것이었다. 하룻밤의 언쟁이 이 특수한 관계를 역전시켜주었을 때 오노부에 대한 그의 생각이 바뀌는 것은 당연했다. 지금까지 그는 이토록 맹렬하게 또는 정면으로 고자세로 나오는 것처럼 보이지만 실은 거짓 없는 저자세로 나오는 오노부라는 여자를 본 적이 없었다. 약점을 안고 도망치면서도 그는 비로소 오노부를 이길 수 있었다. 결과는 명료했다. 그는 드디어 그녀를 경멸할 수 있었다. 동시에 전보다 더 그녀를 동정할 수 있었다.

오노부에게는 또 그녀 나름대로 파란 후의 변화가 일어나고 있었다. 지금까지 이런 태도로 남편을 대한 적이 없는 그녀는 단숨에 쓰다의 약점을 공격하는 데 너무 마음을 빼앗긴 나머지 여태껏 한 번도 드러낸 적이 없는 자신의 약점을 오히려 남편에게 보이고 만 것이 무엇보다 먼저 억울한 이유였다. 남편에게 사랑받고만 싶은 그녀에게는 평소부터 자신의 수완을 신뢰하는 신념이 있었다. 자신은 끝까지 자존심을 지킬 각오가 되어 있었다. 물론 자존심은 복잡하다고 할 수 없었다. 자신이 살아가는 데 아무리 남편의 사랑이 필요하다고 해도 고개를 숙이면서까지 동정을 구걸하는 꼴사나운 짓은 할 수 없다는 고집에 지나지 않았다. 만약 남편이 자신의 생각대로 자신을 사랑하지 않는다면 수완의 힘으로 마음대로 해 보인다는 굳은 결심이었다. 끊임없이 이 결심을 실행해온 그녀는 곧 끊임없이 긴장하고 있는 것이나 마찬가지였다. 그리고 극도의 긴장은 어딘가에서 파열할 게 뻔했다. 파열하면 스스로 자신의 자존심을 상하게 하는 것과 같은 결과로 떨어질 게 분명했다. 불행한 그녀는 그 모순을 깨닫지 못하고 용기를 내 오로지 앞으로 달려갔다. 그러다 결국 파열했다. 파열한 후에야 그녀는 드디어 후회했다. 다행스럽게도 자연은 생각했던 것보다 잔혹하지 않았다. 그녀는 자신의 약점을 드러냈고 동시에 일종의 보수를 얻었다. 지금까지 아무리 이겨서 우쭐해도 만족한 예가 없었던 남편의 모습이 약간 변했다. 그는 자신이 만족하는 방향으로 한발 다가왔다. 그는 분명히 타협이라는 글자를 사용했다. 그 이면에 그녀가 애써 파헤치려고 한 비밀이 잠재한 사실을 넌지시 고백했다. 고백? 그녀는 자주 자신에게 다짐해보았다. 그리고 그것이 묵인에 가까운 고백임에 틀림없다는 사실을 확인했을 때 그녀는 분한 동시에 기뻤다. 그녀는 더 이상 남편을 압박하지 않았다. 쓰다가 그녀에게 미안한 생각을 품은 것처럼 그녀 또한 쓰다에게 미안한 느낌을 가질 수 있었기 때문이다.

151

하지만 자연은 생각보다 완고했다. 두 사람은 이것만으로 헤어질 수가 없었다. 묘한 상황으로 일단 가라앉기 시작한 풍파가 하마터면 다시 세력을 회복할 뻔했다.

그것은 흥분한 오노부의 마음이 다소 평정을 되찾았을 때의 일이었다. 지금 뚫고 나온 파란의 결과는 이미 그녀의 기분에 작용하고 있었다. 취기를 느끼는 사람이 그 취기를 이용하는 태도로 그녀는 쓰다를 향했다.

"그럼 온천에는 언제쯤 가시는 거죠?"

"여길 나가면 바로 가야지. 몸을 위해서도 그게 형편에 맞을 것 같으니까."

"그러네요. 되도록 빨리 가시는 편이 좋겠지요. 가기로 한 이상은요."

쓰다는 이것으로 일단 됐다고 안심했다. 그때 오노부가 별안간 나섰다.

"저도 같이 가도 되죠?"

긴장이 풀렸던 쓰다는 갑자기 오싹했다. 그는 대답하기 전에 먼저 생각하지 않을 수 없었다. 데려가는 일은 처음부터 문제 삼지도 않았다. 그렇다고 거절하는 것은 더욱 어려웠다. 거절하는 방식 하나로 상대가 어떻게 변할지 알 수 없었다. 뭐라고 대답하는 게 좋을지 이리저리 생각하는 사이에 중요한 시간이 지나갔다. 오노부가 재촉했다.

"가도 되죠?"

"글쎄."

"안 돼요?"

"안 될 건 없지만……."

쓰다는 데려가고 싶지 않은 속내를 처음 겉으로 드러낼 위기에 놓였다. 만약 시의심의 눈동자가 일단 오노부의 눈 안에서 움직이면 일은 그걸로 끝이라고 간파한 쓰다는 사실 오노부와 같은 심리 상태의 지배를 받고 있었다. 조금 전의 파란에서 나온 영향은 이제 그에게 옮아갔다. 그는 나름대로 그것을 이용할 수밖에 없었다. 그는 곧 '위무(慰撫)'라는 두 글자를 생각해냈다. '위무가 제일이다. 여자는 위무만 하면 어떻게든 된다.' 그는 방금 얻은 이 새로운 단안을 내세우며 오노부를 보았다.

"가도 되지. 좋은 곳이니까, 실은 같이 갔으면 했어. 무엇보다 혼자서는 자유롭지 못할 테니까. 보살핌을 받는 것만으로도 같이 가는 게 좋은 건 당연하지."

"아아, 좋아라, 그럼 갈게요."

"그런데 말이야……."

오노부는 싫은 표정을 지었다.

"그런데 뭐요?"

"그런데 말이야, 집은 어떻게 할 생각이지?"

"도키코가 있으니까 집은 괜찮아요."

"괜찮다니, 어린애같이 그런 한가한 소리를 하면 곤란하지."

"왜요? 뭐가 한가하다는 거예요? 만약 도키코만으로 위험하다면 누구한테 부탁하고 가죠 뭐."

오노부는 계속해서 집을 봐줄 적당한 사람 이름을 두세 명 들먹였다. 쓰다는 거절할 수 있는 한 그것을 거절했다.

"젊은 남자는 안 돼. 도키코하고 둘이서 있게 할 수는 없으니까."

오노부는 웃음을 터뜨렸다.

"설마. ……잘못된 일은 안 일어나요. 아주 짧은 동안인걸요."

"그렇지 않아. 절대 그렇지가 않지."

쓰다는 단호한 태도를 보임과 동시에 뭔가 생각하는 체하는 모습을 보였다.

"누구 적당한 사람 없을까? 적당한 할멈이 있으면 안성맞춤인데 말이야."

후지이 숙부 집에도, 오카모토 고모 집에도, 그 밖의 다른 데도 그렇게 형편에 맞고 한가한 사람은 한 명도 없었다.

"잘 생각해보지 뭐."

이쯤에서 이야기를 일단락 지으려고 한 쓰다의 기대는 어긋났다. 오노부는 붙잡은 소매를 좀처럼 놓지 않았다.

"생각해보고 없을 때는 어떻게 할 거예요? 혹시 할멈이 없으면 저는 절대 가서는 안 되나요?"

"안 된다고 하지는 않았어."

"하지만 그런 할멈이 있을 리 없잖아요. 생각하지 않아도 그쯤은 알고 있어요. 그보다 가서는 안 된다면 안 된다고 분명하게 말해주세요."

궁지에 몰린 쓰다는 신기하게도 이때 다시 좋은 구실을 생각해냈다.

"막상 그때가 되면 집 보는 거야 아무래도 상관없지. 하지만 도키코 혼자 두고 간다고 해도 역시 곤란한 일이 있어. 난 요시카와 부인한테서 여비를 받고 가거든. 남의 돈을 받고 부부 동반으로 놀러 가는 것처럼 보여서는 별로 좋지 않을 테니까 말이지."

"그럼 요시카와 부인한테서 받지 않아도 되잖아요. 수표가 있으니까요."

"그러면 이번 달 지출에 지장이 있잖아."

"그건 오히데 아가씨가 두고 간 게 있어요."

쓰다는 다시 벽에 부딪혔다. 그리고 다시 위태로운 해결책을 찾아냈다.

"고바야시한테 좀 빌려줘야 해."

"그런 사람한테요?"

"당신은 '그런 사람한테'라고 말하지만 그래 봬도 이번에 멀리 조선으로 갈 사람이니까. 불쌍하잖아. 게다가 벌써 약속을 해버려서 이제 와서 어떻게 할 수도 없는 노릇이고."

오노부는 물론 만족스러운 얼굴을 할 리 없었다. 하지만 쓰다는 이것으로 그럭저럭 그 상황만은 벗어날 수 있었다.

152

이후에는 이야기가 의외로 편하게 진행되어 곧 두 번째 타협이 성립했다. 고바야시에 대한 우의를 만족시키기 위해, 또는 일단 약속한 것에 대한 책임을 다하기 위해 쓰다는 오노부가 받아온 수표에서 얼마를 할애해 조선으로 떠나는 고바야시에게 전별금으로 주기로 했다. 물론 명목상은 빌려주는 것이었지만 상대에게 돌려줄 마음이 없는 이상, 그것을 예산에 넣어 앞으로 대상으로 삼을 수도 없는 노릇이라 결국은 주게 된 것이다. 물론 그런 결론에 이르기까지 오노부도 다소 난색을 표했다. 고바야시 같은 뻔뻔한 사람에게 돈을 주는 것은 고사하고 제대로 된 증서를 받고 일시적인 목적에 쓰게 해주는 호의조차 그녀의 가슴 어느 구석에서도 나올 리 없었다. 그뿐 아니라 그녀는 까딱하면 굳이 그것을 단행하려는 남편의 이면을 엿보려고 하기 때문에 쓰다는 그때마다 적잖이 조마조마했다.

"그런 사람한테 왜 그런 친절을 베푸는지 저는 도무지 모르겠어요."

그녀는 이런 의미의 말을 두세 번 되풀이했다. 쓰다가 인정으로만 일관하며 그 말을 상대해줄 기색을 보이지 않자 그녀는 이제 한 걸음 앞일까지 말했다.

"그러니까 이유를 말씀해보세요. 이러이러한 사정이 있어서 이렇게 하지 않으면 도리가 아니라는 사정만 분명해지면 그 수표를 다 드려도 상관없으니까요."

쓰다에게는 여기가 무엇보다 중요한 관문이어서 무슨 일이 있어도 오노부를 통과시켜줄 수가 없었다. 그는 고바야시를 변호하는 대신 과거에 있었던 두 사람의 오랜 교제와 그 교제에서 나온 그리운 기억을 열거했다. 그립다는 말을 써서 비난받았을 때는 어쩔 수 없이 예전과 지금의 고바야시가 다른 점까지 들먹이며 설명의 폭을 넓혔다. 그래도 납득이 가지 않는 듯한 오노부의 표정을 봤을 때는 갑자기 대화의 분위기를 고상하게 하며 인도(人道)라는 말까지 운운했다. 하지만 그가 입에 담은 인도는 결국 하나의 공리설에 귀착되기 때문에 그는 자기도 모르게 자신이 판 함정을 향해 나아가고 있으면서도 깨닫지 못하고 오노부에게 발목을 잡혀 위태롭게 떠밀려 떨어질 뻔한 일도 생겼다. 그것을 대표적인 말로 아주 간단히 예를 들어 보면 다음과 같다.

"아무튼 곤란해하고 있거든. 일본에 있을 수 없어서 조선으로까지 밀려나는 거니까 조금은 동정해도 좋지 않을까? 게다가 당신은 그 녀석의 인격을 무턱대고 공격하지만 거기에는 좀 무리가 있어. 정말 그놈은 어쩔 수 없는 놈이긴 해. 어쩔 수 없는 놈인 건 틀림없는데, 그놈이 그렇게 된 원인을 잘 생각해보면 아무것도 아니거든. 그냥 불평을 해서야. 그럼 왜 불평을 하느냐, 그건 돈을 벌 수 없기 때문이지. 그런데 그놈은 굼뜬 사람도 아니고 바보도 아니고 상당한 머리를 갖고 있어. 불행히도 정식 교육을 받지 못해서 그렇게 되었다고 생각하면 딱하기도 하지. 그러니까 그놈이 나쁜 게 아니라 처지가 나쁜 거라고 생각하면 그뿐이야. 요컨대 불행한 사람인 거지."

이것뿐이라면 말만으로는 일단 훌륭한 것이지만 그는 끝내 거기서 멈출 수가 없었다.

"게다가 또 이런 것도 생각해야 할 거야. 그렇게 자포자기 상태에 빠져 있는 사람의 눈에 거슬리면 무슨 짓을 할지 모르거든. 실제로 여기에 와서, 아무하고나 싸움을 하고 싶다, 누구하고 싸움을 해도 자신한테 득이 될 뿐이라고 공언하며 으스댔으니까 사실 어떻게 해볼 도리가 없어. 그래서 지금 내가 만약 녀석의 요구를 물리친다면 그 녀석은 화를 내겠지. 그냥 화만 낸다면 괜찮지만 분명히 무슨 일을 저지를 거라고. 복수할 게 뻔해. 그런데 이쪽에는 세상에 대한 체면이 있지만 그쪽에는 그런 게 전혀 없으니까 막상 그때가 되면 당해낼 수가 없는 거거든. 알겠어?"

여기에 이르자 처음의 인도주의는 어지간히 무너지고 말았다. 하지만 그렇다고 해도 여기서 그치기만 했다면 오노부도 잠자코 고개를 끄덕일 수밖에 없었을 것이다. 그런데 그는 또 앞으로 나아갔다.

"그것도 그 녀석이 주의(主義)로서 상류 사회를 공격하거나 일반적인 부자를 욕하는 것뿐이라면 괜찮은데 말이야, 그 녀석은 그런 게 아니거든. 좀 더 실제적이야. 우선 자기 손에 닿는 데서부터 점점 파고들겠다고 하거든. 그러니까 제일 먼저 재난을 당하는 건 바로 나라고. 아무리 생각해도 여기서 내가 상당한 친절을 보여서 그 녀석 감정을 곱게 해서 하루빨리 조선으로 가게 하는 게 상책이야. 그렇지 않으면 언제 무슨 일을 당할지 모르거든."

이렇게 되자 오노부는 아무래도 다시 말하고 싶어졌다.

"고바야시 씨가 아무리 난폭해도 당신한테 무슨 문제만 없으면 그렇게 두려워할 필요는 없는 거 아니에요?"

두 사람이 이런 입씨름을 하며 수표 문제를 처리하는 데만 대략 10분이 걸렸다. 하지만 고바야시 문제가 결정되자 나머지 문제도 금방 해결되었다. 나머지를 그녀의 용돈으로서 자기 좋을 대로 쓰겠다는 조건은 곧바로 성립했다. 그 대신 그녀는 쓰다와 함께 온천에 가지 않기로 했다. 그리고 온천에 가는 비용은 요시카와 부인의 호의를 받아들인다는 안에 동의하지 않을 수 없었다.

으스스 추운 초저녁에 젊은 부부 사이에서 일어난 파란의 성쇠는 드디어 이렇게 끝났다. 두 사람은 일단 헤어졌다.

153

쓰다가 참고 견뎌야 하는 수술 경과는 양호했다. 오히려 순조로웠다. 닷새째가 되었을 때 의사는 예정대로 그를 위해 거즈를 모두 갈아준 뒤 그것을 보증해주었다.

"아주 좋은 상태입니다. 출혈도 상처 언저리뿐이고, 내부는 아무렇지 않습니다."

엿새째에도 같은 치료가 되풀이되었다. 하지만 국부는 전날보다 좋아졌다.

"출혈은 어떻습니까? 아직 그치지 않았습니까?"

"아니요, 이제 거의 다 멈췄습니다."

출혈의 의미를 이해할 수 없는 쓰다는 이 답변의 의미도 이해할 수 없었다. 적당히 '이제 나왔습니다'라는 해석을 거기에 붙여 무척 기뻐했다. 하지만 본격적인 사실은 그가 생각하는 대로가 아니었다. 그와 의사 사이에서 일어난 잠깐의 문답이 그 부분의 상황을 분명히 해주었다.

"이게 안 나오면 어떻게 되는 거죠?"

"다시 자릅니다. 그리고 전보다 살짝 구멍이 남습니다."

"불안하군요."

"뭐, 십중팔구 나을 겁니다."

"그럼 진정한 의미에서 완치될 때까지는 아직도 시간이 꽤 걸리겠군요?"

"이르면 3주, 늦어도 4주입니다."

"여기서 나가는 것은요?"

"모레쯤 퇴원해도 지장은 없습니다."

쓰다는 다행이라고 생각했다. 그리고 퇴원하면 바로 온천에 갈 결심을 했다. 섣불리 의사에게 의논했다가 전지요양을 금지당하기라도 하면 오히려 골치를 앓는 것만 손해라고 생각해 일부러 잠자코 있었다. 이는 평소의 그에게 어울리지 않는 경솔한 방식이었다. 그는 기꺼이 이 신중하지 못한 일을 단행하려고 결심하면서도 속으로는 이미 자신의 모순을 알고 있어 어쩐지 불안했다. 그는 의사에게 묻지 않아도 알 수 있는 것을 물어보았다.

"괄약근을 잘라 남겼다고 했는데, 그럼 왜 아래서부터 거즈가 채워지는 거죠?"

"입구에는 괄약근이 없습니다. 1.5센티미터쯤 안으로 들어가 있지요. 그걸 아래에서부터 비스듬히 1센티미터쯤 잘라낸 곳이 있는 겁니다."

쓰다는 그날 밤부터 죽을 먹기 시작했다. 오랫동안 빵으로만 참고 있던 그의 입에는 묽은 쌀 맛도 일종의 별미였다. 취미로서 밤의 차가운 죽을 음미할 능력을 갖지 못한 그는 가을 저녁의 찬 기운과 대조적인 위치에 두는 묽은 죽의 따끈함을 보통의 하이쿠 시인 이상으로 소중히 여기며 후루룩거릴 수 있었다.

치료하는 데 필요해서 오랫동안 멈춰져 있던 변의 소통을 꾀하려고 그는 다시 가벼운 설사약을 먹어야 했다. 그다지 괴롭지 않았던 배 속이 가벼워짐에 따라 그의 기분도 어느새 가벼워졌다. 몸이 편해진 그는 누워 뒹굴며 그저 퇴원할 날만을 기다렸다.

하룻밤이 지나자 바로 그날이 찾아왔다. 그는 인력거를 불러 데리러 온 오노부의 얼굴을 보자마자 말했다.

"드디어 돌아가게 된 건가? 아무튼 다행이야."

"그다지 다행스럽지도 않을걸요."

"아니, 다행스러워."

"집이 병원보다 더 낫다는 말씀인가요?"

"뭐 그쯤일지도 모르지만 말이야."

쓰다는 평소와 같은 어조로 이렇게 말하고 나서 갑자기 생각난 듯이 덧붙였다.

"이번에는 당신이 장만해준 솜옷 때문에 살았어. 솜이 새것이어서 그런지 착용감이 아주 좋더라고."

오노부는 웃으면서 남편을 놀렸다.

"어떻게 된 거예요? 어쩐지 갑자기 입발림 말이 늘었네요. 하지만 틀렸어요, 당신 감정(鑑定)은."

오노부는 문제의 솜옷을 개면서 새 솜만 넣은 게 아니었다는 사실을 남편에게 털어놓았다. 그때 쓰다는 옷을 갈아입고 있었다. 홀치기 염색 무늬가 들어간 오글쪼글한 비단 허리띠를 허리에 둘둘 감는 것이 그에게는 오히려 중요한 동작이었다. 솜옷의 내용물을 그다지 대수롭지 않게 보았던 그의 애교는 오노부의 솔직한 대답을 기다린 것이 아니었다. 그는 그저 "아, 그래?" 하고만 말했다.

"마음에 드셨다면 온천에도 갖고 가세요."

"그래서 가끔 당신의 친절한 마음이라도 떠올릴까?"

"하지만 여관에서 내주는 솜옷이 더 좋거나 하면 제가 창피를 당하잖아요."

"그럴 일은 없어."

"아뇨, 있어요. 물건이 안 좋으면 아무래도 손해예요, 그럴 때는. 친절한 마음 같은 건 금방 어딘가로 날아가버리니까요."

순진한 오노부의 말은 쓰다의 귀에 그녀가 의미한 대로의 단순함으로 전해지지 않았다. 거기에는 일종의 아이러니가 꿈틀대고 있었다. 솜옷은 뭔가의 상징인 듯이 느껴졌다. 다소 기분이 나빠진 쓰다는 오노부에게 등을 돌린 채 허리띠 끝을 옭매듭으로 묶었다.

얼마 후 두 사람은 간호사의 전송을 받으며 현관을 나서 곧 거기에 대기하고 있는 인력거에 올랐다.

"안녕히 계세요."

다사다난했던 일주일의 병원 생활은 드디어 이 한마디로 막을 내렸다.

154

목적지인 온천장으로 떠나기 전 쓰다는 이미 정해진 프로그램의 순서대로 일단 고바야시를 만나야 했다. 약속한 날이 왔을 때 오노부에게서 필요한 돈을 받은 그는 웃으면서 아내를 돌아보았다.

"어쩐지 아까운걸, 그 녀석한테 이만큼이나 빼앗기는 게."

"그럼 그만두는 게 좋아요."

"나도 그만두고 싶어."

"그만두고 싶다면서 왜 그만둘 수 없는 거죠? 제가 대신 가서 거절하고 올까요?"

"응, 부탁해도 좋겠는걸."

"그 사람을 어디서 만나기로 했어요? 장소만 알려주면 제가 갈게요."

오노부가 진심인지 어떤지 쓰다도 알 수 없었다. 하지만 이런 경우 괜찮다고 생각하고 농담으로 밀고 나가면 그러는 쪽이 오히려 애를 먹게 된다는 것쯤은 상상하기 어렵지 않았다. 오노부는 막상 그때가 되면 말한 대로 단행하는 여자였다. 설령 약속을 어기는 일이든 아니든 기꺼이 쓰다를 대신하여 고바야시를 격퇴하는 역할을 떠맡지 않는다고도 할 수 없었다. 그는 위험 구역에 발을 들여놓지 않으려고 조심하면서 이야기를 일부러 진지하지 못한 쪽으로 흘려버렸다.

"당신은 겉보기하고 다르게 용기 있는 여자로군그래."

"이래 봬도 저는 용기가 있다고 생각해요. 하지만 아직 용기를 내본 적이 없어서 실제로 어느 정도인지는 저도 잘 모르겠어요."

"아니, 당신은 몰라도 내가 분명히 알고 있으니까 그걸로 충분해.

여자인 주제에 그렇게 함부로 용기를 냈다가는 남편이 곤란해질 뿐이니까."

"하나도 곤란하지 않아요. 남편을 위해 내는 용기라면 남자가 곤란할 리 없잖아요."

"그야 고마운 경우도 가끔 생기겠지." 이렇게 말한 쓰다는 물론 진심으로 응답할 생각은 없었다. "오늘날까지 그렇게 감탄할 만한 용기를 본 적이 없는 것 같은데."

"그야 당연하죠. 전혀 겉으로 드러내지 않았으니까요. 안쪽으로 들어와서 보세요. 아무리 저라도 당신이 생각하는 만큼 태평하지 않으니까요."

쓰다는 대답하지 않았다. 하지만 오노부는 그만두지 않았다.

"제가 그렇게 속 편한 사람으로 보여요, 당신한테는?"

"그렇게 보여. 아주 속 편한 것 같은데."

이 무책임하고 쓸데없는 말을 듣고 오노부는 희미하게 한숨을 내쉬고는 말했다.

"시시해요, 여자라는 건. 저는 왜 여자로 태어난 걸까요?"

"그거야 나한테 말해봐야 소용없지. 교토에 계신 장인, 장모님께 책임질 것을 요구하는 수밖에 달리 불평할 데가 없으니까 말이야."

쓴웃음을 지은 오노부는 아직 입을 다물지 않았다.

"됐으니까, 이제 보고 계세요."

"뭘?" 이렇게 되물은 쓰다는 살짝 놀랐다.

"어찌 됐든 이제 보고 계세요."

"보고 있겠지만 대체 뭔데?"

"그거야 실제로 문제가 일어나지 않으면 말할 수 없어요."

"말할 수 없다는 것은 당신도 모른다는 의미 아냐?"

"네, 그래요."

"뭐야, 시시하게. 그럼 마치 뜬구름을 잡는 것 같은 예언이잖아."

"그런데 그 예언이 이제 곧 적중할 테니까 보고 계시라는 거예요."

쓰다는 흥 하고 콧방귀를 뀌었다. 그와 반대로 오노부의 태도는 차츰 진지해졌다.

"진짜예요. 왠지 모르지만 저는 요즘 늘 그런 생각을 하고 있어요. 언젠가 한 번은 마음속에 갖고 있는 용기를 밖으로 드러낼 날이 틀림없이 올 거라고요."

"언젠가 한 번? 그러니까 당신 생각은 망상이나 같은 거야."

"아뇨, 평생에 언젠가 한 번이 아니에요. 조만간이에요. 조금 있다가 언젠가 한 번인 거예요."

"점점 나빠질 뿐이야. 가까운 장래에 남편 앞에서 만용을 부리는 날에는 참을 수 없어."

"아뇨, 당신을 위해서예요. 그러니까 아까부터 말하잖아요, 당신을 위해 내는 용기라고요."

오노부의 진지한 얼굴을 보고 있던 쓰다도 점점 거기에 끌려들었다. 그의 성격에는 오노부만큼의 시(詩)가 없었다. 그 대신 다소 기분 나쁜 사실이 멀리서 그를 위협했다. 오노부의 시, 그가 말하는 망상은 점차 활약하기 시작했다. 지금까지 죽었다고만 생각하고 만지작거리고 있던 새의 날개가 갑자기 움직이기 시작하는 것처럼 보였을 때 그는 이상한 기분이 들어 곧 대화를 끝내버렸다.

그는 허리띠 안에서 시계를 꺼내 보았다.

"이제 시간이 다 됐어. 슬슬 나가야지."

이렇게 말하고 일어선 그를 전송하러 현관으로 나온 오노부는 모자 걸이에서 갈색 중절모를 들어 그에게 건넸다.

“다녀오세요. 고바야시 씨한테 안부 전해달라고 제가 말했다고 잊어먹지 말고 전해주세요.”

쓰다는 돌아보지 않고 저물녘의 차가운 공기 속으로 나섰다.

155

고바야시와 만나기로 한 장소는 도쿄에서 가장 번화한 대로[63]의 중간쯤에서 살짝 옆으로 접어든 곳에 있었다. 고바야시가 집에 들르는 불쾌함을 피하기 위해, 또 이쪽에서 그의 하숙으로 찾아가는 귀찮음을 덜기 위해 쓰다는 시간을 정해 거기서 그를 만나기로 한 것이다.

정해진 시간은 그가 전차를 타고 있을 때 지나가버렸다. 하지만 옷을 갈아입고 오노부에게서 돈을 받은 뒤 잠깐 앉아서 이야기를 나누다가 늦어지게 된 것은 그에게 아무런 고통도 주지 못했다. 사실대로 말하자면 그는 고바야시에게 자상하게 의리를 지키는 세심함을 보여주고 싶지 않았다. 그 반대로 조금 늦게 가서라도 방자한 그의 콧대를 꺾어주고 싶었다. 명목이 송별회든 뭐든 사실 돈을 주는 자와 받는 자가 얼굴을 맞대는 자리로 정해진 이상 쓰다는 확실히 승자였다. 그러므로 되도록 승자의 특권을 발휘하여 주객의 위치를 미리 정해두는 것이 사전에 상대의 교만을 막는 수단으로서는 상책이었다. 이해관계

63 교바시(京橋)에서 긴자(銀座)를 거쳐 신바시(新橋)에 이르는 대로(긴자 대로)를 말한다.

를 떠난 단순한 앙갚음으로서도 그러는 편이 흥미로웠다.

그는 요란하게 울리는 전차 안에서 시계를 보며 어쩌면 이래도 아직 뻔뻔한 고바야시에게는 너무 이른 시각일지도 모르겠다고 생각했다. 만약 너무 빨리 도착한다면 어슬렁어슬렁 밤거리의 노점을 구경하며 기대에 부풀어 있을 욕심 많은 고바야시를 좀 더 애태우게 해주려고까지 생각했다.

역에서 내렸을 때 그의 눈을 스치고 지나간 수많은 불빛은 밤 도시의 눈부신 활동을 말해주기에 충분할 정도로 여기저기에서 반짝거렸다. 그는 그 사이에 서서 목적지인 골목으로 접어들기 전에 그 불빛과 함께 10분쯤 걸어갈까 말까 망설였다. 그런데 얼굴 앞으로 내밀어진 석간신문을 치우며 사방을 둘러본 그는 갑자기 '아니, 이런' 하고 생각하지 않을 수 없었다.

이제 상당히 기다림에 지쳐 있을 거라고 생각했던 고바야시가 뜻밖에 맞은편에 서 있었다. 위치는 쓰다가 내린 보도와 차도 하나를 사이에 둔 네거리의 한쪽 끝이라서 두 사람의 시선이 딱 맞지 않는 이상, 밤과 사람과 반짝이는 불빛이 서로를 알아보지 못하게 하는 편리함이 있었다. 그뿐 아니라 고바야시는 이쪽을 똑바로 보고 있지 않았다. 고바야시는 쓰다가 모르는 낯선 청년과 서서 이야기를 나누고 있었다. 쓰다 쪽에서는 청년의 얼굴이 3분의 2쯤, 고바야시의 얼굴이 3분의 1쯤만 보일 뿐이어서 그는 거의 들킬 염려 없이 발을 멈춘 데서 두 사람을 주의 깊게 관찰할 수 있었다. 두 사람은 결코 한눈을 팔지 않았다. 얼굴과 얼굴을 마주한 채 언제까지고 같은 자세를 무너뜨리지 않는 그들의 모습이 쓰다의 눈에 또렷하게 비침에 따라 그 두 사람이 진지하게 용건을 이야기하고 있다는 것을 분명히 알 수 있었다.

두 사람 뒤에는 벽이 있었다. 하필이면 옆쪽에 창이 없어서 강한 불빛은 어디서도 비치지 않았다. 그런데 남쪽에서 온 자동차가 큰 소리를 내며 네거리를 돌려고 했다. 그때 두 사람은 자동차 앞의 거대한 불빛을 온몸으로 받고 서 있었다. 쓰다는 비로소 청년의 얼굴을 분명히 확인할 수 있었다. 창백한 혈색이 모자 아래에서 좌우로 늘어뜨려진, 몇 달이나 깎지 않은 긴 머리카락과 함께 그의 시야에 들어왔다. 그는 자동차가 지나가는 것과 동시에 발길을 돌렸다. 그리고 두 사람이 서 있는 보도를 피하듯이 일부러 반대 방향으로 걷기 시작했다.

그에게는 어떤 목적도 없었다. 불빛을 받아 화려한 가게를 하나하나 보며 걷는 흥미는 그저 도회적이고 아름답다는 것에 지나지 않았다. 장사가 다름에 따라 물건이 변하는 것 외에 아무런 복잡한 정취도 찾아볼 수 없었다. 그런데도 그는 가는 곳마다 시각의 만족을 맛보았다. 나중에 어떤 양품점 앞에 장식된 넥타이를 봤을 때 그는 결국 가게 안으로 들어가 자신이 갖고 싶은 것을 손에 들고 만지작거리기도 했다.

이제 됐다 싶을 때 그는 되돌아갔다. 보도 위에 서 있던 두 사람은 역시 어딘가로 가버리고 없었다. 그는 다소 걸음을 재촉했다. 약속한 식당의 창문에서는 따뜻해 보이는 빛이 길거리로 새어 나오고 있었다. 벽돌집인데 창문이 높고 무늬가 있는 계란색 천으로 가려져 있어 간접적으로 밤의 어둠 속에 빛이 비치기 때문에 길가에서 올려다본 쓰다의 머리에 떠오른 것은 온화한 가스난로를 갖추고 있는 품위 있는 식당이었다.

커다란 구획 한쪽 구석에, 말로 형용하자면 오히려 조용히 자리 잡고 있는 그 식당은 그리 넓은 편이 아니었다. 쓰다가 그곳을 알게 된 것도 아주 최근이었다. 오랫동안 프랑스에서인가 공사(公使)를 했던 사람의 요리사가 연 가게라 맛있다고 친구가 가르쳐준 것이 계기였는데, 네다섯 번 먹으러 왔던 인연이 없었다면 고바야시를 그곳으로 부를 이유는 달리 아무것도 없었다.

그는 주저 없이 문을 밀고 안으로 들어섰다. 그리고 생각했던 대로 거기에서 다소 무료하기라도 하다는 듯 진지한 얼굴로 석간신문인가 뭔가를 들여다보고 있는 고바야시를 발견했다.

156

고바야시는 눈을 들어 입구 쪽을 보았으나 곧 눈을 신문 위로 떨어뜨렸다. 쓰다는 어쩔 수 없이 아무 말 없이 그가 앉아 있는 테이블 옆까지 다가가 먼저 말을 걸었다.

"미안하네. 좀 늦었어. 많이 기다렸나?"

고바야시는 그제야 신문을 접었다.

"자네, 시계는 갖고 있겠지?"

쓰다는 일부러 시계를 꺼내지 않았다. 고바야시는 정면 벽에 걸려 있는 커다란 벽시계를 돌아보았다. 시곗바늘은 약속한 시간에서 40분쯤 앞으로 가 있었다.

"실은 나도 금방 왔다네."

두 사람은 마주 보고 자리에 앉았다. 주위에는 손님이 두 자리뿐이었는데 그 두 자리 모두 상당한 차림새의 여성 일행이어서 실내는 의외로 조용했다. 특히 2미터쯤 떨어져 두 사람 옆에 놓인 가스난로의 불빛이, 흰색이 두드러진 청초한 실내 분위기에 적당한 온기를 더해 주었다.

쓰다의 마음속에는 이상한 대조가 떠올랐다. 일전의 어느 날 밤 고바야시 때문에 억지로 끌려들어간 수상한 술집 광경이 또렷하게 떠올랐던 것이다. 그때의 상대를 지금은 자기가 이곳으로 안내했다는 사실이 그에게는 어떤 의미에서 의기양양했다.

"어떤가, 이 집은? 깨끗해서 기분 좋지 않나?"

고바야시는 이제야 생각이 미쳤다는 듯이 사방을 둘러보았다.

"그렇군. 여기에는 탐정이 없는 모양이야."

"그 대신 아름다운 사람이 있잖은가."

고바야시는 느닷없이 큰 소리로 말했다.

"아니, 다들 게이샤 아닌가?"

좀 창피해진 쓰다는 꾸짖듯이 말했다.

"말도 안 되는 소리 말게."

"아니, 뭐라고도 할 수 없지. 어디에 어떤 사람이 있는지 알 수 없는 세상이니까 말일세."

쓰다는 점점 목소리를 죽였다.

"하지만 게이샤는 저런 옷차림을 하지 않네."

"그런가? 자네가 그렇게 말한다면 분명히 그렇겠지. 나 같은 촌놈은 무엇보다 그런 구별이 안 되니까 어쩔 수 없네. 하여튼 예쁜 옷만 입고 있으면 게이샤라고 생각해버리거든."

"여전히 빈정거리는군."

쓰다는 조금 안 좋은 기색을 겉으로 드러냈다. 고바야시는 태연했다.

"아니, 빈정거리는 게 아니네. 실제로 나는 가난해서 그런 쪽에는 아직 안목이 없거든. 그저 솔직히 그렇게 생각할 뿐이네."

"그렇다면 그걸로 됐네."

"되지 않아도 어쩔 수 없는 노릇이지만 말이지. 그런데 사실은 어떨까?"

"뭐가 말인가?"

"사실 요즘 세상에 이른바 레이디하고 게이샤 사이에 얼마만큼 구별이 있는지 모르겠네."

쓰다는 시치미 떼는 일에 능숙한 상대 앞에서 진지한 대답을 하는 어린애 같은 구석을 초월해 보여야 했다. 동시에 어떻게든 한방 먹여주고 싶은 마음도 있었다. 하지만 그는 그렇게 하지 않았다. 하지 않았다기보다는 그럴 만한 말이 나오지 않았다.

"농담하지 말게."

"정말 농담이 아니네." 이렇게 말한 고바야시는 불쑥 눈을 들어 쓰다의 얼굴을 보았다. 쓰다는 문득 생각이 미쳤다. 하지만 상대에게 무슨 생각이 있다는 걸 깨달은 그는 너무나도 영리했다. 그는 시치미를 떼고 그곳을 빠져나갈 만한 배짱이 없었다. 그렇지만 조심조심 이야기를 옆으로 새게 할 정도의 기교는 터득하고 있었다. 그는 고바야시에게 붙잡히지 않을 수 없었다. 그는 말했다.

"어떤가, 여기 음식은?"

"여기 음식이나 어디 음식이나 대충 비슷한 것 같은데. 미각이 발달하지 않은 나 같은 사람한테는."

"맛없나?"

"맛없지 않네, 맛있네."

"그거 잘됐네. 주인이 직접 요리하니까 다른 데보다 좀 나을지도 모르겠네."

"주인이 아무리 솜씨를 보여도 나 같은 사람 입맛에 맞아서야 참을 수 없겠지. 울고 싶을 뿐일 거야."

"하지만 맛있으면 그걸로 족하네."

"그래, 맛있으면 그걸로 족하겠지. 하지만 그 맛이 10전으로 균일한 일품요리하고 같다고 하면 주인도 울지 않을까?"

쓰다는 쓴웃음을 지을 수밖에 없었다. 고바야시는 혼자 말했다.

"지금의 나한테 프랑스 요리라 맛있다는 둥 영국 요리라 맛없다는 둥 요리에 정통한 체할 만한 여유 같은 건 전혀 없네. 그저 입으로 들어가니까 맛있다는 것뿐이네."

"하지만 그렇다면 왜 맛있는지 이유를 알 수 없게 되는 거 아닌가?"

"다 알고 있네. 그저 시장하니까 맛있는 거네. 그것 말고는 이유고 나발이고 뭐가 있겠나?"

쓰다는 다시 입을 다물 수밖에 없었다. 하지만 두 사람 사이에 이어지는 침묵이 가슴을 무겁게 짓누르는 것 같았을 때 그는 어쩔 수 없이 다시 입을 열려고 했으나 순식간에 고바야시에게 기선을 제압당했다.

157

"자네처럼 민감한 사람이 보면 나같이 둔한 사람은 모든 면에서 경멸당할 만할지도 모르지. 그건 나도 알고 있네. 경멸당해도 어쩔 수 없다고 생각해. 하지만 나는 또 나대로 그에 상응하는 할 말이 있다네. 내가 둔한 것은 꼭 천성적인 능력에 기인한다고는 볼 수 없네. 나한테 시간을 줘보게, 나한테 돈을 줘보게, 그런 연후에 내가 어떤 사람이 되어 자네 앞에 나타날지를 보란 말이지."

이때 고바야시의 머리에는 취기가 좀 돌았다. 농담인지 진담인지 알 수 없는 그의 기염에는 일부러 취기의 힘을 빌리려는 기분 전환의 분위기가 보였다. 쓰다는 상대가 입에 담는 말의 가치를 정면으로 긍정할 수밖에 없는 데다 다소 그의 행보에 맞춰줄 필요가 있다고 느꼈다.

"그건 자네가 말한 대로네. 그래서 나는 자네를 동정하고 있지. 자네도 그 정도는 알고 있을 거네. 그렇지 않으면 이렇게 일부러 식사까지 같이 하면서 자네의 조선행 송별회를 할 까닭이 없지 않겠나."

"고맙네."

"아니, 거짓말이 아니네. 사실 얼마 전에도 아내한테 그런 사정을 잘 말해주었을 정도네."

수상하다는 듯한 눈빛이 고바야시의 눈썹 아래서 빛났다.

"허어, 그거 정말인가? 부인 앞에서 나를 변호해주었다니, 자네한테도 아직 예전의 친절한 마음이 조금은 남아 있는 것 같군그래. 하지만 그건……. 부인은 뭐라고 하던가?"

쓰다는 잠자코 품속에 손을 넣었다. 고바야시는 그 동작을 바라보면서 일부러 그것을 막으려는 듯이 덧붙였다.

"하하하. 변호할 필요가 있었던 거로군. 아무래도 이상하다 했더니."

쓰다는 품에 넣은 손을 원래대로 밖으로 꺼냈다. '아내의 대답은 여기 있네'라며 가져온 돈을 깨끗이 그에게 건넬 생각이었던 그는 다시 망설였다. 그 대신 화제를 되돌렸다.

"역시 사람은 환경 나름이지."

"나는 여유 나름이라고 말할 생각이네."

쓰다는 반박하지 않았다.

"그래, 여유 나름이라고도 할 수 있겠지."

"나는 태어나서 지금까지 막다른 생활을 해왔네. 여유 같은 건 전혀 모르고 살아온 내가 아주 사치스럽고 멋대로 자란 사람하고 어떻게 다를 거라고 생각하나?"

쓰다는 희미하게 웃었다. 고바야시는 진지했다.

"생각할 것도 없이 여기 있지 않은가? 자네와 나 말일세. 우리 두 사람을 비교하면 금방 알 수 있겠지, 여유와 절박함으로 대표된 생활의 결과를."

쓰다는 마음속으로 얼마간 수긍했다. 하지만 이제 와서 그런 불평을 해봐야 소용없다고 생각할 때 고바야시가 뒷말을 이었다.

"그래서 어떤가? 나는 늘 자네한테 경멸당하지. 자네만이 아니네. 자네 부인한테도, 누구한테도 경멸당한다네. ……아니, 기다리게. 아직 할 말이 있으니까. ……그건 사실이네. 자네도 알고 나도 알고 있는 사실이지. 모두 아까 말한 대로네. 하지만 자네도, 자네 부인도 아직 모르는 일이 한 가지 있다네. 물론 이제 와서 그걸 자네한테 얘기해봤자 서로의 위치가 변할 리 없으니까 어쩔 수 없는 일이긴 하지만, 앞으로 조선에 가면 나는 살아서 다시 자네를 만날 날이 없을지도 모르니까……."

고바야시는 여기에 이르러 잠깐 흥분한 기색을 보였지만 곧 그 뒤에 "아니, 내 일이니까, 가보면 조선도 뜻밖이라 싫어져 당장 다시 돌아오지 않는다고 말할 수도 없는 노릇이지만" 하고 솔직한 말을 덧붙였기 때문에 쓰다는 무심코 웃고 말았다. 고바야시 자신도 일단 좌절하고 나서 처음부터 다시 시작했다.

"뭐 장래의 생활에 자네한테 참고가 될 수도 있으니까 들어보게. 실은 자네가 나를 경멸하고 있는 것처럼 나도 자네를 경멸하고 있네."

"그건 알고 있네."

"아니, 모를 거네. 어쩌면 경멸의 결과는 알고 있을지도 모르지만 경멸의 의미는 자네도, 자네 부인도 아직 모르고 있을 거야. 그래서 오늘 밤 자네의 호의에 대한 나 나름의 작별 인사로 그걸 설명하고 가겠네. 어떤가?"

"좋네."

"좋지 않다고 해도 나처럼 한 푼도 없는 사람이 뭐 달리 놓고 갈 것도 없으니까 어쩔 수 없지."

"그러니까 좋다고 하지 않았나."

"잠자코 들어보겠나? 들어보겠다면 말하겠네만. 나는 지금 자네의 대접을 받고 이렇게 게걸스럽게 먹고 있는 프랑스 요리나, 요 전날 밤 자네를 데려가서 야단맞은 그 지저분한 술집의 술이나 별 구별 없이 다 맛있을 정도로 미각이 발달하지 못한 사람이네. 자네는 그걸 경멸하겠지. 그런데도 나는 오히려 그걸 자랑으로 삼고, 경멸하는 자네를 오히려 경멸하네. 이보게, 자네는 그 의미를 알겠나? 생각해보게, 자네하고 내가 이 점에서 어느 쪽이 답답하고 어느 쪽이 자유로운지. 어느 쪽이 행복하고 어느 쪽이 쓸데없이 속박을 느끼는지. 어느 쪽이 태평하고 어느 쪽이 동요하고 있는지. 내가 보기에 자네의 자세는 시종 흔들리고 있네. 배짱이 없어. 싫은 것을 언제까지고 피하려고만 하고 자신이 좋아하는 것을 무턱대고 쫓아가고 싶어 하지. 그건 왜일까? 왜도 뭣도 아니지. 쓸데없이 자유롭기 때문이네. 사치를 부릴 여유가 있기 때문이지. 나처럼 궁지에 몰려 어떻게든 멋대로 되라는 기분이 될 수 없기 때문이네."

쓰다는 처음부터 상대를 얕보고 있었다. 하지만 사실을 인정하지 않을 수 없었다. 고바야시는 확실히 그보다 뻔뻔하게 생겨먹었다.

158

하지만 고바야시의 충고에는 아직 뒷말이 남아 있었다. 쓰다의 모습을 확인한 그는 돌연 생각지도 못한 문제로 돌아왔다. 그것은 만나고 나서 처음에 잠깐 두 사람 사이에서 띄엄띄엄 이어지다가 전후의 흐름에 따라 곧 어딘가로 흘러가버린 문제였다.

"내가 하는 말의 의미는 이제 자네도 알고 있네. 하지만 자네는 아직 '아, 그렇군' 하는 마음은 들지 않는 것 같군. 모순이네. 나는 그 이유를 알고 있지. 첫째로 상대가 신분도 지위도 재산도 일정한 직업도 없는 나라는 사실이 총명한 자네를 번거롭게 하고 있네. 만약 이것이 요시카와 부인이나 누군가의 입에서 나왔다면, 그게 훨씬 더 시시한 얘기라도 자네는 옷깃을 여미고 경청했겠지. 아니, 내가 비뚤어진 것도 뭐도 아니네. 부정할 수 없는 사실이지. 하지만 자네는 생각해야 하네. 나나 되니까 이런 말을 할 수 있다는 사실을 말이야. 선생님도 사모님도 그런 점에서는 소용없다는 사실도 알아두게. 왜냐고? 왜고 말고가 어디 있겠나? 선생님이 아무리 가난하다고 해도 나만큼의 경험은 하지 않았으니까 그렇지. 하물며 선생님 이상으로 편하게 살아온 그 사람들이야 오죽하겠나."

그 사람들이 누구를 말하는 것인지 쓰다는 알 수 없었다. 다만 속으로 아마 요시카와 부인이나 오카모토 씨를 가리킬 것이라고 생각했다. 실제로 고바야시는 상대에게 그런 질문을 할 여지를 주지 않고 재빨리 앞으로 나아갔다.

"둘째로는 자네의 현재 처지가 지금 내가 말한 조언인지 충고인지 아니면 단순한 지식의 공급인지 그건 아무래도 상관없지만, 아무튼 그런 것에 자네의 주의를 향하게 할 필요를 느끼게 하지 않는 것이네. 머리로는 알지만 가슴으로는 납득이 안 가는, 그것이 지금의 자네라네. 다시 말해 자네하고 나는 그만큼 동떨어져 있으니까 어쩔 수 없다고 거부하면 그뿐이지만, 거기에 자네의 주의를 기울이게 하는 것이 실은 내 목적이네. 알겠나? 사람의 처지나 지위가 동떨어져 있다고 해봐야 대단한 건 아니네. 정식으로 말하면 열 사람이면 열 사람 다 거의 같은 경험을 다른 형식으로 되풀이하는 거지. 그걸 좀 더 확실히 말하면 나는 나대로 내게 가장 절실한 눈으로 그것을 보고, 자네는 또 자네대로 자네한테 가장 적당한 눈으로 그걸 보는, 뭐 그 정도의 차이 아니겠나? 그러니까 좋은 환경에 있는 사람이 살짝 허둥대거나 당황하거나 좌절하거나 하면 금방 눈빛이 변한다네. 하지만 아무리 눈빛이 변해도 갑자기 눈의 위치를 바꿀 수는 없을 걸세. 그러니까 자네한테 만약 무슨 일이 일어나면 자네는 나의 이 조언을 반드시 떠올리게 될 거라는 거지."

"그럼 주의해서 잊지 않도록 하겠네."

"그래, 잊지 않도록 하게. 반드시 짚이는 일이 생길 테니까."

"그래. 알았네."

"그런데 아무리 알았다고 해도 소용없으니까 우스운 일이지."

고바야시는 이렇게 말하고 또 갑자기 웃음을 터뜨렸다. 쓰다는 그

의미를 알 수 없었다. 묻기도 전에 고바야시가 설명했다.

"그때 어쩌다가 생각이 미쳤다고 하세, 알았나? 그럼 그때 자네가 얏 하는 구호와 함께 재빨리 변할 수 있겠나? 재빨리 변해서 나처럼 될 수 있겠어?"

"그건 모르겠네."

"모르지 않을 거네, 알 수 있을 거야. 나처럼 될 수 없을 게 뻔하지. 주뼛주뼛 여기까지 오는 데는 상당한 수업이 필요하니까 말이야. 아무리 둔한 나라도 현재의 자신에 대해서는 이래 봬도 피의 대가를 치렀다네."

쓰다는 의기양양해하는 고바야시가 비위에 거슬렸다. 이 녀석은 개와 같은 독혈(毒血)을 치르고 과연 무엇을 얻었을까? 이렇게 생각한 그는 일부러 얼굴에 경멸의 빛을 드러내며 물었다.

"그럼 뭐 때문에 나한테 그런 이야기를 해주는 건가? 설령 내가 기억한다고 해도 막상 그럴 때는 아무 도움도 안 되지 않은가?"

"도움이 안 될 거네. 하지만 듣지 않는 것보다는 낫지 않겠나?"

"듣지 않는 게 나을 정도네."

고바야시는 기쁜 듯이 몸을 의자 등받이에 기대고 다시 웃기 시작했다.

"그거네. 그렇게 나오는 것이 내가 예상했던 바일세."

"무슨 말을 하는 건가?"

"아무것도 아니야. 그저 사실을 말하는 거지. 하지만 설명은 해주겠네. 조만간 자네가 막다른 곳에 몰려서 어떻게 할 수도 없어졌을 때 내 말을 떠올릴 거라는 거지. 떠올리지만 말대로 전혀 실행할 수 없을 거네. 그렇다면 어설프게 그런 걸 듣지 않는 편이 나았다는 기분이 들

걸세."

쓰다는 불쾌한 표정을 지었다.

"어처구니없군. 그러면 어디가 어떻다는 건가?"

"어떻고 말고가 아니네. 그러니까 자네의 경멸에 대한 내 복수가 그때야 비로소 실현된다는 것뿐이지."

쓰다는 말을 바꿨다.

"자네는 그만큼 나한테 적의를 갖고 있는 건가?"

"왜, 왜지, 적의는커녕 호의로 가득 차 있는데. 하지만 자네가 나를 경멸하는 건 언제까지나 사실이겠지. 내가 그 이면을 지적하고, 이쪽에서 보면 그런 자네한테도 경멸할 만한 점이 있다고 주의해도 자네는 묘하게 거들먹거리며 태연하게 있잖은가. 다시 말해 입으로는 소용없고 실전에서 맞붙자는 이야기가 되니까, 나도 어쩔 수 없이 그렇게까지 해서 승부를 가르자는 것뿐이네."

"그런가? 알았네. ……이제 그뿐인가, 자네가 할 말은?"

"아니, 그건 왠가? 지금부터 드디어 본론으로 들어가려고 하는데."

쓰다는 컵을 입술에 대고 단숨에 맥주를 쭉 들이켜고 고바야시의 모습을 다소 질렸다는 듯이 바라보았다.

159

고바야시는 말을 잇기 전에 컵을 내려놓고 먼저 실내를 둘러보았다. 여자 손님 일행 중 한 일행의 여자는 과일을 먹은 손을 핑거볼[64]에 넣고 나서 소매에서 꺼낸 아름다운 손수건으로 닦고 있었다. 그와 비스듬히 마주 보는 자리를 잡고 조금 전부터 이따금 자신들을 훔쳐보는 스물대여섯 살쯤 돼 보이는 여자는 커피 잔을 손에 들고 남자가 피우는 담배 연기를 바라보며 계속해서 가부키 이야기를 하고 있었다. 두 쪽 다 그들보다 먼저 온 만큼 그들보다 먼저 자리를 뜨는 순서로 식사가 진행되고 있는 듯 보였을 때 고바야시가 말했다.

"이야, 마침 잘됐네. 아직 있군그래."

쓰다는 또 깜짝 놀랐다. 고바야시는 그들의 기분을 상하게 하는 말을 그들에게 들으라는 듯이 할 것임에 틀림없었다.

"이보게, 이제 적당히 해두게."

"아직 아무 말도 하지 않았잖은가."

"그래서 주의를 주는 거네. 나를 공격하는 건 얼마든지 참겠지만, 이런 데까지 와서 아무 관계도 없는 사람들한테 험담하는 일은 좀 삼가주게."

"아주 소심하군그래. 아마 변두리 술집하고 이곳을 같이 취급하면 참을 수 없다는 의미겠지?"

"아무튼 그러네."

"'아무튼 그러네'라면 나 같은 무뢰한을 이런 곳에 초대한 게 잘못이네."

"그럼 마음대로 하게."

"입으로는 마음대로 하라고 하지만 속으로는 조마조마하겠지?"

쓰다는 입을 다물었다. 고바야시는 재미있다는 듯이 웃었다.

"이겼네, 이겼어. 어떤가, 항복할 텐가?"

64 서양 요리에서 음식을 먹은 후에 손가락과 입을 씻기 위해 물을 담아 내놓는 그릇.

"그걸로 이겼다고 생각한다면 멋대로 이겼다고 생각하게."

"그 대신 앞으로 더욱 경멸해줄 테다, 하고 생각하겠지? 나는 자네의 경멸 따위는 아무렇지도 않다네."

"아무렇지도 않다면 그걸로 되지 않았나? 정말 성가신 사람이군그래."

고바야시는 부루퉁한 쓰다의 얼굴을 들여다보며 말했다.

"어떤가, 이제 알았나? 이게 실전이라는 거네. 아무리 여유가 있어도, 부자와 교제가 있어도, 아무리 자존심을 세워도 실전에서 패배하면 그뿐인 거라네. 그래서 내가 아까부터 말하지 않았나, 실제 땅을 밟고 단련하지 않은 사람은 등신이나 마찬가지라고 말이지."

"그래, 그래. 세상에서 닳고 닳은 놈하고 주정뱅이를 당해낼 사람은 한 사람도 없겠지."

무슨 말인가 할 법한 고바야시가 그때 대답 대신 다시 여자 일행 쪽을 쭉 한 번 둘러본 뒤에 말했다.

"이제 드디어 세 번째네. 저 여자가 일어나기 전에 이야기하지 않으면 마음이 개운치가 않아. 알았나, 자네, 아까 한 이야기의 계속이네."

쓰다는 잠자코 옆을 보았다. 고바야시는 전혀 상관하지 않았다.

"세 번째는 말이네, 그러니까 환언하자면, 본론으로 들어가 말하자면 말이네, 나는 아까 저기 있는 여자들을 보고 저 사람은 게이샤인가 하고 물었다가 자네한테 야단을 맞았네. 자네는 귀부인에 대한 예의를 모르는 촌뜨기라고 나를 나무랐겠지. 좋아, 나는 촌뜨기네. 촌뜨기라서 게이샤하고 귀부인도 구별 못 하지. 그래서 나는 자네한테 물었네, 대체 게이샤와 귀부인은 어디가 어떻게 다르냐고 말이지."

고바야시는 이렇게 말하면서 세 번째 시선을 다시 여자 일행에게 향했다. 손수건으로 손을 닦고 있던 여자는 그것을 신호로 여긴 듯 자리에서 일어났다. 나머지 여자도 종업원을 불러 계산을 했다.

"결국 일어나버렸군. 좀 더 기다리고 있었다면 재미있는 장면이 나왔을 텐데 아쉽게 말이지."

고바야시는 나가는 여자 일행의 뒷모습을 바라보았다.

"아니, 이런, 또 한 일행도 일어나는 거야? 그럼 어쩔 수 없군. 상대는 역시 자네뿐이네."

그는 다시 쓰다 쪽으로 몸을 돌렸다.

"문제는 그거네. 내가 프랑스 요리와 영국 요리도 구별하지 못하고 똥과 된장을 동일시하며 자랑하면 자네는 상대해주지 않지. 고작 식욕의 문제라는 얼굴로 하찮게 보는 거네. 하지만 내용은 하나겠지. 미각이 발달하지 않은 것도, 게이샤와 귀부인을 혼동하는 것도."

쓰다는 '그게 어떻다는 건데?'라고 말하는 듯한 눈을 돌려 고바야시를 보았다.

"그러니까 결론도 한 군데로 귀착되어야 한다는 거야. 나는 미각의 문제로 자네한테 경멸당하면서도 자네보다 행복하다고 주장하는 것처럼, 여성을 식별하는 문제로 자네한테 경멸당하면서도 자네보다 자유로운 처지에 있다고 단언하기를 주저하지 않네. 다시 말해 저 여자는 게이샤다, 이 여자는 귀부인이다, 하는 감식안이 있으면 있을수록 그 남자의 고통은 커진다는 것이지. 왜냐고 말해보게. 결국에는 저것도 싫고 이것도 싫겠지. 또는 이것이어야만 하고 저것이어야만 할 거야. 갑갑함의 극치 아닌가?"

"하지만 그 갑갑함의 극치를 좋아한다면 어쩔 수 없겠지."

"나왔군, 드디어. 음식이라면 상대해주지 않지만 여자 문제라서 역시 잠자코 있을 수 없게 된 모양이군그래. 그거네, 지금부터 내가 그것의 실제 문제에 대해 논해보려는 거네."

"이제 충분하네."

"아니, 충분하지 않은 것 같네."

두 사람은 얼굴을 마주하고 쓴웃음을 지었다.

160

고바야시는 능숙하게 쓰다를 꾀어냈다. 그런 것임을 안 쓰다는 생각이 있어서 일부러 고바야시의 꾐에 끌려들어갔다. 두 사람은 결국 아슬아슬한 곳으로 들어가지 않을 수 없었다.

"예를 들면 말이네" 하고 고바야시가 말을 꺼냈다. "자네는 기요코라는 여자한테 열중했었지? 한동안 무슨 일이 있어도 그 여자가 아니면 안 된다는 말을 했어. 그것만이 아니야. 그쪽에서도 세상에 남자가 자네 한 사람밖에 없다고 여긴다고 생각했을 거야. 그런데 어떤가, 결과는?"

"결과는 지금하고 같지."

"무척 담백한 태도로군그래."

"그야 달리 어쩔 도리가 없잖은가."

"아니, 있을 거네. 있는데도 묘하게 거드름을 피우면서 시치미를 떼고 있는 거겠지. 그렇지 않다면 나한테 숨기고 지금이라도 뭔가 하고 있을 거야."

"말도 안 되는 소리 말게. 그런 엉터리 같은 말을 함부로 지껄이면

돌이킬 수 없는 말썽이 생기네. 조심 좀 하게."

"실은" 하고 말한 고바야시는 그 뒷말을 알고 있느냐고 묻는 듯한 모습을 보였다. 쓰다는 곧바로 묻고 싶어졌다.

"실은 어떻다는 건가?"

"실은 얼마 전에 자네 부인한테 죄다 말해버렸네."

쓰다의 표정이 순식간에 변했다.

"뭘 말인가?"

고바야시는 상대의 태도와 표정을 씹어서 맛이라도 보는 듯이 잠시 사이를 두며 잠자코 있었다. 하지만 대답을 겉으로 드러냈을 때는 이미 태도를 확 바꾸었다.

"거짓말이네. 실은 거짓말이야. 그렇게 걱정할 필요 없네."

"걱정하지 않네. 이제 와서 그 정도의 일을 말했다고 해서……."

"걱정하지 않는다? 그런가? 그럼 이쪽도 진짜네. 실은 진짜야. 죄다 얘기해버렸네."

"바보!"

쓰다의 목소리는 의외로 컸다. 반듯하게 의자에 걸터앉아 있던 여종업원이 살짝 고개를 들고 눈을 이쪽으로 향하자 고바야시는 곧바로 그것을 소재로 삼았다.

"레이디가 놀라니까 좀 조용히 하게. 자네 같은 무뢰한하고 술을 마시면 아무래도 체면이 깎여서 못쓴다니까."

고바야시는 여종업원 쪽을 보며 미소를 지어 보였다. 여자도 미소를 지었다. 쓰다 혼자 화를 낼 수도 없었다. 고바야시는 다시 곧 그 틈을 파고들었다.

"대체 그 일의 자초지종은 어떻게 된 건가? 나는 자세한 얘기는 듣지 못했고, 자네도 얘기해주지 않았던 게 아닌가? 내가 잊어버렸나? 그거야 아무래도 상관없지만, 그쪽에서 도망친 건가, 아니면 자네가 도망친 건가?"

"그거야말로 아무래도 상관없는 일 아닌가?"

"응, 나로서는 상관없는 게 당연하지. 또 실제로 상관하지 않네. 하지만 자네는 그렇게 안 될 거네. 무척 마음이 쓰일 거야."

"그야 당연하지."

"그래서 아까부터 내가 말하는 거네. 자네한테는 너무 여유가 많다고. 그 여유가 자네를 너무 사치스럽게 만드는 거라네. 그 결과 좋아하는 것을 손에 넣자마자 곧바로 다음 것을 원하게 되지. 좋아하는 것을 놓쳤을 때는 발을 동동 구르며 분해하는 거고."

"내가 언제 그런 꼴사나운 짓을 했나?"

"했고말고. 그리고 실제로 하고 있기도 하네. 그게 자네가 여유 때문에 벌을 받는 까닭이지. 내가 가장 통쾌하게 느끼는 점이네. 빈천이 부귀를 향해 복수를 하는 인과응보의 이치일세."

"그렇게 처음부터 자신이 만든 틀로 남을 평가할 생각이라면 어쩔 수 없지. 나한테는 변명할 필요가 없으니까."

"나는 틀 같은 걸 전혀 만들지 않았네. 이래 봬도 실제의 자네를 지적하고 있다고 생각하니까 말이지. 모르겠다면 사실을 가르쳐줄까?"

가르쳐달라고도 가르쳐주지 말라고도 하지 않은 쓰다는 결국 이야기를 들어야 했다.

"자네는 자네가 원해서 오노부 씨를 아내로 맞았을 거야. 하지만 지금의 자네는 결코 오노부 씨한테 만족하고 있지 않을 거네."

"그래도 세상에 완전한 게 없는 이상 그것도 어쩔 수 없는 거 아닐까?"

"그런 이유를 내세워 좀 더 나은 사람을 찾아다닐 생각인가?"

"남 듣기에 좋지 않은 말 좀 하지 말게, 무례하군. 자네는 실제로 자신이 말한 대로 무뢰한이네. 관찰이 상스럽고 빈정거리는 점에서 봐도 그렇고, 언동이 제멋대로고 거친 점에서 봐도 그렇네."

"그리고 그게 자네가 경멸할 말한 이유인 거로군."

"물론이지."

"그것 보게. 그렇게 나오니까 결국 입으로는 안 되는 거네. 역시 실전이 아니면 자네는 깨닫지 못하지. 내가 예언할 테니까 두고 보게. 조만간 싸움이 시작될 테니까. 그때야 내 적수가 아니라는 의미를 알 수 있을 테고."

"상관없네. 닮고 닮은 사람한테 지는 것은 내 명예니까."

"고집불통이군. 나하고 싸우는 게 아니네."

"그럼 누구하고 싸우는 건가?"

"자네는 지금 이미 마음속에서 싸우고 있네. 조금 더 지나면 그게 실제 행위가 되어 겉으로 드러나게 되겠지. 여유가 자네를 선동해서 무익한 패전을 시키는 거네."

쓰다는 갑자기 품속에서 지갑을 꺼내 오노부와 의논하고 전별금으로 준비해온 돈을 고바야시 앞에 내밀었다.

"지금 줄 테니까 받아두게. 자네하고 이야기하면 점점 이 약속을 이행하는 게 싫어질 테니까."

고바야시는 반으로 접힌 10엔짜리 새 지폐를 펼쳐 정성껏 매수를 헤아렸다.

"세 장이군."

161

고바야시는 받은 돈을 그대로 양복 호주머니에 아무렇게나 찔러 넣었다. 그 동작이 담백했던 것처럼 그가 고맙다는 말을 하는 방식도 뻔뻔스러웠다.

"생큐. 나는 빌릴 생각이지만 자네는 그냥 줄 생각이겠지? 왜냐하면 나한테 돌려줄 수단이 없다는 것을, 또 돌려줄 의사가 없다는 것을 자네는 처음부터 경멸의 눈으로 봤을 테니까."

쓰다는 대답했다.

"물론 그냥 주는 거네. 하지만 받고 보면 아무리 자네라도 자신의 모순을 깨닫지 않을 수 없을 거네."

"아니, 전혀 모르겠네. 모순이라는 건 대체 뭔가? 자네라면 돈을 받는 것이 모순인가?"

"그렇지도 않네만." 이렇게 말한 쓰다는 위에서 아래를 내려다보는 태도를 취했다. "아무튼 생각해보게. 그 돈은 방금까지 내 지갑 안에 있었네. 그리고 눈 깜짝할 사이에 자네 호주머니 속으로 이전해버렸네. 그런 소설 같은 말을 사용하는 게 싫다면 좀 더 분명히 말할까? 그 돈의 소유권을 갑자기 나한테서 자네한테 옮긴 사람은 누군가? 대답해보게."

"자네지. 자네가 나한테 준 거네."

"아니, 내가 아니네."

"무슨 말을 하는 건가? 선승의 잠꼬대 같은 소리나 하고. 그럼 누군가?"

"아무도 아니네, 여유지. 자네가 아까부터 공격하는 여유가 준 거네.

그러니 잠자코 그것을 받아 든 자네는 입으로는 여유를 무지막지하게 때려눕히면서도 실은 여유 앞에 이미 고개를 숙이고 있네. 모순 아닌가?"

고바야시는 눈을 깜박거린 뒤 이렇게 말했다.

"역시 그렇군. 그러고 보니 그럴지도 모르겠는걸. 하지만 왠지 이상하네. 사실 나는 그 여유 같은 것 앞에 고개를 숙이고 있다는 생각이 전혀 안 들거든."

"그럼 돌려주게."

쓰다는 고바야시의 코앞으로 손을 내밀었다. 고바야시는 여자처럼 부드러워 보이는 손바닥을 보았다.

"아니, 돌려주지 않겠네. 여유는 나한테 돌려주라고 하지 않네."

쓰다는 웃으면서 손을 거둬들였다.

"그것 보게."

"뭐가 그것 보게인가? 여유는 나한테 돌려주라고 하지 않았다는 의미가 자네한테는 이해가 잘 안 되는 모양이로군. 딱한 귀공자야."

고바야시는 이렇게 말하면서 옆을 향하여 출입구 쪽을 보면서 한마디를 덧붙였다.

"이제 올 것 같군."

그의 태도를 주의 깊게 지켜본 쓰다는 살짝 놀랐다.

"누가 오는 건가?"

"아무도 아니야. 아직은 나보다 여유가 부족한 사람이 올 거네."

고바야시는 지폐를 찔러 넣어둔 호주머니를 일부러 가볍게 두드렸다.

"자네가 나한테 이걸 전한 여유는 다시 이걸 자네한테 돌려주라는 말은 안 하네. 나보다 더 여유가 부족한 쪽으로 차례차례 넘기라고 명령하는군. 여유는 물 같은 거라네. 높은 데서 낮은 데로는 흐르지만 밑에서 위로 거꾸로 움직이지는 않지."

쓰다는 대체로 고바야시가 한 말의 뜻만은 이해할 수 있었다. 그러나 구체적으로는 이해할 수 없었다. 따라서 비몽사몽 같은 불안정한 상태에 빠져들었다. 그때 고바야시의 다음과 같은 말이 우르르 밀려 나왔다.

"나는 여유 앞에 고개를 숙이네. 내 모순을 인정하지. 자네의 궤변을 수긍하네. 뭐든 상관없어. 고맙네."

그는 돌연 눈물을 뚝뚝 흘리기 시작했다. 이 급격한 변화가 약간 놀라고 있는 쓰다를 더욱 불안하게 했다. 저번 날 밤 애를 먹었던 술집의 광경을 떠올리지 않을 수 없게 된 그는 눈살을 찌푸리며 상대를 이용해야 할 때가 지금이라는 사실을 깨달았다.

"어찌 자네가 고맙다는 말을 할 줄 예상할 수 있었겠나? 자네야말로 옛일을 잊고 있네. 내가 옛날 그대로 하고 있고 자네는 다 거꾸로 해석하니까 교제가 점점 더 귀찮아지는 거 아니겠나? 예를 들어 자네가 얼마 전 내가 집을 비웠을 때 외투를 가지러 온 김에 아내한테 뭐라고 했다는 것도……."

쓰다는 이렇게만 말하고 은근히 상대의 모습을 살폈다. 하지만 고바야시가 아래를 향하고 있어서 마음의 변화를 전혀 헤아릴 수 없었다.

"일부러 나서서 친구 부부의 사이를 갈라놓는 듯한 장난을 치지 않아도 좋은 거 아닌가?"

"나는 자네에 대해 뭐라고 말한 기억이 없네."

"하지만 아까……."

"아까는 농담이었네. 자네가 놀리니까 나도 놀린 거였지."

"누가 먼저 놀리기 시작했는지 모르겠지만 그건 아무래도 좋네. 다만 나한테 진실을 말해줘도 좋을 것 같은데 말이지."

"그래서 말하고 있네. 자네에 대해 뭐라고 말한 기억이 없다고 몇 번이나 되풀이해서 말하고 있잖은가. 부인을 추궁해보면 알 일 아닌가?"

"아내는……."

"뭐라고 했나?"

"뭐라고도 하지 않으니 난감한 거네. 말하지 않고 속으로 생각하고만 있으면 변명할 수도, 설명할 수도 없어서 난감한 사람은 나뿐이거든."

"나는 아무 말도 하지 않겠네. 다만 앞으로 자네가 남편답게 처신하느냐 마느냐가 문제일 걸세."

"나는……."

쓰다가 이렇게 말했을 때 다가오는 발소리와 함께 새로 들어온 사람이 그들이 앉은 테이블 옆에 섰다.

162

그 사람이 조금 전 큰길 모퉁이에서 고바야시와 서서 이야기를 나누던 장발의 청년이라는 사실을 알아차렸을 때 쓰다는 더욱 놀랐다. 하지만 그렇게 놀라는 것 안에는 은근히 이 남자를 기다리고 있던 기대도 섞여 있었다. 쓰다의 분명한 느낌을 말하자면 이런 사람이 여기에 올 리 없다는 단정과 만약 이 자리에 누가 온다면 이 사람 말고는 없을 거라는 예상 사이의 모순이었다.

사실 자동차 불빛에 비쳤을 때 쓰다의 눈동자 안에 비친 이 사람의 이미지는 기이한 것이었다. 자신에게서 고바야시, 고바야시에게서 이 청년 순으로 시선을 옮겨가는 중에는 계급, 사상, 직업, 복장 등 여러 가지 점에서 상당한 거리감이 있었다. 자연히 쓰다는 그를 멀리에서 바라볼 수밖에 없었다. 하지만 멀리서 바라보면 볼수록 그를 강하게 기억하지 않을 수 없었다.

'고바야시는 저런 사람하고 교제하고 있는 건가?'

이렇게 생각한 쓰다는 그때 그런 사람과 교제하고 있지 않는 자신의 입장을 둘러보고 아무튼 행복하군, 하고 생각한 뒤라서 새롭게 나타난 사람에 대한 그의 태도도 저절로 명백해졌다. 그는 돌연 수상쩍은 사람에게 인사를 받은 듯한 표정을 지었다.

위로 젖혀진 좁은 차양의 흐물흐물한 모자를 벗어 손에 들고 고바야시 옆자리에 앉은 청년의 눈에는 이상한 빛이 있었다. 그는 쓰다에게 실제로 불안을 느끼고 있는 듯했다. 일종의 반감과 공포와 사람과의 교제에 익숙하지 않고 제멋대로 자란 사람의 자존심이 복잡하게 뒤섞여 일어나는 신경질적인 빛으로 보였다. 쓰다는 더욱 불쾌해졌다. 고바야시는 청년에게 말했다.

"이보게, 망토라도 벗게."

청년은 잠자코 다시 일어났다. 그리고 범종(梵鐘) 같은 소매 없는 긴 망토를 쑥 벗어 의자 등받이에 걸쳤다.

"내 친구네."

고바야시는 비로소 청년을 쓰다에게 소개했다. 하라(原)라는 성과 예술가라는 명칭이 드디어 쓰다의 귀에 들어왔다.

"어떻게 되었나? 잘되었나?"

이것이 고바야시가 다음에 던진 물음이었다. 하지만 이 물음은 충분한 대답을 얻을 틈이 없었다. 고바야시는 곧바로 이어서 이렇게 말해버렸다.

"안 되었을 거야. 안 되었을 게 뻔하지, 그런 놈한테는. 그런 놈이 자네 예술을 어떻게 이해할 수 있겠나? 괜찮으니까 아무튼 천천히 뭐라도 들게."

고바야시는 금세 나이프를 거꾸로 들고 테이블을 마구 두드렸다.

"이봐, 이 사람 먹을 것 좀 가져와."

얼마 후 하라 앞에 있는 컵에 맥주가 찰랑찰랑 부어졌다.

이 모습을 잠자코 바라보던 쓰다는 자신의 용건이 이미 끝났다는 사실에 간신히 생각이 미쳤다. 이런 교제를 길게 끌어서는 큰일이라고 생각한 쓰다는 기회를 보아 적당히 자리에서 일어나려고 했다. 그러자 고바야시가 돌연 그를 보았다.

"하라는 좋은 그림을 그리네. 하나 사주게. 지금 어려운 상황이라 딱해서 말이지."

"그런가?"

"어떤가, 다음 일요일쯤 자네 집으로 가져가서 보이기로 하면?"

쓰다는 깜짝 놀랐다.

"난 그림 같은 건 모르네."

"아니, 그럴 리 있나, 안 그러나, 하라? 아무튼 가져가서 보여주게."

"그러지, 폐가 안 된다면."

쓰다에게 폐가 되는 건 물론이었다.

"난 그림이나 조각에 전혀 취미가 없는 사람이니 아무쪼록……."

청년은 상처를 받은 듯한 표정을 지었다. 고바야시는 곧장 응원에 나섰다.

"거짓말 말게. 요즘 세상에 자네만큼 감식력이 풍부한 사람은 많지 않네."

쓰다는 쓴웃음을 지을 수밖에 없었다.

"또 시답잖은 말이나 하고…… 무시하지 말게."

"사실을 말하는 거네, 무시하기는. 자네처럼 여자를 감식하는 능력이 발달한 사람이 예술을 경시할 리가 없지. 안 그러나, 하라? 여자를 좋아하는 이상 예술도 좋아하는 게 당연하지. 아무리 숨기려고 해도 소용없네."

쓰다는 점점 더 참을 수가 없어졌다.

"이야기가 꽤나 길어질 것 같으니 나는 먼저 실례하겠네. ……이봐, 아가씨, 여기 계산!"

종업원이 일어서려는 것을 고바야시가 큰 소리로 저지하고는 다시 쓰다를 향했다.

"마침 지금 멋지고 좋은 그림 하나가 완성되었다네. 그걸 사려는 사람한테 가서 가격을 의논하고 오는 길에 여기에 들른 것이니 좋은 기회 아닌가? 꼭 사게. 예술가의 약점을 이용해서 터무니없이 에누리하는 무례한 놈한테는 팔지 않는 게 좋다는 것이 내 의견이지. 그 대신 반드시 좋은 구매자를 소개해줄 테니까 돌아오는 길에 여기에 들르는 것이 좋다고 실은 아까 저기 모퉁이에서 약속했다네. 그러니 하나 사주게, 간단한 일 아닌가?"

"그림도 보여주지 않고 멋대로 그런 약속을 해봐야 어쩔 수 없는 일 아닌가?"

"그림은 보여주겠네. ……자네, 오늘 가져오지 않았나?"
"좀 더 기다려달라고 해서 놓고 왔네."
"자넨 참 바보로군. 결국에는 공짜로 빼앗기고 말 거네."
쓰다는 이 문답을 듣고 안도의 한숨을 내쉬었다.

163

두 사람은 쓰다를 제쳐두고 계속해서 그림 이야기를 했다. 때때로 들리는 삼각파[65]라든가 미래파라든가 하는 기괴한 명칭 외에도 그가 지금까지 들어본 적이 없는 외국 이름이 여러 개나 들렸다. 그 어느 것에도 흥미를 느낄 수 없었던 쓰다는 대화의 범위 밖으로 추방될 것까지도 없이 스스로 울타리를 빠져나간 것이나 마찬가지였다. 이것만으로도 보통 따분한 게 아니었는데 쓰다를 적극적으로 괴롭히는 것이 또 있었다. 그는 자신의 눈앞에서 보는 이 두 사람, 특히 고바야시를, 처음부터 무턱대고 새로운 예술에 대한 지식을 자랑해 보이고 싶어 하고 잘 알지도 못하면서 아는 체하는 사람으로 여기고 있었다. 그는 이런 편견에다 묘하게 식자연하는 그들의 태도를 더해 바라보았다. 이런 점에 무지한 쓰다로 하여금 부러워하게 만드는 것이 대충 그 두 사람의 목적이라도 되는 것처럼 보이기 시작했을 때 그는 일단 억지로 앉은 자리에서 다시 일어서려고 했다. 그러자 고바야시가 재차 만류했다.

65 피카소 등의 입체파를 말한다. 사생을 배제하고 일종의 기하학적 구성을 존중하여 다이쇼 시대 초기의 미술가들이 이렇게 불렀다.

"이제 금방이네. 같이 가세. 조금만 더 기다리게."

"아니, 너무 늦어질 것 같으니까……."

"뭐 그렇게까지 창피를 주지 않아도 되는 거 아닌가? 아니면, 하라가 다 먹을 때까지 기다리면 신사의 체면이 상하기라도 한다는 건가?"

하라는 잘게 썬 샐러드를 햄 위에 올리고 그것을 포크로 푹 찌른 손을 멈췄다.

"자, 신경 쓰지 마시고."

쓰다가 가볍게 고개를 숙여 인사하고 드디어 일어서려고 했을 때 고바야시는 거의 혼잣말처럼 말했다.

"대체 이 자리를 뭐라고 생각하는 거야? 송별회라며 사람을 불러놓고 정작 중요한 손님을 남겨놓고 먼저 돌아가다니, 세상에 그런 모욕을 주는 놈이 있으니까 지겹다니까."

"그럴 생각이 아니네."

"그럴 생각이 아니라면 좀 더 있게."

"볼일이 좀 있네."

"나한테도 볼일이 좀 있네."

"그림이라면 사양하겠네."

"그림도 억지로 사라고는 안 하네. 쩨쩨한 말 하지 말게."

"그럼 빨리 그 용건이나 말하게."

"서 있으면 안 되네. 신사답게 앉아야지."

어쩔 수 없이 다시 앉은 쓰다는 소매에서 담배를 꺼내 불을 붙였다. 문득 보니 재떨이는 시키시마 잔해로 가득 차 있었다. 오늘 밤을 기념하는 것으로 이것만큼 적당한 것도 없다는 생각이 우연히 쓰다의 머리에 떠올랐다. 앞으로 피우려는 한 대도 3분도 지나지 않아 재와 연기와 꽁초로 바뀌어 아무 도움도 안 되는 차가움을 재떨이 위에 남길 뿐이라고 생각하니 어쩐지 불쾌한 기분이 들었다.

"뭔가, 그 용건이라는 건? 설마 또 돈을 달라는 건 아니겠지?"

"그러니까 아까부터 쩨쩨한 말 하지 말라고 하지 않았나?"

고바야시는 오른손으로 양복 오른쪽 앞을 쥐고 왼손을 호주머니 안으로 넣었다. 그는 어둠 속에서 물건을 찾는 듯이 넣은 손을 잠시 양복 안쪽에서 움직였다. 그사이 눈은 계속해서 쓰다의 얼굴에 고정하고 있었다. 그러자 갑자기 엉뚱한 광경이 쓰다의 머리에 떠올랐다. 동시에 이상한 망상이 지금 피우고 있는 담배 연기처럼 엷게 그의 마음을 스치고 지나갔다.

'이놈이 품에서 권총이라도 꺼내는 건 아닐까? 그리고 그걸 내 코앞에 들이대는 건 아닐까?'

연극 같은 한순간이 그의 예감을 희미하게 흔들었을 때 신경의 말단은, 눈에 보이지 않는 듯이 희롱당하는 가느다란 잔가지처럼 떨며 움직였다. 그와 함께 자신이 멋대로 만든 이 가공의 극 한 장면을 곁눈질로 보고 그 황당무계함을 조소하는 이지의 힘이 이제 그의 중심에서 작동하고 있었다.

"뭘 찾고 있나?"

"아니, 여러 가지 것들이 함께 들어 있어서 말이야, 손끝으로 잘 찾아낸 다음이 아니면 좀처럼 자네 앞에 꺼낼 수가 없네."

"잘못해서 아까 넣은 지폐라도 나오면 성가시겠지."

"뭐 지폐는 괜찮네. 다른 종이쪼가리하고는 달리 살아 있으니까. 이렇게 손으로 만져보면 금방 알 수 있다네. 호주머니 안에서 펄떡펄떡

뛰고 있지."

고바야시는 억지를 부리면서 일부러 빈손을 내밀었다.

"어라, 없네. 이상하군."

그는 이번에는 왼쪽 가슴께에 있는 호주머니에 오른손을 찔러 넣었다. 하지만 거기에서 그가 끄집어낸 것은 꼬깃꼬깃 지저분한 손수건뿐이었다.

"뭔가, 마술이라도 할 생각인가, 그 손수건으로?"

고바야시는 쓰다의 말을 들은 척도 하지 않았다. 진지한 얼굴로 일어나면서 두 손으로 허리 좌우를 동시에 두드리고 나서 갑자기 말했다.

"음, 여기 있었군."

그가 바지 호주머니에서 꺼낸 것은 편지 한 통이었다.

"실은 이걸 자네한테 읽어주고 싶었네. 이제 당분간 자네를 만날 기회도 없고 오늘 밤뿐이니까. 내가 하라하고 이야기를 나누는 동안 잠깐 읽어보게. 별문제 없겠지? 좀 길지만."

봉투를 받아 든 쓰다의 손은 거의 기계적으로 움직였다.

164

펜으로 원고지에 휘갈겨 쓴 편지는 물론 길이로 봐도 보통의 배 이상이었다. 그뿐 아니라 수신인이 고바야시임에 틀림없었지만 발신인은 쓰다가 본 적도 들은 적도 없는 전혀 모르는 사람이었다. 쓰다는 봉투의 앞뒤를 보고 나서 그게 과연 자신과 무슨 관계가 있는 걸까 하고 생각했다. 하지만 싸늘한 무관심과 함께 일어난 일종의 호기심은 곧 그의 손을 이끌었다. 봉투에서 꺼낸 10행 20자의 괘지에 시선을 떨어뜨린 그는 단숨에 읽어 내려갔다.

저는 여기에 온 일을 이미 후회하지 않을 수 없게 되었습니다. 당신은 필시 벌써 싫증을 내는 거라고 생각하시겠지요. 하지만 이것은 당신과 저의 성격 차이에서 나오는 거라 어쩔 수가 없습니다. 또 그러는 거냐고 말하지 말고 제 호소를 들어주세요. 여자뿐이라 밤에는 위험하니 은행 정리가 될 때까지 집으로 와서 자며 집을 봐주었으면 한다, 소설을 쓰고 싶으면 자유롭게 써도 된다, 도서관에 간다면 도시락을 가져가는 게 좋다, 오후에는 그림을 배우러 가는 게 좋다, 조만간 도쿄의 은행으로 옮기면 외국어 학교에 보내주겠다, 집 처리는 걱정하지 마라, 이사 비용은 대주겠다. 저는 이런 고마운 조건에 혹했던 것입니다. 하기야 하나부터 열까지 다 믿었던 것도 아니었지만 수십 퍼센트는 정말이지 틀림없을 거라고 믿었습니다. 그런데 이제 와서 보니 사실은 하나도 없었습니다. 처음부터 끝까지 새빨간 거짓말이었습니다. 숙부는 도쿄에 있는 일이 많을 뿐 아니라 저는 아침부터 밤까지 서생 대신 심부름만 다닐 뿐입니다. 숙부는 저를 '우리 집 서생'이라고 말합니다. 그것도 손님 앞에서요. 제가 있는 앞에서 말입니다. 이런 까닭에 술 한 홉 심부름에서부터 툇마루 청소까지 다 제 일이 되었습니다. 돈은 아직 한 푼도 받은 적이 없습니다. 제가 신고 있던 1엔짜리 게다가 망가지자 12전짜리 게다를 사주었습니다. 숙부는 다음 날 돈을 주겠다며 제 가족을 누님 집으로 이사하게 했습니다만, 이사하고 났더니 돈 문제는 꺼내지도 않아서 저는 돌아갈 집마저 없어지고 말았습니다.

숙부가 하는 일은 흡사 투기꾼 같은 것입니다. 돈 따위는 조금도 없습니다. 그리고 숙부 부부는 지극히 쌀쌀하고 인색합니다. 그래서 막 올라왔던 당시에는 배고픔을 참지 못하고 사흘에 한 번꼴로 누님 집에 가서 밥을 얻어먹었습니다. 식량이 떨어져서 군고구마나 감자로 때운 일도 있습니다. 그렇지만 이건 저에게만 해당하는 일입니다. 숙모는 무척 느낌이 안 좋은 여자입니다. 만사가 타산적이고 체면뿐이며 몹시 좀스럽게 지분거리고 다니고 싶어 해서 줄곧 저를 쿡쿡 들쑤십니다. 숙부는 돈도 없는 주제에 술만은 꼭 마십니다. 그리고 시골에 가면 양반입네 하며 으스댑니다. 하지만 이면을 들여다보면 놀라운 일뿐입니다. 소송 사건도 많이 일어날 정도입니다. 떠날 때마다 기차 삯이 없어서 제가 전당포로 달려가거나 누님 집으로 가서 어려운데도 변통해 와서 주기도 합니다만, 숙부는 제 식비로 공제할 생각인지 시치미를 떼고 있습니다.

숙모는 처음부터 제가 원고를 써서 생활비라도 버는 사람으로 생각했겠지요. 제가 펜을 들고 있으면 그렇게 해서 쓴 것은 대체 어떻게 되는 거냐 하며 넌지시 빈정댑니다. 신문의 직업 소개란에 나온 '사무원 모집' 광고를 들이대며 넌지시 마음을 떠보기도 합니다.

이런 일이 되풀이되고 보니 저는 뭘 하러 여기에 온 것인지 도무지 영문을 알 수 없게 되었습니다. 저는 이상한 생각을 하게 됩니다. 전혀 모양새를 갖추지 못한 이 집의 기괴한 생활과 변화무쌍하기 짝이 없는 이 묘한 가정의 내막이 아침부터 밤까지 무서운 꿈이라도 꾸는 듯한 기분이 들게 하여 제 머리를 고통스럽게 합니다. 남에게 그런 이야기를 해봤자 도저히 통하지 않을 거라고 생각하니 세상에서 저에게만 귀신이 씌었다고 여겨질 수밖에 없어 더욱 불안합니다. 그리고 때때로 미쳐버릴 것만 같습니다. 아니, 이미 미쳐버린 것이 아닐까 하고 의심하기 시작하면 견딜 수 없이 무서워집니다. 토굴 감옥 안에서 괴로워하는 저에게는 햇빛이 없을 뿐 아니라 이제 손도 발도 없는 듯한 기분이 듭니다. 왜냐하면 손을 들어도, 발을 움직여도 사방이 깜깜하기 때문입니다. 아무리 호소해도 두껍고 차가운 벽이 제 목소리를 가로막아 세상에 들리지 않기 때문입니다. 지금의 저는 천하에 외톨이입니다. 친구도 없습니다. 있어도 없는 것이나 마찬가지입니다. 유령 같은 제 심경을 느낄 수 있는 두뇌를 가진 사람이 있을 리 만무하기 때문입니다. 저는 너무 괴로운 나머지 이 편지를 씁니다. 도움을 요청하기 위해 쓴 것은 아닙니다. 저는 당신의 처지를 잘 알고 있습니다. 당신에게 물질적인 도움 같은 것을 받을 생각은 추호도 없습니다. 다만 이 고통의 일부분이 당신의 혈관에 흐르고 있는 인정의 피에 전해지고 거기에서 동정의 물결이 조금이라도 일 수 있다면 저는 그것으로 족합니다. 저는 그것으로 제가 아직 인간의 일원으로서 사회에 존재한다는 확증을 얻을 수 있기 때문입니다. 이 악마의 엄중한 포위망 안에서 널찍한 인간 세상에 닿는 광선은 한 줄기도 없는 걸까요? 저는 지금 그것조차 의심하고 있습니다. 그리고 저는 당신에게서 답장이 오는가 안 오는가 하는 것으로 그 의심을 결정하고 싶습니다.

편지는 여기서 끝을 맺고 있었다.

165

그때 조금 전 불을 붙여 피우기 시작한 궐련의 재가 어느새 3센티미터쯤 되어 괘지 위로 뚝 떨어졌다. 가로세로로 이어진 남색 테두리 위에 떨어진 분말에 시각의 자극을 받아 문득 정신을 차리고 보니 그는 담배를 쥔 손을 그때까지 움직이지 않고 있었다. 아니, 움직이지 않았다기보다는 그의 입과 손이 어느새 담배의 존재를 잊고 있었다. 게다가 편지를 다 읽은 것과 담뱃재를 떨어뜨린 것은 동시가 아니어서 그 둘 사이에 끼어든 그저 멍한 시간을 인정하지 않을 수 없었다.

그 공허한 시간은 과연 무엇 때문에 일어난 것일까? 원래 이 편지만큼 쓰다와 인연이 먼 것은 없었다. 첫째로 그는 편지를 쓴 사람을 몰랐다. 둘째로 편지를 쓴 사람과 고바야시의 관계가 어떻게 되는지 전혀 몰랐다.

편지에 쓰여 있는 내용은 마치 딴 세상 일로 받아들일 수밖에 없을 정도로 그의 위치나 처지와는 동떨어진 것이었다.

하지만 그의 감상은 거기서 끝날 리 없었다. 그는 어딘가에서 '아니, 이런' 하고 생각했다. 지금까지 앞만 보며 처음부터 여기에 세상이 있는 거라고 생각한 그는 갑자기 뒤를 돌아볼 수밖에 없었다. 그리고 자신과 반대되는 존재를 주시하기 위해 멈춰 섰다. 그러자 지금까지 만난 적도 없는 유령 같은 존재를 보고 있는 사이에 '아아, 이 사람도 인간이다' 하는 생각이 들었다. 아주 인연이 먼 존재는 오히려 인연이 가까운 존재였다는 사실이 그의 눈앞에 나타났다.

그는 거기서 멈췄다. 그리고 왔다 갔다 했다. 하지만 거기서 앞으로 한 발짝도 나아가지 않았다. 그는 어쩐지 기분 나쁜 이 편지를 그에게 걸맞은 의미로 이해했을 뿐이었다.

그가 원고지에서 담뱃재를 떨어냈을 때 하라를 상대로 무슨 얘기인가를 계속하고 있던 고바야시는 곧바로 그를 향했다. 용건을 끝내기 위해서인 듯한 말 한 구절만이 그의 귀에 울렸다.

"뭐, 괜찮네. 머지않아 어떻게든 되겠지. 걱정하지 않아도 되네."

쓰다는 잠자코 편지를 고바야시에게 건넸다. 고바야시는 그것을 받아 들기 전에 물었다.

"읽었나?"

"응."

"어떤가?"

쓰다는 아무 대답도 하지 않았다. 하지만 일단 상대의 의도를 확인해볼 필요를 느꼈다.

"대체 뭐 때문에 그걸 읽으라고 한 건가?"

고바야시가 반문했다.

"대체 뭐 때문에 읽으라고 한 것 같나?"

"내가 모르는 사람 아닌가, 그걸 쓴 사람은?"

"물론 모르는 사람이지."

"몰라도 좋다고 하고, 나하고 무슨 관계라도 있나?"

"이 남자 말인가, 이 편지 말인가?"

"어느 쪽이든 상관없네만."

"자네는 어떻게 생각하나?"

쓰다는 다시 망설였다. 사실 그것은 편지의 의미가 그에게 잘 전달되었다는 증거였다. 좀 더 명료하게 말하자면 자신은 나름대로 그 편지를 해석할 수 있었다는 자각이 그의 대답을 난처하게 한 것이나 마찬가지였다. 그는 잠시 뜸을 들였다 말했다.

"자네가 말하는 의미라면 나하고는 전혀 무관하겠지."

"내가 말하는 의미란 뭔가?"

"모르겠나?"

"모르네. 말해보게."

"아니, ……뭐 그만두세."

쓰다는 조금 전의 그림과 같은 의미에서 고바야시가 이 편지를 자기에게 내민 것이 아니었을까 하고 의심했다. 어쨌든 그를 물질적 희생자로 만들고 나서 '꼴좋게 됐군. 결국 항복한 건가?' 하는 태도로 나오는 것은 그에게 견딜 수 없는 모욕이었다. 아무리 가난의 유령으로 위협한다고 해도 그 수에 넘어갈 것 같은가 하는 그의 기개가 자연스럽게 고바야시에게 작용했다.

"그보다 자네가 나한테 그 의도를 남자답게 설명하면 되지 않겠나?"

"남자답게? 흠." 이렇게 말하고 일단 말을 끊은 고바야시는 나중에 덧붙였다.

"그럼 설명해주지. 이 사람도, 이 편지도, 그리고 이 편지의 내용도 모두 자네하고는 무관하네. 다만 세속적으로 말하면 말이네, 알겠나, 세속적이라는 의미를 또 오해하면 안 되니까 내친김에 그것도 설명해 두지. 자네는 이 편지의 내용에 대해, 세속적인 사회에서 말하는 의무라는 것을 지고 있지 않네."

"그거야 당연하지 않은가."

"그래서 나도 세속적으로는 무관하다고 하는 거네. 하지만 자네의 도덕관을 좀 더 크게 보면 어떤가?"

"아무리 크게 봐도 돈을 주어야 할 의무 같은 건 느끼지 않네."

"그러겠지, 자네니까. 하지만 동정심은 얼마간 일겠지."

"그거야 이는 게 당연하지 않은가."

"난 그걸로 충분하네. 동정심이 인다는 것은 곧 돈을 주고 싶다는 의미니까. 그런데도 사실은 돈을 주고 싶지 않으니까 거기에 양심의 싸움에서 오는 불안이 생기는 거네. 내 목적은 이제 그걸로 충분히 달성된 거지."

이렇게 말한 고바야시는 편지를 호주머니에 넣고, 동시에 그 호주머니에서 조금 전의 지폐 석 장을 다 꺼내 식탁 위에 놓았다.

"자, 가져가게. 필요한 만큼 가져가게."

고바야시는 이렇게 말하며 하라를 보았다.

166

쓰다에게는 고바야시의 행동이 아주 뜻밖이었다. 10분 이상이나 빈정거림을 당한 데다 갑자기 아연실색해진 그는 가슴이 몹시 뛰었다. 증오의 전류라고 하지 않으면 달리 형용할 수 없는 것이 순간적으로 그의 몸을 통과했다.

동시에 총명한 그의 머리에 일종의 의심이 번뜩였다.

'이 두 놈이 공모해서 아까부터 나를 바보 취급 하는 게 아닐까?'

이렇게 생각하자 큰길 모퉁이에 서서 이야기를 나누던 두 사람의 모습, 여기로 온 뒤에 보여준 고바야시의 거동, 도중에 들어온 하라의 모습, 그리고 그 후 세 사람 사이의 대화가 어느 게 원인이고 어느 게 결과인지 알 수 없을 만큼 신속한 속도로 쓰다의 머릿속에서 갖가지 모양의 불꽃처럼 빙글빙글 회전했다. 그는 하얀 테이블보에 가지런히 놓인 10엔짜리 새 지폐 석 장을 보고 무심코 속으로 외쳤다.

'이것이 이 뻔뻔한 놈이 꾸며낸 연극의 결말이었단 말인가. 바보 같은 놈, 그렇게 네놈 생각대로 하게 내버려둘 것 같아?'

그는 상처받은 자신의 자존심을 위해서라도, 명예롭지 못한 이런 끝마무리에 일대 변화를 준 다음 두 사람과 헤어져야 한다고 생각했다. 하지만 어떻게 해야 이렇게 마지막까지 내몰린 불리한 국면을 제대로 확 뒤집을 수 있을까? 이 문제에 대해 미리 아무런 준비도 하지 않았던 그는 완전한 무능력자였다.

겉으로는 비교적 태연하게 침착함을 유지하고 있던 그의 이면에서는 아무런 도움도 되지 않는 기지가 격렬하게 움직이고 있었다. 하지만 그 혼잡함은 단순한 혼잡함으로 끝날 뿐 그에게 어떤 귀착점도 보여주지 않았기 때문에 불끈 치밀어 오른 후의 마음은 부질없이 울렁거릴 뿐이었다. 안타깝게도 그 울렁거림이 어느새 당황하는 모습으로 변해가고 있다는 사실까지 의식되었다.

이 위기일발의 순간에 그는 다시 생각지도 못한 현상에 봉착했다. 그것은 고바야시가 놓은 10엔짜리 지폐가 청년 예술가에게 미친 영향이었다. 지폐에 떨어진 그의 눈에서 나오는 이상한 빛이었다. 거기에는 놀람과 기쁨이 있었다. 일종의 기갈이 있었다. 움켜쥐려는 욕망의 힘이 있었다. 그리고 그 놀람도 기쁨도 기갈도 욕망도 하나하나 진실 그 자체의 발현이었다. 도저히 만든 것, 꾸민 일, 공모한 연극으로는 보이지 않았다. 적어도 쓰다는 그렇게 생각할 수밖에 없었다.

게다가 쓰다의 이런 판단을 확인해줄 만한 일이 잇따라 일어났다. 하라는 그토록 원하는 지폐에 손을 대지 않았다. 그렇다고 고바야시의 친절을 단연코 물리칠 용기도 보여주지 않았다. 그의 표정에서는 내밀고 싶은 손을 삼가며 내밀지 않는 고통의 빛이 역력하게 읽혔다. 만약 이 창백한 청년이 끝내 지폐에 손을 내밀지 않는다면 고바야시가 꾸민 모처럼의 연극도 절반은 망치게 되는 셈이었다. 또한 만약 고바야시가 일단 호주머니에서 꺼낸 지폐를 당초 선고한 대로 얼마간이라도 하라의 손에 건네지 않고 다시 원래의 자리로 거둬들인다면 결과는 한층 희극으로 변할 것이다. 어느 쪽이든 자신의 체면을 세우는데 유리한 방향으로 발전해나갈 것 같아 거기에 한 가닥 희망을 걸고 쓰다는 일의 경과를 묵묵히 지켜보기로 했다.

이윽고 두 사람 사이에 문답이 오갔다.

"왜 집지 않나, 하라?"

"하지만 너무 딱해서……."

"나는 나대로 자네를 딱하다고 생각하네."

"아, 그런가? 정말 고맙네."

"자네 앞에 앉아 있는 이 사람은 또 나름대로 나를 딱하다고 생각하지."

"허어."

하라는 전혀 이해할 수 없다는 듯한 얼굴로 쓰다를 보았다. 고바야시는 곧바로 설명했다.

"그 지폐 석 장은 내가 지금 이 사람한테 받은 거네. 바로 조금 전에 받은 거지."

"그럼 더더욱……."

"'그럼 더더욱'이 아니네. 그래서지. 그래서 나도 쉽게 자네한테 줄 수 있다네. 내가 자네한테 쉽게 줄 수 있으니까 자네도 쉽게 받을 수 있는 거지."

"그런 논리가 되나?"

"물론이지. 만약 이게 철야를 해서 써낸, 한 장에 35전 하는 원고에서 나온 돈이라면 아무리 나라도 조금은 집착이 생길 게 아닌가? 이

마에서 뚝뚝 떨어지던 진땀에도 미안하고 말이야. 하지만 이건 아무 것도 아니네. 여유가 공간에 흩뜨려준 깨끗한 돈이지. 주운 사람이 공덕을 받으면 받을수록 여유는 기뻐할 뿐이네. 안 그러나, 쓰다?"

지긋지긋한 관문을 이미 지나친 쓰다는 오히려 좋은 데서 의논을 받은 것이나 마찬가지였다. 대범한 그의 승낙은 오늘 밤 여기서 만난 어울리지 않는 세 사람의 모임에 적어도 형식상 그럴듯하게 좋은 결말을 맺어주기에 충분했다. 그는 추하고 천하게 보이는 자신의 퇴각을 피하기 위해 눈앞의 기회를 붙잡았다.

"그렇지. 그게 가장 좋을 거야."

고바야시는 입씨름 끝에 결국 석 장 중 한 장을 하라의 손에 건넸다. 나머지 두 장을 다시 원래의 호주머니에 넣으며 그는 쓰다에게 말했다.

"희한하게 여유가 위에서 아래로 흘렀네. 하지만 이제 여기서 위로는 되돌아가지 않을 것 같네. 그러니 역시 자네한테는 생큐네."

밖으로 나와 수로 옆으로 간 세 사람은 전차를 기다리는 동안 커다란 별빛이 달빛처럼 환한 밤하늘을 올려다보았다.

167

세 사람은 곧 뿔뿔이 흩어졌다.

"그럼 실례하겠네. 나는 역으로 전송하러 가지 않을 거네."

"그런가? 와도 좋을 텐데. 자네의 오랜 친구가 조선으로 간다네."

"조선이든 타이완이든 싫네."

"참 인정머리 없는 사람이군그래. 그렇다면 떠나기 전에 다시 한번 작별 인사를 하러 가겠네, 괜찮나?"

"이제 충분하네, 오지 않아도."

"아니, 가겠네. 그렇지 않으면 왠지 마음이 개운치가 않으니까."

"마음대로 하게. 하지만 나는 없을 거네, 와도. 내일 여행을 떠나니까."

"여행? 어디로?"

"좀 요양할 필요가 있어서네."

"전지요양인가? 멋지군."

"내가 보기엔 이것도 여유가 준 선물이지. 나는 자네와 달리 어디까지나 이 여유에 감사하지 않을 수 없네."

"어디까지나 내 주의를 무의미하게 만들 생각이로군."

"솔직히 말하면 그런 셈일세."

"좋아, 누가 이기나 두고 보게. 나한테 계발되는 것보다 사실 그 자체에 의해 근신하는 것이 훨씬 즉각적인 효과가 있고 절실해서 좋을 거네."

이것이 헤어질 때 두 사람이 나눈 대화였다. 하지만 이는 초저녁부터 미뤄온 악감정, 쓰다가 저녁때 이래 고바야시에게 품어온 악감정의 발현에 지나지 않았다. 이것으로 얼마간 속이 후련해진 쓰다에게는 상대의 입에서 나온 최후의 말 따위를 생각할 여지가 없었다. 그는 시비 여하를 불문하고 오기로라도 고바야시 같은 자의 사상이나 의견을 잘라버리지 않을 수 없었다. 혼자가 된 그는 곧 전차 안에서 온천장의 모습 등을 상상하기 시작했다.

이튿날 아침에는 바람이 불었다. 드문드문 내리는 빗줄기를 바람이

지면으로 비스듬히 날려주었다.

"성가시게 생겼군."

여느 때와 같은 시간에 일어난 쓰다는 툇마루 끝에서 하늘을 올려다보며 눈살을 찌푸렸다. 하늘에는 구름이 끼어 있었다. 그리고 구름은 눈에 보이는 바람처럼 끊임없이 움직이고 있었다.

"어쩌면 낮부터는 갤지 모르겠어요."

오노부는 이미 정해진 계획을 실행하는 데 찬성하는 듯이 말했다.

"그래도 하루 늦어지면 하루를 허비할 뿐이니까요. 빨리 갔다 빨리 돌아오는 게 낫겠지요."

"나도 그럴 생각이야."

차가운 비에 의해서도 흐트러지지 않았던 부부 사이의 약속은 출발 직전이 되어서야 약간의 엇갈림이 생겼다. 옷장 서랍에서 자신의 옷을 꺼낸 오노부는 그것을 남편의 옷과 나란히, 감물을 먹인 종이 위에 놓았다. 쓰다는 눈치챘다.

"당신은 가지 않아도 돼."

"왜요?"

"왜라고 할 이유는 없지만 이렇게 비가 오는데 고생만 하잖아."

"전혀요."

오노부의 말이 너무나 천진난만해서 쓰다는 자기도 모르게 웃고 말았다.

"같이 가는 게 귀찮아서 거절하는 게 아니야. 미안해서야. 기껏해야 하루도 걸리지 않는 곳에 가는데 일부러 전송을 받는다는 게 좀 우스꽝스럽거든. 고바야시가 조선으로 떠나는데도 나는 전송하러 가지 않겠다고 어젯밤에 거절했을 정도니까."

"그래요? 하지만 저는 집에 있어봐야 할 일도 없는걸요."

"놀고 있어. 상관없으니까."

오노부가 결국 쓴웃음을 짓고 다투는 것을 그만두어서 쓰다는 혼자 인력거를 타고 집을 나설 수 있었다.

주위의 혼잡스러움과 대조를 이루는, 비 내리는 쓸쓸한 역에 서서 쓰다가 막 산 이등 열차표[66]를 멍하니 바라보고 있자니 한 서생이 돌연 앞으로 와서 오랜 지인이나 되는 양 인사를 했다.

"하필이면 이런 날씨라……."

그 사람은 얼마 전에 요시카와 집에서 처음 본 그 집 서생이었다. 안내하러 현관으로 나왔을 때의 쌀쌀함에 비해 오늘은 헌팅캡을 벗은 태도부터가 정중했다. 쓰다는 무슨 의미인지 전혀 알아채지 못했다.

"누가 어디 가십니까?"

"아뇨, 잠깐 전송하러요."

"그러니까 누구를요?"

서생은 난처해하는 듯한 모습이었다.

"실은 사모님께서 오늘 사정이 좀 있어서 대신 이걸 좀 가져다 드리라고 하셨습니다."

서생은 손에 든 과일 바구니를 쓰다에게 보였다.

"아니, 이거 참, 송구스럽습니다."

쓰다는 곧 바구니를 받아 들려고 했다. 그러나 서생은 건네지 않았다.

"아뇨, 제가 열차 안까지 들어다 드리겠습니다."

66 일본의 철도 차량은 일등, 이등, 삼등으로 나뉘었는데 운임은 일등칸이 삼등칸의 세 배, 이등칸은 삼등칸의 두 배였다. 1960년에 이르러서야 삼등칸이 폐지되고 일등칸과 이등칸만 남았다.

기차가 떠날 때 말없이 정중하게 고개를 숙인 서생에게 "그럼 말씀 잘 드려주십시오" 하고 인사를 한 쓰다는 비교적 붐비지 않는 객실 한 구석에 천천히 앉으면서 '역시 오노부가 오지 않은 게 다행이었어' 하고 생각했다.

168

오노부가 눈치 빠르게 외투 호주머니에 넣어준 신문을 꺼내 평소보다 꼼꼼히 훑어보고 있을 무렵 창밖의 하늘은 점차 나빠졌다. 조금 전까지 드문드문 보였던 빗줄기가 갑자기 세를 늘려 멀리 바라보이는 한정된 공간을 한꺼번에 채워가는 모습이 비교적 전망이 좋은 기차 차창에서 보니 한층 대단하게 느껴졌다.

비 위에는 짙은 구름이 있었다. 비 옆에도 시야가 가로막히지 않는 곳에는 구름이 있었다. 구름과 비가 빈틈없이 연속된 널찍한 공간이 쓰다의 시각을 가득 채웠을 때 그는 황량한 차창 밖의 경치와 그 반대로 기분 좋게 설비된 차내의 쾌적함을 비교했다. 몸을 편안한 곳에 두는 것을 문명인의 특권처럼 생각하는 그는 이 비를 뚫고 밖으로 나가야 하는 오후의 기분을 상상하면서 혼자 어깨를 움츠렸다. 그러자 차창을 툭툭 때릴 때마다 빗방울을 표면에 남기고 부서지는 빗줄기를 옆에 앉아 멍하니 바라보고 있던 마흔 줄의 사내가 상반신을 살짝 앞으로 구부리며 반대쪽에 책상다리를 하고 앉아 있는 동료에게 말을 걸었다. 하지만 빗소리와 기차 소리가 겹쳐 그의 말은 한 번에 상대에게 전해지지 않았다.

"비가 심해졌네요. 이러다가 또 경편[67] 길이 무너지지 않을까요?"

그는 어쩔 수 없이 쓰다의 귀에도 들릴 만큼 커다란 목소리로 이렇게 물었다.

"뭐, 괜찮을 거네. 아무리 이름이 경편[68]이라지만 그렇게 쉽게 무너지기라도 하는 날에는 승객한테 재난이지."

이것이 상대의 대답이었다. 그는 나사 외투를 입은 육십 줄의 노인이었다. 머리에는 양품점을 찾아다녀도 찾을 수 없을 것 같은 차양 없는 이상한 모자를 쓰고 있었다. 담배쌈지, 감색 바탕에 빨간색과 노란색의 세로 줄무늬를 넣은 무명 옷감, 옛날 외국에서 들여온 사라사 같은 것을 솜씨 좋게 깔끔하게 늘어놓고 장사를 하는 일용품 가게에라도 가서 일부러 주문하지 않으면 도저히 머리에 쓸 수 없을 것 같은 모자의 주인은 말투로 도쿄 태생이라는 증거를 충분히 보여주고 있었다. 쓰다는 복장에 어울리지 않는, 뜻밖에 활달한 이 노인의 기력에 놀란 동시에 도쿄의 소상공업 지역 장인들이 혀끝을 말듯이 활기 있게 지껄이는 어조에 가까운 그의 말투에서 의외라는 느낌을 받았다.

이 대답에 우연히 사용된 경편이라는 단어가 쓰다에게는 일종의 암시였다. 그는 오후의 몇 시간을 그 경편에 흔들리며 전지요양을 하러 가는 사람이었다. 어쩌면 같은 방향으로 놀러 가는 사람들일지도 모른다고 생각했던 쓰다의 귀는 갑자기 그들의 대화에 민감해졌다. 자

67 경편 철도(輕便鐵道)를 말한다. 사설(私設) 철도를 보급하기 위해 1897년부터 1919년까지 철도부설법에 따르지 않고 건설된 철도. 보통 철도에 비해 궤도의 폭이 30센티미터나 좁고 객차가 소형이며 구조도 간단했다. 쓰다가 가려는 온천장이 유가와라(湯河原, 소세키는 1916년 1월부터 2월에 걸쳐 이곳에 머물렀다)를 모델로 했다는 설을 따른다면 이 경편 철도는 오다와라에서 아타미 구간을 오가는 경편 철도일 것이다.

68 일본어로 경편(輕便)은 '간편하다', '간단하다'는 뜻이다.

리를 옮길 여지가 없어 불편한 자세와 유달리 큰 목소리를 견디지 않을 수 없었던 두 사람이 나누는 말은 하나하나 다 들렸다.

"날씨가 이렇게 될 줄은 몰랐는데요. 이럴 줄 알았다면 하루 늦추는 게 편했을 텐데 말이지요."

중절모자에 낙타털 외투를 입은 차분한 사내가 이렇게 말하자 노인이 바로 대답했다.

"고작 비 아닌가. 젖어도 상관없다고 생각하면 아무것도 아니네."

"하지만 짐이 성가셔서요. 경편에 비를 맞으며 실릴 걸 생각하면 좀 불안해지거든요."

"그럼 우리가 비를 맞고 짐만 객실에 넣기로 하지."

두 사람은 큰 소리로 웃었다. 그 뒤에 노인이 다시 말했다.

"하긴 얼마 전에 그런 소동이 있었으니까. 도중에 기관에 구멍이 나서 움직이지 않게 된 기차니까 정말 불안한 건 틀림없지."

"그때 거기엔 어떻게 도착했지요?"

"뭐 저쪽에서 온 기차를 산 중턱에서 기다리게 해놓고 그쪽 기관으로 끌어당기게 했잖은가."

"아, 그렇군요. 하지만 기관을 떼어낸 기차는 어떻게 되었지요?"

"이쪽에서 떼어냈으니까 그쪽은 틀림없이 곤란했겠지."

"그래서 남겨진 기차는 어떻게 되었는데요? 설마 다른 기차를 구하고 그 기차는 오도 가도 못한 건 아니었겠지요?"

"이제 와서 생각하니 그것도 그러네. 그땐 아예 그쪽 기차 같은 건 생각할 여유가 없었으니까. 날은 저물고 추위는 몸에 스며들어 덜덜 떨었거든."

쓰다의 추측은 점점 분명해졌다. 두 사람은 경편이 다니는 선로 좌우에 있는 온천장 세 곳 중 어딘가로 가는 게 틀림없었다. 그렇다고 해도 앞으로 자신의 몸을 두 시간이든 세 시간이든 맡기려고 하는 경편이 그들의 말대로 난폭하기 그지없는 거라면 이 빗속에 어떤 재난을 당할지 모르는 일이었다. 하지만 거기에는 도쿄 사람 특유의 과장이라는 것이 있었다. 그렇게 불완전한 것이냐고 물어보려다가 거기에 생각이 미친 쓰다는 속으로 쓴웃음을 지으며 질문을 하는 수고를 덜었다. 그리고 이번에는 기요코와 경편을 연결시켜 '여자 혼자도 거뜬히 오갈 수 있는 곳인데' 하는 생각을 하면서 재미 삼아 하는 흥미 본위의 대화에 더 이상 귀를 기울이지 않았다.

169

기차가 목적지인 역에 도착하기 조금 전에 세 사람이 걱정하던 날씨는 차츰 풀리기 시작했다. 그때 쓰다는 비가 그치기 직전의 하늘에서 분주한 듯한 구름의 모습을 보았다. 구름은 기차가 달리는 방향과 반대 방향을 향해 빠르게 날아갔다. 그리고 뒤에서 차례로, 마치 앞에 가는 구름을 쫓아가는 것처럼 빈틈없이 몰려들었다. 그러는 사이에 움직이는 하늘 속에 약간 밝은 곳이 생겨났다. 다른 부분보다 비교적 엷어 보이는 부분이 점차 많아졌다. 조금 있으니 그중에서 한 모퉁이가 바람에 날려 뚫렸고, 뚫린 구멍에서 파란빛이 흘러나올 것 같은 기미가 보였다.

생각했던 것보다 자신에게 호의를 가져준 날씨에 감사하며 기차에서 내린 쓰다는 거기서 곧바로 갈아탄 전차에서 조금 전에 만났던 두 사람을 다시 발견했다. 아니나 다를까 그가 생각한 대로 자신과 같은 방향으로, 같은 교통기관을 이용하는 사람들이라는 사실을 알았을 때 쓰다는 그들의 짐을 주목했다. 하지만 그들이 비를 맞게 내버려두게 되는 것을 몹시 걱정할 만큼 부피가 큰 짐은 어디에도 보이지 않았다. 그뿐 아니라 노인은 자신이 조금 전에 말한 것조차 이미 잊고 있는 듯했다.

"다행이군, 적중했어. 그래서 역시 가려고 맘먹었을 때 출발하는 게 제일이라니까. 우물쭈물하면서 도쿄에 있어보라고. 아아, 시시해, 이럴 줄 알았으면 큰맘 먹고 오늘 아침에 출발할걸, 하고 후회했을 테니까 말이야."

"그러네요. 하지만 도쿄도 지금쯤 날씨가 이만큼 좋아졌을까요?"

"그거야 가보지 않으면 전혀 알 수 없지. 뭐하면 전화로 물어보는 거고. 하지만 대체로 틀림없을 거네. 일본 어디를 가나 하늘은 이어져 있으니까."

쓰다는 조금 우스웠다. 그런데 노인이 곧 말을 걸어왔다.

"당신도 탕치장에 가는 거요? 아무래도 그럴 거라고 생각했소, 아까부터."

"그건 왜죠?"

"왜라니, 그런 곳으로 놀러 가는 사람은 딱 보면 알 수 있소. 안 그런가?"

그는 이렇게 말하고 옆에 있는 동료를 돌아보았다. 중절모자를 쓴 사람은 어쩔 수 없이 "아, 예" 하고 대답했다.

이 천리안에게 쓴웃음을 금할 수 없었던 쓰다는 그것으로 대화를 끝내려고 했으나 쾌활한 노인은 쉽게 그를 놓아주지 않았다.

"그런데 요즘은 여행도 참 편리해졌소. 어디를 가더라도 몸 하나만 움직이면 충분하니까, 정말 고마운 일이오. 특히 나같이 성질 급한 사람한테는 안성맞춤이지요. 이번에도 짐 같은 건 하나도 갖고 오지 않았고, 이 자질구레한 휴대품을 넣는 자루하고 이 친구의 저 가방을 빼면 나머지는 목숨뿐이라고 말하고 싶을 정도지요. 안 그러나 친구?"

친구라는 이름으로 불린 사람은 또 "아, 예" 하고만 대답했다. 이만큼의 짐을 객실 안으로 갖고 들어갈 수 없다면 그들이 말하는 '경편'은 무척 붐비거나 아니면 상식으로 헤아릴 수 없을 만큼 불완전한 것일 수밖에 없었다. 그것을 확인해보려고 생각했던 쓰다는 당장 확인해도 별도리가 없다는 생각이 들어 입을 다물었다.

전차에서 내렸을 때 쓰다는 두 사람의 모습을 놓치고 말았다. 그는 역 앞에 있는 찻집에서 사진판이며 석판이며 제각각 공을 들여 디자인한 온천장의 광고 그림을 바라보며 점심을 먹었다. 시간으로 보면 평소보다 한 시간 이상이나 늦어진 점심이라 그의 먹성은 유감없이 발휘되었다. 하지만 발차 시간은 눈앞에 다가와 있었다. 그는 젓가락을 놓기가 무섭게 다시 경편으로 갈아타야 했다.

기준점에 해당하는 역은 그가 휴식을 취한 찻집 바로 앞에 있었다. 그는 전차보다 좁은 경편을 눈앞에 보면서 여종업원에게서 밥값 잔돈을 받자마자 밖으로 나갔다. 표를 펀치로 찍어주는 곳과 플랫폼 사이에는 거의 거리가 없었다. 대여섯 걸음만 움직이면 바로 발을 올리는 계단에 닿았다. 그는 객실 안에서 조금 전의 두 사람과 다시 얼굴을 마주했다.

"이야, 또 보는군요. 여기 앉으시오."

노인은 몸을 비켜 쓰다를 위해 그가 팔에 안고 온 무릎 담요를 깔

공간을 마련해주었다.

"오늘은 한가해서 좋네요."

노인은 피한과 피서를 위해 연말부터 정월에 걸쳐, 그리고 칠팔월 두 달에 걸쳐 이 선로로 모여드는 탕치 손님이 얼마나 붐비는지를 자못 재미있다는 듯이 예의 그 어조로 들려준 뒤 자신의 동료를 돌아보았다.

"그럴 때 여자를 데려오는 건 사실 죄라오. 엉덩이가 커서 우선 다 탈 수가 없소. 그리고 금방 멀미를 해서 곤란하다오. 초밥처럼 눌리면서 내뿜기도 하고 토하기도 하고 참 꼴불견이지."

그는 자기 옆에 앉아 있는 여성의 존재를 까맣게 잊은 듯이 말했다.

170

경편 안에서도 쓰다의 평화는 까딱하면 나이 든 이 낙천가 때문에 흐트러질 뻔했다. 앞으로 목적지에 도착할 때의 모습, 그 모습에 따라 취해야 할 자신의 태도 같은 것이, 상상했던 여관이며 산이며 계곡 등의 경치 속에서 끝없이 어른거리며 움직이고 있을 때 노인이 갑자기 꿈속에 있는 그를 두드려 깨웠다.

"아직 가교(假橋) 그대로 운행하고 있으니 참 한가한 거지요. 보세요, 막벌이꾼이 저렇게 일하고 있으니까."

정식 다리가 작년 홍수로 떠내려간 뒤로 아직 완성되지 않은 것을 두고 노인은 자못 사회의 태만이기라도 하다는 듯이 욕을 해댄 뒤에 바다로 흘러드는 강 하구에 새로 지어진 집 한 채를 가리키며 다시 쓰다의 주의를 끌려고 했다.

“저 집도 작년에 물결에 휩쓸려버렸소. 하지만 곧 저렇게 다시 지었으니 그래도 경편보다는 나은 거지요.”

“올여름 피서객을 놓치기 싫어서겠지요.”

“이 근방에서 여름 한 철을 쉬면 꽤 타격이 크니까요. 역시 욕심이 없으면 무슨 일이든 재빨리 마무리되지 않는 법이지요. 이 경편도 그럴 거요. 어설픈 저 가교로도 그럭저럭 부족하지 않으니까 회사 쪽에서도 언제까지고 태만하게 그런 줄 알고 다시 세우지 않는 거요.”

쓰다는 어쩔 수 없이 노인의 인생관에 두말없이 장단을 맞추면서도 대화가 끊길 때는 눈을 감고 자는 듯이 하며 제멋대로 떠오르는 생각을 이어갔다.

그의 머릿속에서는 정리되지 않는 단편적인 이미지가 끊임없이 오갔다. 그중에는 오늘 아침에 본 오노부의 얼굴도 있었다. 역까지 나와준 요시카와 집 서생의 모습도 어른거렸다. 그가 객실로 가져다준 과일 바구니도 있었다. 그 뚜껑을 열고 두 사람에게 부인의 선물을 나눠줄까 하는 의지도 작동했다. 그런 행동에서 일어나는 수고며 번거로움 등 이쪽의 호의를 받아들일 때 상대가 보여줄지도 모르는 야단스러운 인사도 또렷이 그려졌다. 그러자 노인도 중절모자도 갑자기 사라지고 그 대신 뚱뚱한 요시카와 부인의 그림자가 머릿속의 문을 열고 성큼성큼 들어왔다. 연상은 곧 앞으로 가려는 탕치장의 중심점이 되는 기요코에게 날아갔다. 그의 마음은 기차와 함께 앞뒤로 흔들리기 시작했다.

기차라는 이름이 아까울 정도로 기차는 곧 바다로 이어져 있는 경사 급한 산 중턱을 위태롭게 덜컹덜컹 소리를 내며 달려가나 싶더니 어느새 산과 산 사이로 비집고 들어가 몇 번이나 오르락내리락했다. 산은 대체로 빈틈없이 심어진 밀감 색이 따스한 남국의 아름다운 가을 하늘 아래 겹겹이 이어져 있었다.

"저건 맛있을 것 같군요."

"아, 전혀 맛있지 않아. 여기서 보는 게 훨씬 더 예쁘지."

비교적 험하고 구불구불한 언덕을 하나 올라갔을 때 기차가 갑자기 멈췄다. 역도 아닌 것으로 보이는 곳은 약간의 서리로 채색된 잡목뿐이었다.

"어떻게 된 거지?"

노인이 이렇게 말하며 창으로 머리를 내밀고 있으니 차장과 운전수가 갑자기 기차에서 내려 계속해서 무슨 말을 나누었다.

"탈선입니다."

이 말을 들었을 때 노인은 곧 쓰다와 자신 앞에 있는 중절모자를 보았다.

"그러니까 말하지 않았나. 분명히 무슨 일이 있을 것 같더라니."

갑자기 예언자 같은 어조로 말한 그는 드디어 쓸데없는 잡담을 늘어놓을 시기가 왔다는 듯이 신이 나서 떠들어대기 시작했다.

"어차피 집을 나설 때 물로 작별의 잔을 나누고 나왔으니까 진작 각오는 한 셈이지만, 막상 이렇게 되고 보니 이런 데서 벤케이의 진퇴양난[69]은 사양하고 싶군그래. 그렇다고 언제까지 이렇게 기다린다고 해

69 벤케이(弁慶)는 미나모토 요시쓰네(源義経)를 모신 히에이잔(比叡山)의 승려로 그 용맹함이 다양하게 전설화되어 있다. 고로모가와(衣川) 전투에서 벤케이가 일곱 개의 무구(武具)를 매고 긴 칼을 지팡이처럼 짚은 채 다리 중앙에서 선 자세로 죽었다는 데서 진퇴유곡(進退幽谷), 진퇴양난(進退兩難)을 비유하게 되었다.

도 좀처럼 원래 자리로 되돌려줄 것 같지도 않고. 아무튼 날이 짧은 데다 성질이 급하니 한가하게 있을 수가 없어. ……어떻소, 여러분, 한 번 내려서 기차를 밀어보지 않겠소?"

노인은 이렇게 말하며 기세 좋게 맨 먼저 뛰어내렸다. 나머지 사람들도 쓴웃음을 지으면서 일어났다. 쓰다 혼자 객실에 앉아 있을 수도 없어 다른 사람들과 함께 지면으로 내려섰다. 그리고 노란색으로 물든 잔디 위에 어안이 벙벙한 채 서 있는 여성을 뒤로하고 끙끙 기차를 밀었다.

"이야, 안 되는군. 너무 가버렸어."

기차는 다시 되돌려졌다. 그러고 나서 다시 앞으로 밀었다. 두세 번 밀었다 되돌렸다 하는 사이에 탈선한 바퀴가 가까스로 제자리로 돌아왔다.

"또 늦어지고 말았군, 친구, 덕분에 말이야."

"누구 덕분에 말이죠?"

"경편 덕분이지. 하지만 이런 일이라도 없으면 졸려서 안 되네."

"모처럼 놀러 온 보람이 없겠지요."

"정말 그러네."

쓰다는 늦어진 시간을 걱정하며 일러준 역에서 이 기세 좋은 노인과 헤어져 혼자 희미한 황혼의 공기 속으로 나섰다.

171

안개라고도 밤의 빛이라고도 할 수 없는 공기 속에 어렴풋이 떠오른 마을의 모습은 흡사 적막한 꿈만 같았다. 자기 주위에 어른거리는 희미한 전등 불빛과 그 빛이 닿지 않는 곳에 가로놓인 커다란 어둠을 비교했을 때 쓰다는 확실히 꿈만 같다는 느낌을 받았다.

'나는 지금 이 꿈꾸는 듯한 것이 연속된 곳을 찾아가려 하고 있다. 도쿄를 떠나기 전부터, 좀 더 자세하게 말하자면 요시카와 부인이 온천행을 권유하기 전부터, 아니 좀 더 깊숙이 파고들어 말하자면 오노부와 결혼하기 전부터, ……그래도 아직 설명이 부족하다. 실은 갑자기 기요코가 등을 돌린 순간부터 나는 이미 이 꿈만 같은 것에 재앙을 입었다. 그리고 지금은 바로 그 꿈을 좇고 있는 중이다. 돌이켜보면 과거에서 넘어온 이 한 가닥 꿈에서, 앞으로 목적지에 도착하자마자 확 깰 것인가. 그것은 요시카와 부인의 의견이었다. 따라서 부인의 의견에 찬성하고 또 그것을 실행하는 지금 내 의견이기도 하다고 해야 할 것이다. 하지만 그것은 과연 사실일까? 내 꿈은 과연 깨끗이 지워져 사라질까? 나는 과연 그만한 신념으로 이 꿈처럼 어렴풋한 한촌에 서 있는 것일까? 눈에 들어오는 낮은 처마, 최근에 자갈을 깐 듯한 좁은 도로, 빈약한 전등 불빛, 기울어지기 시작한 초가지붕, 노란색 덮개를 내린 말 한 마리가 끄는 마차, 새롭다고도 오래되었다고도 할 수 없는 이 한 덩어리의 배합을 더욱 꿈처럼 가장하고 있는 으스스한 추위와 늦가을 밤의 찬기와 어둠, 이 모든 몽롱한 사실에서 받는 이 느낌은 내가 여기까지 짊어지고 온 숙명의 상징이 아닐까? 지금까지도 꿈, 지금도 꿈, 앞으로도 꿈, 그 꿈을 안고 다시 도쿄로 돌아간다. 그것이 사건의 결말이 되지 않는다고도 말할 수 없다. 아니, 아마 그렇게 될 것 같다. 그럼 무엇 때문에 비 내리는 도쿄를 떠나 이런 데까지 온 것인가. 필경 바보라서? 정말 바보라는 사실이 결정만 된다면 여기서

라도 돌아갈 수 있을 텐데.'

이런 감상은 일시에 찾아왔다. 30초도 안 된 사이에 이 정도의 순서, 단락, 논리, 공상을 갖추고 서로 껴안듯이 그의 머릿속을 지나갔다. 그러나 그 후의 그는 이제 자신의 주인공이 아니었다. 어디서 온 것인지도 모르는 젊은 남자가 불쑥 나타나 그의 짐을 받아 들었다. 1분의 여유도 주지 않고 그를 바로 앞에 있는 찻집으로 끌고 가서 그가 가려고 하는 여관 이름을 묻더니, 마차를 탈 것인지 인력거를 탈 것인지를 확인한 뒤에 아주 짧은 시간에 자유자재로 분주하게, 예상치 못한 애교까지 부리고는 물러났다.

얼마 후 그는 다짜고짜 즈크로 만들어진 덮개를 내린 마차에 태워졌다. 그리고 실례한다며 자기 앞에 앉은, 조금 전의 젊은 남자를 발견하고 그는 깜짝 놀랐다.

"자네도 같이 가는 건가?"

"예, 혹시 방해가 되는 건 아닌지요?"

젊은 남자는 쓰다가 가려고 하는 여관의 종업원이었다.

"여기 깃발이 세워져 있습니다."

그는 고개를 돌려 마부가 앉는 자리 구석에 꽂혀 있는 붉은색 조그만 깃발을 보았다. 어두워서 깃발에 채색된 글자는 눈에 들어오지 않았다. 깃발은 그저 마차의 속력이 일으키는 바람 때문에 그의 자리 쪽으로 심하게 나부낄 뿐이었다. 그는 고개를 움츠리고 외투 깃을 세웠다.

"밤에는 이제 꽤 추워졌네요."

종업원은 마부가 앉는 자리를 등지고 기대고 있어 위치상 조금도 바람을 맞지 않아서 쓰다의 귀에 이 말은 왠지 약아빠진 소리로 들렸다.

길 양옆은 논인 듯했다. 그리고 길과 논의 경계에서는 이따금 조그만 개울의 물소리가 들려오는 것 같았다. 양쪽의 논은 좁고 가늘게 산으로 막혀 있는 듯했다.

쓰다는 모자와 외투 깃으로 다 감출 수 없는 얼굴의 일부분만 바람에 드러내고 추위에 저항이라도 하는 것처럼 종업원에게 말없이 생각에 잠긴 모습을 보였다. 종업원도 그러는 편이 편한 모양인지 굳이 말을 걸려고 하지 않았다.

그러자 돌연 쓰다의 마음이 흔들렸다.

"손님은 많은가?"

"예, 덕분에요. 감사합니다."

"몇 사람 정도인가?"

종업원은 몇 명이라고는 대답하지 않고 오히려 변명 같은 말을 했다.

"다만 공교롭게도 지금은 계절이 계절이라 손님이 그다지 오지 않습니다. 추울 때는 연말에서 정월에 걸쳐, 그리고 여름철에는 칠팔월 두 달 동안 아주 번창하지요. 그때는 일시적으로 머무는 손님을 거절하는 일도 매일같이 일어납니다."

"그럼 지금이 마침 한가한 때로군, 그런가?"

"예, 아무쪼록 느긋하게 쉬세요."

"고맙네."

"역시 병 때문에 일부러 오신 거지요?"

"음, 그렇다네."

기요코에 대해 물어볼 목적으로 이야기를 시작한 쓰다는 여기에 이르자 갑자기 가슴이 멨다. 그는 마음이 켕겼다. 차마 그녀의 이름을 입에 담을 수가 없었다. 게다가 나중에 성가신 일이라도 생기면 좋을 게 없다고 고쳐 생각했다. 종업원에게서 얼굴을 돌려 다시 마차의 등에 기댄 그는 침묵의 자세로 돌아갔다.

172

이윽고 마차는 검고 큰 바위 같은 것에 부딪칠 듯이 그 아래쪽을 빙글 돌아 들어갔다. 보아하니 반대쪽에도 같은 바위의 파편이라고 할 만한 것이 아무렇게나 길가를 막고 있었다. 자리에서 뛰어내린 마부는 곧 말의 주둥이를 잡았다.

한편에는 하늘을 찌를 듯이 큰 나무가 우뚝 솟아 있었다. 별빛이 달빛처럼 환한 밤에 비치는 굉장한 그림자로 판단하자면 늙은 소나무 같은 나무와 돌연 한쪽에서 들려오기 시작한 여울물 소리가 오랫동안 도회를 떠나지 않았던 쓰다의 마음을 불시에 전환시켜주었다. 그는 잊어버린 기억을 떠올렸을 때와 같은 감상에 젖었다.

'아아, 세상에 이런 게 존재했단 말인가, 지금까지 왜 그걸 잊고 있었을까?'

불행히도 이 술회는 고립되어 소멸하는 것이 허락되지 않았다. 쓰다의 머리에는 앞으로 만나러 가는 기요코의 모습이 그려졌다. 그는 헤어진 지 1년 가까이 된 오늘까지 아직 이 여자에 대한 기억을 잊은 적이 없었다. 이렇게 마차에 흔들리며 밤길을 가는 것도 솔직히 말하면 그 사람의 모습을 외곬으로 쫓아가는 행위임이 틀림없었다. 마부는 조금 전부터 시간이 늦어진 것을 걱정하는 듯 그만두면 좋을 텐데도 마구 채찍을 휘둘러 야윈 말의 엉덩이를 때렸다. 잃어버린 여자의 모습을 좇는 그의 마음, 그 마음을 멋대로 번역하자면 곧 이 야윈 말이 아닐까? 그렇다면 그의 눈앞에서 코로 숨을 내쉬는 가련한 동물은 그 자신이고, 그 동물에게 거칠게 채찍을 가하는 사람은 누구일까? 요시카와 부인? 아니, 일률적으로 그렇게 단언할 수는 없었다. 그렇다면 그 자신? 이 점에서 정확히 해결하는 것을 달갑게 여기지 않았던 쓰다는 거기서 문제를 내던지고 여전히 그 앞일을 생각하지 않을 수 없었다.

'그녀를 만나는 것은 무엇 때문일까? 오랫동안 그녀를 기억하기 위해? 만나지 않아도 지금의 나는 잊지 않고 있지 않은가? 그렇다면 그녀를 잊기 위해? 어쩌면 그럴지도 모른다. 소나무 색과 물소리, 그것은 지금 완전히 잊고 있던 산과 계곡의 존재를 생각나게 했다. 완전히 잊지 않은 그녀, 상상의 눈앞에 어른거리는 그녀, 일부러 도쿄에서 뒤를 쫓아온 그녀는 내게[70] 어떤 영향을 끼치는 것일까?'

차가운 산골짜기의 공기, 신비하게 그 산을 검게 바림하는 밤의 빛, 그리고 그 밤의 빛 안에 자신의 존재를 다 품은 쓰다가 일시에 겹쳐졌을 때 그는 무심코 두려워졌다. 오싹했다.

하얀 거품을 바위 모서리에 흩날리며 우는 말의 재갈을 쥔 마부는 흐르는 여울 위에 걸쳐진 다리를 서서히 통과했다. 그리고 전등 몇 개가 바로 눈동자에 비치자 쓰다는 순간적으로 이제 다 왔구나 하고 생각했다. 어쩌면 그 불빛 하나가 지금 기요코의 모습을 비추고 있을지도 모른다는 생각까지 했다.

'운명의 업이다. 그것을 목표로 찾아가는 것 외에 다른 길은 없다.'

시재(詩才)가 부족한 그는 원래 이런 말을 입에 담을 줄 몰랐다. 하

70 원문은 '그에게(彼の上)'로 되어 있으나 소세키의 오기가 분명하기에 문맥에 맞게 '내게'로 번역했다.

지만 이렇게 형용할 만한 기분은 있었다. 그는 고개를 종업원 쪽으로 내밀었다.

"도착한 거 아닌가? 자네 여관은 어디인가?"

"예, 백 미터쯤 더 안쪽입니다."

겨우 마차가 지날 정도의 온천 동네는 좁았다. 게다가 불규칙적이고 부자연스러운 곡선을 그리고 있어 마부로 하여금 다시 마차 위에서 채찍 휘두르는 걸 허락하지 않았다. 그래도 여관에 도착할 때까지는 5, 6분밖에 걸리지 않았다. 산과 계곡이 그만큼 넓다는 의미에서 보면 동네는 그만큼 좁았던 것이다.

여관은 종업원이 말한 대로 쥐 죽은 듯 고요했다. 밤이어서만도 아니고 집이 넓어서만도 아니었다. 전적으로 손님이 적기 때문이라고밖에 할 수 없을 만큼 조용한 가운데 객실로 안내된 그는 좋은 철을 만나게 해준 우연에 감사했다. 성격에서 보면 오히려 사람이 많은 곳을 골랐을 테지만 지금 그에게는 사정이 있었다. 그는 밥상 앞에 앉아 있는 여종업원에게 물었다.

"낮에도 이런가?"

"네."

"왠지 어디에도 손님이 없는 것 같은데?"

여종업원은 신관이며 별관이며 본관이라는 이름을 들먹이며 쓰다가 미심쩍어하는 것을 설명해주었다.

"그렇게 넓은가? 안내를 받지 않으면 미아라도 될 것 같군."

그는 기요코가 있는 곳을 확인해야 했다. 하지만 종업원에게 노골적으로 물어볼 수 없었던 것과 마찬가지로 여종업원에게도 솔직하게 물어볼 수 없었다.

"혼자 온 사람은 거의 없겠지, 이런 곳에?"

"그렇지도 않습니다."

"하지만 남자겠지, 그 사람은? 설마 여자 혼자 묵고 있는 경우는 없을 거고."

"한 분 계십니다, 지금."

"아, 그래? 아픈 사람이겠지, 그 사람은?"

"그럴지도 모릅니다."

"어떤 사람인데?"

담당이 달라서 여종업원은 이름을 몰랐다.

"젊은 사람인가?"

"네. 젊고 아름다운 분입니다."

"그래? 잠깐 보고 싶군."

"욕탕에 가실 때 이 방 옆을 지나니까 보고 싶으시면 언제든지……"

"볼 수 있다고? 그거 고맙군."

쓰다는 여자가 있는 쪽만 듣고 나서 밥상을 물렸다.

173

자기 전에 탕에 한 번 들어갈 생각으로 여종업원에게 안내를 부탁했을 때 쓰다는 비로소 조금 전에 그녀에게 들은 것처럼 이 집이 얼마나 넓은지를 알았다. 의외의 복도를 돌기도 하고 생각지도 못한 계단을 내려가기도 하여 목적지인 욕탕을 눈앞에 두었을 때 그는 실제로 혼자 자신의 방을 찾아갈 수 있을까 하는 의심이 들었다.

욕탕은 판자와 유리문으로 여러 칸으로 나뉘어 있었다. 좌우로 세 개씩 마주 보며 늘어서 있는 소형 욕조 외에 하나만 떨어져 있는 커다란 욕조는 보통의 욕탕보다 배 이상이나 길었다.

"이곳이 가장 커서 기분이 좋으실 거예요." 이렇게 말한 여종업원은 쓰다를 위해 간유리가 끼워진 문을 드르륵 열어주었다. 안에는 아무도 없었다. 김이 들어차는 것을 막기 위해서인지, 다다미방으로 말하자면 교창과 같은 부분에도 역시 유리문이 달려 있었고 반쯤 열린 두 문짝 사이에서 차가운 한 줄기 밤기운이 솜옷을 벗고 있던 쓰다의 몸을 산촌답게 엄습해왔다.

"아아, 추워."

쓰다는 텀벙하는 소리를 내며 욕조로 뛰어들었다.

"그럼 편히 쉬세요."

문을 닫고 나가려고 한 여종업원은 일단 이렇게 말하고 나서 다시 돌아왔다.

"아래에도 욕탕이 있으니 그쪽이 마음에 드시면 언제든지……."

올 때도 이미 계단을 한두 개 내려온 쓰다는 이 욕조 아래가 또 있을 줄은 몰랐다.

"대체 몇 층인 거지, 이 집은?"

여종업원은 웃으며 대답하지 않았다. 하지만 용건만은 남김없이 말했다.

"이쪽이 새것이라 깨끗하기는 하지만 탕은 아래가 더 잘 듣는다고 합니다. 그러니 정말 치료 목적으로 오신 분은 다들 아래로 가십니다. 그리고 아래서는 폭포수에 어깨나 허리를 맞을 수도 있습니다."

욕조에서 고개만 내민 채 쓰다가 대답했다.

"고맙네. 그럼 다음에는 그쪽으로 갈 테니까 데려가주게."

"네. 손님께서는 어디 편찮으신 데가 있습니까?"

"응, 좀 안 좋아."

여종업원이 물러간 뒤에 쓰다는 잠시 '정말 치료 목적으로 온 손님'이라고 한 그녀의 말을 잊을 수가 없었다.

'나는 과연 그런 종류의 손님인 걸까?'

그는 자신을 그렇게 생각하고 싶기도 하고 또 그렇게 생각하고 싶지 않기도 했다. 어느 쪽 생각을 중심에 두고 온 것일까? 그것은 그의 마음이 잘 알고 있었다. 하지만 비를 무릅쓰고 여기까지 온 그에게는 아직 생각의 틈새가 있었다. 망설임이 있었다. 얼마간 여유가 남아 있었다. 그리고 그 여유가 그에게 가르쳐주었다.

'지금이라면 아직 뭐든지 할 수 있다. 정말 치료 목적으로 온 손님이 되려고 하면 될 수 있다. 되려고 하건 말건 지금의 너는 자유다. 자유는 어디까지나 행복한 것이다. 그 대신 어디까지나 매듭지어지지 않는 것이다. 그러니 어딘가 부족한 것이다. 그래서 너는 그 자유를 내던지려고 하는가? 그렇다면 자유를 잃었을 때 너는 어떤 것을 확실히 손에 넣을 수 있을까? 너는 그것을 알고 있는가? 너의 미래는 아직 나타나지 않는다. 너의 과거에 있었던 한 줄기 불가사의보다 몇 배의 불가사의를 갖고 있을지도 모른다. 과거의 불가사의를 해결하기 위해 자신이 생각한 대로의 것을 미래에 요구하며 지금의 자유를 내던지려고 하는 너는 바보인가 영리한 사람인가?'

쓰다는 바보라고도 영리한 사람이라고도 할 수 없었다. 만사가 결과 여하로 정해지려고 할 때 그 결과를 의심하기 시작한 날에는 손도 발도 움직일 수 없게 되는 것은 자연의 이치였다.

그에게는 처음부터 세 갈래 길이 있었다. 그리고 세 갈래 외에는 길이 없었다. 첫 번째는 언제까지고 미적지근한 태도 대신에 지금의 자유를 잃지 않는 것, 두 번째는 바보가 되어도 상관없다며 나아가는 것, 세 번째 곧 그가 목표로 하는 바는 바보가 되지 않고 자신이 만족할 수 있는 해결책을 얻는 것이다.

이 세 갈래 길 중에서 그는 단지 세 번째만을 목적으로 도쿄를 떠났다. 그런데 기차에 흔들리고 마차에 흔들리고, 차가운 산 공기를 마시고, 김이 나는 욕조에 몸을 담그고, 드디어 목적으로 삼은 사람이 눈앞에 있다는 사실을 알고, 그래서 내일부터라도 주된 목적의 실행에 착수할 수 있게 되었는데, 그 직전에야 갑자기 첫 번째가 얼굴을 내밀었다. 그러자 두 번째도 어느새 미소를 지으며 그 옆에 섰다. 그것들의 도착은 갑작스러웠다. 하지만 소란스럽지는 않았다. 시야를 가로막는 안개가 바람 소리도 내지 않고 휙 걷힌 사이로 그는 자신의 시계(視界)를 착실히 볼 수 있었다.

의외로 낭만적이었던 쓰다는 또 의외로 착실했다. 그리고 그는 그 양면의 대조를 알아채지 못했다. 그러므로 자신의 모순을 걱정할 필요가 없었다. 그는 단지 결정하기만 하면 되었다. 하지만 결정하기까지는 마음속에서 한차례 전쟁을 치러야 했다. 바보가 되어도 상관없다. 아니, 바보가 되는 것은 싫다. 그래, 바보가 될 리는 없다. 전쟁으로 일단 정리된 것이 이런 식으로 다시 세 단계가 되어 마지막에 이르러서야 비로소 그는 일어설 수 있는 것이다.

사람이 없는 커다란 욕조에서 그는 씻는다고도 문지른다고도 할 수 없이 손을 움직이며 깨끗한 온천물을 계속해서 첨벙거렸다.

174

그때 느닷없이 드르륵 열린 유리문 소리에, 주위를 완전히 잊고 자신에 대해서만 골똘히 생각하고 있던 쓰다는 깜짝 놀랐다. 그는 무심코 고개를 들어 입구를 보았다. 그리고 수증기 속에서 반신을 드러낸 여성의 모습을 보았을 때 그의 심장은 신호를 알리는 종처럼 철렁하고 울렸다. 하지만 순간적으로 일어난 그의 예감은 또 순간적으로 사라질 수 있었다. 그것은 진정한 의미에서 그를 놀라게 하러 온 사람이 아니었다.

태어나서 아직 한 번도 얼굴을 마주한 기억이 없는 그 여자는 이제 곧 자려는 사람처럼 보였고, 대낮이라면 사람 앞에 나서는 것을 꺼릴 듯한 조심성이 부족한 모습을 쓰다 앞에 드러냈다. 보통의 경우에는 통소매의 평상복 옷자락 끝으로도 나오는 것이 허락되지 않는 긴 속옷의 화려한 색이 아낌없이 쓰다의 눈을 화려하게 비추었다.

여자는 온천의 뜨거운 김 속에 거지처럼 웅크린 쓰다의 벌거벗은 모습을 힐끗 보자마자 일단 들이민 몸을 곧바로 뒤로 뺐다.

"어머, 실례해요."

쓰다는 자기 쪽에서 사과해야 할 말을 상대에게 먼저 빼앗긴 듯한 기분이 들었다. 그러자 계단을 내려오는 슬리퍼 소리가 다시 들려왔다. 그것이 유리문 앞에서 멈추나 싶더니 남녀의 대화 소리가 귀에 들어왔다.

"무슨 일이야?"

"누가 있어요."

"누가 있어? 괜찮잖아, 붐비지만 않으면 말이야."

"그래도……."

"그럼 작은 쪽으로 들어가지 뭐. 작은 쪽이라면 다 비어 있을 거야."

"가쓰 씨는 없을까요?"

쓰다는 이 두 사람 때문에 빨리 나가주고 싶었다. 동시에 어딘가 그가 들어와 있는 욕조에 꼭 들어가야 한다는 분위기를 풍기는 여자의 태도가 마음에 들지 않았다. 그는 '여기로 들어오고 싶으면 마음대로 들어오세요, 사양할 필요 없으니까' 하고 배짱을 부리며 다시 욕조에 몸을 담갔다.

그는 키가 컸다. 비쳐 보이는 온천물 안에서 긴 다리를 편하게 뻗고 위아래로 움직이며 떴다 가라앉았다 하는 다리를 득의양양하게 바라보았다.

그때 돌연 여자가 찾던 가쓰인 듯한 사람의 목소리가 들렸다.

"안녕하세요. 무척 빠르시네요."

가쓰 씨의 이 인사에는 남자가 대답했다.

"응, 너무 무료해서 오늘은 빨리 자려고."

"네에, 이제 연습은 끝났나요?"

"끝난 것은 아닌데……."

다음에는 여자의 말이 들렸다.

"가쓰 씨, 거기 누가 있던데요?"

"어머, 그런가요?"

"어디 새로 준비된 곳은 없을까?"

"있어요. 그 대신 좀 뜨거울지도 모르겠어요."

두 사람을 안내하는 듯 욕탕 문을 여는 소리가 저쪽에서 들려왔다. 그런가 하면 쓰다가 있는 욕조 입구가 다시 드르륵 열렸다.

"안녕하세요."

네모난 얼굴의 몸집이 왜소한 남자가 이렇게 말하며 들어왔다.

"손님, 씻어드리지요."

그는 곧 씻는 데로 내려서서 타원형 물통에 뜨거운 물을 퍼 올렸다. 쓰다는 마지못해 그에게 등을 향했다.

"자네가 가쓰라고 하나?"

"예, 손님은 잘 아시네요."

"방금 들었거든."

"아, 그렇군요. 그러고 보니 손님도 지금 처음 뵙는군요."

"지금 막 왔거든."

가쓰 씨는 하하하 하고 웃었다.

"도쿄에서 오신 건가요?"

"그렇다네."

가쓰 씨는 몇 시 하행이니 상행이니 하는 말을 써가며 쓰다에게 정확한 대답을 하게 했다. 그러고는 혼자 왔는지, 왜 부인과 같이 오지 않았는지, 방금 그 부부는 요코하마에서 생사(生絲) 가게를 하는 사람이라는 둥 그 손님이 부인에게 밤마다 기다유[71]를 배우고 있다는 둥 자기 부인은 나가우타[72]를 잘한다는 둥 여러 가지를 묻는 동시에 여러 가지 정보를 제공해주었다. 듣지 않아도 되는 일까지 들은 쓰다는 가쓰 씨가 말하지 않는 것이 오직 하나밖에 없는 것 같았다. 그 하나는 곧 기요코라는 이름이었다. 우연히 나온 이 결과가 쓰다에게는 다

71 다케모토 기다유(竹本義太夫, 1651~1714)가 창시한 조루리(淨瑠璃)의 한 일파로 자루가 굵은 저음의 샤미센 음률에 맞춰 가락을 넣어 읊는 형식이다.

72 에도 시대에 유행한 긴 속요로 보통 샤미센이나 피리로 반주를 한다.

소 미흡하게 느껴졌다. 물론 쓰다는 상대방을 유인할 준비도 되어 있지 않았다. 그럴 여유가 생기기도 전에 가쓰 씨는 재빨리 말할 만큼 다 말하고 씻는 것을 끝내고 말았다.

"그럼 편히 쉬세요."

이렇게 말하고 나간 가쓰 씨의 뒷모습을 바라본 쓰다에게도 이제 느긋하게 쉴 필요가 없었다. 그는 바로 몸을 닦고 유리문 밖으로 나왔다. 하지만 젖은 수건을 늘어뜨리고 욕탕 계단을 올라가 거기에 있는 전신거울 앞을 지나 복도를 한 번 돌았다고 생각했더니 아니나 다를까 어디로 돌아가야 할지 알 수가 없었다.

175

처음에 그는 거의 어디가 어딘지 모른 채 걸었다. 조금 전에 여종업원이 안내해준 길일까 하고 의심하는 마음조차 아련한 꿈처럼 그의 기억을 희미하게 할 뿐이었다. 하지만 복도를 걸어간 거리를 따져봐도 좀처럼 자신의 방 같은 곳이 나타나지 않자 그는 문득 걸음을 멈췄다.

'어, 좀 더 뒤인가? 좀 더 앞인가?'

전등 불빛이 밝혀진 복도는 환했다. 어느 방향으로든 가려고만 하면 마음대로 갈 수 있었다. 하지만 사람의 발소리는 어디에서도 들려오지 않았다. 볼일로 왔다 갔다 하는 여종업원의 모습도 보이지 않았다. 수건과 비누를 거기에 놓은 쓰다는 집 서재에서 오노부를 부를 때처럼 손뼉을 쳐보았다. 하지만 어디서도 대답은 들려오지 않았다. 사정을 잘 모르는 그는 우선 여종업원의 대기실이 있는 방향을 알지 못했다. 개인 주택과 거의 구별되지 않는, 정원수가 끝나는 곳에 있는 현관으로 들어왔기 때문에 부엌문, 부엌, 계산대 등이 어디 있는지 그에게는 모두 비밀이나 다름없었다.

손뼉을 치는 동작을 한두 번 되풀이해보고 아무도 응하지 않는다는 사실을 확인했을 때 그는 쓴웃음을 지으면서 다시 비누와 수건을 집어 들었다. 이것도 한 가지 재미라는 기분이 들었다. 빙글빙글 돌다 보면 언젠가 자신의 방이 나오겠지 하는 호기심도 거들었다. 그는 여관에서 난생처음 겪어보는 경험을 일부러 맛보려는 사람 같은 마음으로 다시 걷기 시작했다.

복도는 금세 끝났다. 거기서 비스듬히 두세 번 계단을 올라가자 또 세면대가 있었다. 반짝거리는 하얀 금속제 대야가 네 개쯤 늘어서 있고 니켈 수도꼭지에서 흘러나오는, 산에서 나오는 물인지 샘물인지 알 수 없는 물이 끊임없이 콸콸 쏟아져 대야 네 개를 가득 채우고는 흘러넘치고 있었고, 수정처럼 얇은 물의 막이 깨끗이 미끄러져가는 모습이 선명하게 바라보였다. 금속제 대야에 담긴 물은 뒤에서 밀리고 위에서 떨어지는 가운데 미세한 흔들림을 느끼는 것처럼 조용히 흔들렸다.

수도에만 익숙한 쓰다가 본 광경은 곧바로 자신이 어디에 있는지를 잊게 만들었다. 그는 그저 아깝다고 생각했다. 손을 뻗어 수도꼭지를 잠그려고 했을 때 가까스로 자신의 부주의를 알아차렸다. 그와 동시에 하얀 해협 비슷한 것 가운데서 커지기도 하고 작아지기도 하는 불규칙한 소용돌이가 묘하게 그를 자극했다.

주위는 조용했다. 밥상 앞에 앉았을 때 여종업원이 말한 대로였다. 아니, 그보다는 사실 그녀의 말을 하나하나 수긍하고 대체로 이 정도

일 거라고 은근히 상상한 것보다 훨씬 더 조용했다. 손님이 어디에 있을까 하고 의심쩍어하는 정도가 아니라 사람이 어디에 있을까 하고 의심하고 싶어질 정도였다. 그 조용함 속에 전등은 구석구석까지 빈틈없이 비추었다. 하지만 그저 비추기만 할 뿐 소리도 움직임도 없었다. 그저 움직이는 것이라곤 그의 눈앞에 있는 물뿐이었다. 소용돌이 같은 모양을 그렸다. 소용돌이는 커지기도 하고 작아지기도 했다.

그는 곧 물에서 시선을 돌렸다. 그러자 같은 시선이 돌연 사람의 모습에 닿아 깜짝 놀란 그는 눈여겨보았다. 하지만 그것은 세면대 옆에 걸린 커다란 거울에 비친 자신의 모습이었다. 거울은 사람 키만큼은 아니었지만 무척 컸다. 적어도 보통 이발소에 걸려 있는 것만큼 컸다. 그리고 위치상 역시 이발소에 걸린 거울처럼 똑바로 세워져 있었다. 따라서 그의 얼굴뿐 아니라 어깨, 몸통, 허리도 그와 같은 평면에 발을 딛고 그와 마주 보는 모습으로 비쳤다. 그는 상대가 자신이라는 사실을 알아차린 뒤에도 여전히 거울에서 눈을 뗄 수가 없었다. 욕탕에서 나온 그의 혈색은 오히려 창백했다. 그는 그 의미를 알 수 없었다. 오랫동안 손질을 게을리한 머리카락은 흐트러진 채 머리를 덮고 있었다. 욕탕에서 막 적시고 나온 낯빛이 옻칠처럼 빛났다. 왠지 그의 눈에는 폭풍우에 휩쓸린 뜰 같았다.

그는 이목구비가 반듯한 미남이었다. 얼굴 살결도 남자로서는 아까울 정도로 고왔다. 그는 늘 거기에 자신감을 갖고 있었다. 거울을 마주한 결과로서는 이 자신감을 확인하는 경우만이 그의 기억에 남아 있었다. 그러므로 여느 때와 달리 만족스럽지 못한 인상이 거울 속에 나타났을 때 그는 다소 놀랐다. 이게 자신이라는 걸 인정하기 전에 자신의 유령이 아닐까 하는 생각이 먼저 그의 마음을 덮쳤다. 무서워진 그에게는 저항감이 있었다. 그는 눈을 크게 뜨고 더욱 자신의 모습을 응시했다. 곧 두 걸음쯤 앞으로 가서 거울 앞에 있는 빗을 집어 들었다. 그리고 일부러 차분하게 머리에 깨끗하게 가르마를 탔다.

그러나 그의 동작은 빗을 내던지는 것과 동시에 끝나고 말았다. 그는 다시 방을 찾는 원래의 자신으로 돌아갔다. 그는 세면대와 마주 보는 곳에 있는 계단을 올려다보았다. 그리고 그 계단에 어떤 특징이 있다는 사실을 발견했다. 첫째, 보통의 계단보다 폭이 3분의 1쯤 넓었다. 둘째, 코끼리가 디뎌도 소리가 나지 않을 만큼 튼튼하게 만들어졌다. 셋째, 보통의 계단과 달리 모조 서양관답게 온통 니스가 칠해져 있었다.

확실치 않은 가운데서도 이 계단만은 결코 조금 전에 내려오지 않았다는 사실을 또렷이 기억하고 있었다. 그곳을 올라가도 자신의 방으로 돌아갈 수 없을 거라고 생각한 그는 다시 한번 되돌아가겠다는 각오로 거울에서 벗어난 몸을 옆으로 돌렸다.

176

그러자 2층에 있는 한 객실의 장지문이 열리고 다시 꽉 닫히는 소리가 들려왔다. 계단의 구조에서 봐도 위에 있는 방의 개수가 한둘이 아닌 것으로 여겨질 만큼 넓은 건물인데도 지금 쓰다의 귀에 들려온 소리는 손에 잡힐 듯이 분명해서 그는 곧 그 분명함의 정도로 방까지의 거리를 잴 수 있었다.

아래에서 올려다본 계단 위는 보통의 요릿집 건축 등에서 흔히 보는 것과 하등 다를 바가 없었다. 거기에는 널찍한 마루방이 있었다. 눈길이 미치지 않는 폭은 제쳐두고 막다른 곳을 가로막는 벽을 기준으로 삼아 대충 어림해보면 다다미 한 장을 세로로 깔 만큼의 길이는 충분히 되는 것 같았다. 그 마루방에서 복도가 세 방향으로 나뉘는지 아니면 두 방향으로 구부러지는지 계단을 올라가지 않은 쓰다로서는 그곳을 상상으로 판단할 수밖에 없지만, 방금 들은 장지문 소리가 나는 곳은 계단에서 가장 가까운 방, 즉 아래에서 보이는 벽 바로 뒤임에 틀림없었다.

쥐 죽은 듯 조용한 가운데 돌연 그 소리를 들은 쓰다는 비로소 계단 위에도 손님이 있다는 사실을 깨달았다. 아니, 그보다는 드디어 인간이 존재한다는 사실을 깨달았다. 지금까지 아주 엉뚱한 자극에 마음을 빼앗기고 있던 그는 깜짝 놀랐다. 물론 그 놀람은 미약한 것이었다. 하지만 성격에서 보면 이미 죽었다고 생각한 것이 갑자기 되살아났을 때 느끼는 놀람과 같은 것이었다. 그는 곧 도망치려고 했다. 그것은 방으로 돌아가지 못하고 갈팡질팡하고 있는 지금 자신의 얼간이 같은 모습을 남에게 보이는 것이 싫었기 때문이기도 하지만, 솔직히 말하면 이 놀람으로 다소나마 당황한 자신의 추함을 남에게 드러내는 것이 부끄럽기 때문이기도 했다.

하지만 자연스럽게 되어가는 형편은 좀 더 복잡했다. 일단 발길을 돌리려던 순간 그는 깨달았다.

'어쩌면 여종업원일지도 모른다.'

이렇게 고쳐 생각하자 그의 배짱은 순식간에 회복되었다. 이미 놀람을 넘어설 수 있었던 그의 마음에는 이어서 '뭐, 손님이라도 상관없지' 하는 여유가 생겼다.

'누구라도 좋아, 오면 방향을 물어보자.'

그는 결심하고 전신거울 옆에 서서 계단 위를 주시했다. 그러자 예상대로 조용한 발소리가 벽 뒤에서 들려왔다. 그 발소리는 실제로 조용했다. 발뒤꿈치를 때리는 슬리퍼의 얇은 끝부분이 없었다면 그는 끝내 그 소리를 놓치고 말았을 만큼 조용했다. 그때 그의 마음에 돌연 엄습해온 것이 있었다.

'여자다. 하지만 여종업원은 아니야. 어쩌면…….'

문득 이렇게 느낀 쓰다 앞에 혹시나 하고 생각했던 사람이 어김없이 나타났을 때, 조금 전에 느꼈던 것보다 수십 배나 강렬한 놀람에 사로잡힌 그의 발은 순식간에 그 자리에 못 박히고 말았다. 눈은 움직이지 않았다.

같은 작용이 그 이상으로 강렬하게 기요코를 그 자리에 못 박히게 한 것 같았다. 계단 위의 마루방까지 와서 걸음을 뚝 멈췄을 때의 그녀는 쓰다에게 일종의 그림이었다. 그는 두고두고 잊을 수 없는 인상의 하나로 그것을 자신의 마음에 알렸다.

그녀가 아무렇지 않게 위에서 눈을 떨어뜨린 것과 쓰다가 그것을 본 것은 동시 같아 보이지만 실은 동시가 아닌 것 같았다. 적어도 쓰다에게는 그렇게 생각되었다. 무심(無心)이 유심(有心)으로 바뀌기까지는 어느 정도의 시간이 걸렸다. 놀라는 시간, 불가사의하게 여기는 시간, 의심하는 시간이 경과한 뒤에 그녀는 비로소 우뚝 섰다. 옆에서 어깨를 찌르면 손가락 하나의 힘으로도, 흙으로 만든 인형을 쓰러뜨리는 것보다 쉽게 쓰러뜨릴 수 있을 것 같은 자세로 몸이 굳은 채 우뚝 서 있었다.

그녀는 여느 탕치객처럼 잠자리에 들기 전에 욕조에 몸을 담가 덥힐 생각인지 손에 작은 타월을 들고 있었다. 그리고 쓰다와 마찬가지로 니켈제 비누갑을 들고 있었다. 막대처럼 굳어진 채 선 그녀가 왜 그것을 바닥에 떨어뜨리지 않았는지는 나중에 그 순간의 광경을 떠올릴 때마다 늘 그의 기억 속에서 불쑥 고개를 쳐드는 의문이었다.

그녀의 모습은 조금 전 욕탕에서 만난 여성만큼 제멋대로는 아니었다. 하지만 이런 곳에서 손님끼리 서로 묵인할 만큼의 자유는 이미 누리고 있었다. 그녀는 폭이 넓은 정식 오비를 매지 않았다. 빨갛고 파랗고 노란 여러 가지 색 줄무늬가 예쁘게 뻗어 있는 화려한, 폭 좁은 속띠를 오히려 헐렁하게 친친 둘러 감은 채였다. 잠옷 아래로 겹쳐 입은 긴 속옷이 얇은 나사로 만든 슬리퍼를 걸쳐 신은 맨발의 발등을 덮고 있었다.

기요코는 몸이 굳어지는 것과 동시에 얼굴 근육도 굳어졌다. 그리고 양 볼과 이마의 색이 순식간에 창백해졌다. 그 변화를 똑똑히 알 수 있을 때쯤 자신을 잊고 있던 쓰다는 정신을 차렸다.

'어떻게든 해야 한다. 얼마나 더 창백해질지 모른다.'

쓰다는 큰맘 먹고 말을 걸어보려고 했다. 그 순간 기요코가 움직였다. 빙글 뒤로 돈 그녀는 멈추지 않았다. 쓰다를 계단 아래에 남겨둔 채 복도를 따라 돌아가나 싶더니 지금까지 환하게 그녀를 비추고 있던 2층으로 올라가는 계단 입구의 전등이 툭 꺼졌다. 쓰다는 어둠 속에서 열리는 듯한 장지문 소리를 다시 들었다. 동시에 그가 알아채지 못했던, 자신이 서 있는 곳 바로 옆의 작은 방에서 초인종 누르는 소리가 요란하게 울렸다.

얼마 후 먼 복도를 후다닥 달려오는 발소리가 들려왔다. 그는 발소리의 임자를 도중에 저지하고 기요코의 용건을 들으러 가는 여종업원에게 자신의 방이 어디인지를 물었다.

177

그날 밤 쓰다는 제대로 잠을 이루지 못했다. 덧문 밖에서 나는 졸졸 소리가 끊임없이 그의 귓가에 맴돌았다. 그 소리에서 벗어날 수 없는 그는 의심했다. 비가 내리는 걸까, 이 집 가까이에서 계곡물이 흐르는 걸까? 비치고는 차양을 때리지 않고, 계곡물치고는 기세가 너무 약하다고 생각한 그는 동시에 그것보다 훨씬 중대한 문제로 고민하고 있었다.

방으로 돌아온 그는 여종업원이 어느새 마음을 써서 방 한가운데에 따뜻하게 깔아둔 잠자리를 보고는 곧장 그 안으로 들어가 우연히 방금 자신이 겪은 모험에 대한 생각에 잠겼다.

오늘 밤의 자신을 돌아보니 거의 몽유병 환자 같다는 느낌이 들었다. 그의 행위는 목적도 없이 집 안을 헤매고 다닌 것이나 마찬가지였다. 특히 계단 아래서 조용히 소용돌이치는 물을 보았을 때나 돌연 전신거울에 비치는 기분 나쁜 자신의 얼굴을 마주쳤을 때는, 그 후 한 시간도 지나지 않은 가까운 시점에서 판단해봐도 확실히 상궤에서 벗어난 심리 작용의 지배를 받고 있었다. 상식에 버림받은 예가 적은 그에게 아주 드문 이 기분은, 잠자리 속에 편안히 누워 있는 지금 자신이 보기에도 부끄러워해야 할 상태임에 틀림없었다. 하지만 체면이 깎인다는 사실 말고는, 왜 그런 기분이 되었을까 하고 오직 그 이유를 생각하는 것만으로는 설명할 수가 없었다.

그건 그렇고 왜 그때 기요코의 존재를 잊고 있었을까 하는 의문으로 넘어가면, 쓰다는 자신이 생각해도 이상한 느낌에 사로잡히지 않을 수 없었다.

'그만큼 나는 그녀에게 냉담한 것일까?'

물론 그렇지 않다고 믿었다. 식사 때 이미 기요코가 있는 방향을 여종업원에게 들었을 정도였다.

'하지만 너는 그것을 염두에 두지 않았겠지.'

그는 실제로 복도를 헤매고 다니는 중에 기요코를 어딘가에 떨어뜨렸다. 하지만 어디를 걷고 있는지도 모르는 사람이 남이 어디에 있는지 알려고 할 리는 없다.

'그 방향이라는 걸 알고만 있었어도 그렇게 기습을 당하지는 않았을 텐데.'

이렇게 생각한 그는 이제 가장 좋은 기회를 놓친 것 같은 기분이 들었다. 그녀가 뒤로 돌아선 모습, 전등을 꺼서 계단 입구를 알지 못하게 막은 동작, 곧 여종업원을 부르기 위해 울린 벨소리, 이것들을 종합해서 생각해보면 모든 것이 경계였다. 주의였다. 그리고 절연이었다.

하지만 그녀는 놀랐다. 쓰다보다 훨씬 더 놀란 모습이었다. 그것은 단지 여자라서 그런 거라고도 할 수 있었다. 그에게는 갑작스러움 속에 예상이 있었고, 그녀에게는 갑작스러움 속에 갑작스러움이 있을 뿐이어서라고 말할 수도 있었다. 하지만 그녀가 놀라는 모습을 그것으로 다 설명할 수 있을까? 그녀는 좀 더 복잡한 과거가 눈앞에 드러난 것이라고 느낀 게 아니었을까?

그녀는 창백해졌다. 굳어졌다. 쓰다는 거기에 기대를 연결했다. 지금의 자신에게 유리하도록 그것을 해석해보았다. 그리고 나서 다시 그 해석을 뒤집어 반대쪽에서도 바라보았다. 양쪽을 다 본 다음에는 어느 게 합리적일까 하는 비판을 하지 않을 수 없었다. 그 비판은 재료가 부족하여 쉽게 정리되지 않았다. 정리되어도 곧 무너졌다. 한쪽으로 기울자 그의 자신감이 무너뜨리러 왔다. 다른 쪽으로 기울자 환멸의 경종이 귓가에 울려 퍼졌다. 신기하게도 그의 자신감, 비하하여 사용하는 그 자신의 말로 하자면 그의 자만심은 가슴속에 있는 듯한 기분이 들었다. 그것을 공격하러 오는 환멸의 경종은 또 반대로 언제든지 머리 바깥에서 오는 듯한 기분이 들었다. 양쪽을 공평하게 취급한다고 생각하면서도 그는 늘 그 사이에 친밀함과 소원함의 구별을 두었다. 아니, 그보다는 원근의 차등이 자연적인 속성으로서 두 가지 것에 원래부터 구비되어 있는 것처럼 보였다. 결과는 분명했다. 그는 꾸짖으면서 자만의 머리를 쓰다듬었다. 귀를 기울이며 경종의 소리를 꺼리고 피했다.

이리하여 서로 쫓고 쫓기는 그의 마음에 조용한 잠은 오려고 해도 올 수가 없었다. 만사를 내일로 넘기려고 각오한 그는 몇 번인가 잠을 불러오려고 하다가 실패한 끝에 오른쪽을 향하기도 하고 왼쪽을 향하기도 하며 그저 몸을 뒤척이는 횟수만 거듭할 뿐이었다.

그는 담배에 불을 붙이려고 머리맡에 있는 성냥을 집었다. 그때 솔기가 안으로 가게 접은 다음 양 소매를 포개어 옷걸이에 걸쳐두고 간 솜옷이 눈에 들어왔다. 정신을 차리고 보니 오노부가 가방에 넣어준 것은 그대로 두고 조금 전 여관에서 내준 옷을 입은 채 잠자리에 들어 있었다. 그는 병원에서 나올 때, 새로 지은 솜옷에 대해 오노부에게 했던 입발림 말을 곧 생각해냈다. 동시에 오노부의 대답도 기억의 무대로 불러냈다.

'어느 게 좋은지 비교해보세요.'

솜옷은 과연 여관 것이 좋았다. 비단과 명주실로 짠 질긴 천은 그의 눈에도 일목요연했다. 솜옷을 비교해보고 동시에 아내를 앞에 두고 내심 마음속으로 생각한 당시의 일이 다시 의식의 영역에 나타났다.

"오노부와 기요코."

혼자 이렇게 말한 그는 곧 꽁초를 재떨이에 넣고 그 밑바닥에서 나는 지이 하는 소리를 듣자마자 곧바로 이불을 머리까지 뒤집어썼다.

억지로 자려는 결심과 노력은 그 결심과 노력이 지칠 대로 지쳐 어딘가로 가버렸을 때 비로소 보답을 받았다. 그는 결국 자기도 모르는 사이에 꿈속으로 빠져들었다.

178

아침 일찍 사내가 와서 덧문을 여는 소리에 일단 부서진 꿈은 비몽사몽간에 간신히 지속되었다. 방의 네 귀퉁이가 자고 있을 수 없을 만큼 밝아져 외부에 아침 햇살이 가득 찼다고 생각할 무렵에야 일어난 쓰다의 눈꺼풀은 아직 무거웠다. 그는 이쑤시개로 이를 쑤시면서 장지문을 열었다. 그리고 어젯밤 이후의 신비로운 세계에서 지금에야 깨어난 사람 같은 눈으로 근방을 둘러보았다.

그의 방 앞에 있는 뜰은 의외로 산골답지 않았다. 불규칙한 연못을 인공적으로 만들어놓고 그 주위에 어린 소나무며 철쭉을 일반적인 규칙대로 배치한 경치는 평범하다기보다 오히려 비속했다. 그의 방 가까이에 있는 석가산 사이로 골짜기 물을 끌어와 작은 폭포를 만들고 연못으로 떨어지게 했다. 게다가 높지는 않지만 한 번에 대여섯 줄기의 물기둥을 불꽃처럼 내뿜는 분수까지 딸려 있었다. 어젯밤 그의 수면을 방해한 농간의 근원을 쓴웃음을 지으면서 확인했을 때 그의 연상은 바로 물소리보다 몇 배나 그를 괴롭힌 기요코 쪽으로 옮아갔다. 진상을 밝혀내면 그것도 이 분수와 마찬가지로 살풍경한 것일지도 모른다. 아니, 그것이 만약 분수와 마찬가지로 무의미한 것이었다면 견딜 수 없을 거라고 그는 생각했다.

그가 이쑤시개를 입에 문 채 팔짱을 끼고 문지방 위에 멍하니 서 있자니 조금 전부터 큰 빗자루로 뜰에 떨어진 낙엽을 쓸고 있던 사내가 쓰다 옆으로 다가와 정중하게 인사를 했다.

"안녕하세요. 어젯밤에는 피곤하셨지요?"

"자네였나, 엊저녁에 마차를 타고 여기까지 같이 와준 사람이?"

"예, 실례했습니다."

"역시 자네 말대로 한적하군. 그리고 지나치게 넓은 집이야."

"아니요, 보시는 대로 평지가 부족한 곳이라 땅을 고르고 그 위에 세우고 또 세워서 집이 몇 단이 되었는데, ……복도만은 말씀하신 대로 지나치게 넓고 긴지도 모르겠습니다."

"어쩐지. 엊저녁에 욕탕에 갔다가 돌아올 때 길을 잃어서 혼났네."

"아, 예, 그러셨군요."

두 사람이 이런 대화를 나누고 있는 동안 뜰과 이어진 작은 산 위에서 남녀 한 쌍이 내려왔다. 노란 단풍과 마른 가지 틈새로 움직여 오는 그들의 길은 숲 속을 번개무늬로 빠져나갈 수 있도록, 또한 비교적 급한 경사를 편하게 올라갈 수 있도록 만들어져 있어 바로 거기에 보이는 그들의 모습이 뜰 앞으로 나오는 데도 시간이 꽤 걸렸다. 그래도 종업원은 가만히 그들을 기다리고 있지 않았다. 금세 쓰다를 내팽개친 타산적인 그는 곧 언덕 기슭까지 뛰어가 아래에서 그들을 맞이하러 온 듯한 인사를 건넸다.

쓰다는 그제야 두 사람의 얼굴을 자세히 보았다. 여자는 어제저녁에 요염한 모습으로 그가 있던 욕실 문을 연 사람임에 틀림없었다. 욕탕에서 그를 놀라게 한 커다랗게 틀어 올린 머리를 어느새 풀고 보통의 속발로 다시 묶고 있어서 그는 그만 같은 사람이라는 걸 알아차리지 못했던 것이다. 그리고 그는 목소리만 들었을 뿐 얼굴을 보지 못했던 동행한 남자를 멀리서나마 초면이라는 식으로 여자와 비교해보았다. 짧게 깎아 다듬은 당세풍의 수염을 코밑에 기른 남자는 과연 욕탕 담당 종업원이 말한 대로 어딘가 상인다운 모습이었다. 쓰다는 그의 얼굴을 보자마자 곧 오히데의 남편을 떠올렸다. 호리 쇼타로(堀庄太郎), 좀 더 줄여서 호리 쇼 씨, 더 줄여서 당사자가 종종 사용하는 호리쇼라는 이름이 자못 매제의 모습을 대표하고 있는 것처럼, 이 남자의 이름도 분명히 그 수염을 학살하듯이 장사꾼처럼 보이지 않을까 하고 생각했다. 언뜻 본 김에 정리된 쓰다의 상상은 거기서 그치지 않았다. 그는 한 걸음 더 짓궂은 데까지 파고들어 그들이 과연 진짜 부부일까 하는 것조차 의심했다. 따라서 빨리 일어나 식전에 목욕을 하고 나서 산보하러 나간 거라고 분명히 말하는 그들의 행동은 쓰다에게 이례적인 현상일 수밖에 없었다. 그는 이쑤시개로 이를 문지르면서 여전히 원래의 장소에 서 있었다. 그가 한눈을 팔고 있는데도 종업원을 상대로 두 사람이 나누는 대화는 잘 들렸다.

여자가 종업원에게 물었다.

"오늘 별관의 부인은 무슨 일 있어요?"

종업원이 대답했다.

"아니요, 저는 전혀 모릅니다만, 무슨……."

"아니, 별일은 아니지만 항상 아침에 욕탕에서 보는데 오늘은 오지 않아서요."

"아, 그래서요……? 어쩌면 아직 주무시고 계실지도 모르겠습니다."

"그럴지도 모르겠네요. 하지만 늘 양쪽의 시간이 정확히 정해져 있거든요, 아침에 욕탕에 가는 시간 말이에요."

"아아, 그러시군요."

"게다가 오늘 아침에 같이 뒷산으로 산보하러 가자고 약속을 했거든요."

"그럼 잠깐 찾아가보겠습니다."

"아뇨, 이제 됐어요. 산보는 이렇게 끝났으니까요. 다만 혹시라도 어디 몸이라도 안 좋은 게 아닐까 해서 잠깐 물어봤을 뿐이에요."

"아마 그냥 주무시고 계실 겁니다만, 그게 아니면……."

"그게 아니면, 이라뇨. 그렇게 심각한 체하지 않아도 돼요. 그냥 물어봤을 뿐이니까요."

두 사람은 그 말을 끝으로 지나쳐 갔다. 쓰다는 가루 치약을 입 안 가득 채우면서 다시 어젯밤의 욕탕을 찾으러 복도로 나갔다.

179

그러나 찾는다는 과장된 말은 오늘 아침의 그에게 전혀 쓸모없었다. 구불구불해서 어려움은 있었지만 한 걸음도 헛되이 밟지 않고 자연스럽게 어젯밤의 욕탕으로 내려갈 수 있었다. 그때 그에게는 어제저녁 이래의 자신을 스스로 한심하다고 생각하는 마음이 새롭게 일었다.

욕탕에는 처마 밑에 끼워진 높은 유리문을 통해 가을 아침 햇살이 쨍쨍 쏟아져 들어오고 있었다. 그 유리문 너머로 바위인가 제방인가의 그림자를 머리 위로 가까이 올려다본 그는 온몸을 온천물에 담그면서 욕조의 위치가 얼마나 대지의 평면 밑으로 낮춰진 것인지를 발견했다. 그리고 그 벼랑과 자신이 있는 곳 사이에 상당한 높이 차가 있다고 생각했다. 그는 눈대중으로 그 거리가 3, 4미터쯤 된다고 감정하고 나서 만약 이 아래에도 욕탕이 있다면 한 집에 여러 층계가 있을 거라는 사실을 알아차렸다.

벼랑 위에는 털머위가 있었다. 하필이면 거기에 아침 햇살이 비치지 않아 이따금 바람에 흔들리는, 딱딱하게 빛나는 이파리 색깔이 너무나도 추워 보였다. 산다화의 꽃잎이 지는 모습도 욕탕에서 볼 수 있었다. 하지만 경치는 단편적이었다. 유리문의 길이가 허락하는 60센티미터 이외에는 위아래 모두 쓰다의 눈에 비치지 않았다. 알 수 없는 세계는 물론 평범할 것임에 틀림없었다. 하지만 그것이 왠지 그의 호기심을 자극했다. 바로 벼랑 옆으로 와서 갑자기 울어대기 시작한 직박구리도 우는 소리만 들릴 뿐 모습이 보이지 않는 게 아쉬웠다.

하지만 그것은 그저 덧붙인 아쉬움일 뿐이었다. 사실 쓰다는 마음속으로 그 이상으로 훨씬 더 마음에 걸리는 사건을 헤집어놓았기 때문에 욕탕으로 내려올 때부터 이미 암암리에 불만을 느끼지 않을 수 없었다. 환한 욕실에서 사람 그림자 하나 보지 못한 그는 모든 걸 상대의 행동에 맡기는 식으로 적막하기 그지없는 건물 안에 서서 복도 좌우로 늘어서 있는 작은 욕실의 문을 혹시나 하고 하나하나 열어보았다.

그것은 그중 하나의 입구에 누군가 벗어둔 슬리퍼가 그에게 어떤 암시를 주었기 때문이다. 그것이 인연이 되어 그를 움직인 행위에 지나지 않는다고 말할 수 없는 것도 아니었다. 그러므로 차례차례 문을 열다 드디어 슬리퍼가 놓인 문 앞에 이르렀을 때 그는 갑자기 망설였다. 그는 물론 무심하지 않았다. 게다가 어딘가에서 실례라는 느낌도 거들었다. 어쩔 수 없이 밖에서 귀를 쫑긋 기울였으나 안이 조용했기 때문에 거기서 힘을 얻은 그는 큰맘 먹고 문을 드르륵 열 수 있었다. 그리고 다른 곳과 마찬가지로 텅 빈 욕실이 나타났을 때 그는 '아아, 다행이다' 하는 느낌과 '뭐야, 시시하게' 하는 실망감을 동시에 느꼈다.

이미 벌거벗고 탕 속에 몸을 담근 그에게는 그 이후 연달아 나타나는 일종의 예상이 끊임없이 작동했다. 그는 쓴웃음을 지으면서 어제저녁과 오늘 아침 사이에 자신이 겪은 변화를 비교했다. 어제저녁의 그는 틀어 올린 머리의 여자에게 놀라기까지는 오히려 순진했다. 오늘 아침의 그는 아직 아무도 오지 않을 때부터 일종의 기대 때문에 긴장감을 느꼈다.

그것은 주인 없는 슬리퍼가 부추긴 죄인지도 몰랐다. 하지만 슬리퍼가 그를 부추긴 것은, 잠에서 깨어나 요코하마의 여자와 종업원이 나눈 대화에 거론된 기요코의 동정을 들었기 때문이다. 그녀는 아직 일어나지 않았다. 적어도 아직 욕탕에 들어가지 않았다. 만약 들어간다면 지금 들어가 있거나 앞으로 들어가야 한다.

예민한 그의 귀는 문득 계단을 내려오는 듯한 누군가의 발소리를 들었다. 그는 첨벙거리던 손을 곧 멈췄다. 그러자 발소리는 들리지 않았다. 하지만 그렇게 생각해서인지 일단 멈춘 발소리가 이번에는 반대로 계단을 올라가는 것 같았다. 그는 그 이유를 상상했다. 남의 예에서 보아 자신의 슬리퍼를 문 앞에 벗어둔 것이 안 좋았던 것일까 하고 생각했다. 왜 슬리퍼를 욕실 안까지 신고 들어오지 않았을까 하는 후회마저 일었다.

잠시 후 그는 다시 의외의 발소리를, 이번에는 욕조 바깥쪽에서 들었다. 그것은 그가 털머위 꽃을 바라보고 나서 직박구리 소리를 듣기 전의 일이었다. 그의 상상은 곧 전후의 발소리를 연결시켰다. 그는 욕탕을 피한 첫 번째 발소리 주인이 일부러 바깥으로 나갔다고 쉽게 해석할 수 있었다. 그러자 곧 여자 목소리가 들렸다. 하지만 그것은 발소리와 전혀 다른 쪽에서 들려왔다. 아래에서 올려다본 외부의 모습을 통해 생각하면, 벼랑 위는 몇 평의 평지인데 그 평지를 앞에 둔 건물 한 동이 욕탕 쪽을 향해 지어져 있는 듯했다. 아무튼 목소리는 그쪽 방향에서 들려왔다. 그리고 그 주인은 분명히 조금 전 산보를 갔다가 돌아오는 길에 종업원하고 기요코 이야기를 한 여자였다.

어제저녁 김을 빼내기 위해 열어둔 차양 밑의 유리문이 오늘은 꼭 닫혀 있어서 그녀의 말은 쓰다에게 또렷하게 들려오지 않았다. 하지만 어조나 다른 것으로 보아 그것만은 분명했다. 그녀는 벼랑 위에서 아래를 향해 말하고 있었다. 그래서 순서를 말하자면 벼랑 아래에서도 반드시 응수하는 대답이 나와야 했다. 그런데 뜻밖에도 그쪽에서는 아무런 소식이 없고, 서로 말을 주고받는 보통의 대화는 결코 들려오지 않았다. 말하는 쪽은 오직 벼랑 위뿐이었다.

그 대신 발소리만은, 조금 전처럼 멈추지 않았다. 의심할 바 없이 한 여자가 정원용 게다로 불규칙한 돌계단을 밟고 벼랑으로 올라갔다. 다 올라갔다고 생각할 즈음 걸음을 옮기는 여자의 옷자락이 유리문 위쪽에 살짝 나타났다. 그리고 금세 사라졌다. 쓰다의 눈에 남은 순간적인 인상은 그저 아름다운 무늬가 나부끼는 모습뿐이었다. 그는 사라진 그 무늬에서 어제저녁 계단 아래에서 본 것과 같은 색을 본 것 같은 기분이 들었다.

180

방으로 돌아와 아침 밥상 앞에 앉았을 때 그는 식사 시중을 드는 여종업원과 이야기를 나누었다.

"요코하마 손님이 있는 곳은 새 욕탕에서 보이는 벼랑 위겠지?"

"네. 그쪽으로 가셔서 보셨어요?"

"아니, 대충 그럴 거라고 생각했을 뿐이야."

"잘 맞히셨어요. 잠깐 놀러 가보세요. 남편분도 부인도 재미있는 분이세요. 심심하다, 심심하다, 하면서 날마다 괴로워하고 계시거든요."

"꽤 오래 머무나 보지?"

"네, 벌써 열흘쯤 되었을 거예요."

"그 사람인가, 기다유를 한다는 사람이?"

"네, 잘 아시네요. 벌써 들어보셨어요?"

"아직. 그냥 가쓰 씨가 말해주었을 뿐이야."

그가 들은 대로 두 사람에 대한 정보를 아낌없이 제공해준 여종업원은 그래도 본분을 잘 알고 있었다. 정작 중요한 이야기가 나오면 일부러 쓰다의 물음을 피했다.

"그런데 그 여자는 대체 누구지?"

"부인 말인가요?"

"진짜 부인인가?"

"네, 진짜 부인이에요." 이렇게 말한 그녀는 웃음을 터뜨렸다. "설마 가짜 부인은 아니겠죠, 그런데 그건 왜요?"

"왜라니, 여염집 여자치고는 너무 세련된 거 아닌가?"

여종업원은 대답하는 대신에 불쑥 기요코를 예로 삼았다.

"안쪽에 계신 또 한 부인이 참 좋은 분이세요."

방의 배치로 볼 때 기요코의 방은 쓰다의 방 뒤쪽, 부부의 방은 쓰다의 방 앞쪽에 해당했다. 자신의 방이 양쪽의 중간에 있다는 것을 안 그는 그제야 고개를 끄덕였다.

"그러면 딱 가운데쯤이겠군, 여기는."

한가운데라도 방이 살짝 안쪽으로 들어가 있어 양쪽의 통로가 되지는 않았다.

"그 부인하고 부부 손님은 친구인가?"

"네, 아주 친해요."

"원래부터?"

"글쎄요, 어떨까요? 그건 잘 모르겠지만, ……아마 여기에 오고 나서 알게 되셨을 거예요. 늘 왕래하고 계세요. 두 쪽 다 한가하시니까요. 어제도 공원에 같이 가셨어요."

쓰다는 문제를 놓치지 않으려고 했다.

"그 부인은 왜 혼자 있는 거지?"

"몸이 좀 안 좋으세요."

"남편은?"

"오실 때는 남편분도 함께였는데 금방 돌아가셨어요."

"내버려둔 건가, 그건 좀 심하군. 그 뒤론 안 왔나?"

“잘은 몰라도 조만간 다시 오신다고 했는데 어떻게 된 건지…….”
“따분하겠군, 부인은.”
“잠깐 이야기하러 가시는 건 어떠신가요?”
“이야기하러 가도 좋은데, 나중에 물어봐주게.”
“아, 예.” 이렇게 대답한 여종업원은 히죽히죽 웃을 뿐 진지하게 받아들이지 않았다. 쓰다가 다시 물었다.
“뭘 하면서 소일하지, 그 부인은?”
“뭐 탕에 들어가시기도 하고 산보를 하시기도 하고 기다유를 들으시기도 하고, ……이따금 꽃꽂이를 하시기도 해요. 그리고 밤에는 자주 습자를 하세요.”
“그래? 책은?”
“책도 읽으시겠지요.” 어중간하게 대답한 그녀는 쓰다의 질문이 너무 번거로워져서 결국 하하하 하고 웃음을 터뜨렸다. 쓰다는 가까스로 눈치를 채고 약간 당황한 듯이 이야기를 돌렸다.
“오늘 아침 욕탕에 슬리퍼를 놓고 간 사람이 있던데. 누가 있나 해서 처음에는 내버려두었는데 열어봤더니 아무도 없더군.”
“어머, 그랬어요? 그럼 또 그 선생님일 거예요.”
선생이라는 사람은 서예 전문가였다. 여기저기에 걸려 있는 액자나 간판에서 낙관을 기억하고 있던 쓰다는 “아, 그래?” 하고 말했다.
“이제 노인이겠군.”
“네, 할아버지세요. 이렇게 하얀 수염을 기르시고요.”
여종업원은 가슴께에 손을 대고 서예가에게 어울리는 수염의 길이를 나타내 보였다.
“그렇군. 역시 글씨를 쓰고 있는 건가?”

"네, 무슨 묘에 새긴다면서 엄청 큰 것을 매일 조금씩 쓰고 계세요."

묘비명을 쓸 목적으로 서예가가 일부러 이곳으로 온 거라는 이야기를 여종업원에게 들었을 때 쓰다는 놀라고 감탄했다.

"그런 걸 쓰는 데도 그렇게 애를 쓰는 건가? 문외한이 생각하기엔 한나절 정도면 금방 될 거 같은데 말이지."

이 감상은 여종업원에게 전혀 영향을 주지 못했다. 하지만 쓰다의 가슴에는 말로 하지 못한 그 이상의 뭔가가 있었다. 그는 넌지시 이 늙은 선생의 용건과 자신의 용건을 비교했다. 할 일이 없어 고민하며 기다유 연습을 한다는 요코하마에서 온 두 사람을 다시 그 옆에 놓았다. 그리고 무슨 의미인지도 모르고 꽃꽂이를 하거나 습자를 하는 듯한 기요코도 같은 줄에 놓고 생각했다. 마지막으로 나머지 한 손님, 이 손님은 이야기도 하지 않을 뿐 아니라 운동도 하지 않고 그저 멍하니 방에 앉아 산을 바라보고 있다는 여종업원의 관찰 내용을 들었을 때 그는 말했다.

"사람도 참 가지각색이군그래. 대여섯 명만 모여도 이러니 여름이나 정월이 되면 엄청나겠어."

"가득 차면 대충 백삼사십 명은 들어오니까요."

쓰다가 한 말의 의미를 잘 이해하지 못한 듯한 여종업원은 그저 자신들이 가장 바쁠 수밖에 없는 계절에 이 집에 들어오는 손님 수를 들 뿐이었다.

181

식사를 마친 쓰다는 도코노마 옆에 놓인 조그만 책상 앞에 앉았다. 여종업원에게 부탁하여 가져오게 한 그림엽서에 문구를 한마디씩 써넣고 겉면에 수신인을 적었다. 오노부에게 한 장, 후지이 숙부에게 한 장, 요시카와 부인에게 한 장, 이것으로 필요한 것은 다 썼는데도 여종업원이 가져온 그림엽서는 아직 몇 장 더 남았다.

그는 멍하니 만년필을 손에 든 채 후도(不動) 폭포[73]며 루나 파크(Luna Park)[74] 등 산골에 어울리지 않는 이상한 제목이 붙은 지방 풍경의 엽서를 멍하니 바라보았다. 그러고는 다시 만년필을 움직였다. 이번에는 오히데의 남편과 교토에 있는 부모에게 보낼 것이 순식간에 완성되었다. 이렇게 쓰고 보니 '이왕 쓰는 김에'라는 마음도 거들어 남은 그림엽서를 모두 쓰지 않으면 도리가 아니라는 생각도 들었다. 처음에는 생각지도 않았던 오카모토 씨, 그의 아들 오카모토 하지메, 하지메의 학교 친구라는 연상에서 다시 자기 친척 쪽으로 되돌아와 사촌동생[75]인 마코토 등 여러 이름이 잔뜩 열거되었다. 처음부터 알고 있으면서도 마지막까지 이름을 쓰지 않았던 것은 고바야시뿐이었다. 다른 의미는 별도로 하고 그저 있는 곳을 탐지해낼 수 있다는 우려에서 쓰다는 무슨 일이 있어도 그에게 자신의 여행지를 알리고 싶지 않았던 것이다. 고바야시는 머지않아 조선으로 가야 할 사람이었다. 일

73 가나가와(神奈川) 현 유가와라(湯河原)의 상류, 오쿠유가와라(奧湯河原) 온천 사이에 있는 폭포.

74 야간 유원지를 말함. 유가와라에 실재했는지는 알려져 있지 않다.

75 원문에는 조카라고 되어 있다. 그러나 쓰다의 숙부(쓰다 아버지의 동생) 후지이의 아들이므로 사촌동생이다.

체의 구속을 받지 않고 분방하게 행동하는 사람임을 자임하는 그는 바다를 건널 각오로 이미 기차에서 흔들리고 있을지도 몰랐다. 동시에 생활 태도가 제멋대로인 그는 또 출발한다고 공언한 날이 와도 움직이지 않을지도 몰랐다. 그림엽서를 보고(만약 쓰다가 그림엽서를 보낸다면) 곧장 이곳으로 찾아오지 않는다고 단언할 수도 없었다.

쓰다는 흐렸다 개었다 일정치 않은 날씨를 상대로 싸우는 것처럼 성가시기만 한 친구, 좀 더 적절하게 말하면 적을 생각하고 무심코 어깨를 쓰윽 올렸다. 그러자 일단 실마리가 풀린 상상의 장면은 거기서 멈추지 않았다. 그를 억지로 데리고 척척 앞으로 나아갔다. 그는 돌연 현관에 마차를 바싹 갖다 대고 호통을 치는 듯이 큰 소리를 지르며 그의 방으로 들어오는 고바야시의 모습을 눈앞에 보는 듯했다.

'뭐하러 왔나?'

'뭐하러고 뭐고, 자네를 괴롭히려고 왔네.'

'무슨 이유로?'

'이유고 나발이고 뭐가 있겠나? 자네가 나를 싫어하는 동안은 언제, 어디까지라도 그냥 쫓아다니는 거지.'

'개자식!'

쓰다는 돌연 주먹을 꽉 쥐고 고바야시의 옆얼굴을 때릴 수밖에 없었다. 고바야시는 저항하는 대신 곧 방 한가운데서 몸을 큰대자로 뒤로 젖히지 않을 수 없었다.

'쳤다 이거지, 이 자식. 자, 마음대로 해봐.'

마치 무대 위가 아니면 볼 수 없는 활극이 펼쳐져야만 했다. 그리고 그것이 온 여관의 이목을 집중시키지 않을 수 없었다. 그중에는 반드시 기요코도 섞여 있어야 했다. 모든 것은 영원히 박살 나지 않을 수 없었다.

사실보다 명료한 상상의 한 장면을 그릴 것도 없이 머릿속에 떠올린 쓰다는 돌연 오싹하며 정신을 차렸다. 만약 그런 어처구니없는 난투극이 실제 생활의 표면에 나타난다면 어떻게 할까 하고 생각했다. 그는 아득히 수치와 굴욕을 느꼈다. 그것을 상징하듯 볼 안쪽이 달아오르는 것 같기도 했다.

그러나 그의 비판은 그걸 끝으로 앞으로 나아가지 않았다. 남에게 면목을 잃는 일, 만약 그런 불미스러운 일을 저지르면 큰일이다. 이것은 그의 윤리관 근저에 가로놓여 있었다. 간단히 말하면 결국 체면이 깎인다는 의미로 귀착할 수밖에 다른 도리가 없었다. 그러므로 나쁜 놈은 오직 고바야시가 되었다.

'나한테 무슨 지장이 있겠어? 그놈만 없으면.'

그는 이렇게 말하며 상상의 무대에 등장한 고바야시를 비난했다. 그리고 자신을 면목 없게 만든 모든 책임을 상대에게 지웠다.

꿈속에서처럼 죄인에게 선고를 내린 후 그는 곧바로 마음을 고쳐먹고 지갑에서 명함 한 장을 꺼냈다. 그 뒷면에 만년필로 '저는 요양을 위해 어제저녁에 이곳에 왔습니다' 하고 쓰고는 고개를 갸웃했다. 그러고는 '당신이 이곳에 계시다는 것을 오늘 아침에야 들었습니다' 하고 덧붙이고 또 생각했다.

'이래서는 속이 뻔히 들여다보여서 안 되겠어. 엊저녁에 만난 것도 뭐라고 써야 할 거야.'

하지만 어련무던한 듯이 그걸 언급하는 것은 좀 곤란했다. 무엇보다 쓰는 내용이 복잡해질수록 글자가 많아져 명함 한 장으로는 부족했다. 그는 되도록 담백한 말로 전하고 싶었다. 따라서 다소 귀찮은 봉투 따위는 사용하고 싶지 않았다.

문득 생각난 것처럼 어긋나게 매단 선반을 바라본 그는 아직 손을 대지 않은 요시카와 부인의 선물이 어제 그대로 놓여 있는 것을 보고 바로 아래에 내려놓았다. 그리고 과일 바구니의 덮개 사이에 "편찮은 것은 어떻습니까? 이것은 요시카와 부인이 문병의 뜻으로 보낸 것입니다"라고 쓴 명함을 끼워 넣은 뒤 여종업원을 불렀다.

"이 집에 세키 씨라는 분이 계시지?"

오늘 아침 식사 시중을 들었던 여종업원은 웃으며 말했다.

"조금 전에 말씀드린 부인이 세키 씨예요."

"그래? 그럼 그 부인이 맞으니까 이걸 갖다 드려. 그리고 혹시 별 지장이 없다면 좀 뵈었으면 한다고 하고."

"아, 예."

여종업원은 곧 과일 바구니를 들고 복도로 나갔다.

182

답장을 기다리는 동안 쓰다는 안정감 없게 놓여 있는 장식물처럼 불안했다. 특히 곧 돌아와야 할 여종업원이 생각대로 금방 돌아오지 않아서 그는 더욱 신경이 쓰였다.

'설마 거절하지는 않겠지?'

그가 요시카와 부인의 이름을 이용한 것은 만일의 사태를 고려했기 때문이다. 부인과 그녀의 문병 선물, 이 둘은 그것을 보낸 쓰다에게 기요코의 속박을 푸는 좋은 방편임에 틀림없었다. 단지 그와 만나는 번거로움, 또는 거기에서 일어날 수 있는 의심을 피하려는 것이 그녀의 본심이었다고 해도 과일 바구니에 대한 인사는 그것을 가져온 본인을 만나 하는 것이 온당했다. 누가 어떻게 생각해도 별 무리가 없는 명안을 생각해냈다고 믿었던 만큼 여종업원이 늦는 것을 더욱 걱정하지 않을 수 없어 그는 피우기 시작한 담배를 버리고 툇마루로 나가보기도 하고, 뭐 때문인지도 모른 채 잠자코 연못 안에서 움직이는 잉어를 바라보기도 하고, 그곳에 쭈그리고 앉아 처마 밑에서 자고 있는 개의 콧등에 손을 뻗어보기도 했다. 마침내 복도 모퉁이에서 여종업원의 발소리가 들려왔을 때 일부러 꾸며낸 여유를 겉으로 드러내고 싶을 만큼 그는 안절부절못했다.

"어떻게 됐지?"

"오래 기다리시게 했네요. 많이 늦었죠?"

"아니, 그렇지도 않아."

"좀 도와드리느라고요."

"뭘?"

"방을 정리했어요. 그리고 부인의 머리를 묶어드렸어요. 그런 것에 비하면 빠른 거죠?"

쓰다는 여자의 머리를 틀어 올리는 일이 그렇게 손쉽게 할 수 있는 일이 아니라고 생각했다.

"이초가에시(銀杏返し)[76]인가 마루마게(丸髷)[77]인가?"

76 여성의 머리 모양 가운데 하나로, 뒤통수에서 묶은 머리를 좌우로 갈라 반달 모양으로 둥글려서 은행잎 모양으로 틀어 붙인 것이다. 에도 말기에서 메이지, 다이쇼 시대에 걸쳐 유행했다.

77 에도 시대부터 메이지 시대까지 기혼 여성의 가장 일반적인 머리 모양으로, 후두부에 약간 평평하게 타원형으로 틀어 올린다.

여종업원은 상대하지 않고 그저 웃기만 했다.

"아무튼 가보시면 알 거예요."

"가보라니, 가도 되는 거야? 그 대답을 아까부터 이렇게 기다리고 있었잖아."

"어머, 정말 죄송해요. 중요한 대답을 잊고 있었네요. ……어서 오시라고 하셨어요."

드디어 안심한 쓰다는 일어나면서 일부러 반농담으로 다시 확인했다.

"정말이야? 폐가 되는 건 아닐까? 그쪽으로 가고 나서 미안한 생각을 하게 되는 건 싫으니까 말이지."

"손님께서는 무척 의심이 많은 분이시네요. 그럼 부인께서도 필시……."

"부인은 누굴 말하는 거지? 세키의 부인인가 아니면 내 아내?"

"어느 쪽인지 알고 계시지 않나요?"

"아니, 모르겠는데."

"그런가요?"

허리띠를 고쳐 맨 쓰다의 뒤로 돌아간 여종업원은 방에서 나가려는 쓰다의 등에 하오리를 걸쳐주었다.

"이쪽인가?"

"지금 제가 안내하겠습니다."

여종업원이 앞장섰다. 예의 전신거울 앞으로 갔을 때 어제저녁에 몽유병 환자처럼 헤맸던 기억이 돌연 쓰다의 머리에 번뜩였다.

"아아, 여기로군."

그는 무심코 이렇게 말했다. 사정을 모르는 여종업원은 순진하게 되물었다.

"뭐가 말인가요?"

쓰다는 곧 둘러댔다.

"엊저녁에 유령을 만난 곳이 여기라는 거야."

여종업원은 이상한 표정을 지었다.

"부질없는 말씀을 하시네요. 저희 집에 어떻게 유령이 나오겠어요? 그런 말씀을 하시면……."

접객업을 하는 여관에 안 좋은 농담을 했다고 생각한 쓰다는 요령 좋게 2층을 올려다보았다.

"이 위겠지, 세키 씨의 방은?"

"네, 잘 아시네요."

"그럼, 그거야 알고 있지."

"천리안이시네요."

"천리안은 아니야. 천리비(千里鼻)라고 하는데 모든 걸 코로 냄새를 맡아 알아내지."

"꼭 개 같네요."

계단 중간에서 시작된 이 대화는 계단이 끝나는 데서 가장 가까운 곳에 있는 기요코의 방에서도 들을 수 있었다. 쓰다는 은근히 그것을 의식했다.

"이왕 얘기가 나왔으니까 내가 세키 씨의 방을 냄새로 알아낼 테니까 한번 보라고."

그는 기요코의 방 앞으로 가서 슬리퍼 소리를 뚝 그쳤다.

"여기야."

여종업원은 곁눈으로 쓰다의 얼굴을 노려보듯이 하면서 웃음을 터뜨렸다.

"어때, 맞혔지?"

"역시 손님 코는 냄새를 잘 맡네요. 사냥개보다 확실해요."

여종업원은 재미있다는 듯이 웃었지만 방 안에서는 이런 떠들썩함에 대해 어떤 반응도 보이지 않았다. 사람이 있는지 없는지 전혀 알 수 없는 안쪽은 처음과 마찬가지로 쥐 죽은 듯 조용했다.

"손님이 오셨습니다."

여종업원은 밖에서 기요코에게 말하면서 여닫이 상태가 좋은 장지문을 쓰윽 열어주었다.

"실례합니다."

인사 한마디와 함께 방 안으로 들어간 쓰다는 '아니, 이런' 하고 생각했다. 그는 자신의 예상대로 기요코를 금방 눈앞에서 볼 수 없었던 것이다.

183

객실은 방 두 개가 이어져 있었다. 쓰다가 발을 들여놓은 곳은 도코노마가 없는 대기실 쪽이었다. 먹감나무 테두리와 받침대가 붙은 직사각형의 거울 앞에 가로세로 줄무늬가 있는 두툼한 방석을 놓고 그 옆에 오동나무로 만든 직사각형의 소형 목제 화로가 있는 모습은 소규모이기는 해도 보통 가정에서 보는 거실의 외관을 그대로 떠올리게 했다. 구석에는 검게 칠한 옷걸이가 있었다. 여성이 입는 화려한 색의 옷과 감촉이 매끄러워 보이는 비단 줄무늬 옷이 포개진 채 옷걸이에 걸려 있었다.

중간의 장지문은 열려 있었다. 쓰다는 정면에 해당하는 도코노마에 꽂꽂이인 듯한 한국(寒菊) 꽃을 보았다. 앞에는 방석 두 개가 마주 보게 놓여 있었다. 짙은 갈색으로 물들인 오글쪼글한 비단에 모란 같은 무늬 하나를 동그랗고 하얗게 남긴 방석은 품질로 봐도, 또 손님이 오기를 기다리는 준비물로서도 거창한 것이었다. 쓰다는 자리에 앉기 전에 먼저 직감했다.

'모든 게 새로워져 있다. 이것이 오늘 만나는 두 사람 사이에 놓인 운명의 거리일 것이다.'

돌연 여기에 생각이 미친 그는 지금 이 방으로 들어온 자신을 순간적으로 후회하려고 했다.

하지만 이 거리는 어디서 온 것일까? 생각해보면 그 거리가 생기는 것은 당연했다. 쓰다는 그저 그것을 잊고 있을 뿐이었다. 그렇다면 왜 그것을 잊고 있었을까? 생각해보면 잊고 있는 것이 당연할지도 몰랐다.

쓰다가 이런 감상에 사로잡혀 대기실에 선 채 방에서 나가지도 않고 자리에 앉지도 않고 멍하니 눈앞의 방석을 바라만 보고 있을 때 방 주인인 기요코가 비로소 툇마루 구석에서 모습을 드러냈다. 그때까지 그녀가 거기서 뭘 하고 있었는지 쓰다는 전혀 알 수 없었다. 또한 뭐 때문에 그녀가 일부러 거기에 나가 있었는지도 알 수 없었다. 어쩌면 방을 치우고 나서 그가 오기를 기다리다가 난간 구석에 기대 산을 물들이고 있는 단풍이라도 보고 있었는지 몰랐다. 아무리 그렇다고 해도 모습이 이상했다. 솔직히 말하자면 손님을 맞이한다기보다는 우연히 손님과 마주쳤다고 하는 것이 이때의 태도를 평하기에 적당한 말이었다.

하지만 신기하게도 그 태도는 짐짓 점잔을 빼고 그가 앉기를 기다리는 방석이나 두 사람 사이를 떼어놓기 위해 일부러 한가운데에 놓인 것처럼 보이는 목제 화로만큼 그의 비위에 거슬리지 않았다. 왜냐하면 그것은 처음부터 그가 상상하고 있는 기요코와 전혀 어울리지 않을 만큼 동떨어진 태도가 아니었기 때문이다.

쓰다가 알고 있는 기요코는 결코 좀스러운 여자가 아니었다. 그녀는 늘 의젓했다. 구체적으로 말하자면 오히려 느긋하다는 것이 그녀의 기질이나 성격에서 나오는 동작에 대해 해석할 수 있는 특징일지도 몰랐다. 그는 항상 그 특징을 믿고 있었다. 그리고 그 특징을 너무 믿었기 때문에 오히려 배신당했다. 적어도 그는 그렇게 해석했다. 그렇게 해석하면서도 당시에 생긴 믿음은 아직 깨닫지 못하는 동안 남아 있었다. 그녀가 갑작스럽게 세키와 결혼한 것은 제비가 몸을 홱 돌리는 것처럼 빨랐을지도 모른다. 하지만 그것은 그것이고 이것은 이것이었다. 둘을 연결시켜 모순 없이 생각하려고 할 때 비로소 마음에 혼란이 일어나기 때문에 떨어져서 바라보면 갑이 사실이었던 것처럼 을 역시 진짜여야 했다.

'저 느긋한 사람은 왜 비행기를 탔을까? 그는 왜 공중제비를 했을까?'

의심은 바로 거기에 깃들 터였다. 하지만 의심하든 안 하든 사실은 결국 사실이니 결코 그 자체로 소멸하는 것이 아니었다.

반역자인 기요코는 이런 점에서 충실한 오노부보다 운이 좋았다. 만약 쓰다가 방으로 들어왔을 때 그의 기운을 빼놓으며 늦은 시간에 일부러 툇마루 구석에서 얼굴을 내민 사람이 기요코가 아니라 오노부였다면 그것에 대한 쓰다의 반응은 과연 어땠을까?

'또 무슨 꿍꿍이가 있겠군.'

틀림없이 그는 곧 이렇게 생각했을 것이다. 그런데 오노부가 아니라 기요코가 똑같은 행동을 하면 결과는 전혀 다를 것이다.

'여전히 느긋하군.'

느긋하다고 믿은 결과 실제로 눈부시게 재빠른 솜씨에 당하면서도 쓰다는 이렇게 평할 수밖에 없었을 것이다.

게다가 기요코는 단지 때를 놓친 것만이 아니었다. 그녀는 조금 전에 쓰다가 요시카와 부인 이름으로 보낸 커다란 과일 바구니를 두 손에 든 채 툇마루 구석에서 나왔던 것이다. 무슨 생각일까, 지금까지 그것을 귀찮은 짐처럼 여기고 있었다는 사실 자체가 쓰다에 대한 냉담함을 드러내는 눈금이 되지 않는다는 것은 분명했다. 그리고 그 무거운 물건을 지금까지 툇마루 구석에서 들고 있었다고 한다면 물론이고, 일단 아래에 놓았다가 다시 들었다고 해석해도 그녀의 행동은 이상한 것임에 틀림없었다. 적어도 서툴렀다. 왠지 어린애 같았다. 하지만 평소의 그녀를 잘 알고 있는 쓰다는 거기서 자못 기요코다운 어떤 것을 보지 않을 수 없었다.

'우스꽝스럽군. 정말 당신다운 우스꽝스러움이야. 그리고 당신은 그 우스꽝스러움을 전혀 알아차리지 못하고 있어.'

묵직해 보이는 바구니를 들고 있는 기요코의 모습을 본 쓰다는 거의 이렇게 말하고 싶었다.

184

기요코는 바구니를 바로 여종업원에게 건넸다. 여종업원은 어떻게 해야 좋을지 몰라 기계적으로 손을 내밀어 받고는 잠자코 있었다. 두 사람 사이에 이런 단순한 동작이 이루어지는 동안 쓰다는 여전히 서 있을 수밖에 없었다. 하지만 보통의 경우에 생기는 무료함 대신 오히려 일종의 편안함을 느낀 그에게는 아무런 고통도 찾아오지 않았다. 그는 단지 느릿해진 행동의 연속으로서 평소의 기요코와 모순되지 않는 의미에서 그 동작을 바라보았다. 그러므로 어젯밤의 기억에서 오는 미심쩍음도 배나 강해졌다. 이렇게 여유가 없지 않은 사람이 왜 그렇게 창백해진 것일까? 왜 그렇게 굳어진 것처럼 보였던 것일까? 그렇게 놀라던 모습과 이렇게 차분한 모습만은 아무리 생각해도 어울리지 않았다. 그는 밤과 낮의 구별을 난생처음 깨달은 사람 같은 기분이 들었다.

그는 상대가 청하기도 전에 스스로 준비된 자리에 앉았다. 그리고서서 여종업원에게 과일을 접시에 담아달라고 말하는 기요코를 지켜보았다.

"선물, 정말 고마워요."

이것이 그녀의 입에서 처음으로 나온 인사말이었다. 화두는 그 선물을 가져온 사람으로부터 그 선물을 준 사람의 호의에 미치지 않을 수 없었다. 처음부터 거짓말을 할 생각으로 요시카와 부인의 이름을 이용한 그때의 쓰다에게는 이제 속이겠다는 의식조차 없었다.

"길동무가 된 할아버지한테 하마터면 밀감을 줘버릴 뻔했습니다."

"어머, 어째서요?"

쓰다는 뭐라고 대답하든 태연자약했다.

"너무 무거워서 짐이 되는 바람에 곤란했거든요."

"그럼 오는 도중에 내내 손에 들고 계셨어요?"

쓰다는 너무나도 기요코다운 이 질문이 천진난만하게 들렸다.

"무시해선 안 됩니다. 당신도 아니고, 어떻게 이런 걸 들고 툇마루에서 이리저리 왔다 갔다 할 수 있겠습니까?"

기요코는 그저 웃을 뿐이었다. 그 미소에는 변명이 없었다. 바꿔 말하면 일종의 여유가 있었다. 거짓말에서 출발한 쓰다의 마음은 점점 더 태연해질 뿐이었다.

"여전히 당신은 항상 근심이 없는 것 같아서 좋네요."

"네."

"전혀 달라지지 않았군요."

"네, 같은 사람인걸요."

이 대답을 듣자마자 쓰다는 갑자기 뭔가 빈정거리는 말을 하고 싶어졌다. 그때 접시에 문제의 밀감을 담고 있던 여종업원이 갑자기 웃기 시작했다.

"왜 웃는 거지?"

"부인께서 말씀하시는 게 우스운걸요." 이렇게 변명한 여종업원은 진지한 쓰다의 모습을 보고, 나중에 그것을 구체적으로 설명하지 않을 수 없었다.

"역시 그게 틀림없네요. 살아 있는 동안에는 어떤 사람도 같은 사람이고, 다시 태어나기라도 하지 않으면 누구든 다른 사람이 될 수 없으니까요."

"그런데 그런 것도 아니야. 살아 있으면서도 다시 태어나는 사람은 얼마든지 있거든."

"아, 그런가요? 그런 사람이 있으면 좀 보고 싶은데요."

"원한다면 만나게 해줄 수도 있는데."

"그럼 부탁해요." 이렇게 말한 여종업원은 껄껄 웃었다. "또 이거죠?"

여종업원은 검지를 자신의 코앞으로 가져갔다.

"손님의 이것은 도저히 당해낼 수가 없네요. 부인의 방도 코로 냄새 맡고 정확히 알아낸 분이니까요."

"방뿐만이 아니야. 자네 나이에서부터 본적, 태어난 고향까지 죄다 맞힐 수가 있거든. 이 코 하나면."

"우아, 엄청나네요. ……도저히 당해낼 수 없겠네요, 손님을 만나면."

여종업원은 이렇게 말하며 일어섰다. 하지만 방에서 나가면서 쓰다에게 한마디 말로 야유했다.

"손님께서는 정말 사냥이 능숙하시겠지요?"

볕이 잘 드는 남향 방에 남겨진 두 사람은 갑자기 조용해졌다. 쓰다는 툇마루를 향하고 햇볕을 받으며 앉아 있었다. 기요코는 난간을 뒤로하고 햇빛을 등지고 앉아 있었다. 쓰다의 자리에서는 건너편에 보이는 산의 습곡이 여러 단으로 겹쳐져 양달과 응달의 구별이 분명하게 그려지는 경치가 손에 잡힐 듯이 바라보였다. 또한 그것을 채색하는 단풍의 농담이 그의 눈동자 안으로 선명한 음영의 차이를 보내주었다. 하지만 시야가 넓은 공간을 마주하고 있는 쓰다와 달리 기요코는 볼 것이 아무것도 없었다. 볼 수 있다면 북쪽의 장지문과 그 장지문의 일부분을 가로막고 있는 쓰다의 모습뿐이었다. 그녀의 시야는 답답했다. 그러나 그녀는 그것을 그다지 싫어하는 것 같지 않았다. 오노부라면 곧바로 자세를 바꾸지 않을 수 없었을 텐데 그녀는 오히려 차분했다.

그녀의 얼굴은 어제저녁과 반대로 쓰다가 알고 있는 평소의 그녀보다 조금 더 홍조를 띠었다. 그러나 그것은 강한 가을 햇살을 직접 받는 생리 작용의 결과로도 해석되었다. 산을 바라본 쓰다의 눈이, 어쩌다가 상기되었을 때처럼 붉게 물든 기요코의 귓불에 닿았을 때 그는 마음속으로 그렇게 생각했다. 그녀의 귓불은 얇았다. 그리고 위치상 살 안쪽으로 스며든 햇빛이 거기에 모인 그녀의 피를 통과하여 비로소 쓰다의 눈에 비치는 것처럼 생각되었다.

185

이런 경우 어느 쪽이 먼저 말을 꺼낼까? 만약 상대가 오노부라면 사실은 생각할 것도 없이 명백했다. 오노부는 쓰다에게 잠깐의 여유도 주지 않는 여자였다. 그 대신 자신도 그 절반의 느긋함을 남겨둘 수 없는 성격을 타고났다. 그녀는 그저 수시로 어디에서든 최대한의 행동을 마음껏 할 뿐이었다. 자연히 쓰다는 늘 수동적일 수밖에 없었다. 그리고 그녀에게 응전하려고 긴장의 고통과 노력의 답답함을 맛보아야 했다.

그런데 기요코 앞에서는 전혀 다른 느낌이 들었다. 순서가 갑자기 역전되었다. 스모로 말하자면 그녀는 언제나 쓰다의 목소리를 듣고서야 거기에 맞섰다. 그러므로 그녀를 상대로 겨루게 된 쓰다는 반드시 적극적으로 나왔다. 그것도 열이면 열 모두 쉽게 할 수 있었다.

두 사람만 남았을 때 비로소 그는 이런 특징을 깨달았다. 정신을 차리고 보니 예전 여자에 대한 과거의 기억이 어느새 되살아났다. 지금까지 그가 예상하고 있던 무료한 느낌이 바로 그 무료함이 일어날 수밖에 없는 순간에 이르러서야 신기하게도 갑자기 사라졌다. 그는 편하고 느긋한 마음으로 기요코 앞에 앉아 있었다. 그리고 그것은 그가 사건이 일어나기 전 과거에 그녀 앞에서 경험한 것과 그다지 다르지 않았다. 적어도 같은 성격의 느낌임에 틀림없다는 자각이 마음속에서 일어났다. 따라서 대화가 끊겼을 때 적극적으로 움직이기 시작한 사람은 옛날처럼 그였다. 게다가 옛날과 같은 기분으로 움직일 수 있다는 사실 자체가 그에게는 생각지도 못한 만족감을 주었다.

"세키 씨는 어떻게 지냅니까? 여전히 공부하시나 보죠? 그 뒤로 소식을 전하지 못하고 전혀 뵙지 못했습니다만."

쓰다는 아무런 신경도 쓰지 않았다. 기요코의 남편을 화두로 삼는 일의 가부는 이해관계에서 봐도, 오늘까지 자신들 두 사람 사이에 일어난 감정의 상태에서 생각해봐도, 또한 그것들이 뒤얽힌 사정을 차치한 자연스럽거나 부자연스러운 비판에서 봐도 사실 한번 생각해봐야 하는 점이었다. 그것을 평소의 세심한 모습과는 달리 아무런 걱정도 하지 않고 아무렇지 않게 화두에 올린 쓰다는 바로 평상시 오노부를 대할 때의 조심성을 잊어버리고 있음에 틀림없었다.

그러나 상대는 이미 오노부가 아니었다. 쓰다가 그 조심성을 잊어도 별 지장이 없었다는 증거는 바로 기요코가 대답하는 모습으로 알 수 있었다. 그녀는 미소를 지으며 대답했다.

"네, 고마워요. 뭐 여전하죠. 간혹 둘이서 당신 이야기를 합니다."

"아, 그렇습니까? 저도 항상 바빠서 여러 분들께 실례만 하고……."

"저희도 같아요. 요즘 한가한 사람은 마치 살아갈 수 없는 것이나 마찬가지니까요. 그래서 자연히 서로 멀어지게 돼요. 하지만 그건 어쩔 수 없어요, 자연스러운 추세니까요."

"그렇지요."

이렇게 대답한 쓰다는 '그렇지요'라는 말 대신 '그런가요?'라고 말하고 싶은 기분이었다. '그런가요? 단지 그것만으로 소원해진 건가요? 그게 당신의 본심입니까?'라는 힐문은 이때 이미 무언의 불평이 되어 그의 마음속에 숨어 있었다.

게다가 그는 거의 예전과 마찬가지로 단순한, 또는 단순하다고밖에 해석할 수 없는 기요코를 눈앞에서 발견했다. 그녀의 태도에는 두 사람 사이에 세키를 화제로 삼을 만한 여유가 제대로 갖춰져 있었다. 그것을 입에 올려도 마음에 걸리지 않을 정도의 담백함이 나타나 있었다. 다만 그것은 쓰다가 은근히 기대하고 있던 것이고, 동시에 그가 예전에 예상할 수 없었던 것임에 틀림없었다. 옛날 그대로의 여주인공을 다시 만날 수 있었다는 만족감은, 그녀가 예전 그대로의 느긋한 태도로 쓰다 앞에서 세키 이야기를 태연하게 할 수 있다는 불만족스러움과 함께 느껴질 수밖에 없었다.

'왜 그게 불만족스러운가?'

쓰다는 얼굴을 마주하고 이 질문에 응답할 만큼의 용기가 없었다. 세키가 실제로 그녀의 남편인 이상 그는 경의를 갖고 그녀의 이런 태도를 인정할 수밖에 없었다. 하지만 그것은 길거리의 사건이었다. 우연히 길거리를 지나는 타인이 하는 비평에 지나지 않았다. 이면에는 다른 견해가 있었다. 거기에는 무관심하게 지나치는 사람과 다른 자신이 버티고 있었다. 그리고 그 자신에게 '나'라는 이름을 붙일 수 없었던 쓰다는 어디까지나 그것을 '특수한 사람'이라 부르려고 했다. 그가 말하는 특수한 사람이란 곧 초심자에 대응하는 숙련가였다. 무식자에 대응하는 유식자였다. 또는 속인에 대응하는 전문가였다. 그러므로 지나는 길에 들른 사람보다 말을 할 권리를 한층 더 갖고 있다고밖에 생각되지 않았다.

겉으로는 인정해도 속으로는 납득하지 않았던 기요코에 대한 쓰다의 마음은 어떤 형식으로든 외부로 드러나는 것이 당연했다.

186

"엊저녁에는 실례했습니다."

쓰다는 불쑥 이렇게 말해보았다. 그게 상대에게 어떤 식으로 작용할까 하는 것이 그가 노린 바였다.

"저야말로 실례했어요."

기요코의 대답은 거침없이 나왔다. 거기에서 어떤 고통도 느껴지지 않았을 때 쓰다는 의심했다.

'이 여자는 오늘 아침에는 이미 엊저녁의 놀람을 되풀이할 수 없는 것일까?'

만약 그것을 상기할 능력마저 잃었다면 그의 사명은 선한 것이든 악한 것이든 덧없는 것이었다.

"실은 당신을 놀라게 한 뒤에 미안한 일을 했다고 생각했습니다."

"그럼 하지 말아주었으면 좋았을 텐데요."

"하지 말았으면 좋았겠지요. 하지만 몰랐으니까 어쩔 수 없는 일 아닌가요? 당신이 여기에 있을 줄은 꿈에도 생각하지 못했으니까요."

"하지만 저한테 전해줄 선물을 갖고 일부러 도쿄에서 와주신 거잖아요."

"그거야 그렇습니다. 하지만 몰랐던 것도 사실입니다. 엊저녁에는 우연히 뵈었을 뿐이니까요."

"그런가요?"

어제저녁의 쓰다에게서 고의인지를 확인하는 듯한 기요코의 말투가 그를 놀라게 했다.

"하지만 일부러 그런 짓을 할 리가 없지 않겠습니까? 제가 아무리 별난 사람이라고 해도 말이지요."

"하지만 당신은 거기에 꽤 오래 계신 것 같던데요."

쓰다는 수반에 흘러넘치는 물을 바라보고 있었음에 틀림없었다. 전신거울에 비치는 자신의 모습을 보고 있었음에 틀림없었다. 마지막으로 거기에 있는 빗을 집어 들고 머리까지 빗으며 꾸물거리고 있었음에 틀림없었다.

"길을 잃어 어디로 가야 할지 몰랐으니까 어쩔 수 없는 거 아닌가요?"

"그래요? 그건 그러네요. 하지만 저한테는 그렇게 생각되지 않았거든요."

"제가 숨어서 기다리고 있기라도 했다고 생각했습니까? 말도 안 됩니다. 제 코가 아무리 만능이라고 해도 당신이 욕탕에 가는 시간까지는 알 수 없지요."

"정말, 그건 그러네요."

기요코가 말한 '정말'이라는 말이 아무래도 '정말' 납득한 듯한 어조를 띠어 쓰다는 무심코 웃음을 터뜨렸다.

"대체 왜 그런 걸 의심한 겁니까?"

"그야 말씀드리지 않아도 잘 아실 텐데요."

"알 리가 있겠습니까?"

쓰다는 어쩔 수 없이 측면에서 맞섰다.

"그럼 제가 뭐 때문에 복도 구석에 숨어 당신을 기다렸을까요? 그걸 말해주세요."

"그거야 말할 수 없어요."

"그렇게 사양하지 않아도 되니까 꼭 말해주세요."

"사양하는 게 아니에요. 말할 수 없으니까 말할 수 없는 거예요."

"하지만 자기 가슴속에 있는 일 아닌가요? 말하려고만 하면 누구라도 말할 수 있을 거라고 생각합니다만."

"제 가슴에는 아무것도 없어요."

단순한 이 한마디가 갑자기 쓰다의 예봉을 꺾었다. 동시에 그의 어조를 비약시켰다.

"없다면 그런 의심은 어디서 나오는 거죠?"

"만약 의심하는 것이 나쁘다면 사과하겠어요. 그리고 그만두겠어요."

"하지만 이미 의심했지 않습니까?"

"하지만 그건 어쩔 수 없어요. 의심한 것은 사실이니까요. 그 사실을 고백한 것도 사실이고요. 아무리 사과를 하거나 어떻게 한다고 해도 사실을 취소할 수는 없으니까요."

"그러니까 그 사실을 말해주면 되는 겁니다."

"사실은 이미 말씀드린 거 아닌가요?"

"그것은 사실의 절반이나 3분의 1입니다. 저는 그 전부를 듣고 싶습니다."

"난감하군요. 뭐라고 대답하면 좋을까요?"

"간단하지 않나요? 이런 이유가 있어서 그런 의심을 한 거라고 말하기만 하면 단 한마디로 끝나는 일입니다."

지금까지 난감해하는 듯하던 기요코는 이때 갑자기 납득이 간다는 표정을 지었다.

"아아, 그게 듣고 싶으신 거예요?"

"물론입니다. 아까부터 그걸 듣고 싶었으니까 이렇게 집요하게 당신을 귀찮게 하고 있는 거 아닙니까? 당신이 그걸 숨기려고 하니까……."

"그렇다면 그렇다고 빨리 말씀하셨으면 좋았을 텐데, 저는 그런 건 아무것도 숨기지 않아요. 이유는 아무것도 아니에요. 그저 당신은 그런 일을 하는 분이죠."

"숨어서 기다리는 걸 말인가요?"

"네."

"무시하시면 안 됩니다."

"하지만 제가 본 당신은 그런 분이니까 어쩔 수 없어요. 거짓말이 아닌걸요."

"아, 그렇군요."

쓰다는 팔짱을 끼고 고개를 숙였다.

187

잠시 후 쓰다는 다시 고개를 들었다.

"어쩐지 이야기가 논쟁처럼 되고 말았네요. 저는 당신하고 말다툼을 하려고 온 게 아닌데 말이지요."

기요코가 대답했다.

"저한테도 그럴 생각은 전혀 없었어요. 그만 자연스럽게 그렇게 된 거지 고의가 아니에요."

"고의가 아니라는 건 저도 인정합니다. 그러니까 제가 당신을 너무 추궁했기 때문이겠지요."

"뭐, 그러네요."

기요코는 다시 미소를 지었다. 쓰다는 그 미소 속에서 예의 그 여유를 봤을 때 참을 수가 없었다.

"그럼 말다툼을 한 김에 한 가지만 더 대답해주시겠습니까?"

"네, 뭐든지요."

기요코는 쓰다의 온갖 질문에 대답할 준비를 갖추고 있는 사람처럼 말했다. 그것이 질문을 하기도 전에 그를 적잖이 실망시켰다.

'이 사람은 모든 걸 다 잊고 있구나.'

이렇게 생각한 그는 동시에 그게 또 기요코 본래의 특징인 것을 깨달았다. 그는 확인하는 듯한 기분으로 물었다.

"그런데 엊저녁에 계단 위에서 당신은 창백해지지 않았나요?"

"그랬겠지요. 제 얼굴은 볼 수 없으니까 모르지만요. 당신이 창백해졌다고 한다면 틀림없이 그랬겠지요."

"아, 그래요? 그럼 당신 눈에 비친 저는 완전히 거짓말쟁이는 아니었군요. 다행이네요. 제가 인정한 사실을 당신도 인정해주는 거로군요."

"인정하지 않아도 실제로 창백해졌다면 어쩔 수 없는 일이에요."

"그렇지요. ……그리고 몸이 굳어지더군요."

"네, 굳어진 것은 저도 알았어요. 그대로 조금만 더 참고 있었다면 쓰러졌을지도 모른다고 생각했을 정도니까요."

"그러니까 놀란 거로군요."

"네, 꽤나 놀랐어요."

"그래서"라고 말하다 만 쓰다는, 약간 고개를 숙이고 정성껏 사과를 깎고 있는 기요코의 손끝을 바라보았다. 싱싱함이 넘쳐흐를 것처럼 빨갛게 물든 껍질이 칼날을 빠져나가며 빙글빙글 벗겨져 떨어진 뒤에 물기가 많은 연푸른 과육이 점차 나타나는 변화는 그에게 1년 이상이나 지난 옛날을 상시시켰다.

'그때 이 사람이 바로 이런 자세로 이런 사과를 깎아주었던가.'

칼을 쥐는 방법, 손가락을 움직이는 방식, 양 팔꿈치를 무릎에 닿을락 말락 하게 긴 소맷자락을 바깥으로 벌리고 있는 모습, 이 모든 것이 그때의 모사였지만 단 하나 다른 점이 있다는 걸 쓰다는 알아차렸다. 그것은 그녀의 손가락을 장식하는 아름다운 보석 두 개였다. 만약 그것이 그녀의 결혼을 영원히 기념한다면 반짝거리는 그 작은 빛만큼 쓰다와 그녀 사이를 날카롭게 가로막는 것은 없었다. 유연하게 움직이는 그녀의 손끝을 바라보는 그의 눈은 당시를 회상하는 황홀한 꿈의 동정 속에서 찬연한 경계의 번뜩임을 보지 않을 수 없었다.

그는 곧 기요코의 손에서 눈을 떼고 그녀의 머리를 보았다. 그러나 오늘 아침에 여종업원이 묶어주었다는 머리 모양은 일반적인 히사시가미였다. 전혀 이상할 것이 없는 검은 광택이 빗으로 빗은 흔적을 세로로 단정하게 남기고 있을 뿐이었다.

쓰다는 큰맘 먹고 일단 하지 않으려고 했던 말을 다시 끄집어냈다.

"그래서 제가 묻고 싶은 것은 말이지요……."

기요코는 얼굴을 들지 않았다. 쓰다는 그래도 개의치 않고 말을 이었다.

"엊저녁에 그렇게 놀란 당신이 오늘 아침에는 왜 또 그렇게 태연할 수 있는 거지요?"

기요코는 고개를 숙인 채 대답했다.

"왜요?"

"저는 그 심리 작용을 알 수 없어서 묻는 겁니다."

기요코는 여전히 쓰다를 보지 않고 대답했다.

"심리 작용 같은 어려운 말은 몰라요. 다만 엊저녁에는 그랬고 오늘 아침에는 이런 거예요. 그것뿐이에요."

"설명은 그것뿐입니까?"

"네, 그것뿐이에요."

만약 연극을 하는 기분이라면 쓰다는 여기서 한 번 한숨을 내쉴 상황이었다. 하지만 그에게는 그것을 강행할 용기가 없었다. 이 여자 앞에서 그런 짓을 해도 소용없다는 생각이 기교로 내달리려는 그를 어딘지 모르게 억눌렀다.

"하지만 당신은 오늘 아침 평소와 같은 시간에 일어나지 못한 것 아닌가요?"

이렇게 묻자마자 기요코는 언짢은 얼굴을 들었다.

"어머, 어떻게 그런 걸 알고 있죠?"

"다 알고 있습니다."

기요코는 잠깐 쓰다를 본 눈을 바로 아래로 떨어뜨렸다. 그리고 깨끗하게 깎은 사과에 칼날을 대면서 대답했다.

"과연 당신은 천리안이 아니라 천리비네요. 실제로 잘 맡는군요."

농담인지 풍자인지 진심인지 알 수 없는 이 한마디 앞에서 쓰다는 멈칫했다.

기요코는 드디어 다 깎은 사과를 쓰다 앞으로 내밀었다.

"드셔보세요."

188

쓰다는 기요코가 깎아준 사과에 손을 대지 않았다.

"당신이 드셔야지요. 모처럼 요시카와 부인이 당신을 위해 보내준 건데요."

"그러네요. 그리고 당신이 또 일부러 여기까지 가져와주신 거죠. 그런 친절한 마음 때문이라도 안 먹으면 안 되겠지요."

기요코는 이렇게 말하면서 두 사람 사이에 있는 사과 한 조각을 집어 들었다. 하지만 입으로 가져가기 전에 다시 물었다.

"하지만 생각해보면 이상해요. 대체 어떻게 된 걸까요?"

"뭐가 어떻다는 겁니까?"

"요시카와 부인이 저한테 문병 선물을 보낼 거라고는 생각지 못했거든요. 그리고 그 선물을 당신이 가져올 거라고는 더더욱 생각도 못 했어요."

쓰다는 마음속으로 '그러겠죠. 나도 그런 일은 생각지도 못했으니까'라고 말했다. 그 얼굴을 가만히 지켜보던 기요코의 눈에 쓰다로부터 확실한 대답을 기다리는 기대의 빛이 스쳤다. 그는 그 빛에 대한 특별한 기억을 떠올렸다.

'아아, 이 눈이었던가.'

두 사람 사이에 몇 번이나 되풀이된 과거의 장면이 쓰다에게 생생하게 떠올랐다. 그 무렵의 기요코는 쓰다라는 이름의 한 남자를 믿고 있었다. 그러므로 모든 지식을 그에게 의존했다. 온갖 의문의 해결을 그에게 요구했다. 알 수 없는 자신의 미래를 내걸고 그에게 기댄 것처럼 보였다. 따라서 그녀의 눈은 움직여도 조용했다. 뭔가 물으려고 하는 동안 믿음과 평화의 반짝임이 있었다. 그는 그 반짝임을 혼자 전유할 특권을 갖고 태어난 듯한 기분이 들었다. 자신이 있기에 이 눈도 존재하는 거라는 생각까지 했다.

두 사람은 결국 헤어졌다. 그리고 다시 만났다. 자신을 떠난 이후의 기요코에게 예전 그대로의 눈이 예전과 다른 의미로 여전히 존재하고 있다는 주의를 받은 듯한 기분이 들었을 때 쓰다는 감개무량하지 않을 수 없었다.

'그건 당신의 아름다운 점입니다. 하지만 이제 저를 실망시키는 아름다움에 지나지 않게 된 겁니까? 분명히 말해주세요.'

쓰다의 의문과 기요코의 의문이 잠시 시선 위에서 마주친 뒤 처음으로 눈길을 끈 사람은 기요코였다. 쓰다는 그렇게 눈길을 끄는 방식을 보았다. 그리고 거기에도 두 사람 사이에 있는 기세의 차이를 보았다. 그녀는 끝까지 다가오지 않았다. 어떻든 상관없다는 식으로 눈을 딴 데로 가져간 그녀는 도코노마에 꽂혀 있는 한국 꽃에 시선을 떨어뜨렸다. 그녀가 눈길을 딴 데로 돌리자 쓰다는 입으로 좇아가지 않을 수 없었다.

"아무리 저라도 그저 요시카와 부인의 심부름으로만 온 건 아닙니다."

"그렇겠지요. 그래서 이상한 거예요."

"전혀 이상할 거 없습니다. 저는 저대로 독립적으로 여기에 오려고 생각하던 참에 부인을 만났고 그때야 당신이 여기에 계시다는 말을 들은 데다 그만 선물까지 부탁받게 된 겁니다."

"그렇겠지요. 그렇지 않으면 아무리 생각해도 이상하니까요."

"아무리 이상해도 세상에는 우연이라는 것도 있습니다. 당신처럼 그렇게……."

"그래서 이제 이상하지 않아요. 이유만 들으면 뭐든지 당연해지네요."

쓰다는 그만 '나도 그 이유를 들으러 온 거요'라고 말하고 싶었다. 하지만 그것에 전혀 신경 쓰지 않는 기요코의 질문은 솔직했다.

"그런데 당신도 어디가 안 좋은 건가요?"

쓰다는 간단히 병의 자초지종을 설명했다. 기요코가 말했다.

"하지만 괜찮네요, 당신은. 그럴 때 회사 쪽 사정이 해결되니까요. 그런 점에서 보면 저희 남편은 참 딱해요. 아침부터 밤까지 무척 바쁜 것 같거든요."

"세키 씨야말로 별난 사람이니 어쩔 수 없지요."

"가엾게도, 설마요."

"아니, 제 말은 좋은 뜻으로 별난 사람이라는 겁니다. 즉 열심히 일하는 사람이라는 뜻이지요."

"어머, 말이 능숙하네요."

이때 아래층에서 바쁜 걸음으로 계단을 올라오는 조리 소리가 들려왔기 때문에 무슨 말인가 하려던 쓰다는 잠자코 상황을 지켜보았다. 그러자 조금 전과는 다른 여종업원이 그곳으로 얼굴을 내밀었다.

"요코하마에서 오신 손님께서 부인께 점심때 폭포 쪽으로 산보나 가시지 않겠느냐고 물어보고 오라셨습니다."

"같이 갈게요." 기요코의 대답을 들은 여종업원은 일어날 때 쓰다 쪽을 보며 "손님께서도 함께 가세요" 하고 말했다.

"고맙네. 그런데 벌써 점심때인가?"

"네, 곧 식사를 가져오겠습니다."

"놀랍군."

쓰다는 드디어 일어섰다.

'부인'이라고 말하려다 말을 못 한 그는 그만 "기요코 씨"라고 불렀다.

"당신은 언제까지 계십니까?"

"예정 같은 건 없어요. 집에서 전보가 오면 오늘이라도 돌아가야 해요."

쓰다는 깜짝 놀랐다.

"그런 게 오는 겁니까?"

"그야 뭐라고도 말할 수 없어요."

기요코는 이렇게 말하고 미소를 지었다. 쓰다는 그 미소의 의미를 혼자 설명하려고 애쓰면서 자기 방으로 돌아왔다.

— 미완 —

■ **해설**

이니시에이션(initiation)의 문학

강상중(도쿄대 명예교수)

나쓰메 소세키는 근대 일본을 대표하는 작가에 그치지 않고 일본인에게 국민작가로서 가장 유명한 작가다. 본명은 나쓰메 긴노스케(夏目金之助)로, 1867년에 태어나 1916년에 세상을 떠났다. 채 50년도 안 된 생애의 만년, 불과 10년 동안 국민작가로서의 지위를 확고히 한 작품들을 남긴 나쓰메 소세키는 한국 국민에게도 특별한 의미가 있을 것이다.

원호(元號)라는 일본 특유의 시대 구분에서 보면 소세키의 생애는 거의 메이지(明治) 시대의 시작에서부터 다이쇼(大正)라는 현대사의 전주곡이 되는 시대의 시작과 겹치고, 동시에 근대 한국이 고군분투한 역사와 거의 겹치기 때문이다. 소세키의 인생은 한반도가 일의대수(一衣帶水)*의 이웃나라(일본)에 의해 우격다짐으로 식민지화의 굴욕을 강요당하는, 가시밭길로 가득 찬 역사와 일치한다.

* 겨우 냇물 하나를 사이에 둔 가까운 이웃이라는 뜻.

그리고 소세키가 가장 왕성하게 창작 활동에 몰두한 만년의 10년은 한국이 일본에 외교권을 박탈당하여 완전히 식민지 '속국'으로 전락하고 동시에 '3·1독립운동'으로 고조된 분위기를 보이려는 한국의 '편향된' 근대의 여명기와 오버랩하고 있다. 소세키라는 일본의 국민작가가 그런 한국과 어떤 관계를 맺었는가 하는 것 자체가 문학사적인 주제에 그치지 않고 문화사적, 정치사적, 사회사적 의미를 띠지 않을 수 없다. 소세키도 그런 한국을 어딘가에서 분명히 의식하고 있었다.

중기 3부작 가운데 하나인 『문』에서 주인공 소스케가 하얼빈에서 안중근에게 사살당한 이토 히로부미(伊藤博文)의 죽음에 대해 말하고 있고, 또 식민지 '조선'은 절반쯤 '만주'와 일체가 되어 '내지(일본)'의 주인공들(소스케와 오요네 부부)의 생활 '외부'에 펼쳐지는 어딘가 수상쩍은, 그러면서도 일확천금을 꿈꾸는 남자들의 '프런티어'(개척지)로 그려지고 있다.

그것에만 그치지 않는다. 실제로 소세키는 만철(남만주철도회사)의 제2대 총재이자 친구인 나카무라 제코(中村是公)*의 배려로 당시 만주와 식민지 '조선'을 만유(漫遊)할 기회를 얻었다. 그것은 에세이 『만한 이곳저곳(満韓ところどころ)』에 쓰여 있는데, 제국의 국민작가가 식민지나 반식민지에 쏟은 시선은 에드워드 사이드가 『오리엔탈리즘』에서 비판의 도마 위에 올린, 그 유명한 영국과 프랑스의 작가만큼 철저한 '오리엔탈리스트적' 심상과 전략으로 일관된 것은 아니었다.

오히려 그 시선에는 '흔들림'이 보이고 서구와 일본, 그리고 일본의 '숨겨진 타자'인 '조선'[이나 '만주', 그리고 '지나(중국)']이라는 세 소용돌

* 원래는 나카무라 요시코토라고 하나 다들 '제코'로 불렀다. 물론 제일고등학교 동기인 소세키도 그때부터 '제코'라고 불렀다.

이 속에서 방황하고 있는 듯이 보인다. 왜냐하면 중기의 삼부작인 『산시로』에서 주인공 산시로가 상경하는 기차 안에서 알게 되는 히로타 선생이 "일본은 망한다"라고 단언하는 것처럼 소세키 안에서 제국 일본은, 설령 구미 열강의 하나로 꼽히게 된다고 하더라도 확고부동한 존재는 아니었기 때문이다. 아니, 오히려 그 위태로움, 그리고 그 병리도 통감하고 있었다고 할 수 있다.

생전에 국민작가가 될 만큼의 명망을 얻었던 소세키가 자신이 귀속되어 있는 제국의 현실과 앞날에 근본적인 의심을 품으면서, 그것이 외면적으로 더없이 융성하면 할수록 그 안쪽에 병리를 안지 않을 수 없다는 배리(背理). 자신도 정신병을 앓으면서도 '근대'라는 것의 근본적인 배리에까지 파고들어 가 꿈을 이루지도 못하고 죽은 소세키라는 존재는 하나의 '기적'이라고 해도 좋을지 모른다. 왜냐하면 소세키만큼 비서구 세계의 '근대'가 강요하는 '병'에 전심전력으로 격투하고 그 앞날까지도 통찰할 수 있었던 희유한 지성은 보이지 않기 때문이다.

그렇다면 그 '병'이란 무엇일까? 한마디로 말하면 '나'(자아)가 자유로운 존재로 나타났을 때 불가피하게 그 내부에 안지 않을 수 없는 아이덴티티('자기동일성')와 '타자'(타아)의 갈등 문제다. '나'는 '나'이면서도 '타자'를 그 '타자성'에서 승인하고, 그럼에도 자신을 믿고, '타자'를 믿을 수 있을까? 거기에서는 '내'가, 그리고 '타자'가 불투명한 채 '수수께끼'로서 나타나는 '근대'라는 시대의 근원적인 배리가 강하게 의식되고 있다.

이미 소세키의 최초 신문소설인 『우미인초』의 주인공 가운데 한 사람인 청년 고노는 일기에 "우주는 수수께끼다. ……의심하고 들면 부모도 수수께끼다. 형제도 수수께끼다. 아내도 자식도, 그렇게 보는 자신조차 수수께끼다. 이 세상에 태어나는 것은, 풀리지 않는 수수께끼를 억지로 떠맡고 백발이 되어도 꾸물꾸물 앞으로 나아가지 못하고 밤중에도 번민하기 위해서다"라고 썼는데 이는 소세키 자신의 생각이기도 했다.

소세키가 문학 또는 소설이라는 수법을 통해 격투를 계속해온 주제, 그것은 오로지 '나'(자아)와 '타자'(타아)의 문제였다고 해도 과언이 아니다. 소세키라는 존재는 동아시아에서 조숙하게 '서구화'를 통해 '근대'의 세례를 받고, 마찬가지로 조숙하게 '제국'으로 돌진해간 근대 일본이 그 체내에 낳은 '이태(異胎)'였다고 할 수 있다.

런던 유학 중에는 정신병에 시달렸고 그 후에도 평생 '신경쇠약'을 앓았으나 병든 몸을 이끌고 '근대'라는 불가역적인 시대가 강요하는 '나'와 '타자'의 근원적인 '수수께끼'에 다가가려고 했던 소세키 문학은 동아시아의 근대 안에서 유례가 드문 현상이다.

그리고 자유가 지구적 규모로 확산하고 '자기'와 '타자'가 글로벌하게 연결되면서도 아니, 다양한 정보나 커뮤니케이션을 통해 보편적으로 연결되어 있기에 더욱 '나'의 아이덴티티가 흔들리고 '타자'가 불투명해지지 않을 수 없는 현대에 소세키의 문학적 시도는 더더욱 현실적인 의미를 띤다.

미완으로 끝난 『명암』은 그런 소세키의 문학적 시도의 도달점이고 그 최고봉에 위치한다고 해도 좋다. 물론 행인지 불행인지 이 작품은 미완성이고, 남겨진 형태로서는 문학적 상상력의 날개가 갑자기 닫힌 채다.

그러나 미완인 것을 한탄할 필요는 없다. 오히려 미완이기 때문에 독자는 소세키의 문학적 상상력을 부력으로 하여 자유롭게 날아오르고, 여백에 자기 상상력의 궤적을 남기는 것도 자유인 것이다.

그렇다면 『명암』은 대체 어떤 소설일까? 단적으로 말해 '나'가 '나'이면서 동시에 '타자'를 그 '타자성'에서 받아들이고, 게다가 각자가 자신을 '개아(個我)'로서 확립하면서 자신을, 타자를 살려나가는 것은 가능할까? 가능하다면 어떻게 가능할까? 이 실험적인 시도야말로 『명암』의 라이트모티프다.

이 모티프를 『명암』은 남녀나 부부, 부모 자식이나 친척, 또는 그 주변으로 확대되는 '남들'이라는 세계 속에서, 따라서 그런 의미에서 극히 흔해빠진 일상적인 세계 안에서 추구한 것이다. 거기에는 뭔가 극적인 대사건이나 파란만장한 드라마가 있는 것은 아니다.

쓰다라는 도시 중류계급의 위쪽에 속하는, 이를테면 '고등유민'의 퇴물 같은 미적지근한 남자, 그리고 소세키 문학치고는 드물 만큼 적극적으로 사랑을 탐구하고 모험을 마다하지 않는 오노부라는 여자. 신혼이나 다름없는 이 부부를 중심으로 부모 자식이나 친척, 먼 친척들, 친구들이 에워싸고 있는 '남들'이 소설의 무대가 되고 있다.

쓰다는 확실히 『산시로』, 『그 후』, 『문』의 주인공인 산시로, 다이스케, 소스케를 종합한 듯한, 즉 허세를 부리고 우유부단하며 고학력이고 부모에게 '기생'하는 듯한 남자다. 게다가 쓰다는 다른 사람보다 두 배는 '나'라는 자아의 세계를 구애하고 그것에 대한 고착적인 '자애(自愛)'에 빠져 있는 듯한 남자다. 그러한 병리는 이미 첫머리에서 치질이라는 그의 고질적인 질환으로서 시사되고 있지만, 동시에 그의 내면에는 '닐 아드미라리'(Nil Admirari), 즉 무슨 일에도 무감동한 공허함이 떠돌고 있다.

쓰다는 하층의 저변에서 꿈틀거리며 세상에서 탈락한 친구 고바야시의 눈물에도 냉담한 남자다.

쓰다는 고바야시를 울린 것이 술인지 숙부인지 의심했다. 도스토엡스키인지 일본의 하층 사회인지 의심했다. 어느 쪽이든 자신과 그다지 관계없는 일이라는 사실도 잘 알고 있었다. 그는 재미없었다. 또 불안했다.

"누구라도 상관없어. 그저 자기가 이 사람이다 싶은 사람을 사랑하는 거야. 그리고 꼭 그 사람이 자기를 사랑하도록 하는 거지"라고 자기주장을 하는 여자인 오노부는 사랑을 관철하는 탐구자로서 나타난다. 확실히 오노부는 새로운 타입의 여성이다.

그녀는 쓰다와 그를 둘러싼 친척이나 먼 친척, 상사, 그의 식구들이 만들어내는 세상이라는 안정된 질서를 깨뜨릴지도 모르는 '사랑의 모험가'다.

이런 쓰다와 그의 아내 오노부를 중심으로 '명(明)'의 세계가 전개되면서 동시에 거기에는 항상 '암(暗)'의 세계가 그림자처럼 따라다니고, 이윽고 요시카와 부인의 어두운 정념에 자극을 받은 악의의 계략으로 쓰다는 '암'의 세계에 완전히 거꾸로 떨어지게 된다. 요시카와 부인에 의해 쓰다는 일찍이 그의 사랑을 받으면서도 그를 떠난 기요코와의 재회로 이끌려간다. 그것은 쓰다가 오노부를 배신하고 어두운 정념의 세계로 유혹되어가는 것을 암시한다.

'명'에서 '암'으로의 전환은 황천의 세계로 떠나는 여행처럼 극적이다.

이윽고 마차는 검고 큰 바위 같은 것에 부딪칠 듯이 그 아래쪽을 빙글 돌아 들어갔다. 보아하니 반대쪽에도 같은 바위의 파편이라고 할 만한 것이 아무렇게나 길가를 막고 있었다. 자리에서 뛰어내린 마부는 곧 말의 주둥이를 잡았다.

한편에는 하늘을 찌를 듯이 큰 나무가 우뚝 솟아 있었다. 별빛이 달빛처럼 환한 밤에 비치는 굉장한 그림자로 판단하자면 늙은 소나무 같은 나무와 돌연 한쪽에서 들려오기 시작한 여울물 소리가 오랫동안 도회를 떠나지 않았던 쓰다의 마음을 불시에 전환시켜주었다.

'불시의 전환'은 쓰다가 '명'에서 '암'의 세계에 발을 들여놓고 꿈인지 생시인지 모르는 세계 속에서 환영(幻影) 같은 기요코와 재회하는 것을 의미한다. "잃어버린 여자의 모습을 좇"아 '암'의 세계, 황천 같은 세계로 떨어지는 쓰다는, 자신을 실어가는 마차의 "야윈 말"로도 비유된다. "산골짜기의 차가운 공기", 신비한 "밤의 빛", "그 밤의 빛 안에 자신의 존재"가 다 삼켜지는 감각. 쓰다는 "무심코 두려워"지고 "오싹"한다. 확실히 쓰다는 죽음의 세계로 이끌리고 있는 것이다.

그래도 쓰다는 자신에게 타이른다. "운명의 업이다. 그것을 목표로 찾아가는 것 외에 다른 길은 없다"라고. '닐 아드미라리'의 주인공은 이제 '운명의 업' 같은 '암'의 세계로 질주하고, 과연 다시 '명'의 세계로 귀환하게 될 것인가.

소설은 거기서 끝난다. 그러나 오에 겐자부로가 지적한 것처럼 소설 『명암』의 '구조', 그 하나하나의 세부가 명확한 '구조'로 합성되어 가는 구성을 간파한다면 소세키의 문학적 상상력은 틀림없이 만족할 줄 모르는 사랑의 탐구자 오노부를 쓰다에게 향하게 할 것이고, 쓰다는 오노부의 도움을 통해 '암'의 세계에서 '명'의 세계로 귀환하게 될 것이다. 그때 쓰다는 원래의 쓰다일 수 없다. 소세키가 사숙했던 실용주의의 대표자 윌리엄 제임스의 말을 빌리자면 쓰다는 틀림없이 '거듭나기'[『종교적 경험의 다양성(The Varieties of Religious Experience: A Study in Human Nature)』]를 경험하게 될 것이다.

이런 의미에서 『명암』은 종교적인 '이니시에이션'(의식)과도 비슷한 소설이라고도 할 수 있다. 그것은 마치 소세키의 소설과 거의 같은 무렵에 그 골격이 쓰인 토마스 만의 소설 『마의 산』에 나오는 가장 불가사의하고 감동적인 '눈' 장면처럼 '암'에서 '명'으로, '죽음'에서 '삶'으로의 전환을 이야기하고 있다.

"인생의 걱정거리 자식"인 『마의 산』의 주인공 한스 카스토르프는 그가 마음을 주고 있는 쇼샤 부인에게 말한다. "살기 위해서는 두 개의 길이 있습니다. 하나는 보통의 똑바르고 정직한 길입니다. 또 하나는 성가신 길입니다. 그것은 죽음을 넘어가는 길입니다"라고. 토마스 만은 카스토르프의 이 독백을 자세히 설명하면서 "지식, 건강, 삶에 필요한 통로의 하나인 이 병과 죽음에 대한 해석은 『마의 산』을 비기(秘技) 전수(傳授)의 소설(이니시에이션 스토리)로 만듭니다"라고 해설했다.(「『마의 산』 입문」)

소세키의 『명암』은 토마스 만의 『마의 산』에 비견되는 '이니시에이션 스토리'라고 말할 수 있을지도 모른다. 거기에는 소세키에게도, 토마스 만에게도 공통되는 인간에 대한 이해, 즉 인간 자체가 하나의 수수께끼 또는 비밀이고 모든 인간성은 인간이라는 수수께끼 또는 비밀에 대한 외경에 기초하고 있다는 이해가 있다.

이런 이해를 통해 소세키는 미완의 『명암』에 의해 '나'가 '나'이면서, 동시에 '나'를 확립하면서도 '타자'의 '타자성'을 존중하고 함께 살아갈 수 있는 관계성의 가능성을 찾으려고 하지 않았을까? 그리고 그 가능성은 현재를 사는 우리에게 열린 물음으로 남겨져 있다.

나쓰메 소세키 연보

1867년 0세

2월 9일(음력 1월 5일) 현재의 도쿄 신주쿠〔구 에도(江戶) 우시고메바바시타(牛込馬場下)〕에서 출생. 나쓰메 나오카쓰(夏目直克)와 후처 나쓰메 지에(夏目千枝) 사이에서 5남 3녀 중 막내로 태어남. 본명은 나쓰메 긴노스케(夏目金之助). 태어나자마자 요쓰야(四谷)의 만물상에 양자로 보내졌다가 곧 돌아옴.

1868년 1세

11월, 요쓰야의 시오바라 쇼노스케(鹽原昌之助)와 시오바라 야스(鹽原やす) 부부에게 다시 입양됨.

1870년 3세

천연두에 걸려 얼굴에 흉터가 약간 생김. 흉터는 평생 고민거리가 됨.

1872년 5세

시오바라가의 장남으로 호적에 오름.

1874년 7세

4월, 양부모의 불화로 양모와 함께 잠시 친가로 감.

11월, 아사쿠사(淺草)의 도다 소학교에 입학.

1876년 9세

양아버지가 아사쿠사의 동장에서 면직되어, 소세키는 시오바라가에 적을 둔 채 생가로 돌아옴.

5월, 이치가야(市ヶ谷) 소학교로 전학.

1878년 11세

2월, 친구들과 만든 잡지에 「마사시게론(正成論)」을 발표.

4월, 이치가야 소학교 졸업. 긴카(錦華) 학교 소학심상과(小學尋常科)로 전학하고 11월에 졸업.

1879년 12세

3월, 간다(神田)의 도쿄 부립 제1중학교에 입학.

1881년 14세

1월 21일, 생모 나쓰메 지에 사망.

봄에 도쿄 부립 제1중학교 중퇴.

4월경, 한학을 전문으로 가르치는 니쇼(二松) 학사로 전학.

1882년 15세

봄에 니쇼 학사 중퇴.

1883년 16세

봄에 도쿄 대학 예비문(현재의 도쿄 대학 전신 중 하나) 시험 준비를 위해 세이리쓰(成立) 학사에 입학.

1884년 17세

9월, 도쿄 대학 예비문 예과에 입학. 입학 직후 맹장염을 앓음.

1885년 18세

9월, 도쿄 대학 예비문 예과 3급으로 진급.

1886년 19세

7월, 복막염 때문에 학년 말 시험을 치르지 못하고 낙제.

9월, 에토(江東) 의숙 교사가 되어 의숙 기숙사에서 제1고등중학교(도쿄 대학 예비문의 후신)에 다님.

1887년 20세

3월에 맏형이, 6월에 둘째 형이 폐결핵으로 사망.

9월, 제1고등중학교 예과에 진급. 이 시기에 과민성 결막염을 앓음.

1888년 21세

1월, 성을 시오바라에서 나쓰메로 복적.

9월, 제1고등중학교 본과에 진학해서 영문학을 전공.

1889년 22세

1월부터 마사오카 시키(正岡子規)와 친해짐.

5월, 시키의 한시 문집인 『나나쿠사슈(七草集)』에 대해 한문으로 평을 씀. 9편의 칠언절구를 덧붙이면서 처음으로 '소세키'라는 호를 사용.

9월, 한문체의 기행문집 『보쿠세쓰로쿠(木屑錄)』 탈고.

1890년 23세

7월, 제1고등중학교 본과 졸업.

9월, 도쿄제국대학 영문학과 입학. 문부성 대비생(貸費生)이 됨.

1891년 24세

7월, 문부성 특대생이 됨. 셋째 형의 부인 도세(登世)가 입덧 때문에 죽자 큰 충격을 받음. 딕슨 교수의 부탁으로 『호조키(方丈記)』를 영역.

1892년 25세

4월 5일, 병역을 피할 목적으로 친가로부터 분가하여 본적을 홋카이도(北海道)로 옮김.

5월, 도쿄 전문학교(현재의 와세다 대학)의 강사가 됨.

8월, 마사오카 시키가 그의 고향인 시코쿠(四國) 마쓰야마(松山)에서 요양 중일 때 방문하여 다카하마 교시(高浜虛子)를 처음 만남.

1893년 26세

7월, 도쿄제국대학을 졸업하고 대학원에 진학.
10월, 도쿄 고등사범학교의 영어 촉탁 교사가 됨.

1894년 27세

12월 말~1895년 1월, 폐결핵에 걸려 가마쿠라(鎌倉)의 엔카쿠지(園覺寺)에서 참선을 하며 치료에 임함. 일본인이 영문학을 한다는 것에 위화감을 느끼며 이즈음 신경쇠약 증세가 심해짐.

1895년 28세

4월, 시코쿠 에히메(愛媛) 현에 있는 보통중학교에 부임(월급 80엔).
8월~10월, 시키가 마쓰야마로 돌아와 소세키의 하숙집에서 함께 생활. 하이쿠에 열중하며 많은 가작(佳作)을 남김. 이곳에서의 경험은 『도련님(坊っちゃん)』의 소재가 됨.
12월, 귀족원 서기관장(현재의 참의원 사무총장) 나카네 시게카즈(中根重一)의 장녀 나카네 교코(中根鏡子)와 맞선을 보고 약혼.

1896년 29세

4월, 구마모토(熊本)의 제5고등학교 강사로 부임(월급 100엔).
6월 9일, 나카네 교코와 결혼. 구마모토에서 신혼 생활을 시작.
7월, 제5고등학교의 교수가 됨.

1897년 30세

4월, 교사를 그만두고 문학에 전념하고 싶다는 뜻을 시키에게 편지로 알림.

6월 29일, 아버지 나쓰메 나오카쓰 사망.

7월, 교코와 함께 도쿄로 감. 구마모토에서 도쿄까지의 장거리 여행이 원인이 되어 교코가 유산.

12월, 오아마(小天) 온천을 여행하며 『풀베개(草枕)』의 소재를 얻음.

1898년 31세

6월, 제5고등학교 학생으로 문하생이 된 데라다 도라히코(寺田寅彦) 등에게 하이쿠를 지도. 도라히코는 『나는 고양이로소이다(吾輩は猫である)』에 나오는 이학사 간게쓰의 모델로 알려짐.

7월, 교코가 히스테리 증세를 보이며 구마모토 현의 자택 가까이에 흐르는 시라카와(白川)의 이가와부치(井川淵) 하천에 뛰어들어 자살을 기도했지만 근처에 있던 어부가 구함.

1899년 32세

5월, 맏딸 후데코(筆子)가 태어남.

6월, 영어과 주임이 됨.

9월, 구마모토 주위에 있는 아소(阿蘇) 산을 여행하며 『이백십일(二百十日)』의 소재를 얻음.

1900년 33세

6월, 문부성으로부터 영문학 연구를 위해 2년 동안 영국 유학을 다녀오라는 명을 받음(유학비 연 1,800엔).

9월 8일, 요코하마에서 출항.

10월 28일, 런던 도착.

1901년 34세

1월 26일, 둘째 딸 쓰네코(恒子)가 태어남.

5~6월 화학자 이케다 기쿠나에(池田菊苗)가 런던을 방문해서 함께 하숙. 이케다의 영향으로 『문학론』 구상을 결심하고 귀국할 때까지 저술에 몰두.

7월, 신경쇠약 재발.

1902년 35세

3월, 장인 나카네 시게카즈에게 편지를 보내 영일동맹 체결에 들뜬 일본인들을 비판하고 대규모 저술 구상을 언급.

9월, 신경쇠약이 극도로 악화되고, 일본에도 나쓰메 소세키의 증세가 전해짐. 문부성은 독일 유학생 후지시로 데이스케(藤代禎輔)에게 소세키를 데리고 귀국하도록 지시.

11월, 마사오카 시키가 7년 동안 앓던 결핵으로 사망했다는 소식을 다카하마 교시의 편지를 받고 알게 됨.

12월 5일, 일본 우편선에 승선해서 귀국길에 오름.

1903년 36세

1월 24일, 도쿄 도착.

3월, 도쿄 혼고(本鄕) 구(현재의 분쿄 구) 센다기(千駄木)로 이사.

4월, 제1고등학교 강사가 됨(연봉 700엔). 또한 도쿄제국대학 영문과 교수를 겸함(연봉 800엔).

9월, 제1고등학교의 제자인 후지무라 미사오(藤村操)가 게곤(華嚴) 폭포에 몸을 던져 자살하는 사건이 발생. 다시 신경쇠약이 악화됨. 교코와 불화가 심해져 임신 중인 부인을 친정으로 보내고 별거.
10월, 셋째 딸 에이코(榮子)가 태어남.

1904년 37세

2월, 러일전쟁 발발.
7월, 어린 고양이 한 마리가 집에 들어오고, 교코가 귀여워함.
9월, 메이지(明治) 대학 고등예과 강사를 겸함(월급 30엔).
12월, 당시 《호토토기스(ホトトギス)》를 주재하고 있던 다카하마 교시로부터 작품 집필을 권유받고, 『나는 고양이로소이다』 1장을 문학 모임에서 낭독.

1905년 38세

1월~1906년 8월, 『나는 고양이로소이다』를 《호토토기스》에 발표. 1회분으로 끝날 예정이었지만 호평을 받아 11회에 걸쳐 장편으로 연재. 이때부터 작가로 살아갈 뜻을 굳힘.
1월, 「런던탑(倫敦塔)」을 《데이코쿠분가쿠(帝國文學)》에, 「칼라일 박물관(カーライル博物館)」을 《가쿠토(學燈)》에 발표.
4월, 「환영의 방패(幻影の盾)」를 《호토토기스》에 발표.
5월, 「고토노소라네(琴のそら音)」를 《시치닌(七人)》에 발표.
9월, 「하룻밤(一夜)」을 《주오코론(中央公論)》에 발표.
11월, 「해로행(薤露行)」을 《주오코론》에 발표.
12월 14일, 넷째 딸 아이코(愛子)가 태어남.

1906년 39세

1월, 「취미의 유전(趣味の遺伝)」을 《데이코쿠분가쿠》에 발표.

4월, 『도련님』을 《호토토기스》에 발표.

9월, 『풀베개』를 《신쇼세쓰(新小說)》에 발표.

10월, 『이백십일』을 《주오코론》에 발표. 평소에 그의 자택에 출입이 잦은 문하생들의 방문을 매주 목요일 오후 3시 이후로 정해서 '목요회'라고 불리게 됨.

11월, 요미우리(讀賣) 신문사에서 입사 의뢰가 왔으나 거절.

1907년 40세

1월, 『태풍(野分)』을 《호토토기스》에 발표.

4월, 제1고등학교와 도쿄제국대학 강사를 사직. 아사히(朝日) 신문사에 소설을 쓰는 전속작가로 입사.

5월, 『문학론』(大倉書店) 출간.

6월 5일, 장남 준이치(純一)가 태어남.

9월, 도쿄 우시고메 구 와세다미나미초(早稻田南町)로 이사. 이후 죽을 때까지 소세키 산방(漱石山房)이라고 불린 이 집에서 거주.

6~10월, 『우미인초(虞美人草)』를 《아사히 신문》에 연재.

1908년 41세

1~4월, 『갱부(坑夫)』 연재.

6월, 「문조(文鳥)」 연재(오사카 《아사히 신문》).

7~8월, 「열흘 밤의 꿈(夢十夜)」 발표.

9~12월, 『산시로(三四郎)』 연재.

12월 16일, 차남 신로쿠(伸六)가 태어남.

1909년 42세

1~3월, 「긴 봄날의 소품(永日小品)」 연재.

3월, 『문학평론』(春陽堂) 출간.

6~10월, 『그 후(それから)』 연재.

9월, 남만주철도주식회사 총재인 친구 나카무라 제코의 초대로 만주와 한국을 여행. 이때 신의주, 평양, 서울, 인천, 부산을 방문함.

10~12월, 기행문 『만한 이곳저곳(満韓ところどころ)』 연재.

11월, '아사히 문예란'을 새로 만들고 주재함. 위경련으로 고통받음.

1910년 43세

3월 2일, 다섯째 딸 히나코(ひな子)가 태어남.

3~6월, 『문(門)』 연재.

6~7월, 위궤양 때문에 나가요(長与) 위장병원에 입원.

8월, 슈젠지(修善寺) 온천에서 다량의 피를 토하고 위독한 상태에 빠짐. 이를 '슈젠지의 대환'이라 부름.

10월~1911년 3월, 슈젠지의 체험을 바탕으로 『생각나는 일들(思い出す事など)』을 32회에 걸쳐 연재.

1911년 44세

2월, 위궤양으로 입원 중에 문부성으로부터 문학박사 학위 수여를 통지받지만 거절함.

8월, 오사카 《아사히 신문》의 의뢰로 간사이(關西) 지방에서 순회 강연을 함.

10월, '아사히 문예란'이 폐지됨. 아사히 신문사에 사표를 내지만 반려됨. 다섯째 딸 히나코가 급사함.

1912년 45세

1~4월, 『춘분 지나고까지(彼岸過迄)』 연재. 신경쇠약과 위궤양이 재발하여 고통받음.

7월, 메이지 천황 사망. 연호가 다이쇼(大正)로 바뀜.

10월경, 남화풍의 그림을 그림.

12월, 자택에 전화가 들어옴.

12월~1913년 11월, 『행인(行人)』 연재.

1913년 46세

4월, 위궤양이 재발하고 신경쇠약이 심해져 『행인』 연재 중단(9월부터 재개).

1914년 47세

4~8월, 『마음(こころ)』 연재.

11월, '나의 개인주의'라는 주제로 가쿠슈인(學習院)에서 강연함.

1915년 48세

1월, 제자 데라다 도라히코에게 보낸 연하장에 금년에 죽을지도 모른다고 씀.

1~2월, 『유리문 안에서(硝子戸の中)』 연재.

3~4월, 교토(京都) 여행. 위통으로 쓰러짐.

6~9월, 『한눈팔기(道草)』 연재.

12월, 아쿠타가와 류노스케(芥川龍之介), 구메 마사오(久米正雄)가 처음으로 목요회에 참가. 이들은 마지막 문하생이 됨.

1916년 49세

1월, 「점두록(點頭錄)」 연재.

2월, 아쿠타가와 류노스케에게 보낸 편지에서 그의 작품 『코(鼻)』를 격찬함.

4월, 당뇨병 진단을 받고 치료에 들어감.

5~12월, 『명암(明暗)』 연재.

8월, 오전에는 소설을 쓰고 오후에는 한시를 쓰고 그림을 그림.

11월 초, 목요회에서 만년의 사상으로 알려진 칙천거사(則天去私)에 대해 처음 언급함.

11월 16일, 마지막 목요회가 열리고 모리타 소헤이, 아베 요시시게, 아쿠타가와 류노스케, 구메 마사오 등이 출석함.

11월 21일, 위궤양 악화로 쓰러짐.

12월 2일, 내출혈로 다시 위독한 상태에 빠짐.

12월 9일 오후 6시 45분 사망.

12월 14일, 도쿄《아사히 신문》에 연재되던 『명암』이 제188회를 마지막으로 연재 중단됨.

장례식 접수는 아쿠타가와 류노스케가 담당했으며 모리 오가이를 비롯한 많은 명사들이 조문함.

12월 28일, 도쿄 도시마(豊島) 구에 있는 조시가야(雜司ヶ谷) 묘원에 안장됨. 조시가야 묘원은 『마음』의 주인공 K가 자살 후 묻힌 장소임.

■ 『명암』 번역을 마치고

『명암』은 소세키의 맨 마지막 작품이며 그의 죽음과 함께 미완으로 끝났다. 그러면서도 가장 긴 작품이다. 그런데 『명암』은 쓰다가 입원하기 전날부터 기요코를 만나러 온천장으로 가기까지 불과 열흘도 안 되는 기간에 일어난 일을 다루고 있다. 쓰다와 오노부, 쓰다와 오히데, 쓰다와 고바야시, 쓰다와 요시카와 부인, 쓰다와 기요코, 오노부와 고바야시, 오노부와 오히데 등 인물들 사이의 긴장 관계는 숨이 막힐 지경이다. 그들은 그런 긴장 관계에서 벗어나려고 발버둥 치지만 그럴수록 더욱 깊은 수렁으로 빠져들기만 한다. 관계의 올가미는 점점 더 조여오기만 하고 그 올가미가 미처 풀릴 기미도 보이지 않는데 소세키는 영원히 가고 말았다. 그리고 훌쩍 백 년이 지났다.

옮긴이 **송태욱**

연세대학교 국문과를 졸업하고 같은 대학 대학원에서 문학박사 학위를 받았다. 도쿄외국어대학원 연구원을 지냈으며, 현재 대학에서 강의하며 전문번역가로 활동하고 있다.

지은 책으로 『르네상스인 김승옥』(공저)이 있고, 옮긴 책으로 『사랑의 갈증』, 『세설』, 『만년』, 『환상의 빛』, 『형태의 탄생』, 『책으로 찾아가는 유토피아』, 『일본 정신의 기원』, 『트랜스크리틱』, 『소리의 자본주의』, 『포스트콜로니얼』, 『천천히 읽기를 권함』, 『번역과 번역가들』, 『연애의 불가능성에 대하여』, 『매혹의 인문학 사전』, 『안도 다다오』, 『빈곤론』, 『해적판 스캔들』, 『오늘의 일본 문학』, 『문명개화와 일본 근대 문학』, 『유럽 근대 문학의 태동』, 『현대 일본 사상』, 『십자군 이야기』(전3권), 『잘라라, 기도하는 그 손을』 등 다수가 있다. 현암사에서 기획한 나쓰메 소세키 소설 전집 번역으로 한국출판문화상 번역상을 수상했다.